荣如德译文集

VII

上海译文出版社

陀思妥耶夫斯基《卡拉马佐夫兄弟》（下）

卡拉马佐夫兄弟（下）

〔俄〕陀思妥耶夫斯基　著

第八卷

米　　嘉

一　库兹马·萨姆索诺夫

格露莘卡在奔向新生活时，特别嘱咐阿辽沙向大哥转达她最后的致意，并要求永远记住她一小时的爱。而德米特里·费奥多罗维奇对于她身边发生的事情一无所知，此刻也正处于可怕的惶惑和慌乱之中。最近两天，他的精神状态糟得难以想象，确实如他后来所说的那样有可能患上脑炎。头天上午阿辽沙没能找到他，而同一天二弟伊万约他在酒店见面亦未成功。他所租住的寓所房东遵他之命帮他遮盖行踪。

这两天他端的像无头苍蝇一般四处乱撞，按他自己事后的说法是在“跟自己的命运搏斗，以求拯救自己”，甚至有一段时间为一件急事还出城一趟，虽然他一分钟也不敢让格露莘卡越出他监视的范围。所有这些情况以后都被详细查明并以文件形式加以确认。眼下笔者只想举出他一生中这可怕的两天中间若干非交代不可的事实，因为紧接着就有一场泼天大祸临到他头上。

格露莘卡固然真心诚意爱过他一小时，这话不假，但与此同时确实也曾残酷无情地折磨过他。要命的是，他一点也猜不透这女人的意图；对她来软的或硬的都不行——她决不肯就范，只会一气之下压根儿不理睬德米特里，当时他清楚地懂得这一点。那时节他十分准确地猜想格露莘卡自己也在经历一场内心的斗争，举棋不定得厉害，想要下决心又老是下不了决心，因而德米特里提着一颗几乎停止跳动的心不无理由地认为，有时候格露莘卡简直定然会憎恨他，憎恨他的情欲。事实或许就是这样，至于格露莘卡究竟在为什么苦恼，他仍然不明白。对他来说，折磨着他的整个问题仅仅归结为两者择一：要么是他米嘉，要么是费奥多尔·巴甫洛维奇。

在此必须顺带确定一个铁的事实：他充分相信，费奥多尔·巴甫洛维奇一定会提出(如果还没有提出的话)跟格露莘卡正式结婚，他一分钟也不相信，老色鬼会指望仅仅花三千卢布达到目的。出于对格露莘卡和她的性格的了解，米嘉才得出这个结论。正因为如此，有时候他会觉得，格露莘卡的苦恼和犹豫的根子全在于她不知道该从他们两人中选择哪一个，不知道哪一个对她更合算。

至于严重影响了格露莘卡一生的那名军官即将回来，而且格露莘卡满怀激动而又惊恐的心情盼着他来——说来也奇怪，在那些日子里米嘉连想都没有想过。诚然，最近几天格露莘卡几乎绝口不提此事。然而米嘉恰恰从她自己那里获悉，一个月以前格露莘卡曾收到当年诱骗她失身的那个人寄来的信，甚至了解信的部分内容。当时，格露莘卡逞一时之意气把那封信给他看过，但令格露莘卡费解的是，他把那封信几乎不当一回事。很难解释究竟是什么缘故，或许米嘉为了争夺这个女人跟生身父亲斗得天昏地黑，心力交瘁，已无法想象对他来说还有什么更可怕、更危险的事情，至少那时他想象不出来。销声匿迹五年之后不知从什么地方一下子冒出一个旧情人来，对此米嘉压根儿就不信，尤其不信那人不久要来。在米嘉看到的那第一封“军官来信”中，有关这位新登场的竞争对手要来这件事说得极不肯定。信的措辞非常含糊，华而不实，肉麻得很。应当指出，那一回格露莘卡没有让米嘉看信的最后几行，那里有关归期倒是说得比较肯定。加之米嘉事后回忆起，当时曾捕捉到格露莘卡本人脸上不自觉地现出对西伯利亚来鸿不屑一顾的表情。此后格露莘卡便没有再向米嘉提到她与旧情人之间有哪些往来。故而米嘉渐渐把那名军官干脆给忘了。

米嘉考虑的只是：不管发生什么，无论事态朝什么方向发展，他与费奥多尔·巴甫洛维奇的最后冲突已迫在眉睫，必须优先解决。他每分钟都在提心吊胆地等待格露莘卡作出决定，而且他一直相信，这事将突然发生，而且是心血来潮的结果。她会没头没脑对米嘉说："把我拿去吧，我永远是你的了，"——一切就此结束。他将一把抓住格露莘卡，立刻带往天涯海角。哦，马上带到尽可能远的地方去，越远越好，即便不是天涯海角，也是俄国的最边远处，在那儿跟她结婚，一起隐姓埋名，不让任何人知道他们的情况，包括此地的、那边的、任何地方的人。那时，哦，那时将开始全新的生活，马上开始！

关于这另一种焕然一新、"循规蹈矩的"（"一定是循规蹈矩的，一定！"）生活，米嘉无时无刻不在狂热地梦想。他渴望着这样的脱胎换骨、死而复生。他自觉自愿陷进去的脏臭泥淖令他腻烦透了，于是像有类似境遇的很多人一样，他寄最大的希望于变换地方：只要看不见这些人，只要摆脱这环境，只要远离这该死的地方——一切将获得新生，从头开始！这便是他的信念和追求。

但这必须以问题按第一种**幸运的**方式得到解决为前提。问题还可能按另一种方式解决，其结果也就不一样了，那将是不堪设想的结局。万一格露莘卡对他说："你走吧，我刚决定站到费奥多尔·巴甫洛维奇一边去，跟他结婚，不要你了，"——那时……那时……其实米嘉不晓得那时将发生什么，直到最后一刻他都不晓得，在这一点上必须为他说句公道话。他并没有明确的意图，并没有犯罪的计划。他只是在痛苦地监视、窥探，思想上毕竟只准备面对第一种、也就是对他的命运来说是幸运的结局。他甚至排除其他任何想法。但这样却产生了另一种性质迥异的烦恼，一个全新的难题摆在他的面前，虽然相对而言是次要的，却也令他走投无路，束手无策。

事情是这样的。一旦格露莘卡对他说："我是你的了，带我离开此地，"他如何带她离开？他上哪儿弄钱去？哪儿去张罗这笔费用？他的收入一直来自费奥多尔·巴甫洛维奇的那笔赠款，迄今为止已经连续支取这么多年，到此时恰恰挥霍殆尽，自然，格露莘卡有钱，但米嘉在这个问题上偏偏死要面子：他要用自己的钱把格露莘卡带走，和她一起开始新的生活，而不要花她的钱。他甚至不能想象自己会向她要钱，这事一想起来他便恶心。在此笔者不想细谈这一事实，不作分析，只指出一点：当时他的心态便是这样。这一切有其间接的，甚至好像是不自觉的原因：他为采用不告而取的手段把卡捷琳娜·伊万诺夫娜的钱占为己有暗暗受到良心的谴责。“我已经干了对不起一个女人的混账事，现在马上又要干对不起另一个女人的混账事，”他事后承认当时曾这样想，“若是让格露莘卡知道了，她还能要这样的混蛋？”

可是，有什么办法筹措费用？上哪儿去弄这笔卡脖子钱呢？要是弄不到，那就会一切告吹，前功尽弃，“仅仅因为凑不齐钱，噢，那该多丢人哪！”

笔者想超前说明一点：问题恰恰在于他也许知道哪儿有这笔卡脖子钱，也许知道这笔钱放在何处。暂时我不想作更详细的交代，因为以后一切都将水落石出。但是，对他说来什么是主要的不幸，我可以谈一谈，虽然我只能点到为止。为了取出放在某处的这笔钱，为了**名正言顺地**取这笔钱，必须把三千卢布先行归还卡捷琳娜·伊万诺夫娜——“否则我就是一个掏包的小偷，一个十足的混蛋，我不愿作为混蛋开始新生活，”米嘉如此认定。因此如有必要，他决心翻天覆地也一定要把那三千卢布还给卡捷琳娜·伊万诺夫娜，不仅非还不可，而且必须**首先**做到。他作出这项决定的全过程，可以说是在最近才完成的，也就是两天前的晚上和阿辽沙最近一次在路上见面的时候，当时格露莘卡侮辱了卡捷琳娜·伊万诺夫娜，而米嘉听阿辽沙讲了这件事，承认自己是个混蛋，并且要阿辽沙把此话转告卡捷琳娜·伊万诺夫娜，“只要多少能减轻一些她的痛苦”。当天夜里，和弟弟分手以后，他在强烈的冲动下感觉到，即使“谋财害命也要把欠卡嘉的钱归还”。“我宁可成为千夫所指的凶手和盗贼，宁可发配西伯利亚也不愿让卡嘉说我欺骗她，偷了她的钱并且用她的钱带着格露莘卡逃之夭夭，去开始循规蹈矩的生活！这我受不了！”这是米嘉把牙咬得咯吱咯吱直响得出的结论，毋怪乎他有时觉得这样下去到头来非害脑炎不可。但眼下他犹作困兽之斗……

真是怪事一桩：他作这样的决定时，除了豁出去，好像什么办法都没有了。他这样一个穷光蛋，一下子上哪儿去弄这么多钱？然而他自始至终一直抱着能弄到这三千卢布的希望，指望钱会自己长脚向他走来，甚至会自天而降。某些人的心态正是这样，他们和德米特里·费奥多罗维奇一样，一辈子只会大手大脚地胡花白白继承得来的钱财，对于如何挣钱则一窍不通。自从前天和阿辽沙分手以后，种种异想天开的念头在米嘉脑袋里刮起了一阵龙卷风，把他所有的主意搅成一团乱麻。结果他一开始竟采取一个无比怪诞的步骤。也许，这样的人在这样的处境中恰恰会把最不可思议、荒谬绝伦的设想视为切实可行的首选方案。

他忽然决定去找格露莘卡的靠山、商人萨姆索诺夫，向他提出一项“计划”，借此从他那里一下子得到所需的全部款项。对于这项计划的商业价值他毫不怀疑，他怀疑的只是：萨姆索诺夫本人如果不是单纯从商业角度看问题，不知对他这一怪招会作何感想。尽管米嘉认得这位商人的面貌，但与他并不相识，甚至从未跟他说过话。然而不知什么缘故，米嘉头脑里早就形成一种观念：如果格露莘卡打算清清白白过日子而嫁给一个“靠得住的人”，那么，这个已经土埋大半截的老不正经目下恐怕完全不会反对。非但不会反对，而且他自己也愿意；如果有机会的话，还会玉成其事。是米嘉听到了什么风声，还是格露莘卡有什么话泄露了天机，反正他还得出结论：老头儿兴许觉得米嘉比费奥多尔·巴甫洛维奇对于格露莘卡更合适。

本书的许多读者可能会认为，德米特里·费奥多罗维奇指望得到这样的帮助，打算从格露莘卡的年迈相好手中接受她做自己的新娘——此等行径是不是太粗鄙、太不顾颜面了。我只能指出，格露莘卡的过去在米嘉眼里已经彻底过去。他怀着无限的同情看待这段往事，并且凭着自己全部如火如荼的热情认定，一旦格露莘卡表示自己爱他，愿意嫁给他，立刻就会诞生一个崭新的格露莘卡，和她一起诞生的是一个崭新的德米特里·费奥多罗维奇，已经没有任何毛病，浑身全是美德。他们将互相宽恕对方，开始全新的生活。至于库兹马·萨姆索诺夫，米嘉认为他在格露莘卡一去不复返的往昔岁月里扮演的角色是命中注定的，反正格露莘卡从来没有爱过他，而这个人物也已经“过去”了，结束了，如今根本不存在了——这才是最主要的。何况现在米嘉几乎不把他当一个男人看待，因为城里无人不晓他已成了满身病痛的一具活尸，他和格露莘卡保持的可以说只是两代人之间的关系，与从前完全不可同日而语，而且这种状态为时已久，差不多有一年了。

不管怎样，就米嘉这方面来说，也实在太天真了，因为他纵有许许多多的毛病，却是一个头脑非常简单的人。这份天真的一个实例就是：他正经八百地相信，老库兹马在行将前往另一个世界之际，对自己与格露莘卡的那段往事有真诚忏悔的意思；他相信现在最关心格露莘卡的保护人和最忠实的朋友不是别人，正是这个已经无害的老人。

与阿辽沙在田间路口的那次谈话之后，米嘉几乎彻夜未眠。第二天上午十点钟左右，他来到萨姆索诺夫家中，要求通报自己来访。这是一幢古老阴森的宅院，非常之大，上下两层，另有院子里的附属建筑和侧屋。楼下住着萨姆索诺夫两个成了家的儿子连同他们的妻儿，还有他的一个年老的姐妹和一个未出嫁的女儿。侧屋里住着他的两名管事，其中一名家口很多。萨姆索诺夫的子女和管事住房都很挤，老头儿一人却独占楼上全层，甚至不让侍候他的女儿住，而他的女儿在规定时间以及他发出呼唤的任何时间每次都得从楼下跑上去，尽管她早已有气喘病。

整个楼层有好多间纯粹当作摆设的大屋子，全部按老派商贾人家的格调布置起来，靠壁是长长一排单调乏味、又不舒适的红木扶手椅和靠背椅，车料玻璃的枝形吊灯罩着布套，窗户之间的墙上嵌有死气沉沉的镜子。所有这些房间都空关着不住人，因为有病的老头儿蜗居一室，仅用一间偏僻的小小卧房，由一名裹着头巾的老妈子服侍，还有一名小厮经常待在过道里箱凳上听候差遣。老头儿由于两腿肿胀，几乎已经完全不能行走，只偶尔从扶手皮椅上撑起来，由老妈子扶住双手在屋子里走一两个来回。他甚至对这个老妈子也疾言厉色，很少说话。

当仆人向他通报有一位“大尉”来访时，他当即表示不见。但在米嘉坚持下仆人再次进来通报。库兹马·库兹米奇详细询问小厮：来者是什么神态，有没有喝醉？是不是来闹事？他得到的回答是：“没有喝酒，但不肯走。”老头儿再次拒绝会客。米嘉对此早有准备，所以预先随身带好纸和铅笔，于是就在一张纸片上清楚地写下一行字：“有重大要事相商，此事与阿格拉菲娜·亚历山德罗夫娜直接有关。”——让仆人送进去。

老头儿稍加考虑后，命小厮把来客引进正厅，同时打发老妈子下楼去吩咐小儿子立即上楼来见他。这个小儿子二话不说立刻来到，他身高十二寸(即二尺十二寸，约合一米九五)，力大无穷，脸刮得光光的，着装是西式的(老萨姆索诺夫自己则穿大褂，蓄胡须)。全家人在老爷子面前个个俯首帖耳，唯命是从。老头儿把这个彪形大汉叫来倒不是因为怕上尉，他本人绝非鼠辈，只是以防万一，出了事也好有个证人。他由儿子和小厮搀扶着，终于步履蹒跚地走出卧房来到正厅。有理由料想，他也感到相当程度的好奇。米嘉在那里等候接见的正厅是个极大的房间，气氛阴森，给人以压抑的感觉，有上下两排窗户，有敞廊，墙壁是仿大理石的，三挂车料玻璃大吊灯用套子罩了起来。

米嘉坐在门口一把小椅子上，焦急地等待决定自己的命运。当老头儿出现在距米嘉坐的椅子足有二十米的对面门口时，米嘉立刻站起来，迈着坚定的军人大步迎上前去。米嘉的衣着相当体面，常礼服的纽扣一一扣好，圆顶礼帽拿在戴黑手套的手中，跟三天前在修道院长老住处与费奥多尔·巴甫洛维奇以及两个弟弟等人共商家事那回一模一样。老萨姆索诺夫庄矜严肃地站着等他，米嘉一下子感觉到，在他走过去的这段时间内，老头儿已把他从头到脚打量够了。库兹马·库兹米奇近来浮肿得厉害的脸也使米嘉震惊：本来就很厚的下嘴唇现在简直像一张饼耷拉着。老头儿神态凝重地向客人默默行礼，示意他坐在沙发旁一把扶手椅上，自己则扶住儿子的手臂发出痛苦的呼哧声，慢慢地在米嘉对面的沙发上落座。米嘉看到他重病在身行动如此费劲，心中顿时感到后悔和不好意思，在被他惊动的这样一位大人物面前，此刻只觉得自己微不足道。

“先生，您找我有什么事？”老头儿坐定后终于开口了，他一字一顿说得很慢，虽然绷着脸，却不失礼。

米嘉打了个寒战，刚想站起来，但又坐下。接着他开始申明来意，说得很响、很快，颇有点神经质，还辅以手势，确实像在作孤注一掷。显然，这是一个陷于山穷水尽的绝境中人在寻找最后的出路，如果找不到，马上就不想活了。老萨姆索诺夫想必在刹那间全明白了，不过他仍不动声色，神情冷漠，犹如一座雕像。

“最尊贵的库兹马·库兹米奇，您想必不止一次听说过我和家父费奥多尔·巴甫洛维奇·卡拉马佐夫的冲突，他窃取了我在生母去世后应该继承的遗产……这事已在全城传得沸沸扬扬……因为本地居民把任何无足轻重的小事都会传得沸沸扬扬……。此外，您也可能听格露莘卡……请原谅，听阿格拉菲娜·亚历山德罗夫娜，听我十分尊崇、十分敬重的阿格拉菲娜·亚历山德罗夫娜说起过……”

米嘉如此开始说，但开始不久便顿住了。这里就不逐字逐句照搬他的全部原话，只加以概述如下——

还在三个月以前，米嘉特特地（他说的正是“特特地”，而不是“特地”）去省城向一位律师作过咨询，“那是一位名律师巴维尔·巴甫洛维奇·柯尔涅普洛多夫，您一定听说过吧，库兹马·库兹米奇？脑子特别发达，简直有治国大才……他也知道您……对您评价极高……”米嘉再次顿住。但多次停顿并没有把他挡住，他马上就把说不利落的地方跳过去，一路往下述说。这位柯尔涅普洛多夫经过详细询问，认真查阅了米嘉所能提供的各种文件（谈到文件时米嘉含糊其辞，好像特别匆忙），然后表示，切尔马什尼亚村的所有权应由米嘉作为他母亲的遗产加以继承，此事的确可以提起诉讼，从而狠狠打击那个太不像话的父亲……“因为并非所有的门都已关死，吃法律饭的知道哪儿有空子可钻”。总而言之，有希望从费奥多尔·巴甫洛维奇那里再得到六千甚至七千卢布，因为切尔马什尼亚的价值说什么也不该少于两万五，不，肯定超过两万八，“三万，不止三万，库兹马·库兹米奇，可是，您想想，我从这个狠心人那里拿到的还不足一万七！……当初因为不懂法律，我也就自认晦气；可是来到这里以后，我竟遭对方反诉而挨了一闷棍（说到这里，米嘉的叙述又发生含混和紊乱，他马上又把这一节跳过去）。

“最尊贵的库兹马·库兹米奇，不知您是否愿意接受我可以向这个恶魔追回的一切权利，而您只消给我三千……。您绝对不可能吃亏，这一点我以人格向您担保；恰恰相反，您非但不会损失三千，还能赚进六七千……。而主要的一点是，这事最好今天就解决。

“我可以请公证人办手续，或者您爱怎么办都行……。总之，我什么都豁出去了，我可以把您所要的文件全部拿出来，我会在任何契约上签字……我们马上可以办完手续，如果可能的话，只要有可能，今天上午就办……。对您来说这三千卢布算不了什么……这个小城里谁的资产能跟您相比？……而这样一来，您却救了我免于……总而言之，您等于救了我这条穷性命，以便去完成一项值得崇敬的事业，可以说是极其高尚的事业……因为我对一位女士怀有十分崇敬的感情，这位女士您非常熟悉，而且得到您慈父般的关怀。如果不是慈父般的关怀，我是不会到这里来的。不妨说这是一场三人围绕一个目标的角逐，因为命运实在是极可怕的东西，库兹马·库兹米奇！残酷的现实，库兹马·库兹米奇，残酷的现实！由于您早就应该排除在外，剩下的只有两颗脑袋要发生碰撞，也许我笨口拙舌，用词不当，但我不是文学家！就是说，一颗是我的，另一颗是那个恶魔的。请您选择吧：成全我还是成全恶魔？现在三个人的命运、两个人的祸福全握在您一人之手……。对不起，我有点语无伦次，但您能明白……我从您可敬的眼神中看得出，您已经明白……。要是您还不明白，我今天就死，完了！”

米嘉用“完了”二字结束他这番荒唐的话，并且从座位上跳起来，等候对方就他这个愚蠢的建议作出答复。末了那句话刚一出口，他马上就绝望地感觉到事情全砸了，最糟糕的是，他说了一大堆可怕的废话。

“奇怪，来这儿的路上似乎一切都很好，可现在搞成这样！”这个念头在他绝望的脑袋里倏地一闪。

刚才他说话的时候，老头儿始终一动不动地坐着，用冰冷的目光注视着他。库兹马·库兹米奇让米嘉等了大约一分钟，这才以斩钉截铁、令人心寒的语调说：

“很抱歉，这样的买卖我们不干。”

米嘉顿时觉得自己两腿发软。

“现在我该怎么办呢，库兹马·库兹米奇，”他面带苍白的苦笑嗫嚅道，“这下我完了，您说是不是？”

“很抱歉……”

米嘉还站在那里，目不转睛地凝视着对方，忽然发现老头儿脸上有了动静。他打了个寒战。

“是这么回事，先生，这样的生意对于我们不合适，”老头儿慢腾腾地说，“跑法院，请律师，谁受得了？您要是愿意，倒是有这么个人，您可以去找他……”

“我的上帝！这个人是谁？……您真是我的救命恩人，库兹马·库兹米奇。”米嘉一下子激动得哩哩啰啰口齿不清。

“这人不是本地居民，眼下他也不在此地。他是个农民，做木材生意，都叫他里亚加维。他要向费奥多尔·巴甫洛维奇买您所说的切尔马什尼亚矮树林的木材，两人讨价还价已经有一年了，听说他们在价格上谈不拢。恰巧目前他又来了，住在伊林斯科耶的神父家里，距离沃洛维亚驿站大约十二里地，那里有一个伊林斯科耶镇。他曾往我这儿写信谈这件事，就是为矮树林的问题向我征求意见。费奥多尔·巴甫洛维奇自己也想去找他。您要是能赶在费奥多尔·巴甫洛维奇前头，向里亚加维提出刚才对我说的建议，他也许会……”

“绝妙的主意！”米嘉欣喜若狂地打断他的话，“这个人再合适不过了，对于他是求之不得的事情！他要买，人家要价很高，现在把这片土地的产权文件送到他手里，哈哈！”

米嘉突然发出一阵短促而不自然的大笑，完全出人意料，甚至把老萨姆索诺夫吓得脑袋颤动了一下。

“真不知道该怎样感谢您，库兹马·库兹米奇。”米嘉心中的热情都快沸腾了。

“只是区区小事。”萨姆索诺夫颔首道。

“您不知道，您真的救了我，噢，有一种预感指点我到府上来找您……。现在我立刻去找那位神父！”

“不足挂齿。”

“我得飞快赶去。我太不顾及您的健康了。您的好心我没齿不忘。我作为一个俄罗斯人向您说这话，库兹马·库兹米奇，一个真正的俄罗斯人！”

“言重了。”

米嘉抓住老头儿的一只手，本想使劲摇撼，然而对方眼睛里似乎现出某种不友好的神色。米嘉把手缩了回来，但旋即责怪自己多疑。

“他一定是累了……”这个想法在米嘉头脑里一闪。

“为了她！为了她，库兹马·库兹米奇！您能够理解，我这全是为了她！”他猛地吼叫起来，声震整个大厅，然后鞠了一躬，遽然转过身子，跟刚才一样大步流星向出口走去，头也不回。他喜不自胜。

“事情本来已经毫无希望，不料吉人自有天相，”他忖道，“这老头儿无比尊贵，多气派！既然这样一位大商贾指点了这条路，那么……那么毫无疑问是一条成功之路。我得飞身前往。夜里就回来，夜里一定回来，反正这盘棋是赢定了。难道这老头儿还能耍我？”米嘉在回自己寓所的路上犹自激动不已，他的脑袋瓜儿当然想象不出别的什么名堂来，也就是说：要么这是金玉良言(说这话的可是一位大商贾，称得上是识途老马，而且对那个里亚加维——好奇怪的姓氏！——又很了解)；要么老头儿在耍他！

非常不幸，这后一种猜测才是唯一正确的。事后，那是在惨剧发生后过了很久，老萨姆索诺夫有一次自己笑呵呵地承认，当时他耍了那个“大尉”。这是一个刻毒、冷酷的人，惯用恶作剧来发泄他病态的反感。或许是看到大尉那副兴冲冲的样子；或许是这个愚蠢的“败家子”太自信了，认为他萨姆索诺夫会中计上钩，接受如此天方夜谭式的“计划”；或许是这个“愣头青”为了格露莘卡，带着一个馊主意来找他诓钱，搅动了老头儿的醋劲——我不知道当时究竟是哪种因素刺激了他。但是，当米嘉站在他面前，觉得自己两腿发软，毫无意义地哀叹这下全完了的时候，正是在那一瞬间，老头儿憋着无限的愤懑瞥了他一眼，想到要耍他一把。米嘉走后，因窝火而脸色煞白的库兹马·库兹米奇吩咐儿子下达他的命令：今后不准这个穷光蛋登门，连院子里也不许他进来，否则……

他没有说出“否则”后面的话，但即便看惯他发怒的儿子也不寒而栗。在此后的整整一小时内，老头儿气得甚至全身发抖，傍晚时情况更加不妙，便打发人去请医生。

二 里亚加维

且说米嘉现在正是需要“快马加鞭”的时候，可是雇马车的钱却一个戈比也没有，不，确切地说，有两枚每枚二十戈比的硬币，这便是全部财产，这便是优哉游哉这么多年之后剩下的一切！但他家里还有一块早已不走的老式银表。他把表拿到在市场上开设一家小铺子的犹太钟表匠那儿去。那个犹太人出价六卢布把它买下。

“我还不指望卖这个价呢！”米嘉喜出望外（他还沉浸在狂喜之中），拿了六卢布就跑回家去。在家里他向房东借了三卢布，房东家很乐意地把仅有的一点钱都掏给他，因为他们太喜欢他了。米嘉兴奋之余当即向他们透露，他的命运今天就将决定，还把刚才向萨姆索诺夫提出的“计划”几乎全都告诉他们（叙述的方式自然是极其仓促的），然后又谈到萨姆索诺夫帮他出的主意、他自己对未来所抱的希望等等。过去他也把许多秘密告诉房东一家，因此他们把他当作**自家**

人，而不是当作端架子的大爷看待。如此凑了九卢布，米嘉派人去雇马车把他送往沃洛维亚驿站。这样一来，这一事实便被人记住并得到确认：在出事的前一天中午，米嘉身无分文，为了弄到钱，他变卖了一块表，向房东借了三卢布，上述情节均有证人。

在此笔者先指出这一事实，至于我这样做的用意何在，以后当见分晓。

在赶奔沃洛维亚驿站的途中，米嘉虽因预感到“一切都将迎刃而解”而喜形于色，却还是提心吊胆：他离开后格露莘卡会怎么样？她会不会偏偏在今天最后决定去见费奥多尔·巴甫洛维奇？正因为如此，米嘉离城前没有告诉她，而且叮嘱房东，不论何人来找他，千万不可泄露他的去向。

“今晚一定得赶回来，非回来不可，”他在马车里颠簸的同时再三对自己说，“恐怕只得把这个里亚加维带回到这里来……办这档子事……”米嘉胆战心惊地打着如意算盘，然而糟糕的是，这些梦想注定不可能按他的“计划”成为现实。

首先，他从沃洛维亚驿站出发上乡间小路已经晚了。那段小路说是十二里，其实有十八里(大约十九公里)。其次，伊林斯科耶的神父不在家，到邻村去了。当米嘉仍坐那些已累得精疲力竭的马拉的车在邻村找到他时，差点儿天都黑了。

神父看样子是个和气而胆小的人，他立刻向米嘉解释，那个里亚加维最初确实住在他家，但目前却在苏霍伊镇，今天要在那里的管林人木屋里过夜，因为他也在那里收购木材。米嘉再三请求神父立刻带他去见里亚加维，说是事关他能否获救云云。神父起初有些为难，但后来还是答应送他去苏霍伊镇，显然是好奇心起了作用。但神父犯了个错误：他建议“安步当车”前往，因为这段路才一里地挂点儿零。米嘉当然同意，而且随即迈开大步，可怜的神父几乎得跑步才跟得上。这是一个谨小慎微的人，矮个儿，还不老。

米嘉马上跟他谈起自己的计划，神经兮兮地热烈要求神父提供有关里亚加维的情况，一路滔滔不绝。神父仔细听着，但很少发表自己的看法，对于米嘉的提问也往往避而不答：“不知道，哦，不知道，这我怎么能知道？”等等。当米嘉谈起自己跟父亲在遗产问题上的争议时，神父简直吓坏了，因为他与费奥多尔·巴甫洛维奇之间存在着某种依附关系。不过，他困惑地问米嘉为什么把那个经商的农民戈尔斯特金叫作里亚加维，然后不厌其烦地向米嘉解释，那人尽管确实有里亚加维的外号，却并不姓里亚加维，他对这个诨名非常恼火，所以必须称他戈尔斯特金，“否则跟他什么事也办不成，他连听也不想听。”末了神父说。

米嘉仅仅不太经心地感到有些诧异，说萨姆索诺夫自己也管他叫里亚加维。神父听到这一情况后，便不说下去了，其实他已心生疑团：既然萨姆索诺夫让米嘉去找那个农民时只说他叫里亚加维，这样做会不会是拿他开心，其中是否有诈？如果神父立刻把自己的猜想告诉德米特里·费奥多罗维奇就好了。但是米嘉没有时间“在这类细枝末节上”深究。他一心要快，步子迈得很大，一直到了苏霍伊镇，这才明白他们走过的这段路不是一里地，也不是一里半，恐怕足有三里；这使他颇有些着恼，但他忍了下来。

他们走进一座木屋。管林人是神父的相识，住在木屋的半边；戈尔斯特金则在隔着过道较干净的另外半边下榻。到了这干净的半边木屋里，主人点亮了一支油烛。屋里生着炉子，热得厉害。松木桌子上摆着熄了火的茶炊，旁边托盘里有几只杯子，一瓶朗姆酒和一瓶伏特加都已喝光，还有一些吃剩的小麦面包。里亚加维躺在一条长凳上，外衣揉成一团垫在脑后权充枕头，他的鼾声如雷。米嘉可犯了难。

“当然得叫醒他：我的事太重要了，我大老远赶来，今天还得赶回去。”米嘉焦急地说；但神父和管林人默默地站着，不发表意见。米嘉走过去，自己动手设法弄醒他，虽然使劲推搡，可睡着的那位还是不醒。

“他喝醉了，”米嘉断定，“可是我该怎么办呢，上帝啊，我该怎么办呢？”

米嘉实在急不可待，便开始拉熟睡者的手和脚，摇晃他的脑袋，把他扶起来，让他坐在长凳上，经过好长时间的努力总算取得一点点成效：他开始发出莫名其妙的嘟囔声，并且骂起娘来，虽然吐字不清，但显然骂得很凶。

“我看您还是等一会吧，”神父终于开口说话，“因为很明显目前他没法办正事。”

“他喝了整整一天。”管林人也说。

“上帝啊！”米嘉急得直叫，“你们不知道这事对我有多么重要，我实在到了走投无路的地步！”

“您最好还是等到明天早上再说。”神父又劝了一句。

“明天早上？行行好吧，这不可能！”

情急中他又开始向那个醉汉发动冲击，但旋即放弃了这种努力，他明白一切都不起作用。神父不作声，睡眼惺忪的管林人绷着脸，显得挺不高兴。

“现实也太跟人过不去了，安排了这么多可怕的磨难！”米嘉发出了绝望的悲叹。他脸上汗如雨下。神父抓住这一时机十分明智地晓以事理：即使把熟睡者勉强弄醒，可是他醉成这个样子，也不可能谈任何正事，“而您的事又至关重要，还是等到明天早上再说更妥当些……”米嘉两手一摊，只得同意。

“神父，我留在这里，让蜡烛点着，也许能等到一个机会。要是他醒过来，我马上开始……。蜡烛钱我会付给你的，”他转向管林人说，“过夜的钱也照付，记住，我叫德米特里·卡拉马佐夫。只是您，神父，我不知该请您怎么过这一宿，您睡哪儿呢？”

“不，我还是回家去。我可以借他的马骑回去，”他指指管林人说，“那就再见了，希望您的事办得圆满成功。”

就这样定了下来。神父骑马走了，总算为摆脱这档子事而松一口气，但还是杌陧不安地连连摇头，思量着明天要不要把这件可疑的事及早通知自己的恩人费奥多尔·巴甫洛维奇，“否则的话，万一他知道后生气了，指不定会停止给予照顾。”

管林人挠了几下头皮后，默默地回他那半边屋里去了。于是米嘉在长凳上坐下来，如他所说的留心等机会。深沉的沮丧如浓重的雾笼罩在他心头。多么深沉而可怕的沮丧！他坐着搜索枯肠，什么办法也想不出来。油烛在冒烟，一只蛐蛐儿开始发出叫声，生着炉子的屋里闷得叫人受不了。米嘉想象中忽然出现一座花园，花园后面有条小径，他父亲的正屋有一扇门神秘地徐徐打开，格露莘卡从门里溜进去……。他霍地从长凳上跳了起来。

“我不敢再往下想！”他咬牙切齿地说，接着下意识地走到睡着的里亚加维跟前，开始端相他的脸。这是一个干瘦的中年乡下人，脸很长，一头鬈发是棕色的，蓄着细长的焦黄胡须，布衬衫外面的黑色背心袋口露出一块银质怀表的表链。米嘉满怀憎恨注视这张脸，不知为什么特别看不惯他有一头鬈发。

他实在咽不了这口窝囊气：他，米嘉，作出了这么多的牺牲，几乎抛弃了一切，累成这个样子，为了一件刻不容缓的事情守在这个酒囊饭袋身边，“而他满不在乎地打着呼噜，像是从另一个星球上来的那样，偏偏我的命运现在全掌握在他手中。”

“噢，真是造化弄人哪！”米嘉仰天长啸，突然，他完全失去了控制，又去摇撼酒醉的乡下人。米嘉发疯似的想弄醒他，又拉又推，甚至打他，但是折腾了五分钟仍旧毫无结果，在技穷计尽的情况下无可奈何地回到自己的长凳上坐下。

“愚蠢，愚蠢！”米嘉愤愤然说，“而且……这一切又是多么不公平！”不知为什么他又补上一句，他开始感到头疼得厉害。“是不是干脆放弃算了？一走了之？”这个念头在他脑海中倏地一闪，“不行，等到早上再说。我愣是要留下，非留下不可！我到这里来难道还为了别的？再说，要走也走不成，既无车又无马，噢，十足的痴人梦想！”

可是他的头疼得越来越厉害。他坐着一动不动，不知不觉打起盹来，就这样坐着睡了过去。他睡着了大约有两个小时或更多时间。他是因为头疼难忍直想喊叫而醒过来的。血在他的两侧太阳穴里突突猛跳，颅顶像要裂开；他醒了以后仍久久处于迷糊状态，闹不清自己究竟是怎么回事。后来他明白了，生着炉子的室内煤气味很浓，他也许会窒息而死。而那个乡下醉汉还躺着打鼾；油烛已快燃尽，随时可能熄灭。米嘉一声呼喊，踉踉跄跄穿越过道冲向管林人的屋子。管林人很快就醒了，但听说是另外半边屋里有煤气味，虽然过来察看，态度却冷漠得出奇，令米嘉既惊讶又气愤。

“可他死了，他死了，那……那怎么办？”米嘉站在他面前狂叫怒吼，大发雷霆。

门窗已打开，烟道也通了，米嘉从过道里提了一桶水来，先往自己头上泼了些水，然后找到一块破布浸湿后把它敷在里亚加维头上。管林人对整个事件继续保持一种近乎轻蔑的态度，他让一扇窗子开着，没好气地说：

“不碍事了。”

他又去睡了，给米嘉留下一盏点亮的铁架风灯。米嘉不断地给煤气中毒的醉汉脑袋做湿敷；忙了半个小时，已经认真打算彻夜不睡了，但是实在太疲劳，想稍坐片刻喘一口气，不料眼皮马上合拢，身不由己地一下子躺倒在长凳上，睡得像个死人。

他这一觉醒来可晚得不得了。已经是上午九点左右。明媚的阳光照进了木屋的两扇小窗。昨天的鬈发醉汉已穿好外衣坐在板凳上。他面前放着重又生好的茶炊和一瓶新开的酒。昨天的已经喝光，新的一瓶也只剩下不到一半。米嘉一骨碌爬起来，转眼就明白这该死的乡巴佬又喝醉了，醉得不可收拾、有去无还。米嘉瞪大眼睛对他看了有一分钟。乡巴佬则时不时默默地、狡黠地瞅他一眼，那份悠闲能把人气死，而且米嘉觉得他甚至摆出一副瞧不起人的狂狷相。米嘉立刻向他跑过去。

“对不起，您瞧……我……您想必已经听那边屋里的管林人说了。我是德米特里·卡拉马佐夫中尉，老卡拉马佐夫的儿子，您正要向家父购买矮树林的木材……”

“你胡说！”乡巴佬忽然坚定而又沉着地说。

“我怎么胡说？您知不知道费奥多尔·巴甫洛维奇？”

“我才不想知道你的什么费奥多尔·巴甫洛维奇。”乡巴佬说话时转动舌头好像怪费力的。

“矮树林，您不是要向他买矮树林的木材吗？喂，您醒醒，好好想一想。是伊林斯科耶的巴维尔神父送我到这儿来的……。您给萨姆索诺夫写过信，他让我来找您……”米嘉说得上气不接下气。

“你胡——胡说！”里亚加维再次斩钉截铁地表示。

米嘉只觉得两条腿变得冰凉。

“我求求您，这可不是开玩笑！您也许多喝了酒。您终于能说话了，能明白我的意思……要不然……要不然我真的什么辙也没有了！”

“你是漆匠！”

“行行好吧，我是卡拉马佐夫，德米特里·卡拉马佐夫，我有一个建议要向您提……一个有利可图的建议……十分有利……恰恰是有关矮树林的。”

乡巴佬倨傲地捋了捋自己的胡须。

“不，你订了承包合同，结果又要赖。你是个骗子！”

“请相信我，您弄错了！”米嘉拼命扭绞着双手。乡巴佬不断捋着胡须，忽然狡猾地把眼睛眯缝起来。

“不，你得指给我瞧：你得给我指出哪一条法律是允许拆烂污的！听见没有？你是个骗子，你懂不懂？”

米嘉挂着一脸晦气退后几步，突然，正如事后他自己说的那样，他“脑门上好像挨了重重的一拍”。霎时间他头脑里大放光明，仿佛“有一支火炬点亮，我一下子全明白了”。他站着呆若木鸡，怎么也想不通，自己毕竟是个有头脑的人，怎么会干这样的蠢事，钻进这样的死胡同，差不多整整一昼夜全泡在这上头，围着这个里亚加维团团转，用湿布敷在他头上……

“这是个醉鬼，醉得天昏地黑，而且还会没日没夜地喝上一星期。我还待在这儿等什么？莫非萨姆索诺夫故意打发我上这儿来？万一她……。噢，上帝啊，我这是干的什么事啊！……”

乡巴佬坐在那里，瞅着他，暗暗发笑。如果在另一种场合，米嘉一怒之下保不住会杀了这个笨蛋，但眼下他自己软瘫无力，简直像个小孩。他灰溜溜地走到自己的长凳旁，拿起自己的外衣穿上后走出屋子。在另外半边屋子里他没有找到管林人，一个人也没有。他从衣兜里掏出五十戈比零钱放在桌上作为住宿、灯烛和打扰的费用。出了木屋，只见周围全是树林，旁的什么也没有。他漫无目标地胡乱走去，记不得出了木屋往哪儿拐弯——往右还是往左；昨天夜里和神父一起匆匆忙忙赶来，也没留意路径。

他心中没有任何报复的想法，即使对萨姆索诺夫也不存此念。他顺着一条狭窄的林中小道无意识地走着，失魂落魄，脑袋里空空如也，根本不在乎走向何方。任何一个小孩都能把他打倒，可见他在身心两方面殚竭交瘁的程度。他好赖总算走出了树林，一下子呈现在眼前的是收割后裸露的田野，茫茫然一眼望不到边。

“光秃秃荡然无存，静悄悄一片死寂！”他反复念叨着不停步地向前，向前。

一辆出租马车载送一位小个子老商人沿着乡间小路经过此地，救了米嘉。当人车相遇时，米嘉上前问路，正巧马车也去沃洛维亚驿站。经过一番磋商，他们同意米嘉搭乘。大约三小时后到达目的地。到了沃洛维亚驿站，米嘉立刻吩咐驿车送他进城，这时他才突然意识到自己饿得不得了。就在套车的当口儿，一份煎鸡蛋已经给他做好。他在刹那间把煎鸡蛋送入腹中，还吃了一大块面包和不知哪来的一条香肠，喝了三小杯伏特加。有了这些东西下肚，他精神好多了，心情又趋于明朗。他一路催促车把式加快赶车，同时一下子想好了一个新的、这回已是“决不变更”的计划，最迟在今天晚上弄到“这笔该死的钱”。

“想不到这区区三千卢布之数竟能把一个人的命运给毁了，真想不到！”他心中发出轻蔑的感慨，“我今天就把这个问题解决！”

要不是魂牵梦萦始终惦着格露莘卡，担心她会出什么事，那么米嘉也许又变得非常快活。但是对格露莘卡的悬念每时每刻都像一把锋利的匕首扎入他的心窝。

驿车终于到了城里，米嘉当即直奔格露莘卡家。

三 金 矿

米嘉这次去找格露莘卡，正是她后来告诉拉基津时犹有余悸的那一次。当时她正盼着“快马专差”，而米嘉昨天和今天都没有来，这使她非常高兴，但愿上帝保佑在她出发之前米嘉不要来，可他偏偏闯来了。接下来的事情我们已经知道：为了摆脱他的纠缠，格露莘卡旋即要米嘉送她去库兹马·萨姆索诺夫家，推说她非到那里去“算账”不可。米嘉马上送她前往；在库兹马家门口分手时，她要米嘉保证午夜时分再来接她回家。米嘉对于这样的安排也很满意，心想：“她待在库兹马那里，这就是说不会去找费奥多尔·巴甫洛维奇了……”再一想，又有些不放心，“除非她向我撒谎。”但是，据米嘉目测，她不像在撒谎。

米嘉正是这样一种类型的醋坛子，只要心爱的女人不在身边，马上就疑神疑鬼，天晓得她会出什么乱子，大概这时候正在“背叛”他；就这样吓得魂不附体、沮丧万分，无可挽回地认定女的已经背叛了他。及至重又跑到这个女人跟前，刚向她含笑盈盈、蔼然可亲的脸蛋儿看上一眼——顷刻间他便在精神上死而复生，顷刻间便把一切疑团抛在脑后，并且怀着愉快的愧疚痛责自己妒心太重。

他把格露莘卡送到了目的地，赶紧回家。哦，今天他还有那么多的事情要做！但至少心上的一块石头已经落地。

“只是我得尽快向斯乜尔加科夫打听：昨晚那边有没有什么动静？她是不是去找过费奥多尔·巴甫洛维奇？不怕一万，只怕万一，天哪！”这念头在他脑海中掠过。

他还没有跑回自己的寓所，忌妒的虫豸又在他不得安宁的心中蠢蠢欲动。

忌妒！普希金说过：“奥赛罗并不善妒，他是相信人的。”单是这一句话即已足证，我们这位大诗人的智慧异常深邃。奥赛罗的心灵已遭粉碎，他眼睛里看到的整个世界已变成一片混沌，只因为**他的理想破灭了**。但奥赛罗不会躲起来采取监视、窥探的做法，因为他相信人。相反，必须花大力气加以诱导、推动、煽惑，才能使他疑心有人对他不忠。真正善妒的人不是这样的。善妒的人什么恬不知耻和道德沦丧的事都干得出来，而且丝毫不受良心的谴责，真难以想象。倒不是说这些人一个个都是品行猥琐、灵魂肮脏。相反，胸怀高尚的感情和纯洁的爱心、富有自我牺牲精神的人，照样可能藏在桌子底下，买通卑鄙小人，干窥探和偷听之类令人齿冷的勾当。

奥赛罗不是不能宽恕不忠，而是绝对不可能与不忠妥协，尽管他不是一个狠毒的人，他的心与婴儿的心一样纯洁无邪。而真正善妒的人则不然：某些善妒者竟能委曲求全、姑息宽容到难以置信的地步！善妒者是最能姑息宽容的，这一点凡是女人都知道。善妒的男人宽恕得特别快(最初自然免不了要大闹一场)，他们能宽恕例如几乎已经坐实的不忠，宽恕他们亲眼目睹的拥抱和接吻，只要他们同时能够相信这是“最后一次”，相信他们的情敌从此将到海角天涯去销声匿迹，或者他们自己将把女的带往可怕的情敌再也去不了的地方。当然，这种委曲求全的妥协只是暂时的，因为即便情敌真的销声匿迹了，他们明天又会心造出另外的、新的情敌来作为自己忌妒的对象。人们不禁要问：需要这样监视的爱情还有什么意思？必须如此严加防范的爱情还有什么价值？但这一点恰恰是真正善妒的人永远无法理解的，而在他们中间又确实会有心灵高尚的人。还有一点值得注意：这些心灵高尚的人躲在某个斗室旮旯偷听和窥探的时候，虽然凭着“高尚的心灵”清楚地意识到他们自愿陷入的境地有多么丢人，然而至少在他们藏身斗室旮旯的那个时候，是决不会问心有愧的。

米嘉一看见格露莘卡便醋意全消，他会在短时间内变得心胸开阔，相信自己所爱的人，甚至自己也瞧不起自己的那份德性。但这仅仅意味着他对这个女人的爱包含着比他自己的想象要高尚得多的内容，而不仅仅是情欲，不仅仅是他曾向阿辽沙谈到的“身体的曲线”。但是，只要格露莘卡不在眼前，米嘉马上又开始疑心她在干下流的勾当，搞不忠的阴谋。与此同时他决不会受到良心的谴责。

所以，他这只坛子里的醋又沸腾起来了。不管怎么样，必须赶快行动。第一件事是要设法借一点钱。昨天的九卢布几乎全花在路上了，而尽人皆知，没有钱是寸步难行的。刚才在回城的马车上他已经和新计划一起想好了用什么办法去借钱。他有一对决斗用的好枪，还附带子弹，他之所以至今没有把它抵押出去，是因为他所有的东西中最钟爱的便是这一对手枪。

在“京都酒店”他和一名年轻的公务员早就有泛泛之交，他也是从那家酒店里听说，这位单身而又相当富裕的公务员有收藏武器的癖好，买下了各种手枪、匕首，把它们陈列在家里墙上供熟人观赏。此人喜欢夸耀自己的收藏，对于左轮手枪的构造，如何装弹药，如何发射等等，讲起来头头是道。米嘉没有多加考虑，马上去找那人，提出用这一对枪作抵押借十卢布。那名公务员很高兴地开始劝说米嘉干脆把枪卖给他，但米嘉没有同意，于是他便借给米嘉十卢布，并且表示决不收取利息。双方很友好地分了手。

米嘉心里很急，他赶紧奔向费奥多尔·巴甫洛维奇家后面他的“守望亭”，打算尽快把斯乜尔加科夫叫出来。但这样一来又确定了一个事实：在下文我将讲述的变故发生之前才三四小时，米嘉身无分文，他用自己心爱之物作抵押借得十卢布，然而三小时后他手里竟有成千卢布……。我又太性急了，暂且按下不表。

玛丽亚·康德拉启耶夫娜(费奥多尔·巴甫洛维奇家的近邻)告诉米嘉一个令他大为震惊而且慌乱的消息：斯乜尔加科夫病了。他听到斯乜尔加科夫跌进地窖，接着癫痫发作，接着请来了大夫，费奥多尔·巴甫洛维奇关怀备至等经过情形；他还颇感兴趣地了解到，二弟伊万·费奥多罗维奇今天上午已动身前往莫斯科。

“他应该在我之前经过沃洛维亚驿站，”德米特里·费奥多罗维奇忖道，但斯乜尔加科夫发病的事令他忧心如焚。“现在怎么办？谁来担任守卫？谁能为我通风报信？”

米嘉开始急切地询问邻家母女：昨晚她们是否注意到什么动静？对方清楚地知道他要了解什么，所以十分肯定地告诉他：没有人去过，只有伊万·费奥多罗维奇在那里过夜，“一切都很正常”。米嘉犯了难。毫无疑问，今天还得守候，但在哪里守候：在此地还是在萨姆索诺夫家门口？他决定两处都得监视，可目前，目前……。问题在于，如今摆在他面前的是一个他认为万无一失的新计划，这是刚才他在马车上想好的，而且已不可能推迟执行。米嘉决定在这上头花一个小时。“一小时内我将了解所有的情况，解决所有的问题，然后首先去萨姆索诺夫家侦察一下格露莘卡是不是在那里，接着马上赶回来，在此地待到十一点，然后再上萨姆索诺夫家接格露莘卡，把她送回家。”他就这样决定了下来。

他飞也似的跑回家去梳洗一番，把衣服刷干净，穿戴好以后前往霍赫拉科娃太太家。天哪，原来这便是他的“新计划”！他决定向这位女士借三千卢布。他忽发奇想地产生一种异乎寻常的信心，认为对方决不会拒绝他。读者也许会感到不解：既然这样有把握，他为什么早不来，何况这里还在他的社交圈子之内，却去求助于萨姆索诺夫这样根本不是一路的圈外人，米嘉甚至不知道该如何与之交谈。

但是，必须指出，最近一个月来，米嘉跟霍赫拉科娃太太几乎成了陌路之人，而且过去交往也很少，此外米嘉还深知这位太太看他极其不顺眼。从一开始霍赫拉科娃太太便憎恶米嘉，无非因为他是卡捷琳娜·伊万诺夫娜的未婚夫，而她不知何故一心希望卡捷琳娜·伊万诺夫娜甩掉米嘉，嫁给“风度翩翩又有教养的儒雅骑士伊万·费奥多罗维奇”。她十分讨厌米嘉的举止。米嘉甚至取笑过她，有一次谈到她时曾说，这位女士“开朗豪放与缺乏教养的程度旗鼓相当”。今天上午[①]在马车上他想出了一个绝妙的主意：“既然这位太太如此反对我

① 米嘉在管林人家中醒来已是9点左右，好不容易走出树林搭上便车，经三小时才到沃洛维亚驿站(这是前文作过交代的)。他的新计划产生于从沃洛维亚回城的路上，因此说“上午”实在太勉强。类似的情况在本书其他章节以及作者别的作品中屡见不鲜。

娶卡捷琳娜·伊万诺夫娜，而且对此反感到这样的程度（米嘉知道这种反感已近乎歇斯底里），那么，如果我能放弃卡嘉，用这位太太借给我的三千卢布永远离开此地，她岂有不愿借这笔钱给我的道理？这些娇生惯养的贵妇人一旦产生某种愿望，只要能称心如意，她们是什么都不吝惜的。何况她那么有钱。”

以上是米嘉的推论。至于“计划”本身仍和原先一样，即出让切尔马什尼亚的所有权，——但不像昨天向萨姆索诺夫提出时那样带有商业性目的，他不想对这位太太诱之以利——付出三千，有可能捞回六七千云云，——仅仅作为借款的正当担保。米嘉在为这个新主意作细节加工时愈想愈得意，每当他有什么新招时，每当他突然作出什么决定的时候，他照例会欣喜若狂。对于自己的每一个新主意，他总是全身心地投入。不过，当他踏上霍赫拉科娃太太家的台阶时，骤然感到一阵恐怖的寒栗直透脊髓：就在这一秒钟内，他才充分而且如数学一般明确地意识到，这是他最后的希望，万一这一招也失灵，那么这世界上再也没有路可走了，“除非为了三千卢布去谋财害命，别无他法……”他拉动了铃绳，这时是晚上七点半。

起初命运女神似乎露出了微笑：仆人一通报他的姓名，主人立刻有请，速度异常之快。“简直像在等我，”这个想法在米嘉头脑中掠过。接着，他刚被引入客厅，女主人即以近乎奔跑的步态走进来，一开始便告诉米嘉自己正在等他……

“我在等您，我在等您！尽管我没有理由指望您会来找我，这您也知道，然而今天我真的在等您。您可以对我的直觉表示惊讶，德米特里·费奥多罗维奇，整个上午我一直相信今天您会来。”

“夫人，这确实让人惊奇，”米嘉说着，动作不太利索地坐下，“但是……我来有一件极其重要的事情……可以说，是再重要不过的了，当然指对我而言，夫人，仅仅对我个人而言，而且我急得很……”

“我知道您是为一件再重要不过的事情而来，德米特里·费奥多罗维奇，这并不是什么未卜先知，不是向崇尚奇迹的时代倒退（佐西马长老的事您听说没有？），这是数学：自从发生了有关卡捷琳娜·伊万诺夫娜的这一切之后，您不可能不来，这是数学，您非来不可，不可能不来。”

“现实生活本身有不可抗拒的法则，夫人，这就是现实主义！不过请允许我说明一下……”

“对，这才是现实主义，德米特里·费奥多罗维奇。现在我完全拥护现实主义，我在奇迹问题上得到的教训太深刻了。佐西马长老去世了，您听说没有？”

“没有，夫人，我这是第一次听说。”米嘉略感惊异。他头脑里浮现出阿辽沙的形象。

“昨天夜里死的，您想象不到……”

“夫人，”米嘉打断她的话头，“我只能想象自己处于山穷水尽的状态，如果您不帮我一把，那就什么都完了，而我将第一个完蛋。请原谅我谈吐不雅，但我在发热，在发烧……”

“我知道，我知道您在发烧，全知道，您不可能处在另一种精神状态；不管您说什么，我预先都已知道。我早就在为您的命运着想，德米特里·费奥多罗维奇，我关注您的命运，研究您的命运……。哦，请您相信，我是个有经验的心灵医生，德米特里·费奥多罗维奇。”

“夫人，如果您是一位有经验的医生，那么我是一个有经验的病人，”米嘉硬着头皮与之寒暄，“我预感到，既然您如此关注我的命运，您一定能在我的命运面临灭顶之灾的时刻伸出援助之手，但为此请允许我向您介绍我斗胆带来的计划……并说明我期望从您这里得到什么……。我是来……夫人……”

“您不必说明，这是次要的。至于帮助，您不是我给予帮助的第一个人，德米特里·费奥多罗维奇。您想必听说过我的表妹别尔梅索娃，她的丈夫要垮了，用您很有特色的语言来表达就是——完蛋了，德米特里·费奥多罗维奇；可是我给他指出了办养马场这条路，如今他春风得意。您对养马有没有研究，德米特里·费奥多罗维奇？”

“一窍不通，夫人；啊，夫人，真的一窍不通！”米嘉的叫喊已经有点神经兮兮，他实在不耐烦了，甚至要从座位上站起来。“我只恳求您听一听我的话，夫人，只要给我两分钟，不要打断我，让我先向您介绍我带来的设想。再说，我需要赶时间，我急得要命！”米嘉歇斯底里地嚷道，因为他觉得女主人又要开口，所以想先发制人，把嗓门扯得比她更高。“我来是出于无奈……实在到了万般无奈的最后阶段，目的是向您商借三千卢布，但有可靠的抵押，绝对可靠的抵押，夫人，您有万无一失的保障！只是您得容我说明……”

“这些您以后再说，以后再说！”霍赫拉科娃太太则冲他连连甩手，“不管您说什么，我都预先知道，这一点刚才我已经对您说过。您要借一笔款子，您需要三千卢布，但我可以给您更多，多得没法比；我要拯救您，德米特里·费奥多罗维奇，但您必须听我的！”

米嘉又从座位上跳了起来。

“夫人，您的心肠简直太好了！”他的感奋之状溢于言表，“上帝啊！夫人，您救了我的命。一个人本来可能死于非命，可是您把这个人从枪口下救了出来……。您的恩情我将永志不忘……”

“我准备给您的远远超过三千，多得没法比，没法比！”霍赫拉科娃太太瞧着米嘉喜出望外的样子，自己脸上也漾开了笑容。

“多得没法比？要不了那么多。对我来说，只需要这性命攸关的三千卢布，我来的目的是要在无限感激的同时向您提供归还这笔款子的保证，我有一个计划要对您……”

“别说了，德米特里·费奥多罗维奇，事情就这么定了，”霍赫拉科娃太太说得斩钉截铁，显示了一位务实的慈善家助人为乐的胸怀。“我答应了要救您，就一定把您救出来。我要像救别尔梅索夫那样拯救您。您对金矿有什么想法，德米特里·费奥多罗维奇？”

“金矿，夫人？我从来没有考虑过。”

“可是我为您考虑了！非但考虑了，而且是反反复复地考虑过多次。我为此目的对您观察已经有整整一个月。我对您走路的姿势看过上百次，总是暗暗对自己说：这样富有毅力的人应该去找金矿。我甚至研究了您的步态并且得出结论：这个人定能找到很多金矿。”

“根据步态，夫人？”米嘉微微一笑。

“当然，也根据步态作出判断。难道您否认看一个人走路的样子能推断他的性格，德米特里·费奥多罗维奇？自然科学同样确认步如其人。哦，如今我是现实主义者，德米特里·费奥多罗维奇。从今天开始，在修道院发生的事搅得我心烦意乱之后，我百分之百地站在现实主义这一边，我要投身到讲究实效的事业中去。我的病已经治好。够了！就像屠格涅夫所说的那样。”

“可是夫人，刚才您如此慷慨地答应借给我的这三千卢布……”

“不会亏待您的，德米特里·费奥多罗维奇，”霍赫拉科娃太太立刻把他刹住，“这三千卢布等于已经在您口袋里，不是三千，而是三百万，德米特里·费奥多罗维奇，只消极短的时间便可实现！您应该有什么样的抱负，我来告诉您：您找到了金矿，赚了好几百万，回来后成为名人，您可以带动我们兴业创业。为什么要把所有的肥水都拱手让给犹太人？您将建造高楼大厦，兴办各项实业。您将帮助穷人，而他们将为您祝福。如今是铁路时代，德米特里·费奥多罗维奇。您的名声将传到财政部，少不了要您排忧解难，而眼下这个部的状况却是够糟的。我们的卢布不断贬值，使我睡不安稳，德米特里·费奥多罗维奇，外界对我的这一面知之甚少……”

“夫人，夫人！”德米特里·费奥多罗维奇已感到事情不妙，再次打断对方的话，“我或许会非常非常认真地听从您的忠告，遵照您的金玉良言去做，夫人，可能真的会出发到那里去……找矿……将来还会来找您谈这件事……甚至要来好多次……但眼下这三千卢布……您刚才如此慷慨地……。哦，这笔钱可以使我摆脱束缚，如果今天就能……。是这样的，您瞧，我现在没有时间，实在没有时间……”

“够了，德米特里·费奥多罗维奇，够了！”霍赫拉科娃太太坚决不让他说下去，“我的问题是：您去不去开矿，是否下定决心，明确回答我。”

“去，夫人，以后我一定去……。您要我去哪儿都行，夫人……

但是眼下……”

“等一下！”霍赫拉科娃太太猛然想起什么，急忙站起来一个箭步蹿到有无数抽屉的一张精美书桌前，开始一只又一只地拉开抽屉找什么东西，动作匆忙至极。

“三千！”米嘉心想，他连大气也不敢喘，“当场给钱，不要任何借据，不办手续……噢，这才是绅士风度！了不起的女人，要是不那么饶舌该有多好……”

“找到了！”霍赫拉科娃太太欢呼着回到米嘉这边，“我找的就是这个！”

这是一件穿在细绳上的微型银质神像，往往有人把它和小十字架贴身佩戴在一起。

“这是从基辅带来的，德米特里·费奥多罗维奇，”她虔诚地继续说，“是从圣女瓦尔瓦拉的遗体上取下来的。让我亲自给您戴在脖子上，作为对您走向新生活、建立新业绩的祝福。”

她真的把神像套在米嘉脖子上，还要让它直接贴身。米嘉感到十分尴尬，只得微微低头帮她一起把神像塞到领结和衬衫领子里边去挂在胸前。

“现在您可以走了！”霍赫拉科娃太太说道，同时庄严地重又回到她的座位上。

“夫人，我深受感动……甚至不知道该怎样感谢……您的深情厚谊，可是……您不知道现在时间对于我有多么宝贵！……我正等着您慷慨地把那笔款子……。噢，夫人，既然您对我这么好，这么慷慨，”米嘉忽然心潮澎湃，“我实在太感动了，请允许我向您坦白……其实您早就知道……本地有我心爱的一个人……。对卡嘉……不，对卡捷琳娜·伊万诺夫娜我已经变心。噢，我对她太没有心肝，完全丧失人格，但我在本地爱上了另一个……女人，您也许瞧不起她，夫人，因为您已经全知道，但我怎么也撇不下她，怎么也不行，所以现在，这三千……”

“您得把一切都撇下，德米特里·费奥多罗维奇！”霍赫拉科娃太太打断他的话，完全是没商量的口气。“您得撇下，尤其是女人。您的目标是金矿，把女人带到那里去完全没有必要。将来您衣锦荣归以后，您可以在社会的最上层为自己找一个与您心心相印的伴侣。那将是一位现代女性，有学识，不受陈腐观念的束缚。目前刚刚兴起的妇女运动到那时也将趋于成熟，新女性将要出现……”

“夫人，这不是我所指的意思，我需要的不是……”德米特里·费奥多罗维奇两手握在一起作恳求状。

“这恰恰是您所需要的，德米特里·费奥多罗维奇，正是您渴望得到的，只是您自己并没有意识到罢了。我完全不反对目前的妇女运动，德米特里·费奥多罗维奇。妇女的发展以及妇女在最近的将来登上政治舞台——这便是我的理想。德米特里·费奥多罗维奇，我自己也有一个女儿，外界对我的这一面知之甚少。我曾就这一问题写信给作家谢德林。这位作家跟我交换过有关妇女使命的意见，给了我很多很多的教益，去年我给他寄去一封匿名信，只有短短两行字：‘我代表现代女性拥抱和亲吻您，我的作家，请坚持下去。’署名是：‘一个母亲。’我本想署上‘一个现代母亲’，但有些犹豫，最后只署上‘一个母亲’，这样更突出了心灵美，德米特里·费奥多罗维奇。再说，‘现代’两个字会使他联想起《现代人》杂志①——对他来说真有些不堪回首，那是如今的书刊检查制度造成的……。哎呀，我的上帝，您怎么啦？”

“夫人，”米嘉终于一跃而起，两只手掌合在一起向她苦苦哀告，“您快要迫使我哭出来了，夫人，如果您再拖延把您如此慷慨地答应借给……”

“那您就哭吧，德米特里·费奥多罗维奇，哭吧！这是美好的感情……此一去，路途遥远。眼泪多少能减轻一点跋涉之苦，将来您回

---

① 陀思妥耶夫斯基与萨尔蒂科夫-谢德林（1826—1889）在不少问题上（包括妇女问题）意见相左，他们之间的论战可以上溯到19世纪60年代初，在本书中亦有反映。谢德林参与编辑的《现代人》杂志于1865年遭当局两度警告，1866年被勒令停刊。

来了，快活的日子还在后头。您得专程从西伯利亚赶来看看我，让我和您一起分享快乐……”

“可您也得让我说几句，”米嘉蓦地吼了起来，“我最后一次恳求您说说清楚，今天您能不能把答应的款子给我？如果不能，我究竟什么时候可以来取？”

“什么款子，德米特里·费奥多罗维奇？”

“您答应的三千……您如此慷慨地……”

“三千卢布？您是说三千卢布？喔，不，我没有三千卢布，”霍赫拉科娃太太说得镇定自若，只是稍稍有些纳闷。米嘉一下子傻了眼……

“您怎么？……刚才……您说……您还说过这样的话：这笔款子等于已经在我口袋里……”

“噢，不，您误解了我的意思，德米特里·费奥多罗维奇。既然您这么说，那么您没有理解我的精神。我说的是矿藏……。的确，我向您许诺的更多，比三千卢布多得不可以道里计，现在我全记起来了，可我指的只是矿藏。”

“那么钱呢？三千卢布呢？”德米特里·费奥多罗维奇的大喊大叫荒唐可笑。

“噢，如果您指的是钱，我没有。现在我根本没有钱，德米特里·费奥多罗维奇，目前我正跟我的财务总管在吵架呢，前几天我自己刚向米乌索夫借了五百卢布。不，不，钱我没有。老实对您说，德米特里·费奥多罗维奇，即使有钱我也不给您。首先，我向来不借钱给任何人。借钱给别人就意味着吵架。而且我尤其不借给您，我是出于对您的爱护才不借，是为了拯救您所以不借给您，因为您需要做的只有一件事：去找金矿、金矿、金矿！……”

“噢，真他妈的活见鬼！……”米嘉突然咆哮一声，使出全身的力气用拳头在桌面上猛击一下。

“哎——呀！”霍赫拉科娃吓得没命地叫起来，向客厅的另一端直飞过去。

米嘉狠狠地啐了一口，快步走出房间，走出住宅，冲到街上，冲向黑暗！他像个疯子边走边捶自己的前胸，两天前的晚上，最近一次与阿辽沙在黑暗的路上见面时，他也曾当着阿辽沙的面捶自己的胸膛，捶的正是同一个地方。他捶击自己胸前的**这个地方**意味着什么，他这个动作究竟何所指——暂时还是个秘密，世上没有人知道这个秘密，当时他甚至向阿辽沙也没有透露。但这个秘密所包含的对他来说不仅仅是耻辱，还包含着毁灭和自戕。他已经决定，如果弄不到那三千卢布还给卡捷琳娜·伊万诺夫娜以洗刷他胸前“**那个地方**”的耻辱，他就结束自己的生命，因为他胸前一直悬挂着这份耻辱，而这份耻辱始终沉重地压迫着他的良心。关于这一切，读者在以后会见分晓的，但此时，他最后的希望破灭了，离开霍赫拉科娃的住宅后才走了几步，他，体格如此强壮的一条汉子，竟像个小孩子一般泪流满面。他一边走，一边无意识地用拳头抹去眼泪，就这样走到广场上，突然觉得自己与什么东西撞了个满怀。只听见一个老太婆发出一声尖叫，原来米嘉差点儿把她撞倒。

“我的上帝啊，你这人险些没把我撞死！有这样走路的吗，愣头青？”

“怎么，是您哪？”米嘉意外地叫出声来，他在黑暗中终于看清了那个老太婆的脸。这正是伺候库兹马·萨姆索诺夫的那个老妈子，昨天米嘉在他家中已经记住了她的模样。

“您是哪一位，大爷？”老太婆立刻换一种语气问道，“黑灯瞎火的，我可认不出您来。”

“您不是住在库兹马·库兹米奇家伺候他的吗？”

“正是，大爷，我刚上普罗霍雷奇那儿去了一趟……。我怎么认不出您是哪一位呀？”

“请问，老妈妈，阿格拉菲娜·亚历山德罗夫娜这会儿在你们那儿吗？”米嘉说这话的时候紧张得已近乎神经错乱了。“刚才是我自己送她上那儿去的。”

“她来过，大爷，坐了一会儿以后又走了。”

“什么？走了？”米嘉失声惊呼，“去哪儿了？”

“差不多一来就走了，只在我们那儿待了一小会儿。她给库兹马·库兹米奇讲了个故事，把他逗乐以后就跑了。”

“你胡说，该死的！”米嘉怒喝道。

“哎呀！”老婆子吓得半死，但米嘉已经连影儿也没有了。

他拼命往莫罗佐娃的宅子那儿奔跑。那正是格露莘卡已经坐车前往莫克罗耶的时候，离她动身的时刻不超过十五分钟。“大尉”闯进去时，菲妮娅和她奶奶——厨娘玛特辽娜——正坐在厨房里。菲妮娅一看见他，立刻没命地狂叫起来。

“你喊什么？”米嘉把她喝住，“她在哪儿？”

但是吓得面如土色的菲妮娅连半句话都没来得及回答，米嘉已经趴倒在她脚边：

“菲妮娅，看在咱们的主基督分上，告诉我她在哪儿？”

“大爷，我什么也不知道，亲爱的德米特里·费奥多罗维奇，真的什么也不知道，哪怕您杀了我，我也不知道，”菲妮娅不住口地赌神罚咒，“刚才是您自己和她一起走的……”

“她回来了！……”

“亲爱的，她没来过，我可以向上帝发誓，她没有来过！”

“撒谎！”米嘉厉声说，“瞧你吓得魂灵出窍的德性我就知道她去哪儿了！……”

他跑了出去。惊魂未定的菲妮娅庆幸自己捡了便宜，但她十分清楚，米嘉只是没有时间，否则的话她恐怕在劫难逃。但米嘉临去时还是做了一个意想不到的动作，令菲妮娅和老玛特辽娜大为惊讶：当时桌上放着一只铜的研钵，研钵中有一根杵子，那是一根并不大的铜杵，才四寸(合十七八厘米)长。米嘉跑出去的时候，一只手已把房门打开，跑动中另一只手忽然从研钵中抓起那根杵子，把它塞进外衣口袋，就这样带着它走了。

“啊，我的上帝，他要杀人！”菲妮娅两手一拍，说了这么句话。

四 黑 暗 中

他跑哪儿去了？可想而知：此时格露莘卡除了在费奥多尔·巴甫洛维奇那儿，还能在什么地方？“她是从萨姆索诺夫家直接跑去的，这一点此时已经很清楚。整个阴谋、整个骗局现已真相大白……”这一切在米嘉的头脑里飞舞旋转。他没有折入玛丽亚·康德拉启耶夫娜家的院子。“不要到那里去，绝对不要……千万不可打草惊蛇……她们马上就会跑去报信……。玛丽亚·康德拉启耶夫娜显然参与了阴谋，斯乜尔加科夫也一样，他们都被收买了！”

他采取了另一条行动路线：他多走好长一段路穿越小巷，绕过费奥多尔·巴甫洛维奇的宅子，经德米特罗夫斯基街，然后过小桥直抵背街处一条冷僻的胡同，那里空荡荡无人居住，一边是邻家菜园子的篱笆，另一边是费奥多尔·巴甫洛维奇家花园四周又高又坚固的围墙。米嘉选择了一个地点翻过围墙，相传当年发臭的黎萨维塔正是从那里爬过去的，而米嘉也知道这一传说。

“既然她能爬过去，”天晓得为什么他头脑里会出现这样的想法，“我怎么就爬不过去？”

果然，他纵身一跃，一下子攀住了围墙的上沿，然后把身体使劲往上提，一只脚翻了过去，人就骑在墙上。在这里附近的园中有一个澡堂子，但从墙头上还看得见宅内亮着灯光的窗户。

“不出所料，老头儿卧房里有灯光，她在那里！”

米嘉从墙上跳到花园里。虽然他知道格里果利在生病，斯乜尔加科夫或许也真的病了，没有人会听见他发出的声响，可他还是本能地隐藏起来，屏息凝神侧耳谛听。然而到处是一片死寂，像是跟他过不去似的，静悄悄声息全无，连一丝儿风也听不见。

“只有寂静在说悄悄话，”这诗句莫名其妙地出现在他的脑海中，“但愿没有人听见我翻墙进来，大概没有。”

他站了一分钟左右，然后悄悄地踩着园中地上的草走了好些时候，尽可能绕过树和灌木丛，每一步都鬼鬼祟祟，还得倾听自己的脚步声。约莫花了五分钟才挨近有灯光的窗户。他记得那里窗下有几丛高大茂密的接骨木和佛头花。房屋正面左侧通花园的门是上了锁的，他在走过那边时特意仔细察看过了。他终于走到灌木丛后面，躲在那里，连大气也不敢喘。

“现在必须沉住气等上一阵子，”他心想，“万一他们偶然发觉我的脚步声，此时在进一步静听，就得让他们相信并没有人……所以千万不能咳嗽，不能打喷嚏……”

他等了有两分钟，但是心跳得厉害，有几个瞬间简直快要窒息死去。“不行，心还是怦怦乱跳，没法再憋在这里等下去。”他站在一丛灌木后面的阴影中；灌木的前半边被窗内的灯光所照亮。“佛头花，红莓花，花儿红，果儿大！”他自己也不知为什么翕动嘴唇无声地唱着。他悄没声儿地一步一步走到窗户跟前，抬起脚跟。费奥多尔·巴甫洛维奇的卧室在他眼前一览无余。这是一间不很大的屋子，用红色屏风——费奥多尔·巴甫洛维奇称之为中国屏风——隔成两半。米嘉头脑里偏偏浮起“中国屏风”这一细节。“那后面定是格露莘卡。”他开始仔细观察费奥多尔·巴甫洛维奇。后者身穿新的条纹绸睡衣（米嘉还从未见他穿过），腰间束一条带穗子的丝绦。从睡衣领子里边露出挺花哨的干净内衣——钉着镀金饰扣的荷兰府绸衬衫。费奥多尔·巴甫洛维奇头上系着阿辽沙看到过的那条红色丝巾。

“打扮得够讲究的。”米嘉在想。

费奥多尔·巴甫洛维奇站在靠近窗户的地方，看得出在沉思的样子；忽然，他仰起头来，仔细听了一会，没听见什么，便走到桌子旁边，从一只细颈玻璃瓶里倒了半杯白兰地喝下去。然后他用整个胸部深深地舒一口气，又站了一会，心不在焉地走到挂在窗间墙壁上的镜子前面，右手把红丝巾从额前往上提起一点点，开始察看还没有消肿的瘀斑和伤口。

“他一个人在屋里，”米嘉认为，“显然只有他一个人。”

费奥多尔·巴甫洛维奇从镜子前面走开，忽然朝窗子这边转过身来向窗外一看。米嘉赶紧一闪身躲回暗处。

“她或许在屏风后面，或许已经睡了。”米嘉心中像是被扎了一下。

费奥多尔·巴甫洛维奇从窗前走开。

“老头儿向窗外张望是在守候格露莘卡，可见她不在屋里；要不然外面黑糊糊的，他干吗要往外瞧？……这就是说，他等得实在不耐烦了……”

米嘉立即蹿过去，重又往窗内窥视。老头儿已坐在一张小桌前，显得满怀愁绪的样子。后来他把胳膊肘搁在桌上，用右手掌托住腮帮子。米嘉贪婪地盯着他瞧。

“就他一个人，没有别人！”米嘉越来越有把握，“如果格露莘卡在里边，他不会是这样一张脸。”

说来也奇怪：一种莫名其妙的懊恼突然在米嘉心中沸腾起来，好像为她不在这里而懊恼。

“不，不是因为她不在这里，”米嘉经过思考，马上自己作出回答，“而是因为我怎么也拿不准她究竟是不是在这里。”

据米嘉事后追忆，当时他的头脑异常清晰，他把最不足道的细节都考虑在内，任何微末小处都不放过。但是苦于情况不明，难以决断的烦闷情绪却在他心中以惊人的速度滋长。

“她究竟在这里，还是不在这里？”这个疑团简直快把他炸飞了。

他顿时下了决心，伸出一只手在窗框上轻轻叩了几下。他用的是老头儿与斯乜尔加科夫约定的暗号：先是较慢的两下，然后三下较快——表示“格露莘卡来了”。老头儿愣了一下，把头一抬，很快地跳起来跑到窗前。米嘉闪到暗处。费奥多尔·巴甫洛维奇开了窗子把整个脑袋探到窗外。

“格露莘卡，是你吗？你来了吗？”他的声音近似耳语，而且在颤抖。“你在哪儿啊，我的姑奶奶，我的天使，你在哪儿？”他激动得异乎寻常，差点儿背过气去。

“屋里只有他一个人！”米嘉终于断定。

“你在哪儿？”老头儿又问道，同时脑袋向前伸得更远，连肩膀也探出了窗外；他朝窗外左右两边都仔细看了。“快来，我为你准备了一份薄礼，来，我给你瞧！……”

“他指的是信封里的三千卢布。”米嘉想起来了。

“你到底在哪儿啊？……是不是在门口？我这就来开门……”

老头儿朝有门通向花园的右边张望，拼命想看清黑暗中有没有人，几乎从窗户里边爬了出来。即使等不到格露莘卡的回答，只要一眨眼的工夫他也一定会跑去开门。米嘉躲在一旁窥视，身体纹丝儿不动。令他如此憎恶的老头儿的侧面轮廓、下垂的喉结、钩状的鼻子、冲着邪念奸笑的嘴唇——这一切都被室内从左边斜着射出的灯光所照亮。米嘉骤然觉得怒从心上起，恶向胆边生。“瞧，他就是你的情敌，就是一直在折磨你、逼得你生不如死的那个人！”——这是一阵强烈憎恨的冲动，四天前[①]他在亭子里跟阿辽沙谈话，阿辽沙问：“你怎么能说要杀父亲？”他回答时似乎有所预感地曾向阿辽沙提到这种来势凶猛、渴望报复的憎恨。

“我不知道，我没有把握，”当时他说，“可能不杀，也可能杀。我担心的是，**他的那张脸正好在那一瞬间**突然使我怒火中烧。我恨他的喉结、他的鼻子、他的眼睛、他那无耻的奸笑。我甚至觉得恶心。这便是我所担心的，我会控制不住自己……”

恶心的感觉在加剧，到了忍无可忍的程度。米嘉已失去自持，忽然从兜里拔出那根铜杵……

……………………………………………………………………………………

事后米嘉本人说：“当时上帝在守护着我。”正好在那个时候，病中的格里果利·瓦西里耶维奇在床上醒了过来。当天傍晚，他对自己实施了斯乜尔加科夫曾向伊万·费奥多罗维奇讲过的那种治疗手段，

---

① 这是作者在时间推算上的又一处失误，实际仅隔两天。即使此刻已过了午夜（其实还不到晚上 8 点半），也只能说“三天前”或“大前天”。

就是在老伴的帮助下，用一种极浓的秘方药汁掺上伏特加擦遍全身，剩下的则在老伴冲他念念有词地做“某种祈祷”声中喝下去，然后躺下睡觉。玛尔法·伊格纳启耶夫娜也尝了几口，由于她不会喝酒，在老伴身旁睡得极沉。

夜里，格里果利忽然醒来，经过片刻的思考，尽管马上又觉得腰椎一阵剧痛，但还是在床上坐起来。接着他又想了想，下床穿好衣服。也许他隐隐感到一阵内疚，因为宅院“在这危机四伏的时候”无人值夜，而他却在睡大觉。因癫痫发作而病倒的斯乜尔加科夫躺在隔壁斗室里毫无动静。玛尔法·伊格纳启耶夫娜则纹丝儿不动。“老婆子受不了这酒力，”格里果利向她看了一眼作如是想，然后呼哧呼哧勉强走到门外台阶上。当然，他只想从台阶上察看一下，因为还走不动，腰部和右腿疼痛难忍。但是恰恰在这个时候，他想起自己今天晚上没有把花园门上锁。他是个一丝不苟的人，有一套一成不变的规矩和许多年如一日的老习惯。于是他忍着痛一瘸一拐下了台阶向花园走去。不出所料，园门果然洞开。他下意识地跨进花园：可能他觉得有什么不大对头，可能听到了什么声音，但朝左边一看，却发现老爷卧室的窗户开着，此时已没有人从窗户里边向外张望。

“为什么窗开着？现在又不是夏天！”格里果利想了想，就在这一瞬间，只见他正前方的花园里有什么异物倏地晃动起来。黑暗中好像有人正在他前面四十步左右的地方跑过去，这个黑影动作非常迅速。

“老天爷！”格里果利这一惊非同小可，他忘了自己的腰痛，冲上前去拦截那个正在逃跑的黑影。他选择的路线较短，显然他比逃跑者更熟悉这个花园；黑影向澡堂子的方向逃去，到了澡堂子后面便直奔围墙……。格里果利盯着那人，不让他从视野中消失，一边拼命地追。他赶到围墙下面时，正好逃跑者已经在翻越围墙。格里果利大喝一声，冲上去双手死死扯住那人的一条腿。

果不其然，预感没有欺骗他，格里果利认出了那人，正是他，正是那个“杀父的恶魔”！

“杀父的逆子！”老仆的叫喊霎时间声震街坊四邻，但再也没有第二声了；他像遭雷击一般猝然倒下。

米嘉又跳回到花园里，向倒地的老仆俯下身去。米嘉手中还拿着铜杵，他下意识地把这东西往草丛中一扔。铜杵掉在离格里果利仅两步的地方，但没有扔进草丛，而是落在花园小径上最显眼的地方。他向躺在他面前的格里果利看了有好几秒钟。老仆的脑袋全是血；米嘉伸出手去摸了一会。事后他能清楚地回想起来，当时他拼命想“百分之百地确定”，他用铜杵砸碎了老仆的头颅呢，还是仅仅把老头儿打得“昏了过去”。但是血还在往外冒，一个劲儿地往外冒，热乎乎的细流转眼便湿透了米嘉哆嗦的手。他记得当时自己从兜里掏出一方新的白手帕——那是他去见霍赫拉科娃时特地带在身边的，——把它按在老仆的头上，徒然想抹去额上和脸上的血。但是手帕也立刻浸透了血。

“上帝啊，我这是干的什么呀？”米嘉突然如梦初醒，“要是我砸碎了他的头颅，现在又怎能知道？……。再说，现在反正都一样！”他绝望地添上一句，“要是真的打死了，那也没有办法……。也是这老头儿合该倒霉，只得委屈你躺着吧！”他大声自言自语。

说完，他一下子奔向围墙，翻过墙头跳到胡同里，拔腿便跑。浸透鲜血的手帕揉作一团握在他左手的拳头里，他一边跑一边把手帕塞进常礼服的后兜。在他头也不回地朝前狂奔的路上，黑暗中经过城里几条街道与他偶遇的少数几个行人，事后都记得起来，说他们在那天夜里曾碰见一个狂奔的男人。

米嘉重又奔向莫罗佐娃的宅院。刚才他一离开那里，菲妮娅马上去找门房领班纳扎尔·伊万诺维奇，求他“看在基督分上，看在上帝分上，千万别再让大尉进门，不管今天还是明天”。纳扎尔·伊万诺维奇听了以后一口答应。但事不凑巧，女东家忽然叫他上楼去；他必须走开一会儿，这时正好遇见不久前刚从乡下来的外甥、一个二十来岁的小伙子，便命他替一下班，却忘了叮嘱有关大尉的事。米嘉跑到宅院前敲门。小伙子立刻认出了大尉，因为米嘉曾不止一次给他小费。他当即开门让大尉进来，并且笑容可掬地赶紧告诉米嘉，说：“阿格拉菲娜·亚历山德罗夫娜这会儿不是不在家吗？”

“她在哪儿，普罗霍尔？”米嘉骤然止步。

“大约两个钟头前坐季莫菲赶的车去莫克罗耶了。”

“去干吗？”米嘉大声问。

“这我可不晓得，好像到一位军官那儿去了，是那位军官从莫克罗耶派车来接她的。”

米嘉不再理他，像个疯子似的径自闯进去找菲妮娅。

五 突然的决定

菲妮娅和奶奶在厨房里，两人正准备就寝。由于已经关照了纳扎尔·伊万诺维奇，这一回她们又未从里面锁上门。米嘉闯进去直扑菲妮娅，把她的喉咙紧紧掐住。

“快说，她在哪儿？她去了莫克罗耶，这会儿跟什么人在一起？”米嘉暴跳如雷。

两名女仆尖声大叫。

“嗳，我说，嗳，亲爱的德米特里·费奥多罗维奇，我全告诉您，什么也不隐瞒，”吓得死去活来的菲妮娅简直像在念绕口令，“她上莫克罗耶的军官那儿去了。”

“哪个军官？”米嘉问。

“她以前的那个军官，就是五年前扔下她一走了之的那个军官。”菲妮娅还是像念绕口令似的说得飞快。

德米特里·费奥多罗维奇松开扼住她喉咙的手。他站在菲妮娅面前，面无人色，一声不吭，但从他的眼神可以看出，他一下子全明白了，别人刚一开口他就全明白了，连每一个细枝末节都能猜到。当然，可怜的菲妮娅此刻根本顾不上去观察他明白没有。米嘉闯进去时，菲妮娅坐在一只箱柜上，现在仍坐在那里，浑身瑟瑟发抖，两只手举在自己面前，像是在保护自己，她保持着这个姿势没敢动弹，睁大了一双惊恐万状的眼珠子目不转睛地盯着米嘉。那时米嘉的两只手都沾满了血。在跑到这儿来的路上，他的手大概碰到了自己的脑门，想擦擦汗，所以前额和右颊上留下了殷红的血迹。菲妮娅可能马上就会歇斯底里发作，老厨娘则跳起来直勾勾地瞪着他，几乎失去了知觉，那神态活像个疯婆子。德米特里·费奥多罗维奇站了一分钟左右，然后下意识地在菲妮娅旁边的一把椅子上坐下。

他坐下来不是思前想后，而是因震惊而发呆，像得了破伤风似的肢体强直。一切都已明白如昼，他明明知道那个军官是怎么回事，是格露莘卡自己告诉他的，知道一个月以前那军官曾寄来一封信。就是说，此事滴水不漏地瞒着他已进行了整整一个月，直至那个新角登场，可米嘉对他连想也没去想过！怎么能连想也不去想呢？为什么他竟把这名军官给忘了？为什么听说这个人以后立刻把他抛在脑后？这便是摆在他面前的问题，真是怪事！此刻他回顾这一咄咄怪事，反倒禁不住后怕而手足冰凉。

但是他忽然像个斯文懂事的孩子，温和柔顺地跟菲妮娅交谈起来，似乎完全忘了刚才是自己把她吓成这样，还说了那么多伤害人家的话。他甚至开始盘问菲妮娅，并且问得异常精细，就他目前的状态来说实在令人惊异。而菲妮娅虽然慌乱地看着他沾满了血的双手，却也爽快得出奇地回答他的每一个问题，甚至有点急于把“千真万确的实情”向他和盘托出。渐渐地，菲妮娅开始欣然坦陈所有的细节，完全不想折磨他，而是由衷地竭力想讨好他。菲妮娅把今天发生的一切事无巨细、一五一十通通告诉了他，包括拉基津和阿辽沙的来访，包括她菲妮娅奉命一直在放哨守候，包括太太出门的全过程乃至她开窗喊话要阿辽沙向他米剑卡致意，要米剑卡“永远记住我爱过他一个小时”。

米嘉顿时莞尔一笑，他惨白的两颊泛起了一点血色。这时，菲妮娅已经丝毫不担心自己的好奇会引起什么后果，她对米嘉说：

“德米特里·费奥多罗维奇，您的手上全是血！”

“是的。”米嘉茫然答道，心不在焉地看看自己的双手，旋即忘了此事，也忘了菲妮娅的问话。

他重又陷入沉思默想。他闯进来以后已经二十分钟过去了。刚才他惶惶不可终日的那份恐怖渐渐消散，但是看得出，他已被一种全新的、不可动摇的决心所控制。他霍地站起来，若有所思地一笑。

“大爷，您怎么会弄成这样的？”菲妮娅再次指着他的手说，——语气中充满了同情，仿佛此时她是最体贴米嘉及其不幸的人。

米嘉又看了看自己的手。

“这是血，菲妮娅，”他说时露出奇特的表情望着那名侍女，“这是人的血，上帝啊，为什么要流血？可是……菲妮娅……那儿有一堵围墙，”他眼睛盯着那侍女，好像在出一道谜题让她猜，“一道高高的墙，样子非常可怕，不过……明儿天一亮，‘太阳飞起来’的时候，米剑卡会跳过这堵围墙……。菲妮娅，你不明白那是一堵什么墙，这不要紧……反正明天你会听说的，那时就全明白了……现在让我们道别吧！我不打搅你们了，我要引退了，我懂得怎么引退。好好过吧，我的欢乐……既然爱过我一个小时，那就永远记住米剑卡·卡拉马佐夫……。她不是一直管我叫米剑卡吗？你可记得？”

说完这番话，他便走出厨房。可是菲妮娅见他这样出去，几乎比刚才他杀气腾腾闯进来的时候更加害怕。

十分钟后，德米特里·费奥多罗维奇来到年轻的公务员彼得·伊里奇·别尔霍津家里，白天米嘉用手枪作抵押就是向他借的钱。此时已是晚上八点半，彼得·伊里奇在家里喝足了茶，刚刚重新穿上常礼服，准备去“京都酒店”玩一会台球。米嘉在门口抓住了他。他见米嘉脸上沾着好多血，惊呼道：

“上帝啊！您怎么啦？”

“我来取回我的枪，”米嘉说得很快，“我把钱带来了。非常感谢。我要赶时间，彼得·伊里奇，请快一点。”

彼得·伊里奇越来越纳罕：他忽然看到米嘉手中握着一大把钱，特别奇怪的是他拿着钱走进来的那副神态，任何人都不会这样拿着钱走到别人家里去：右手握着所有的钞票举在自己面前，仿佛要让所有的人看到。公务员雇用的一名小厮在前厅遇见了米嘉，据这名小厮后来说，他就是这样拿着钱走进前厅来的，可见在街上他也一直这样右手拿着钱举在自己面前。钞票都是面值一百卢布的闪色纸币，他却用血迹斑斑的手拿着。

事后过了很久，有人曾问过彼得·伊里奇，当时米嘉手里拿着多少钱？这位公务员回答说，当时光凭目测很难说出个准数，可能有两千，也可能三千，反正那一沓子“相当厚”，当不在少数。“至于德米特里·费奥多罗维奇本人，”彼得·伊里奇同样在事后提供的证词中说，“也像掉了魂儿似的，但没有喝醉，而是处于一种狂喜的状态；他非常心不在焉，同时又像聚精会神的样子，这话怎么说呢？他似乎在思索，想要解决什么问题，却无法作出决定。他非常匆忙，答话生硬，极其反常，好几次在短时间内给人的印象好像他根本没有遇到什么不幸，反倒挺高兴的样子。”

“您到底是怎么回事？您究竟出了什么事？”彼得·伊里奇大惊失色地打量着这位客人，再次问他，“您这样浑身是血，是不是摔伤了？您自己瞧瞧！”

他抓住米嘉的胳膊肘，让客人站到镜子前面。米嘉看见自己脸上满是血污，打了个寒战，恼怒地沉下脸来。

“唉，见鬼！好像还乱得不够似的，”他愤愤然嘟哝道，同时很快把钞票从右手换到左手，抽风似的从兜里掏出一方手帕。但手帕上也全是血(这正是他用来给格里果利擦脸的那方手帕)，几乎没有一处是白净的，并且不单单已开始变干，而是被揉作一团板结后展不开了。米嘉气呼呼地把它扔在地上。

“唉，真是见鬼！您这儿有没有什么布条之类的东西……让我擦一下……”

“这么说，您只是蹭了什么地方的血，您自己没受伤吧？那么最好还是洗一洗，”彼得·伊里奇说，“那儿有洗手盆，我给您倒水。”

“洗手盆？好……可是这东西我该搁哪儿呢？”他现出古怪透顶

的困惑表情，向彼得·伊里奇示意自己指的是手中的一把百卢布大钞，同时用疑问的目光望着主人，仿佛彼得·伊里奇应当决定米嘉该把自己的钱放在什么地方。

“揣在衣兜里，或者先放在这儿桌子上，丢不了。”

“揣在衣兜里？ 对， 揣在衣兜里。这样很好……。不，听着，这些都无关紧要！”他大声说，好像一下子从心不在焉的状态中走了出来。“听着：咱们先把这件事了结，就是有关手枪的事，您把那两支枪还给我，这是给您的钱……因为我非常非常需要……而且时间，时间一点也没有了……”

说着，他从一沓钞票中取出上面的一张百卢布大票，把它递给那位公务员。

“我可拿不出这么多的找头，”彼得·伊里奇说，“您有没有小一点的票面？”

“没有，”米嘉说，同时又看了看那一沓钞票，好像究竟有没有票面小一点的他自己也不太有把握，还用手指捻开上面的几张验证一下，“没有，全是这样的。”他补上一句后又用疑问的目光望着彼得·伊里奇。

“您哪儿来这么多的钱？”彼得·伊里奇问道，“请等一下，我打发我的小厮上普洛特尼科夫的铺子里去跑一趟。那家铺子很晚才闭市，问问他们能不能把钱破开。喂，米沙！”他向前厅里叫了一声。

“去普洛特尼科夫的铺子——妙极了！”米嘉欢呼雀跃，似乎想到了一个什么主意。“米沙，”他转向走进来的小厮说，“你到普洛特尼科夫的铺子里去告诉他们，就说德米特里·费奥多罗维奇向他们致意，待会儿他自己也要去的……。对了，听着，听着，吩咐那边在他去之前准备好香槟，要三打吧，就像那一回去莫克罗耶一样装好……。那一回我向他们要了四打，”他忽然转过来对彼得·伊里奇说，“他们知道，你放心，米沙，”他又转向小厮，“听着，还要干酪、法国鹅肝酱馅儿饼、熏鲑鱼、火腿、鱼子酱，反正什么都要，他们那儿有什么全要，就匡那么一百卢布或者一百二十，跟上回一样……。还有，听着，别忘了零嘴甜食，糖果啦、梨子啦，西瓜要两三只，或者四只——不，西瓜一只够了，可是巧克力、果汁糖、乳脂糖——总之，那时候他们装在我坐的马车上送到莫克罗耶去的东西一样也不能少，还要三百卢布的香槟……。这一回要跟那时完全一样。你得记住，米沙，如果你叫米沙……他不是叫米沙吗？”他又转而面向彼得·伊里奇。

“等一下，”彼得·伊里奇插话了，他一直在观察米嘉的举止言行，越来越感到不安，“您最好还是自己去告诉他们，要不然他会把话传错的。”

“他会把话传错，我看也是，会传错的！喂，米沙，我还想为差你办这件事吻你呢……。只要你不把话传错，我赏你十卢布，快去……。香槟，要紧的是让他们把香槟搬出来，还有白兰地，还有红葡萄酒、白葡萄酒，什么都要，跟上回一样……。他们知道上一回都有些什么。”

“请您听我说！”彼得·伊里奇已经不耐烦了，“我说：让他去跑一趟，把钱破开，再关照他们别关门，旁的您自己对他们说去……。把您的钞票交给他。走，米沙，快去！”彼得·伊里奇似乎故意尽快把米沙打发走，因为那小厮站在客人面前，瞪出一双眼睛瞅着他血迹斑斑的脸和手，还有握在他哆嗦的手中的一沓钞票，又纳罕又害怕，张开嘴巴站在那里直发呆，对于米嘉吩咐他的那么多名堂，恐怕没听懂多少。

“行了，现在我带你去洗一下，”彼得·伊里奇正色道，“您先把钱放一放在桌上，或者揣在衣兜里……。对，跟我来。把上衣脱掉。”

他动手帮米嘉脱下常礼服，忽然又惊呼起来：

“瞧，您的上衣也全是血！”

“不……没那么多。只是袖子上有一点点……。还有这儿放手帕的地方。那是从兜里渗出来的。刚才我在菲妮娅那儿坐了一会，正好坐在手帕上，所以血渗了出来。”米嘉当即作了解释，那种天真单纯的样子着实令人费解。彼得·伊里奇听了以后直皱眉头。

“您准是闯了什么祸；八成是跟什么人打了一架。”他嘀咕道。

两人站在洗手盆前。彼得·伊里奇提着水壶给他倒水。米嘉一味匆忙，也没好好用肥皂先在手上搓出泡沫。（他的手在发抖，这是彼得·伊里奇事后追忆起来的。）彼得·伊里奇马上要他多抹些肥皂好好擦洗。在那一时刻，他好像拥有某种影响米嘉的力量，这种影响越来越明显。这里不妨提一下：这位年轻的公务员不是胆小怕事之辈。

“瞧，指甲下面没有洗干净；行了，现在擦您的脸，这儿：两边鬓角，耳朵旁边……。您就穿这件衬衫出去？您要上哪儿？瞧，右边的袖口上全是血。”

“对，是血。”米嘉瞧着衬衫的袖口说。

“把内衣换了吧。”

“没时间。我可以这么办，您瞧……”米嘉仍然显得那样天真而又毫无戒心，他用毛巾擦干了脸和手，正在穿上常礼服，“我可以把袖口翻上去，穿在上衣里面就看不出了……您瞧！”

“现在告诉我，您究竟闯了什么祸？是不是跟谁打架了？又是在酒店里，像上回那样？莫非又是跟那个上尉，像上一回那样打了他，还揪住胡子把他拖到门外？”彼得·伊里奇带着埋怨的口吻回忆道，“这回又揍了谁？……或者杀了什么人？”

“胡思乱想！”米嘉说。

“什么胡思乱想？”

“别瞎猜，”米嘉说着，忽然淡淡地一笑。“刚才我在广场上把一个老婆子压死了。”

“压死了？老婆子？”

“老头儿！”米嘉直盯着彼得·伊里奇的脸，像对聋子那样冲他大叫，一边笑着。

“唉，见鬼，一会儿压死老婆子，一会儿压死老头儿……。您是不是杀了什么人？”

“我们讲和了。先是吵了起来——后来讲和了。在一个地方。客客气气分了手。一个傻瓜蛋……他饶了我……现在肯定已经饶了我……。要是他站得起来，恐怕饶不了我，”米嘉冲他挤了挤眼，“不过我对您说，甭再提了，听见没有，彼得·伊里奇，甭再提了！……这会儿我不想谈这事儿！”米嘉坚决刹住这个话题。

“我是劝您不要动不动就跟人家干起来……那回跟上尉也是为了一点点小事闹得不可开交……。今天您又跟什么人打架了，现在又急着去寻欢作乐——这就是您的全部性格。三打香槟——带这么多要上哪儿去？”

“着哇！现在把枪拿来！我真的没有时间。很想跟你聊聊，亲爱的，实在没有时间。再说，今天已经太晚，不该聊了。啊！我的钱呢？我把钱放哪儿了？”他惊叫一声，开始掏身上的一个个衣兜。

“您自己放在桌上的……不是在这儿吗！难道已经忘了？您也太不把钱当回事儿了。这是您的枪。真奇怪，傍晚五点多钟您还用它们押了十卢布，可现在您一下子就有了好几千。恐怕有两三千吧？”

“大概有三千。”米嘉笑了起来，同时把钱往裤子的边兜里塞。

“这样会丢失的。莫非您掘到了金矿？”

“掘矿？金矿？”米嘉扯开嗓子高喊，并且放声大笑，“别尔霍津，您愿意去找矿吗？本地有一位太太马上可以拿出三千卢布，只要您去。她还把这笔钱给我，一个劲儿地劝我去，她简直迷上了金矿！知道霍赫拉科娃吗？”

“不熟，可我听说过，也见过。难道是她给了您三千卢布？有那么大方？”彼得·伊里奇不大相信。

“明天，当太阳飞起来，永远年轻的福玻斯①飞起来赞颂上帝的时候，您去找她，找霍赫拉科娃，您自己问她：她是不是给了我三千卢布？您可以去打听。”

“我不了解你们的关系……既然您说得这么肯定，这表明她确实给了……。钱您已经到手，可是您不去西伯利亚找矿，却在这儿乱花

---

① 希腊神话中的太阳神。“福玻斯”常在诗歌中代表太阳。

那三千卢布……。现在您到底要上哪儿去，啊？”

“去莫克罗耶。”

“去莫克罗耶？现在是夜里！”

“想当初兴冲冲，到如今一场空！”米嘉没头没脑地说。

“怎么能说一场空呢？兜里揣着好几千，还说一场空？”

“我说的不是钱。让钱见鬼去吧！我说的是女人心：

> 女人善变，女人轻信，
> 女人女人，难改劣性。

我同意尤利西斯[①]的话，这是他说的。”

“我不懂您的意思！”

“难道我喝醉了？”

“没醉，可是比喝醉更糟。”

“我精神上醉了，彼得·伊里奇，精神上醉了，到此为止，到此为止……”

“您这是干什么？给枪装上弹药？”

“给枪装上弹药。”

的确，米嘉打开匣子取出手枪，再打开牛角火药筒，把火药很仔细地抖进去并且塞紧。然后他取一颗子弹，在推入弹膛之前，先夹在两个指头中间对着烛光举起来。

“您看子弹干什么？”彼得·伊里奇好奇而又不安地注视着他的举动。

“没什么。好奇罢了。要是你忽发奇想准备把这颗子弹射进自己的脑壳，你在装弹药的时候就不想看看它吗？”

“干吗要看它？”

“它要钻进我脑壳里去了，看看它是什么样子不是挺有意思

---

① 即荷马史诗《奥德修纪》中的英雄奥德修斯。

吗？……不过，我这是瞎说一气，一时的胡想。现在干完了，”他把子弹推入弹膛，再用填絮塞紧。“亲爱的彼得·伊里奇，那是胡话，全是胡话，可惜你不知道这有何等可笑！现在给我一张纸。”

“给你纸。”

“不，要平整、干净、可以写字的。对。”

米嘉从桌上拿起一支墨水笔，很快地写了两行，把一张纸对折再对折后塞进背心小兜。他把两支枪放进匣子锁好，双手捧起匣子。然后对彼得·伊里奇看了一眼，露出持续很久、若有所思的笑容。

“现在走吧。”他说。

“去哪儿？不，等一下……。您大概想要把那颗子弹送进自己的脑壳……”彼得·伊里奇心神不宁地说。

“子弹的事你别当真！我要活下去，我爱生活！这一点你可记住了！我爱金色鬈发的福玻斯和他火辣辣的光明……。亲爱的彼得·伊里奇，你懂得引退吗？”

“引退？”

“让路。给可爱的人和可恨的人让路。使可恨的也变成可爱的，——这便是让路！并且对他们说：上帝保佑你们，走吧，打旁边走过去吧，而我……”

“您怎么样？”

“到此为止，咱们走吧。”

“说真的，我要去报警，”彼得·伊里奇望着他说，“要他们阻止您出城。您这会儿去莫克罗耶干吗？”

“那儿有个女人，一个女人，你知道这一点已经足够了，彼得·伊里奇，别的什么也不要问！”

“听着，您虽然野性未脱，可我一直喜欢您……所以我才担心。”

“谢谢你，老弟。你说我野性未脱。野性，野蛮人的脾性！这正是我一向所说的：到处是野蛮人，野蛮人！啊，米沙回来了，我已经把他给忘了。”

米沙气喘吁吁地跑来，手里拿着一把破开的钞票，他报告说普洛特尼科夫的铺子里已“大起忙头”，正在张罗酒、鱼、茶——很快便可一切就绪。米嘉拿起一张十卢布的钞票还给彼得·伊里奇，还把另一张十卢布的钞票扔给米沙。

“不准您这么干！”彼得·伊里奇厉声说，“在我家里不准这么干，再说，这会把他惯坏的。把您的钱藏好，放在这里，干吗胡花乱扔？到明天钱不够了，又会来向我借十卢布。您干吗全塞在边兜里？哎，这样会丢失的！”

“听着，亲爱的朋友，咱们一块儿去莫克罗耶好吗？”

“我去那儿干吗？”

“听着，要是你愿意，我马上开一瓶，咱俩为活着干一杯！我想喝，特别想跟你一块儿喝。我从没跟你一起喝过酒，不是吗？”

“可以上酒店去喝，咱们这就走，我自己也要上那儿去。”

“没时间上酒店，还是在普洛特尼科夫的铺子里喝吧，那儿店堂后面有间屋子。要不要我让你猜个谜语？”

“可以。”

米嘉把刚才那张纸从背心小兜里取出来，展开后递给他看。纸上用很大的字体清楚地写着：

我要为一生处治自己，我要处治自己的一生！

“我一定得去报警，我马上就去。”彼得·伊里奇看过后说。

“来不及了，亲爱的，咱们去喝一杯，走！”

普洛特尼科夫的铺子坐落在街角上，与彼得·伊里奇家几乎只隔一栋房屋。那是本城最大的食品店，老板是富商，店铺本身也相当不错。凡是首都任何一家店里有的这里都有：各类食品、“叶里塞耶夫兄弟公司分装”的瓶酒、水果、雪茄、茶叶、食糖、咖啡等等。店堂内经常有三个人站柜台，另有两名小伙子送货。虽然我们那一带变穷了，大地主们纷纷外迁，贸易衰落，可是食品行业依旧繁荣，甚至有一年比一年红火的趋势，因为需要这类商品的顾客有增无减。

铺子里的人正焦急地等候米嘉光临。这家铺子记得太清楚了，大约三四个星期以前，他也曾这样一下子买走各种食品和酒类价值达几百卢布，付的是现金（当然，对他决不会赊账）。他们记得，那一回他手里也跟今天一样握着厚厚一沓百卢布大钞，花起钱来真是挥金如土，连价也不问，根本不考虑、也不愿考虑他要那么多的食品、酒类以及其他东西干什么。后来全城议论纷纷，说那一回他带着格露莘卡去莫克罗耶，“一夜之间加上随后的一个白天一下子花掉三千卢布，狂欢归来连一个子儿也不剩”。那一回米嘉雇了一大帮子吉卜赛人（当时正在我们那一带安营），他们在两天内从醉醺醺的米嘉那里连诳带诈弄走了数不清的钱，喝掉了数不清的昂贵好酒。人们嘲笑米嘉，说他在莫克罗耶用香槟猛灌那些泥腿子庄稼汉，请乡下姑娘和娘们吃糖果、法国鹅肝酱馅儿饼。在我们城里，尤其在酒店里，人们也拿米嘉的不打自招开心（不是当面笑他，当面取笑他可不是闹着玩的）：当时他曾在公开场合坦白承认，格露莘卡为那次“惊天动地之举”对他的嘉奖，只是“让他吻了一下她的脚，其余什么也不让”。

米嘉和彼得·伊里奇走近铺子时，发现门口已备好一辆马车，毡毯覆盖的车前套着三匹马，还挂着铃铛，车把式安德烈正等着米嘉。铺子里差不多已完全“配置好”一大箱货物，只等米嘉来到便可钉上箱板装车。彼得·伊里奇大为惊讶。

“你怎么连三驾马车也搞来了？”

“我在跑到你家来的路上遇见了他——就是那个安德烈，——我让他直接把车赶到这儿铺子门口。时间一点也不能浪费！上一回是季莫菲赶的车，这一回季莫菲已经在我之前载着一个魔女先走了。安德烈，咱们大概晚到多少时间？”

“他们顶多比咱们早到一个钟头，没准儿连一个钟头也早不了！”安德烈忙不迭应道，“季莫菲的车是我帮着套的，能跑多快我知道。他们的车跟咱们的不能比，德米特里·费奥多罗维奇。他们早到不会超过一个钟头！”安德烈劲头十足，这是个年纪不大的车把式，红头发，瘦瘦的，身穿紧腰长外衣，左胳膊上搭着一件粗呢大褂。

“只要晚到不超过一个钟头，给你五十卢布买酒喝。”

“时间我敢担保，德米特里·费奥多罗维奇，别说一个钟头，我看他们连半个钟头也早不了！”

米嘉尽管吩咐这样那样好像挺忙活，但他说话和下命令有点儿奇怪，东拉西扯，没有条理。一件事情开了个头忘了收尾。彼得·伊里奇认为有必要插手帮他一把。

“匡四百卢布，不得少于四百卢布，得跟上一回一模一样，”米嘉在发号施令，“四打香槟，一瓶也不能少。”

“你要这么多干吗？等等！”彼得·伊里奇急得直嚷，“这箱子是怎么回事？里边有些什么？难道这些东西值四百卢布？”

忙忙碌碌的店员立刻鼓动如簧之舌解释说，这只是第一箱，里边仅装半打香槟和“各种一开始就少不了的”熟菜、糖果等等。但主要的部分打包后，将和上一回一样另外装运，马上发送，也是一辆三驾马车，保证及时到达，“顶多只比德米特里·费奥多罗维奇晚一个小时就能送到”。

“不得超过，不得超过一小时，果汁糖和乳脂糖尽量多装些；那里的女孩子都爱吃。”米嘉头脑发热地坚持着。

“乳脂糖倒也罢了。可是香槟干吗要四打？一打足够了，”彼得·伊里奇简直要生气了。他让铺子里的伙计削减购货数字，还要他们出示账单，总之不肯就此罢休。然而费了不少口舌他也仅仅为米嘉省下一百卢布。最后双方商定发送的全部货物不超过三百卢布。

“你们通通去见鬼我也不管！”彼得·伊里奇仿佛一下子想通了。“关我什么事？你自己的钱就自己扔吧，反正来得容易！”

“来，我的大总管，来吧，别生气，”米嘉把他拉到店堂后面的一间屋里去。“他们马上会送一瓶酒来，咱们喝一杯。跟我一起去吧，彼得·伊里奇，因为你够朋友，我喜欢这样的人。”

米嘉在一张小得可怜的桌子旁边的藤椅上坐下，那块桌布肮脏的程度简直无以复加。彼得·伊里奇将就着坐在他对面，香槟转眼就送来了。伙计问二位爷要不要来一点儿牡蛎，“绝对是极品的牡蛎，刚刚到的货”。

“去你的牡蛎，我不吃，我什么也不要。”彼得·伊里奇气呼呼地回绝了。

“牡蛎没时间吃了，”米嘉说，“这会儿也没有胃口。知道吗，朋友，”米嘉忽然动情地说，“我实在不喜欢这一团乱麻。”

“谁喜欢啦？买三打香槟请乡巴佬！这不是明摆着当冤大头嘛！”

“我说的不是这个。我指的是精神状态。我的内心世界一片混沌，完全是一团乱麻……。不过……这一切都结束了，用不着再烦恼。太晚了，随它去吧！我的整个生活都是乱糟糟的，必须结束这种局面。我是不是尽说些没头没脑的怪话，啊？”

“你是在说胡话，不是怪话。”

“天上的主啊，赞美你！
我心上的主啊，赞美你！

这诗是过去某个时候从我心窝里冒出来的，这不是诗，是眼泪……是我自己做的……但不是在我揪住上尉的胡子把他拖出酒店的那阵子……”

“你怎么冷不丁提起他来？”

“我怎么冷不丁提到他？没什么！一切都结束了，一切都扯平了，通通一笔勾销。”

“说实话，我老是不放心你的那两支枪。”

“枪也不值一提！喝吧，别胡思乱想。我爱生活，我太热爱生活了，爱得出了格。够了！为生活，亲爱的，为生活干杯！我为什么自得其乐？我浑，但我自得其乐。不过，我也苦恼，因为我浑并且自得其乐。我为造化之功祝福，我愿意为上帝和他的创造祝福，但是……

必须消灭一条可恶的虫子，不许它再爬，不许它败坏别人的生活……。为活着干杯，亲爱的老弟！没有比活着更可贵的了！没有，不可能有！为生命，为一个女皇中的女皇干杯。”

“为生命，也为你的女皇干杯。”

两人各喝了一杯。虽说米嘉情绪亢奋，注意力也不集中，但总是带着一点儿忧郁，好像有什么无法排遣的烦恼沉甸甸压在他心上。

“米沙……进来的是你的米沙吗？米沙，亲爱的，过来，你把这一杯喝了，为了金色鬈发的福玻斯，为了明天的……”

“你干吗这样？”彼得·伊里奇悻悻地说。

“你就让他喝吧，我乐意。”

“唉！”

米沙喝了一杯，行个礼，就跑了。

“将来他会记住的，”米嘉说，“我喜欢女人，我喜欢！女人是什么？地上的女皇！我心中闷哪，闷得慌，彼得·伊里奇。还记得哈姆雷特是怎么说的吗？‘我心中闷哪，闷得慌，霍拉旭……啊，可怜的约里克！’[1]也许我就是约里克。现在我正是约里克，以后是骷髅。”

彼得·伊里奇听着，并不说话，米嘉也不说了。

“你们这条狗是哪儿来的？”米嘉发现角落里有一条挺好看的黑眼珠小哈巴狗，漫不经心地问伙计。

“这是我们老板娘瓦尔瓦拉·阿列克塞耶夫娜的哈巴狗，”伙计答道，“白天她带来后忘记在店里了。还得把它送回去。”

“我见过一条跟它一样的……在团里……”米嘉在遐想中沉吟道，“不过它折了一条后腿……彼得·伊里奇，我想顺便问问你：你一生中是否偷过什么东西，有没有？”

“你问这干什么？”

“没什么，随便问问。比如，有没有掏过别人兜里的东西？我不

① 见《哈姆雷特》第5幕第1场。

是说公家的财产，公家的财产人人都拿，你当然也拿……”

“去你的。”

“我是说私人的东西：直接从别人兜里、钱包里拿的，有没有？”

“有一回我偷了母亲二十戈比，那时我九岁，是从桌子上偷的。我悄悄拿了一枚硬币握在手心里。”

“后来怎么样呢？”

“也没怎么样。我藏了三天，觉得怪难为情的，就承认了，交了出去。”

“后来又怎么样？”

“自然给揍了一顿。你怎么？你自己有没有偷过？”

“偷过。”米嘉狡黠地挤挤眼。

“偷过什么？”彼得·伊里奇倒被激起了好奇心。

“偷了母亲二十戈比，那时我九岁，三天后交了出去。”说完，米嘉从座位上站起来。

“德米特里·费奥多罗维奇，是不是快一点出发吧？”安德烈从铺子门口喊了一声。

“齐了吗？这就来！”米嘉立刻紧张起来，“还得交代最后一件事……出发前让安德烈喝一杯伏特加！除了伏特加，再给他一小杯白兰地！这匣子(装手枪的)放在车上我的座位底下。向你告别了，彼得·伊里奇，别太记恨我。”

“明天你不是还要回来吗？”

“当然。”

“您是不是现在把账付了？”一名伙计赶紧过来问。

“噢，对了，账单！当然！”

米嘉又从兜里掏出那一沓钞票，数了三张百卢布大钞往柜台上一扔，急忙走出铺子。全体店员都跟在后面鞠躬相送，欢迎下次再来。安德烈刚喝下一小杯白兰地，干咳了几声爬到驭者座上。但是，米嘉刚要上车，冷不防菲妮娅出现在他的面前。那侍女跑得气喘吁吁，喊叫着把两只手握在一起跪倒在他脚下。

“我的大爷，亲爱的德米特里·费奥多罗维奇，您可别伤害我家太太！是我把什么都告诉了您！……您也别伤害以前的那一位，他是最早的！如今他要娶阿格拉菲娜·亚历山德罗夫娜，为了这个才从西伯利亚回来……。大爷，德米特里·费奥多罗维奇，您可别伤害别人的性命！”

“啧啧啧，原来是这么回事！这下到那边去可要把事儿闹大了！”彼得·伊里奇像是在自言自语，“这下全明白了，这下全清楚了。德米特里·费奥多罗维奇，马上把枪交给我，如果你还想做一个人的话，”他冲米嘉大声说，“听见没有，德米特里？”

“枪？别急，亲爱的，待会儿我会在路上把枪扔进水坑里去，”米嘉答道，“菲妮娅，起来，别趴在我面前。米嘉再也不会伤害别人，这个蠢材今后不会伤害任何人了。我想起来了，菲妮娅，”米嘉已经在车上坐好，忽然向她喊道，“刚才我倒是伤害了你，你就原谅我吧，行个好，原谅我这个混蛋……。你要是不原谅，那也无所谓！因为现在反正都一样！出发，安德烈，打起精神来飞吧！”

安德烈扬鞭出发，铃铛随之响了起来。

“向你告别了，彼得·伊里奇！最后的眼泪为你而洒！……”

“他没有醉，可是尽说些疯疯癫癫的话！”彼得·伊里奇思忖着目送马车远去。他本想留下来监督店伙把其余的货物和酒类装车，因为预感到他们会耍花招欺骗米嘉，但骤然间自己对自己发起脾气来，便啐了一口，径自到酒店里打台球去了。

“他是个十足的傻瓜，尽管人不坏……”彼得·伊里奇一路喃喃自语，“关于格露莘卡‘以前的’那个军官我也听说过。既然这个人来了，恐怕……。唉，那两支手枪！我管不了那么多，我又不是他的跟班！随它去吧！不会出什么事的。无非是一对嗓门大、胆儿小的空心好汉。喝醉了打上一架，打完了又重归于好。根本不是那种说到做到的人！他说的‘引退’、‘处治自己’又是什么意思？大概不会出什么事！他以前在酒店里喝醉后也这样大叫大嚷过上千次。现在他又没喝醉。‘精神上醉了，’——那些浑人就爱说些花里胡哨的话。难道我是他的跟班？他不可能没打过架，要不然怎么满脸是血？就是不知道跟什么人打架。到酒店里我去打听一下。他的手帕也全是血迹……。呸，见鬼！那方手帕还在我家的地板上呢……呸！”

彼得·伊里奇走到酒店时心情简直糟透了，他当即开始打一盘台球。一盘打下来，他的情绪好多了。接着又打了一盘，无意间他跟一位对手谈起德米特里·卡拉马佐夫又有钱了，恐怕有三千之多，他亲眼看见的，而且又上莫克罗耶跟格露莘卡一起寻欢作乐去了。听到这消息的人几乎无不深感意外和诧异。大家议论纷纷，没有人嬉笑，气氛严肃得出奇。甚至台球也不打了。

“三千？他哪儿来三千卢布？”

人们提出不少疑问。对于钱来自霍赫拉科娃的说法听者表示怀疑。

“会不会他抢劫了自己的老子？”

“三千！这事儿不大对头！”

“他曾公开扬言要杀老子，这儿大家都听见的。而且恰恰提到过三千卢布……”

彼得·伊里奇听着大家的议论，对于别人的提问一下子变得不大乐意回答。关于米嘉脸上和手上沾上血的情况他只字不提，而在来酒店的路上他是想谈这件事的。

第三盘台球开杆了，关于米嘉的议论渐渐沉寂下来。但是，打完了第三盘，彼得·伊里奇不想再玩了，便放下球杆，晚饭也不吃(原先他打算在这里用餐)就走出酒店。走到广场上，他莫名其妙地站住，自己对自己纳起闷来。他猛地想起，刚才自己打算去费奥多尔·巴甫洛维奇家打听一下是否出了什么事。

“也许这一切完全是捕风捉影，我这样冒冒失失去惊动人家，岂不闹得人心惶惶？呸，活见鬼，我又不是人家的跟班！”

他在情绪糟不堪言的状态下直接往自己家里走去，忽然他想起了菲妮娅。

“我真糊涂！其实刚才就应该好好问她，”他非常懊恼地自责，“那就什么都知道了。”

他心中顿时燃起一种强烈的愿望，迫不及待地想找菲妮娅谈谈，从而了解一切；于是半道上来了个急转弯，折向格露莘卡在那里赁居的莫罗佐娃宅院。到了宅前他开始叩门，而夜阑人静中响起的叩门声又仿佛既使他猛醒，又令他恼火。再说也没有人应门，宅院里的人都睡了。

“我在这里同样会闹得人心惶惶！”他这一回如此考虑时心中已生出某种痛苦的感受。但是结果非但没有就此离去，反而重又开始敲门，而且是拼命地敲。响声惊动了整整一条街。

“我非敲开大门不可，非敲开不可！”他一边自言自语，一边随着每一下敲门声自己恼恨自己的火气也越来越大，于是就更加拼命地猛敲大门。

六 我 来 了！

德米特里·费奥多罗维奇的马车正在大路上飞奔。到莫克罗耶有二十多里地，但是安德烈的三匹马能在一小时零一刻钟内跑完全程。惊人的车速似乎令米嘉头脑清醒了些。空气新鲜，有点儿冷，洁净的天空中闪耀着好些巨大的星星。正是在这天夜里，也许正是在这一时刻，阿辽沙趴在地上狂热地发誓要永生永世热爱大地。

虽然米嘉心中很乱，乱得很，虽然有许多事情撕扯着他的灵魂，但此刻他只有一个目标，他正全身心地向着他的女皇飞去，为的是最后再看她一眼。只有一点笔者敢于断言：他的心连一分钟也没有提出争议。人们也许不相信我的说法：对于他的新情敌，对于这个从地下冒出来的“军官”，善妒的米嘉却没有丝毫醋意。如果挡道的是其他任何人，米嘉马上会醋劲勃发，他那双可怕的手也许会再度沾满鲜血；但是对于这一位，对于“她的头一个”，米嘉此时身在风驰电掣般的三驾马车上，非但不感到势不两立的妒恨，甚至没有什么敌意——诚然，他还没有见过此人。

“这没有什么可争论的，这是他俩的权利；这是她的初恋，是她在五年里头没有忘却的第一个恋人，我干吗要去横插一杠子？我算老几？这跟我有什么相干？闪开，米嘉，给人家让路！再说，如今我又怎样呢？如今即使没有这名军官，也全完了，即使他不来也一样，反正什么都完了……”

如果米嘉还能有条有理地表达自己的感受，他的自述跟上面那段话想必八九不离十。目前他的整个行动计划是在刹那间产生的，未经深思熟虑，是刚才在菲妮娅那儿听她说了开头的几句话一下子定型，并被他连带后果一股脑儿接受下来的。尽管决心已经下定，他心中还是很乱，乱得近乎痛苦：决心定了，心神并没有定。他不堪回首的事情太多了，这令他芒刺在背。他时不时地感到奇怪：明明已经白纸黑字自己写好了对自己的判决书——“我要处治自己，”——这张纸就揣在他的背心小兜里，明明枪里已经装好弹药，明明已经决定翌日他将第一个迎接“金色鬈发的福玻斯”，迎接第一道炽热的霞光，然而，他仍然不能和整个不堪回首、令他芒刺在背的过去一刀两断，对此他有切肤之痛，这个想法深深刺进他的灵魂，把他逼到了绝境。

途中，曾经有那么一瞬间，他突然想要命令安德烈停车，然后自己跳下车去，取出装好弹药的手枪，不等到次日黎明就一了百了。但这一瞬间却像一颗火星倏然飞逝。而奔驰的三驾马车“大口大口地吞噬着空间距离”，随着目的地的临近，对她的思念，仅仅对她一个人的思念，使米嘉越来越激动得几乎喘不过气来，把其余的魑魅魍魉从他心中悉数赶走。噢，他多么想看看她，哪怕只看一眼，哪怕只是远远地看一眼！

“如今她和**那个人**在一起，我真想瞧瞧现在她和那个人，和她过去的恋人在一起是什么样子，我所要的仅此而已。”

从他的胸臆中还从未涌起对这个致命地影响了他命运的女人这么多的爱，这么多他从未体验过的新感受，这么多连他自己也意想不到的柔情，一种近乎向她膜拜、不惜自我消失的柔情。

“我宁可消失！”在一阵歇斯底里的狂喜冲动中，他蓦地这样说。

马车已将近跑了一个小时。米嘉不吭声，安德烈虽然是个健谈的汉子，却也还没有说过一句话，好像不敢打开话匣子，只是一味猛赶他那三匹样子干瘦、但很善跑的枣红马。焦躁不安的米嘉骤然喊道：

“安德烈！他们会不会已经睡了？”

这个念头是他冷不丁产生的，在这以前根本没有想到过这一点。

“想必已经睡了，德米特里·费奥多罗维奇。”

米嘉痛苦地皱紧眉头：说实在的，他赶到那边去——这算什么事儿呢？……怀着这样的感情……而人家已经睡了……她也睡了，或许就在一起……。一团怒火开始在他心中燃烧。

“加油，安德烈，赶紧，安德烈，快！”他发疯似的连声催促。

“说不定还没有睡，”安德烈沉默片时后改口说，“刚才季莫菲说那里人很多……”

“驿站上？”

“不是官驿，是普拉斯图诺夫客栈，那里有私人拉脚的驿站。”

“知道；你说那里人很多？都是些什么人？”米嘉听到这个意外的消息非常紧张。

“听季莫菲说，那里全是爷们：从城里去了两位，究竟是谁——不知道，季莫菲只说是本地的；有两位好像是外地来的。也许另外还有什么人，我没仔细问他。季莫菲说他们在玩纸牌。”

“玩牌？”

“所以说既然在打牌，也许还没睡。现在大概将近十一点钟，不会超过。”

“快跑，安德烈，快！”米嘉又焦躁地高声说。

“有句话不知当说不当说，我的爷，”安德烈顿了一下又开言道，“可我就是怕惹您发火，大爷。”

“你想说什么？”

“刚才菲妮娅趴在您脚下，求您别伤害她家太太，也别伤害别的什么人……可是您瞧，大爷，赶车送您上那儿去的是我……。所以，大爷，请您原谅，别让我的良心……也许我说的全是蠢话。”

米嘉一下子从后面抓住他的双肩。

“你是车把式，对不对？”他气势汹汹地问。

“是车把式……”

“你该懂得让路的道理。要是对谁也不让路，压死人也不管，只是扯开嗓子大叫：我来了！这算什么车把式？不，车把式，不能横冲直撞！ 不能压死人， 不能搅乱别人的生活； 要是破坏了别人的生活——你得惩罚自己……只要你破坏了别人的生活；要是伤害了谁的性命——你得处治自己，彻底滚开。”

这番话像是米嘉处在十足歇斯底里状态中冲口说出的。安德烈尽管感到惊诧，却表示赞同。

“完全正确，大爷，您说得对，德米特里 · 费奥多罗维奇，不能横冲直撞压死人，同样也不能残害随便什么生灵，因为每一个生灵都是上帝创造的。就拿马来说吧，有的人无缘无故把马弄伤致残，其中也有我们车把式……。这等人就是不管三七二十一，只知道蛮干硬闯，一直闯……”

“一直闯进地狱？”米嘉忽然插进来说，接着咯咯地笑了起来，他的笑声突兀、短促。“安德烈，你这个憨小子，”他又紧紧抓住车把式的双肩，“你说：德米特里 · 费奥多罗维奇 · 卡拉马佐夫会不会入地狱？你看会不会？”

“不知道，亲爱的，这要看您自己，因为您的脾性……。您瞧，大爷，当初上帝的儿子在十字架上被钉死以后，他从十字架上直接来到地狱里，解救了所有在那里受惩罚的罪人。地狱的魔王开始叫苦，再也没有罪人到他那里来了。当时上帝对他说：‘不用叫苦，地狱的魔王，因为今后各种王公贵族、当官的、大法官和大财主都会到你那里来，你那里会像千百年来一样爆满，一直到我下次再来为止。’真是这样，这是他的原话……”

“好一段民间传奇，很精彩！抽一鞭左边那匹马，安德烈！”

“您瞧，大爷，地狱是给什么人准备的，”安德烈往左边一匹马身上抽了一鞭，“可您的脾性，大爷，就跟小孩子一个样……我们都这样看您……。您虽然是火暴性子，大爷，这不假，但是冲您的直肠子上帝会宽恕您的。”

“那么你会不会宽恕我，安德烈？”

“您有什么要我宽恕的？您又没对我干过什么。”

“不，你一个人代表所有的人，就现在，此时此地，在大路上，你能不能代表所有的人宽恕我？说，你这颗小百姓的脑袋！”

“噢，大爷！给您拉脚真让人害怕，您的话实在奇怪……”

但米嘉没认真听。他狂热地做着祈祷，翕动嘴唇在默念着什么，样子很古怪。

“主啊，接受我这颗无法无天的灵魂吧，但不要审判我。你高高手放我过去算了……。你不用审判我，因为我自己给自己定了罪；你不要谴责我，因为我爱你，主啊！我生性顽劣，可我爱你。即使你把我投入地狱，我在那里照样爱你，还要从那里大喊大叫：我生生世世永远爱你……。可你也得让我了却情缘……在这个世界上了却，立刻了却，离你射出炽热的第一道霞光总共只剩五个小时了……。因为我爱我心上的女皇。我爱她，我没法不爱。你对我看得一清二楚。我要赶到那里去，跪在她面前说：‘你不要我，你做得对。永别了，忘了为你牺牲的痴心汉，永远不要挂在心上！’”

“莫克罗耶！”安德烈用鞭子指着前方喊道。

透过灰蒙蒙的夜色，骤然显现黑压压一大片房舍的轮廓，它们分布在十分广袤的空间。莫克罗耶是个有两千人口的小镇，但此刻它已入睡，黑暗中只有某些地方还闪烁着零落的灯火。

“快，快，安德烈，我来了！”米嘉像在发烧似的嚷着。

“还没睡！”安德烈又说，同时用鞭子指着就在镇口的普拉斯图诺夫客栈，那里临街的六扇窗户灯火通明。

“没睡！”米嘉高兴地跟着说，“把声势造大，安德烈，快马加鞭，让铃铛响起来，玩它个惊天动地。让所有的人都知道谁来了！我

来了！我来了！”米嘉惊喜欲狂。

安德烈驱策累得够呛的三匹马舍命冲刺，果然以惊天动地的声势让车直冲到高高的台阶前，然后勒住大汗淋漓、差点儿背过气去的马匹。

米嘉跳下马车，正要去安寝的店家刚巧走到台阶上，想看看是什么人来势如此吓人。

“特里方·博里塞奇，是你吗？”

店家弯腰仔细一瞧，赶紧奔下台阶，满脸堆笑，兴高采烈地迎着客人跑过来。

“我的爷，德米特里·费奥多罗维奇！又见到您啦？”

这位特里方·博里塞奇是条壮实的汉子，中等个儿，胖胖的脸，样子十分严厉，对莫克罗耶的泥腿子们尤其不客气。但他有一手绝招：只要嗅到什么好处，一张脸能在刹那间换上巴结得让你不好意思的表情。他的衣着是俄罗斯式的，穿侧扣竖领衬衫和窄腰外衣。此人攒下的钱着实不少，却一直梦想爬到很高的地位。半数以上的乡民都捏在他手心里，周围没有人不欠他钱的。他承租地主的土地，自己也买地，乡民为他耕种这些土地抵债，而他们的债是永远还不清的。他是个鳏夫，有四个成年的女儿，其中一个也已经死了男人，带着两个小孩——管该店主叫外公的——住在他这里，像雇工一样为他干活。另一个给他当雇工的女儿嫁了个当过多年文书熬过来的小公务员，在客栈的一间房里墙上挂着的几帧家人留影中，可以看到一张尺寸极小的相片，照的就是这名穿制服、佩肩章的小公务员。最小的两个女儿逢到教会的节日或上哪家去做客，就穿上时新款式的浅蓝色或湖绿色连衣裙，背后裹得很紧，拖着一尺(约七十厘米)长的裙裾；可是第二天早晨又像平日里任何一天那样，一大早起床，拿着桦树条扫帚打扫客房，清除垃圾，倒掉脏水。

特里方·博里塞奇的家财尽管已经成千上万，他还是特别喜欢从寻欢作乐的客人身上捞一把。他记得不到一个月以前，那时德米特里·费奥多罗维奇带着格露莘卡来此纵情狂欢，他曾在一昼夜内从米嘉那儿赚了不说三百至少也有二百多卢布。这位店家现在欢欢喜

喜、忙不迭地上前迎接米嘉，因为仅从马车冲到他台阶前的声势即已嗅出财神爷又来了。

“我的爷，德米特里·费奥多罗维奇，您又光顾小店啦？”

“等等，特里方·博里塞奇，”米嘉开门见山，“先说最要紧的：她在哪儿？”

“阿格拉菲娜·亚历山德罗夫娜？”店家一下子就明白了，他用敏锐的目光注视着米嘉的脸。“她……也在这儿……”

“跟谁在一起？跟谁？”

“一些外地客人……。一位吃公家饭的先生，听口音大概是波兰人，是这位先生从这里派专差去接她来的；另一位是他的同事，也许只是同路的，谁闹得清？他们都穿便服……”

“怎么？他们来狂欢？阔佬？”

“狂什么欢哪！小儿科，没戏，德米特里·费奥多罗维奇。”

“小儿科？还有谁？”

“还有两位先生是当地城里人……。他们从切尔尼回城里去，在这里住下。年轻的一位，论起来是米乌索夫先生的亲戚，只是什么姓名让我给忘了……另一位想必您也知道：地主马克西莫夫。他说顺道上你们那儿的修道院去朝拜了一次，眼下正和米乌索夫先生的亲戚——那位年轻人——搭伴同行……”

“就这些？没有别的客人了？”

“就这些。”

“等一下，你听着，特里方·博里塞奇，现在说最重要的：她怎么样？她好吗？”

“她刚到不久，正和他们一起坐着。”

“她快活吗？笑不笑？”

“不，好像不怎么笑……。看她坐在那里的样子可以说不大开心，刚才在给年轻人梳头来着。”

“给那个波兰人？那个军官？”

“他怎么能算年轻人？他也不是什么军官。不，大爷，不是给他，是给米乌索夫的远亲，那才是年轻人……只是我忘了姓什么。”

“卡尔甘诺夫？”

“对，正是卡尔甘诺夫。”

“好吧，我会弄清楚的。他们玩牌不？”

“玩过，后来不玩了，喝了点儿茶，那位吃公家饭的要了果子露酒。”

“等一下，特里方·博里塞奇，等一下，亲爱的，我会弄清楚的。现在再回答我一个问题：能不能弄到吉卜赛人？”

“现在没听说哪儿有吉卜赛人，德米特里·费奥多罗维奇，全给官府赶跑了，不过这里倒有几个犹太人能弹扬琴，拉提琴，就在圣诞村，马上可以派人去把他们叫来。他们准来。”

“派人去，一定要派人去！”米嘉立刻吩咐，“你还可以像上一回那样把姑娘们都招来，特别是玛丽娅，还有斯捷芭尼达、阿丽娜。二百卢布搞一支合唱队！”

“有这么多钱我能把全镇的人都给您招来，虽然这会儿都已经睡下。可是，我的爷，您这样抬举那些乡巴佬和姑娘们值得吗，德米特里·费奥多罗维奇？在这帮不识好歹、不懂礼貌的贱骨头身上花这么多钱！那些泥腿子哪儿配抽雪茄，可是您给他们抽。要知道这班强盗身上有股臭味！还有那些乡下妞儿，一个个都长虱子。我可以把自己的女儿给你招来，还要不了这么大价钱，只是她们这会儿都睡了，我去踢她们的背脊，让她们起来给您唱歌。上一回您让乡巴佬喝香槟来着，咳！”

别瞧特里方·博里塞奇那么心疼米嘉的钱，那一回他自己就把米嘉的香槟偷偷藏起来半打左右；他还在桌子底下捡到一张一百卢布的钞票，攥在拳头里私吞了。

“特里方·博里塞奇，那一回我在这儿总共花掉不止一千卢布。你还记得不？”

“怎么不记得，亲爱的？您在这儿花掉的恐怕有三千。”

“好，这一回我又带来了那么多，瞧见没有？”

说着，他掏出一沓钞票，一直把它塞到店家鼻子底下。

“现在你给我好好听着：过一小时会把酒送来，还有下酒菜、馅饼、糖果——所有这一切立刻搬到那边楼上去。安德烈那里的一只箱子也立刻搬到那边楼上去，开箱后马上把香槟拿出来……。重要的是姑娘们，姑娘们，一定要把玛丽娅叫来……”

他向马车转过身去，从座位下面取出装手枪的匣子。

“安德烈，你把钱收下！这十五卢布是车钱，这五十卢布是酒钱……谢谢你这样卖力气，也谢谢你的爱……。记住卡拉马佐夫大爷！”

“我害怕，大爷……”安德烈有点儿犹豫，“您赏五卢布小费够了，多我不要。请特里方·博里塞奇作证。请原谅我的蠢话……”

“你怕什么？”米嘉把他打量了一番，“既然这样，那就见你的鬼去吧！”说着，他扔了五卢布给车把式。“现在，特里方·博里塞奇，你悄悄地带我进去，头一桩事情是，先让我对他们所有的人瞧上一眼，不能让他们发现我。他们在哪儿？是不是在蓝色房间？”

特里方·博里塞奇带着几分疑虑看了看米嘉，但旋即遵命照办：他小心翼翼地把米嘉带到过道里，自己走进第一个大房间，客人们就坐在隔壁的一间。他从里面拿了一支蜡烛出来，然后悄悄地带米嘉走进去，让他坐在角落里暗处，从那里可以挺自在地看清楚坐在隔壁交谈的客人而自己不被他们发觉。但是米嘉没瞧多久，他也无心细看，因为他见到了格露莘卡，他的心怦怦直跳，眼前顿时一片模糊。

她侧着身子坐在桌旁一把扶手椅上，她旁边沙发上坐着相貌英俊、还很年轻的卡尔甘诺夫；格露莘卡握着他的一只手，好像在笑，而卡尔甘诺夫眼睛并不看她，似乎老大不高兴地在向隔着桌子坐在格露莘卡对面的马克西莫夫大声说话。马克西莫夫则笑得挺欢，不知笑些什么。**那一位**坐在沙发上，沙发旁边靠墙一把椅子上坐着另一个陌生人。那一位大模大样地靠在沙发背上抽烟斗，米嘉只得到一个模糊的印象：这人有点儿发胖，宽脸盘，身量大概不高，好像在为什么事情生气。他的同伴、另一个陌生人给米嘉的印象却非常高大；但是别的他什么也没有看清楚。他只觉得呼吸困难。他站着连一分钟也耐不住，就把手枪匣子放在一只箱柜上，带着冰凉的感觉和一颗快要跳出来的心，径直向蓝色房间里正在交谈的那一群走去。

“啊！”最先注意到他的格露莘卡发出一声惊恐的尖叫。

七 拥有当然权利的旧情人

米嘉迈着又快又大的步子一直走到桌子跟前。

“诸位，”他大声开始说，几乎像在叫喊，但每一句话都结结巴巴，“我没什么，没什么，”他忽然转过去面对格露莘卡，后者向着卡尔甘诺夫那一边往扶手椅背上一靠，并且紧紧抓住卡尔甘诺夫的一只手。“我……也是路过。我只待到天明。诸位，可不可以让一个过路人……跟你们一起待到天明？只待到天明，这是最后一次，就在这间屋子里，可不可以？”

他说末了那几句时，已经面向坐在沙发上抽烟斗的那个胖胖的男人。后者煞有介事地取下叼着的烟斗，不客气地说：

“先生，我们这里不欢迎外人。客店里还有别的客房。”

“原来是您啊，德米特里·费奥多罗维奇，干吗这样见外？”不料卡尔甘诺夫却答话道，“请和我们一起坐吧，您好！”

“您好，亲爱的……无价的朋友！我一向很尊敬您……”米嘉高兴地迅速作出反应，并且马上隔着桌子向他伸过手去。

“嘜，您的手劲儿真大！简直把我的手指头握骨折了。”卡尔甘诺夫笑了起来。

“他握手一向这样，一向这样！”格露莘卡强作欢颜插了一句，尽管面带胆怯的微笑，但从米嘉的神态一下子断定他不会闹事，所以极其好奇、不过还有些不安地注视着他。米嘉身上有某种令她十分震惊的迹象，她决计没有料到，米嘉这个时候会这样走进来，用这样的方式开口说话。

“您好。”地主马克西莫夫从左边和颜悦色地与他招呼。米嘉赶紧向他走过去。

“您好，您也在这里，我太高兴了，您也在这里！诸位，诸位，我……”米嘉重又面对那位抽烟斗的先生，显然把他视为这里最主要的人物，“我飞一般地赶来……我想在这间屋子里度过我的最后一天和最后一小时，就在这间屋子里……我曾在这里像敬女神一样爱过……我的女皇！……对不起，先生！”他狂热地拔高嗓门，“我飞奔而来的时候发过誓……。噢，请不必害怕，这是我的最后一夜了！先生，让我们共饮一杯和睦酒吧！酒马上就会端来……。我带来了这些，”他不知为什么目的掏出了那一沓钞票。“冒昧了，先生！我要音乐，我要热闹、喧嚷，凡是上一回有的，这一回都要……。但是一条虫子，一条无用的虫子将在地上爬过去，以后没有了！我要在自己的最后一夜纪念我快乐的一天！……”

他几乎上气不接下气；他有许多许多话想说，结果却尽发出一些奇怪的惊叹。波兰先生一动不动地望着他，望着他手中的一沓钞票，望着格露莘卡，显然莫名其妙。

“如果我的牛黄不反对……”他刚开口。

“什么‘牛黄’，您是说‘女皇’吧？”格露莘卡立刻把他的话打断，“您老是这样说话，真逗。坐下，米嘉，你在说什么呀？请不要吓我。你不要吓人，好不好？你要是不吓唬人，我欢迎你……”

“我吓唬人？”米嘉高高举起双手惊呼，“噢，请放心走你们的路，我决不挡道！……”接着，他的举动完全出乎大家所料——当然也出乎自己意料——他倒在一把椅子上，把脸扭过去朝着对面的墙壁，两手紧紧搂住椅背作拥抱状，哭了起来。

“哎呀，瞧，瞧，你呀！”格露莘卡用责备的口吻大声说，“他过去常这样来找我，——说些没头没脑的话，我一点也听不懂。有一次他也这样哭了起来，这已经是第二次了——真丢人！你为什么要哭？**这有什么可哭的**？”她神秘兮兮地补充一句，还带着几分恼怒在这句话上特别加重语气。

“我……我不哭……。晚上好！”霎时间他在椅子上转过身躯，一下子笑了起来，但这并不是他那种短促的干笑，而是一种持续、震颤、神经质的轻笑。

“瞧，又来了……。喂，振作起来，振作起来！”格露莘卡在向他劝说，“我很高兴，你来了我很高兴，米嘉，我很高兴，你听见没有？我要他跟我们大家坐在一起，”她以命令的口气表面上对所有在座的人说话，其实她的话很明显是说给坐在沙发上抽烟斗的那人听的。“我愿意，我要这样！要是他走，我也走，就这样！”她添上末了那几句时目光如炬。

“我的女皇爱怎么样——那就是法律！”波兰先生说着潇洒地吻了一下格露莘卡的手，“请先生加入我们的小聚！”他殷勤地向米嘉发出邀请。

米嘉又蹦了起来，看样子打算再次大发宏论，结果却并非如此。

“咱们来喝一杯，诸位！”他没有滔滔不绝，只是蓦地说出这样的话来。大家都笑了。

“上帝啊！我以为他又要说个没完了，”格露莘卡也有点儿神经兮兮地说，“听着，米嘉，”她坚决提出要求，“可别再蹦起来了。你带来了香槟，这好得很。我也想喝，可我讨厌果子露酒。最妙的是你亲自赶来了，要不，简直无聊透了……。你是不是又想来狂欢？把钱藏到兜里去！你哪儿弄来这么多钱？”

米嘉手里还抓着一把揉作一团的钞票，吸引了在座所有人的注意，特别是那位波兰先生；米嘉不好意思地忙把钱塞在兜里，脸都红了。就在这一时刻，店家把一瓶去了塞的香槟放在托盘里，连同几只杯子一起端进来。米嘉拿起酒瓶，但一时慌得忘了该怎么做。卡尔甘诺夫从他手中把瓶子拿过来斟酒。

“再来一瓶！”米嘉吩咐店家。刚才他曾郑重邀请那位波兰先生一起喝杯和睦酒，可现在竟忘了和他碰杯，甚至没有等任何人举杯就把自己的一杯酒全干了。他的脸顿时整个儿变了样：刚才进来时那种正经八百的悲剧表情不见了，取而代之的是一种婴儿般的天真。他仿佛一下子显得温顺和谦恭了。他胆怯而快活地看着大家，不时露出神经质的嬉皮笑脸，活像一条犯了过失的小狗重新得到抚爱，重又得以进门，所以整个神态洋溢着感激之情。他似乎忘记了一切，带着稚气的笑容欣喜地环视所有的人。他不停地笑着，频频把目光投向格露莘卡，并且把自己的椅子挪到她坐的扶手椅紧跟前。渐渐地，他对两个波兰人的相貌也看清楚了，虽然对他们还很不了解。

沙发上的那位最引起他注意的是好大的架子和波兰口音，尤其是那只烟斗。“这没什么奇怪，他抽烟斗没什么不好，”米嘉这样想。那波兰人皮肤已有些松垂的脸看上去几乎有四十岁，很小的鼻子底下蓄着两撇稀稀拉拉、翘着尖角的小胡子，虽然抹上了染色膏显得相当狂妄，暂时也还没有激起米嘉半点疑心。他的假发是在西伯利亚做的，实在蹩脚透顶，加上朝前梳的鬓角样子愚蠢极了，但这也没有使米嘉产生太大的反感。“既然他戴假发，那就说明有这必要。”他继续以好好先生的态度看待一切。

坐在靠壁的另一位波兰先生比沙发上的年轻些，他毫不掩饰地傲视在座所有的人，现出一脸轻蔑的表情默默听着大家的谈话，而他给米嘉留下的突出印象仍然只是：他那高得出奇的身材与坐在沙发上那个波兰人简直不成比例，仅此而已。在米嘉头脑里闪过的想法是：“他站直了恐怕有十一寸(即俄尺二尺十一寸，约合一米九〇)。”他也想到，这位高个儿波兰先生一定是沙发上那位波兰先生的朋友和跟班，类似后者的保镖，抽烟斗的小个儿波兰先生当然能指挥高个儿波兰先生。这一切在米嘉看来都非常美好，理所当然。小狗身上已找不到半点与对手一比高低的冲劲。对于格露莘卡的心思以及她说某几句话时的神秘口吻，米嘉还一点儿也不明白。他那颗战栗不已的心只明白一点，那就是：格露莘卡对他挺亲热，已经宽恕了他，让他坐在自己身旁。看到格露莘卡从杯子里呷了一口酒，他就乐不可支。不过，他骤然觉得大家的沉默怪别扭的，便怀着殷切的期望把在座的人一个个巡视过来。

“诸位，咱们干吗这样干坐着？你们怎么不来点儿什么？”他那乐不可支的眼神仿佛在说。

“刚才他老是在那里胡说八道，我们老是笑个不停。”卡尔甘诺夫好像猜到了米嘉的心思，指着马克西莫夫打破了沉默。

米嘉迅即把目光投向卡尔甘诺夫，随后又立刻转到马克西莫夫脸上。

“胡说八道？”米嘉马上捕捉到了什么可乐的事情，又发出他那短促的干笑，“哈哈！”

“是的。试想，他硬说我国的骑兵在二十年代尽娶波兰女人做老婆；这难道不是胡说八道？”

“娶波兰女人？”米嘉再次接过话茬，这下他可真的乐了。

卡尔甘诺夫非常了解米嘉对格露莘卡的态度，也猜得到波兰先生是什么角色，但他对这一切并不太感兴趣，甚至可能毫无兴趣，他最感兴趣的是马克西莫夫。他和马克西莫夫来到这里纯属偶然，在客栈里与两个波兰人也是萍水相逢。他以前认识格露莘卡，还和什么人一起到她家去过，当时他就对这个女人没有好感。但在这里格露莘卡向他频送秋波，在米嘉来到之前还向他献过殷勤，不过他好像无动于衷。这个年轻人还不满二十岁，衣着时髦，有一张很可爱的小白脸和一头漂亮、浓密的棕发。这张小白脸上一双俊美的碧眼表情相当聪明，有时还很深沉，甚至与年龄不相称，虽然这年轻人说话、看人完全像个孩子，并且一点也不为此感到难为情，甚至自己也意识到这一点。总的说来，他是个颇有主见的人，喜欢自行其是，尽管一贯平易近人。他的面部表情间或流露出某种凝滞、固执的神态：他会瞧着您，听您说，而心中照样我行我素。一会儿蔫头耷脑打不起精神，一会儿又会突然激动起来，原因却往往显然不值一提。

“您想想，我带着他已经坐车转了几天，”他还在说，吐字稍显得懒散拖拉，但没有任何做作的意味，十分自然。“您可记得，几天前他曾被令弟推下马车摔得老远？为了那个缘故，当时他引起我很大兴趣，我就把他带到乡下来，从那时起我们俩一直在路上。现在他老是胡说八道，跟他待在一起我都害臊。眼下我正送他回去……”

“这位先生没见过波兰女人，所以说话不切实际。”抽烟斗的波兰先生向马克西莫夫说。

其实，抽烟斗的波兰先生俄语说得不坏，至少比他装出来的德性好得多。他使用的俄语词句故意被他扭曲成波兰腔。

“我自己娶的就是波兰女人。”马克西莫夫嬉笑着答道。

“唔，难道您曾经在骑兵部队服役？您不是在说骑兵吗？莫非您当过骑兵？”卡尔甘诺夫立刻插话。

“问得对，难道说他是骑兵？哈哈！”米嘉也跟着起哄。他听得津津有味，只要谁开口，他就把疑问的目光投向谁，好像可以从每一个人那里听到不知多么有趣的新鲜事。

“不，听我说，”马克西莫夫转身面对着他，“我是说，那些个波兰姑娘……长得挺水灵的……只要跟我们的枪骑兵跳上一曲玛祖卡舞……一个波兰姑娘只要跟枪骑兵跳上一曲玛祖卡舞，马上会像只小猫那样跳到他的大腿上……像一只雪白的小猫……她的波兰父母看见了也不管……由着他们……到明天枪骑兵便会登门求亲……就是这样……会登门求亲，嘻嘻！”马克西莫夫临了吃吃地笑起来。

“这人是骗子！”坐在椅子上的高个儿波兰先生忽然嘀咕一句，并且架起了二郎腿。米嘉只瞥见他的一只柏油面漆皮大靴子厚厚的靴底上沾着泥巴。那两位波兰先生的着装总的说来很不讲究，衣服上沾了不少油污。

“嗐，骂人家是骗子！他怎么可以骂人？”格露莘卡一下子发起脾气来了。

“阿格丽品娜女士，这位先生在波兰看到的是农家女，不是大家闺秀。”抽烟斗的波兰先生向格露莘卡指出。

“一定是这样！”坐在椅子上的波兰先生不屑地断言。

“还那么神气！该让人家说话嘛！干吗打扰人家说话？我就爱听，有他们做伴蛮开心的。”格露莘卡把他们顶回去。

“我不想打扰，女士。”戴假发的波兰先生意味深长地说着，对格露莘卡注视良久；他摆出一副神气活现的架势沉默片时之后，又开始抽他的烟斗。

“不，不，刚才这位波兰先生说得有理，”卡尔甘诺夫又激动地发表意见，仿佛此刻所谈的内容天知道有多么重要似的。“他并没有到过波兰，他怎么能对波兰的事情说三道四？您又不是在波兰结的婚，难道我说得不对吗？”

“的确，我是在斯摩棱斯克省结的婚。可是在这以前是一个枪骑兵把她——我未来的太太——带到了那边，还有她的母亲、姨妈以及另一个亲戚连同她的一个已经长大成人的儿子，这些人都是从波兰来的，是地道的波兰人……枪骑兵把她让给了我。他是我们的一名中尉，是个非常好的年轻人。原先他自己想娶那波兰姑娘，可是没有娶，因为姑娘是个瘸子……”

“这么说，您娶了个瘸子？”卡尔甘诺夫失声惊呼。

“不错。这事儿当初他们俩的确稍稍骗了我，隐瞒了实情。我以为她喜欢跳跳蹦蹦……她走路老是一跳一蹦，我还以为这是她开心的缘故……”

“因为要嫁给您觉得开心？”卡尔甘诺夫竟高喊道，他的嗓音像童声一般清脆。

“对，因为开心。不料却是另有原因。后来我们结了婚，当天晚上她就坦白承认，怪可怜地请求原谅，说她少女时代，有一次在跳过一个水塘的时候，把脚给崴了，嘻嘻！”

卡尔甘诺夫放开他那童声一般脆亮的嗓子笑得前俯后仰，差点儿跌倒在沙发上。格露莘卡也纵声大笑。米嘉更是乐得忘其所以。

“知道吗，知道吗，这一回他倒是说了真话，这一回他没撒谎！”卡尔甘诺夫大声告诉米嘉。“还有，您可晓得，他结过两次婚：他说的波兰女人是第一个太太；而他的第二个太太跟人私奔了，至今还活着，这事您可知道？”

“真有这等事？”米嘉很快转过去面对马克西莫夫，脸上现出非常诧异的表情。

“是的，私奔了，这确实是我一件不愉快的遭遇，”马克西莫夫谦虚地加以证实，“是跟一位法国先生私奔的。最糟糕的是，她预先把我小小一个村子的产权全部转到她自己名下。她说：‘你是受过教育的，你能够自食其力。’就这样让我签了字。一位受人尊敬的主教有一回对我说：‘你的一位太太是个瘸子，而另一位太太的腿又利索过了头，嘻嘻！’”

“听我说，诸位，听我说！”卡尔甘诺夫简直欲罢不能，“他这个人经常撒谎，不过他撒谎的唯一目的是让大家开心。这应该说没有恶意吧，是不是？说实在的，有时候我还真喜欢他。他脸皮非常厚，但他是天生的厚脸皮，懂不懂？某些人干不要脸的事是有目的的，为了谋取私利，可是他，他是出于天性……。举个例子说，他自称(昨天一路上老是跟我争论)果戈理的《死魂灵》写的就是他。记得吗，书中有个地主也姓马克西莫夫；诺兹德辽夫揍了他一顿被告到法院里，罪名是‘酒醉后用树条抽打地主马克西莫夫对之进行人身侮辱’——这情节诸位还记得吗？好，现在请你们想想，他硬说那个马克西莫夫就是他，是他挨了揍！这怎么可能？乞乞科夫到各地旅行最迟也不会晚于二十年代初，年代根本对不上号。那时候挨揍的不可能是他。这不可能，你们说是不是？”

很难想象卡尔甘诺夫为什么这样激动，但他的激动是由衷的。米嘉的情绪也受到卡尔甘诺夫强烈的感染。

“要是真的挨了揍才有趣呢！”他大笑着高声叫道。

“并不是真的揍了，而是……”马克西莫夫忽然插进来说。

“究竟怎样？是揍了还是没有揍？”

“几点了？”抽烟斗的波兰先生一脸百无聊赖的样子操着波兰语问坐在椅子上的高个儿。后者耸耸肩膀代替回答，因为他们两人都没有表。

“你们不爱听？让别人也说话嘛。难道你们觉得无聊，别人也就不能说话了？”格露莘卡又冲他发脾气，显然是存心找碴儿。米嘉脑子里第一次闪过某种想法。这一回波兰先生回答时已明显有了火气：

“女士，我并没有反对什么，我可什么也没说。”

“那就好，你讲吧，”格露莘卡向马克西莫夫说，“你们干吗都不吭声了？”

“其实也没有什么可讲的，尽是些无稽之谈，”马克西莫夫马上响应，他显然得其所哉，虽然有那么一点儿忸怩作态，“事实上这一切在果戈理笔下都是以隐喻方式出现的，因为所有的姓名都有隐喻性。书中的诺兹德辽夫实际上并不姓诺兹德辽夫，而是姓诺索夫；库夫申尼科夫甚至一点也不像他的原型，因为他姓史克沃尔涅夫。不过费纳尔迪倒的确是费纳尔迪，只是并非意大利人，而是俄国人。费纳尔迪小姐很漂亮，紧身衣裹着美妙的双腿，短短的裙子缀有闪光的亮片，她很能打转，不过不是连转四小时，总共才四分钟……已经把所有的人都迷得神魂颠倒……”

“可是你为什么挨揍？你究竟为了什么挨揍？”卡尔甘诺夫一个劲儿地追问。

“为了皮隆。”马克西莫夫答道。

“哪个皮隆？”米嘉问。

“著名的法国作家皮隆。当时我们很多人在一起喝酒，就在那个广场上一家酒店里。我是应邀去的，我一开始就念讽刺诗：‘是你吗，布瓦洛？多么滑稽的服装！’可是布瓦洛回答说，他要去参加假面舞会，不，他要去澡堂子，嘻嘻，他们以为我是在影射他们。我赶紧念另一首讽刺诗，那是有教养的人都非常熟悉的，很辛辣：

> 我无疑是法奥，你当然是萨孚，
> 但我心中在暗暗叫苦：
> 你不认得通大海的路。

不料他们更加恼火，为此开始用不堪入耳的话骂我，偏偏我想挽回局面，当场讲了一个关于皮隆的故事：他没有被法兰西学院接纳为院士，于是他出于报复心为自己的墓碑写了一条铭文：

> 皮隆在此安息，他什么也不是，

连院士也不是。

这明明是一个很有书卷气的故事。不料弄巧成拙，他们竟把我揍了一顿。”

“为什么，究竟为什么？”

“为了我的书卷气。要把人揍一顿还怕找不到理由？”马克西莫夫得出一条简短而颇有警世意味的结论。

“嗳，够了，这些太没意思，我不想听，我估计马上就有开心的事儿了。”格露莘卡打断了原来的话题。

米嘉给吓了一跳，立刻不笑了。高个儿波兰先生从座位上站起来，摆出一副在非我族类的圈子里闷得慌的架势，傲慢地反剪着双手，从屋子的一个角落走到另一个角落。

“又坐不住了！”格露莘卡轻蔑地看了他一眼。米嘉倒觉得不大自在，加上他注意到，沙发上的那位波兰先生不时向他投来怒气冲冲的目光。

“先生，”米嘉叫了他一声，“咱们一起喝，先生们！请另一位先生也一起喝。来，二位波兰先生，一起喝！”

他很快把三只杯子移过来，往杯子里倒了香槟。

“为波兰，先生们，我建议为你们的波兰喝一杯，为波兰这地方！”米嘉说。

“我很高兴，先生，我们来喝一杯。”沙发上的波兰先生以庄矜和俯就的姿态说着拿起他的一杯酒。

“另一位波兰先生，不知该如何称呼；喂，尊贵的先生，来一杯！”米嘉邀请道。

“符鲁布列夫斯基先生。”沙发上的波兰先生在一旁提示。

符鲁布列夫斯基先生大摇大摆地走到桌旁，站着接过自己的一杯酒。

“为波兰，先生们，乌拉！”米嘉举杯高呼。

三人都喝了。米嘉拿起瓶子来，立刻又斟满三杯。

“现在咱们为俄罗斯干杯，先生们，这样咱们就成兄弟了！”

“给我们也斟上，”格露莘卡说，“为俄罗斯我也要喝一杯。”

“我也要。”卡尔甘诺夫说。

“我也想……为俄罗斯老奶奶喝一杯。”马克西莫夫吃吃地笑着附和道。

“大家一起喝，一起喝！”米嘉兴致勃勃地建议，“店家，再拿酒来！”

店家把米嘉带来的香槟中余下的三瓶都拿来了。米嘉给每人都斟了酒。

“为俄罗斯，乌拉！”他再次高呼。

除了两位波兰先生，大家都喝了，而格露莘卡更是把她的一杯一饮而尽。两位波兰先生则连杯子都不碰一下。

“你们怎么啦，二位先生？”米嘉惊问，“你们怎么不喝？”

符鲁布列夫斯基先生举起酒杯，用洪亮的嗓音说：

“为一七七二年版图扩大以前的俄罗斯[①]！”

“说得好！”另一位波兰先生喝彩道，随后两人都把各自杯中的酒一饮而尽。

“你们是一对蠢货，先生们！”米嘉忽然脱口说出这话。

“先——生！！”两位波兰先生一起以威胁性的口吻喊叫起来，同时像两只好斗的公鸡向米嘉瞪出眼睛。符鲁布列夫斯基先生更是火冒三丈。

“一个人难道可以不爱自己的祖国？”符鲁布列夫斯基先生宣称。

“别说了！不许吵架！我不愿看到任何人吵架！”格露莘卡俨然在发布命令，还用脚在地板上跺了一下。她面红耳赤，双目炯炯。刚喝下去的一杯香槟已开始显示酒力，米嘉可吓坏了。

“先生们，请原谅！是我不好，我再也不了。符鲁布列夫斯基，

---

① 波兰历史上曾于1772、1793及1795年先后三次被普鲁士、奥地利和帝俄瓜分。

符鲁布列夫斯基先生，我再也不了！……”

“你就别说了成不成？坐下，你这个笨蛋！”格露莘卡把一肚子气全撒在他头上。

大家都坐了下来，噤若寒蝉，彼此面面相觑。

“诸位，都是我不好！”米嘉又开口了，他竟浑然不解格露莘卡话中的意思。“咱们干吗这样干坐着？咱们该找点儿消遣……让大家开心，跟原先一样开心！”

“是啊，的确一点儿也不开心。”卡尔甘诺夫懒洋洋地嘟哝道。

“来玩押宝吧，就像刚才那样……”马克西莫夫吃吃地笑着突然建议说。

“押宝？妙极了！”米嘉响应道，“只要两位波兰先生……”

“太弯了，先生！”坐在沙发上的波兰先生似乎不太乐意。

“是啊。”符鲁布列夫斯基先生表示附和。

“太弯了？‘弯了’是什么意思？”格露莘卡问。

“就是太晚了，诸位，太晚了，时间太晚了。”沙发上的波兰先生解释说。

“照他们说来，这也太晚，那也不行！”格露莘卡气得几乎尖叫起来，“他们自己坐着无聊，那就别人也得陪着受罪？米嘉，你来以前他们一直这样不吭声，绷着脸冲我端架子……”

“我的女神！”沙发上的波兰先生大声叫屈，“我看得出您心境不好，所以我也闷闷不乐。先生，我奉陪。”末了那句话他是对米嘉说的。

“开始吧，先生！”米嘉当即来劲，并且从兜里掏出钞票，把两张一百卢布的大钞放在桌上。

“先生，我愿意输给你很多。拿牌吧，你坐庄！”

“应该用店家的新牌，先生。”小个儿波兰先生正经八百地坚持说。

“那是最好的办法。”符鲁布列夫斯基在一旁附和。

“用店家的新牌？好，我懂了，那就用店家的，你们说得对，先生们！拿纸牌来！”米嘉吩咐店家。

店家拿来一副没有拆过封的纸牌，同时告诉米嘉，姑娘们已陆续前来，弹扬琴的犹太人大概也快来了，送货的三驾马车还没有到。米嘉从桌旁跳起来，跑到邻室去着手张罗。但是姑娘们仅到了三人，玛丽娅还没来。米嘉自己也不知道有什么可张罗的，不知道自己跑来干什么，于是只得吩咐从货箱里把果汁糖、乳脂糖之类的东西拿出来分送给姑娘们。

“把伏特加给安德烈拿去，伏特加给安德烈！”他匆忙关照说，“刚才我对不起他！”

这时，马克西莫夫跟着跑来拍拍米嘉的肩膀。

“给我五卢布，”他悄悄对米嘉说，“我也想押宝碰碰运气，嘻嘻！”

“很好，好极了！拿十卢布去，给！”他又从兜里把所有的钱都掏出来，从中挑了十卢布。“要是输了，你再来拿，再来拿……”

“好的，”马克西莫夫高兴地低声说，又跑回隔壁屋子里去。米嘉也随即回来，并且道歉说让大家久等了。两位波兰先生已经坐好，拆开了那副新牌。他们的神态比先前和气多了，可以说近乎友好。小个儿波兰先生开始抽新装的一斗烟，准备亮牌，他脸上甚至现出一种郑重其事的表情。

“诸位，请就位！”符鲁布列夫斯基先生宣布。

“不，我再也不玩了，”卡尔甘诺夫表示，“刚才我已经输了五十卢布。”

“先生刚才不走运，先生也许会时来运转的。”小个儿波兰先生向着他那边说。

“庄家有多少钱？下注有没有限制？”米嘉激动地问。

“要看怎么个玩法，先生，也许一百，也许二百，要看你下多少注。”

“一百万！”米嘉哈哈大笑。

“上尉先生，也许听说过波德维索茨基先生的故事吧？”

“哪个波德维索茨基？”

“在华沙有人坐庄不限下多少注。波德维索茨基见庄上有一千金币，便下注说：‘押全庄。’庄家说：‘波德维索茨基先生，你是用现金下注还是信用担保？’波德维索茨基说：‘信用担保，先生。’‘那更好，先生。’于是庄家亮牌。波德维索茨基赢了，便准备拿庄家桌上的一千金币。这时庄家拉开抽屉取出一百万，说：‘等一下，先生，把这些都拿去，先生，这是你的！’原来庄家有一百万赌本。波德维索茨基说：‘我原先不知道。’庄家说：‘波德维索茨基先生，你以信用担保下注，我也是讲信用的。’波德维索茨基收下了一百万。”

“这不是真的。”卡尔甘诺夫说。

“卡尔甘诺夫先生，在体面人之间不兴说这样的话。”

“鬼才相信一个波兰赌棍会付一百万！”米嘉不假思索地说出这句话，但马上发觉自己说走了嘴。“请原谅，先生，对不起，我又走嘴了，会付的，会付一百万的，信用担保，以波兰信用担保！瞧，我都说起波兰话来了，哈哈！我在J上押十卢布！”

“我在红心Q上押一卢布，瞧这张Q真漂亮，像一位波兰小姐，嘻嘻！”马克西莫夫笑着抽出一张Q，然后像要瞒着大家似的挨到桌子紧跟前在桌下匆匆画了个十字。米嘉赢了。马克西莫夫押的一卢布也赢了。

“一角[1]！”米嘉大声说。

“我再押一卢布，不折角，我是不折角的小注。”马克西莫夫幸福地嘀咕着，他赢了一卢布简直乐极了。

“输了！”米嘉说，“我押7，赌注加倍！”

这加倍的赌注又输了。

“别赌了。”卡尔甘诺夫突然说。

---

① 下注时把所押的牌折起一个角，表示赌注为所押现金的1/4。这里米嘉所押票面是100卢布，“一角”表示这次赌注为25卢布。

“加倍，加倍。”米嘉一次次把赌注加倍，结果一次次都输了。而一卢布的小注却一赢再赢。

“加倍！”米嘉火了。

“你已经输了二百，先生。再押二百吗？”小个儿波兰先生问道。

“什么，已经输了二百？那就再押二百！反正赌注加倍！”米嘉从兜里掏出钱来把二百卢布扔在Q上，不料卡尔甘诺夫突然用一只手把牌捂住。

“够了！”他扯开清脆的嗓子喊道。

“您这是干什么？”米嘉冲他睁大眼睛问。

“够了，我不愿您下注！您别再赌了。”

“为什么？”

“不为什么，我就是不愿您赌！我劝您别理他们，一走了之，我不让您再赌了！”

米嘉莫名其妙。

“算了，米嘉，他说得也许有道理；你已经输了不少。”格露莘卡也说，她好像话中有话。

两位波兰先生一下子从座位上站起来，现出一副自尊心受到严重伤害的样子。

“你是在开玩笑吧，先生？”小个儿波兰先生板起面孔打量着卡尔甘诺夫问道。

“你好大的胆，先生！”符鲁布列夫斯基先生也冲着卡尔甘诺夫怒吼。

“不许吼叫，不许吼叫！”格露莘卡喝道，“我看你们简直像斗红了眼的雄火鸡！”

米嘉依次瞧着他们每一个人，但是格露莘卡脸上有某种表情令他颇为震惊，一个新的念头当即在他脑中一闪——这是一个新的、奇怪的念头。

“阿格丽品娜女士！”气得涨红了脸的小个儿波兰先生刚欲开

口，米嘉突然走到他身边，拍拍他的肩膀。

“尊贵的先生，有两句话想对你说。”

“什么事，先生？”

“到那个房间里去，我有两句金玉良言想对你说，你一定会满意的。”

小个儿波兰先生感到奇怪，他怀着戒心看了看米嘉。不过他马上就同意了，但附带一个条件：一定要符鲁布列夫斯基先生和他一起去。

“保镖？让他也去，我本来也要叫他！甚至非他不可！”米嘉表示，“走，先生们！”

“你们去哪儿？”格露莘卡惊慌不安地问。

“一会儿就回来。”米嘉答道。他脸上意想不到地现出一股勇气，一种自信，已不是一小时前他走进这间屋子时的面孔。他把两位波兰先生带到右边一间屋子，不是去姑娘合唱队集合和正在布置餐桌的那间，而是一间卧房，里边放着一些大小箱柜和两张大床，每张床上都堆着一摞带印花布套的枕头。角落里一张薄板小桌上点着一支蜡烛。小个儿波兰先生和米嘉在这张小桌旁面对面坐下，大个儿符鲁布列夫斯基先生反剪着手站在他们一侧。两位波兰先生都沉着脸，但显然很想了解米嘉的意图。

“先生有何见教？”小个儿波兰先生问。

“听着，先生，我不想多说。这钱给你，”他把钞票掏了出来，“只要你愿意，可以得到三千卢布，你拿了钱就走人。”

小个儿波兰先生目不转睛地直盯着米嘉的脸。

“三千，先生？”他和符鲁布列夫斯基互相看了一眼。

“三千，先生，三千！听着，先生，我看得出你是个有头脑的人。你拿了钱就给我滚蛋，把你的符鲁布列夫斯基也带走——听见没有？但必须马上走，立刻走，永远离开，懂吗，先生？就从这扇门里出去永远离开。隔壁还有你的什么东西？大衣，外套？我去拿给你。很快会给你备好三驾马车，咱们就此再见，先生！怎么样？”

米嘉信心十足地等着答复。他很有把握。小个儿波兰先生脸上现出某种当机立断的表情。

“钱呢，先生？”

“钱的事这么办，先生：五百卢布我现在就给你，算是车钱和定金；其余的两千五明天在城里付清——我以名誉担保。哪怕上天入地也一定给你凑齐！”米嘉说得斩钉截铁。

两位波兰先生又交换了一个眼色。小个儿的脸色开始变得难看了。

“七百，七百，而不是五百，马上现付！”米嘉觉得事情不妙，当即加码，“你犹豫什么，先生？你不信？我总不能一下子把三千卢布全给你吧。我给了钱，可你明天又回到她身边……。再说，现在我手上也没有三千卢布，钱在城里我家中，”米嘉嗫嚅道，可是越说心越虚、气越短，“真的，我有，我藏着……”

转眼间，小个儿波兰先生脸上又显得神气十足，可以看出此人妄自尊大到何等地步。

“你还有什么要说的？”他用讽刺的口气问，“可耻！丢脸！”他啐了一口唾沫。符鲁布列夫斯基先生也啐了一口。

“先生，你这样无非想从格露莘卡身上榨取更多好处，”米嘉不顾一切地说，他明白一切都完了。“你们可知道自己是什么东西？你们俩是一对阉鸡！”

“我受到的侮辱已忍无可忍！”小个儿波兰先生一下子脸红得像蒸熟的龙虾，他怒火中烧，似乎再怎么说他也不愿听了，便从屋里走出去。符鲁布列夫斯基也大摇大摆跟在他后面，再后面则是狼狈不堪、垂头丧气的米嘉。他是怕格露莘卡，他预感到波兰先生马上就会大叫大嚷。不出所料，小个儿波兰先生走到隔壁，做功十足地站到格露莘卡面前。

“阿格丽品娜女士，我受到了忍无可忍的极大侮辱！”他操着波兰语刚开始说，但是格露莘卡好像被触到了最敏感的痛处，顿时再也没有任何耐性。

"讲俄国话，讲俄国话，不要夹一个波兰词儿！"格露莘卡冲他大声说，"以前你明明会说俄国话，难道这五年内全忘了？"她气得满面通红。

"阿格丽品娜女士……"

"我叫阿格拉菲娜，也叫格露莘卡，你得讲俄国话，否则我不想听！……"

波兰先生自尊心又受到了伤害，他呼哧呼哧用蹩脚的俄语张大其词地说得很快：

"阿格拉菲娜女士，我来是想忘掉过去，宽恕过去，忘掉到今天为止的一切……"

"什么？还说宽恕？你是来宽恕我的？"格露莘卡打断他的话，一下子从座位上跳起来。

"正是这样，小姐，我并不胆小怕事，我是宽宏大量的。但我看到你有这么多情夫，不能不感到惊讶。米嘉先生刚才在那个房间里说他愿意给我三千卢布，要我离开此地。我冲他脸上啐了一口唾沫。"

"什么？他愿意为我付钱给你？"格露莘卡发出歇斯底里的喊叫，"这是真的吗，米嘉？你怎么敢做这样的事？！难道我是可以花钱买的吗？"

"先生，先生，"米嘉急得直叫，"她是清白的，她是透亮的，我从来也不是她的情夫！你在胡说……"

"谁要你在他面前为我辩护？！"格露莘卡把米嘉喝住，"我不是为什么人守节，也不是怕库兹马，而是为了在他面前昂首挺胸，为的是有朝一日再遇见他时有资格骂他卑鄙小人。难道你给他钱他不要？"

"他要的，要的！"米嘉急忙说，"只是他要三千卢布一下子全部到手，可我只同意预付七百。"

"现在明白了。他听说我有了几个钱，所以来跟我结婚！"

"阿格丽品娜女士，"波兰先生又嚷道，"我是讲究骑士风度的，我是波兰贵族，我不是骗子！我来是要娶你做我的妻子，可我看到的是另一个女人，跟以前完全不同，我看到的是一个任性而无耻的女人。”

“你从什么地方来，就滚回什么地方去！我要叫人把你赶出去，立刻赶走！”格露莘卡大发雷霆，“我是个傻瓜，整整五年一直在自己折磨自己，真是傻到家了！我也不是为了他而折磨自己，我是憋着一肚子的气才折磨自己！再说，这个人压根儿就不是他！他以前哪是这样的人？ 这个人八成是他的老子！你在哪儿给自己定做了这么个头套？你当年是雄鹰，可如今成了一只公鸭。当年的那个人笑口常开，不时给我唱歌……。我太傻了，我该死，五年来一直在暗中以泪洗面，我太下贱了，太无耻了！”

她倒在扶手椅上，双手捂住自己的脸。就在这个当口儿，左边房间里响起了歌声。原来莫克罗耶的乡下姑娘合唱队终于凑齐了，并且开始唱一支欢快活泼的舞蹈歌曲。

“简直成了疯人院！”符鲁布列夫斯基先生忽然暴跳如雷，“店家，把那些不要脸的给我赶走！”

店家已经在门那边好奇地张望了半天，此刻听到喊声陡起，料定客人们吵起来了，立刻来到大房间里。

“你扯开嗓子嚷什么？”他冲符鲁布列夫斯基很不客气地说，其无礼的程度委实令人费解。

“畜生！”符鲁布列夫斯基先生正欲咆哮。

“畜生？你刚才用什么牌赌钱来着？我给了你一副新牌，可是你把它藏起来了！你用的是有暗记的郎中牌！就为你用郎中牌骗钱，我可以把你送到西伯利亚去充军，这一点你知道，因为这跟假钞票没什么两样……”

说到这里，店家走到沙发前，把手插进靠背和靠垫之间，从那里取出一副没有拆封的纸牌。

“这副牌是我的，还没有拆过封！”他把那副牌举起来让周围所有的人都看得见，“我从门那边看见他把我的牌塞进夹缝，偷偷换上自己的一副。你是个骗子，不是先生！”

“我看到那位先生还偷换过两张牌。”卡尔甘诺夫大声补充道。

“啊，真是丢人现眼，真是丢人现眼！”格露莘卡双手一拍，放声号叫，并且的确羞得面红耳赤。“上帝啊，一个人竟会变成这样，变成这样！”

“我也想不到。”米嘉说。但他这句话才出口，老羞成怒的符鲁布列夫斯基先生朝着格露莘卡转过身去，冲她扬扬拳头，发疯似的大声骂道：

“你这臭婊子！”

但是话音未落，米嘉已向他扑过去，用双手把他抱住后提起来，才一眨眼的工夫便把他弄到刚才曾和两位波兰先生谈话的右边那间屋子里去。

“我把他放在那边地板上了！”米嘉旋即回来，激动得气喘吁吁地宣布，“这混蛋一个劲儿地挣扎，不过你们不用担心，他不会来了！”

米嘉把分成左右两扇的门扉关上一扇，让另一扇敞开，然后高声问小个儿波兰先生：

“尊贵的先生，要不要也到那边去？那就请吧！”

“我的爷，德米特里 · 费奥多罗维奇，”店家特里方 · 博里塞奇称，“你得要他们把你输给他们的钱吐出来！他们这样干跟偷你的钱没什么两样。”

“我的五十卢布不想要回来了。”卡尔甘诺夫突然表示。

“我的二百卢布也不要了！”米嘉宣布，“绝对不要，也算是让他得到一点安慰吧。”

“漂亮，米嘉！好样的，米嘉！”从格露莘卡的喝彩声可以想见她对旧情人已是何等痛心疾首。

小个儿波兰先生狂怒的脸上红一阵紫一阵，可是还死要面子，他向门那边走去，但是迈了几步又站住，蓦地面对格露莘卡说：

“女士，你要是愿意跟我走——那咱们就一起走；要是不愿意——就此分手！”

说罢，在交织着气愤和狂妄的呼哧声中，他端着架子走出房门。这是个颇有性格的人：在发生了这一切之后，他仍抱有希望，认为格露莘卡可能会跟他走——足见此人自负到什么程度。米嘉等他走出去以后，砰的一声把门关上。

“用钥匙把他们锁起来。”卡尔甘诺夫说。但是，只听得从他们那一边发出咔嗒一声，他们自己把门锁上了。

“好极了！”格露莘卡又大声喝彩，显然她已铁了心。“好极了！他们就该滚到那边去！”

八 撒 呓 挣

一场人人参加、百无禁忌的狂欢豪饮开始了。格露莘卡第一个大叫要酒：“我要喝，喝他个酩酊大醉，跟上一回一样，记得吗，米嘉？记得吗，咱们正是在此地结交的！”米嘉则像撒呓挣似的，已经在预先品尝“属于自己的幸福”。不过，格露莘卡不断把他从自己身旁赶开：“走开，去快活快活，叫他们跳起舞来，让大家都快活，都开心，像上一回那样，闹他个‘房屋走路，炉子跳舞’！”

她不住口地嚷着，情绪亢奋得厉害。米嘉急忙跑去照办。合唱队聚集在邻室。客人们一直坐着的那个房间里转悠不开，还被布幔隔成两半，布幔后面又是一张大床，铺着松软的被褥，同样堆着一摞印花布套枕头。这客栈的全部四间“洁净客房”到处是床。米嘉为格露莘卡把扶手椅挪到门口，让她坐在那儿，当初他们第一次在此地纵酒作乐，她也坐在这老地方观看歌舞表演。今天来的姑娘全都是上一回来过的那些，拉提琴、弹扬琴的犹太人也到了，盼望已久的三驾马车装载着酒类和各种食品终于把货送到。

米嘉忙得不亦乐乎。闲人纷纷到房间里来张望，那些男男女女的乡巴佬其时已经睡下，但被惊醒后预感到又能像一个月以前那样白吃白喝，所以劲头十足。米嘉和熟人们互相招呼、拥抱，他还记得好多人的面孔，同时接连不断地开瓶给所有的人斟酒。对于香槟只有姑娘们兴致勃勃，汉子们则更喜欢朗姆酒和白兰地，尤其是热的混合酒。米嘉关照煮巧克力让所有的姑娘们喝，并要求三个茶炉子内的茶和混合酒彻夜保持沸腾，任何人都可以来享用。

总而言之，一种混乱而又荒唐的局面由是而始，但是米嘉却如鱼得水，而且局面越是荒唐，他就越是来劲儿。如果有哪个乡巴佬在这个当口儿向他要钱，他会掏出大把钞票来胡乱分发。很可能正是为了保护米嘉，店家特里方·博里塞奇几乎与他形影不离，到处跟着他转，看来这一宿他是干脆不打算睡觉了，不过很少喝酒（总共才喝了一小杯混合酒），用他独特的方式警惕地监护着米嘉的利益。必要的时候他会笑容可掬地制止米嘉，劝阻他像上一回那样用雪茄和葡萄酒招待乡下人，特别不让米嘉送钱给他们，对于姑娘们喝甜酒、吃糖果非常恼火。

“她们身上尽是虱子，德米特里·费奥多罗维奇，”他说，“我用膝盖在她们随便哪个屁股上垫一下，还要说一声这是我抬举她们呢——跟这路货不能讲客气！”

米嘉又一次想起了安德烈，吩咐给他送些混合酒去，并一再低声细气地自责：“刚才我对不起他。”卡尔甘诺夫本不想喝酒，对于姑娘们的合唱，起初也很不喜欢，但又喝了两杯香槟以后，竟乐得一发而不可收，只见他在各间屋子里走来走去，笑个不停，对于唱歌、舞蹈什么都说好，对什么人都夸。幸福而微醺的马克西莫夫与他寸步不离。格露莘卡也开始有点儿醉了，她指着卡尔甘诺夫对米嘉说：“这孩子多么可爱，太招人喜欢了！”米嘉马上喜滋滋地跑去跟卡尔甘诺夫、马克西莫夫亲吻。

噢，令米嘉销魂的预感实在太多了！到目前为止，格露莘卡还什么也没对他说，显然是故意拖延作这样的表示，只是偶尔以亲切而热情的目光瞅他一眼。后来，她忽然紧紧抓住米嘉的手，把他拉到自己身旁。当时她坐在门口的扶手椅上。

“刚才你进来的时候是一副什么样子，你知道不？你进来时那个模样……可把我吓得半死。难道你愿意把我让给他？你就忍心这样做？”

“我不愿毁了你的幸福！”已经飘飘然的米嘉嗫嚅着对她说。但是格露莘卡并不需要他回答。

“好了，去吧……好好乐一乐吧，”她又把米嘉赶走，“可不许哭鼻子，我还会叫你的。”

米嘉跑开去了，而她又开始听唱歌，看跳舞，但不管米嘉走到哪儿，她的目光总是盯到哪儿。一刻钟后，格露莘卡又会向他招手示意，他又会跑过来。

“来，就坐在我身边，说说你是怎么知道我到这里来的？第一个告诉你这消息的是谁？”

于是米嘉一五一十地开始讲述，讲得很不连贯，杂乱无章，却充满激情。不过，说也奇怪，在他讲述的过程中曾多次突然皱起眉头，中断话头。

“你干吗皱紧眉头？”格露莘卡问。

“没什么……我把一个病人撂在那儿。但愿他能康复，但愿我能知道他会好起来的，我愿意立刻匀出自己的十年寿命！”

“让上帝保佑他吧，既然他是个病人。刚才难道你打算明天自杀？你也真够傻的，为什么？我就喜欢像你这样不顾一切的莽汉，”她由于舌头稍稍变得不听使唤而口齿不清地对米嘉说，“你为了我什么都干得出来？是吗？难道你这个傻瓜当真想在明天自杀？！不，先别急，明天我也许会对你说一句话……今天不说，明天说。你今天就想知道？不，今天我不想说……。好了，去吧，去吧，玩儿去吧。”

然而，有一次格露莘卡似乎感到困惑和忐忑不安，她把米嘉叫到身边。

“你干吗愁眉不展的？我看得出你有心事……。你不用瞒我，我看得出来，”她敏锐地谛视着米嘉的眼睛继续说，“尽管你在那边跟乡下人亲吻，咋咋呼呼的，可是我看得出来。听着，你应当开心。我开心，你也应当开心……。这儿有我爱的一个人，你可猜得出是谁？……哎呀，瞧：我的大男孩睡着了，他醉了，我的宝贝。”

格露莘卡说的是卡尔甘诺夫：他果然醉醺醺地坐在沙发上一眨眼就睡着了。他之所以蒙眬入睡并不单纯由于酒醉，他不知何故一下子觉得心中郁闷，或者用他自己的话来说“感到无聊”。姑娘们唱的歌到后来令他十分沮丧，因为随着酒越喝越多，这些歌曲逐渐变得越来越下流，越来越放肆。她们的舞蹈同样如此：两个姑娘扮作两只狗熊，一个名叫斯捷芭尼达的胆大姑娘手执木棍扮作耍把戏的，在那里“耍狗熊”。

“多卖点儿力气，玛丽娅，”斯捷芭尼达大声喊道，“小心我用棍子揍你！”

两只“狗熊”终于在地上打起滚来，那样子实在不成体统，而男男女女前来瞧热闹的乡下人把屋子里挤得水泄不通，这些观众发出的哄堂大笑震天价响。

“让他们乐去吧，让他们乐去吧，”格露莘卡脸上带着大发慈悲的表情用智者的口吻说，“他们难得有这么一天开心，难道还不让人家痛痛快快乐上一乐？”

卡尔甘诺夫眼瞅着此情此景，仿佛自己身上给什么东西弄脏了似的。

“恶俗不堪，这些民间娱乐太不像话，”他一边说，一边转身走开，“这是他们在整夜亮如白昼的夏季做的游戏。”

但是他特别讨厌一首带有欢快的舞蹈性曲调的“新”歌，唱的是一位绅士在试探姑娘们的心：

东家来试姑娘们的心，
不知哪一个和他有缘分？

但是姑娘们觉得东家靠不住：

东家打人心肠狠，

怎么能爱这样的人？

接着来了个吉卜赛人，他也来试探：

吉卜赛人来试姑娘们的心，
不知哪一个和他有缘分？

但是吉卜赛人也要不得：

吉卜赛人要偷东西，
可不能和他做夫妻。

就这样前前后后有很多人来试探姑娘们的心，有一个还是士兵：

当兵的也来试姑娘们的心，
不知哪一个和他有缘分？

但是士兵也被轻蔑地拒绝了：

当兵的打起背包就要出征，
教我如何……

这里是一句极其下流的歌词，居然堂而皇之唱了出来，而且在听众中引起轰动。最后轮到了商人：

买卖人来试姑娘们的心，
不知哪一个和他有缘分？

原来姑娘们非常喜欢商人，因为：

买卖人有能耐日进斗金，
姑娘这辈子如意又称心。

卡尔甘诺夫听得气不打一处来。

“如今还唱这样的歌！”他说得别人都能听见，“这是什么人为她们写的词儿？要是一个铁路大王或犹太银行家什么的来试姑娘们的心，还不把其余的通通打败？！”

他简直如同受了侮辱一般当即表示这一切令他感到无聊，便坐到沙发上，脑袋往靠垫上一仰，他的俊脸庞显得有些苍白，不一会儿就打起瞌睡来。

“你瞧，这大男孩长得有多俊，”格露莘卡说着把米嘉带到卡尔甘诺夫面前，“刚才我给他梳头来着，他的头发颜色跟亚麻似的，而且那么浓密……”

格露莘卡满怀柔情俯身在他额上吻了一下。卡尔甘诺夫立刻睁开眼睛朝她看了一下，惊慌不安地坐起来问：马克西莫夫哪儿去了？

“瞧他惦着的原来是这么个主儿！”格露莘卡笑了起来，“你跟我一起坐一会儿。米嘉，你去找一找他的马克西莫夫。”

原来马克西莫夫已经舍不得离开姑娘们，只偶尔跑去给自己倒一杯甜酒，而巧克力他已经喝了两杯。他的脸通红通红，鼻子简直红得发紫，眼睛湿漉漉，一副馋涎欲滴的丑态。他跑来宣布，他马上要跟着一首小曲的节拍跳木屐舞。

“要知道我小时候就有人教我，这些高雅体面的舞蹈我全会……”

“你跟他一起去吧，米嘉，去吧，我就从这儿瞧瞧他究竟跳得怎么样。”

“我也去，我也去瞧瞧。”卡尔甘诺夫立刻响应，从而十分自然地拒绝了格露莘卡跟他一起坐一会的建议。于是大家一起走过去观看。马克西莫夫还真的跳了舞，不过，除了米嘉，谁也不怎么欣赏他的表演。整个舞蹈无非是跳跳蹦蹦加上踢腿动作，每踢一次腿马克西莫夫便用手掌拍一下鞋底。卡尔甘诺夫大不以为然，而米嘉却吻了这位舞者。

“谢谢，辛苦了，你往这边瞧什么？要糖果吗？还是来一支雪茄？”

“还是烟卷吧。”

“要不要喝点儿什么？”

“我这儿有甜酒……。您那儿有没有巧克力糖？”

“桌上要多少有多少，尽管挑，亲爱的！”

“不，我要那种带香草味……适合老头儿们吃的……嘻嘻！”

“不，老哥，这样特别的可没有。”

“听着！”小老头儿忽然凑到米嘉耳边说，“瞧，那个叫玛丽娅的小妞，嘻嘻，我想……要是可能的话，我想和她认识一下，您行行好帮个忙……”

“原来你打起她的主意来了！不行，老哥，你在做梦。”

“我又不招谁惹谁。”马克西莫夫沮丧地嘀咕道。

“那好吧，好吧。老哥，她们只是来唱歌跳舞的。不过，管他呢！你先等一下……。你先吃点儿，喝点儿，玩儿得开心。钱要不要？”

“待会儿也许要。”马克西莫夫咧嘴笑了。

“好吧，好吧……”

米嘉的脑袋在发烧。他走到外面的木廊上，这回廊从院子这边兜住整座房屋的内沿。新鲜的空气使他清醒过来。他一个人坐在黑暗的角落里，突然双手捧住自己的脑袋。零星散乱的断想一下子连接起来了，各种感觉汇集到一处，使他心中顿时一亮。多么可怕、多么恐怖的光亮！“如果要自杀，此时不死，更待何时？”一个念头在他脑中闪现，“去把手枪拿到这里来，就在这又脏又暗的角落里一了百了。”他举棋不定地站着有一分钟左右。几个小时以前飞车赶到此地来的时候，留在他背后的是耻辱，是一个窃贼的骂名，还有血，血！……。但那时心中反而比较轻松，噢，轻松得多！因为那时反正一切都完了：他失去了格露莘卡，他已把格露莘卡拱手相让，对他来说，格露莘卡已经消失，化为乌有——喔，那时死刑判决在他心目中并不太可怕，至少好像是别无选择和无法避免的，因为那时他留在世上还有什么意思？

可是现在！现在和那时怎么能相提并论？现在至少一个幽灵、一个鬼怪已经解决——她那“拥有当然权利的旧情人”，那个“冤家”已经从舞台上无影无踪地消失了。可怕的幽灵一下子变得如此渺小，如此可笑；被赶到卧室里锁了起来。这怪物再也回不来了。她感到丢人，米嘉现在从她的眼睛里已清楚地看出她爱的是谁。现在正是他最愿意活下去的时候，偏偏……偏偏做不到，不行，噢，该死！“上帝啊，让倒在围墙边的那个人活过来吧！让我躲过这场可怕的劫难吧！主啊，你不是为那些和我一样有罪的人创造过奇迹吗？会不会老格里果利还活着？若得如此，其余的耻辱我都能洗刷，偷来的钱我一定归还，哪怕从九泉之下也要把钱弄到……。耻辱将不留痕迹，只会永远留在我的心上！噢，不，不，这些都是胆小鬼的痴心妄想！噢，该死！”

尽管如此，仍然好像有一线光明的希望在黑暗中向他一闪。他拔腿便往屋里跑——回到她身边去，去见她，去见永远是他的女皇！“只要能有一小时、一分钟赢得她的爱情，哪怕将在耻辱的痛苦中度过全部余生，难道还不足以抵偿吗？”这个荒诞的问题紧紧抓住了他的心，“到她那里去，认定这唯一的目标，去见她，听她说话，什么也不想，忘却一切，哪怕只有这一宿、一小时、一瞬间！”就在跨进过道之前，还在木廊上，他撞见了店家特里方·博里塞奇。他发现店家脸色阴沉、心事重重，看来是出来找他的。

“你怎么啦，博里塞奇，是不是找我？”

“不，不是找您，”店家仿佛一下子显得尴尬起来，“为什么我要找您？您……刚才哪儿去了？”

“你怎么闷闷不乐？不是在生气吧？别着急，你很快可以去睡了……。现在几点？”

“快三点了。也许已经过了三点。”

“马上就结束，马上就结束。”

“没关系，不要紧。爱玩到什么时候都行……”

“他怎么啦？”米嘉带着一闪即逝的疑问跑进姑娘们表演舞蹈的那间屋子。但是格露莘卡不在那里。蓝色房间里也没有；只有卡尔甘诺夫在沙发上打瞌睡。米嘉向布幔后面一看——原来她在这里。她坐在角落里一只箱柜上，头和双手靠在旁边的床上，哭得很伤心，但仍竭力自持吞声，不让别人听到。一看见米嘉，她招招手，等米嘉跑了过去，便紧紧抓住他的一只手。

“米嘉，米嘉，原先我是爱他的！”格露莘卡压低嗓门对他说，“整整五年，我一直是那么爱他！我是爱他呢，还是仅仅爱我心中窝着的火？不，不是那么回事！噢，我爱的确实是他！如果说我爱的只是心中窝着的火，而不是他——那是撒谎！要知道那时我才十七岁，那时他对我那么体贴，总是欢欢喜喜，经常唱歌给我听……。难道这全是我一个傻丫头当时的错觉？……而今，上帝啊，这个人压根儿就不是他。那张脸也不是他，他的面孔我都认不出来了。我乘季莫菲赶的车来这儿的路上一直在想：‘我该怎么和他见面？说些什么？我们将怎样四目相对？……’我紧张得几乎要晕过去，可是他简直像当头泼了我一桶脏水。他说话像个教书先生，满嘴文绉绉的词儿，一副莫测高深、煞有介事的酸相，他就这样端着架子和我见面，弄得我莫名其妙，想开口，可是一句话也插不上嘴。起初我以为，他是因为旁边有那个高个儿波兰人而不好意思。我坐在那里瞅着他们俩，心想：‘为什么现在我跟他连一句话也没法交谈了？一定是他当初甩了我后娶的那个妻子整苦了他……。一定是那个女人把他变成了这副德性。’米嘉，这有多丢人哪！噢，我羞死了，米嘉，羞死了，噢，我这辈子真是丢人现眼！天打雷劈的，这五年应该遭天打，遭雷劈！”

说到这里，她又泪如雨下，但是没有松开米嘉的手，仍紧紧地抓住不放。

“米嘉，亲爱的，等一下，别走，我有句话要对你说，”她轻轻说着忽然抬头望着米嘉的脸，“听着，你告诉我：我爱谁？这里有我爱的一个人。这人是谁？我要你来告诉我。”她那让眼泪泡肿的脸上泛起了微笑，眼睛在昏暗中闪亮。“刚才一只雄鹰飞了进来，我的心立刻往下一沉，并且悄悄地对我说：‘你这个傻女人，你爱的明明是这一个。’你走进屋子，把一切都照亮了。我在想：‘他怕什么？’要知道刚才你确实害怕了，怕得厉害，连话都不会说了。我暗暗思忖：‘他不是怕那两个人。他什么时候怕过谁？他怕的是我，只怕我。’菲妮娅不是告诉了你吗？瞧你这傻样！我朝窗外向阿辽沙是这样喊的：我只爱过米剑卡一个小时，现在我要去爱……另一个人了。米嘉，米嘉，我实在是蠢极了，竟以为自己还能爱除你以外的别人！你能宽恕我吗，米嘉？你能不能宽恕我？你爱我不？爱我不？”

她一骨碌爬起来，两手抓住米嘉的双肩。由于狂喜而失语的米嘉注视着她的眼睛、她的脸、她的笑容，突然把她紧紧搂在怀里，一个劲儿地吻她。

“我折磨过你，你能原谅吗？因为心中窝火，我把你们一个个都折磨得够呛。我故意把那个糟老头儿的魂勾走，也是因为窝火……。有一回你在我家里喝酒把杯子打碎了，还记得吗？我记着这件事，今天我也摔碎一只酒杯，我是为‘我这颗黑心’喝的。米嘉，我的雄鹰，你怎么不亲我？刚才亲了一阵又缩回去了，就这样傻瞅着干听着……。干吗光听我说？亲我，使劲儿亲，对，就这样。爱，就得爱出个模样来！现在我是你的奴隶，是你的终身奴隶！当奴隶是很甜蜜的！……亲吧！打我，折磨我，你拿我怎么都可以……。说实在的，还真得让我吃点儿苦头……。等一下！别急，还不到时候，我不愿意这样……”她忽然又把米嘉推开，“你走开，米嘉，我现在要去喝个够，我要喝醉，我马上喝醉了去跳舞，我要，我要！”

她挣脱了米嘉的怀抱走出布幔。米嘉像个醉汉跟在她后面。

“管他呢，管他发生什么，为了这一分钟要我交出整个世界我也干。”这便是他倏忽间的想法。

格露莘卡当真一口气又喝下一杯香槟，顿时就晕晕乎乎起来。她

在老地方的扶手椅上坐下，面带其乐陶陶的笑容。她的两颊变红，嘴唇在燃烧，亮闪闪的眼睛趋于蒙眬，热情的目光在召唤。甚至卡尔甘诺夫也禁不住怦然心动，向她走过来。

“刚才你睡着的时候我亲了你一下，你可感觉到？”格露莘卡费力地驱动不听使唤的舌头对他说，“现在我醉了，就这么回事……。你还没醉吗？米嘉怎么不喝？你怎么不喝，米嘉？我喝了，可是你不喝……”

“我醉了！已经醉了……是为你陶醉，所以现在我连酒也不想喝了。”他又喝了一杯——他自己都觉得奇怪，——偏偏这最后一杯使他醉了，一下子醉了，而在这以前始终是清醒的，这一点他记得。从这一分钟开始，他像在撒呓挣似的，一切都环绕着他开始打转。他走来走去，跟所有的人谈笑，而这一切仿佛都是在无意识状态下进行的。只有一种摆脱不了的热辣辣的感觉，据他事后回忆“真像心中一块烧红的炭”，无时无刻不在向他表明自己的存在。他走到格露莘卡身边，在她近旁坐下，瞧着她的脸，听她说话……。她变得非常饶舌，把所有的人都叫去过，还忽发奇想，把合唱队里的这个或那个姑娘招到自己身边。姑娘走过去，格露莘卡或者亲她一下后放走，或者为她画个十字，再过一会儿她就会哭起来。“小老头儿”——她这是指的马克西莫夫——着实把她逗乐了好一阵子。“小老头儿”时不时地跑过来吻她的双手和“每一个手指头”，临了在自己伴唱一首古老小曲的歌声中再次跳了舞。每当唱到下面这段副歌时，他就跳得格外卖劲：

小猪呼噜噜，
小牛哞哞哞，
小鸭呱呱呱，
小鹅嘎嘎嘎。
老母鸡在过道里
咯咯，咯咯，想说话，

哎呀呀，想说话！

“给他点儿什么，米嘉，”格露莘卡说，“送点儿什么给他吧，他怪可怜的。唉，真可怜，老是受人欺负！……知道吗，米嘉，我要进修道院。不开玩笑，真的，将来一定去当修女。今天阿辽沙对我说的一番话我一辈子都忘不了……。是的……。不过今天先让我痛痛快快跳阵子舞。明天我要进修道院，今天再跳阵子舞。我想来点儿出格的，好心的人们，这没什么了不起，上帝会宽恕的。倘若我是上帝，我会宽恕所有的人：‘我亲爱的罪人们，打这一天起我宽恕所有的人。’而我却要去请求宽恕：‘好心的人们，宽恕一个蠢婆娘吧。’我是畜生，没说的。可是我要祈祷。我拿出了一个葱头。像我这样的一个坏女人，可是我也想祈祷！米嘉，让她们跳舞，别妨碍她们。世上所有的人都是好人，每一个都是。待在世上真好。虽然我们很坏，可是待在世上挺好。我们很坏，也挺好，既坏又好……。听着，我问你们，大家都过来，我要你们告诉我一件事，我问你们：我为什么这样好？我不是挺好的吗？我非常好……。你们说：为什么我这样好？”

格露莘卡就这样哩哩啰啰说个没完，醉意越来越浓，到后来干脆宣布她本人马上想跳舞。她从扶手椅上站起来，打了个趔趄。“米嘉，别再给我酒了，即使我要——你也别给。酒使我没法定下神来。什么都在打转，炉子也在转，一切都在转。我要跳舞。让大伙瞧瞧我跳得怎么样……瞧瞧我跳得多棒、多美……”

她并非嘴上说说而已。只见她从兜里取出一方白色的麻纱手帕，右手捏住它的一只角，以便在舞蹈时挥动。米嘉拍了几下手掌，姑娘们静了下来，准备随着手帕的第一次挥舞便放声合唱一首舞蹈歌曲。马克西莫夫听说格露莘卡自己想跳舞，高兴得尖叫起来，并开始在她前面跳跳蹦蹦地唱道：

小腿儿细，柳腰儿扁，

短尾巴弯成个圈儿。

但是格露莘卡用手帕冲他一挥，把他赶走了。

“嘘！米嘉，大伙怎么不来呀？让大伙都来……瞧瞧。把那两个锁起来的也叫来……。你干吗把他们锁起来？去对他们说，我在跳舞，让他们也瞧瞧我舞跳得怎么样……”

米嘉醉步踉跄地走到从里面锁着的门前，用拳头捶击两位波兰先生的房门。

“喂，你们听着……波德维索茨基们！出来吧，她要跳舞了，叫你们呢。”

“混蛋！”一位波兰先生用骂人话回答。

“你才是混蛋！你是个鸡肠鼠肚的波兰混蛋，不是别的！”

“您别拿波兰当作笑柄。”卡尔甘诺夫貌似公正地指出；他也已经不胜酒力。

“闭嘴，毛孩子！如果我说他是混蛋，这并不等于我说整个波兰都是混蛋。一个混蛋不等于波兰。你还是免开尊口，漂亮的小伙子，吃块糖吧。”

“这两个家伙！简直不是人。他们干吗不肯和解？”格露莘卡说了几句，便走出来开始跳舞。姑娘们一下子高声合唱：“嗨，我家有条新过道。”格露莘卡把头一昂，嘴唇稍稍张开露出微笑，刚刚挥动手帕，身体突然剧烈地一晃，就在房间中央莫名其妙地站住了。

“我有点儿头晕……”她的声音十分疲惫，“请原谅，我头有点儿晕，不行了……。对不起……”

她向合唱队鞠了一躬，然后朝左右前后四个方向依次一边鞠躬，一边说：

“对不起……请原谅……”

“有点儿醉了，这位太太有点儿醉了，这位太太真漂亮。”但听得人们纷纷议论。

“太太喝多了。”马克西莫夫笑嘻嘻地向姑娘们解释。

“米嘉，把我弄走……我走不动，米嘉。”格露莘卡有气无力地说。

米嘉赶紧走上前去把她抱起来，带着他赢得的宝贝就往布幔后面跑。

“现在我该走了。”卡尔甘诺夫见状忖道，他走出蓝色房间时随手把两扇门扉都关上。但是大屋里的吃喝还在继续，而且越来越热闹。米嘉把格露莘卡放到床上，热烈地亲吻她的嘴唇。

“别碰我……”她用恳求的语调对米嘉说，“在我还不属于你以前别碰我……。我已经说了：我是你的，可你别碰我……算是你可怜我……。那两个人就在附近，这样不行。他在此地。离得那么近，这样怪恶心的……”

“我听你的！我不想……我只有一片诚心！……”米嘉嗫嚅道。“是的，在这里确实恶心，噢，那太不像话了。”

说着，米嘉仍把她抱在怀里，自己在床边地上跪下。

“我知道你虽然野性十足，可你是条汉子，”格露莘卡很费力地说，“这事儿要光明磊落……往后就应该光明磊落……你我也要光明磊落地做人，咱们要做好人，不能像畜生，要做好人……。你得把我带走，带我远走高飞，听见没有？……我不想待在这儿，要走得远远的，远远的……”

“噢，你说得对，说得对，一定依你！”米嘉把她紧紧搂在怀里，“我要带你远走高飞……。噢，我愿用整个生命换取一年，只要让我知道那血究竟怎么样了！”

“什么血？”格露莘卡莫名其妙。

“没什么！”米嘉咬咬牙支吾其词，“格露莘卡，你希望光明磊落，可我是个小偷。我偷了卡嘉的钱……。丢人，真丢人！”

“卡嘉？那个阔小姐？不，你不是偷的。还给她就是了，钱我给你……。你嚷什么？现在我的就是你的。钱又算得什么？咱们反正要把钱喝光玩完……。咱们这号人不胡乱花钱才怪呢。你我最好还是去耕地种田。我就用这双手去刨地。必须劳动，听见没有？这是阿辽沙说的。我不做你的姘妇，我要对你忠诚，做你的奴隶，为你干活。咱们一起去见阔小姐，向她赔礼道歉，请求宽恕， 然后离开此地。 要是她不肯宽恕， 咱们也离开此地。 你把钱给她送去， 可是你得爱我……不能爱她。再也不要爱她。你要是爱她，我就把她活活掐死……。我用针把她的两个眼珠子都剔出来……”

“我爱你，只爱你，到了西伯利亚也爱你……”

“干吗要到西伯利亚？不过，只要你愿意，去西伯利亚也行，反正都一样……咱们要干活……西伯利亚有的是雪……。我喜欢坐爬犁在雪野里奔驰……还要有铃儿响叮当……。你听，铃儿在响……。哪儿的铃儿在响？有人来了……铃儿不响了。”

她疲乏地合上眼睛，好像睡着了一会儿。远处确实有铃声传来，一下子又不响了。米嘉把脑袋靠到她胸前。他没有注意到铃声戛然而止，同样没有注意到歌声也听不见了，取代歌声和纵酒喧闹声的是顷刻间笼罩整栋房屋的一片死寂。格露莘卡睁开了双眼。

“怎么回事？我睡着了？对了……铃铛声……。我睡着了，做了个梦：我好像坐在爬犁上，在雪野里奔驰……铃儿响叮当，可我在迷迷糊糊地打盹。我身边好像有一个心爱的人陪着，是你。那地方好远好远……。我搂着你，吻着你，紧紧贴着你，我好像觉得很冷，雪是那么耀眼……。你知道吗？夜里地上的雪在闪光，而天上有月亮，我觉得自己好像不在人世间……。醒来一看，心爱的人在身边，多好哇……”

“在身边。”米嘉喃喃说着吻她的衣裳、胸脯、双手。忽然他感到有点儿异样：格露莘卡望着正前方，但并不望着他，而是越过他的脑袋目不转睛地凝视着什么，眼神呆滞得出奇。她脸上突然现出惊愕乃至近乎恐慌的表情。

“米嘉，谁在那里向咱们这边张望？”她蓦地低声问道。

米嘉回头一看，果真有人拉开布幔好像在监视他们。他霍地站起来，快步向探头张望的人走过去。

“到这边来，请到我们这边来。”不知是谁嗓门不大、但很坚决地对他说。

米嘉从布幔后面走出来便惊呆了。屋子里满是人，但不是刚才那些，而是新来的人。一阵寒栗穿透他的脊梁，他打了个冷战。所有这些人他一眼就认出来了。这个高大壮实的老头身穿大衣，头戴缀有警徽的制服帽——是警察局长米哈依尔·马卡雷奇。那个衣着整洁入时、靴子老是擦得锃亮的“痨病鬼”——是助理检察官。“他有一块价值四百卢布的天文表，经常向别人展示。”而另一个戴眼镜的小个儿年轻人……米嘉忘了他姓什么，但也知道，以前见过：他是预审员，法院的预审推事，“法律专科学校毕业的”，派到本城不久。至于这一个他认识，是熟人——派出所所长马夫里基·马夫里基奇。可是那几个佩戴徽章的来干什么？还有两个像是干力气活的……。门口则是卡尔甘诺夫和特里方·博里塞奇。

“诸位……你们这是干什么，诸位？”他才开口，猛然间像发疯一般不由自主地扯开嗓子高声喊叫：

“我——明——白——了！”

戴眼镜的年轻人跨前几步走到米嘉跟前，虽然郑重其事、但似乎有些仓促地说：

“我们有事找您……总之，请您到这里来，到沙发这边来……。有些问题无论如何需要您作出解释。”

“准是为老头儿！……”米嘉又发出一声狂叫，“为老头儿和他的血！……我——明——白——了！”

他像被砍倒似的在旁边一把椅子上颓然坐下。

“你明白？明白就好！你这个杀父的恶魔，你老子的血在呼唤，要你偿命！”老警察局长走到米嘉面前暴跳如雷。他义愤填膺，满脸通红，浑身哆嗦。

“但是这样不行！”小个儿年轻人把他喝住，“米哈依尔·马卡雷奇，米哈依尔·马卡雷奇！这样不行，这样不行！……请您让我一个人说……。我万万没有料到，您会做出这样的举动……”

“我一定是在做梦，撒呓挣，诸位，一定在撒呓挣！”警察局长气愤地说，“你们瞧他这德性：深更半夜，喝得醉醺醺的，跟不三不四的女人在一起，其实他有命案在身，手上沾着他老子的血……。我肯定在做梦，撒呓挣！”

“我最恳切地求您，亲爱的米哈依尔·马卡雷奇，这一回您无论如何得控制一下您的感情，”助理检察官对老局长说得极快，但声音很轻，“否则我不得不采取……”

但是小个儿预审员没让他说完；他面向米嘉口气坚决、声音洪亮地郑重宣布：

“退役中尉卡拉马佐夫先生，我必须向您宣布：您被控于这天夜间杀害您的父亲费奥多尔·巴甫洛维奇·卡拉马佐夫……”

他还说了些什么，助理检察官好像还插了话，但是米嘉虽然在听，却一点也不明白他们在说些什么。他瞪出一双精神失常的眼睛把他们一个个依次看遍……

第九卷

预　　审

一　别尔霍津腾达之始

我们与彼得·伊里奇·别尔霍津分手时，他正在全力猛敲商人遗孀莫罗佐娃宅院上了锁的坚固大门，当然，最后他还是敲开了。两小时前受惊不小的菲妮娅，由于惊魂未定，加上心乱似麻仍未睡下，这时又被吓得几乎歇斯底里发作：她以为德米特里·费奥多罗维奇又来了(尽管菲妮娅亲眼目睹他已坐上马车离去)，因为除了他，没有人会这样“穷凶极恶地”敲门。她赶紧跑去找门房，求他不要开门，此时门房已经闻声正向大门口走去。但门房经盘问了解到叩门者是何许人，他有至关重要的事要找菲妮娅，最后还是决定开门。还是在那间厨房里，彼得·伊里奇见到了菲妮娅，那侍女因为心存疑虑，恳求他允许门房也到场，然后彼得·伊里奇开始询问菲妮娅，很快就抓到最关键的疑点，即德米特里·费奥多罗维奇匆匆离开格露莘卡的住所去找她，临走时曾从研钵中拿了一根杵子，而回来时铜杵已不见，手上却满是血。

“血从他手上还在往下掉，滴滴答，滴滴答！”菲妮娅说得活灵活现，这一令人毛骨悚然的细节显然是她自己在紊乱的想象中创造出来的。

但是，沾血的手彼得·伊里奇自己也看到了，尽管并没有血滴落下来，而且是他自己帮助米嘉冲洗的。问题并不在于血在手上是否很快就干了，问题在于德米特里·费奥多罗维奇拿了铜杵究竟跑到哪儿去过？是否肯定去了费奥多尔·巴甫洛维奇家？根据什么可以如此肯定地得出这个结论？彼得·伊里奇就这一点不厌其详地问之再三，虽然没有问出任何过硬的理由，但还是接近于认定，德米特里·费奥多罗维奇除了奔向他父亲家中，不可能去别的地方，由此可见那里一定出了事。

“他回来时，”菲妮娅激动地补充道，“我把一切都告诉了他，我还问过他：‘亲爱的德米特里·费奥多罗维奇，您的两只手上怎么都是血？’他回答说这是人的血，他刚杀了一个人，——他马上就什么都承认了，还当场向我忏悔，然后像个疯子似的突然跑了出去。我坐下来寻思：他现在发狂一般会跑到哪儿去呢？我想他要去莫克罗耶杀我家太太。我赶紧跑去求他别杀太太；我本想上他的住所去，可是经过普洛特尼科夫铺子的时候一看，只见他正准备坐马车出发，他手上的血已经没有了（菲妮娅注意到并且记住了这一点）。”菲妮娅的老奶奶也在力所能及的范围内证实了孙女儿所说的全部经过。彼得·伊里奇又问了一些情况后，比进来的时候更为激动、更加焦虑地走出宅院。

看起来，最便捷的做法是他现在就上费奥多尔·巴甫洛维奇家去打听一下有没有出事，如是，那么究竟出了什么事，一定要在确信无疑的情况下再去找警察局长——这是彼得·伊里奇的既定方针。但这天夜里很暗，费奥多尔·巴甫洛维奇家的大门相当牢固，又得使劲敲门，而他跟费奥多尔·巴甫洛维奇却不熟——等到他敲开了大门，万一那里什么事也没有发生，好挖苦人的费奥多尔·巴甫洛维奇明天就会满城当笑话讲：一名与他素无交往的公务员别尔霍津半夜三更闯到他家打听是否有人把他杀了。这样岂非授人以笑柄？！而彼得·伊里奇最最害怕的事情莫过于成为笑柄。

然而，缠住他不放的那种感觉实在太强烈，他狠狠地跺了跺脚，又把自己骂了一通，马上重新出发，但不是上费奥多尔·巴甫洛维奇家，而是去找霍赫拉科娃太太。他是这样考虑的：他要向霍赫拉科娃太太打听，今天某段时间是不是她给了德米特里·巴甫洛维奇三千卢布？如果回答是否定的，他不用上费奥多尔·巴甫洛维奇家，立刻就去找警察局长；万一回答是肯定的，那便把一切搁到明天再说，先回自己家里去。

这里很自然会产生这样的疑问：一个年轻人在将近十一点钟的深夜到一位素昧平生而且有身份的太太家去，没准还得从床上把她叫起来，就为了向她提一个没头没脑的问题，——这样的做法成为笑柄的可能也许比去找费奥多尔·巴甫洛维奇要大得多。但有时候事情就是这样，尤其逢到与此类似的情况，一些思维极其缜密、从不感情用事的人作出的决定往往如此。而此时此刻的彼得·伊里奇已绝非冷静得一点不会冲动！事后他一辈子都不会忘记，当时有一种无法抗拒的焦虑逐渐把他抓住，使他不能释怀，后来竟搅得他十分苦恼，于是就身不由己地跟着这种感觉走。不言而喻，一路上他仍然在骂自己冒冒失失去找这位太太，但他咬咬牙暗暗重申——大概已经是第十次——一个决心："我得打破沙锅璺到底！"还真的做到了——问到了底。

他来到霍赫拉科娃太太家时恰好十一点整。门房倒是很快就让他进了院子，但问到太太是否已经安寝时，门房说不准，不过通常这时候太太已经睡下。

"您上去以后自报姓名：如果太太愿意，她会接见的；如果不愿意，那就不接见了。"

彼得·伊里奇到了楼上，事情却没那么顺利。一名男仆不愿通报，最后把一名侍女叫来。彼得·伊里奇很有礼貌、但也很执着地请她向太太通报，就说本地的公务员别尔霍津有要事求见，若非事关重大，绝不敢来打搅——他要求侍女"照这样的说法通报"。

侍女进去了。他在过道里等候。霍赫拉科娃太太虽然尚未安寝，但已经进了自己的卧室。刚才米嘉来访弄得她很不愉快，她预感到夜里少不了又要犯偏头痛——通常碰到这种情况她总要犯病。听了侍女的通报，她很纳罕；虽然她不认识的一名"本地的公务员"夤夜来访引起了她这样一个女人极大的好奇心，然而她却火气挺大地拒不见客。偏偏彼得·伊里奇这一回犟得像头骡子：听了侍女转达的逐客令，他十分固执地请她再次通报，并要求“用原话”转告，就说他此来有“非同小可的要事，如果太太现在拒不见面，将来也许会后悔的”。

“当时我豁出去了。”事后他向别人述说时曾这样描摹自己的心态。

侍女用惊异的目光把他打量了一番，然后第二次进去通报。霍赫拉科娃太太颇为震惊，她考虑了一会，详细问过侍女来者是什么模样，了解到来客“衣着非常体面，年纪还轻，彬彬有礼”之后，她才决定出去。这里要简短地插上一句：彼得·伊里奇是位眉目相当清秀的年轻人，而且他自己也知道这一点。霍赫拉科娃太太已经穿上睡袍和趿着拖鞋，但她往肩上盖了一方黑色披巾。她请公务员到客厅里去，也就是白天她接待米嘉的地方。女主人是板着脸、带着诘问的神态出来会客的，所以也不请客人坐下，一开始就问：

“有什么事？”

“夫人，我决定来打扰您，因为事关我们共同的相识德米特里·费奥多罗维奇·卡拉马佐夫，”别尔霍津开始说明来意，但他刚说出这个名字，女主人就面有愠色。她立刻怒气冲冲打断对方的话，还差点儿发出一声尖叫。

“为了这个可怕的人，简直把我烦死了，这样的折磨究竟有完没完？”她歇斯底里地大叫，“先生，这般时刻您怎么可以到一个不相识的女士家中来惊扰人家……居然来找我谈这人的事。仅在三小时前，此人就在这间客厅里曾经想要杀我，还连连顿足，最后走的时候还没有任何人是像他那样从一个体面人家中离开的。告诉您，先生，我要控告您，我不会放过您的，请立刻出去……。我是一个母亲，我马上……我……我……”

“杀您？！这么说他也想杀您？”

“难道他已经杀了什么人？”霍赫拉科娃太太迅即问道。

“夫人，请您少安毋躁，听我把话说完，我尽可能用三言两语把一切都解释清楚，”别尔霍津的回答相当坚决，“今天下午五点钟，卡拉马佐夫先生向我情商借了十卢布，我知道他没有钱；可是十点钟他来到舍间，手里拿着一沓都是一百卢布面值的钞票，估计有两三千卢布之数。他的手上和脸上都是血，神态失常，像个疯子。我问他哪来这么多钱，他回答得很明确，说是刚刚从您这里得到这笔钱，您向他提供了三千卢布，要他去开采金矿……”

霍赫拉科娃太太脸上顿时现出异常激动和痛苦的表情。

“上帝啊！他准是杀了自己的老父！”她双手一拍，失声惊呼，“我没有给过他任何钱，绝对没有！噢，快跑，快跑！……一句话也不用多说了！快跑去找他父亲，救救那老头儿，快跑！”

“等一下，夫人，这么说，您没有给过他钱？您记得很清楚，没有向他提供任何款项？”

“没给过，没有提供！我拒绝了他，因为他不听金玉良言。他是暴跳如雷离开此地的，还跺了几脚。他向我扑过来，我闪开了……。我还可以告诉您，因为现在我什么也不想对您隐瞒了，他甚至冲我啐了一口唾沫，您能想象吗？对了，我们干吗这样站着？啊，请坐……。请原谅，我……。不过您最好还是快跑，快跑，您得跑去搭救那个不幸的老人免遭惨死！”

“但如果他已经把老人杀了呢？”

“啊，我的上帝，说得对呀！那我们该做些什么？该怎么办呢？依您看，现在我们必须做些什么？”

其时她已让彼得·伊里奇坐下，自己坐在他对面。彼得·伊里奇要言不烦、但相当清楚地向她概述事情的经过，至少把他自己今天亲眼目睹的那一部分都作了介绍，还谈了刚才去找菲妮娅以及有关铜杵的情况。所有这些细节对这位心烦意乱的女士造成的震撼之剧烈简直无以复加，她频频尖声惊叫，用手捂住眼睛……

“您也许很难想象，这一切我都有预感！我天生具有这种特性：凡是我想象中出现的情景都会在现实中发生。我曾对这个可怕的人观察过不知多少次，每次我都这样想：这个人最终会把我杀死。事情果真发生了……。确切些说，这一回他杀的不是我，而只是自己的父亲，那无疑是上帝的手在冥冥之中保护我，此外，他毕竟下不了这毒手，因为我曾在此地亲手把一个从圣女瓦尔瓦拉遗体上摘下来的微型神像套在他脖子上……。当时我的性命其实处于千钧一发之际，我一直走到他紧跟前，他向我伸出了整个脖子！知道吗，彼得·伊里奇（请原谅，您刚才好像说过这是您的大名）……知道吗，我并不相信奇迹，但是这个小小的神像以及现在发生在我身上的这一明明白白的奇迹——这不能不使我震惊，我又开始什么都信了。您听说过有关佐西马长老的事吗？……不过，我自己越说越糊涂了……。请您想一想，他竟戴着这个神像冲我啐了一口……。当然，只是啐了一口唾沫，没把我杀死，然后……不知跑到哪儿去了！可是我们该怎么办？您认为现在我们该做些什么？”

彼得·伊里奇站起来，说他现在直接去找警察局长，把一切都告诉他，警察局长知道接下来该采取什么措施。

“啊，那是一位出色的人物，我认识米哈依尔·马卡雷奇。对，您务必去找他。您很有主见，彼得·伊里奇，您把这一切都考虑得十分周到。知道吗，要是我处在您的位置，我怎么也想不出这个主意来！”

“其实我自己跟警察局长也很熟。”彼得·伊里奇说。他仍站着，显然想尽快摆脱这位容易冲动的女士，而女主人偏偏不让他告辞离去。

“请您记住，请您记住，”她喋喋不休地叮嘱再三，“您看到些什么，听到些什么，请来告诉我……我还想知道以后有什么发现……以及对他如何进行审讯，作出什么判决，发配到什么地方，等等。我们不是没有死刑吗？请务必来，哪怕在夜里三点钟，四点钟，甚至四点半……。请吩咐佣人叫醒我，如果我还不起床，就吩咐仆人使劲推……。噢，上帝啊，看来我是睡不着的了。您说，要不要我跟您一起去？……”

“不必了。不过，着眼于有备无患，您若是现在亲笔写个字条，说明您不曾给过德米特里·费奥多罗维奇任何钱款，也许会用得着的……有备无患嘛……”

“一定照办！”霍赫拉科娃太太兴奋地跳到书桌旁。“说真的，您的足智多谋委实令我惊叹，我真佩服您处理这些事情的本领……。您在本地任职？听到您在本地担任公职真让人高兴……”

她一边还在说话，一边已经在半张信笺上很快地写下如下几行大字：

本人平生从未借钱给不幸的德米特里·费奥多罗维奇·卡拉马佐夫（他目前毕竟是不幸的），今天未曾给他三千卢布，也从未给他任何其他钱款！我凭着世上一切神圣的事物起誓。

霍赫拉科娃

“我就写这么一张字条吧！”她迅即转过身来面对彼得·伊里奇，“您快去救人。您这样做真是功德无量。”

她为客人画了三次十字，还特地跑出来送客到过道里。

“我真不知道该怎么感谢您！您无法相信，现在我对您有多么感激，因为您首先来找我。过去我们怎么一直无缘相遇？今后要是还能在舍间接待您，我将深感荣幸。听到您在本地任职真是太高兴了……您处事这样准确，这样有主见……。噢，我非常热爱青年！我钟爱青年。青年人是我们灾难深重的俄罗斯的支柱，是她的全部希望所在……。噢，快去吧，去吧！”

彼得·伊里奇早已下楼去了，要不然女主人还会把他拖住好长时间。不过，霍赫拉科娃太太给他的印象相当不错，甚至在一定程度上缓解了他为自己卷入这桩糟心事而产生的紧张心理。人们的审美观真是千差万别，这是众所周知的。“她看上去一点也不像上了年纪，”彼得·伊里奇想起来还真有回味，“我差点儿把她当作她的女儿。”

至于霍赫拉科娃太太本人，她简直给这个年轻人迷住了。“如今这样的年轻人办事如此能干、如此有条有理真是难得，而且还有这样的风度和仪表。对于当代的年轻人往往说他们什么也不会，该让说这话的人瞧瞧这个榜样”等等，等等。关于那个“可怕的事件”她简直给忘了，直到上床睡下的时候才忽又想起“性命处于千钧一发之际”这回事，她自言自语道：“这太可怕，太可怕了！”但她旋即睡得又香又熟。

笔者本不想缕述这些无关宏旨的细枝末节，然而刚才所写一位年轻公务员和一位风韵犹存的寡妇之间这次极不寻常的会面，以后将奠定这位办事能干和有条有理的年轻人毕生腾达的基础，回忆起这件事来我们城里至今还有人啧啧称奇，笔者在结束关于卡拉马佐夫兄弟的长篇故事时，也许将另行赘言几句。

二　案　发

我们的警察局长米哈依尔·马卡雷奇·马卡罗夫是位鳏居的退役中校，现为七等文官，人挺好。他来到本城才三年，却已经赢得大家的好感，主要因为他“广结善缘”。他家总是客人不断，好像没有客人他自己就没法过。每天都有客人在他家吃饭，至少也得有一两位，否则他家是不开饭的。他家也举行宴会请客，有时甚至到了巧立名目的地步。菜肴虽非山珍海味，却颇丰盛，鱼馅长饼做得很可口；席间固然绝少高档名酒，但能以量取胜。

进门第一间屋子里摆着台球桌，布置也很得体，墙上用黑色镜框挂着不少英国赛马的图片，这是时下一个单身汉的台球室里不可或缺的陈设。这里每天晚上都有牌局，至少一桌。但本城名流带着妻女来此聚会跳舞的次数也不少。米哈依尔·马卡雷奇虽然死了太太，家里人却不少，他的一个已经做了寡妇的女儿自己也有两个女儿，也就是米哈依尔·马卡雷奇的外孙女。姑娘都已经长大，完成了各自的学业，相貌也不坏，性格开朗。尽管大家知道，她们不会得到什么嫁妆，可还是吸引了本城不少青年常去她们的外公家。

米哈依尔·马卡雷奇工作能力不算强，但他担任这个职位并不比别的好多人差。直截了当地说，他这个人没有多少教养，对于如何理解自己的职权范围甚至有些大大咧咧，界限不清。他倒不是不能充分理解本朝政府所推行的某些改革，但在理解上存在着某些错误，有时是十分明显的错误，其原因完全不是他特别无能，而纯粹是大大咧咧的性格使然，因为他老是没工夫认真钻研。

“诸位，我的天性担任军职比在地方上担任文职更合适。”这是他自己对自己的评价。甚至有关解放农奴等改革措施的基本原则，他好像也还没有最终形成明确的观念，只是年复一年不自觉地通过实际知识的积累，才有了一知半解，顺便提一下，他本人就是个地主。

彼得·伊里奇拿得准，这天晚上米哈依尔·马卡雷奇家中肯定有客人，但不知究竟是谁。事实上此刻在他家打牌的恰好是检察官和本城地方自治局的大夫瓦尔文斯基——刚从彼得堡来的一位年轻人，毕业于彼得堡医科大学的高材生。检察官——确切地说，是助理检察官，但在我们城里都管他叫检察官——伊波里特·基里洛维奇是个特殊人物，年纪不大，才三十五岁左右，但有明显的痨病倾向，偏偏娶了一位痴肥的太太，至今没有儿女。检察官很爱面子，容易发火，不过人相当聪明，心地挺善良。看来他性格上的毛病全在于，自视稍稍高于他的真才实学。正因为如此，他经常显得心犹未甘的样子。他身上也确有某些层次较高，甚至颇具艺术性的倾向，例如对心理学，对人类心灵的专门研究，对掌握认识罪犯及其罪行的特殊本领他很感兴趣。从这一意义上说，他有怀才不遇之感，始终坚信上峰不器重他，有人跟他作对。心境不好的时候，他甚至扬言要改行去当刑事诉讼的律师。突然发生的卡拉马佐夫杀父案仿佛使他全身心振作起来了。“这案件可能轰动全俄国。”不过这是后话。

隔壁房间里和小姐们坐在一起的还有我们年轻的预审推事尼古拉·帕尔菲诺维奇·涅柳多夫，他是两个月前才从彼得堡来的。过后我们谈起此事甚至感到纳罕，正当案发的那天晚上，这几个人好像是故意聚集在执法人员家中的。其实事情非常简单，也极其自然：伊波里特·基里洛维奇的太太闹牙疼已是第二天，这位检察官需要逃到一个听不见她哼哼的地方去；瓦尔文斯基大夫的习惯则是每天晚上除了打牌，不干别的；尼古拉·帕尔菲诺维奇·涅柳多夫三天前就打算在这天晚上装作纯属偶然的样子来到米哈依尔·马卡雷奇家中，目的是想要一点诡计让警察局长的大小姐奥尔加·米哈依洛夫娜大吃一惊——他知道大小姐的秘密，知道今天是她的生日，她故意向外界隐瞒是不想请城里的诸多朋友来跳舞。可以想象今晚那里一定谈笑风生，对她的年龄大可调侃一番，她似乎怕人家知道，但预审推事既然已经掌握了她的秘密，明天势必逢人便说，等等，等等。

这位讨人喜欢的年轻人是个淘气逗趣的能手，城里的女士们干脆送给他一个“淘气鬼”的徽号，他好像颇为得意。其实他所属的社会层次相当高，他的出身、教养、品格都很不错，虽然奉行享受人生的信条，却从不出格或流于恶俗。他身材矮小，看上去体格比较单薄。他纤细苍白的手上总是闪耀着好几枚非常大的戒指。在执行公务时，他就变得异常严肃，俨然把自己的身份和职责看得十分神圣。他尤其擅长在审讯时令出身下层民众的凶手或其他案犯陷入困境，确实使他们对他即便不怀敬意，也不得不感到惊讶。

彼得·伊里奇走进警察局长家中，简直惊呆了：他忽然发现那里的人已全知道了。的确，牌局已经停止，大家都站着谈论此事，甚至尼古拉·帕尔菲诺维奇也离开了小姐们跑来，完全是一副随时准备采取行动的神态。彼得·伊里奇听到的是一个令人震惊的消息：老头儿费奥多尔·巴甫洛维奇果然当天晚上在自己家里被杀，是谋财害命。此事是刚刚才获悉的，经过情况如下：

倒在围墙旁的格里果利的老伴玛尔法·伊格纳启耶夫娜，尽管在床上睡得很熟，本来也许会一直睡到天亮，却突然醒了过来。她是被躺在隔壁斗室里不省人事的斯乜尔加科夫的惨叫惊醒的——这样凄厉的号叫照例意味着他的羊痫风又开始发作了，玛尔法·伊格纳启耶夫娜一辈子对此总是怕得要命，深感痛苦。她始终没能对这种现象习惯下来。她从睡梦中跳起来，几乎是下意识地冲到斯乜尔加科夫的小房间里。但是那里黑咕隆咚的，只听得病人开始抽风并发出可怕的呼哧声。于是玛尔法·伊格纳启耶夫娜自己也叫了起来，开始呼唤老伴，但猛想起格里果利应该在床上，可是她起来的时候好像格里果利不在那儿。她赶紧回到床前又摸索一遍，床上果然空无一人。这么说，老头儿出去了，上哪儿呢？她跑到台阶上，从那里轻声呼叫，当然没有得到回答。但在夜间的寂静中，她听到远远地好像有呻吟从花园中什么地方传来。她再凝神谛听，呻吟又起，而且很清楚确实是从花园里传来的。

“上帝啊，就像当年发臭的黎萨维塔一样！”她纷乱的头脑里顿时浮起这一联想。她胆怯地走下台阶，看到花园门开着。“老头儿一定在那里，”她这样想着走到门旁，忽然清清楚楚地听到格里果利在呼唤她，叫着她的名字：“玛尔法，玛尔法！”——声音微弱、痛苦，令人心惊肉跳。

“上帝啊，你可要保佑我们别遭什么灾祸。”玛尔法·伊格纳启耶夫娜一面喃喃自语，一面赶紧循声跑去，就这样找到了格里果利。但不是在围墙旁他被击倒的地方找到的，而是离围墙已有二十步左右。事后才弄清楚，格里果利悠悠苏醒后开始在地上爬行，无疑爬了很久，曾好几次失去知觉重又昏死过去。玛尔法当即发觉他身上全是血，立刻没命地大叫起来。格里果利却不太连贯地低声嘟哝道：

“他杀了……杀了父亲……你嚷什么，蠢婆娘……快跑去叫人……”

但是玛尔法·伊格纳启耶夫娜仍一个劲儿地嚷着，她突然看见老爷屋里一扇窗开着，而且窗内有灯光，便跑过去开始呼叫费奥多尔·巴甫洛维奇。但是，她朝窗内一看，竟见到一幅可怕的景象：老爷仰天倒在地板上一动也不动。浅色睡袍和白衬衫胸前鲜血淋漓。桌上一支蜡烛把费奥多尔·巴甫洛维奇的血和真正“死板”的脸照得很亮。惊恐到了极点的玛尔法·伊格纳启耶夫娜连忙逃离窗口，奔出花园，拔去门闩，拼命向邻居玛丽亚·康德拉启耶夫娜家后院跑去。邻家母女俩当时都已安寝，但被玛尔法·伊格纳启耶夫娜的呼喊和使劲猛敲窗板的响声所惊醒，赶忙跑到窗前。玛尔法·伊格纳启耶夫娜夹着尖叫和呼喊语无伦次地说了个大概，并请她们帮忙。经常在外流浪的福马这天夜里恰好回来住在她们院内。他立刻被叫起来，于是三人一起奔赴案发现场。路上玛丽亚·康德拉启耶夫娜想起，刚才八点多钟的时候她曾听到一声可怕和刺耳的喊叫从他们花园里传出，声震街坊四邻。毫无疑问，这正是格里果利双手死死抓住已经骑在墙头上的德米特里·费奥多罗维奇一只脚时喊出的一声："杀父的逆子！"

"有个人喊叫起来以后一下子不作声了。"玛丽亚·康德拉启耶夫娜一边跑一边说。

他们跑到格里果利躺着的地方，两个女人在福马的帮助下把格里果利抬进侧屋。及至点亮了灯，只见斯乜尔加科夫还在他的斗室内抽风打滚，两眼歪斜，口吐白沫。他们用加醋的水给格里果利清洗了头部，老仆经水一冲已经恢复知觉，他立刻问道：

"老爷有没有给杀死？"

两个女人和福马这才向正屋走去。进了花园，这次不但看见窗户开着，连正屋通花园的门也豁然洞开，而整整一周以来老爷每天夜里总是从傍晚开始便把自己紧紧关闭在里面，甚至不准格里果利以任何理由敲门叫他。看见这道门开着，他们——两个女人和福马——立刻害怕起来，谁也不敢走进老爷屋里去，"免得以后有什么好歹"。他们回到格里果利这边，老仆让他们马上去找警察局长。就这样，玛丽亚·康德拉启耶夫娜跑到警察局长家来惊动了所有的人。她比彼得·伊里奇才早到五分钟，因此后者带来的已不仅仅是他个人的猜测和推理，他是作为见证人，以其讲述的经过情形证实了大家关于罪犯是谁的一致推断(不过，直到这最后的一分钟之前，彼得·伊里奇内心深处一直不愿相信事实果真会是这样)。

这几个人决定果断地行动起来。当即委派副局长先去找四个居民充当见证，然后所有这些执法人员严格按法定手续(这里就不一一缕述了)进入费奥多尔·巴甫洛维奇家中作了现场勘查。地方自治局的大夫是个热心的新手，他几乎是自告奋勇随同警察局长、检察官和预审推事一起前往的。

笔者只想简单交代一下：费奥多尔·巴甫洛维奇已气绝身亡。他的头部被击碎，凶器是什么？极可能就是接着用来击倒格里果利的同一凶器。格里果利在得到当时条件下可能的治疗包扎后，用微弱的声音断断续续、但相当连贯地讲述了自己被击倒的经过。警方听了老仆提供的情况，提着一盏风灯开始在围墙附近寻找，发现了扔在花园小径上最显眼处的一根铜杵。在费奥多尔·巴甫洛维奇仰天倒毙的房间里并未发现特别纷乱的迹象，但在屏风后面他的床边，勘查人员从地上捡起一个寄公文用的厚纸大信封，上面写着："薄礼一份，计三千卢布，给我的天使格露莘卡，只要她愿意光临"，在"天使"下面还有"和小乖乖"几个字，显系费奥多尔·巴甫洛维奇本人后来添加上去的。信封上有三个很大的红色火漆印戳封口，但是信封被撕开了，里边是空的，钱已被取走。地板上还发现一条原先扎在信封上的粉红色丝带。

彼得·伊里奇的证词中有一个情况给检察官和预审推事的印象特别深刻，那就是他估计德米特里·费奥多罗维奇天明前一定会开枪自杀，这是他自己决定，也是他亲口告诉彼得·伊里奇的，并且当着他的面往手枪里装了弹药，写了便条放在背心小兜里，等等，等等。当时彼得·伊里奇一方面仍然不愿相信他真会干蠢事，一方面曾扬言要去报警，以制止自杀，米嘉听了以后咧着嘴回答说："你来不及了。"由此可见，必须抢在米嘉也许真的想要自杀之前火速赶赴莫克罗耶把他逮住。

"事情很清楚，事情很清楚！"检察官异常激动地连声说道，"这类破罐破摔的疯子正是这样做的：明天自杀，临死前先尽情狂欢一番。"

彼得·伊里奇介绍了米嘉在食品铺里乱买糖果酒类的情况，这番话只能使检察官更加急不可耐。

"诸位，你们还记得杀死商人奥尔苏菲耶夫的那个小伙子吗？他杀了人，抢劫了一千五百卢布，马上去烫头发，然后甚至没好好把钱藏起来，几乎也是攥着钞票就去找姑娘们了。"

然而，在费奥多尔·巴甫洛维奇家中进行初步调查和搜索，办各项必要的手续——这一切都需要时间，结果把大家都拖住了，因而过了两点钟只得把派出所所长马夫里基·马夫里基奇·史梅尔卓夫先行遣往莫克罗耶。（这位警官碰巧在头天上午进城来领薪俸。）给马夫里基·马夫里基奇的指令是：到了莫克罗耶先勿打草惊蛇，在有关当局的官员到达前要严密监视“案犯”的行动，同时预先找好作见证的乡民，召集乡警等等，等等。马夫里基·马夫里基奇遵命照办，到了莫克罗耶没有亮出身份，只向自己的老相识特里方·博里塞奇稍稍透露此行的秘密使命。这一番部署与米嘉在黑暗的木廊上遇到正在找他的店家时间上正好一前一后，当时米嘉也曾注意到特里方·博里塞奇的脸上和话中骤然起了变化。

就这样，无论米嘉还是别人，都不知道有人在监视；他的装手枪的匣子早已被特里方·博里塞奇悄悄取走，藏在安全的地方。直至清晨四五点钟，天都快亮了，所有有关官员才分乘两辆三驾马车到达莫克罗耶，包括警察局长、检察官、预审推事。大夫留在费奥多尔·巴甫洛维奇家中，因为翌晨将对死者进行尸体解剖，但是他更感兴趣的倒是仆人斯乜尔加科夫的病情。

“连续两天两夜的癫痫反复发作，来势如此之猛，持续时间如此之长，实属罕见，这在科学上是值得研究的课题。”他在送牌友们上马车时兴奋地对他们说，他们则笑着祝贺他有重大发现。临行时检察官和预审推事记得十分清楚，大夫曾以极其肯定的语气说，斯乜尔加科夫活不到天明。

笔者作了这一番冗长的、但似乎是必不可少的交代之后，让我们回到本书上一卷结束时中断的那条线上来吧。

三　灵魂的磨难历程。磨难之一

言归正传，米嘉坐在那里，瞪出一双精神失常的眼睛把在场的人一个个依次看遍，不明白他们在对他说些什么。忽然他站起来，举起双手大声疾呼：

“不是我干的！这命案不是我干的！我没有杀我的父亲！……我想杀他，但是没有下手！不是我干的！”

但是，他的话音未落，格露莘卡就已经从布幔后面冲出来，啪的一声扑倒在警察局长的脚边。

“都怪我，我该死！”她发出撕心裂肺的号叫，泪流满面地向所有的人伸出双手。“他是为了我才杀人的！……是我把他逼到了这个地步！可怜那死去的老头儿也被我折磨得够呛，是我因为憋着一股怨气才把这爷儿俩逼到了这个分儿上！都是我的罪过，我是罪魁祸首！”

“是的，你有罪！你是主犯！你丧心病狂，你道德败坏，你是罪魁祸首。”警察局长指着她咆哮如雷，但他很快就被坚决遏制住了。检察官甚至把他抱住。

“这样岂不全乱了套吗，米哈依尔·马卡雷奇？”他大声喝道，“您是在不折不扣地妨碍侦查……简直败事有余……”他都快喘不过气来了。

“必须采取措施！必须采取措施！”尼古拉·帕尔菲诺维奇也大为恼怒，“否则根本没法办事！……”

“干脆对我们俩一起审判！”格露莘卡仍跪在地上继续狂叫乱嚷，“把我们俩一道处死算了，我愿意立刻跟他一道走向刑场！”

“格露莘卡，我的生命，我的宝贝，我的神灵！”米嘉也跪倒在她旁边，把她紧紧搂在怀里。“你们别信她的话，”他声嘶力竭地说，“她什么罪也没有，任何血案都跟她不相干！”

事后米嘉回忆，有几个人把他从格露莘卡身边强行拖开，而格露莘卡则被突然带往别处，他自己苏醒过来时已坐在桌旁。他身边和背后都有佩戴警徽的人站着。预审推事尼古拉·帕尔菲诺维奇隔着桌子坐在他对面的沙发上，一再劝他从放在桌上的一只杯子里喝几口水。

“这样能使您头脑清醒，定下神来，别害怕，别紧张。”预审推事的态度特别客气，极有礼貌。

米嘉记得自己当时突然被他手上巨大的戒指强烈地吸引住了，其中一枚是紫晶戒，另一枚不知是什么宝石，色泽杏黄、透明，光彩夺目。事后他久久不能忘怀，甚至在接受审讯的那些可怕的时刻，他的视线也总是不可抗拒地被那几枚戒指吸引住；就他当时的处境而言，完全不应该注意这些不相干的东西，可是不知为什么就是没法不去看那些戒指，没法把它们忘掉，他一直感到诧异。

米嘉左侧，在晚会开始时马克西莫夫坐的地方，现在坐着检察官；米嘉右侧，原先格露莘卡坐的地方，则是一位面色红润的年轻人，他的面前出现了墨水缸和纸。原来这是预审推事带来的一名文书。警察局长此时站在房间另一端的窗前，卡尔甘诺夫也坐在那个窗户旁的一把椅子上。

“喝点儿水！”预审推事心平气和地说了大约已经有十来次。

“我喝过了，诸位，喝过了……可是……你们瞧着办吧，诸位，你们可以把我踩扁，可以把我处死，随你们怎么决定我的命运！”米嘉说时瞪出眼睛直勾勾地瞧着预审推事。

“如此说来，您一口咬定您对令尊费奥多尔·巴甫洛维奇的死不负罪责？”预审推事口气温和、但态度坚决地问。

“不负罪责！我对另一条命负有罪责，那是另一个老人，而不是我父亲。为此我深感悲痛！我杀了那个老人，杀了他，把他击倒在地……。但是，我犯下这一命案，不能要我为不是我犯的另一命案承担罪责……。这是可怕的罪名，诸位，简直是当头一棒！可是究竟谁杀了父亲？究竟是谁？既然不是我，谁会杀死他？怪事，荒唐，不可思议！……”

“是啊，谁会杀他……”预审推事刚要开口，但是检察官伊波里特·基里洛维奇(应该是助理检察官，但为了简便起见就称他为检察官)向预审推事递了个眼色后，对米嘉说：

“您不必为老仆格里果利·瓦西里耶维奇的生命担忧。可以告诉您，他活着，醒过来了，尽管根据他以及您刚才所说的情况，他被您击成重伤，但是看来肯定没有生命危险，至少大夫的看法是这样。”

“活着？他还活着！”米嘉两手一拍顿时大叫起来。他脸上的乌云一扫而光。“主啊，感谢你听了我的祈祷为我这样罪孽深重的恶人创造如此伟大的奇迹！……是的，是的，上帝听见了我的祈祷，我整夜都在祈祷！……”说着一连在自己胸前画了三个十字。他激动得简直喘不过气来。

“我们恰恰从这个格里果利那儿获得非常重要的证词，他说您……”检察官正欲说下去，但米嘉蓦地从椅子上跳起来。

“等一下，诸位，看在上帝分上，请等一分钟：我上她那儿去一趟……”

“对不起！这个时候绝对不行！”尼古拉·帕尔菲诺维奇几乎失声尖叫，他也霍地站了起来。胸前佩戴警徽的两个人立即把米嘉抱住，不过他已经自己在椅子上坐下……

“诸位，真遗憾！我只想上她那儿去一小会儿……我想告诉她，压在我心上整整一夜的一条人命血债已经一笔勾销，我不是杀人凶手了！诸位，她可是我的未婚妻啊！”他激奋而又虔诚地说着扫视所有在场的人，“噢，谢谢你们，诸位！噢，你们才一眨眼的工夫就让我死而复生！……要知道，诸位，我三岁那年谁也不管我的时候，这个老人经常把我抱在手里，在木盆里给我洗澡，他就像是我的亲爹！……”

“那么您……”预审推事刚要开口。

“对不起，诸位，请再等一小会儿，”米嘉打断了他的话，把两只胳膊肘搁在桌上，双手捂住自己的脸，“让我定一定神，喘口气儿，诸位。这一切对我的震动非常剧烈，实在太厉害了，人可不是一张鼓皮，诸位！”

“我建议您再喝点儿水……”尼古拉·帕尔菲诺维奇说得又轻又含糊。

米嘉把手从脸上挪开，接着竟笑出声来。他的眼睛有了神，转瞬间好像换了个人。他的举止言行全都变了样：此刻坐在那里的已经又是跟大家一样的人，跟所有这些他以前的熟人又处于平等的地位，仿佛他们在昨天还什么也没有发生的时候相遇在某个社交场合。不过，顺便要提一下，米嘉刚回到我城来的时候，在警察局长家是受欢迎的客人，但后来，尤其是最近一个月，米嘉几乎没上过他家的门，而警察局长要是在街上遇见他，也会紧皱双眉，纯粹出于礼貌略一颔首，这情形米嘉看得很清楚。和检察长的关系就更疏远了，可是米嘉有时候却会恭而敬之地去拜访检察官的太太，连他自己也不太明白为什么去找那位神经兮兮的古怪女士，但她总是很亲切地接待米嘉，而且直到最近一直很关心他，不知究竟是什么原因。跟预审推事他还没有结交，不过也见过面，甚至交谈过一两次，谈的都是女人。

“尼古拉·帕尔菲诺维奇，我看得出，您是一位十分高明的审案人，”米嘉一下子笑得十分爽朗，“不过我现在可以帮您一把。噢，上帝啊，我复活了……我这样像随便拉家常一样跟你们说话，请不要见怪。再说，我有点儿醉了，我可以向你们坦白承认这一点。我好像曾有幸……跟您见面，尼古拉·帕尔菲诺维奇，在我的亲戚米乌索夫家里……。诸位，诸位，我不指望跟你们平起平坐，我当然明白自己此刻坐在你们面前是什么身份。我有……既然这是格里果利提供的证词……那么——我当然有重大嫌疑！这太可怕了，太可怕了——我完全理解！现在进入正题吧，诸位，我准备好了，这事咱们很快就能解决，因为，请听我说，诸位，请听我说……既然我知道自己没有罪，那么当然很快就能解决！难道不是吗？你们说是不是？”

米嘉说得很快，话很多，有点神经质和松弛过了头，委实把听他说话的人通通当作知心朋友。

“那么，我们暂且记录下来：您断然拒绝对您的指控。”尼古拉·帕尔菲诺维奇郑重其事地说，然后朝着文书把脸转过去，压低嗓门向他口述该记下的词句。

“记录下来？您要把这些话记录下来？可以，记下吧，我同意，完全同意，诸位……。只是……请等一下，等一下，请在记录上这样写：‘他承认自己行为放纵，把可怜的老仆打成重伤。’另外，我在内心深处还承认自己有罪——不过这不用记录下来，”他迅即转向文书，“这是我的私生活，诸位，这跟你们没有关系，我是说这些属于心灵深层的事情跟你们无关……。但是要说杀死自己的父亲——我不承认！这太荒唐了！这个想法荒唐透顶！……我可以向你们证明，你们很快就能相信。你们会发笑的，诸位，你们会觉得这样的怀疑简直太可笑了！……”

“请安静一下，德米特里·费奥多罗维奇，”预审推事似乎在提醒对方，他显然想以自己的镇定来制伏情绪亢奋的疑犯。“在继续审讯之前，如果您愿意回答的话，我想听到您承认这样一个事实：您好像不喜欢已故的费奥多尔·巴甫洛维奇，经常和他发生争吵……。一刻钟前，您好像在这里说过，您甚至想杀他，您是这样说的：‘我没有下手，但是我想杀他！’”

“我说过这话？哦，这是可能的，诸位！是的，不幸的是，我确实想杀他，想过好多次……很不幸，真是不幸！”

“您想过。您是否愿意解释一下，究竟是什么原因导致您如此憎恨您的父亲？”

“有什么可解释的，诸位？”米嘉阴着脸耸耸肩膀，低下头来。“我并不隐瞒自己的感情，这事全城都知道，酒店里人人都知道。前不久我在佐西马长老的修室内也公开说过……。当天晚上我打过父亲，差点儿没把他打死，而且我发誓还要去杀了他，这话有很多人听到……。噢，要证人能找到一千个！我公开大叫大嚷已有整整一个月，谁都可以作证！……事实明摆着，事实本身会说话，但是感情——诸位，感情是另一码事。我认为，诸位，”米嘉皱起了眉头，“感情的事你们没有权利问我。尽管你们在执行公务，这我理解，但这是我的私事，是我的隐私，不过……由于我过去并不隐瞒自己的感情……比如在酒店里我对每一个人都说，所以……现在我也不想保密。我明白，诸位，在这件事上有很多对我很不利的事实：我对谁都说过要杀他，而他突然被杀了，在这样的情况下，除了我还能是谁？哈哈！我能谅解，诸位，我完全能谅解。老实说，我自己也震惊得头皮发麻：既然不是我干的，那么到底是谁杀了他呢？这很正常嘛！既然不是我，那么是谁，是谁干的？诸位，”他骤然提高嗓门，

“我要知道，我甚至要求你们告诉我：他是在什么地方被杀的？凶器是什么？怎样死的？告诉我。”他很快提出质问，目光扫视着检察官和预审推事。

“我们发现他仰面倒在他的书房里地板上，头部被砸碎。”检察官说。

“这很可怕，诸位！”米嘉禁不住打了个寒战，他用胳膊肘抵着桌面，右手捂住面孔。

“我们继续谈，”尼古拉·帕尔菲诺维奇把话题拉回到审讯上来，“那么，当时您的憎恨是由什么引起的？您好像曾经公开宣称是争风吃醋？”

“说得对，是争风吃醋，还不光是争风吃醋。”

“在钱的问题上有争议？”

“是的，也为钱的问题。”

“好像争议涉及三千卢布，据说他少付给您三千卢布遗产？”

“哪里止三千！不止，不止，”米嘉立刻激动起来，“六千也不止，恐怕一万也不止。我向所有的人说过，向所有的人嚷过！但是我已经拿定主意，只要三千就算了！我急需这三千卢布，急得简直想上吊……因此，我知道他在枕头下信封里藏有准备给格露莘卡的三千卢布，我认为那等于是他从我这里偷去的，诸位，我把这笔钱看作是我自己的，等于是我的财产……”

检察官和预审推事交换了一个意味深长的眼色，检察官还偷偷地向预审推事挤了挤眼。

“这个问题我们以后再谈，”预审推事立即表示，“现在您是否同意我们指出这一点并且把它记录在案：您认为信封里那笔钱好像是您自己的财产？”

“可以写下来，诸位，我自然懂得这又是对我不利的事实，但我不怕事实，我要自己来说对自己不利的话。听着，我自己来说！诸位，你们好像把我当作了另一个人，一个和我不同的人，”他的语气一下子变得阴郁、凄凉，“跟你们说话的是一个君子，一个正人君子，最主要的是——请不要忽略这一点——此人干了无数卑鄙的勾当，却始终不失为一个君子，不失为一个在内心深处……总而言之，我不知该如何表达……。此人折腾了一辈子，就因为一心想做个君子，可以说是个君子风度的受难者，老是打着灯笼在寻觅君子风度，其实一辈子干的尽是坏事，正像我们大家一样，诸位……不，只有我一个人和他一样，诸位，不是所有的人，只有我一个人，我说错了，只有我一个人，一个人！……诸位，我头疼，”他痛苦地皱眉蹙额，“我可以告诉诸位，我一向讨厌他的样子，讨厌他的厚颜无耻，自我吹嘘，什么神圣，他就践踏什么，总是嘲笑别人，目无神明，真让人恶心，恶心！但是现在他死了，我的想法却有所改变。”

“怎样改变？”

“并不是完全改变，而是觉得没必要这么恨他。”

“您觉得后悔了？”

“不，倒不是后悔，请不要这样记录下来。我自己就不是东西，诸位，正好比我自己不是美男子，所以我没有资格说他丑，是这么个意思！这话你们不妨记录下来。”

说到这里，米嘉一下子变得异常哀伤。早在此前不少时间他在回答预审推事的提问时即已越来越趋于郁悒。恰恰就在这一瞬间又出现了始料不及的一幕。事情是这样的：刚才格露莘卡虽已被带走，但是并不太远，只不过被带到与现在正进行审讯的蓝色房间仅一室之隔的第三间屋子。这是一个仅有一扇窗户的小房间，紧挨着夜里跳舞狂欢的那个大房间。她就坐在那里，和她在一起的目前只有马克西莫夫，他受惊不小，简直吓破了胆，此刻便死缠住她，似乎想从她身上获得安全感。门口站着一个胸前佩戴警徽的汉子。格露莘卡一直在哭，到了心中的悲哀满极而溢的时候，她猛地跳起来，双手一拍，号叫一声：“我的命怎么这样苦哇！”冲出房间向她的米嘉那儿跑去，因为事情太突然，谁也没来得及拦住她。米嘉听到了她的号哭，先是一阵哆嗦，随即一跃而起，也狂叫着迎着她冲出去，仿佛失去了理智。虽然他们已经彼此看见，可还是不让他们待在一起。米嘉被牢牢抓住双手；他拼命挣扎，需要三四个人方能把他制伏。格露莘卡也被抓住了，米嘉看见格露莘卡被带走时叫喊着向他伸出双手。这一幕结束以后，米嘉镇定下来时发现自己又坐在桌旁预审推事对面的老位子上，他大声质问那些执法人员：

“你们要拿她怎么样？你们干吗要难为她？她是无辜的，无辜的！……”

检察官和预审推事劝他不要激动。如此过了一段时间，大约有十分钟，刚才走开的米哈依尔·马卡雷奇匆匆走进房间来，用他那风风火火的大嗓门对检察官说：

“她被带走了，现在楼下，我可不可以对这个不幸的人说几句话，就当着你们的面？”

“请吧，米哈依尔·马卡雷奇，”预审推事答道，“在目前这样的情况下我们毫无异议。”

“德米特里·费奥多罗维奇，听着，先生，”米哈依尔·马卡雷奇开始对米嘉说，他激动的面部表情洋溢着一片恻隐之心，一份近乎父爱的热忱，“我亲自把你的阿格拉菲娜·亚历山德罗夫娜带到楼下去交给了店家的女儿，现在那个姓马克西莫夫的小老头儿和她寸步不离，我对她劝说了一阵，——你听见没有？——我劝说了一阵，已经使她平静下来。我使她明白，你必须为自己辩护，证明自己无罪，所以她不该妨碍你，不该让你心烦，否则你可能给搅得头昏脑涨，在供词中出纰漏，懂吗？总而言之，我给她讲道理，她明白了。老弟，她很聪明，心地善良，她再三亲我这个老头儿的手，求我帮助你。是她自己要我到这儿来捎话给你，要你别为她担忧，而且，亲爱的，我还得去告诉她，你已经平静下来并且为她感到安慰。就这样吧，你别烦躁，你得明白这道理。过去我对她不公正，她有一颗基督徒的心，是的，诸位，这是一个非常温顺、完全无辜的女人。你有什么话要我转告吗，德米特里·费奥多罗维奇？你就安安静静地坐着，好吗？”

这个老好人说了一大堆多余的话。格露莘卡的悲哀，正像任何别人的悲哀一样，一直渗透到他善良的心灵深处，甚至使他热泪盈眶。

米嘉立刻站起来跑到他跟前。

“宽恕我，诸位，让我讲几句，让我讲几句！”他气急败坏地说，“您有一副天使的心肠，米哈依尔·马卡雷奇，我替她谢谢您！我一定安静，一定，我会开心的，请本着您无限善良的心肠转告她，我挺开心，挺开心，我马上就会笑起来，因为我知道有您这样的天使在保护她。我很快把这儿的事情结束，一抽出身子，我就上她那儿去，她便能见到我了，让她等着！诸位，”他立刻转身面向检察官和预审推事，“现在我把整个灵魂都向你们敞开，把什么都说出来，咱们很快把事儿办完，开开心心地办完——临了咱们一起哈哈大笑，好不好？诸位，这个女人是我心中的女皇！噢，请允许我这样说，我这是对你们说掏心窝话……。我看得出，诸位都是品德高尚的君子。你们必须知道：她是我的光明，我的神灵！你们听到了，她刚才这样叫喊：‘我愿意跟你一起上刑场！’可是我又给了她什么？我一无所有，我是个穷光蛋，她这样爱我为了什么？我配吗？我这样一个笨口拙舌的丑八怪哪儿配得到这样的爱情？怎么能让她跟我一起去服苦役？她是个有骨气的女人，而且是完全无辜的，可是为了我，刚才她就趴在你们脚下！我怎么能不把她当作神灵崇拜？怎么能不大叫大嚷往她那儿直奔，就像刚才那样？喔，诸位，请原谅！不过现在我宽心了！”

然后他倒在椅子上，双手掩面号啕大哭。但这已是幸福的眼泪。他很快就控制住自己。老警察局长非常满意，而且看来两位司法官员也很满意：他们觉得审讯接下来就会进入一个新阶段。米嘉把警察局长送走后，还真显得挺开心的样子。

“好了，诸位，现在我听候你们安排，完全听候你们安排。要不是这些琐碎的小事，咱们很快就把什么都谈妥了。我又提到小事。我听候你们安排，诸位，但是，我发誓，信任必须是相互的——你们信任我，我信任你们，——否则咱们永远完不了。我这样说也是为你们。干吧，诸位，干吧，特别要请你们别再这样在我心灵深处乱挖一气，别再用琐事折腾我的心灵，请你们只问正题和事实，我一定立刻使你们满意。让鸡毛蒜皮的细节见鬼去吧！”

米嘉这样表示。审讯继续进行。

四 磨难之二

“您也许不会相信，德米特里·费奥多罗维奇，其实您这种合作的态度也使我们增强信心……”尼古拉·帕尔菲诺维奇兴冲冲地开始说，他在一分钟以前刚摘下眼镜，从那双近视得厉害的浅灰色暴突大眼睛可以明显地看出他很满意。“您刚才指出这一点有道理，信任必须是相互的，否则类似的重大事情简直无法进行；我指的是：即使疑犯确实愿意证明、希望证明而且有可能证明自己无罪，缺乏相互信任也是办不到的。就我们这方面而言，我们一定竭尽全力，您自己也能看到我们是怎么办理此案的……。伊波里特·基里洛维奇，您赞成我的说法吗？”他忽然转向检察官问。

“噢，毫无疑问。”检察官表示赞同，不过与尼古拉·帕尔菲诺维奇的热情相比显得稍稍冷淡一些。

笔者要一劳永逸地指出一点：刚刚来到本城的尼古拉·帕尔菲诺维奇，一上任便对我们的检察官伊波里特·基里洛维奇非常尊敬，几乎与他成了莫逆之交。可以说没有第二个人像他这样绝对相信伊波里特·基里洛维奇的口才和心理学方面的才能，绝对相信我们的检察官“受到了不公正的待遇”。还在彼得堡的时候，他已听说过伊波里特·基里洛维奇其人。反过来说，年轻的尼古拉·帕尔菲诺维奇也是我们这位“怀才不遇的”检察官在整个世界上唯一真心喜欢的人。在坐马车到这里来的路上，他们就眼前这件案子已经在某些方面取得共识并达成默契。此刻两人坐在同一张桌子旁边，思维敏捷的尼古拉·帕尔菲诺维奇能捕捉到这位年长的同事脸上任何细微的变化，只要对方说出只言片语，甚至只要递一个眼色、一下眼睛，马上就心领神会。

“诸位，只要让我自己说，不要用无关紧要的小节打断我的话，我很快就能把一切都向你们交代清楚。”米嘉热切地恳求。

“好极了。谢谢您。但在我们听取您的陈述之前，您得允许我先认定另一个我们很感兴趣的、小小的事实，具体说就是：昨天五点钟左右，您曾经用您的手枪作抵押向您的朋友彼得·伊里奇·别尔霍津借过十卢布。”

“是的，诸位，我抵押了十卢布，那又怎么样？就这么回事。我回到城里，就去借了这笔钱。”

“您是出门回来？您到城外去过？”

“去过，诸位，赶了四十多里路，你们不知道？”

检察官和尼古拉·帕尔菲诺维奇彼此看了一眼。

“这样吧，您能不能把您昨天的全部经历从早上开始按先后次序讲述一遍？比方说，我们需要了解：您出城干什么去了？什么时候出发？什么时候回来？……以及有关的全部事实……”

“那你们一开始就该这样问嘛，”米嘉放声大笑，“既然你们想了解，那么事情不能从昨天谈起，而是必须从前天一早谈起，那样你们便能明白我包括步行和坐车去过哪些地方，找过何许人，为了什么事情。诸位，前天上午我曾步行去找本城的商人萨姆索诺夫，以提供极其可靠的保障为条件向他借三千卢布，——因为有紧急的用途，诸位，一下子有急用……”

“请允许打断一下您的话，”检察官很有礼貌地插言道，“为什么您突然需要用钱？为什么需要这样一笔款子，具体说，就是为什么恰恰需要三千卢布？”

“哎，诸位，最好别提细枝末节：什么时候啦？为什么啦？为何这样而不是那样？为什么钱偏偏是这个数目而不是那个数目？这些都是不相干的废话……这样下去，即使记上三大卷也记不完全，还非得加一段尾声不可！”

米嘉说这番话的态度看来充满诚意，愿意道出全部真相，显得很随便，熟不拘礼，但是不耐烦。

“诸位，”他似乎一下子若有所悟，“请不要抱怨我的犟脾气，我再次请求你们再相信我一次，我对二位怀有充分的敬意，我也明白目前的事态。别以为我喝醉了。我现在已经清醒。即使醉了也不碍事。我这人就是这样：

> 清醒了，该明白了——其实反倒傻了。
> 喝醉了，该糊涂了——其实变聪明了。

哈哈！不过，我知道，二位，我在你们面前说俏皮话暂时还不大得体，就是说，在把问题解释清楚之前还不合适。同时也请允许我维护我的自尊。我自然明白目前存在的区别：在你们面前我毕竟是个罪犯，与你们有天壤之别，你们有责任监督我，为了格里果利的事我不可能指望得到你们的赞扬，砸了老头儿的脑袋，当然要受惩罚。为了格里果利，你们必须让我吃官司，把我送教养所关上一年半载，这要看法院究竟怎么判了，虽然不会剥夺权利，检察官，我不会被剥夺权利的，不是吗？所以，二位，我明白公事还得公办……。但是，你们也得承认，你们提这些没完没了的问题：这一步是在什么地方跨的？是怎么跨的？什么时候跨的？跨到了哪里？——即使上帝也会给闹得晕头转向的！这样下去我可能糊里糊涂捅出什么娄子来，你们马上就把我的话记录在案，结果会怎么样呢？什么结果也不会有！所以，既然我信口开了河，那就干脆全抖出来算了。你们二位都是极有学问的君子，请原谅我说话不知深浅。我最后对你们有个请求：二位，你们的审讯别再做老一套的官样文章，无非是一开始从无关紧要的小事入手，问道：什么时候起床？吃了什么？怎么啐了一口唾沫？等到把案犯的注意力转移到了不相干的细节上去，乘其不备，提一个能把他吓懵的问题：'杀了什么人？抢了谁的钱？'哈哈！这就是你们的官样文章，可以说是老套子了，你们的招数全在这上头！要知道，你们要这些花招只能麻痹小小老百姓，可骗不了我！这一套我懂，我自己担任过公职，哈哈哈！请别生气，二位，原谅我这样放肆！"他说这话的同时，几乎是和颜悦色地瞧着他们，这实在令人费解。"反正是米嘉·卡拉马佐夫说的话，你们不必太认真。有些话如果是聪明人说的，那是不可原谅的；如果是米嘉说的，就可以原谅！哈哈！”

尼古拉·帕尔菲诺维奇听着也笑了。检察官没有跟着笑，他始终目不转睛警觉地注视着米嘉，似乎不愿放过他的每一句话、每一个小小的动作，哪怕是他脸上任何一根线条最细微的颤动。

“不过，我们正是这样开门见山跟您谈的，”尼古拉·帕尔菲诺维奇道出他的看法时并没有敛容止笑，“我们没有插问：您早上什么时候起床？吃了什么？我们倒是一开始就接触实质性问题。”

“我明白，我理解，也领情；你们二位此刻对我的这份无与伦比的善意确实够得上君子风度，我更加领情。咱们仨在这里是君子相聚，但愿咱们能把一切都建立在有教养的体面人之间的相互信任之上，因为咱们都出身贵族，有共同的荣誉观。至少请允许我在自己一生的这个时刻，在我的人格蒙受屈辱的时刻，把你们看作我最好的朋友！二位不见怪吧？我是不是太冒昧了？”

“正相反，您说得很好。”尼古拉·帕尔菲诺维奇郑重其事地表示同意。

“可是，二位，这些强人所难的细节就免了吧，”米嘉情绪高涨地说，“否则鬼知道会纠缠到何时是了，你们说对不对？”

“我完全接受您明智的忠告，”检察官忽然插进来对米嘉说，“可是我不撤回我提的问题。我们必须了解：您要这笔钱派什么用场？为什么恰恰需要三千卢布？这一点极其重要。”

“派什么用场？那是为了这个……为了还债。”

“还给谁？”

“这个问题我坚决拒绝回答，二位！知道吗，并不是我不能或不敢回答，也不是我害怕回答，而是因为这太无聊，是地地道道的鸡毛蒜皮。我之所以不回答，是因为问题涉及一条原则：这是我的私生活，我不允许干涉我的私生活。这就是我的原则。你们的问题与案件无关，凡是与案件无关的一切都属于我的私生活！我要还债，还一笔名誉攸关的债，至于还给谁——我不说。”

“我们要把这话记录在案。”检察官说。

“悉听尊便。尽记无妨：不说就是不说。请你们写上，二位，我甚至认为说出来是不名誉的。反正你们有的是时间记这记那！”

“如果您还不知道的话，先生，那么请允许我向您提出警告并再次提醒您，”检察官说时态度特别慎重、十分严肃，“您有充分的权利不回答现在向您提出的问题，反过来说，如果出于这样或那样的考虑您本人避而不答，我们也没有任何权利硬要您回答。这是该由您自己考虑决定的事情。但我们的责任是：在目前这样的情况下必须向您晓以利害，让您充分认识到，拒绝回答某个问题对您自己会造成什么样的危害。然后再请您继续谈。”

“二位，我并不是生气……我……”米嘉嗫嚅道，他被训得有些尴尬，“是这么回事，二位，我去找的那个萨姆索诺夫……”

这里当然没有必要再详细实录他的叙述，因为读者已经知道。米嘉急急乎把所有的细节一五一十都交代完，同时也想尽早了结。但是，在他的供述被记录下来的过程中，他却不可避免地一再被要求停下来。德米特里·费奥多罗维奇讨厌这样做，但是服从了；尽管很生气，不过暂时还忍着。诚然，他有时也大声嚷嚷：“二位，这样会把上帝也逼疯的。”或者嚷道：“二位，你们可知道，你们只是在无端惹我恼火？”但在发牢骚的同时，他眼下尚未改变那种熟不拘礼的基调。

就这样，他讲述了前天萨姆索诺夫“耍”他的经过。（现在他已充分意识到自己被愚弄了。）为了弄到车钱把一块表卖了六卢布这件事预审推事和检察官还不知道，现在立刻引起他们的高度重视，却使米嘉无比恼怒：他们认为有必要把这一事实详细记录在案，因为它再次证实米嘉在案发的前一天就几乎已经身无分文。渐渐地，米嘉的脸色越来越阴沉。接着，他讲了出城去找里亚加维、在乡下小屋里过夜差点儿煤气中毒的经过；故事讲到回城以后，这时在别人并没有提出特别要求的情况下，他自己开始详细描述因格露莘卡而生的醋意如何令他痛苦不堪。

两位官员默默地听他述说，特别深入地了解如下一个事实：米嘉在邻居玛丽亚·康德拉启耶夫娜家后院早已设有一个观察哨，用于监视格露莘卡是否去找费奥多尔·巴甫洛维奇，并且由斯乜尔加科夫向他通风报信——这一点格外受到注意并被记录在案。米嘉关于自己的妒意谈得很激动，也很详尽，尽管内心为把自己的隐私端出来“示众”而感到羞耻，但显然硬着头皮含垢忍辱，以求做到老老实实。听他叙述时，预审推事和检察官——特别是检察官——的眼睛死死盯着他，他们不动声色的严肃神态使他窘得要命。

“仅仅几天前我还跟这个小青年尼古拉·帕尔菲诺维奇胡侃女人来着；还有这个检察官，一看就知道他是个痨病鬼。我跟这些人说心里话实在不值得，真丢人！”他无可奈何地暗自思量，“忍气吞声，低头认命。”他用这八个字结束自己的怅想，重新打起精神来把自己的故事讲下去。

谈到霍赫拉科娃的时候，米嘉又活跃起来，他甚至想讲一件关于这位太太的新鲜事，但因为与案情无关，预审推事没让他说下去，并且很有礼貌地要他转入“实质性”的题目。米嘉描述自己当时走投无路的心情，谈到离开霍赫拉科娃家的那个时刻他甚至想过“哪怕把什么人宰了也要弄到三千卢布”，于是审案人又要他停一下，把“想要杀人”的话记录下来。米嘉默许他们记下。及至讲到他突然获悉格露莘卡骗了他，她明明说要在萨姆索诺夫家待到午夜，其实在米嘉把她送到那里以后仅一会儿就离开了老头儿家，此时他竟脱口说出这样一句话：“二位，当时我没把那个菲妮娅杀死，只是因为没有时间。”这话也被仔细记录在案。米嘉阴着脸等候片刻，接着刚要开始叙述他怎样跑到父亲家的花园里去，预审推事骤然让他暂停，随即打开放在身旁沙发上的一个大公文包，从中取出一根铜杵。

“您认识这件东西吗？”他向米嘉出示此物。

“啊，当然！”米嘉惨然一笑，“怎么不认识！让我瞧瞧……。不必了，让它见鬼去吧！”

“您忘了提到这件东西。”预审推事指出。

“该死！我可没打算向你们隐瞒，这一点明明是绕不过去的，你们以为如何？我不过是一时忘怀罢了。”

“麻烦您详细谈谈您怎么会把这件东西当武器的。”

“好吧，我来谈一下，二位。”

米嘉讲了他怎样拿起杵子就往外跑。

“您把这样一件武器带在身边有什么目的？”

“什么目的？没有目的！我抓到手里就往外跑。”

“没有目的为什么要拿走？”

窝在米嘉心中的火气又在上升。他凝神瞧着“小青年”，作了一个不祥的冷笑。他越来越觉得羞耻，刚才竟如此真诚、如此推心置腹地向“这等人”倾诉自己沉沦醋海的心态。

“杵子的事别再问了！”他忽然冒出这么一句。

“可是……”

“我拿着对付狗的。天那么黑……。我带着防身。”

“如果您这样怕黑，那么过去你夜间离家外出是否也携带什么武器？”

“哎，真见鬼，呸！二位，跟你们简直没法说话！”恼火到了极点的米嘉终于咆哮起来，他转身面对文书，气得面红耳赤，用狂怒的口气冲他说：

“你立刻记下来……快写……‘我抓起一根杵子，准备跑去杀死我的父亲……费奥多尔·巴甫洛维奇……砸他的脑袋！’现在你们满意了吧，二位？这下该称你们的心了！”说着，他以挑战的目光直盯着预审推事和检察官。

“我们完全明白，您刚才这样的供述是出于对我们的恼恨，因为您觉得我们向您提的问题无关紧要，而实质上却至关重要。”检察官绷着脸给他一个钉子碰。

“那好吧，二位！不错，我拿了杵子……。在这种情况下把一件东西拿在手里做什么用？我说不上究竟做什么用。我抓起杵子就往外跑。就这么回事。太丢人了，二位，饶了我吧，否则我发誓再也不谈了！”

他把胳膊肘放到桌上，一只手托住脑袋。他侧对他们坐着，眼睛望着墙壁，竭力按捺心中的怒火。其实他真想站起来宣布再也不说一句话，“你们把我押赴刑场也不说”。

“是这么回事，二位，”他勉强克制住自己又开言道，“是这么回事。我听着你们的提问，老是产生一种幻觉……我有时候好像在做梦……经常会走进这样一个梦境，像是有人在追我，那人我怕得要命，他在黑夜里追我，找我，我躲着他藏在门后、柜后的什么地方，反正非常狼狈，可更糟的是他明明知道我藏在什么地方，却故意装作不知道我蹲在哪儿，为的是让我受更长时间的折磨，他可以拿我的恐惧开心。你们现在就是这样干的！很相像！”

“您常做这样的梦？”

“是的，我常做这样的梦……。难道你们也想记录在案？”米嘉现出一丝苦笑。

“不，这不用记下来，不过您的梦挺有意思。”

“现在可不是梦！是现实，二位，是活生生的现实！我是一只狼，你们是猎人，你们在追逐一只狼。”

“您的比喻并不恰当……”尼古拉·帕尔菲诺维奇异常温和地刚要说些什么。

“很恰当，二位，很恰当！”米嘉又发火了，不过，一阵突如其来的愤怒得到宣泄以后，他心头倒轻松了些，然后往下说时便重新变得越来越和顺。“你们可以不信被你们问得心烦意乱的罪犯或被告，但是，二位，你们不该不信一个君子，不该不信一颗赤诚的心的崇高激情！我敢大声疾呼，对此你们不该不信……你们甚至没有权利不信……但是——

> 心儿啊，还是
> 忍气吞声，低头认命！

怎么样，继续吧？”他悒郁地问。

“可以，请吧。”尼古拉·帕尔菲诺维奇答道。

五 磨难之三

米嘉虽然板着脸继续交代，但看得出比先前更加留神，力求不要遗忘或忽略所述经过的任何细节。他讲了如何翻围墙跳到父亲家花园里，如何走到窗前，自己在窗外都干了些什么。他一字一句清晰、准确地追述在花园里那段时间心中跌宕起伏的感受，当时他急切地想知道：格露莘卡是不是在父亲那里？说来也稀罕，这一回检察官和预审推事都听得出奇地沉着，神情淡漠，极少提问。从他们脸上米嘉看不出丝毫端倪。

“他们恼火了还是怄气了？”他思量着，“由他们去！”

他讲到自己决定向父亲发出表示“格露莘卡来了”的**暗号**，想让父亲开门，这时检察官和预审推事对“暗号”一语却根本没有注意，似乎完全不理解这两个字有什么意义，这反倒引起了米嘉的注意。再往下终于讲到那短短的一瞬间：只见父亲探头到窗外，此刻米嘉的仇恨已达到沸点，他从兜里拔出杵子……说到这里，他突然停了下来，像是在卖关子。他坐在那里，眼睛望着墙壁，可是知道别人的眼睛都死死地盯着他。

“继续谈吧，”预审推事说，“您拔出了武器……接下来发生了什么事情？”

“接下来？接下来杀人呗……照准他的头颅一家伙砸下去，把他的脑壳砸破了……。按你们的说法不正是这样吗？”

米嘉的眼睛顿时射出凶光。刚要熄灭的怒火一下子又在他心中腾起熊熊烈焰。

“按我们的说法？”尼古拉·帕尔菲诺维奇不自觉地跟着重复一遍，“那么按您的说法呢？”

米嘉低下头来，半晌不吭声。

“按我的说法，二位，按我的说法是这样的，”他不紧不慢地说，“不知是谁的眼泪，也许是我母亲的眼泪感动了上帝，就在那一瞬间天使吻了我——我不知道究竟是怎么回事，反正恶魔给打败了。我扭头离开窗前，拔腿就往围墙那儿跑……。父亲大吃一惊，他这才第一次认出了我，立即大叫一声，急忙从窗边往后退——这我记得很清楚。我穿过花园直奔围墙……就在我爬上围墙已经骑在墙头上的时候，格里果利追上了我……”

米嘉这才举目观看听者的反应。那两位官员似乎全然不动声色，只是聚精会神注视着他。米嘉心中掠过一阵愤激的痛楚。

“你们二位此刻在耻笑我！”他蓦然中断了叙述。

“您为何这样想？”尼古拉·帕尔菲诺维奇问。

“我所说的你们一个字也不信，所以你们在耻笑我！我当然明白已经到了最关键的地方：如今老头儿脑袋被砸碎倒在那里，可是我把曾经想杀他的心态作了一番悲剧色彩很浓的描述之后，连铜杵也已经拔了出来——突然又从窗前逃跑了……。简直是神话故事！天方夜谭！只能骗三岁小孩！哈哈！你们二位就是在这样耻笑我！”

他坐在椅子上把整个身躯猛地转过去，那把椅子竟发出几乎要断裂的响声。

“您是否注意到，”检察官忽然问道，他好像根本不理会米嘉的愤激心情，“当您从窗前跑开的时候，侧屋另一头通花园的门是不是开着？”

“不，门没开。”

“没开？”

“门是关着的，谁会把门打开？对了，那扇门，等一下！”他似乎猛然想起了什么，还几乎打了个寒战。“难道你们发现门开着？”

“开着。”

“如果不是你们开的门，那么谁会把门打开呢？”米嘉感到大惑不解。

“门是开着的，杀死令尊的凶手无疑从这道门进去，作案后又从这道门出来，”检察官说得很慢，每一个字发音都十分清晰。“这一点我们非常清楚。根据现场勘查、尸体位置等各种迹象完全可以肯定，凶杀显然发生在室内，**而不是隔窗作案**。这一点不可能有任何疑义。”

米嘉的震惊非同小可。

“这根本不可能，二位！”他完全给闹糊涂了，“我……没有走这道门……我绝对肯定、毫不含糊地对你们说：我在花园里以及我逃出花园的时候，门一直关着。我只站在窗外，隔着窗户看见他，仅此而已，仅此而已……。整个过程我都记得。即使不记得我也知道，因为**暗号**只有我和斯乜尔加科夫知道，还有死者本人，不听到暗号，他绝对不会给任何人开门！”

“暗号？什么暗号？”检察官被激起了强烈的、近乎歇斯底里的好奇心，转眼间把一直端到现在的架子全丢了。他问话的口气像是在谨慎地爬向目标。他嗅到了一个他还不知道的事实，但随即感到忧心忡忡，唯恐米嘉不愿把事实和盘托出。

“敢情你们还不知道！”米嘉向他眏了一下眼睛，现出带有嘲弄和报复意味的一笑。“要是我不说呢？你们上哪儿打听去？知道暗号的只有死者、我和斯乜尔加科夫，此外只有天知道，可是老天不会说话。这个事实很有意思，鬼知道可以把什么样的推测建立在这一事实之上，哈哈！放心吧，二位，我会说出来的，你们头脑里有些糊涂观念。你们太小瞧坐在你们面前的人了！你们是在和一个不怕跟自己过不去的被告打交道！是的，因为我是重人格的君子，而你们不是！”

检察官只得咽下这口窝囊气，他迫不及待地一心想知道这一新的事实。米嘉准确而详尽地向他们介绍费奥多尔 · 巴甫洛维奇为斯乜尔加科夫设计的一整套暗号，在说明每一种敲窗的暗号代表什么意思时，他甚至在桌上一一加以演示。尼古拉 · 帕尔菲诺维奇问：米嘉在老头儿屋外敲窗使用的是不是表示“格露莘卡来了”的暗号？米嘉明确回答说，他敲的正是那个暗号，告诉老头儿：“格露莘卡来了。”

“现在你们可以放手建造通天塔了！”米嘉说罢，重又轻蔑地侧过身去。

“知道这些暗号的只有已故的令尊、您和仆人斯乜尔加科夫？再也没有别人了？”尼古拉·帕尔菲诺维奇又问了一遍。

“是的，仆人斯乜尔加科夫和老天。你们把老天也记下来；这不会是多余的一笔。何况你们自己也用得着上帝。”

如此重要的情况当然要记录在案，但这时检察官一下子像有什么新发现似的突然说：

“既然斯乜尔加科夫也知道这些暗号，而您又断然拒绝一切指控，否认对令尊之死负有罪责，那么会不会是他使用约定的暗号敲窗，让令尊为他开了门，然后进去……作案？”

米嘉用饱含讥讽、满怀憎恨的目光看着他，默默地看了很久，致使检察官眨巴起眼睛来了。

“您又逮住了狐狸！”米嘉终于说道，“把那鬼东西的尾巴夹住了，是不是？嘿嘿！我把您看透了，检察官！您以为我会马上蹦起来，抓住您向我暗示的机会，扯开嗓子大叫：‘对呀，准是斯乜尔加科夫，他是凶手！’承认吧，您正是这样想的。您承认了，我就说下去。”

但检察官没有承认。他默默地等着。

“您错了，我不会大叫‘斯乜尔加科夫是凶手’！”米嘉说。

“甚至一点也不怀疑他？”

“你们怀疑不？”

“我们也怀疑过他。”

米嘉垂目看着地上。

“好吧，玩笑到此为止，”他阴郁地说，“听着：一开始，几乎还在我从这布幔后面向你们跑出来的时候，我就产生过这个念头：‘是斯乜尔加科夫干的！’我坐在这里桌子旁边，叫喊没有杀人，心里也一直在想：‘是斯乜尔加科夫干的！’斯乜尔加科夫的影子老是压在我心上。直到刚才我还认为是他干的，但只有一秒钟的工夫，紧接着我再一想：‘不，不是斯乜尔加科夫！’这不是他干的，二位！”

“那么您是否怀疑其他什么人呢？”尼古拉·帕尔菲诺维奇小心翼翼地问。

“不知道，也许是别的什么人，也许是天意或魔鬼，但……不是斯乜尔加科夫！”米嘉说得斩钉截铁。

“为什么您如此坚决、如此固执地认为不是他呢？”

“凭信念。凭印象。因为斯乜尔加科夫是个极端卑贱的人、胆小鬼。还不是一般的胆小鬼，他是集世上所有卑怯本性之大成的两脚动物。他生下来就胆小如鼠。他跟我说话时，每次都不停地哆嗦，生怕我宰了他，其实我从来没有打过他一下。他会趴在我脚下哭鼻子，吻我的这双靴子，一点不假，哀求我‘别吓唬’他。你们听听：‘别吓唬’他——这算什么话？有时我还赏他几个钱。这是一个害羊痫风、弱智低能的可怜虫，一个八岁的孩子也能把他打一顿。这哪儿能算个人？不是斯乜尔加科夫干的，二位，他也不贪财，我给他的赏钱他也不拿……。再说，他有什么理由要杀老头儿？他也许还是老头儿的儿子——非婚生儿子，这事你们知不知道？”

“我们听说过这段传奇故事。然而，您不是令尊的儿子吗？可您自己不是向所有的人说过想杀死他吗？”

“您这是施放冷箭！一支恶毒、可鄙的冷箭！我不怕！噢，二位，你们冲我说这样的话未免太卑鄙了！之所以卑鄙，因为这是我主动向你们交代的。我不但想，而且有可能杀他，我还要往自己头上揽事：我差点儿杀了他！但事实上我并没有杀他，是我的守护天使救了我——偏偏这一点你们不予考虑……。所以说你们的做法太卑鄙，太卑鄙！因为我没有杀人，没有杀，没有杀！听见没有，检察官：我没杀！”

他几乎感到窒息。审讯开始以来，他还不曾有过哪一次激动到这个程度。

“斯乜尔加科夫对你们二位怎么说？”米嘉顿了一下后忽然提出。“我可不可以这样问你们？”

“您什么都可以问，”检察官神情冷峻地答道，“凡是有关此案的事实部分都可以问，而我们，我再说一遍，甚至有义务回答您的每一个问题。我们发现您所问的斯乜尔加科夫躺在床上不省人事，可能已经是连续第十次羊痫风发作，而且非常厉害。和我们一起的一位医生对病人作了检查后，甚至对我们说，他也许活不到天明。”

“那么杀父亲的只能是魔鬼！”米嘉冲口说出这句话，好像他直到即时即刻为止一直在问自己：“究竟是不是斯乜尔加科夫干的？”

“关于这一事实我们以后再讨论，”尼古拉·帕尔菲诺维奇决定把这个问题暂时放一放，“现在您是否愿意继续您的供述？”

米嘉要求休息一下。两位官员客客气气地表示同意。稍事休息之后，米嘉继续交代。但他显然很沮丧。他疲惫不堪，自尊心受到伤害，精神上震荡剧烈。加之检察官好像故意和他过不去，无时无刻不在挑他的刺儿。米嘉刚讲到自己骑在墙头上用铜杵打了抓住他左脚的格里果利的脑袋，随后又马上跳到被击倒的老仆那儿去，检察官就打断他的话，要他把坐在墙上的情形描述得更具体些。米嘉莫名其妙。

“当时就这样坐着，像骑马那样，一条腿在那边，一条腿在这边……”

“杵子呢？”

“杵子握在手中。”

“不在兜里？这一点您是否记得清楚？那么，您抡臂使劲砸了下去？”

“想必劲儿不小，您问这干吗？”

“您能不能按当时在围墙上的姿势坐在椅子上，向我们演示一下您往哪儿抡臂，朝哪个方向？”

“您是不是在拿我开心？”米嘉问，同时倨傲地向审讯者瞥了一眼，但后者连眼皮也没眨一下。

米嘉动作像抽风似的把身体转过去，骑坐在椅子上，抡起一条胳臂，说：

“就这样砸下去！就这样把他击倒了！还要怎样？”

“谢谢！现在是否可以麻烦您解释一下：您为什么又跳回到花园里去？有什么目的？打算做什么？”

“真是见鬼！……我跳下去看看倒下的老仆……我也说不上有什么目的！”

“别忘了当时您是那样慌张，正欲逃跑。”

“是的，是很慌张，而且正欲逃跑。”

“却想要救护他？”

“哪里谈得上救护？……不过也可能想帮一把，我记不清了。”

“您记不清自己在做什么？也就是说，您处于某种失去知觉的状态？”

“噢，不，完全没有失去知觉，我什么都记得。每一个细节都记得起来。我跳下围墙看了看，用手帕给他擦了血。”

“我们看到了您的手帕。您是不是希望能使被您击倒的人苏醒过来？”

“我不知道是否抱有这样的希望。我只是想确定他是否还活着。”

“这么说，您是想确定一下？结果呢？”

“我不是医生，我没法断定。我就跑了，以为他已被我打死，没想到他醒过来了。”

“好极了，”末了检察官说，“谢谢。我只需要了解这一点。请继续谈吧。”

咳！米嘉虽然记得，却根本没想到告诉他们，他是由于感到遗憾才跳回去的，他站在以为被自己打死的格里果利面前，甚至还说过几句表示遗憾的话：“活该你这个老头儿倒霉，有什么办法呢，你就躺着吧。”

然而检察官仅仅得出一条结论：此人“在这样的时刻，处于这样仓皇的情势下”跳回去，仅仅为了确定**唯一**目击他所犯罪行的见证是否还活着。由此可见，此人即使在这样的时刻也是何等厉害、果决、头脑冷静和老谋深算等等，等等。检察官感到满意：“我用‘细枝末节’刺激这个有些病态的人，他就走嘴了。”

米嘉痛苦地继续交代。但是他的话马上又被打断了，这回是尼古拉·帕尔菲诺维奇提出疑问：

“您的双手和脸上都沾着血，您是怎么跑去见女仆菲妮娅的？”

“当时我根本没有注意到自己沾着血！”米嘉答道。

“这倒是可信的，确实有这样的事。”检察官说着和尼古拉·帕尔菲诺维奇交换了一个眼色。

“确实没注意到，检察官，您说得对。”米嘉也表示赞同。

但是底下该谈到米嘉突然决定“引退”和“为幸运者让路”这段情节了。他再也不能像刚才那样无保留地解剖自己的灵魂，谈论“自己心中的女皇”。在这两个“像臭虫一样吸他血的”冷酷的人面前他已经不胜其烦。因而当他们反复提问时，他想来个快刀斩乱麻：

“无非决定自杀呗。何必再留在世上？这个问题很自然地摆到我的面前。从前伤害过她的那个人，事隔五年之后远道赶来重叙旧情，准备通过合法婚姻弥合往日的创痕，他的权利是无可争议的。我明白对我来说一切都完了……。可是我对自己干下的事又不堪回首，那里只有耻辱，还有一条人命——格里果利的命……。何必再活下去？我就去把抵押的手枪赎回来，准备装上弹药，到黎明时分把一颗铅丸崩进自己的脑袋……”

“可是夜里还开门请客大狂欢？”

“夜里请客狂欢。唉，我说，二位，快点儿结束吧。我连自杀的地方也选定了，就在镇外不远，我会在清晨五点钟把自己解决，兜里已准备好一张字条，那是在别尔霍津家里装弹药时写的。字条在这里，拿去看吧。我可真不想对你们讲这些！”他以轻蔑的口吻补上这一句，同时从背心小兜里取出那张字条往桌上一扔；审案人颇感兴趣地读了以后，照例把它夹入卷宗。

“您甚至到了别尔霍津先生家里还不想洗洗手吗？这么说，您并不怕引起疑心？”

“什么疑心？疑心也罢，不疑心也罢，无所谓，反正我要赶奔到这里来，五点钟开枪自杀，别人来不及把我怎么样。要不是父亲出了事，你们什么也不会知道，也不会上这儿来，不是吗？噢，这一定是魔鬼干的，魔鬼杀了父亲，你们是通过魔鬼才这么快知道这一切的！你们上这儿怎么来得这样快？真够稀奇的，不可思议！”

“别尔霍津先生告诉我们，您上他家去的时候，手里……沾着血的手里拿着……钱……很多钱……一沓都是一百卢布面值的钞票，连他家的一名小厮也看见了！”

“对，二位，记得是这样的。”

“现在有一个问题。您能不能告诉我们，”尼古拉·帕尔菲诺维奇此刻的语气特别柔和，“您一下子哪来这么多钱？从实际情况分析，甚至从时间上来推算，都说明您没有回到自己家里去过，那么钱是从什么地方来的呢？”

检察官听到这样单刀直入地提问不禁稍稍皱了一下眉头，但是并没有打断尼古拉·帕尔菲诺维奇的话。

“是的，我没有回家去过。”米嘉回答时的神态显然非常平静，但是眼睛瞧着地上。

“那么请允许我把问题重复一遍，”尼古拉·帕尔菲诺维奇十分审慎地继续说，“您从什么地方一下子弄到这样一大笔钱，而根据您本人供认，当天傍晚五点钟您还……”

“……需要十卢布而用手枪作抵押向别尔霍津告贷，后来去找霍赫拉科娃借三千卢布，可是她不借，等等，诸如此类，不一而足，”米嘉遽然接过话茬，“是的，二位，我正愁没钱，而一下子有了上千卢布，可不是吗？我看你们二位这会儿都慌了神：‘万一他不肯交代钱是哪来的怎么办？’还真让你们给猜着了，我就是不说，你们没法知道。”米嘉横下一条心，吐字特别清晰地宣布。

两位审案人沉默片时。

“您要明白，卡拉马佐夫先生，我们务必了解钱是哪儿来的。”尼古拉·帕尔菲诺维奇心平气和地说。

“我明白，可我还是不说。”

检察官也介入对话，他再次提醒米嘉，受审者如果认为这样对自己最为有利，当然可以不回答问题，但考虑到疑犯保持沉默可能对自己造成多大的危害，尤其当问题的重要性……

“……等等，等等。够了，二位，这番大道理我以前也听到过！”米嘉又把对方的话打断，“我明白事关重大，而这又是关键的关键所在，可我就是不说。”

“要知道我们不会有什么损失，这事对于我们并没有利害关系，对您却有利害关系。您这样做只会自己害自己。”尼古拉·帕尔菲诺维奇焦躁地指出。

“听着，二位，咱们把玩笑撂在一边，”米嘉举目正视着他俩，“从一开始我就预感到咱们会在这个问题上相撞。但起初我开始交代的时候，这一切还在远处雾中漂浮，我甚至头脑简单到提议先建立‘咱们之间的相互信任’。现在我看清楚了，这种信任根本不可能，因为咱们迟早要走到这块该死的绊脚石前！现在已经到了！没办法，只能到此为止！不过，我并不责怪你们，你们当然也不可能凭空相信我的话，这一点我能理解！”

米嘉黯然沉默下来。

“既然您决意规避最关键的问题，那么，在丝毫不违背这一前提的同时，您能不能给我们一点点暗示：究竟是什么强大的力量促使您交代到这个节骨眼上竟然保持沉默而不顾这对您有多么危险？”

米嘉若有所思地凄然一笑。

“我的心肠比你们想象的软得多，二位，我可以告诉你们为什么，也会给你们这样的暗示，尽管你们不值得我这样做。你们要问：这些钱是哪儿来的？回答这个问题对我来说乃是奇耻大辱，即使我杀了父亲，盗走了他的钱，也不能和那样的耻辱相比。所以，我不能说。因为受不了这份耻辱。你们要干什么，二位，想要记录下来？”

“是的，我们要记下来。”尼古拉·帕尔菲诺维奇支支吾吾地说。

“关于‘耻辱’的话，你们最好别记。我这是纯粹出于好心才对你们说的，本来我可以不说，就像是白送的一样，可你们马上就记下来。那就写吧，爱写什么就写什么，”最后他表示对此不屑一顾，“我不怕你们……在你们面前我也有我的自尊。”

“您不想告诉我们那是什么性质的耻辱？”尼古拉·帕尔菲诺维奇口齿不清地问。

“决不，到此为止，别费心了。犯不着弄脏我自己。跟你们打交道我已经蹭了不少油污。你们都不配，无论你们还是别人……。够了，二位，我就此打住。”

话已经说绝。尼古拉·帕尔菲诺维奇不再坚持，但他从伊波里特·基里洛维奇的目光中一眼就看出，检察官还不死心。

“至少您能不能告诉我们：您手里拿着一大把钞票走进别尔霍津先生的家，那笔钱大概是什么数目，究竟有多少卢布？”

“这我也不能说。”

“您好像曾对别尔霍津先生说过，那是您从霍赫拉科娃太太那里得到的三千卢布？”

“可能说过。够了，二位，我不想告诉你们有多少钱。”

“那就劳驾叙述一下：您是怎样到这里来的？到了这里以后您都做了些什么？”

“哦，这些你们可以去问这里随便什么人。不过，要我谈也可以。”

他谈了，这里不必照录。米嘉的叙述只是浮光掠影，一点也不生动。有关他自己沐浴在爱河中的狂喜心情只字不提。不过他谈到“由于出现了新的情况”，他已打消自杀的念头。他不说来龙去脉，也不谈细节。两位办案人这一回也不打扰他，因为事情很清楚，对他们来说，现在关键并不在这上头。

“这一切我们还要核实一下，在讯问证人的时候我们还要提到这些情况，当然，讯问时将有您在场，”尼古拉·帕尔菲诺维奇把这次审讯告一段落，“现在请您把身边所有的东西都放到桌子上，特别是您身上带着的钱。”

“钱，二位？好吧，我懂，这是应该的。我纳闷的倒是你们怎么早先不问。反正我哪儿也不可能去，一直坐在你们眼皮底下。这是我的钱，请点一下，拿去吧，好像就这些了。”

他把兜里所有的钱都掏了出来，包括零钱，从背心边兜里还掏出两枚二十戈比的硬币。经清点，总共八百三十六卢布四十戈比。

“都在这里？”

“就这些。”

“刚才您供述时说过，在普洛特尼科夫铺子里留下三百卢布，还给别尔霍津十卢布，给马车夫二十卢布，在这里打牌输掉二百卢布，然后……”

尼古拉·帕尔菲诺维奇把一切都反复计算过了。米嘉也主动帮着算。花掉的钱每一戈比都回想起来算入总账。尼古拉·帕尔菲诺维奇得出了总数。

“加上这剩下的八百多，这么说，最初您只有一千五左右？”

“是这样。”米嘉断然说。

“那怎么人人都说远远不止这些？”

“由他们说去。”

“连您自己也说过。”

“我自己也说过。”

“这一切我们要向尚未问过的其他人取证加以核实。关于这些钱，请您放心，一定会保存好的，目前这一切……还刚刚开始，到结束的时候，如果发现或者证明您对这些钱拥有无可争议的权利，会还给您的。好了，现在……”

尼古拉·帕尔菲诺维奇忽然站起来，神态坚决地向米嘉宣布不得不对他进行一丝不苟的仔细搜查，“包括您身上的衣服和其余的一切……”

“请吧，二位，如果你们认为有必要，我可以把所有的衣兜都朝外翻过来。”

他果然动手把衣兜一个个翻过来。

“还必须把衣服脱下来。”

“什么？脱衣服？见鬼！你们可以就这等搜我的身嘛！难道这样不行？”

“绝对不行，德米特里·费奥多罗维奇。得把衣服脱下来。”

“随你们的便，”米嘉黯然从命，“不过请不要在这里进行，到布幔后面去。由谁来检查？”

“当然在布幔后面。”尼古拉·帕尔菲诺维奇略一点头表示同意。他的面部表情显得格外庄矜。

六　检察官把米嘉逼到了死角

底下发生的事完全出乎米嘉的意料之外，令他惊愕不已。过去，甚至直到一分钟以前，他绝对想不到有人竟会这样对待他米嘉·卡拉马佐夫！尤其糟糕的是，他们对他采取了“侮慢和鄙视”的姿态，使他深感屈辱。脱去常礼服还不打紧，但他被要求继续脱。其实也不是要求，干脆就是命令；这一点他十分清楚。出于傲气和轻蔑，他一声不吭地全部照办。到布幔后面去的除了尼古拉·帕尔菲诺维奇，还有检察官，另外有几个精壮汉子也在场，“不用说，是为了必要时使用武力，”米嘉忖道，“也许还有别的目的。”

“怎么样，衬衫也要脱吗？”他没好气地问，但是尼古拉·帕尔菲诺维奇没有回答：他和检察官正专心致志地在检查上衣、裤子、背心和短檐帽，他俩显然都对这次搜查寄予厚望。“他们已经撕下脸皮，”米嘉在想，“连起码的礼貌也不顾了。”

“我第二次问你们：要不要脱衬衫？”他更加没好气、更加恼火地问。

“您不用管，要做什么我们会告诉您的。”尼古拉·帕尔菲诺维奇俨然是训人的口吻。至少米嘉觉得如此。

其时预审推事和检察官正压低嗓门认真进行磋商。原来在常礼服上——特别是右边后襟上——发现大块大块已经凝滞、板结的血迹，虽经揉压却还不太漫漶。裤子上也有。此外，尼古拉·帕尔菲诺维奇当着见证乡民的面还亲手摸遍领子、袖口和上衣、裤子的所有线缝，显然是在寻找钞票。特别可气的是：他们并不向米嘉掩饰他们怀疑米嘉可能把钱缝在衣服夹层里。

“这简直是把我当作小偷，而不是当作军官对待。”他在心中嘀咕道。

搜查者当着他的面彼此交换意见同样坦率得出奇。例如，那名文书也来到布幔后面帮忙，他提请尼古拉·帕尔菲诺维奇注意也已经被仔细摸过的短檐帽。

“您还记得那个叫格里坚卡的录事吗？”文书说，“夏天他去领机关全体工作人员的薪水，回来后说是喝醉了酒把钱丢失了，——后来找到了，您猜在什么地方找到的？就是在帽子的这些滚边里，一张张一百卢布的钞票给卷成细条缝在滚边里。”

格里坚卡那件事预审推事和检察官都记忆犹新，所以他们把米嘉的帽子另置，认为这些都得在以后认真检查，包括所有的衣服。

“请问，”尼古拉·帕尔菲诺维奇突然说，他发现米嘉衬衫右袖往里塞的袖口上全是血迹，“这是什么？是血？”

“是血。”米嘉生硬地回答。

“这是什么血？……袖口为什么往里塞？”

米嘉说这是他蹲下去察看格里果利时蹭在袖口上的，后来在别尔霍津家里洗手的时候就把袖口塞到里边去了。

“您的衬衫也得带走。这些都是非常重要的……物证。”

米嘉脸涨得通红，他怒不可遏。

“那我怎么办？光着身子？”他吼道。

“别操心……。我们会安排的，眼下劳驾把袜子也脱了。”

“您不是开玩笑吧？真的非这样不可吗？”米嘉的眼睛里快冒出火星了。

“我们没心思开玩笑。”尼古拉·帕尔菲诺维奇铁铮铮地反唇相讥。

“好吧，既然必须……我……”米嘉嘀咕着坐到床上，开始脱袜子。他窘得无地自容：别人都穿衣服，就他光着身子，而且，说来奇怪——脱光了衣服，他在他们面前好像自己也觉得自己有罪了，差不多承认自己确实一下子比他们都矮了一截，好像他们现在已有充分的权利瞧不起他。

“如果大家都脱光，那并不难为情；可是单单一个人脱光，而别人都瞅着——实在丢人！”这个想法在他头脑里一而再、再而三地浮现，“就像在做梦，我在梦中有时也看到自己这样丢人现眼。”

但是，脱袜子对他来说简直痛苦不堪，因为袜子很脏，而且贴身的内衣同样如此，现在这让别人都看在眼里。再者，他一向不喜欢自己的脚，一辈子都认为自己的两个大脚趾长得很难看，特别是右脚上又粗又扁、趾甲朝下弯曲的那个，现在这些都将暴露在他们眼前。由于羞愧难当，他一下子好像故意似的变得更加粗鲁。他自己遽然脱下了衬衫。

“如果你们不害臊的话，那就说吧：你们还想搜什么地方？”

“不，暂时没有必要。”

“怎么？就让我这样光着身子？”他狂怒地再问一遍。

“是的，暂时只能这样……。劳驾暂时在这里坐一会，您可以拿床上的被子裹在身上，我……会作出一切必要的安排。”

所有的物件一一都让见证乡民过目，然后造出搜查清单，最后尼古拉·帕尔菲诺维奇走了出去，米嘉的衣服也随之被带走。伊波里特·基里洛维奇也出去了。和米嘉一起留下的只有几条大汉，他们默默地站着，目不转睛地盯着他。米嘉裹在被子里，他觉得冷。他的光脚露在外面，他怎么也没有办法把被子往下扯低些，去遮住双脚。不知为什么久久不见尼古拉·帕尔菲诺维奇回来。

“这么拖拖拉拉，简直是存心折磨人，把我当一条小狗捉弄，”米嘉气得咬牙切齿，“那个狗屁检察官也走了，八成是鄙视我，瞧我光着身子觉得恶心。”

米嘉满以为他的衣服在那边什么地方给仔细检查过后会拿回来。

可是尼古拉·帕尔菲诺维奇回来时，跟在他后面的一名壮汉拿着的根本不是米嘉自己的衣服，此时米嘉有多么愤慨也就可想而知了。

“这是给您的衣服，”预审推事满不在乎地说，显然对自己此次出马的成绩非常满意。“这是卡尔甘诺夫先生在目前的特殊情况下拿出来的，包括一件干净衬衫。很凑巧，这些他都带在手提箱里。内衣和袜子您可以保留自己的。”

米嘉火冒三丈。

“我不要别人的衣服！”他吵得很凶，“把我的衣服拿来！”

“不可能！”

“把我的衣服拿来，让卡尔甘诺夫见鬼去，让他的衣服和他自己通通去见鬼！”

劝说花了不少时间。别人总算勉强使他平静下来。米嘉被告知，他的衣服因为沾有血迹，必须“和其他物证放在一起”，“考虑到本案可能的结果，他们现在甚至没有权利让他继续穿这些衣服”。米嘉终于明白了这个道理。他不再说什么，阴着脸开始匆匆穿上衣服。不过，穿衣时他只是指出这料子比他的旧衣服贵，他可不想“趁机捞一把”。另外，他还说：

“太窄了，绷在身上真丢人。看来我得穿这身衣服扮小丑……让你们开心！”

旁人又说他过于夸大了，卡尔甘诺夫先生虽然身材比他高，但只高那么一点点，只是裤子看上去稍稍长了点儿。但是上衣的肩部确实太窄。

“活见鬼，连扣子也很难扣上，”米嘉又发牢骚，“费心代我立刻转告卡尔甘诺夫先生，就说不是我向他讨衣服，是别人要把我改扮成小丑。”

“这一点他完全理解，并且表示遗憾……不，他不是为自己的衣服感到遗憾，而是对整个事件……”尼古拉·帕尔菲诺维奇哩哩啰啰说了一通。

“我才不管他遗憾不遗憾！好了，现在上哪儿去？还是一直待在这里？”

他被要求回到“那间屋子”里。米嘉因为窝火而板着脸走出去，尽可能不看任何人。穿着别人的衣服，他甚至在那些乡下人和特里方·博里塞奇面前都抬不起头来。店家的脸只是在门口倏地一闪又不见了。

“准是来瞅瞅化了装的小丑。”米嘉心想。

他在原先的那把椅子上坐下。他有一种在做噩梦的怪诞感觉，甚至怀疑自己是不是疯了。

“现在干什么？你们是不是要开始用树条抽我？否则再也没有什么要做的了。”他向检察官说这话时把牙咬得咯咯直响。至于尼古拉·帕尔菲诺维奇那边，米嘉连头也不愿向他扭过去，好像不屑与之交谈似的。

“刚才他把袜子检查得也太仔细了，这混蛋还让人把袜子里外翻个遍，他这是故意让大家瞧瞧我的贴身衣物有多脏！”

“现在要开始讯问证人了。”尼古拉·帕尔菲诺维奇说，这好像是在回答德米特里·费奥多罗维奇的问题。

“对。”似在沉思的检察官说，心中也在盘算着什么。

“德米特里·费奥多罗维奇，我们为了您的利益做了所能做的一切，”尼古拉·帕尔菲诺维奇继续说，“但由于您断然拒绝向我们说清楚您那些钱的来历，现在我们……”

“您那只戒指是什么宝石？”米嘉冷不丁打断对方的话，他似乎正在从冥想中走出来，用手指着尼古拉·帕尔菲诺维奇右手三枚大戒指中的一枚问。

“戒指？”尼古拉·帕尔菲诺维奇一下子愣住了。

“是的，就是……中指上有纹理的那枚，那是什么宝石？”米嘉固执地问，口气还挺不耐烦，像个任性的孩子。

“那是茶晶，”尼古拉·帕尔菲诺维奇微微一笑，“想看看吗？我可以取下来。”

“不，不，别取下来！”米嘉恶狠狠地喊道，他一下子如梦初醒，对自己大为恼火。“别取下来，不用……。我又活见鬼了……。你们二位在我的心上拉了屎！要是我真的杀了父亲，难道你们以为我会向你们隐瞒，躲躲闪闪、撒谎赖账？不，德米特里·卡拉马佐夫不是这号人！我可受不了。要是我有罪，我发誓，决不会等你们来到这里，也决不会像原先打算的那样等到日出，早就一枪崩了自己！现在我有了亲身体会。我活了二十多年学到的东西也没有这该死的一夜知道的多！……如果我真是杀父的凶手，这一夜我难道会是这样的吗？此时此刻我和你们坐在一起，难道会这样说话，这样动作，这样瞧着你们和整个世界？我以为自己打死了格里果利，尽管不是故意的，尚且整整一夜不得安宁，——倒不是害怕，哦，绝不是害怕你们的惩罚！真丢人！你们变着法儿拿我开心，其实什么也看不见，什么也不相信，难道你们还指望我会向你们这等瞎眼的鼹鼠、捉弄人的缺德鬼交代我的另一桩丑事，暴露我的又一大耻辱，哪怕这样做可以使我免受你们的惩罚？我宁可充军西伯利亚！有人打开了通往父亲那边的门，并且从这门里进去，就是这个人要了他的命，盗走了他的钱。那人是谁——我百思不得其解，但绝不是德米特里·卡拉马佐夫，这一点你们必须记住，——这就是我能告诉你们的一切，到此为止吧，别再烦我了……。充军也罢，处决也罢，就是别再惹我发火。我不说了。把你们的证人叫来吧！”

米嘉说完了这一大段出人意料的独白，仿佛已下定决心从此缄口不语。检察官一直在观察他；米嘉刚沉默下来，他立刻带着极其冷漠、极其平静的神态接着说，就像在说稀松平常的事：

“您刚才提到了那扇开着的门，我们现在正好也可以告诉您一个非常有意思而且对您、对我们都至关重要的情况，那是被您打伤的老仆格里果利提供的。他醒过来以后，在回答我们的讯问时一再明确地告诉我们，他走到台阶上听到花园里有动静，决定通过这扇开着的门到花园里去；据您所述，当时您看见令尊在开着的窗户里边，格里果利进了黑暗的花园，还在他发现您从窗边逃跑之前，他先朝左边看了一眼，发现窗确实开着，同时也在离自己近得多的地方注意到那扇门洞开着，而您却声称，您在花园里的那段时间门一直是关着的。我不想瞒您，格里果利本人坚持并且愿意作证：您必定是从那扇门里跑出来的，虽然他没有亲眼看见您从门里跑出来，因为他第一次发现您的时候已经跟他有一段距离，那时您正穿过花园中央往围墙的方向逃跑……”

米嘉听到一半已经从椅子上跳了起来。

“胡说八道！”他顿时咆哮如雷，“赤裸裸的谎话！他不可能看到门开着，因为当时门明明关着……。他在骗人！……”

“我有义务向您重申，他坚持自己的证词。他毫不动摇。我们曾反复问过他好多次，他始终不改口。”

“正是这样，我反复问过好多次！”尼古拉·帕尔菲诺维奇激奋地加以证实。

“瞎说，瞎说！这要么是对我的诽谤，要么是疯人的幻觉，”米嘉继续大叫大嚷，“他流了好多血，伤得不轻，昏迷中产生了幻觉，醒过来以后以为这些都是真的……。他是在撒呓挣。”

“不错，他是伤得不轻，但他发现门开着并不在受伤以后，而是在受伤之前刚从侧屋走进花园的时候。”

“反正是瞎说，瞎说，这根本不可能！他是因为恨我才这样诽谤我……。他不可能看到……。我没有从门里跑出来。”米嘉气急败坏地否认。

检察官向尼古拉·帕尔菲诺维奇转过脸去，郑重其事地对他说：

“出示吧。”

“您见过这东西吗？”尼古拉·帕尔菲诺维奇把一个寄公文用的厚纸大信封放到桌上，信封上还保留着三个火漆封印。信封的一边已撕开，里面是空的。米嘉冲它瞪圆了眼睛。

“这……想必就是父亲的那个信封，”他嗫嚅道，“就是放那三千卢布的信封……对，上面写着：‘给……小乖乖’……还有‘三千卢布’，”他大声惊呼，“看见没有，上面写明三千？……”

“我们当然看见，但我们发现里面的钱已经不翼而飞，信封是空的，被扔在屏风后面的床边地上。”

有几秒钟米嘉站着呆若木鸡。

“二位，这是斯乜尔加科夫干的！”他突然拼命叫喊起来，“人是他杀的，钱是他拿的！只有他知道老头儿的信封藏在什么地方……。这是他干的，现在清楚了！”

“但是您也知道有这么个信封，而且知道它放在枕头底下，难道不是吗？”

“过去我根本不知道；我从来没有看到过，现在是第一次看见，只是听斯乜尔加科夫说过……。只有他晓得老头儿把它藏在哪里，我不晓得……”米嘉说得上气不接下气。

“然而，您刚才自己向我们供称，信封放在令尊枕头底下。您正是这样说的：枕头底下。可见您知道放在什么地方。”

“我们也正是这样记录下来的！”尼古拉·帕尔菲诺维奇进一步证实。

“胡说，瞎编！我根本不知道在枕头底下。或许压根儿不在枕头底下……。我是蒙的，随口说了在枕头底下……。斯乜尔加科夫怎么说？信封放在哪儿你们问过他没有？他怎么说？这是关键……。刚才我是故意跟自己过不去……。我连想也没想便向你们瞎说信封在枕头底下，可你们现在……。知道吗，有时候一不留神就会说错话。可是知道这事的只有斯乜尔加科夫，只有他一个人知道，别人谁也不知道！……他对我也没有透露信封放在什么地方！这是他干的，他干的；人一定是他杀的，现在我心里已经透亮，”米嘉越说越愤激，越来越狂躁，语无伦次，翻来覆去。“你们必须明白这一点，快把他抓起来，快……。正是他在我逃跑以后，格里果利倒在地上昏迷不醒的时候杀了人，现在已经一清二楚……。他打了暗号，父亲给他开了门……。因为只有他一个人知道暗号，不听到暗号父亲不会给任何人开门……”

“但是您又忘了一个事实，”检察官还是那样沉稳地说，不过看得出他已经胜券在握，“既然当您还在花园里的时候门已经打开，那就没有必要使用暗号了……”

“门，门。”米嘉嗫嚅道，眼睛直勾勾地望着检察官，他重又瘫倒在椅子上。所有的人都不吭声。

“是的，门！……这是一场噩梦！上帝跟我作对！……”米嘉说这话时对自己眼前的一切都已经视而不见。

“瞧，事情明摆着，”检察官神态庄重地说，“现在您不妨自己来评评理，德米特里·费奥多罗维奇。一方面，有人证明门是开着的，您从这扇门里逃跑了，这一点您老是想不通，我们也觉得不好办。另一方面，您莫名其妙地、简直是顽固不化地拒不交代一下子到您手里的那么多钱的来路，而仅在这笔钱出现前三个小时，为了弄到区区十卢布，据您自己供称，还曾把手枪抵押出去！鉴于上述种种情况，试问：叫我们怎么相信您？怎么能够到此为止？奉劝您别再埋怨我们是‘冷血动物，捉弄人的缺德鬼’，埋怨我们不懂得尊重从您心灵深处迸发出来的崇高激情……。反过来请您也设身处地为我们着想……”

米嘉的激动已非言语所能形容，他面色煞白。

“好吧！”他突然说，“我向你们说出我的秘密，我交代钱是哪儿来的！……我把我的耻辱抖出来，免得将来责怪你们，也免得责怪我自己……”

“请您相信，德米特里·费奥多罗维奇，”尼古拉·帕尔菲诺维奇马上以近乎欢欣雀跃的语调表示鼓励，“您在此时此刻所作的任何真诚、彻底的交代，都可能对您今后的命运产生大大有利的影响，另外……”

但检察官在桌子底下轻轻碰了他一下，预审推事及时住了口。反正米嘉并不在听他。

七　米嘉的大秘密。遭嘘

“二位，”米嘉依然那样激动地开始说，“这钱……我想彻底坦白……这钱是**我的。**”

检察官和预审推事的脸都拉长了，他们期待听到的可完全不是这样的交代。

“怎么是您的呢？”尼古拉·帕尔菲诺维奇嘀咕道，“根据您本人供认，下午五点钟还……”

“什么下午五点钟，什么本人供认，通通不相干，现在问题不在这上头！这些钱是我的，我的，偷来的……应该说不是我的，而是偷来的，是我偷来的，有一千五百卢布，钱一直在我身边……”

“那么您是从什么地方拿的呢？”

“从脖子上拿的，二位，就是从我的这个脖子上拿的……。钱挂在我的脖子上，缝在一块布里套在脖子上，我把这钱连同羞愧和耻辱挂在脖子上已经很久，有一个月了！”

“可您又是从什么人那里把这钱……据为己有的呢？”

“您是想说‘偷来的’吧？现在您可以直话直说。是的，我认为这等于是我偷的，用您的说法也可以，确实是被我‘据为已有’的。但我认为是偷的。可到昨天晚上就完完全全是偷的了。”

“昨天晚上？而您刚才说您……弄到这钱已有一个月了。”

“是的，但不是从父亲那里弄到的，请放心，不是从父亲那里偷的，而是从她那里。让我慢慢说，不要打断我。这事说起来是很痛心的。是这么回事：一个月以前，卡捷琳娜·伊万诺夫娜·维尔霍夫策娃要我去……。你们也许知道她是我以前的未婚妻……”

“当然。”

“我知道你们了解此事。她是一位品德高尚的小姐，是高尚中最高尚的，但她痛恨我已经很久，哦，已经很久很久……她恨得对，完全有理由恨我！”

“卡捷琳娜·伊万诺夫娜？”预审推事感到很惊讶。检察官也瞪圆了眼睛。

“噢，请不要随便说出她的名字！我是个混蛋，我把她牵扯进来已经够混的了。是的，我看得出她恨我……已有很久……从第一次开始，那还是在我的寓所里……。不提了，不提了，你们甚至不配了解这些，也完全没有必要了解……。我只要告诉你们，一个月以前她把我叫去，交给我三千卢布，要我替她汇到莫斯科去给她的姐姐和另一个亲戚(真要命，当时为什么她不自己去汇呢)，可我……那正是我一生命中注定的关键时刻，当时我……总之，我刚爱上另一个**她**，现在的她此时就待在这儿楼下，也就是格露莘卡……当时我把她带到莫克罗耶这儿来，两天内就把那该死的三千卢布花掉一半，另外一半即一千五百，我留着当护身符挂在脖子上，昨天我把它打开来花了。剩下的八百卢布如今在你们手中，尼古拉·帕尔菲诺维奇，那就是昨天的一千五花剩的。”

“可是，这怎么可能呢？一个月以前您在此地花掉了三千卢布，而不是一千五，这是人人知道的事。”

“谁知道？谁计算过？我请谁算过这笔账？”

“明明是您自己对所有的人都这么说：当时您花掉了整整三千卢布。”

“不错，我说过，我对城里所有的人都说过，满城的人也这么说，人人都以为如此；在莫克罗耶这里，同样人人以为花了三千。可事实上我花掉的不是三千，而是一千五，另外的一千五我缝在护身符里了。就这么回事，二位，昨天的钱就是从这里来的……”

“这有点像是奇迹……”尼古拉·帕尔菲诺维奇嘀咕道。

“请问，”检察官终于开口了，“以前您有没有对什么人说过这件事……说您一个月前留下了那一千五百卢布？”

“我对谁也没有说过。”

“这就怪了。难道真的对谁也没有说过？”

“绝对没有。没对任何人说过。”

“这样守口如瓶为什么？是什么原因促使您把此事瞒得这样紧？我来把这件事说得更准确一些：您好不容易向我们交代了您的秘密，用您的说法是‘奇耻大辱’，尽管实际上——当然，这仅仅是相对而言——这一行为，就是说挪用别人的三千卢布，毫无疑问，仅仅是暂时挪用而已，至少据我个人看来，这一行为充其量只是一种十分轻率的行为，谈不上什么奇耻大辱，尤其是考虑到您的性格……。退一步说，就算是一种极不体面的行为吧，我也同意，但不体面毕竟不等于奇耻大辱……。我的意思是说，关于您擅自花掉维尔霍夫策娃小姐交给您的三千卢布这件事，一个月以来不用您承认也有很多人已经猜到，我本人就听说过这段传闻……再比如，米哈依尔·马卡雷奇也听到过。到后来这差不多已经不是什么传闻，而是全城街谈巷议的题目了。何况，如果我没有弄错的话，有迹象表明您自己也曾向别人承认这一点，即承认那笔钱是维尔霍夫策娃小姐的……。因此我感到非常惊讶，到目前为止，也就是直到此时此刻，您还把您所谓的一千五百卢布另置的钱搞得这样神秘，甚至伴有一些恐怖气氛……。很难相信，公开这样一个秘密能给您带来偌大的痛苦……因为您刚才甚至大叫大嚷宁可充军西伯利亚也不愿说出来……”

检察长至此打住。他发火了。他并不掩饰自己的不悦乃至恼怒，把胸中的块垒一齐抖了出来，连词藻也顾不上了，所以说得不大连贯，近乎东拉西扯。

“耻辱不在于一千五百卢布，而在于这一千五是我从那三千卢布中抽出来的。”米嘉还嘴硬。

“这怎么说得通呢？”检察长面有愠色皮笑肉不笑，“您已经不体面地，或者按您自己的说法已经可耻地拿了人家的三千卢布，您自作主张从中抽出一半，这又算什么耻辱呢？重要的是您挪用了三千卢布，而不是怎么个用法。您不妨说说为什么要这样处置，也就是为什么要抽出一半来？您这样做为了什么？目的何在？您能把这个问题向我们解释一下吗？”

“噢，二位，关键就在于目的！”米嘉立刻大声回答，“我抽出这笔钱是个卑鄙的阴谋，就是说另有打算，因为在这种情况下另有打算本身就是卑鄙的阴谋……。这阴谋已进行了整整一个月！”

“令人费解。”

“您怎么还不明白？不过，我会解释的，或许的确令人费解。请跟着我的思路听下去：我把别人相信我的人格交给我的三千卢布当成自己的，纵酒作乐花个精光，到明天我去见她，说：‘卡嘉，对不起，我把你的三千卢布全花了，’——这样好吗？当然不好，这是不名誉的、卑怯的行为，我是畜生，是个不懂得控制自己而沦为畜生的人，是不是这样？但毕竟不是贼吧？不是彻头彻尾的贼，你们必须同意！钱被我花了，但我没有偷！现在再说另一种更为有利的办法，请注意听，因为我也许又会语无伦次。我好像有点儿头晕。好，另一种办法是：我在这儿只花掉三千卢布中的一半，也就是一千五。第二天我去见她，把剩下的一半带去，说：‘卡嘉，我是个可恶的、没头脑的混蛋，因为一半我已经花掉了，这一半你拿回去吧，否则这剩下的一半也会被我花光的，你还是让我少造点儿孽吧！’这办法怎么样？当然我仍是畜生和混蛋，但已经不是贼，绝对不是贼。如果是贼，肯定不会把剩下的一半送回去，而是同样据为己有了。这样她就会看到，既然我把一半还给她，另外一半——就是花掉的一千五——我也会还的，我一定会想尽办法，哪怕干一辈子活也要还她。这样一来，尽管是混蛋，但不是贼，说我什么都可以，但不能说我是贼！”

“就算有某些差别，”检察官冷冷地一笑，“但您认为其间的差别大得不得了——我仍然感到奇怪。”

“是的，我认为其间的差别大得不得了！每个人都可能是混蛋，恐怕也确实都是混蛋，但不是每个人都可能做贼，只有大混蛋才可能。当然，我不善于十分精确地表达……。反正贼比混蛋更混蛋，我就认这个死理儿。请继续听我说。我把钱带在身上足足有一个月，每天都打算第二天送回去，那样我就不算太混蛋了，可总是下不了决心。虽然天天有这样的打算，虽然天天在催促自己：‘下决心吧，混蛋，下决心吧，’——但是整整一个月下来，还是老样子。你们认为这样好吗？”

“这样自然不太好，这我完全能理解，在这一点上我没有异议，”检察官相当克制地回答，“我们还是别再讨论这些细微的差别，最好请您重新回到正题上来。正题是这样的——虽然我们问过，您还没有向我们解释清楚：您最初把这三千卢布一分为二，一半胡乱花掉，一半藏了起来，究竟为什么？您为什么要把一半藏起来？这一千五百卢布您想派什么用场？这个问题我坚持要您回答，德米特里·费奥多罗维奇。”

“对，当然要回答！”米嘉拍了一下自己的脑门说，“对不起，我让你们不耐烦了，主要问题却不交代，否则你们一下子就明白了，因为耻辱就在用途上！这事都跟死去的老头儿有关，他老缠着阿格拉菲娜·亚历山德罗夫娜，我很忌妒，当时我以为格露莘卡在我和他之间拿不定主意。我每天在想：假如有朝一日她作出决定，假如她对于继续折磨我感到厌烦了，忽然跟我说：‘我爱的是你，不是他，你带我远走高飞吧。’可我只有四十戈比，叫我拿什么带她走？那怎么办？岂不全完了？当时我对她还不了解，不太清楚她的底细，以为她要钱，要是我一无所有，她是不会原谅的。所以我要了个阴谋诡计，从三千卢布中抽出一半，脸不红、心不跳地用针线缝起来，缝的时候就有这打算，那还在纵酒作乐之前；缝好了以后才用另外一半到乡下来买醉狂欢！不管怎么说，这是个卑鄙的阴谋！现在你们明白了吧？”

检察官放声大笑，预审推事也笑了。

“依我说，您留有余地，没有把钱全花光，这样做还是明智而且合乎道德的，”尼古拉·帕尔菲诺维奇忍俊不禁地说，“这有什么值得大惊小怪的？”

“因为我偷了钱，问题就在这里！噢，上帝啊，你们怎么这样不开窍哇！我把这一千五百卢布缝起来挂在胸前的这段时间，每天每时都在对自己说：‘你是个贼，你是个贼！’这一个月我之所以动不动就大发雷霆，之所以在酒店里跟别人打架，之所以殴打父亲，就因为我觉得自己做了贼！我甚至不敢把这一千五的秘密向我的弟弟阿辽沙透露，因为我深感自己是个混蛋加骗子！但是，请你们理解，只要我把这护身符带在胸前，我就每天每时也可以对自己说：‘不，德米特里·费奥多罗维奇，你或许还不算贼。’为什么？因为你明天就可以去把这一千五百卢布还给卡嘉。直到昨天我从菲妮娅那儿去别尔霍津家的时候，才决定从脖子上扯下我的护身符，而在那时以前一直没有勇气；可是一旦扯了下来，我立刻成了一个不折不扣、地地道道的贼，永生永世是一个贼，一个无耻之徒。为什么？因为我在撕破护身符的同时也撕破了我去向卡嘉说‘我是混蛋，可我不是贼’的幻想！现在你们该明白了！”

“为什么您恰恰在昨天晚上决定这样做？”尼古拉·帕尔菲诺维奇问。

“为什么？问得真可笑：因为我已决定清晨五点在此地对自己执行死刑。我心想：‘作为一个混蛋死去和作为一个君子死去反正一码事。’不料并非如此，两者还真不是一码事！信不信由你们，这一夜最令我难以忍受的并不是我打死了老仆以及面临充军西伯利亚的危险，而且这一切偏偏发生在我终于圆了我的爱之梦，天空重又雾消云散的时候！噢，这些确实很难忍受，但都比不上最终不得不承认我把这笔该死的钱从胸前扯下来花了，而且这样一来，我已经无可挽回地成了一个贼！噢，二位，我心中流着血向你们再说一遍：这一夜我明白的道理太多了！我明白了不但做一个混蛋活着不可能，而且做一个混蛋死去也不可能……。不，二位，死必须死得清白！……”

米嘉显得非常苍白。尽管他激奋达于极点，他的脸色却疲惫不堪，痛苦无比。

“我开始理解您了，德米特里·费奥多罗维奇，”检察官慢悠悠地说，口气是温和的，好像还带一点同情的意味，“但是，我不揣冒昧说一句，这一切只是个神经问题……您的神经太紧张了，才有如此病态的反应。比方说，为了摆脱持续近一个月的折磨，您为何不去找托您寄钱的那位小姐，把一千五百卢布还给她？为何不把情况向她解释清楚？考虑到您当时的处境——从您的描述中可以想见那是很可怕的处境，——您为何不试试这样一个谁都会信手拈来的主意：先向她坦白承认您的错误，然后向她商借对付您的花销所需的一笔款子？凭她的慷慨大度，看到您如此沮丧，她无疑是不会拒绝您的。特别是在有产权文件作保证的情况下，您不妨把曾经向商人萨姆索诺夫和霍赫拉科娃太太提过的建议向她提出来嘛！您不是直到如今还认为这项保证是有价值的吗？”

米嘉骤然涨红了脸。

“难道您认为我这个人竟卑鄙到这种程度？您一定是在拿我开心！……”他愤愤然说着直视检察官的眼睛，似乎无法相信刚才所听到的话。

“请相信我是认真的……。为什么您认为我在开玩笑？”现在轮到检察官犯迷惑了。

“噢，那样可太卑鄙了！你们二位可知道，你们是在折磨我！我把一切都告诉你们算了，向你们彻底交代，我到底是怎样一个十恶不赦的魔鬼。但是，为了也让你们能够良心发现，请领略一下在各种欲望交迫下人会落到何等卑劣的地步，你们简直难以相信！其实，检察官，刚才您提到的那个主意我已经想到过了！是的，二位，在这该死的一个月内，我也想到过这个主意，差不多已经决定去见卡嘉了，瞧，我有多么卑鄙！但是，去向她宣布我决定背叛她，并且为了实现这种背叛，为了对付这种背叛所需的费用，还向她，向卡嘉要钱(听着，是要钱)，然后马上跟另一个女人，跟一向憎恨她、曾经侮辱她的情敌一起逃之夭夭，——我说，检察官先生，您一定疯了！”

“是不是疯了姑且不论，但我一时莽撞没有考虑到……女人的忌妒心，这倒是事实……如果真像您所说这会触发醋劲的话……是的，这里头可能有类似的纠葛。”检察官淡然一笑。

“但是那样的做法太让人恶心了，”米嘉用拳头狠狠捶了一下桌面，“这种馊主意简直臭不可闻，我已经不知该怎么说才恰当！要知道她有可能给我这笔钱，真的有可能，一定会给。出于对我进行报复从中得到满足的愿望，她会给；出于对我的蔑视，她会给；因为她也不是一盏省油的灯，这个女人发起火来可没法收拾！我会把钱收下，收下来以后那就一辈子……噢，上帝啊！请二位原谅，我这样大叫大嚷是因为我产生这念头还没多久，也就是在前天夜里我面对里亚加维束手无策的时候，接着昨天也考虑过，昨天考虑了整整一天，我记得，直到出那件事……”

“出哪件事？”尼古拉·帕尔菲诺维奇好奇地插话，但是米嘉没有听清。

“我向你们作了可怕的自白，”临了他黯然说，“你们二位应当给予公允的评价。这样还不够，不光说公道话，还必须充分认识它的价值，如果不能做到，如果你们听了这样的自白照样无动于衷，那就是对我缺乏最起码的尊重，那么，我可以告诉二位，我会为自己向你们这样的人袒露隐私而羞死的！哦，我一定开枪打死自己！我现在就看得出，看得出你们不相信我！怎么，你们连这也要记录在案？”他吓得叫了起来。

“我们要记录您刚才说的话，”尼古拉·帕尔菲诺维奇诧异地瞧着他，“就是您直到最后一刻还打算去向维尔霍夫策娃小姐要这笔钱……。请您相信，这段供词对我们非常重要，德米特里·费奥多罗维奇，不，我是说对整个案子都很重要……特别是对于您，对您更加重要。”

“二位行行好吧，”米嘉举起两手拍了一下说，“这就别记下来吧，你们也该有点儿良心！我简直把自己的灵魂在你们面前撕成了两半，可你们竟趁机用手在两边的伤口上乱抓乱挠……。噢，上帝啊！”

他绝望地把脸埋在手中。

“不必这样紧张，德米特里·费奥多罗维奇，”检察官说，“现在记录下来的一切以后会读给您听的，如果有什么地方您不同意，我们再根据您的说法修改。现在我要第三次向您重提一个小问题：您把钱缝在护身符里这件事难道真的没有人听您谈起过？真的没有任何人听说过？我可以告诉您，这几乎无法想象。”

“我说过没有人知道，谁也不知道。要是不信，那你们完全是泥塑木雕！别再烦我了。”

“对不起，这件事必须解释清楚，反正以后还有的是时间。现在请您自己来分析一下：我们也许有几十条证据可以证明，您本人曾散播甚至到处嚷嚷您花掉了三千卢布，是三千而不是一千五；现在，自从您昨天有了钱以后，您也向许多人表示过，这回又带来了三千……”

“你们掌握的证据不是几十条，而是几百条。至少有二百人听到，也许有一千！”米嘉说。

“您瞧，所有的人都可以作证。‘**所有的人**’几个字难道不说明任何问题？”

“什么也不说明，我撒了谎，所有的人都跟着我撒谎。”

“那您为什么要撒谎而且乐此不疲呢？”

“鬼知道。也许是为了夸耀……吹嘘我花了这么多钱……。也许是为了忘掉缝起来的钱……对，正是这个缘故……见鬼！……你们已经是第几次提这个问题了？我承认撒了谎，不就结了？一旦撒了谎，就不愿改口。为什么人有时候会撒谎？”

“人为什么会撒谎，这很难说，德米特里·费奥多罗维奇，”检察官语气深沉地说，“不过，请您说说，您脖子上那个您称为护身符的东西大不大？”

“不大。”

“比方说有多大？”

“把一张一百卢布的钞票对折起来，就这么大。”

“您最好把剩下的布片拿给我们瞧瞧。您大概放在什么地方。”

“活见鬼！……太荒唐了！……我不知道在什么地方。”

“那么请问：您是在何时何地把它从脖子上扯下来的？您自己供称当时没有回到家里去过？”

“我从菲妮娅那儿出来往别尔霍津家走去，路上我从脖子上扯下那东西，把钱取了出来。”

“在黑暗中？”

“难道还要蜡烛？我用一个手指头很快就取出来了。”

“不用剪子，在街上？”

“好像在广场上，干吗要剪子？布已经很旧，一下子就撕开了。”

“后来您把它放到哪儿去了？”

“就在那里扔了。”

“具体些，扔在什么地方？”

“在广场上呗，反正扔在广场上！鬼知道在广场上什么地方？你们要这东西干吗？”

“这件东西极为重要，德米特里·费奥多罗维奇。这是对您有利的物证，您怎么不愿明白这个道理？那么一个月以前是谁帮您把钱缝起来的？”

“没人帮我，我自己缝的。”

“您会用针线吗？”

“当兵的应该会用针线，何况这又不需要什么技巧。”

“您是在哪里取的材料，也就是说，从什么地方拿来旧布把钱缝进去的？”

“您是不是在捉弄我？”

“绝对不是，我们根本顾不上开玩笑，德米特里·费奥多罗维奇。”

“记不得从什么地方拿的旧布，反正是在某一个地方拿的。”

“连这也记不得了？”

“真的不记得，或许是从内衣上撕了一块。”

“这很有意思：明天可能在您的住所里找到被您撕去一块布的那件衬衫。那块布是什么料子：粗麻布还是细麻布？”

“鬼知道是什么料子。等一下……。我好像没有从什么衣服上撕过。那是一块细棉布……。我好像是把钱缝在房东太太的帽兜里的。”

“房东太太的帽兜？”

“对，我从她那儿拿的。”

“怎么拿的？”

“想起来了，有一次我确实拿了一只帽兜当抹布用，也许是为了擦笔尖。我悄悄拿了，因为那是无用的破布，我把它撕成布条扔在一边，后来我就把那一千五用它缝起来……。好像就是用这布条缝的。那是很旧的细棉布，洗过不知多少回了。”

“您记得很清楚吗？”

“我说不准。好像是帽兜。我才不管呢！”

“如果真是这样，您的房东太太至少该想得起丢了这样一件东西吧？”

“不，她根本没有发觉。那是块破布，我对您说了，那是块破布，一文不值的。”

“那么针线是从什么地方拿的？”

“我停止回答，不想再说了。够了！”米嘉终于恼火了。

“同样奇怪的是，您已经完全忘了把这个……护身符扔在广场上什么地方。”

“明天你们可以命人把广场打扫一遍，或许能找到，”米嘉淡然一笑，“够了，二位，够了，”他的声音相当疲乏，“我看得很清楚：你们不信我的话。半句也不信！都怨我，不怨你们，我不该自作多情。我何苦暴露我的秘密落一身膻！你们觉得挺可笑，我从你们的眼神看得出来。检察官，是您把我弄到了这般田地！你们可以庆祝胜利了……。你们这班该死的害人精！”

他低下头来，双手捂住面孔。检察官和预审推事都不作声。过了片刻，他抬起头，视而不见地望着他俩。他的脸上现出一种彻底的、无可挽回的绝望，他反倒安生了，默默地坐着，好像浑然无知无觉。其时审讯必须告一段落，接下来得马上讯问证人。时间已是上午八点。蜡烛早已吹灭。审讯过程中米哈依尔·马卡雷奇和卡尔甘诺夫曾多次进进出出，现在两人都走出了房间。检察官和预审推事的样子也十分疲惫。这是个阴暗的早晨，天空乌云密布，下着倾盆大雨。米嘉还是那样视而不见地望着窗户。

“我可以朝窗外瞧瞧吗？”他忽然问尼古拉·帕尔菲诺维奇。

“哦，请便。”后者答道。

米嘉站起来走到窗前。雨抽打着带点儿绿色的小块玻璃窗。窗下就是泥泞的大路，稍远处秋雨溟濛中可以看到一排排污黑寒碜的农舍，在大雨下似乎显得更黑、更穷了。米嘉想起了“金色鬈发的福玻斯”，想起自己原先打算当太阳射出第一道霞光时便开枪自杀。他莞尔一笑，举起一只手自上而下突然一甩，向“害人精”转过身来。

“二位，”他大声说，“我知道自己完了。可是她呢？求求你们告诉我，她会怎样？难道她要和我一起完蛋？要知道她是无辜的，昨天她大喊大叫自己是罪魁祸首——那是神经错乱。她没有罪，她什么罪也没有！我坐在你们面前整整一夜都在为她担忧……。能不能告诉我:你们现在打算拿她怎么样？”

“关于这一点您完全不必担心，德米特里·费奥多罗维奇，”检察官显然很乐意回答，“目前我们没有太大的必要去打扰您如此关心的那位女士。但愿随着案情的发展也不会出现这样的必要……。从这个意义上说，我们会做到力所能及的一切。您可以完全放心。”

“谢谢二位，我知道不管怎样，你们毕竟是正直无私的人。你们让我心上的一块石头落了地……。下面咱们该做些什么？我乐于从命。”

“的确，得抓紧时间。必须立即开始讯问证人。这事必须有您在场，所以……”

“是不是先喝点儿茶？”尼古拉·帕尔菲诺维奇建议，“我想我们也该喘口气了！”

鉴于米哈依尔·马卡雷奇显然到楼下饮茶去了，两位审案人决定，如果楼下有现成的茶，那就先喝一杯再“接着干”。至于带点心的正式早茶等一会觑个空儿再喝。楼下果然有茶，很快就送上楼来。尼古拉·帕尔菲诺维奇很客气地问米嘉要不要来一杯，起初他加以拒绝，但后来主动要了一杯咕嘟咕嘟喝了下去。他看上去疲乏困顿得出奇。按说，凭他这样壮士般的体魄，纵酒作乐闹上一宿，就算后来又经过跌宕起伏的感情波澜，应该不在话下。可是他自己却觉得现在连坐着都很勉强，有时甚至所有的东西都会在他眼前走动起来并且开始打转。“再过一会儿我没准儿会撒呓挣说胡话。”他心中这样想。

八 证人之言。娃子

接下来开始传讯证人。不过笔者不打算继续按迄今为止那样的方式详细实录。因此这里就略去尼古拉·帕尔菲诺维奇如何要求每一个被传讯的证人必须根据事实和良心作证，告诉他们这些证词以后还要在法庭上正式宣誓重述。然后每一位证人都在自己的证词笔录上签字画押，等等。这里只指出办案者注意力集中的焦点所在还是关于三千卢布的那个老问题：一个月前德米特里·费奥多罗维奇第一次来莫克罗耶寻欢作乐花掉了三千还是一千五；昨天第二次来纵酒狂欢德米特里·费奥多罗维奇带来三千还是一千五。天哪，结果每一份证词无例外地都对米嘉不利，没有哪一个证人之言对他有利。某些证词甚至提供了新的惊人事实足以把他的供词推翻。

第一个被问的是特里方·博里塞奇。他站到审案人面前时毫无惧色，相反还摆出一副对疑犯义愤填膺的样子，从而显得异常正直、庄重。他说话不多，沉着稳重，总是等对方提问后经过思考再明确回答。他毫不犹豫地断然声称，一个月前花掉的钱不可能少于三千，并称此地所有的乡民都可以证实，他们曾听“米特里·费奥多雷奇”亲口说过那次的花销是三千。

“光是在吉卜赛姑娘们身上就不知扔了多少钱。光她们就赚了恐怕一千也不止。”

“也许还不到五百，”米嘉针对这一说法阴着脸辩解道，“只是当时没仔细数，我喝醉了，很遗憾……”

茶后米嘉背向布幔坐在一侧，悒郁地听着，他那忧伤、疲倦的神态仿佛在说：

“你们爱怎么说就怎么说吧，现在反正都一样！”

“您在吉卜赛人身上花掉一千多，米特里·费奥多雷奇，”特里方·博里塞奇坚决反驳道，“您乱扔乱撒，他们一个劲儿地捡。要知道吉卜赛人都是些小偷、骗子、盗马贼；可惜他们从这儿给赶走了，不然他们自己也会说出到底从您身上发了多少横财。那时我亲眼目睹您手里拿着一大把钞票——我没有数过，您并没有交给我，这完全正确，——我记得看上去比一千五多得多……远远不止一千五！我们也见过大钱，估得出来……”

至于昨天的钱数，特里方·博里塞奇直接指出，德米特里·费奥多罗维奇一下马车就亲口向他表示，这一次带来了三千卢布。

“您说过，米特里·费奥多雷奇。是当着安德烈的面说的。安德烈就在这里，他还没走，可以把他叫来。后来在大房间里您请大家看歌舞表演的时候，还大声嚷嚷要在这儿花掉六千，——我想这话的意思是连以前的也算在一起。斯捷潘和谢苗恩都听到，当时彼得·福米奇·卡尔甘诺夫站在您旁边，他或许也记得……”

有关六千卢布的证词引起了两位审案人的高度重视。他们很欣赏这一新的提法：上一次三千加这一次三千，总共六千，这不是很清楚吗？

特里方·博里塞奇提到的人——两个乡民斯捷潘和谢苗恩、马车夫安德烈，还有彼得·福米奇·卡尔甘诺夫——都被传讯了。乡民和马车夫都不假思索地证实了特里方·博里塞奇的说法。此外，安德烈的证词还被特别记录下来，那就是米嘉和他在路上曾有一段对话，当时米嘉说过：“我德米特里·卡拉马佐夫不知死后会到哪里去——进天堂还是下地狱？在另一个世界我能不能得到宽恕？”

“心理学家”伊波里特·基里洛维奇听了这些，露出微妙的笑容，最后他郑重推荐把有关德米特里·费奥多罗维奇将去何处的一段证词也“记在档案里”。

被传讯的卡尔甘诺夫进来时不大愿意，面有愠色，态度别别扭扭，跟检察官和预审推事谈话的神情仿佛与他们素昧平生，实际上他们早就相识，天天见面。他一开始就表示“对这件事一无所知，也不想知道”。但是六千卢布这一说法他倒确实听说过，而且他承认当时正好站在旁边。当时米嘉手里拿着多少钱，他认为凭目测“很难说”。有关两个波兰人在玩牌时作弊一事，他作了肯定的回答。在一再盘问下，他还谈到波兰人被驱逐后，米嘉在阿格拉菲娜·亚历山德罗夫娜心目中的地位的确大有起色，她自己也说，她爱米嘉。在提及阿格拉菲娜·亚历山德罗夫娜的时候，他措辞谨慎，态度恭敬，甚至一次也没有随随便便称她格露莘卡，好像她是一位极有身份的贵妇。尽管这位年轻人对传讯显得非常反感，伊波里特·基里洛维奇却问了他很长时间，而从他那里了解到的，仅仅是这天夜里米嘉的“罗曼史”否极泰来的诸多细节。卡尔甘诺夫作证时一次也没有被米嘉打断。当审案的官员终于让这位年轻人走的时候，他毫不掩饰地愤然离去。

两个波兰人也被传讯。他们在自己房间里虽然上了床，但一宿没睡着，而官员们来到以后，他们赶紧穿好衣服，作好准备，知道肯定会被叫去。他们走进来时犹自功架十足，但不免有些情虚。两人中主要的一个即小个儿波兰人，原来是个退职的十二等公务员，在西伯利亚当兽医，姓穆夏洛维奇。符鲁布列夫斯基则是个私人开业的牙医。两人到了房间里以后，虽然由尼古拉·帕尔菲诺维奇提问，他们却总是面向站在一旁的米哈依尔·马卡雷奇答话，因为不明真相而把他当作在此指挥一切的头头，每句话里都夹入“上校先生”一语称呼他。如此扑了好几次空，让米哈依尔·马卡雷奇本人训了一通，他们才明白应当向尼古拉·帕尔菲诺维奇答话。其实他们的俄语说得很准确，仅个别词的发音有些别扭罢了。谈到与格露莘卡过去和现在的关系，穆夏洛维奇刚开始慷慨陈词，米嘉马上沉不住气，厉声表示决不允许这个“混蛋”当着他的面如此说话。穆夏洛维奇立即吁请注意“混蛋”一语并要求把它记录在案。米嘉怒不可遏。

“就是混蛋，混蛋！你们尽管记下来。你们就这样写：我不顾有人记录，照样大骂混蛋！”

尼古拉·帕尔菲诺维奇虽然记下此话，但在这一不愉快的插曲中表现了值得称道的处事才干和务实精神：在对米嘉严加申斥后，他立刻停止涉及情爱纠葛的一切盘问，迅即转入实质性侦讯。在实质性侦讯中，波兰人有一条证词特别引起办案人注意，那就是米嘉曾在那个小房间里收买穆夏洛维奇，表示愿付给他三千卢布作为补偿，其中七百卢布当场现付，其余的两千三百“明天上午在城里付清”，并以人格担保说他在莫克罗耶这里没有那么多钱，钱在城里。米嘉气冲冲地表示，自己没说过第二天在城里一定能付清，但是符鲁布列夫斯基证实了穆夏洛维奇的说法，而米嘉自己稍加考虑后也皱着眉头承认事情想必正如两个波兰人所说的那样，因为那时他头脑发热，确实可能这样说过。

检察官紧紧抓住这条证词不放，因为办案人认为很清楚（后来就是这样下的结论），米嘉到手的三千卢布中的一半或一部分的确有可能藏在城里，甚至有可能藏在此地莫克罗耶的某个地方。这样一来，也可以解释为什么从米嘉身上只找到八百卢布这一令办案人感到棘手的情况——这一点虽说没什么了不起，却毕竟是迄今为止唯一多少对米嘉有利的事实。而现在这唯一对他有利的情况也站不住脚了。检察官问：既然他声称总共只有一千五，那他到哪儿去弄其余的两千三付给波兰人？何况他还以人格向波兰人担保。米嘉坚决辩称自己准备在第二天给“波兰矮小子”的不是现金，而是证明自己对切尔马什尼亚拥有产权的文件，也就是曾向萨姆索诺夫和霍赫拉科娃兜售的产权证明。对于这种天真的诡辩伎俩，检察官甚至觉得可笑。

“难道您以为人家会同意接受这些‘产权证明’抵充两千三百卢布现金？”

“肯定会同意的，”米嘉热切地断然说，“请想一想，他从这上头可以捞到的岂止两千，而是四千甚至六千！他会立刻招来一帮恶讼师，波兰律师和犹太律师，别说三千卢布，他们会把整个切尔马什尼亚从老头儿那里一锅端走。”

不言而喻，穆夏洛维奇的证词被十分详尽地记录在案。两个波兰人至此也被放行。关于牌赌作弊一节几乎只字未提。尼古拉·帕尔菲诺维奇对他俩已经感激不尽，不想用无关宏旨的细节去跟他们纠缠，况且这无非是喝多了酒打牌时无聊的吵架，何必深究。这天夜里酗酒胡闹的事也不止发生这一起……因此那作弊赢来的二百卢布就留在两个波兰人的腰包里了。

随后传讯的是小老头儿马克西莫夫。他有些害怕，走路踏着碎步，模样相当狼狈，神情非常忧郁。他一直待在楼下格露莘卡身边，默默地陪她坐着，据米哈依尔·马卡雷奇事后描述，“时不时地为她抽抽搭搭哭上一阵，并且用一块蓝色方格手帕擦眼睛”。后来格露莘卡自己不哭了，反过来开始安慰他。小老头儿马上流着眼泪向办案人承认有罪，说他因为囊中羞涩向德米特里·费奥多罗维奇借了十卢布，现在愿意归还……尼古拉·帕尔菲诺维奇直接问他是否注意到德米特里·费奥多罗维奇手中究竟有多少钱，因为他从米嘉那里借到十卢布的时候，有机会比谁都真切地看到他手中的钱。马克西莫夫竟然毫不含糊地回答说“有两万”。

“以前某个时候您是否在什么地方见过两万卢布？”尼古拉·帕尔菲诺维奇微微一笑问道。

“当然见过，不过不是两万，而是七千，那是我妻子把我的一个小村庄抵押出去的时候。她只远远地让我看了一眼，在我面前炫耀一番。那是厚厚的一沓，全是闪色的一百卢布钞票。德米特里·费奥多罗维奇拿着的也全是闪色的……”

他很快就被打发走了。接着终于轮到格露莘卡。审案人显然担心德米特里·费奥多罗维奇对她的出现可能作出的反应，尼古拉·帕尔菲诺维奇甚至悄悄告诫了他几句，但米嘉只是默默颔首作答，表示“不会出乱子”。米哈依尔·马卡雷奇亲自去把格露莘卡带来。她带着严肃、沉郁的神色走进房间，看上去已近乎平静，并且按照示意在正对尼古拉·帕尔菲诺维奇的一把椅子上不慌不忙坐下来。她的脸色非常苍白，好像身上觉得冷，所以用一方很漂亮的黑色披巾紧紧裹住自己。当时她的确感到轻微的恶寒——这是她从那天夜里得病的最初症状，这场病后来拖了很长时间。她严肃的神情、认真专注的目光和安详的举止给在场所有的人留下相当不坏的印象。尼古拉·帕尔菲诺维奇一下子甚至有点儿“走神”了。事后他曾在一些场合承认，这一次才真正体会到这个女人是“天生尤物”，虽说以前也见过几回，但总把她当作“小县城里靠阔佬养着”的一类女子看待。有一次他在女士圈子里一时忘其所以竟说漏了兜：“她的举止不亚于上流社会的名媛淑女。”这话激起了不小的公愤，他立即被女士们斥为“淘气鬼”，这倒令他得意非凡。

格露莘卡刚进来时仅向米嘉瞥了一眼，米嘉也不安地瞅着她，但看到她的神情后立刻放心了。尼古拉·帕尔菲诺维奇在作了最初的一些例行提问和告诫后，尽管稍稍有些迟疑，但还是保持着很有礼貌的态度问她与退役中尉德米特里·费奥多罗维奇·卡拉马佐夫是什么关系。格露莘卡沉着而又坚定地答道：

“他是我相识的熟人，最近一个月我常把他作为这样一个熟人接待。”

对于进一步探究的提问，她直截了当、极其坦率地表示自己虽然“有些时候”也喜欢米嘉，但并不爱他，只是“为了出出我的这口恶气”迷住他的心，对他的老子亦然如此。她看到，米嘉为了她十分忌妒费奥多尔·巴甫洛维奇以及其余的人，但她反而觉得挺有趣。她从来不曾想过到费奥多尔·巴甫洛维奇家里去，只是拿他开开心罢了。

“这一个月里我对他们爷儿俩都没有兴趣，我在等另一个人，等那个对不起我的人……不过，我认为，”她临了说，“你们没有必要在这件事上问长问短，我也没有必要回答你们，因为这是我个人的私事。”

尼古拉·帕尔菲诺维奇立刻如她所请，再次在“罗曼蒂克”情节上刹车，直接转入要害问题，也就是三千卢布的来龙去脉。格露莘卡证实一个月前在莫克罗耶的确花掉三千卢布，钱虽然她自己没有数过，但她听德米特里·费奥多罗维奇本人说过数目是三千卢布。

“这话他是对您一个人还是有别人在场时说的？或者您只是听他当着您的面跟别人说的？”检察官当即插问。

格露莘卡答道，她在有别人在场时听到过，米嘉跟别人说的时候听到过，只有他俩时也听到过，都是米嘉自己说的。

“您只听到过一次他单独告诉您，还是不止一次？”检察官又提出问题。

格露莘卡回答说不止一次。

伊波里特·基里洛维奇对这条证词非常满意。从进一步的讯问中还了解到，格露莘卡知道这钱的来路，是德米特里·费奥多罗维奇从卡捷琳娜·伊万诺夫娜那里拿来的。

“您有没有听到过，哪怕只是一次，说一个月前花掉的钱不是三千，而是大大少于三千？您是否听说过，德米特里·费奥多罗维奇把其中一半藏起来了？”

“不，这我从来没听说过。”格露莘卡答道。

不但如此，接下去还查明，米嘉在这个月内甚至经常对她说自己身无分文。

“他一直指望从父亲那里得到钱。”格露莘卡说。

“他有没有在您面前说过……或者只是一言带过，或者在发火的时候，”尼古拉·帕尔菲诺维奇忽然想到，“说他想要结果他父亲的性命？”

“哦，说过！”格露莘卡叹道。

“一次还是好几次？”

“好几次提到过，都是在火气很大的时候。”

“您相信他真会这样干吗？”

“不，从来不信，”格露莘卡的回答很干脆，“我认为他是个君子。”

“二位，”米嘉突然激动地恳求，“请允许我当着你们的面对阿格拉菲娜·亚历山德罗夫娜说一句话。”

“说吧。”尼古拉·帕尔菲诺维奇表示同意。

“阿格拉菲娜·亚历山德罗夫娜，”米嘉从椅子上欠身道，“相信上帝，相信我：在父亲昨天给人杀死这桩命案中我是无罪的！”

说完，米嘉又在椅子上坐下。格露莘卡欠身面朝神像虔诚地在自己胸前画一个十字。

“主啊，荣耀归于你！”她热诚、动情地说了一句，然后，还没有落座就向尼古拉·帕尔菲诺维奇接着说：“刚才他说的话你们应当相信！我了解他：说话口没遮拦，有时是逗个趣儿，有时是生性倔强，但是决不会昧着良心骗人。他一定会说实话，你们尽可信得！”

“谢谢，阿格拉菲娜·亚历山德罗夫娜，你给我鼓了气！”米嘉的声音在发颤。

当问到昨天的钱时，她说不准究竟有多少，但她曾听见米嘉昨天多次向别人表示这一回带来三千卢布。至于钱是哪来的，米嘉曾经只告诉她一个人，说是从卡捷琳娜·伊万诺夫娜那儿“偷”的，当时她曾对米嘉说这不是偷，不过钱明天就得还给人家。检察官穷追不舍地问：米嘉所说从卡捷琳娜·伊万诺夫娜那儿偷来的钱，是指昨天的还是一个月前在此地花掉的三千卢布？对此格露莘卡回答道，米嘉说的是一个月以前的钱，她是这样理解的。

格露莘卡终于可以走了，与此同时尼古拉·帕尔菲诺维奇相当热心地表示，她即使立刻要回到城里去也可以，如果有什么需要他帮忙的话，比方说是否需要马车，比方说要不要派人护送等等，他……可以尽力……

“太感谢了，”格露莘卡向他行了个礼，“我准备和那个小老头儿马克西莫夫先生一起走，我送他回家。暂时我在楼下等你们如何发落德米特里·费奥多罗维奇的消息，如果可以的话。”

她走了出去。米嘉态度平静，看上去甚至精神振奋，但只是昙花一现。他仍然被一种奇怪的精力不济所困扰，而且越来越不济。他的眼睛因疲劳而不断地合拢来。传讯证人总算结束了。审案人员着手对笔录作修订定稿。米嘉站起来，走到布幔前的一个角落里，在店家的一只铺着毡毯的大箱柜上躺下，转眼便睡着了。

他做了一个奇怪的梦。

梦中的时间和地点与此时此地风马牛不相及。他好像坐车行进在大草原上，很久以前他服役的部队曾驻扎在那里。他坐的是一个乡下人赶着两匹马拉的大车，路上雨雪泥泞。米嘉似乎有点儿冷，时值十一月初，潮湿的鹅毛大雪铺天盖地般落下来，着地即化。车把式挥鞭的动作挺精神，他蓄着一部浅褐色的长髯，还算不上老汉，也就五十岁上下，穿一件灰色的土织粗呢外套。前边不远有个村落，可以看见几座黑不溜秋的农舍，有一半已毁于火灾，只剩下烧焦的原木。村口路上站着许多村妇，排成长长一列，一个个面黄肌瘦。尤其是最边上的一个女人，骨瘦如柴，个儿挺高，看上去有四十岁，其实也许才二十，长长的脸上几乎没有一片肉，手里抱着个在哭的孩子，她的乳房那么干瘪，里边一滴奶也没有。那孩子哭得厉害，伸出两条光胳臂，小小的拳头冻得发青。

“他们哭什么？他们哭什么？”米嘉问，马车飞也似的打他们身旁驶过。

“娃子，”车把式答道，“娃子在哭。”

令米嘉感到惊异的是，车把式说了个他们乡下人土话中的词儿“娃子”，而不是孩子。他喜欢车把式说娃子：这两个字包含的怜悯更多些。

“他干吗哭？”米嘉像个傻子似的随口穷究，“干吗光着胳臂？干吗不把他裹起来？”

“娃子冻坏了，衣服冰冷冰冷的，穿在身上不暖和。”

“怎么会这样？为什么？”直冒傻气的米嘉仍不罢休。

“穷呗。房子烧了，面包没有了，只得指着火场要饭。”

“不，不，”米嘉好像还是不开窍，“你说：为什么房屋被烧的那些母亲站在那里？为什么人们那样穷？为什么娃子那么可怜？为什么草原上光秃秃什么也没有？为什么不见她们互相拥抱、亲吻，唱欢乐的歌？为什么她们一个个满脸晦气？为什么不给娃子喂奶？”

他内心感觉到，虽然他问得很愚蠢，毫无意义，但他就是想这样问，而且就得这样问。他还感觉到，一种前所未有的恻隐之心在他胸臆中油然而生，他想哭，他想为所有的人做点儿什么，让娃子再也不哭，让又黑又瘦的母亲再也不哭，让每一个人从这一刻起都不掉眼泪。他想马上行动，马上着手做这件事，拿出不可阻挡的卡拉马佐夫精神来，什么也不顾忌，说干就干。

“我也跟你在一起，从此我不再离开你，我这辈子就跟你走。”他身边响起了格露莘卡亲切的、热情洋溢的话语。他的心整个儿都热了起来，向往着光明。他想活下去，一直活下去；他要往前走，走上一条大路，直奔充满希望、焕然一新的明天。快，快，立即开始，马上就干！

“干什么？去哪儿？”他呼喊着睁开眼睛，在箱柜上坐起来，犹如从晕厥中苏醒，可是脸上却泛起坦荡的笑容。尼古拉·帕尔菲诺维奇正站在他面前，请他去听一下审讯笔录，然后签字。米嘉估计自己睡了一个小时或更多时间，但是尼古拉·帕尔菲诺维奇在说些什么，他充耳不闻。他忽然惊诧地发现，他脑袋底下多了个枕头，刚才他累倒在箱柜上的时候明明没有枕头。

“是谁在我脑袋底下塞了个枕头？这样的好心人是谁？”他满怀感激之情大声问道，声音像是在哭，仿佛别人对他施了不知什么大恩大德似的。这个好心人以后始终没有谁知道，可能是某一个见证乡民，也可能是尼古拉·帕尔菲诺维奇的年轻文书出于同情心给他垫了个枕头，但在热泪盈眶之余，他的整个灵魂都为之震荡。他走到桌子跟前，表示愿在任何文件上签字。

“我做了个好梦，二位。”他说话的语气有点儿古怪，同时容光焕发，喜形于色。

九　米嘉被押走了

口供笔录签署后，尼古拉·帕尔菲诺维奇庄严地面朝被告，向他宣读决定，称某年某月某日于某地，专区法院预审推事对被控犯有这个罪那个罪（所有的罪名都一一列入）的某某人（即米嘉）进行审讯后，鉴于被告否认犯有上述罪行又提不出为自己辩护的正当理由，而证人（某某、某某）及种种事实（这些，那些）均可充分证明他有罪，根据

《处罚条例》第几条第几款决定：为防止被告逃避罪责及法律制裁，将被告囚禁于某某监狱，特此知照被告，本决定副本交予助理检察官等等，等等。总而言之，预审员向米嘉宣布，从此时此刻起他已是一名囚犯，将立刻被押解到城里关进一个非常不愉快的去处。米嘉注意听完后，只耸了耸肩膀。

“好吧，我不责怪你们二位，我准备好了……我明白你们只得这样做。”

尼古拉·帕尔菲诺维奇挺温和地向他说明，恰巧在这里的派出所所长马夫里基·马夫里基奇马上会把他带走……

“等一下，”米嘉突然打断他的话，带着遏制不住的感情向房间里所有的人说。“诸位，我们人人都残酷，我们个个是恶魔，老是让人们、母亲和婴儿痛哭流涕，但在所有的人中间我是最卑鄙的混蛋！就让这一点从此成为定局吧！我不否认！我一生中每天都捶着自己的胸膛保证要痛改前非，却每天在干同样没人味的勾当。如今我明白了，对于像我这样的人需要一次打击，需要命运的狠狠一击，才能把我这号人像套野马那样套住，借用外力把我捆绑起来。单靠自己我是永远爬不起来的，绝对爬不起来！这下雷声响了。我愿意忍受当被告、为千夫所指的耻辱，我愿意经历苦难，通过受苦受难使自己得到净化！或许还真能得到净化，诸位认为如何？然而，请你们再听最后一次：对于我父亲的死，我是无罪的！我甘愿受罚并非因为我杀了他，而是因为我曾想杀他，并且本来可能真的把他杀了……但我还是打算跟你们斗，现在就向你们宣布这一点。我要跟你们斗到底，然后由上帝来裁决！再见了，诸位，请别为我在受审讯时冲你们吼叫而生气，哦，那时我真愚蠢……再过一分钟我就是囚犯，现在，德米特里·卡拉马佐夫作为一个尚未失去自由的人，最后一次向你们伸出自己的手。向你们告别，向大家道声再见！……”

他的声音在发抖，他果然伸出手来，但离他最近的尼古拉·帕尔菲诺维奇突然像抽风似的把自己的手藏到背后。米嘉立刻注意到这个动作，禁不住打了个寒战。他马上把伸出去的手放了下来。

“侦查尚未结束，”尼古拉·帕尔菲诺维奇有些不好意思地嗫嚅道，“到了城里还将继续，从我这方面来说，当然祝您一切顺利……希望您能证明自己无罪……说实在的，德米特里·费奥多罗维奇，我素来倾向于把您看作……怎么说呢……与其把您看作一个罪人，不如把您看作一个不幸的人……如果我斗胆代表这里所有的人说话，我们大家都愿意承认您基本上是一位年轻的君子。可惜啊！在某些欲望的驱使下有些过分……”

在这番话行将告终时，尼古拉·帕尔菲诺维奇矮小的身量把庄重的功架最充分地表现出来了。米嘉骤然产生一个想法：这个“小青年”马上会扶住他的胳膊，把他拉到另一个角落里去继续他们不久前有关“妞儿”的谈话。这也不足为怪，有时甚至被押赴刑场的罪犯头脑里也会冒出一些毫不相干和完全不合时宜的想法。

“诸位，你们有善心，你们讲人道——我可以见**她**一面，最后一次向她告别吗？”米嘉问。

“当然可以，不过考虑到……总之，现在没有第三者在场是不行的……”

“那就在场好了！”

格露莘卡被带来了，但这次告别为时很短，言语极少，尼古拉·帕尔菲诺维奇有些败兴。格露莘卡向米嘉深深鞠了一躬。

“我已经对你说过，我是你的人，也一定要成为你的人；不管把你判到什么地方，我也永远跟你走。再见吧，你这个无端毁了自己的人！”

她的嘴唇发颤，眼泪夺眶而出。

“原谅我对你的爱，格露莎，原谅我爱你却把你也给毁了！”

米嘉还想说些什么，但突然主动结束这次会面走了出去。他立刻被人群围住，他们一眼不眨地瞅着他。昨晚他坐安德烈执鞭的三驾马车声势浩大地直抵楼下的台阶前，此刻那里已停好两辆准备就绪的马车。马夫里基·马夫里基奇不知为什么火气挺大，好像对骤然出现的某种混乱局面很生气，正在大声嚷嚷。这人矮壮敦实，有一张橘皮脸，他让米嘉登上马车时的态度也好像太不客气了。

“以前我在酒店里请这人喝一杯的时候，他的脸可完全不是这样的。”米嘉上车时如是想。

客栈大门外麇集了好多乡民，有男人，有女人，也有赶车的，他们都直盯着米嘉。

“再见了，上帝的人们，宽恕我吧！”米嘉忽然从车上向人群喊道。

“希望你也宽恕我们。”有两三个人作出反应。

“也请你宽恕，特里方·博里塞奇！”

可是特里方·博里塞奇头也不回，或许他正忙得不可开交。他也在大声嚷嚷，东奔西跑。原来是这么回事：马夫里基·马夫里基奇和米嘉坐一辆车，应该有两名乡警坐另一辆车紧随其后，现在这第二辆车还有些问题。被指定赶第二辆三驾马车的车把式一边穿上土织粗呢外套，一边骂骂咧咧地说这趟车不该由他，而应该由阿基姆赶。但是阿基姆不知哪儿去了，已经有人跑去寻找。在场的车把式不肯出发，他坚持要求再等一会。

“您瞧瞧，马夫里基·马夫里基奇，乡下人就这德性，一点儿不害臊！”特里方·博里塞奇说，然后冲着那车把式吆喝：“前天阿基姆给了你二十五戈比，你买酒喝了，这会儿又吵吵嚷嚷。”接着他又对派出所所长说：“看到您对咱们这班混账乡巴佬这样客气，我还真纳闷儿，马夫里基·马夫里基奇，我就说这一句话！”

“咱们干吗要两辆车？”米嘉插嘴道，“坐一辆不就得了，马夫里基·马夫里基奇？甭担心我会造反，也甭担心我会从你手中逃跑，干吗要那么多人押送？”

“先生，要是没人教过您，您还得学学怎么跟我说话！别跟我‘你’呀‘你’的套近乎，也用不着您出什么主意……”马夫里基·马夫里基奇劈头给了米嘉一顿抢白，好像很高兴得到一个撒气的机会。

米嘉旋即噤若寒蝉。他满脸通红。过了片刻，他一下子觉得非常冷。雨停了，但是阴沉的天空依然乌云密布，只觉得寒风割面。“我恐怕是感冒了，”米嘉猛地抽动一下肩膀自思自量。后来，马夫里基·马夫里基奇终于也上了车，他体重本来就不轻，大模大样地坐了下来，旁若无人地把米嘉挤得够呛。诚然，他心情不好，因为对于派给他的这份差使非常讨厌。

“再见，特里方·博里塞奇！”米嘉又叫了一声，他自己也感觉到这一声并非出于宽容大度，而是憋着怨气违心地喊出来的。但是特里方·博里塞奇两手放在背后倨傲地站着，用严厉的目光怒视着米嘉。米嘉没有任何反应。

“再见，德米特里·费奥多罗维奇，再见！”忽然响起不知从哪儿蹦出来的卡尔甘诺夫的声音。他跑到马车旁边向米嘉伸出一只手。他头上没戴帽子。

米嘉赶紧抓住他的手握了一下。

“再见，亲爱的朋友，我忘不了你的宽宏大量！”米嘉激动地大声说。

但是车已起步，他俩的手也分开了。铃铛响起来了——米嘉给押走了。

卡尔甘诺夫跑进过道，在一个角落里坐下，低下头双手掩面哭了起来。他这样坐着哭了很长时间，好像还是个小孩，而不是已经二十岁的年轻人。哦，他几乎确信米嘉有罪！

“这都是些什么人哪？！从此还有什么人要得？！”他陷入了痛苦的沮丧之中，几乎绝望地发出令人费解的哀叹。此刻他简直不愿活在世上。

“何苦呢？何苦呢？”这年轻人痛心地一再发问。

第十卷

大男孩和小男孩

一　郭立亚·克拉索特金

十一月初。我们城里的气温降至零下十一度[①]，这段时间地面覆着冰层。夜里有少许干雪落在冻硬的地上，如刀的朔风把干雪卷起来，沿着小城寂寞的街道，尤其是沿着集市广场一路刮去。到早晨天空灰暗，但雪停了。离广场不远，就在普洛特尼科夫铺子附近，有一座不大的房屋，里里外外都非常整洁，房主是公务员的遗孀克拉索特金娜。十二等文官克拉索特金本人已去世很久，有将近十四年了，但他的遗孀才三十多岁，至今风韵犹存，就住在这座整洁的小屋里，过着“经济上独立”的生活。她安分守己，性情温柔，却相当活泼。她跟丈夫只共同生活了一年左右，刚为他生了个儿子，丈夫便去世了，那时她才十八岁。打从成为未亡人的那天起，她就一心扑在抚养这个宝贝儿子郭立亚上，十四年来虽然爱子如命，但是为他吃的苦无疑远远多于做母亲的欢乐，因为差不多天天提心吊胆，怕得要死，唯恐郭立亚害病、感冒、淘气、爬到椅子上摔下来，等等，等等。后来郭立亚开始上学了，先是小学，继而初中，做母亲的便认真学习所有与儿子相同的课程，以便帮他温习功课，还设法结识老师以及老师的妻子，甚至巴结郭立亚的同学，但求他们别打她的郭立亚，不要捉弄和欺负他。结果那些学生反而因此嘲笑他是妈妈的宝贝儿子，拿他开心。

不过，郭立亚也不是好惹的。他是个勇敢的孩子，在班里有“力气大得要命”的名声并且很快通过事实得到确认；他相当敏捷，性格顽强，敢想敢做。他学习成绩很好，据说他在算术和世界史方面甚至要强过达尔达涅洛夫老师。郭立亚尽管翘着鼻子，好像老是以居高临下的姿态瞧人，却并不目空一切；同学们尊敬他，他认为理所当然，但与他们相处得挺好。主要是他有分寸，懂得适时地控制自己，在对尊长的关系上从不越过最后的警戒线，否则行为失检便会不可容忍，变成胡作非为、犯上作乱、无法无天。然而，只要有机会，他非常喜欢淘气，简直像个最调皮的顽童。其实，与其说是淘气，不如说他喜欢想些歪点子，出些怪主意，造成“轰动效应”，以达到“露一手”的目的。主要原因在于他很爱面子。他有本领把自己的妈妈也置于唯他之命是从的地位，俨然是个小皇帝。做母亲的确实对儿子百依百顺，而且由来已久，她只有一件事情绝对受不了，那就是不敢想象儿子对她“爱得不怎么样”。她老是觉得郭立亚对她“毫无感情”，有时她会歇斯底里地痛哭流涕，埋怨儿子冷漠。郭立亚不喜欢这样，妈妈越是要他作出更多亲昵的表示，他就像故意似的越是犟头倔脑。其实他并非存心如此，而是不由自主——这也是性格使然。母亲并不理解，郭立亚非常爱他的妈妈，只是不喜欢——用他的语言叫作——“肉麻当有趣”。

父亲留下的柜子里有一些藏书；郭立亚喜欢看书，私下里已读了其中的几本。母亲并不反对，只是有时暗暗纳罕，这孩子怎么不出去玩，却常常在书柜前拿着一本书一站就是好几个小时。就这样，郭立亚读了一些在他这年龄一般不让读的书。

不过，最近一段时间郭立亚虽然仍不喜欢淘气过头，却出现了一些新动向，把母亲吓得魂不附体，——诚然，这并非什么不道德的恶作剧，但那简直是不顾死活的玩命。

---

① 当时俄国使用以法国物理学家列奥米尔（1683—1757）命名的列氏温标，以 80°R 为沸点，0°R 为冰点。将列氏度换算成摄氏度的公式为 1°R = 1.25℃。据此，－11°R 已接近－14℃。下同。

这年七月放暑假的时候，妈妈带儿子到七十里(约七十四公里)外另一个县城亲戚家去小住一星期，这家远亲的男主人在火车站供职(也就是离我们的小城最近的车站，一个月以后伊万·费奥多罗维奇·卡拉马佐夫便是从那里搭火车前往莫斯科的)。郭立亚先是仔细研究铁路上行车的种种规律，包括了解行车时刻，知道回去以后可以在同学们中间炫耀一下这些新学来的知识。恰巧当时他还结识了一些男孩，其中有几个住在车站小城，另几个家也在附近——一共有六七个人，都在十二至十五岁之间，从我们城里去的有两人。这些男孩在一起玩耍、嬉闹，到了郭立亚去那儿做客的第四或第五天，这帮愣小子之间竟以两卢布为注打起赌来，可算是件再荒唐不过的蠢事。郭立亚几乎是其中年纪最小的，因而稍大的几个有些瞧不起他，由于死要面子或者胆大包天，他表示敢在夜里十一点那趟火车来的时候俯卧在路轨之间，一动不动地趴着让火车在他头上全速飞驶过去。虽说预先经过仔细研究，了解到确实可以挺直身躯平伏在铁轨之间，火车驶过时不会碰到趴着的人，但躺在火车底下可不是闹着玩儿的！郭立亚坚持说能行。别的孩子起初都笑他，说他是吹牛大王，但这样越发刺激了他的好胜心。因为那几个十五岁的大男孩在他面前鼻子翘得太高，开始时甚至不愿把这个“毛孩子”视为伙伴，实在欺人太甚。

他们决定晚上出发走到离车站一里地外，好让火车出站后到那里已进入高速状态。孩子们都到了。那天夜里没有月亮，不光是暗，简直一片漆黑。到了预定的时间，郭立亚在路轨之间躺下。其他参与打赌的五个孩子屏息静候在路基下面的灌木丛中，先是心跳得厉害，其后越想越害怕，这才懊悔起来。远处终于传来火车出站的隆隆响声。黑暗中亮起两道红光，那巨大的怪物吼叫着越来越近。

“快跑，快离开铁轨！”吓得半死的孩子们从灌木丛中向郭立亚喊叫，但已经来不及了：火车如离弦之箭直冲上来，飞驶而过。孩子们赶紧向郭立亚跑去，只见他趴着纹丝儿不动。他们扯他的胳膊和腿，想把他扶起来。他忽然自己站了起来，默默地走下路基。到了下面，他说自己故意装作失去知觉的样子吓唬吓唬他们。其实，他确实在短时间内吓昏了，那是他自己在很久以后才向妈妈承认的。从此以后，“不要命”的盛名便与他结下不解之缘。他返回车站县城时面无人色。第二天发了一次小小的寒热，主要是神经性的，但他精神异常兴奋，对自己大为满意。

这件事没有马上传开，而是在郭立亚回到我们城里以后，消息才渐渐渗透到中学里并为校方所知。郭立亚的妈妈立刻去向校方为儿子求情，最后还是颇有人望的达尔达涅洛夫老师出面力保，此事才被遮盖过去，就像没有发生过似的。这位达尔达涅洛夫是个中年单身汉，他热烈爱慕克拉索特金娜太太已有多年；有一次，大约在一年前，他尽管因为害怕碰壁，又担心失礼而紧张得喘不过气来，还是鼓足勇气，恭恭敬敬地向克拉索特金娜太太正式求婚。然而，她却断然加以拒绝，原因是她认为同意了，就等于背叛自己的儿子。事实上，达尔达涅洛夫根据若干微妙的迹象有理由相信，这位年轻貌美、但过于贞淑的寡妇对他也不无好感。郭立亚这次疯狂的举动似乎打破了坚冰，达尔达涅洛夫因为保了他而得到可以抱有希望的暗示，不过仅仅是朦胧的暗示，而达尔达涅洛夫也是个高洁而知趣的模范，暂时这已足够使他飘飘欲仙。他喜欢郭立亚，但认为讨好孩子有失身份，所以在课堂上对他要求很严。郭立亚也和他保持相当距离；他平时成绩优异，在班上名列第二，对待达尔达涅洛夫则态度冷淡。全班同学坚信，郭立亚在世界史方面棒得甚至能“盖过”达尔达涅洛夫。确实，郭立亚有一次曾向他提问：“特洛伊城是什么人创建的？”——达尔达涅洛夫对此只是泛泛回答，他谈到各民族的流动和迁移，谈到邈远的古代，谈到神话传说，可是对究竟何人创建特洛伊城这个问题本身却答不上来，甚至不知为什么认为这问题并无意义。但学生们从此认定，达尔达涅洛夫不知道特洛伊城是谁创建的。郭立亚从父亲遗留下来的一柜藏书中发现了一本斯马拉格多夫的《世界通史简编》，关于特洛伊城系何人创建他就是在这本书里读到的。后来，学生们简直人人都关心起这个问题来了：究竟什么人创建了特洛伊城？可是克拉索特金对他的秘密守口如瓶，于是博学便成了他不可动摇的美名。

铁路上那件事过后，郭立亚对母亲的态度起了某种变化。安娜·费奥多罗夫娜(即克拉索特金娜太太)在获悉儿子的惊人举动之初，险些吓得神经错乱，连续几天出现可怕的歇斯底里间歇性发作，致使郭立亚向妈妈庄严保证，以后决不再发生类似的淘气事件，——这回他可真的害了怕。他跪在神像前，按照克拉索特金娜太太本人的要求，凭着父亲在天之灵起了誓。当时“浑身是胆的”郭立亚“动情地”哭得像个六岁的娃娃，整整一天母子俩不断地互相扑向对方，紧紧拥抱在一起号啕大哭。第二天醒来，郭立亚依旧“毫无感情”，不过比以前话少了些，文静了些，多了几分严肃和沉思。

不错，大约一个半月后他又卷入了一桩淘气事件，连本城的调解法官也知道了他的大名，不过这一桩淘气事完全属于另一种性质，甚至滑稽可笑，而且后来查明并不是他干的，只是跟他有些牵连。但这是后话。

母亲仍旧心惊胆战，日坐愁城，而达尔达涅洛夫的希望却随着她的恐慌一道增长。必须指出，郭立亚能明白和猜透达尔达涅洛夫的心思，当然也非常瞧不起他的这种“感情”；以前郭立亚甚至曾在母亲面前贸然道出自己的这种态度，向她暗示自己明白达尔达涅洛夫在打什么主意。但在铁路事件之后，他在这个问题上的举止言行也有所转变：他不允许自己再作哪怕是极其委婉的隐射，当着母亲的面提到达尔达涅洛夫时也比较恭敬了，敏感的安娜·费奥多罗夫娜立刻无限感激地心领神会。但是，只要郭立亚在场，如果某一位客人即便是无意间有只言片语涉及达尔达涅洛夫，安娜·费奥多罗夫娜的脸一下子就会羞得像玫瑰花一般绯红。逢到这样的时刻，郭立亚或者皱眉蹙额望着窗外，或者仔细察看靴子是不是有了窟窿，或者大声呼唤“别列兹汪”——那是一条粗毛蓬乱、来路不明的大癞皮狗的名字，一个月前郭立亚把它牵回家来，不知为什么，神秘兮兮地养在屋里，不让任何一个同学瞧见。他对别列兹汪进行近乎严酷的训练，教它各种游戏和本领，把这条可怜的狗折腾得够呛。现在，当郭立亚上学去不在家的时候，它老是狂吠乱叫；当郭立亚回来时，它就尖声欢呼，疯疯癫癫地跳来蹦去，前足腾空作人立状，倒地装死等等，总之把郭立亚教它的花样通通搬出来表演，但已经不是奉命照办，而纯粹是出于欢欣雀跃和一片感激之情。

对了，笔者忘记交代，这里补上一笔。退役上尉斯涅吉辽夫的儿子伊柳沙读者已经认识，因为同学们用他父亲的绰号“澡擦子”取笑他，伊柳沙一怒之下把削笔刀扎入一名同学的大腿，郭立亚·克拉索特金正是大腿上给戳了一刀的那个学生。

二 小 家 伙

在那个朔风凛冽、天寒地冻的十一月上午，郭立亚·克拉索特金待在家里。那天是星期日，不上学。但是钟已敲十一点，他必须出去“办一件十分重要的事情”，可是整座房屋只留下他一个人看家，因为意外地发生了特殊情况，比他年长的人全出去了。在寡妇克拉索特金娜宅内，与她家的住房隔一条过道还有唯一的一套住房出租给人家，共两个小房间，房客是一位医生太太带着两个幼儿。这位医生太太与安娜·费奥多罗夫娜同岁，她俩是好朋友。医生本人出门已近一年，先是去奥伦堡，后来又去了塔什干，已经半年音信全无，要不是与克拉索特金娜太太情深谊长，多少缓解了被撇下的医生太太的痛苦，她肯定会把眼泪都哭干的。偏偏残酷的命运还要雪上加霜，就在从星期六到星期日的这天夜里，医生太太唯一的女仆凯瑟琳突然向毫无思想准备的女主人宣布，她早晨要分娩了。这事以前居然谁也没有看出来，所有的人都认为简直是个奇迹。医生太太震惊之余，认为还来得及把凯瑟琳送到本城一个接生婆办的产房去。由于她很重用这名女仆，所以马上把自己的方案付诸实施，不但把女仆送到产房，还留在那里陪她。第二天早晨，不知为什么需要克拉索特金娜太太亲自出马帮忙，因为逢到这种事情她可以去向什么人求情给予照顾。这样一来，两位太太都不在家，克拉索特金娜太太自己的女仆阿加莎买菜去了，郭立亚临时当上了门神兼“两个小不点儿”的守护神，也就是说，还得照看医生太太的一双儿女，因为家里一个大人也没有。

看守这座房子郭立亚并不怕，再说还有别列兹汪和他在一起，他命那条狗趴在门厅板凳下“不许动”，正因为如此，每当在一间间屋子里巡行的郭立亚走进门厅时，它的狗脑袋便会一晃，狗尾巴便会在地上干脆地拍打两下以示讨好，遗憾的是没有召唤的哨声。郭立亚向可怜兮兮的狗狠狠瞪了一眼，它又乖乖地趴着不动了。要说有什么事令郭立亚伤脑筋，那就只有“两个小不点儿”。对于凯瑟琳的突发事件他自然不屑一顾，可是他非常喜欢两个小不点儿，他已经给他们拿去一本小人书。大的一个是女孩，叫娜斯佳，已经八岁，能认字；小的一个是七岁的男孩果斯佳，他特别喜欢娜斯佳给他念书上的故事。当然，克拉索特金本来可以为他们提供更有趣的娱乐：让他俩并排站在一起，和他们玩当兵游戏，或者在整个宅子内玩捉迷藏。以前他曾不止一次这样做，并不以为“跌份”，以致有一次班上同学中间甚至纷纷传说，克拉索特金在家里和小房客一起玩赶车，他弯下头来一蹦一跳当拉边套的马。但克拉索特金骄傲地反驳这种嘲讽，认为“在我们的时代”如果和十三岁的同龄人玩赶车确实丢人，然而他是为“两个小不点儿”这样做，因为他喜欢他们，别人根本无权干涉。为此，“两个小不点儿”都无比热爱这位大哥哥。

但今天郭立亚无心做游戏。他要去办一件自己的事，那件事至关重要，表面看来甚至还挺神秘，而时间却在流逝，本来可以把小孩托付给阿加莎照看，可是她买菜还不想回来。他已好几次跨越过道，打开医生太太家的门，关切地看看听他的话坐在那里读书的“两个小不点儿”。每次他开门的时候，姐弟俩就咧着嘴冲他默默地笑，期待他进去和他们一起做开心有趣的游戏。但是郭立亚心神不定，没有走进去。直到钟敲十一点，他坚决拿定主意，要是再过十分钟“该死的”阿加莎还不回来，他不等了，非出去不可，当然先得要“两个小不点儿”保证他不在时也不害怕，不淘气，不吓得哭起来。郭立亚这样思量着穿上他的猫皮领冬季棉大衣，挎上书包，虽然母亲曾多次恳求他“天气这样冷”出门一定得穿上套鞋，可他经过门厅时只是对套鞋轻蔑地瞅了一眼，仅穿靴子就走出去。别列兹汪见他穿好外衣，使劲用尾巴拍打地板，整个身子猛抽乱扭，还怪可怜地叫了几声。郭立亚见它如此请战心切，认为这会破坏纪律，仍让它待在板凳底下，尽管为时仅仅一分钟；等到打开了过道门，才突然吹哨子向它发出召唤。狗发疯似的一跃而起，兴高采烈地跑在他前头。穿越过道后，郭立亚打开“两个小不点儿”的房门。姐弟俩仍坐在小桌旁，但已不在读书，而是在热烈地争论什么事情。这两个小家伙经常争论生活中各种引起他们兴趣的问题，娜斯佳作为姐姐总是占上风，果斯佳如果不同意，差不多每次都向郭立亚·克拉索特金讨救兵，郭立亚的意见对争论双方都是最终裁决。这一回，“两个小不点儿”的争论有点儿吸引克拉索特金，他站在门口听了一会儿。小家伙见他在听，争得更来劲了。

“我怎么也不信，”娜斯佳激动地说，“怎么也不信接生婆会在菜园子里的一畦畦卷心菜中间找到小孩。现在是冬天，菜园子里没有卷心菜，接生婆不会给凯瑟琳送女儿来。”

郭立亚暗暗吹了一声口哨。

“或者这么着：接生婆会从什么地方把小孩抱来，可是只给结过婚的女人。”

果斯佳凝视着娜斯佳，一边听，一边作深刻的思考。

“娜斯佳，你真笨，”他终于说，口气很坚决，可是不急躁，“凯瑟琳没结过婚，怎么会有小孩呢？”

娜斯佳大为恼火。

“你什么也不懂，”她气呼呼地说，“她也许有过丈夫，可是在蹲大狱，所以她生小孩了。”

“难道她的丈夫在蹲大狱？”丁是丁卯是卯的果斯佳煞有介事地问。

“或许是这么回事，”娜斯佳马上又说，把刚才的假设干脆抛开，忘得精光，“她没有丈夫，这你说得对，可是她想嫁人，一个劲儿地老是想怎么嫁人，怎么嫁人，结果丈夫没有得到，却得到一个小孩。”

“恐怕只能是这样，”完全给打败的果斯佳表示同意，“以前你可没有这样说过，我又怎么能知道？”

“嗨，小家伙，”郭立亚跨进房间对他们说，“我看得出，你们实在让人不放心！”

“别列兹汪也跟您来了？”果斯佳咧嘴笑了，他开始打榧子把狗叫过去。

“小不点儿，我有件为难事，”克拉索特金正经八百地开始说，“你们得帮帮我。阿加莎肯定折了腿，因为她到现在还不来，这是没有疑问的，我又非出去不可。你们能不能放我走？”

姐弟俩紧张地面面相觑，他们笑嘻嘻的脸庞现出不安的表情。他们还不完全明白郭立亚对他们有什么要求。

“我不在家，你们别淘气，好不好？别爬到柜子上去，行不？别因为家里没人吓得哭鼻子，知道不？”

两个小孩脸上显得万分沮丧。

“只要你们答应做到，我可以给你们瞧一件好东西——一尊小小的铜炮，能用真的火药让它开炮。”

两个小孩的脸顿时豁然开朗。

“把小炮让我瞧瞧。”笑逐颜开的果斯佳说。

克拉索特金伸手从书包里取出一尊青铜铸成的小炮，把它放在桌上。

“我就知道你们喜欢！瞧，它架在小轮子上，”郭立亚让玩具炮在桌上滚动起来，“还可以放炮。装上弹药就可以放。”

“能打死人？”

“只要瞄准了，能打死所有的人。”

于是克拉索特金向他们讲解该往哪儿装火药，怎样把炮弹滚进去，指给他们看一个火门模样的小窟窿，告诉他们放炮时会产生后坐力。姐弟俩听得出了神。特别能激发他们想象的是它还会产生后坐力。

“您有火药吗？”娜斯佳问。

“有。”

“您把火药也让我们瞧瞧。”她笑着请求。

克拉索特金又把手伸进书包，从中掏出一支小玻璃管，里面的确装着一些真的火药，一个纸卷里还有几颗弹丸。他甚至拔去塞子把少许火药倒在手掌上。

“不过千万不能近火，要不然会把咱们通通炸死。”克拉索特金大惊小怪地告诫道。

两个小孩诚惶诚恐地端详着郭立亚掌上的火药，唯其惶恐才更觉得有意思。但果斯佳更喜欢弹丸。

“弹丸不会着火吗？”他问。

“弹丸不会着火。”

“你送几颗弹丸给我。”他以央求的声调说。

“我可以送几颗弹丸给你，拿去，不过，在我回来以前可不能让你妈妈瞧见，万一她以为这是火药，非吓得半死不可，还会用树条把你们俩抽一顿。”

“妈妈从来不用树条抽我们。”娜斯佳立刻指出。

“我知道，不过这样说起来好听罢了。你们什么时候都不能欺骗妈妈，除了这一回——到我回来为止。好了，小不点儿，我可以走了吗？你们不害怕吧？不会哭起来吧？”

“会——哭——的。”果斯佳拉长调子已经准备哭出来了。

“会哭的，一定会哭的！”娜斯佳也做出很害怕的样子急忙附和。

“哦，孩子们，孩子们，你们这年龄真让人不放心。没办法，小东西，只得陪你们不知待到什么时候。可时间不等人哪，要命，真要命！”

“您叫别列兹汪装死好吗？”果斯佳提出请求。

“有什么办法呢？只好请别列兹汪帮忙。喂，别列兹汪！”郭立亚开始向狗发出指令。

于是别列兹汪把所有的本领一一搬了出来。这条粗毛蓬乱的狗大小跟普通的杂种狗差不多，毛色灰中带紫。它瞎了一只右眼，左耳不知怎的有一道裂口。它尖叫着，跳跟着，表演叼物、人立、四脚朝天仰卧、躺着装死。正演到最后一个节目时门开了，克拉索特金娜太太的麻脸胖女仆、四十岁上下的阿加莎出现在门口，她拿着满满一袋采购的食品刚从菜场上回来。她就这样站着观看狗的表演，左手悬空提着一只很沉的口袋。郭立亚尽管一直在等阿加莎，却没有中断演出，让别列兹汪装死的姿势保持一定时间，然后向它吹哨。那狗一跃而起，又蹦又跳，因为完成了自己的任务而乐不可支。

“不就是条狗吗，德性！”阿加莎端着架子说。

“你干吗这么晚才回来，女同胞？”克拉索特金厉声问。

“女同胞？你这小人精！”

“小人精？”

“就是小人精。我回来晚，你管不着；晚回来，就是说早不了，”阿加莎嘀咕着在炉边忙活开了，但她的语气毫无不满，一点也不生气，相反，似乎非常高兴有机会跟脾气爽朗的小少爷斗斗嘴。

“听着，你这个疯婆子，”克拉索特金从沙发上站起来开始说，“你能不能凭着这个世界上神圣的一切，再加上别的什么向我起誓，保证在我离开的时候一直照看好两个小不点儿？我要出去一趟。”

“干吗要我向你起誓？”阿加莎笑了。“我会照看的。”

“不，我一定要你凭着自己的灵魂能不能永远得救起誓。要不然，我就不走。”

“不走就不走。反正不关我的事，外面冷得够呛，你就在家待着吧。”

“小不点儿，”郭立亚对两个小孩说，“这个女人留下陪你们直到我回来，或者到你们的妈妈回来，因为她也早该回家了。另外，午饭她会给你们吃的。阿加莎，你给他们弄点儿吃的行吗？”

“可以。”

“再会，小家伙，我放心走了。喂，老婆子，”他在打阿加莎身旁经过时压低嗓门老气横秋地对她说，“你们这些老婆子尽说凯瑟琳的坏话，希望你别在孩子们面前胡说八道，别把他们的小脑瓜儿搅糊涂。走吧，别列兹汪！”

“去你的，”阿加莎这下可生气了，“多么可笑！冲这样的话该把你狠狠揍一顿。”

三　预　备　生

但郭立亚已经听不见她的话。他总算可以走了。出了大门，他环顾四周，耸耸肩膀说了一声：“够冷的！”沿着大街直行，然后向右拐，经小巷折向集市广场。到了离广场仅隔一栋房屋的地方，他在大门口停下，从兜里取出一只哨子使劲吹起来，好像在打什么暗号。他等了还不到一分钟，就有一个面色红润的男孩从小门里向他蹿出来。那男孩大约十一岁，也穿着一件干净暖和、甚至挺阔气的大衣。他姓斯穆罗夫，在上中学预备班①（郭立亚·克拉索特金比他高两班），是个富裕的官家子弟。他家里好像不准他们来往，因为克拉索特金胆大包天、调皮捣蛋的名气太大，所以斯穆罗夫现在是偷偷溜出来的。如果读者没有忘记的话，这个斯穆罗夫就是两个月前隔着小河向伊柳沙扔石子的那群男孩中的一个，当时他曾把伊柳沙的事情告诉阿辽沙·卡拉马佐夫。

“我已经等了您整整一小时，克拉索特金。”看上去颇有主见的斯穆罗夫说了一句，两人便向广场走去。

“我出来晚了，”克拉索特金答道，“一时走不开。你跟我一起去，不会挨家里揍吧？”

“算了吧，家里什么时候揍过我？别列兹汪也跟您来了吗？”

“别列兹汪也来了！”

“您把它也带去？”

“啊，要是茹企卡在就好了！”

① 旧俄的小学是四年制，上中学预备班的学童一般仅 10 岁上下，有的才 8 岁。

"不可能。茹企卡已不存在。在无人知晓的黑暗中消失了。"

"咱们能不能这样?"斯穆罗夫骤然站住,"伊柳沙说,茹企卡也是条蓬毛狗,也是灰不溜秋的,跟别列兹汪差不多,——能不能说这就是茹企卡,他或许会相信的?"

"预备生,千万别撒谎,这是一;即使从好心出发也不行,这是二。主要的是,我希望你在那边没有提到过我要去。"

"当然没有!这我明白。可是别列兹汪安慰不了他,"斯穆罗夫叹了口气,"知道吗:他父亲——那个上尉,就是澡擦子——告诉我们,今天要给他带一条真正的黑鼻子小米兰狗回去。他认为这样能使伊柳沙得到安慰。不过真的能行吗?"

"伊柳沙自己怎么样?"

"不好,很糟糕!我想他是得了肺病。他神志完全清醒,就是喘得厉害,他的呼吸很不正常。前不久他想在屋子里走走,家里人帮他穿好了鞋,可是才迈了几步,就跌倒了。他说:'爸爸,我对你说过,我的靴子不行,以前穿着走路也怪别扭的。'他以为是因为靴子不好才摔倒的,其实是虚弱的缘故。恐怕活不了一个星期。赫尔岑什图贝常去瞧他。现在他们又富了,他们有很多钱。"

"那些骗子。"

"谁是骗子?"

"那些江湖郎中呗,一般说来,都是骗子,具体说,更没有疑问。我不信医术。我认为一点用处也没有。不过,这些我以后还要研究。你们婆婆妈妈的在搞什么名堂?你们好像全班都去看他,是不是?"

"不是全班,只是我们十来个人,每天都去。这倒没有什么。"

"使我纳闷的是,阿列克塞·卡拉马佐夫在这件事上所起的作用:他哥哥的案子明天或后天就要开庭了,罪名那么严重,可他还有时间跟一帮毛孩子婆婆妈妈纠缠不清!"

"这可不是什么婆婆妈妈纠缠不清。现在你自己不是也要去跟伊柳沙讲和吗?"

“讲和？这种说法太可笑。反正我不允许任何人对我的所作所为说三道四。”

“伊柳沙见到你不知会多高兴！他怎么也想不到你会去。你为什么那么多日子总是不愿意去？”斯穆罗夫激动地问。

“亲爱的，这是我的事，不是你的事。我是自己要去，我愿意这样做，你们都是让阿列克塞·卡拉马佐夫拉去的，这可不一样。你凭什么说我去讲和？也许，这完全不是我去的目的。多么可笑的说法。”

“这不是卡拉马佐夫的主意，跟他不相干。是我们自己要上他家去，当然，起初是和卡拉马佐夫一起去的。这里头没有任何愚蠢的事情。先是一个人，后来别人也加入进来。伊柳沙的父亲极其欢迎我们。要知道，如果伊柳沙死了，他会发疯的。他见我们跟伊柳沙讲和了，高兴得不得了。伊柳沙曾问起你，别的什么也没说。问过以后就不吭声了。他父亲将来准会发疯或上吊。他以前也有些疯疯癫癫。其实他是个正派人，那时候我们搞错了。这都怪那个杀父的凶手，是他打了伊柳沙的父亲。”

“不管怎样，阿列克塞·卡拉马佐夫对我仍旧是个谜。本来我早就可以和他结识，但有时候我的自尊心很强。再说，我对他形成的某种看法还需要核实和澄清。”

郭立亚沉默了，神态俨然是个大人；斯穆罗夫也不作声。在郭立亚·克拉索特金面前，斯穆罗夫自然诚惶诚恐，连想也不敢想与他平起平坐。现在斯穆罗夫被激起了极大的好奇心，因为郭立亚表示他是“自己要去”，他早不去晚不去，偏偏选中今天去，其中必有什么秘密。他们走在集市广场上，今天这里停着好多乡下赶来的大车，运来许多家禽。城里的女商贩在檐棚下叫卖面包、针线等物。如这般星期日的集市在我们这里被天真地称作交易会，这样的交易会一年有好多次。别列兹汪快乐极了，它跑的时候不断地忽而向左、忽而向右偏离正道，到别的地方去嗅这嗅那。遇上了别的狗，便会按狗的规矩兴冲冲互相嗅上好一阵子。

“我喜欢观察现实生活，斯穆罗夫，”郭立亚忽然说，“狗相见时是怎样互相嗅来嗅去的，你注意到没有？这是它们共同的一项自然法则。”

“是的，挺可笑。”

“不，这不可笑，你说得不对。自然界没有什么是可笑的，不管在满脑子各种偏见的人眼里看来怎样。如果狗能推论和批评，那么它们会发现，狗的主子即人与人之间的社会关系中有同样多在它们看来是可笑的东西，甚至可能要多得多；我这样说是因为确信我们干的蠢事要多得多。这是拉基津的思想，一个卓越的思想。我是社会主义者，斯穆罗夫。”

“社会主义者是什么意思？”斯穆罗夫问。

“这就是说，人人平等，人人都有共同的财产，没有婚姻，而宗教和各种法律由各人自己选择，其他还有很多。你还没有长大到能理解这道理，你还太早。嘍，天可真冷。”

“是啊，有零下十二度（零下十五摄氏度）。刚才父亲瞧过温度计。”

“斯穆罗夫，你注意到没有，在冬季中期，即使温度在零下十五度（零下十八九摄氏度），甚至十八度（零下二十二点五摄氏度），好像也没现在这样冷，尽管现在初冬暴冷时还只有零下十一二度，雪也很少。这说明人们还不习惯。人对一切都有一个习惯问题，即使在国家大事、政治局势上也一样。习惯是主要的推动力。瞧，那乡下人多滑稽。”

郭立亚指指一个穿着不挂面子的羊皮袄、相貌和善的农民，他站在自己赶来的大车旁，冷得一个劲儿地拍着戴手套的两只手掌。他那浅棕色的长髯全都结着霜。

“乡下人的胡子上冻了！”郭立亚打他身旁经过时无事生非地大声说。

“好多人的胡子都上了冻。”那农民回答的口气很平和，带有概括的意味。

“别惹他。”斯穆罗夫说。

“不要紧，他不会生气，他是个好人。再见，马特维。”

“再见。”

“你难道叫马特维？”

“我叫马特维。你不知道？”

“不知道；我是瞎蒙的。”

“让你蒙对了。在上学吧？”

“在上学。”

“挨不挨揍？”

“不算太多，有时也挨。”

“疼不疼？”

“能不疼吗？”

“唉，日子嘛，就得这么过！”农民发出由衷的叹息。

“再见，马特维。”

“再见。你是个好小伙子。”

两个少年走了过去。

“这是个不错的乡下人，”郭立亚对斯穆罗夫说，“我喜欢跟老百姓交谈，无论什么时候都乐意为他们说句公道话。”

“你干吗对他撒谎说你挨揍？”斯穆罗夫问。

“总该让他心里好受些吧？”

“这是怎么个说法？”

“听着，斯穆罗夫，我讨厌别人不能一听就懂，还要问长问短。按照乡下人的想法，学生常常挨揍，这是应该的。他们认为：不挨揍还算什么学生？倘若我告诉他现在我们不挨揍了，他听了会懊丧的。不过，这道理你不明白。跟老百姓交谈得学着点儿。”

“你可别惹是生非，求你了，否则又会闹出事来，跟上次为了那只鹅一样。”

“你害怕了？”

“你别取笑，郭立亚，我真的害怕。父亲会大发脾气的。家里严禁我和你待在一起。”

“别担心，这一回什么事儿也不会发生。你好，娜塔莎。”他向檐棚下一个女商贩打招呼。

“谁是你的娜塔莎？我叫玛丽亚。”那个还一点也不老的女商贩咋咋呼呼地回答。

“很高兴你叫玛丽亚，再见。”

“你这鬼东西，才那么一点点儿大，就不学好？”

“没工夫，我没工夫跟你斗嘴，有话到下星期日再说。”郭立亚双手乱摇，仿佛是女商贩惹了他，而不是他惹了人家。

“下星期日要我对你说什么？是你自己招惹是非，又不是我惹你，捣蛋鬼，”玛丽亚大声嚷开了，“该狠狠揍你才对，你这个出了名的淘气包！”

和玛丽亚并排在各自摊位上做买卖的其他女商贩中间响起一阵笑声。这时，从拱廊下的商店里莫名其妙地蹿出一个怒气冲冲的人来，样子像店员，不是本地人，而是外来的，身穿蓝色大褂，戴一顶短檐帽，年纪还轻，有一头深棕色的鬈发，苍白的长脸上有几点麻子。他处于某种愚蠢的愤激状态，立即扬着拳头威胁郭立亚。

“我认得你，”他气呼呼地说，“我认得你！”

郭立亚仔细瞧着他。他似乎记不起什么时候跟这个人发生过冲突。不过他在街上跟人家发生冲突的事实在太多，哪能记住所有的人。

“认得？”他用嘲讽的口吻问。

“我认得你！我认得你！”那店员像个傻子咬住这一句话。

“那对你有好处。我没工夫，再见！”

“干吗调皮捣蛋？”那店员大声叫嚷，“你又想调皮捣蛋？我认得你！你又想调皮捣蛋？”

“老兄，这不干你的事，我调皮捣蛋是我自己的事。”郭立亚说着，停下脚步继续打量他。

“怎么不干我的事？”

“就不干你的事。”

“那么是谁的事？谁？你说，是谁的事？”

“老兄，如今这是特里方·尼基季奇的事，而不是你的事。”

“哪个特里方·尼基季奇？”那年轻人虽然火气仍很大，却傻乎乎地冲郭立亚瞪着眼睛发愣。郭立亚煞有介事地把他从头到脚瞧了个遍。

“升天寺你去过没有？”郭立亚冷不丁问他，口气相当严厉，态度也很坚决。

“什么升天寺？去干什么？不，没去过。”年轻店员有些着慌了。

“知道萨巴涅耶夫吗？”郭立亚更加坚决、更加严厉地追问。

“哪个萨巴涅耶夫？不，不知道。”

“那你还嚷什么？见鬼去吧！”郭立亚断然结束争论，并且向右一个急转弯，快步走自己的路，好像根本不屑和一个连萨巴涅耶夫也不知道的笨蛋说话。

“你站住，喂！萨巴涅耶夫怎么啦？”年轻店员好像醒了过来，怒气重又上升。“萨巴涅耶夫说过什么来着？”他向女商贩们转过身去，傻瞅着她们。

女人们哈哈大笑。

“谁也摸不透这孩子在打什么主意。”其中一个说。

“他说的那个萨巴涅耶夫是谁啊？”年轻店员挥着右手还在刨根问底。

“这八成就是在库兹米乔夫铺子里当伙计的那个萨巴涅耶夫，没错儿。”一个女人猛然想起来了。

年轻店员瞪圆了眼珠子直盯着她。

“库兹米乔夫铺子里那个？”另一个女人接茬儿说，“可他的名字怎么是特里方？他叫库兹马，不是特里方，那孩子说的是特里方·尼基季奇，不是他。”

“你们说的那个主儿名字不叫特里方，也不姓萨巴涅耶夫，那人姓奇若夫，”直到现在一直默默听着的第三个女人插话了，“他叫阿列克塞 · 伊万内奇。阿列克塞 · 伊万内奇 · 奇若夫。”

“没错儿，正是奇若夫。”第四个女人很有把握地附和道。

晕头转向的年轻店员一会儿瞧瞧这个，一会儿瞅瞅那个。

“他干吗要问？他究竟为什么问‘知道萨巴涅耶夫吗’？好心的人们，谁能告诉我？”他简直像发疯似的大叫，“鬼知道萨巴涅耶夫到底是什么人！”

“你这人真不开窍，人家说了——那不是萨巴涅耶夫，是奇若夫，阿列克塞 · 伊万内奇 · 奇若夫，知道不？”一名女商贩在开导他。

“哪个奇若夫？他是怎样个人？你要是知道，就说。”

“高高的个儿，老是流鼻涕的，夏天常坐在市场上。”

“这个奇若夫跟我有什么相干？谁能告诉我，好心的人们？”

“我怎么知道奇若夫跟你有什么相干？”

“是啊，别人怎么知道？”另一个附和道，“你在这儿呱呱乱叫，你自己应当知道他跟你有什么相干。那孩子是冲你说的，又不是冲我们，你这个糊涂虫。难道你真不认识？”

“谁？”

“奇若夫。”

“让这个奇若夫见鬼去吧，连你也一起去！我非揍他一顿不可！他是在拿我开心！”

“你要揍奇若夫？小心他揍你！你是个十足的笨蛋！”

“不是揍奇若夫，不是揍奇若夫，你这个坏心眼的恶婆娘，我要揍那个孩子！把他带来，把他带到这儿来，他拿我开心来着！”

女人们笑得前俯后仰。郭立亚已经面带胜利的微笑走得老远。斯穆罗夫走在他旁边，不时回顾喧嚷的人群。他也觉得挺带劲儿，虽然还在担心，生怕和郭立亚一起卷进什么不愉快的事件。

“你问他可知道的那个萨巴涅耶夫是什么人？”他问郭立亚，不过对于答案已经有所预感。

“我怎么知道是什么人？这下他们吵吵嚷嚷不闹到晚上才怪呢。我喜欢挑动社会各阶层的蠢货庸人自扰。瞧，那边站着个乡下人，又是个榆木脑袋。记住，常言道：‘没有比愚蠢的法国人更蠢的了。’同样，俄罗斯傻瓜的一张脸本身也会冒傻气。这个乡下人的面孔难道不是明明白白告诉你他是个傻瓜吗？”

“别去跟他纠缠，郭立亚，咱们走自己的路。”

“我决不会就此打住，我已经欲罢不能。喂，你好，乡下人！”

一条健壮的汉子正在一旁慢慢地路过，他想必喝了酒，一张憨直的圆脸蓄着斑白的胡须，他抬头望着郭立亚。

“你好，小伙子，但愿你不是开玩笑。”他不紧不慢地回答。

“倘若我是开玩笑呢？”郭立亚笑了起来。

“倘若你是开玩笑，也不打紧，上帝保佑你。这没有什么大不了。啥时候都可以开个玩笑什么的。”

“对不起，朋友，我不过是开个玩笑。”

“行，上帝会原谅的。”

“你能不能原谅？”

“完全能原谅。走吧。”

“想不到你还真行。你也许是个聪明的乡下人。”

“比你聪明。”那汉子出人意料地回答，神态依然那么凝重。

“不见得。”郭立亚有些猝不及防。

“我说的没错。”

“也许是这样。”

“就是这样，老弟。”

“再见，乡下人。”

“再见。”

“乡下人有各种各样，”郭立亚沉默片时后对斯穆罗夫说，“我怎么知道会撞上一个聪明的？我随时愿意承认老百姓中间也有聪明人。”

远处礼拜堂钟敲十一点半。两个少年开始加快步伐，余下一段还很长的路直到斯涅吉辽夫上尉的住所，他们走得很快，两人几乎不说话。到了上尉家门外二十步的地方，郭立亚站住了，吩咐斯穆罗夫先进去给他把阿列克塞·卡拉马佐夫叫出来。

“先得摸一摸情况。”他对斯穆罗夫说。

“何必叫他出来？”斯穆罗夫提出异议，“你进去不就得了？人家一定非常欢迎你。这么冷的天在屋外结交算什么名堂？”

“大冷天我要他出来自然有我的道理。”郭立亚专横地堵住他的嘴（他特别爱好训这些“毛孩子”），于是斯穆罗夫赶紧跑去执行命令。

四 茹企卡

郭立亚一本正经地靠在围墙上等阿辽沙露面。是的，他早就想见见此人了。他从同学们那儿听到了好多有关此人的事，但是到目前为止，每当别人谈起阿辽沙时，他表面上总是现出轻蔑的冷漠，甚至在听完后还要对阿辽沙提出批评。但他内心却有强烈的愿望与之认识一下，因为在他听到的阿辽沙一切言行中有引起他共鸣和很能吸引他的因素。因而此时此刻至关重要。首先，千万不能掉了身价，必须显示自己的独立性。“否则，他以为我不过十三岁，会把我当作和他们一样的毛孩子。至于他究竟怎么看这些毛孩子，等进一步相交后我要问问他。糟糕的是，我的个儿这么小。图济科夫年龄比我小，却高我半个头。不过，我的相貌聪明：我知道自己并不好看，我的脸够丑的，但一副聪明相。另外，说话表情都得留有余地，要不然，一下子就热烈拥抱，会让他瞧不起的……呸，万一让他瞧不起，那就甭提有多恶心！……”

郭立亚心潮起伏，表面上竭力摆出满不在乎的架势。最令他苦恼的倒不是“够丑的”面孔，而是他的小个儿。他家中屋角墙上从去年起就用铅笔画出一道线作为他身高的标志，此后每过两个月他便怀着激动的心情又要到那里去量一次：看长高了多少？可惜啊！他长得实在太慢，有时候他简直感到绝望。至于他的脸其实一点也不丑，相反还挺好看的，皮肤白净，带点儿苍白，有几颗雀斑。一双不大、但很生动的灰眼睛显得颇有胆量，而且经常闪耀起感情的火花。他的颧骨稍稍高了些，嘴比较小，嘴唇不太厚，但很红润；小小的鼻子翘得老高。“一个地道的狮子鼻，不折不扣的狮子鼻！”郭立亚照镜时免不了嘀咕几句，然后照例愤愤不平地从镜子前走开。“恐怕面孔也未必聪明。”有时候他对这一点也会产生怀疑。不过，他并不把心思全放在相貌和身高上。相反，无论他在顾影自怜时的抱怨有多么尖刻，总是很快便会忘记，而且很久不再去想，用他对自己所作所为下的断语叫作“全身心地投入思想和现实生活”。

阿辽沙很快就出现了，并匆匆向郭立亚走来；在好几步外郭立亚便看出，阿辽沙脸上的表情十分高兴。“难道他真的那么欢迎我？”郭立亚颇为得意。这里不妨指出，自从我们和阿辽沙分别以来，他的变化很大：他脱去了修士黑袍，现在身穿做工很讲究的常礼服，戴一顶圆形软帽，头发也剪短了。这一切使他增色不少，俨然成了个美男子。他的俊面庞素来蔼然可亲，给人一种沉稳安详的感觉。令郭立亚惊讶的是：阿辽沙大衣也没穿就迎着他走了出来，身上还是在室内时的衣着，可见心情之急切。他立刻向郭立亚伸出一只手。

“您终于来了，我们大家一直在盼您。”

“原因您马上就会知道的。不管怎样，很高兴能和您认识。我早就在等候机会，好多事我已经听说了。”郭立亚说时言词和呼吸都不太顺畅。

“其实我们迟早会互相认识的，关于您的事我也听到了很多，但是您到这里应该来得早一些。”

“请问这里的情况怎么样？”

“伊柳沙病得很重，他肯定活不长了。”

“真的吗？！您得承认，卡拉马佐夫，医生都是江湖骗子。”郭立亚愤激地说。

“伊柳沙经常提起您，有过好多次，知道吗，甚至说梦话也提到您。很明显，以前他非常非常看重您……直到发生那次……捅小刀的事情。另外还有一个原因……请问，这是您的狗吗？”

“是的。它叫别列兹汪。”

“不是茹企卡？”阿辽沙很遗憾地望着郭立亚的眼睛，“那条狗就这样失踪了？”

“我知道你们人人都希望它是茹企卡，我全都听说了，”郭立亚现出诡秘的微笑，“听着，卡拉马佐夫，我把这件事全都向您解释清楚，这也是我来这儿的主要目的，”他热切地开始说，“我把您叫出来，正是为了在我们走进去以前先把整个过程向您说明。

“今年春天，伊柳沙进了中学预备班。谁都知道，我们的预备班都是些毛孩子。他们立即开始招惹伊柳沙。我比他们高两班，自然是旁观者清。我看到这孩子个儿小，体质弱，但他不屈服，照样跟他们打架，很有骨气，眼睛炯炯有神。我喜欢这样的。可是他们招他、惹他，越闹越凶。特别是那时候他的外套怪可怜的，裤腿又短，靴子也破了。别的孩子也为此而寒碜他。我觉得这实在欺人太甚，立刻挺身而出打抱不平，狠狠教训了他们，”谈起这些事来郭立亚不禁眉飞色舞，“我揍了他们，可他们反倒像神一样敬我，这事您知道不，卡拉马佐夫？

“一般说，我是很喜欢小孩的。眼下我家里就有两个小家伙要我照看，他们今天也把我耽搁了好一阵子。自从那次打抱不平以后，没有人打伊柳沙了，我成了他的保护人。我看得出他的自尊心很强；我对您是这么说，但是到后来他简直像奴隶一样效忠于我，我吩咐的事情，即使是极其琐屑的他都一一照办，听我的话如同遵奉上帝的意旨，事事处处学我的样。课间休息时马上来找我，我常和他在一起。星期日也是这样。我们中学里通常会嘲笑一个大男孩跟一个小男孩这样要好，其实这是偏见。就算我有这样的怪癖，不就结了吗？我教他，开发他的智力——既然我喜欢他，请问：为什么我不能培养他？卡拉马佐夫，您不是也跟这些小家伙交朋友吗？您不是也想影响年轻一代，培养他们，帮助他们吗？我承认，我所耳闻的您的这一性格特征，比什么都更使我感兴趣。

“现在回到正题上来。我发现这孩子身上正在逐步发展一种容易动感情的温情主义倾向，可是我一生下来就对肉麻当有趣的温情恨之入骨，这一点您要明白。而且他的表现往往是矛盾的：他自尊心很强，却像奴隶一般对我忠心耿耿；一方面像奴隶一般忠心耿耿，另一方面又和我意见相左，甚至顶牛，犟得要命，那时他的眼睛里简直会冒出火星来。有时我提出各种各样的观点，我看得出，他非但不同意，简直是造我个人的反，因为我以冷静来回答他的肉麻。为了锻炼他，他越肉麻，我就越冷静。我故意这样做，这是我的信念。我的目的是锻炼他的性格，塑造一个情感平衡的人……我想……不必细说，您定能理解我的意思……

“我忽然发现，一天、两天、三天他总是垂头丧气，神情忧伤，这回已不是肉麻不肉麻的问题，而是另有远为重要和严肃的原因。我思量着：这究竟是一出什么样的悲剧？经过盘问，我了解到：原来不知怎的，他竟跟您已故的父亲（当时还活着）家里一名仆人斯乜尔加科夫搅在一起，那仆人教了这小傻瓜一种愚蠢的恶作剧，不，应该说是残酷和卑劣的恶作剧——取一块面包的软心，里边嵌进一枚别针，把它扔给一条饿得会把面包囫囵吞下去的杂种看门狗，然后静观其变。他们做了这样一团诱饵，把它扔给引出如今这许多麻烦的蓬毛狗茹企卡，那户人家根本不给这条看门狗喂食，它就整天迎风号叫。（您喜欢听这种愚蠢的号叫吗，卡拉马佐夫？我最讨厌。）茹企卡一下子吞了面包团，然后开始尖叫、打转、奔跑，它不停地奔跑、尖叫，不知跑到什么地方去了——这是伊柳沙自己向我描述的情形。他在向我坦白这件事的时候，自己哭得很伤心，抱住我直哆嗦，反复念叨着：‘它一面奔跑，一面尖叫；一面奔跑，一面尖叫，’——这景象给他的刺激很深。我看得出，他受到了良心的责备。

“我认为这件事不可等闲视之。主要的是为以前的事我也想给他一次教训，于是我承认当时我要了个花招，装作过去从未有过如此愤怒的样子，对他说：

“‘你干了一桩丑事，你是个卑鄙小人，当然我不会张扬出去，但要暂时中断和你的交往。我要仔细考虑这件事，我会通过斯穆罗夫告诉你(就是今天和我一起来、对我一向忠诚的那个孩子)：今后与你继续保持关系，还是从此把你作为混蛋一脚踢开。’

“这番话对他的震动很大。我承认，我当时就感觉到自己或许对他过于严厉了，但是没有办法，我当时的想法便是如此。过了一天，我派斯穆罗夫去向他转告，我跟他再也‘不说话’了，这是我们表示两个朋友之间断绝往来的代用语。其实我心中只想冷落他几天，以后如果他有悔改的表现，再向他伸出手去。这是我的秘而不宣、坚定不移的意图。

“但是，您猜怎么着？他听了斯穆罗夫传的话，两眼露出凶光，恶狠狠地说：

“‘你代我转告克拉索特金，就说从今以后我要把带别针的面包扔给所有的狗！让每一条狗都吃！’

“我心想，他居然还使性子发脾气，得好好治他一治。于是我开始对他表示绝对的蔑视，一见面我就扭过头去，或者冲他冷笑。就在那个时候，发生了他父亲的胡子被揪那件事，还记得吗？要明白，那件事已经使他处于一触即发的状态。孩子们见我不理他，又开始欺负他，喊着‘澡擦子，澡擦子’惹他。他们就这样开始进入交战状态，对此我深表遗憾，因为当时有一次他好像被打得很厉害。一天放学的时候，他向所有的人进攻，我正好站在十来步外瞧着他。我可以起誓，我不记得自己曾在一旁发笑，相反，当时我觉得他太可怜了，再过短短的几秒钟我便会冲上去保护他。但是猛然间他和我的目光相遇，他产生了什么样的感觉——我不得而知，反正他掏出一把削笔刀向我扑过来，在我这只右脚的大腿上戳了一刀，就戳在右腿的这个地方。我没有动，我承认自己有时候胆儿很大，卡拉马佐夫，我只是轻蔑地瞧着他，好像在用眼神说话：

“‘你就这样回报我的全部友情？要不要再捅一刀？我一定使你满意。’

“但他没有戳第二刀；他顶不住我的眼神，自己吓坏了，扔下小刀哭出声来，拔腿便跑。我当然不会去告状，还命令所有的人都不许声张，别让校方知道，甚至对母亲我也是直到腿上全长好了以后才告诉她，何况伤口没什么了不起，只不过划破点儿皮罢了。后来我听说当天他还扔石块，咬伤了您的手指——但是您可以理解当时他的心情！我干了件蠢事：他病倒后我没有来向他表示原谅，不，应该是跟他和好，现在后悔也晚了。不过我没来看他是另有缘故的。事情的全部经过就是这样……只是恐怕我干得很蠢……”

“哦，太遗憾了，”阿辽沙听了以后心情很激动，“可惜我没能早一些了解您和他的这种关系，否则我早就去找您，请您和我一起来看他。不知您是否相信，他在病中发烧说胡话也老是念叨您。我一直不知道他是多么看重您！难道您始终没有找到那条叫茹企卡的狗吗？伊柳沙的父亲和所有的小朋友满城都找遍了。说来您也许不信，他病倒后曾当着我的面含泪向他父亲反复说过三次：

“‘爸爸，我是因为那时弄死了茹企卡才病倒的，这是上帝对我的惩罚！’

“怎么也没法打消他这个想法！要是现在能找到茹企卡，让他看到那条狗没有死，还活着，说不定他高兴得一下子病全好了。我们大家都把希望寄托在您身上。”

“请问，你们凭什么指望我能找到茹企卡？为什么只有我才能把它找到？”郭立亚大惑不解地问，“为什么偏偏把希望寄托在我身上，而不是寄托在别人身上？”

“有人说您在找那条狗，等找到了，就会把狗带来。斯穆罗夫说过这样的话。我们努力使伊柳沙相信茹企卡活着，说有人在什么地方见到了它。孩子们不知从哪儿给他弄到一只活的兔子，他只看了一眼，勉强笑了笑，要求把兔子放回到野外去。我们照办了。他父亲刚回来，给他带来一只小米兰狗，也不知从哪儿弄来的，想用这办法给他一点安慰，结果好像反而更糟……”

“还有件事要请问，卡拉马佐夫：您觉得这位父亲怎么样？我知道他，但据您看他是个什么样的人物：小丑？装疯卖傻的？”

“哦，不，某些人具有深沉的感情，但是在一定程度上受到压抑。他们在某些人面前长期处于屈辱、胆怯的状态，不敢当这些人的面直言不讳，于是便以小丑的面目出现，这在他们是对那些人的一种无奈的讽刺。请您相信，克拉索特金，扮演这样的小丑有时是极其可悲的。如今他在世上所有的一切都凝聚在伊柳沙身上，万一伊柳沙死了，他或者会因悲愤而发疯，或者自杀。现在每当我瞧着他的时候，对于这一点几乎没有疑问！”

“我明白您的意思，卡拉马佐夫。我看得出，您很善于了解人。”郭立亚动情地添上一句。

“我见您身旁有一条狗，满以为您把茹企卡带来了呢。”

“请等一下，卡拉马佐夫，或许我们真能把它找到，至于这狗——它叫别列兹汪。我现在放它到屋里去，也许比小米兰狗更能把伊柳沙逗乐。请等一下，卡拉马佐夫，您马上就会知道一些情况。啊，我的上帝，我怎么能把您拖住在这儿！”郭立亚这才猛然想起，“您只穿一件上衣，我竟把您拖住在这样冷的地方！您瞧，您瞧，我这人有多么自私！喔，我们都是利己主义者，卡拉马佐夫！”

“不用担心，外面确实很冷，但我这个人不爱感冒。不过咱们还是进去吧。顺便问一声：您的全名是什么？我知道您叫郭立亚，父名呢？”

“尼古拉·伊万诺维奇·克拉索特金，为了区别于父亲，也叫小克拉索特金，”郭立亚不知何故笑了起来，但忽然补充声明说，“当然，我讨厌我的名字尼古拉。”

“为什么？”

“俗气，太一本正经了……”

“您将满十三岁了？”阿辽沙问。

“应该说将满十四了，再过两个星期就是十四足岁，快了。我要预先向您承认自己有一个弱点，卡拉马佐夫，这话只对您说，算是初次见面让您一下子了解我的性格：我讨厌别人问我的年龄，简直痛恨……还有……例如有人对我进行诽谤，说上星期我和预备班的学生一起玩强盗游戏。我玩强盗游戏，这不假，但说我是为自己取乐玩的，这绝对是诽谤。我有理由认为这事已经传到您耳朵里，但我不是自己要玩，是为孩子们玩的，因为他们少了我什么花样也想不出来。我们这地方总是有人散布流言蜚语。这是一个爱搬弄是非的城市，您可以相信我的话。”

“即使您是自己要玩，那又怎么样？”

“为自己而玩……您总不至于扮作马儿在地上爬吧？”

“您应该这样看问题，”阿辽沙微微一笑，“比方说成年人去剧场看戏：剧场里上演的也是各种各样人物的奇遇，往往也有强盗和战争——这难道不是一回事吗？当然，形式上是不一样。学生们在课余时间玩战争游戏或强盗游戏——这也是萌芽状态的艺术，是青少年心中萌生的艺术需要，这种游戏有时甚至比剧场里的演出构思更巧妙，差别仅仅在于人们上剧场去看演员表演，而青少年做游戏自己就是演员。这很自然。”

“您是这样想的吗？这是您的见解？”郭立亚注视着他，“我认为您说出了一个相当有意思的观点；我回家后要就这个问题好好思考一下。我得承认，我就盼着能从您这儿学到一些东西。我是来向您学习的，卡拉马佐夫。”郭立亚最后以热情洋溢的语调表示。

“我要向您学习。”阿辽沙握住他的手含笑说。

郭立亚对阿辽沙十分满意。他深感惊异的是，阿辽沙完全以平等的态度对待他，像跟“真正的大人”一样跟他谈话。

“我马上露一手给您瞧瞧，卡拉马佐夫，这也是一次演出，”他神经兮兮地笑了，“我就是为此而来。”

“咱们先往左到房东那边去，小朋友们的大衣都脱在那里，因为屋里太挤太热。”

“哦，我一会儿就走，我进去不脱大衣了。让别列兹汪待在这儿过道里死去。喂，别列兹汪，躺下别动，做死狗！——瞧，它死了。我先进去察看一下场地，然后到适当的时候吹哨子——您将看到，它立刻会像发疯一般飞也似的蹿进去。不过可不能让斯穆罗夫忘了就在这一刹那把门打开。我会关照他的，您就等着看好戏吧……”

五　在伊柳沙的病榻旁

退役上尉斯涅吉辽夫我们已经认识，他家居住的那间屋子对我们也并不陌生，此刻因为里边人很多，所以既闷热又拥挤。有几个男孩坐在伊柳沙旁边，尽管他们都和斯穆罗夫一样，随时都会否认，是阿辽沙把他们带到这里来跟伊柳沙重归于好的，但事实确是如此。在这件事上阿辽沙的全部艺术在于：他一个一个逐步把他们带到伊柳沙家来，绝无“肉麻”之嫌，一切都像是水到渠成，不着刻意安排的痕迹。这给正在忍受痛苦的伊柳沙带来莫大的安慰。这些男孩不久前还是他的仇敌，看到他们近乎亲热的友好表示和对他的同情，伊柳沙深受感动。所缺者只有克拉索特金一人，这在伊柳沙心上形成可怕的重压。如果说在伊柳沙痛苦的回忆中有什么最令他痛心的，那便是他用小刀袭击他原先唯一的朋友克拉索特金这件事。聪明的男孩斯穆罗夫（他第一个来跟伊柳沙和好）也这样想。当斯穆罗夫向克拉索特金暗示阿辽沙“有件事”想来找他时，郭立亚当即把他的话打断，采取关门的态度，并要斯穆罗夫立刻告知卡拉马佐夫，他自己知道该做什么，不需要任何人的劝说；如果要探望病人，他自己知道什么时候去，因为他有“自己的打算”。

这还是距离本星期日大约两周以前的事。阿辽沙之所以没有按原先的设想主动来找郭立亚，原因就在于此。不过，虽然他等了一些日子，却一而再、再而三地差遣斯穆罗夫找过克拉索特金。但是这两回克拉索特金更是不耐烦地断然加以拒绝，并给阿辽沙捎去口信，如果阿辽沙自己来找他，那么他就说什么也不去看伊柳沙了，要求以后别再烦他。到了最后一天，斯穆罗夫还不知道郭立亚决定要在这天上午去看伊柳沙，直至昨天晚上跟斯穆罗夫分手的时候，郭立亚才突然向他宣布，要他次日上午等在家里，因为郭立亚要和他一起去斯涅吉辽夫家，但他叮嘱斯穆罗夫别把此事通知任何人，他想把此行搞成一次偶然的走访。

斯穆罗夫听从他的吩咐。至于斯穆罗夫怎么会形成他将把失踪的茹企卡带去这一想法，其依据是克拉索特金有一次随口说出的一句话："只要那条狗还活着，找不到它，就只能说明他们都是蠢驴。"斯穆罗夫曾抓住一个机会，小心翼翼地向克拉索特金暗示自己有上述想法，不料郭立亚竟勃然大怒：

"我有自己的别列兹汪，干吗要满城去找别人的狗？我又不是白痴！指望一条吞下别针的狗还活着，岂不是白日做梦？肉麻当有趣，如此而已！"

其时伊柳沙已有两个星期几乎没离开过屋角神像旁他的小床。自从遇上阿辽沙，咬伤他手指以后，伊柳沙就没去上学。他就是从那天开始病倒的，不过最初一个月偶尔还能下地在房间和过道里勉强走走。后来完全不行了，没有父亲扶着根本无法走动。父亲为他提心吊胆，连酒也忌了，由于老是担心儿子会死去，差不多已经神经错乱，尤其在扶着伊柳沙在屋里走上一圈，重新安顿他躺下后，往往跑到过道的黑暗角落里去，把前额靠在墙上，开始全身震颤、撼人心魄的抽泣，但又竭力压低声音，不让伊柳沙听见他的哀哭。

回到屋里，他又照例设法娱悦和安慰爱子，给他讲故事和笑话，或扮演自己遇到过的各种滑稽人物，甚至模拟动物可笑的号叫。但伊柳沙很不喜欢父亲装腔学样当小丑。尽管他竭力掩饰由衷的厌恶，却痛心地意识到父亲在社会上忍受屈辱的事实，于是每次都无法排遣地会联想起"澡擦子"以及"不堪回首的那一天"。

伊柳沙的瘸腿姐姐、娴静温顺的尼娜也不喜欢父亲装腔学样（至于瓦尔瓦拉·尼古拉耶夫娜，她早已到彼得堡上大学去了），然而精神失常的妈妈却十分欣赏她的丈夫的表演，每当丈夫做一些滑稽动作时，她总是开怀大笑。这是她得到一点宽慰的唯一途径，其余的时间她不停地发牢骚，哭哭啼啼，抱怨现在所有的人都把她丢在脑后，谁也不把她放在眼里，等等，等等。但最近一些日子她好像换了一个人。她经常瞅瞅角落里的伊柳沙，开始作深思状。她变得沉默多了，安生多了，即使要哭，声音也很轻，不让人听见。上尉怀着凄楚的困惑注意到她身上的这种变化。她起初并不欢迎小朋友们来访，反倒有些生气，但渐渐地孩子们的欢声笑语和他们讲述的新闻故事颇使她散心，到后来她简直太喜欢了，要是一旦他们不来，她会怅然若失。当孩子们讲什么趣闻轶事或开始做游戏时，她总是笑口常开，不断拍手。她有时把某几个孩子叫到身边去跟他们亲吻。她尤其喜欢斯穆罗夫这孩子。

至于上尉，孩子们来到他家给伊柳沙做伴，从一开始便使他心中充满欣悦甚至希望，但愿伊柳沙从此不再郁闷，也许还能因此而快些康复。直到最近为止，他对于自己的儿子会霍然痊愈这一点一分钟也没有产生过怀疑，尽管一直在为伊柳沙担忧。

他总是像迎接贵宾那样欢迎这些小客人，老是围着他们转，尽心伺候他们，恨不得给他们当马骑，还真的让他们骑过，但因伊柳沙讨厌这种游戏而作罢。他买糖果、点心、坚果招待他们，请他们喝茶，吃三明治。必须指出，这段时间内他一直不缺钱花。上回卡捷琳娜·伊万诺夫娜给的那二百卢布他还是收下了，完全不出阿辽沙所料。后来卡捷琳娜·伊万诺夫娜对他们的境况和伊柳沙的病情有了进一步的了解，曾亲自走访他们的住所，结识了这一家子，甚至令痴呆的上尉太太大为倾倒。从此她经常慷慨解囊，而上尉在担心儿子死去的恐怖压迫下，也顾不得原先的傲气，顺从地接受周济。

赫尔岑什图贝大夫应卡捷琳娜·伊万诺夫娜之请，在这一时期总是每隔一天来出诊，从不脱期，可是收效甚微，尽管他一个劲儿地让病人服药。但这天，也就是这个星期日上午，上尉正在等一位从莫斯科来的新大夫。这位在莫斯科颇有声望的名医是卡捷琳娜·伊万诺夫娜花大钱远道请来的——并不专为伊柳沙，而是有另一个目的，这在下文适当的章节将要谈到；不过既然这位名医已经来了，就请他也来看一下伊柳沙的病，此事预先通知了上尉。关于郭立亚·克拉索特金的来访，上尉事先一无所知，虽然早就希望这个大男孩来，因为伊柳沙一直惦记他并为之而苦恼。

就在克拉索特金推门进屋的那一瞬间，上尉和孩子们都聚集在伊柳沙的病榻旁围观刚带回来的一只小米兰狗，它昨天才出生，可是上尉一星期前就预定了，为的是娱悦和安慰伊柳沙，他老是为失踪而且肯定已经死去的茹企卡闷闷不乐。伊柳沙三天前已听说父亲要送给他一只小狗，不是普通狗，而是真正的米兰狗(这一点自然极其重要)，尽管出于对父亲一片苦心的体谅装作很喜欢这件礼物，然而上尉和同学们都看得很清楚，这新来的小狗或许只会令他更容易想起不幸死于他手的茹企卡，更频繁地触及他心中的痛处。小米兰狗躺在他身边不停地蠕动，伊柳沙强作笑颜，用苍白、枯瘦的小手抚摩着它；显然，他喜欢这小狗，但是……茹企卡终究已不存在，这毕竟不是茹企卡，要是茹企卡和小米兰狗能在一起，那才是圆满的幸福!

“克拉索特金! ”第一个看见郭立亚进来的男孩忽然叫了起来。

屋里起了一阵明显的骚动，孩子们闪开一条路站到病榻的两侧，郭立亚一下子能看清楚整个伊柳沙。上尉急忙迎上前去。

“请进，请进……尊贵的客人! ”他冲着郭立亚结结巴巴地说，“伊柳沙，克拉索特金先生看你来了……”

但是，克拉索特金匆匆与他握过手后，迅即显示出自己在社交礼节方面具有惊人的丰富知识。他立刻并首先面向坐在扶手椅上的上尉太太(她此时恰恰正在老大不乐意地抱怨孩子们把伊柳沙的小床全挡住了，妨碍她欣赏新来的小狗)，嚓的一声两脚靠在一起，彬彬有礼地向女主人致意；然后转而面朝尼娜，向她行了一个同样的礼，因为除了女主人，屋里只有她一位女士。如此礼貌周全的举止给上尉太太留下了异常美好的印象。

“一看就知道是一位很有教养的年轻人，”她摊开两手大声说，“可我们另外的一些客人却是一个骑在另一个头上进来的。”

“你说什么呀，孩子他妈? 怎么能一个骑在另一个头上? ”上尉的语气虽然很亲切，不过他对“孩子他妈”的精神状态多少有些担心。

“就是这样进来的。他们在过道里一个骑在另一个肩上，就这样进入体面人家。这算是什么客人？”

“你究竟在说谁呀，孩子他妈？究竟什么人这样进门来？”

“瞧，这一个孩子骑在这一个孩子肩上进来，那一个骑在那一个……”

但郭立亚已站在伊柳沙的病榻旁。病孩的气色显然比以前更难看了。他在小床上坐起来，十分专注地瞧着郭立亚。郭立亚已将近两个月没见到他以前的小朋友，如今一下子站到他面前，不由得大吃一惊：他决计想象不出会看到一张如此枯黄憔悴的脸，一双因发烧而亮得异样的眼睛仿佛变大了，两只手瘦骨嶙峋。他痛心而惊讶地发现伊柳沙的呼吸是那样急促，嘴唇是那样干枯。他跨前一步，伸出一只手，几乎不知所措地说：

“嗨，老伙计……你好吗？”

但是他语不成声，想要显得大大咧咧，却没有成功，面部的肌肉猝然抽动了一下，嘴角开始发颤。伊柳沙强打起精神来向他微笑，依然说不出一句话。郭立亚举起一只手，不知为了什么用掌心抚摩着伊柳沙的头发。

“没——事儿！”郭立亚冲他轻轻说了一句，或许是给他鼓气，或许自己也不知为什么这样说。两人又沉默片时。

“你们家新养了一只小狗？”郭立亚忽然用毫无感情色彩的口气问。

“是——的！”伊柳沙回答时声音近似耳语，语调拖得很长，呼吸也不顺畅。

“黑鼻子，说明它很凶，属于看家狗一类，”郭立亚说得颇有把握，仿佛这小狗和它的黑鼻子不知有多么重要似的。其实他还在尽最大的努力控制自己的感情，唯恐像个小孩一样哭起来，可是还没有控制住。“等长得大一点该用链条拴住，这我在行。”

“它会长得好大好大！”一个孩子高声说。

“当然，米兰狗会大得很，个儿跟小牛差不多。”好几个声音一下子七嘴八舌地说开了。

“对，跟小牛差不多，真会有小牛那么大，”上尉也插了进来，“我特意物色到这样一只最凶最凶的，它的父母也很大、很凶，有这么高……。您就请坐在这儿伊柳沙的床上，要不，坐在这儿板凳上也行。欢迎您，尊贵的客人，我们盼您很久了……。是阿列克塞·费奥多罗维奇把您请来的吧？”

克拉索特金在病榻上伊柳沙的脚边坐下。路上他也考虑过如何以轻松随便的方式开始谈话，可是现在怎么也找不到已经想好了的话头。

“不……我是带别列兹汪来的……。我现在养了条狗，叫别列兹汪。这是个斯拉夫名字。它等在外边……只要我一吹哨，它就会飞奔进来。我也带来一条狗，”他骤然转向伊柳沙说，“老伙计，还记得茹企卡吗？”

这样问他无疑是当头一棒。伊柳沙顿时大惊失色，以致面目全非。他痛苦地望着郭立亚。站在门口的阿辽沙紧皱眉头，暗暗示意郭立亚不要提及茹企卡，但是郭立亚没有注意到或不愿注意到他的暗示。

“茹企卡……在哪儿？”伊柳沙问时已经失声。

“嗳，老弟，你的茹企卡——没了！你的茹企卡完蛋了！”

伊柳沙不吭声，但是再次凝神注视着郭立亚。阿辽沙捕捉到了郭立亚的视线，又使劲向他示意，可是郭立亚重又把视线投向别处，装作仍然没有注意到。

“它不知跑到哪儿去了，完蛋了。吞下这样一道点心不完蛋才怪呢，”郭立亚无情地尽挑刺耳的说，与此同时不知何故自己却开始觉得有些缓不过气来。“不过我有别列兹汪……。一个斯拉夫名字……。我给你把它带来了……”

“我不要！”伊柳沙突然说。

“不，不，你一定得瞧瞧……。它会让你开心的。我特意把它带来……它的毛也是蓬蓬松松的，跟那条一样……。夫人，您是否允许把我的狗叫到这里来？”他一下子转身问斯涅吉辽娃太太，这时他的情绪已激动得让人莫名其妙。

“我不要，我不要！”伊柳沙发出声嘶力竭的哀号。他的眼神在责备克拉索特金。

“您还是……”刚坐下的上尉从靠墙的箱柜上霍地站起来，“您还是……换个时间再……”他嗫嚅道。

但郭立亚固执己见，急急忙忙向斯穆罗夫发出一声叫唤：

“斯穆罗夫，开门！”

斯穆罗夫刚把门打开，郭立亚立刻吹响哨子。别列兹汪飞快地蹿到屋内。

“跳，别列兹汪，竖立！竖立！”郭立亚自己一跃而起，大声发布命令。

那条狗前足腾空作人立状，在伊柳沙的病榻前站得笔直。接着发生的事谁也没有料到：伊柳沙先是打了个哆嗦，整个身子猛地开始前移，然后他俯向别列兹汪，屏息凝神瞧着它。

“这是……茹企卡！”他忽然叫了起来，交织着痛楚和狂喜的声音在颤抖。

“不是茹企卡，还能是谁？”克拉索特金拼命喊道，响亮的声音充满喜悦。

他俯下身去，把狗抱起来凑到伊柳沙面前。

“你瞧，老伙计，你瞧，它的一只眼是瞎的，左耳朵有一道裂口，跟你告诉我的一模一样。我就是根据这些特征把它找到的！当时就找到了，很快。它本来是条野狗，没有家！”他一边解释，一边很快地依次转向上尉、上尉太太、阿辽沙，然后又面向伊柳沙。“它常待在菲多托夫家后院里，有意在那里落户，可是那户人家不给它喂食；它原先是从乡下逃出来的……。我把它找到了……。这就是说，老伙计，当时它没有把你的面包团吞下去。要是吞了下去，那它必死无疑，这是肯定的！既然现在还活着，说明它当时就把别针吐了出来。可是你没有注意到它吐出来。吐是吐了出来，不过舌头还是给刺伤了，所以那时它拼命尖叫。它一边奔跑，一边尖叫，你以为它把别针吞了下去。想必，它叫得很厉害，因为狗的口腔皮肤很柔嫩……比人的口腔皮肤柔嫩，柔嫩得多！”郭立亚说得兴奋极了，同时由于喜不自胜而容光焕发。

伊柳沙则说不出话来。他睁大了一双几乎要蹦出来的眼珠子望着郭立亚，张口结舌，面色煞白。

克拉索特金浑然不知这样的时刻对病孩的健康可能产生何等严重乃至致命的影响，如果他知道的话，说什么也不会玩这么一手。屋子里懂得这道理的也许只有阿辽沙一个人。至于上尉，他自己仿佛变成了一个最小的小孩。

“茹企卡！这就是茹企卡？”他欣喜若狂地嚷着，“伊柳沙，这就是茹企卡，你的茹企卡！孩子他妈，这就是茹企卡！”他差不多要哭了。

“我怎么就没想到！”斯穆罗夫懊丧地说，“不过克拉索特金真行！我说过，他能找到茹企卡，果然找到了！”

“果然找到了！”有人高兴地跟着说。

“克拉索特金真行！”又有人夸赞。

“真行，真行！”孩子们齐声欢呼并且开始鼓掌。

“等一下，等一下，”克拉索特金竭力把大家的声音压下去，“我把事情的经过告诉你们，这才是关键所在！我把它找到以后，带回家去马上藏起来，还把门锁上，不让任何人瞧见，直到今天为止。只有斯穆罗夫一个人在两星期前才知道，但我对他说，这是别列兹汪，他没有猜出来。我在这段时间内教会了茹企卡各种本领，你们只要看看它能表演多少花样！我教它的目的就是要把一条训练有素的好狗带来交给你，老伙计，就是为了对你说：瞧，老伙计，你的茹企卡现在有多棒！你们有没有一块牛肉？它马上可以为你们表演一个能让你们捧腹大笑的节目，——只要一小块牛肉，你们没有吗？”

上尉赶紧奔出房间，穿越过道跑到房东屋里去，上尉家的饭菜也是在那里做的。为了不浪费宝贵的时间，郭立亚十万火急地向别列兹汪下令："快死！"它倏忽间开始打转，然后四足朝天，仰面倒地，一动也不动。孩子们笑了。伊柳沙依旧面带凄楚的微笑瞧着，但最欣赏别列兹汪装死表演的是"孩子他妈"。她冲着那条狗笑得前仰后合，还用手指打着榧子叫它：

"别列兹汪，别列兹汪！"

"它绝不会起来的，绝对不会，"郭立亚得意扬扬地说，不过他确实有理由骄傲。"无论怎么叫都不管用，可是只要我喊一声，它立刻跳起来。喂，别列兹汪！"

狗一跃而起，开始跳梁，发出高兴的尖叫。上尉带着一块煮熟的牛肉跑了进来。

"烫不烫？"郭立亚接过牛肉时急忙问，显得挺在行的样子。"不，不烫，狗不爱吃得太烫。你们大家瞧呀，伊柳沙，瞧呀，瞧呀，老伙计，你怎么不瞧呀？我特意把它带来，你怎么不瞧呀？"

新节目是这样的：让狗伸出鼻子站着不动，把一块美味的牛肉放在它鼻子上。可怜的狗必须用鼻子托住这块牛肉站着不得动弹，主人要它站多久，就得站多久，哪怕半小时也不准动一动。不过这一回没让别列兹汪站得太久，只有一小会儿。

"赏给你了！"郭立亚一声喊，牛肉转眼间便从别列兹汪的鼻子上落到它的口中。观众自然啧啧称奇。

"您一直不来难道只是为了训练这条狗吗？"阿辽沙情不自禁地带着埋怨的口吻问。

"正是这样，"郭立亚极其天真地回答，"我要让它尽显风采。"

"别列兹汪！别列兹汪！"伊柳沙忽然用他那干瘦的手指打了个响榧，招呼那条狗。

"你不用费力！它会自己跳到你床上去的。喂，别列兹汪！"郭立亚用手掌在床上拍了一下，别列兹汪像一支箭似的向伊柳沙飞去。伊柳沙立刻双手搂住狗的脑袋，别列兹汪当即舔他的腮帮作为报答。伊柳沙紧紧贴着它，在床上躺下来，把脸埋在蓬乱的狗毛里躲开所有的人。

“主啊！主啊！”上尉惊叹不已。

郭立亚又坐到伊柳沙的小床边上。

“伊柳沙，我还可以让你看一件东西。我给你把小铜炮带来了。记得吗，那时候我对你讲过这尊炮，你说：‘什么时候让我也瞧瞧！’现在我给你带来了。”

说着，郭立亚急急忙忙从书包里取出他的小铜炮。他之所以那么急，是因为自己心中充满了幸福：若是在别的时候，他会等别列兹汪引起的轰动效应稍稍冷却一下，但现在他置种种留一手的考虑于不顾，急于实现此行的目的：“你们不是很幸福吗？那就让你们喜上加喜吧！”他完全陶醉了。

“我在公务员莫罗佐夫那儿早就看中了这件东西——为了你，老伙计，为了你。这东西在他家里一点用处也没有，他是从哥哥那里得到的，我用父亲柜子里的一本书《穆罕默德的亲属或有益健康的蠢举》跟他作了交换。这本书已有一百岁，写得胆大包天，是在莫斯科出版的，那时候还没有书报检查制度，莫罗佐夫有收藏这类书籍的癖好。他还向我表示感谢……”

郭立亚把小炮拿在手里，让大家都看得见，都能欣赏。伊柳沙坐起来，右手仍搂住别列兹汪，同时以激赏的目光仔细观看那件玩意儿。郭立亚表示他把火药也带来了，“只要不惊扰两位女士”，马上就可以发射，这时大家的情绪达到了高潮。疯妈妈立即要求让她从更近的距离瞧瞧玩具炮，这一愿望马上得到满足。她对这尊装在轮子上的小铜炮喜欢得不得了，把它放在自己大腿上滚动。她对放炮完全同意，一口答应，其实根本不明白别人在问她什么。郭立亚展示了火药和弹丸。作为一个退役军人，上尉亲自负责装火药，他只倒出很少一点点火药，并要求把弹丸留到下次再用。小炮被放到地上，炮筒对着没有东西的地方，火门里塞进三粒火药，然后点着一根火柴。发射的效果精彩之至。上尉太太打了个战，但随即高兴地笑了。孩子们默默地沉浸在胜利的喜悦中，但最幸福的要数瞧着伊柳沙的上尉。郭立亚从地上拿起小炮，立刻把它连同弹药一起送给伊柳沙。

“这是我为你去弄来的，为了你！我早就准备好了。”他满心欢喜地再次对伊柳沙说。

“啊，送给我！还是把小炮送给我好！”疯妈妈忽然像小孩子那样抢着要。由于担心人家不给她，她脸上现出怪可怜的焦虑神色。

郭立亚作了难。上尉急得不知如何是好。

“孩子他妈，孩子他妈！”他跳到妻子跟前，“小炮是你的，你的，不过让它放在伊柳沙那儿，因为人家是送给他的，但东西终究是你的。伊柳沙任何时候都可以给你玩，这炮就算是你们共有的，共有的……”

“不，我不要共有，不，我要完全归我，而不是伊柳沙的。”疯妈妈还在耍小孩子脾气，简直快要哭了。

“妈妈，你拿去吧，拿去吧！”伊柳沙忽然说，“克拉索特金，我可不可以把它送给妈妈？”他带着央求的表情问郭立亚，似乎唯恐郭立亚为他的礼物被转送给别人而见怪。

“完全可以！”克拉索特金马上同意，并从伊柳沙手中接过小炮亲自把它交给疯妈妈，同时恭恭敬敬鞠上一躬。上尉太太感动得哭了。

“伊柳沙，亲爱的，只有你才爱你的妈妈！”她深情地含泪说，旋即又把小炮放在自己大腿上滚来滚去。

“孩子他妈，让我吻一下你的手。”上尉又跳到她身边，并且立即把这一愿望付诸实现。

“要问谁是最可爱的年轻人，那就是这个心地善良的少年！”满怀感激的上尉太太指着克拉索特金说。

“伊柳沙，火药以后我会给你拿来的，要多少有多少。现在我们能自己做了。博罗维柯夫已知道配方：二十四份硝石，十份硫黄，六份桦树木炭，放在一起捣碎，加水搅和成面团，放在细筛上搓，——漏下的就成了火药。”

“斯穆罗夫已经跟我提到过你们的火药，不过爸爸认为这不是真正的火药。”伊柳沙说。

“怎么不是真正的？”郭立亚脸红了，“我们的火药能燃烧。不过，我不太懂……”

“不，我不是这个意思，”上尉一下子插了进来，他显得很抱歉的样子。“我的确说过真正的火药不是这样合成的，但这无所谓，这样也可以。”

“我不太懂，这您更在行。我们放在装发膏的小石罐里点过，烧得很旺，全烧光了，只剩下很少一点点黑灰。可这仅仅是面团状的，要是放在细筛上搓……。不过，您更在行，我不太懂……。布尔金为了我们的火药挨了他父亲一顿打，你听说了吗？”他转而问伊柳沙。

“听说了。”伊柳沙答道。他兴致勃勃、津津有味地听郭立亚讲这些事情。

“我们准备了整整一瓶火药，布尔金把它藏在床底下。他父亲发现了，说会爆炸的，当即揍了他，还要到中学里去告我的状。现在家里不准布尔金跟我交往，如今谁家都不准孩子跟我待在一起。斯穆罗夫家里也一样，反正我的名气很臭，都说我‘不要命’，”郭立亚不屑地一笑置之。“一切都是从铁路上那件事开始的。”

“啊，我们也听说过您这桩奇闻！”上尉说，“您竟然真的躺在那里让火车在您头上开过去！当时您难道一点也不害怕？您一点也不觉得可怕？”

上尉使出浑身解数讨好郭立亚。

“也没觉得特别可怕！”郭立亚满不在乎地回答，“其实，败坏我名声最厉害的还要数那只该死的鹅。”他又转过来面向伊柳沙。

尽管他侃侃而谈的口气好像把什么都看得无所谓，可毕竟没能控制住自己，往下就渐渐走调了。

“哦，鹅的事我也听说过！”伊柳沙容光焕发地笑了，“有人告诉过我，可我弄不明白，难道你受过法官的审问？”

“不过是微不足道的小事一桩，毫无意思，在我们这里照例会闹得满城风雨，”郭立亚大大咧咧地开始说，“有一次我走在广场上，正好有人赶来一群鹅。我停下来瞧这些鹅。忽然，一个本地的小伙子维什尼亚科夫——如今他在普洛特尼科夫铺子里跑腿送货——看着我说：‘你干吗瞧这些鹅？’我向他一看：那是个二十来岁、圆脸盘的傻小子，要知道，我从来不讨厌下层平民。我喜欢和人民在一起……。我们落在人民后面了——这是格言，——卡拉马佐夫，您好像在发笑？”

“不，绝对不，我在认真听您说。”阿辽沙带着再天真不过的表情作出反应，多疑的郭立亚立即放下心来。

“卡拉马佐夫，我的理论简单明了，”他旋又精神抖擞地急忙说，“我相信人民，随时愿意为他们主持公道，但绝对不是把他们惯坏，这是 sine qua[①]……。对了，我要说鹅的事。我向那个傻小子回答说：

“‘我寻思着：鹅在想些什么？’

“‘那么鹅在想些什么呢？’他傻乎乎地瞅着我问。

“‘瞧，旁边停着一车燕麦，’我说，‘燕麦从袋子里洒出来，一只鹅拼命伸长脖子，一直伸到车轱辘底下去啄食洒在地上的麦粒——你瞧见没有？’

“‘这我瞧得很清楚。’他说。

“‘那么，’我说，‘要是咱们把这辆车稍稍往前推一下——车轱辘会不会把鹅的脖子压断？’

“‘一定会压断。’他一边说，一边咧着大嘴傻笑，乐得不得了。

“‘那好，’我说，‘小伙子，咱们一起干吧。’

“‘一起干。’他说。

“我们并不需要花多少时间做准备：他悄悄站到笼头附近，我从旁边走过去想让鹅凑近些。那会儿赶鹅的也是粗心大意，正在跟什么

① 应为 sine qua non，拉丁文，先决条件。

人说话，我根本用不着作什么调整，一只鹅自己伸长了脖子在啄食燕麦，正好把脖子凑到车轱辘下面。我向小伙子递了个眼色，他把笼头一扯——喀嚓一声！一只鹅的脖子断成了两截！偏偏在这一秒钟里所有的乡下人都看见了我们，他们一齐叫了起来：

“‘你是故意的！’

“‘不，不是故意的。’

“‘明明是故意的！’他们嚷着，‘去见调解法官！’他们还抓住了我，说，‘你刚才也在这儿插了一手，市场上谁都认得你！’

“的确，不知什么缘故市场上谁都认得我，”郭立亚沾沾自喜地补上一句，“于是我们所有的人一起去见调解法官，把那只鹅也带了去。不料那个小伙子维什尼亚科夫害怕了，竟哭起鼻子来，简直像个娘们。赶鹅的乡下人一个劲儿地嚷嚷：

“‘像你们这样干，不管多少鹅都会给压死的！’

“当然，有好几个人做见证。调解法官很快作出裁决：赔偿赶鹅的一卢布，那只死鹅小伙子可以带走。以后绝对不许再这样恶作剧。可是小伙子依旧像个娘们哭个没完，他指着我说：

“‘不是我要干，是他撺掇我干的。’

“我十分镇定地回答，我根本没有教唆他，我只是表述了一个基本构思，说的仅仅是假设性方案。调解法官涅菲多夫微微一笑，可又马上为这一笑而对自己非常生气，他冲我说：

“‘我马上把您的行为通报你们校方，您不好好读书做功课，却在出这种馊主意，今后瞧您还敢不敢端出这样的假设性方案！’

“他并没有通报校方，不过是开个玩笑，但这事确实传得沸沸扬扬，终于传到校方耳朵里。要知道，他们的耳朵够长的！教古典语文[1]的柯尔巴斯尼科夫跳得特别厉害，但是达尔达涅洛夫又为我说了话。现在柯尔巴斯尼科夫火气大得很，就像全世界都对不起他似的。伊柳沙，你也许听说了，他收受了米哈依洛夫家一千卢布的陪嫁，可

① 指拉丁文和古希腊文。

他娶的却是天字第一号的丑八怪。中学三年级的学生立刻胡诌了一首打油诗：

> 柯尔巴斯尼科夫娶了个丑八怪，
> 这消息把初三全班学生都吓坏。

后面还有，滑稽得很，以后我抄了带给你。关于达尔达涅洛夫我不想说什么：这是个有学问的人，很有学问。我尊敬这样的人，完全不是因为他保了我……”

“不过你在什么人创建特洛伊城这个问题上压倒了他！”冷不防斯穆罗夫插了一句，此刻他为克拉索特金感到无比骄傲。他对鹅的故事十分欣赏。

“难道真把老师给压倒了？”上尉谄媚地接茬道，“就是关于什么人创建了特洛伊城？这事我们也曾听说，说是把老师也压倒了。那时候伊柳沙给我讲过……”

“爸爸，他什么都知道，我们谁也没有他懂得多！”伊柳沙接着说，“他不过假装稀里糊涂，其实他在学校里每门功课都是最棒的……”

伊柳沙无限幸福地望着郭立亚。

“关于特洛伊的那件事不值一提。我自己认为这个问题很无聊，”郭立亚谦虚中颇为自豪地表示。他已经完全故态复萌，但多少有些不安：他感觉到自己情绪相当亢奋，比如讲鹅的故事就过于情不自禁，而阿辽沙在他讲述时始终一语不发，致使爱面子的郭立亚渐渐开始心神不宁：“他一语不发莫非由于瞧不起我，以为我在博取他的夸奖？如果他竟敢这样想，那么我……”

“我认为这个问题无聊透顶。”他再次自豪地说得斩钉截铁。

“我知道是谁创建了特洛伊。”一个直到现在几乎还没有开过口的孩子完全出人意料地说；他沉默寡言，显然还挺腼腆，相貌很不错，现年十一岁，姓卡尔塔硕夫。他坐在门口。

郭立亚惊讶而又矜持地望着他。关键在于“究竟什么人创建了特洛伊城”这个问题在所有的班级里都成了一大秘密，要揭开它必须读斯马拉格多夫的著作。但斯马拉格多夫那本书除了郭立亚，谁也没有。有一次，卡尔塔硕夫乘郭立亚离开片刻之机，迅速打开夹在其他书中间的那本斯马拉格多夫的著作，正好翻到述及特洛伊创建者的章节。这件事已有相当长时间，可是卡尔塔硕夫觉得很难为情，一直不敢公开表示他知道什么人创建了特洛伊城，唯恐会闹出什么不愉快，唯恐郭立亚为此弄得他下不来台。但此刻，他不知为什么一下子忍不住说了出来。其实他早就骨鲠在喉。

“那么，是谁创建了特洛伊？”郭立亚带着傲慢的优越感朝他那边转过身去，仅从脸上就已经料到卡尔塔硕夫的确知道；郭立亚自然立即准备好面对由此产生的一切后果。眼下这一插曲可以说是一片欢快的气氛中出现的一个不协和音。

“创建特洛伊的是透克洛斯、达耳达诺斯、伊罗斯和特洛斯。”卡尔塔硕夫一口气咬字清晰地说出了这一串人名，随即脸涨得通红，瞧着他简直令人觉得怪可怜的。但其余的孩子都盯着他看了足足有一分钟，然后这些专注的目光又一下子全部转向郭立亚。郭立亚还在轻蔑而镇定地打量着这个胆大妄为的男孩。

“怎么说是他们创建的呢？”他总算开始发表意见了，“创建一座城市或一个国家究竟意味着什么？难道他们到了那里把一块块砖头砌起来不成？”

他的话引起一阵笑声。惹祸的孩子脸色由粉红变成猩红。他不作声，随时可能哭起来。郭立亚把他这样晾着又过了一分钟光景。

“要谈论创建国家、民族这类历史事件，必须先弄清楚它的含义，”郭立亚用训人的口吻严厉、尖刻地说，“不过，我并不认为这些信口开河的传说有太大的意义，而且总的说来，我对一部世界史也并不肃然起敬。”他话锋一转，口气变得漫不经心，这话已经是向所有的人说的。

“整个一部世界史？”上尉大惊小怪地问。

“是的，一部世界史无非是研究人类干下的长长一大串蠢事罢了。我只看重数学和自然科学。”郭立亚在标新立异的同时却向阿辽沙瞥了一眼：在这里唯一使他担心的只有阿辽沙的看法。但是阿辽沙一直保持缄默，而且神情依然那样严肃。此时倘若阿辽沙发表什么见解的话，那么一切也就会到此结束，但阿辽沙没有开口，而郭立亚觉得“他的沉默可能意味着轻蔑”，于是再也沉不住气。

“还有那些古典语文也一样，学这些东西纯粹是发疯，此外毫无意义……。卡拉马佐夫，您大概又不以为然吧？”

“不以为然。”阿辽沙沉着地莞尔一笑。

“如果要我直抒己见，我认为设置古典语文课程完全是一种警察手段，仅此而已，”郭立亚的呼吸渐渐又趋于急促，“设置这种课程就因为拉丁文、古希腊文枯燥乏味，因为它们能使学生变得思想迟钝。本来就枯燥乏味，那么怎样能使学生觉得更加枯燥乏味呢？本来就没有意思，那么怎样能使学习变得更加没有意思呢？于是人们想出了教古典语文。这便是我对这个问题的看法，但愿我永远不会改变这种看法。”郭立亚把话说到这里戛然而止。他的左右两颊同时泛起一片绯红。

“说得对。”一直认真在听的斯穆罗夫表示同意，从清脆的声音听得出他是信服的。

“可他自己拉丁文的成绩名列第一！”有一个男孩突然从小朋友群中大声指出。

“是啊，爸爸，他话是这么说，可他是班上拉丁文学得最棒的。”伊柳沙也说。

“你们这是怎么啦？”郭立亚认为有必要为自己辩解，不过赞扬声对他来说还是十分受用的。“我啃拉丁文是因为不啃不行，因为我曾向母亲保证要通过考试，我认为一件事要么不干，要干就得干好，但我内心实在把古文经典之类的卑劣伎俩看得一文不值……。您认为如何，卡拉马佐夫？”

“又何必骂为‘卑劣伎俩’呢？”阿辽沙又是莞尔一笑。

“请听我说。希腊罗马所有的经典都已翻译成各种语言，可见他们需要拉丁文并不是为了研究经典著作，而是作为警察手段使学生的头脑变得迟钝。这不是卑劣伎俩还能是什么？”

“所有这些观点是谁教您的？”阿辽沙诧异之余，终于提出疑问。

“首先，即使没有人教，我自己也能理解；其次，刚才我说经典著作都已有了译文等等的话，正是柯尔巴斯尼科夫老师自己在三年级班上公开说的……”

“大夫来了！”一直沉默不语的尼娜突然发出一声叫喊。

果然，属于霍赫拉科娃太太的一辆私家马车已到了大门口。上尉整个上午都在等候大夫，这时连忙跑到大门口去迎接。疯妈妈略事整饰自己的仪容，现出庄矜稳重的样子。阿辽沙走到伊柳沙病榻前，把枕头给他垫得舒服些。尼娜坐在扶手椅上，望着他为伊柳沙整理床铺于心不安。小朋友们匆匆告辞，有几个答应晚上再来。郭立亚向别列兹汪发出一声呼唤，那狗立刻从床上跳下。

“我不走，不走！”郭立亚急忙对伊柳沙说，“我到过道里去待一会，等大夫走了以后，我再带别列兹汪进来。”

大夫已经在走进来。这位气度不凡的大人物身穿熊皮大衣，蓄着长长的黑色鬓角，下巴颏儿却刮得溜光溜滑。他跨进门槛后骤然止步，似乎愣了一下，显然以为自己走错了人家。

“这是怎么回事？我在什么地方？”他嘀咕道，既不卸下熊裘，也不摘去海豹皮帽子（连帽檐也镶着海豹皮）。这么多的人、室内寒酸的陈设、挂在屋角绳子上的内衣，令他如堕五里雾中。上尉在他面前忙不迭地深深鞠躬。

“承蒙光临，承蒙光临，”他嗫嚅着大献殷勤，“您正是到舍间来的，没错……”

“斯涅——吉——辽夫？”大夫端着架子大声问，“您就是斯涅吉辽夫先生？”

“正是在下！”

“啊！”

大夫以鄙夷的目光再次环视这间屋子，然后脱下大衣，露出挂在脖子上的一枚勋章，使在场所有的人眼前顿时刷的一亮，可谓神气十足。上尉接过向他飞来的熊皮大衣，大夫则把帽子摘去。

“病人在什么地方？”大夫大声问，一点也不客气。

六 早　熟

“您认为大夫会怎么说？”郭立亚话说得很快，“您瞧瞧这德性，简直令人作呕！我最讨厌医生！”

“伊柳沙没治了。依我看，这一点已经没有疑问。”阿辽沙恻然回答。

“骗子！医生尽是骗子！不过，我能认识您还是很高兴，卡拉马佐夫。我早就想认识您了。只是令人遗憾，我们竟在如此凄凉的环境中相遇……”

郭立亚很想再说些更为激烈、更为惊人的话，但总觉得有些别扭。阿辽沙注意到了，便露出笑容握住他的手。

“对您这样一位不同寻常的人物，我心仪已久，”郭立亚又有些结结巴巴，因为接下去该怎么说自己心中无数。“我听说您是一位神秘主义者，您在修道院里待过。我知道您是神秘主义者，但……这并没有使我望而却步。接触现实能使您摆脱……。像您这样的人大都如此。”

“您所说的神秘主义者是什么样的人？所谓‘摆脱’究竟意味着摆脱什么？”阿辽沙有些惑然。

“我是说上帝之类的东西。”

“怎么？难道您不信上帝？”

“相反，我对上帝毫无成见。当然，上帝只是一种假设……但是……我承认上帝是需要的，为了秩序……为了世间有序可循以及其他等等……即使没有上帝，也有必要造一位上帝，”郭立亚开始脸红了。他忽然产生一种臆想：阿辽沙马上就会认为他想炫耀自己的知识，借以显示他是个“大人”。郭立亚愤激地忖道：“我根本不想在他面前炫耀我的知识。”想到这里，他懊恼透了。

“说实话，我讨厌跟别人争论这些问题，”他说，“不信上帝不是也可以爱人类吗，您以为如何？伏尔泰就不信上帝，难道他不爱人类？”他说这话的同时心里却在自责：“又来了，又来了！”

“伏尔泰信上帝，但似乎信得不够，对人类似乎爱得也不够，”阿辽沙以平和、沉稳并且十分自然的语气说，好像在跟一个和自己同龄、甚至比自己年长的人谈话。

阿辽沙谈自己对伏尔泰的看法时显得不太有把握，似乎反倒想听听年少的郭立亚有何高见——正是这一点令郭立亚大为惊异。

“您还读过伏尔泰？”阿辽沙问。

“不，谈不上……。不过，我读过《老实人》的俄文译本……那是一个很蹩脚的老译本，非常可笑……（又来了，又来了！）”

“能理解吗？”

“哦，是的，全都理解……我是说……为什么您认为我不能理解？当然，里边有很多色情的内容……。我当然能理解这是一部哲学小说，写它的目的是要阐述一种思想……”郭立亚已经完全语无伦次。“我是个社会主义者，卡拉马佐夫，我是一个铁杆儿社会主义者。”他莫名其妙地宣称。

“社会主义者？”阿辽沙笑了，“您什么时候有了这样的信念？您好像还只有十三岁，是不是？”

郭立亚简直像遭到一阵痉挛的袭击。

“首先，我不是十三岁，而是十四岁，过两个星期就满十四足岁，”他一下子上了火，“其次，我怎么也不明白，这跟我的年龄有什么相干？问题在于我有什么样的信念，而不在于我现年几岁，您说对不对？”

“等您再长上几岁，那时您自然了解年龄对于信念具有什么样的意义。我还有一种感觉，您说的好像并不是您自己的话。”阿辽沙心平气和地回答，但是郭立亚急躁地打断对方。

“不必说了，您要的是顺从和神秘主义。比方说，基督教只为有钱有势的人服务，以便奴役下层阶级，这一点您不会不承认，难道不是吗？”

“啊，我知道您这是从哪里读到的，一定有人教过您！”阿辽沙似乎明白了。

“请问，为什么一定是从哪里读到的？事实上谁也没有教过我。我自己也能……。我可以告诉您，我并不反对基督。这是一个充分体现人道精神的人物，假如他生活在我们的时代，无疑会参加革命，或许还能扮演举足轻重的角色……。甚至必定会这样。”

“这些东西您都是从什么地方捡来的？！您跟什么样的蠢货搅和在一起了？！”阿辽沙不胜惊讶。

“笑话！真理是遮不住的。当然，通过一次机缘的安排，我经常和拉基津先生谈论某些问题，但是……据我所知，别林斯基老先生就曾经这样说过。”

“别林斯基？我不记得。他没有在任何一篇文章里写过这样的话。”

“如果没有写过，那么他说过——据说，他说过。这是我听一个人说的……不过，真见鬼……”

“您读过别林斯基的文章没有？”

“是这样的……不……我没有读完全，但是……关于塔姬雅娜为什么不跟奥涅金私奔那一段我读过。”

“没跟奥涅金私奔？难道这您能……理解？”

“您好像把我当作了毛孩子斯穆罗夫，”郭立亚气得龇牙咧嘴，“不过，请别以为我已经是个十足的革命派。我常常跟拉基津先生意见分歧。我提到塔姬雅娜，这完全不等于我主张妇女解放。我认为妇女是受人管的，应当服从。拿破仑说过：女人应该打毛线，”郭立亚不知为什么淡然一笑，“至少在这一点上我完全赞成这个冒牌伟人的见解。举例说，我也认为离开祖国逃到美国去——可耻，甚至比可耻更糟——是愚蠢。在我们这里也可以为人类做许多好事，何必去美国？尤其是现在。可以做大量卓有成效的工作。我就是这样回答的。”

“回答？回答谁？莫非已经有人请您去美国？”

“我承认有人这样劝说过，可是我拒绝了。当然，这话只在咱俩之间说说，卡拉马佐夫，可不能向任何人露半点口风，听见没有？我只对您说。我可不愿落入第三厅[①]的爪子到铁索桥旁去听课，

你将永远记住
铁索桥旁那座楼！

还记得吗？精彩极了！您笑什么？您以为我对您全是胡吹？”（“万一他发现我父亲柜子里总共只有这一期《钟声》杂志，别的我什么也没有读过，不知他会作何感想？”这一闪而过的念头令郭立亚禁不住打了一个寒战。）

“哦，不，我并不在笑，也完全不认为您在向我胡吹。我真的不这样想，因为这一切很遗憾都是事实！请问，您读过普希金的作品没有？比方说《奥涅金》？……刚才您不是谈到了塔妲雅娜吗？”

“不，还没有读过，但我想读。我没有偏见，卡拉马佐夫。我两方面的观点都愿意听。您为什么这样问？”

“没什么。”

“告诉我，卡拉马佐夫，您是不是极端瞧不起我？”郭立亚单刀直入地问，并且在阿辽沙面前站得笔直，简直像一个立正姿势。“请千万不要拐弯抹角。”

“瞧不起您？”阿辽沙诧异地望着他，“有什么理由？我只是感到忧伤，像您这样出色的个性，还没有开始生活就已经被那些粗鄙不堪

---

① 亦称暗探局，是沙皇尼古拉一世于1826年设立的秘密警察机关。下文“铁索桥旁那座楼”即该局设在彼得堡的总部。

的胡说八道扭曲了。”

“您不必为我的个性担忧。”郭立亚不无得意地打断对方的话，“要说我神经过敏，这倒是事实。我疑心很重，到了荒唐和不讲道理的地步。您刚才笑了一下，我就觉得您好像……”

“啊，我笑完全是别的缘故。我可以告诉您我在笑什么：前不久我读到一个曾经侨居俄国的德国人写的文章，谈我国目前青少年学生的状况，他在文章里写道：‘您要是让一个俄国中学生看一张在这以前他毫无概念的星空图，他第二天就会把这张图修改过以后还给您。’毫无知识而又自命不凡——这便是那个德国人关于俄国学生想要说的。”

“啊，这倒是千真万确的！”郭立亚忽然大笑起来，“绝对正确，一针见血！好样的，德国人！不过这家伙没看到也有好的方面，您以为如何？自负——这不假，这是由于年纪轻，将来可以改正，如果有必要改正的话；但同时也该看到几乎从小养成的独立精神，思想和信念方面的胆识，那不是柯尔巴斯尼科夫之流拜倒在权威脚下的奴性……。无论怎样，德国人毕竟说得有理！好样的，德国人！不过还是应该把德国人都掐死。虽然他们科学发达，可还是应该把他们掐死！”

“为什么要掐死他们？”阿辽沙笑问。

“我也许说话走火了，我承认。有时候我是个很可恶的坏孩子，逢到为什么事情感到高兴，就会失去自持，信口开河。听着，我跟您在这里闲扯，可那个大夫在里边怎么还不出来？不过，他或许在那里捎带着也会给‘孩子他妈’和瘸腿的尼娜检查一下。知道吗，我喜欢这个尼娜。刚才我出来的时候，冷不防她对我说了句悄悄话：‘您怎么早不来？’那声调带着埋怨！我觉得她非常善良，也非常可怜。”

“是的，是的！以后您常来，就会了解她是个什么样的人了。了解这些人对您十分有益，您将懂得珍惜其他好多事物，而这些事物您恰恰可以通过与这些人的交往了解到，”阿辽沙满怀激情地指出，“这会给您带来比什么都好的影响。”

“哦，我真后悔，真想痛骂自己为什么早不来！”郭立亚沉痛地发出感叹。

“是啊，很可惜。您自己也看到了，您给可怜的伊柳沙带来了多少欢乐！他在盼您的那些日子里有多伤心哪！”

“别说了吧！您在我的伤口上抹盐。不过，我也是活该：我一直不来是因为爱面子，是利己主义的自尊心和我说了算的控制欲在作怪，我一辈子都摆脱不了这可鄙的毛病，尽管一辈子都在拼命克服它。我现在明白了，我在很多方面都是个混蛋，卡拉马佐夫！”

“不，您有出色的个性，虽然被扭曲了，我太明白了，为什么您对这个品质很好、却又敏感得近乎病态的孩子会有这么大的影响力！”阿辽沙热情地安慰他。

“您竟然还能对我这样说！”郭立亚颇感意外，“说来您也许不信，我已经有好几次以为您瞧不起我！您不知道我是多么看重您的意见！”

“莫非您真的那么多疑？您还那么年轻！您也许难以想象，刚才在房间里我瞧着您讲故事的时候，我恰恰有过这样的想法：您大概疑心很重。”

“真的这样想过？瞧，您的眼力真了不起！我敢打赌，那一定是在我讲鹅的故事的时候。我恰恰在那个当口儿产生一种臆测：您一定十分瞧不起我急于逞好汉的那副德性，我一时间甚至为此恨得您要命，并且开始云山雾罩瞎说一气。后来我说到‘如果没有上帝，也有必要造一个出来’的时候(那已经是在这里，也就是刚才说的)，我又觉得太急于炫耀自己的学问了，何况这句话是我在一本书上读到的。但我可以向您起誓，我急于这样做并非出于虚荣心，而是……我自己也不知道为什么，是因为高兴吧，对，好像是因为高兴……不过一个人得意忘形，滔滔不绝，实在够丢脸的。这我知道。但现在我已经确信，您并没有瞧不起我，都是我自己疑神疑鬼。哦，卡拉马佐夫，我真是太不幸了。有时候我会产生再荒唐不过的臆想，以为所有的人、全世界都在取笑我，那时我简直恨不得把一切常规通通砸烂。”

“同样也折磨您周围的人。”阿辽沙含笑说。

“也折磨我周围的人，特别是家母。卡拉马佐夫，您说，现在我是不是非常可笑？”

“不要去考虑这类事情，连想也不要去想！”阿辽沙竭力规劝，“再说，可笑有什么稀罕？一个人确实可笑或显得可笑的次数太多太多了！偏偏如今几乎一切有才能的人都特别害怕被目为可笑，结果苦了自己。我只是纳闷，您这么早就有这种感受，不过我早就注意到这种倾向，也并不是您一人如此。如今差不多连孩子也开始为此而苦恼。这简直是一种病态。这种爱面子的观念成了魔鬼的化身，它渗透到整整一代人中间，是十足的魔鬼，”阿辽沙说到这里，一直盯着他瞧的郭立亚原以为他会超然一笑，可是他没有半点笑意。“您和大家一样，”阿辽沙临了说，“或者说跟很多人一样，只是您不要做跟大家一样的人，这就是我要说的。”

“甚至不理会大家都这样？”

“对，即便如此也不理会。就您一个人不要做那样的人。事实上您的确跟大家不一样：您现在就不耻于承认自己不好的、甚至可笑的一面。如今谁有这样的勇气？没有人。人们甚至认为反躬自问已经不再有必要。您就做一个跟大家不一样的人吧；哪怕只有您一个人与众不同，您也坚持下去，不要跟大家一样。”

“太精彩了！我对您的估计没错。您懂得安慰人。哦，卡拉马佐夫，我多么想望您呵！我早就在找机会和您见面！难道您也想过我？刚才您说您也想到过我，是吗？”

“是的，我听人说起过您，也想到过您……如果现在您部分是由于爱面子才这样问的话，这也没什么。”

“知道吗，卡拉马佐夫，咱俩交换意见有点儿像恋人互诉衷情，”郭立亚以软绵绵、怯生生的声调说，“这不可笑？不可笑？”

“完全不可笑，就算可笑，那也没什么，因为这样挺好。”阿辽沙怡然一笑。

“我说，卡拉马佐夫，您得承认，现在您自己跟我在一起也有点儿难为情了……。我从您的眼睛里看得出。”郭立亚作了一个狡猾的、但是也近乎幸福的微笑。

“这有什么可难为情的？”

“那您干吗脸红？”

“是您设法使我脸红的！”阿辽沙笑了起来，他确实满脸通红。“是啊，是有点儿难为情，天知道为什么，我也不知道究竟是什么缘故……”他嗫嚅道，甚至感到有些尴尬。

“哦，正因为您跟我在一起也有点儿说不出所以然的难为情，此时此刻我可太喜欢您，太欣赏您了！”郭立亚的欣喜溢于言表。他的两颊炽热，双目闪亮。

“我姑妄言之，您姑妄听之，郭立亚，您在生活中将是个非常不幸的人。”不知是什么促使阿辽沙突然如此说。

“我知道，我知道。您可真是未卜先知！”郭立亚立即同意他的看法。

“但不管怎样，您在总体上还是愿意为生活祝福的。”

“对！乌拉！您是预言家！哦，咱们会走到一起的，卡拉马佐夫。知道吗，我最欣赏的是您以完全平等的态度对待我。其实咱俩不能相提并论，您比我高明！但是咱们会走到一块儿的。您可知道，最近一个月我一直在对自己说：‘我跟他要么一下子走到一块儿，成为终生朋友，要么从第一次开始便分道扬镳，到死都是冤家！’”

“您这样说的时候自然已经喜欢我了！”阿辽沙笑得欢快、爽朗。

“喜欢，甭提多喜欢了，我喜欢您，也想望您！您怎么总是预先就知道？啊，大夫来了。上帝啊，不知他会说些什么，瞧他的那张脸！”

七 伊 柳 沙

大夫从屋里出来时已经重又裹在裘皮大衣里，戴上了帽子。他几乎是满面怒容，一派鄙夷不屑的神气，仿佛生怕在哪儿蹭一下弄脏了自己。他向过道里扫了一眼，板着脸瞧了瞧阿辽沙和郭立亚。阿辽沙从门内向车夫招招手，刚才把大夫载来的马车移到了大门前。上尉跟在大夫后面跑出来，点头哈腰留住他，想最后再搭上几句话。这可怜的人目光惊恐，神色沮丧。

“阁下，阁下……难道就？……”他没把话说完，只是绝望地双手一拍，尽管还望着大夫作最后的哀求，好像此刻大夫的一句话真的能改变可怜的孩子的命运。

“有什么办法？！我不是上帝。”大夫漫不经心地回答，虽则语气照例很有分量。

“大夫……阁下……是不是快了？”

“应当做好一切准备。”大夫每一个字都加以强调，说得清清楚楚，然后目光下垂，准备迈出门去登上马车。

“阁下，看在基督分上！”上尉震骇之余再次把他留住，“阁下！……难道一点办法也没有？难道已经什么也救不了他？绝对没有希望了？……”

“现在我决定不了他的命运，”大夫不耐烦地说，“不过嘛，”他骤然顿了一下，“如果您有条件……比方说，您有条件把……您的病人……立刻而又毫不耽搁地（大夫说**立刻而又毫不耽搁**这几个字的语气非但严厉，而且近乎愤怒，简直把上尉吓一大跳）送往锡拉库萨[①]……换一种有利的气候环境……或许有可能出现……”

“锡拉库萨？”上尉似乎还莫名其妙。

“锡拉库萨在西西里岛。”郭立亚忽然大声插话向他解释。大夫对他瞧了瞧。

“去西西里岛！我的爷！”上尉茫然不知所措，“阁下，您已经看到了！”他向周围摆动双手，示意家里的境况如此这般。“孩子他妈怎么办？一家人怎么办？”

---

① 意大利的港口城市。

“不，不必全家去西西里岛，可以在早春季节去高加索……您的女儿最好去高加索，而您的太太……考虑到她的关节炎，也应当在高加索接受一个疗程的矿泉治疗……然后立即送往巴黎精神病专家勒佩尔蒂埃博士的疗养院，我可以为您向他写一封介绍信，那样的话……或许有可能出现……”

“大夫，大夫！您也看到了！”上尉又摆动双手，绝望地指着过道里光秃秃的原木墙壁。

“这就不是我的事了，”大夫笑了笑，“我所说的只是从医学角度回答您提出的问题，也就是所能采取的最后手段，至于其他……我很遗憾……”

“不用担心，医生，我的狗不会咬您，”郭立亚很不客气地大声说，他注意到大夫投向站在门口的别列兹汪的眼神有些不安。他**故意**不称“大夫”而称“医生”，据他自己事后解释，“就是为了气气他”。

“什——么？”大夫抬起头来，愕然瞪着郭立亚。“这人是谁？”他向阿辽沙问道，仿佛在向他兴师问罪。

“我是别列兹汪的主人，郎中，其余的您不必知道。”郭立亚又抢白了他几句。

“兹汪？”大夫不明白别列兹汪是指什么。

“说话的时候也不瞧瞧自己在什么地方。再会，医生，咱们锡拉库扎见。”

“这是什么人？什么人，什么人？”大夫勃然大怒。

“是本地的一名学生，大夫，他很淘气，您不必介意，”阿辽沙皱着眉头匆忙说，“郭立亚，住口！”他向克拉索特金喝道，“大夫，您千万别介意。”他已经有些不耐烦了。

“该揍，该好好揍一顿！”大夫连连跺脚，不知为什么他的脾气发得也太大了。

“知道吗，医生，我的别列兹汪也不是吃素的！”郭立亚的声音开始发颤，面色煞白，目露凶光。“喂，别列兹汪！”

“郭立亚，您要是再说一句话，我就和您永远绝交！”阿辽沙厉声叱喝。

“医生，天下只有一个人可以向尼古拉·克拉索特金发号施令，这个人就是他，”郭立亚指了指阿辽沙，“我听他的，再见！”

他迈步向前，打开房门，很快走进屋里去。别列兹汪跟在他后面。大夫又站了五秒钟左右，瞧着阿辽沙直发愣，然后啐了一口唾沫，快步向马车走去，一边大声重复着：“这简直……简直……我不知道说什么才好，简直！……”上尉急忙跑过去扶他上车。阿辽沙随郭立亚走进屋里。郭立亚已坐在伊柳沙病榻旁。伊柳沙拉着他的手，向门外呼唤爸爸。过一会上尉也回来了。

“爸爸，爸爸，到这儿来……咱们……”伊柳沙异常激动，结结巴巴地想要说什么，但显然说不下去，突然向前伸出两条皮包骨的胳膊，尽所有的力气同时把两个人——郭立亚和爸爸——紧紧搂住，自己和他们抱成一团。上尉在无语的抽泣中浑身哆嗦，郭立亚的嘴唇和下巴开始发颤。

“爸爸，爸爸！我真舍不得你呀，爸爸！”伊柳沙发出伤心的哀叹。

“伊柳沙……宝贝……大夫说……你会好起来的……咱们会幸福的……大夫……”上尉还想往下说。

“啊，爸爸！我知道那个新大夫对你怎么说我……。我都看见了！”伊柳沙说着又使出所有的力气把他俩和自己紧紧搂在一起，把自己的脸藏在爸爸肩窝里。

“爸爸，别哭……我死了以后，你另外要一个好男孩……你自己从他们所有的人中间挑一个好的，就叫他伊柳沙，就像爱我那样爱他……”

“别说了，老伙计，你会好的！”克拉索特金猛然叫了一声，听起来就像生了气似的。

“爸爸，你可永远不要把我忘了，”伊柳沙还在说，“要到我的坟上来……听我说，爸爸，你就把我埋在咱俩经常散步走到那里的一块大石头旁边，傍晚你和克拉索特金一起到那边去看我……。还有别列兹汪……。我会等你们的……。爸爸，爸爸！”

他已泣不成声，三人抱在一起默默无言。尼娜也在自己的扶手椅上暗暗落泪；疯妈妈看到大家都哭，也悲从中来。

“伊柳沙！我的小伊柳沙！”她哭喊着。

克拉索特金突然从伊柳沙的怀抱中挣脱出来。

“再见了，老伙计，母亲在等我回去吃饭，”他匆忙说道，“可惜我没有预先通知她！她会非常着急的……。饭后我马上来看你，整个下午、整个晚上都陪着你，我要给你讲好多好多有趣的事情！我把别列兹汪也带来，现在我得带它一起走，因为我不在，它会叫个不停，吵得你受不了；再见！”

他跑到过道里。在屋里他不愿哭出来，可是到了过道里，眼泪再也忍不住了。随后出来的阿辽沙发现他正处在这样的状态。

“郭立亚，您一定得履行诺言再来，否则他会伤心死的。”阿辽沙叮嘱再三。

“一定！哦，我真该死，为什么早不来。”郭立亚哭着嘟哝道，他已不为哭泣而感到尴尬。

正在这个当口，上尉从屋里飞奔出来，并且马上把门关上。他脸上神情狂乱，嘴唇在哆嗦。他站到两个年轻人面前，高高地举起双手。

“我不要什么好男孩！我不要别的男孩！”他咬着牙喃喃地说，声音很轻，像是疯疯癫癫的自言自语。“我若把你忘记，耶路撒冷，让我的舌头粘……”

他因哽咽而说不下去了，便颓然跪在一条木凳前。他握着两个拳头紧紧夹住自己的脑袋，想要号啕大哭，又怕被屋里的人听见，便竭力把哭声压下去，结果发出的是一种怪诞刺耳的尖叫。郭立亚冲出过道，跑到街上。

“再见，卡拉马佐夫！您自己还来不来？”他用生硬的语调大声问阿辽沙。

“晚上一定来。”

“他干吗说起耶路撒冷来？……这又是怎么回事？”

“这是《圣经》上的话：‘我若把你忘记，耶路撒冷，让我的舌头和上颚粘连在一起[①]。’意思是说：倘若忘记我最珍爱的一切，倘若让别的东西来替代，宁愿遭到天谴……”

“我明白了，那就到此为止吧！您也一定来！喂，别列兹汪！”他向狗发出一声凶得可怕的呼唤，然后很快迈着大步向家里走去。

① 这是被掳往巴比伦的古代犹太人思念故土发誓报仇所唱哀歌中的词句，见《圣经·旧约·诗篇》第 137 篇。

第十一卷

伊　　万

一　在格露莘卡家里

阿辽沙前往教堂广场，到商人遗孀莫罗佐娃的宅院去见格露莘卡。格露莘卡一大早便打发菲妮娅去找他，恳请阿辽沙到她家去一次。经向菲妮娅询问，阿辽沙获悉她的女主人从昨天起就特别紧张，忧心如焚。米嘉被捕以后的这两个月内，阿辽沙经常上莫罗佐娃宅院来，有时受米嘉之托，有时他自己要来。米嘉被捕三天后，格露莘卡病倒了，这一病几乎长达五个星期，其中有一个星期昏睡不醒。她的面貌大大变了样，又瘦又黄，尽管能下地出门已将近两个星期。然而，在阿辽沙看来，她的容颜好像更加楚楚动人，阿辽沙来到她家，喜欢遇上她的目光。一种坚毅和理智的品质在她的眼神中似乎得到了巩固。某些精神上的嬗变也渐露端倪，总是让人感到柔中见刚的潜力和不可动摇的决心。眉间额上出现了一道垂直的细小皱纹，为她清秀的面庞平添几分凝思，乍看起来，甚至近乎冷峻。别的不说，即以原先的浮躁为例，如今已荡然无存。

还有一点令阿辽沙感到奇怪：这个可怜的女子的未婚夫因被指控犯下滔天罪行而身陷囹圄；她差不多就在成为米嘉未婚妻的一刹那立刻遭此不幸；随后又是一场大病；等待着米嘉的法院判决几乎已成定局；——尽管沉重的打击接踵而至，格露莘卡却并未失去原有的青春活力。以前充满傲气的眼睛里如今多了一点沉静，不过……不过偶尔还会燃起预兆不祥的火苗，那是在她想起一桩耿耿于怀的心事的时候，这事非但没有淡忘，反而在她心上压得更沉了。

她念念不忘的还是卡捷琳娜·伊万诺夫娜。格露莘卡卧病在床的时候，甚至发烧说胡话也一再提到她。阿辽沙明白，格露莘卡还在为米嘉——已沦为囚犯的米嘉——吃她的醋，虽然卡捷琳娜·伊万诺夫娜一次也没有去狱中看望过他，事实上她随时都可以去探监。这一切对于阿辽沙成了一个难题，因为格露莘卡的心里话只对他一个人说，并不断征询他的忠告；有时阿辽沙委实不知对她说什么是好。

阿辽沙满怀愁绪走进她的寓所。格露莘卡已经在家里，她探望米嘉回来大约有半个小时了。她立刻从桌旁的扶手椅上站起来迎接阿辽沙，单看这一迅速的动作阿辽沙已可断定：格露莘卡正在十分焦急地等他。桌上的纸牌发成玩傻瓜游戏的格局。桌子另一侧的皮沙发上安排好一张铺位，马克西莫夫身穿睡衣，头戴布睡帽半靠半卧在上面，他显然体弱有病，尽管依然笑容可掬。这个无家可归的小老头儿，自从两个月前和格露莘卡一起从莫克罗耶回来后，一直留在她家，没有离开过她。当时他们冒着雨雪坐车到此，马克西莫夫身上淋湿，心内恐慌，在沙发上坐下后面带乞求的微笑，默默地、不好意思地直盯着格露莘卡。遭到大不幸的格露莘卡刚开始发烧，在到家后的最初半小时忙这忙那，几乎把他给忘了。后来定睛向他一看，发现那小老头儿正茫然冲她傻笑，样子怪可怜的。她把菲妮娅叫来，吩咐给他弄点儿吃的。马克西莫夫就在那里坐了一整天，几乎动也不动。到了天色已暗、护窗板都关上的时候，菲妮娅问女主人：

“太太，他是不是留下来过夜？”

“是的，你给他在沙发上安排个铺位。”格露莘卡答道。

经过仔细盘问，格露莘卡从他那里了解到，现在他确实无处可去，“我的恩人卡尔甘诺夫先生向我明确表示，再也不接待我了，并且送给我五卢布”。

“上帝保佑你，你就留下吧，”格露莘卡当即决定，痛苦中还不忘向他作了一个同情的微笑。看到她的笑容，老头儿的心震颤了，感激的抽泣使他的嘴唇哆嗦不已。从那时起，格露莘卡家里就多了这样一位飘零的食客。在她生病期间，马克西莫夫也不离开她家。菲妮娅和她奶奶即格露莘卡的厨娘没有撵他走，而是继续管吃管住。后来格露莘卡甚至对他习惯了。大病初愈，格露莘卡还没有完全好利索便开始去探望米嘉，回来后为了排遣愁闷，就坐下来跟“马克西穆什卡”闲聊，但求不去想自己的伤心事。有时候这小老头儿居然也能讲些有趣的事情，到头来格露莘卡竟少不了他。除了并非天天都来而且每次只待一会儿的阿辽沙，格露莘卡几乎谁也不见。那时老萨姆索诺夫已病重如山，城里大家都说他“快要走了”，果然就在法庭审判米嘉一星期后死去。他在三个星期以前自知死日已近，终于把两个儿子及其妻儿都叫到楼上去，吩咐他们再也不要离开。也就是从那时起，他命令仆人们切勿接待格露莘卡；万一她来，就说：“老爷祝您快乐长寿，并且要您把老爷彻底忘掉。”不过，格露莘卡几乎每天都派人去询问他的健康情况。

“你总算来了！”她扔下纸牌欣然招呼阿辽沙说，“马克西穆什卡说你也许不会来了，把我吓得够呛。啊，实在太需要你了！坐到桌子旁边来；你要喝什么，咖啡？”

“好吧，”阿辽沙说着在桌旁坐下，“我饿极了。”

“没问题；菲妮娅，菲妮娅，把咖啡拿来！”格露莘卡叫了一声，“咖啡已经煮滚半天了，就等你来。菲妮娅，你把馅饼也拿一些来，要热的。你不知道，阿辽沙，为了这些馅饼今儿个闹得可凶了。我带到牢房里去给他，可是他，你也许不信，竟扔了回来，就是不吃。有一块还被他摔在地上用脚踩烂。我对他说：‘我把饼留下交给看守；要是到晚上你还不吃，那就是恶毒的怨气把你塞饱了！’——说完，我就走了。信不信由你，反正又吵了一架。我一去就跟我吵架。”

格露莘卡这番话是激动中一口气说出来的。马克西莫夫立刻感到坐立不安，只得含笑垂目看着地上。

“这一次又是为什么吵呢？”阿辽沙问。

“我怎么也没有料到！你想想，他竟吃起那个波兰人的醋来，说：‘你干吗供养他？他的生活你都包了？’没完没了地为我吃醋！吃饭睡觉都在吃醋。上星期有一次还吃老库兹马的醋呢。”

“波兰人的事以前他又不是不知道。”

“就是嘛。从一开始直到今天都知道，可今天突然跳起来骂开了。他的话我都不好意思说给你听。真浑！我出来的时候，拉基特卡去看他了。会不会是拉基特卡在挑唆他？你说呢？”她有些心不在焉地添上那几句。

“他爱你，非常爱你，所以才这样。现在又赶上心里烦躁。”

“明天要开庭了，他能不烦躁吗！我去就是为了向他说说我对明天的想法。阿辽沙，我一想起明天的事就害怕！你说他心里烦躁，你可知道我的心里有多烦躁？可是他竟说波兰人怎么样怎么样！真浑！恐怕除了马克西穆什卡，他谁的醋都吃。”

“我妻子过去为我也吃醋吃得很厉害。”马克西莫夫插了一句。

“为你？”格露莘卡不大自然地笑了起来，“她为你跟什么人吃醋？”

“跟使唤丫头呗。”

“嘿，住口，马克西穆什卡，现在我可没心思打哈哈，我的气正不打一处来呢。你甭把眼睛盯着馅饼，不许你吃，你吃不得，香草酒也不许喝。瞧，还得为他忙乎；说真的，我这儿简直成了收容所。”她笑了。

“我实在不该浪费您的善心，我太没价值了，”马克西莫夫好像含着泪水细声说，“您还是应该把您的善心用在那些比我更有用的人身上。”

“哎，每个人都有用，马克西穆什卡，很难说谁比谁更有用。要是世上压根儿没有那个波兰人就好了，阿辽沙，他今天还生起病来了。我也上他那儿去过。我还偏要让人给他送一些馅饼去。其实我并没有送去，可米嘉责备我给他送饼去，现在我就是要派人送去，就是要送！啊，菲妮娅拿着一封信进来了！我就料到又是那两个波兰人的来信，又是要钱！”

果然是穆夏洛维奇派人送来一封洋洋洒洒而且照例喜欢玩弄辞藻的长信，信上要求借给他三卢布。随信还附有一张借条，写明三个月后保证归还；符鲁布列夫斯基也在借条上签了字。这样的信和这样的借条已从她的旧情人那里收到好多。事情是从大约两星期前格露莘卡病愈开始的。她知道在自己患病期间两个波兰人曾来问过她的健康状况。格露莘卡收到的第一封信就很长，是写在大信笺上的，盖了很大的家族封印，文字晦涩，华而不实，格露莘卡读到一半就撂下，什么也没读懂。那时她也没有把心思放在这上头。继这第一封信之后第二天又来一封，穆夏洛维奇在信中要借两千卢布，只借很短一段时间。格露莘卡两封信都没回。以后信就接连不断，一天一封，词句都是冠冕堂皇、花里胡哨，可是借钱的数额却逐步减少，减到一百卢布，二十五卢布，十卢布，最后格露莘卡收到一封信，信中两个波兰人只向她借一卢布，还附了由两人签名的借条。于是格露莘卡动了恻隐之心，就在黄昏时分到波兰人那儿去跑了一趟。她发现两个波兰人穷愁潦倒，简直一贫如洗，没有吃的，没有柴火，没有烟卷，房租欠了不知多久。在莫克罗耶从米嘉那儿赢来的二百卢布很快就没了，也不知花到哪儿去了。可是令格露莘卡感到诧异的是：这两人见到了她还端着臭架子，死讲究繁文缛节，张口就是大话空话。格露莘卡实在忍不住笑起来，并且给了她的旧情人十卢布。她马上就把这件事告诉米嘉，米嘉一点没有醋意。可是从此那两个波兰人就抓住格露莘卡不放，每天用乞讨信向她轰击，她就每次打发人送一点钱去。不料今天米嘉一下子醋劲大发。

“我也真傻，今天去看米嘉的路上我拐到他那儿去了一趟，只待一会儿，因为他——我以前的那个波兰人——也病了，”格露莘卡又急急忙忙往下说，“这我也敢告诉米嘉，我说：‘知道吗，我那个波兰人弹着吉他给我唱往日的那些歌，以为我心肠一软会嫁给他。’可是米嘉竟跳起来破口大骂……。那好，我偏要给那两个波兰人送馅饼去！菲妮娅，他们是不是差那个小姑娘送信来了？你把这三卢布交给她，再用纸包十来个饼，让她带给他们；阿辽沙，你一定得告诉米嘉，我让人送了馅饼给他们。”

“我决不会说的。”阿辽沙微微一笑。

“唉，你以为他会心里难受；他是故意做出吃醋的样子，其实他根本无所谓。”格露莘卡伤心地说。

“怎么是故意做做样子？”阿辽沙问。

“你真傻，阿辽沙，这种事你一点也不懂，虽然你很聪明。他为我这样一个女人吃醋我并不见怪，要是他一点醋意也没有，我反倒会见怪。我就这脾气。我不会因为别人忌妒就生气。我自己的心也够狠的，我自己也会吃醋。我觉得委屈，因为他压根儿不爱我，现在是**故意**吃醋，就这么回事。我又不瞎，难道看不出来？刚才他突然向我提起那个女人——卡嘉，说她怎么长怎么短，为他从莫斯科请来一位医学专家出庭救他，又请了一位最好、最有学问的律师为他辩护。既然在我面前夸她，说明还在爱她，真不害臊！明明是他对不起我，现在又跟我胡搅蛮缠，想造成我先有错的局面，好把什么都推到我的身上，意思就是：‘你先跟波兰人又好上了，现在我说卡嘉好有什么不可以的？’我对你说，这是他故意胡搅蛮缠，只是我……”

格露莘卡没说出她打算做什么，就用一方手帕捂住眼睛，放声大哭。

“他并不爱卡捷琳娜·伊万诺夫娜。”阿辽沙说话的口气很有把握。

“爱还是不爱，这我自己很快就能知道。”格露莘卡把手帕从眼睛上挪开，带着威胁的口吻说。她的脸变了样。阿辽沙痛心地看到她柔顺、文静的面庞一下子变得阴沉而又凶狠。

“这些蠢事不提也罢！”她遽然把话题掐断，“我也不是为这把你叫来的。阿辽沙，亲爱的，明天会怎么样，明天？这才是我着急的事情！就我一个人着急！我注意观察所有的人，没有人在想这事，谁也顾不上这事，这跟他们毫不相干。你是不是在想这事？明天要开庭了！你给我讲讲，对他会怎样判？要知道，人是仆人杀的，凶手是仆人！上帝啊！难道米嘉要代仆人受罪，却没有人为他说一句话？那仆人不是连一根毫毛也没有给碰着吗？”

“对他进行了严格的讯问，”阿辽沙沉着地指出，“可是一致得出结论：凶手不是他。眼下他病得很厉害。自从那次癫痫发作后一直没好利索。他确实病了。”阿辽沙补充说。

“天哪，你该亲自去见那个律师，把案情当面向他讲清楚。听说是花了三千卢布从彼得堡请来的。”

“这三千是我们三个人出的，我、二哥伊万和卡捷琳娜·伊万诺夫娜，而大夫是她自己出两千卢布从莫斯科请来的。菲久科维奇律师收费本来还不止这些，因为这案子全俄国都已知道，所有的报刊都在议论，菲久科维奇同意到这里来主要着眼于扬名，因为这案子影响太大。昨天我见到他了。”

“怎么样？你对他说了没有？”格露莘卡急切地问。

“他听完了什么也没说。他说他已经形成了自己的看法。但他答应对我的话予以考虑。”

“予以考虑？！这些骗子！他们会把他给毁了！那么医学专家呢？那女人干吗要请医学专家？”

“那是请来作鉴定的。打算证明大哥有精神病，他是在精神错乱的状态下不自觉地杀了人，”阿辽沙淡然一笑，“只是大哥不同意这个设想。”

“如果他是凶手，这倒符合事实！”格露莘卡说，“当时他疯了，完全疯了，这都怪我这个浑女人！可他不是凶手，不是！现在大家都认定，人是他杀的，全城都这么说。连菲妮娅的证词也让人觉得他是凶手。铺子里那些人和那个姓别尔霍津的公务员的证词，以前酒店里也有好多人听到过他这样说！所有的人都跟他作对，所有的旁证都对他不利。”

“是的，旁证多极了。”阿辽沙黯然指出。

“还有格里果利，格里果利·瓦西里耶维奇，也是一口咬定门是开着的，坚持说他没看错，谁也动摇不了他。我去找过他，亲自跟他谈过。他还骂人呢！”

“是的，这可能是对大哥最不利的证词。”阿辽沙说。

“要说米嘉精神失常，我看他现在就是这样，”格露莘卡的神情一下子变得特别忧虑，还有些神秘兮兮。“知道吗，阿辽沙，这事我早就想对你说。我每天去看他，心里直纳闷。希望你告诉我：你是怎么想的，他现在老是在说些什么？他会哩哩啰啰说个没完——我一点也不懂，我以为他在说什么高深的道理，我是个傻女人，听不懂；可是他冷不丁对我说起娃子来了，就是说一个不知什么小孩：‘为什么娃子那么可怜？’‘为了这个娃子现在我就要发配到西伯利亚，我没有杀人，可是我得去西伯利亚！’那个娃子到底是怎么回事——我一点也不明白。他说的时候我哭了，因为他说得非常好，他自己也哭，我也哭；忽然他吻了我一下，还在我胸前画十字。阿辽沙，你给我讲讲，这‘娃子’究竟是怎么回事？”

“近来不知为什么拉基津常去看他，”阿辽沙笑道，“不过……这事跟拉基津没有关系。米嘉那儿昨天我没去，今天要去。”

“是的，这跟拉基特卡没关系，是你二哥伊万·费奥多罗维奇搅得他痴痴呆呆，他去过米嘉那儿，这才……”格露莘卡忽然不说下去了，似乎发现自己捅了娄子，惊讶万分的阿辽沙直盯着她瞧。

“常去？难道他常去看米嘉？米嘉亲口对我说，伊万一次也没有去过。”

“该死！……都怪我这张嘴！说漏了兜！”格露莘卡一下子涨红了脸，显得很尴尬。“等一下，阿辽沙，嘘！……算了，既然已经说漏了兜，我索性把话挑明了吧：伊万去过米嘉那儿两回，——第一回，他刚从莫斯科赶来就去了，当时我还没有病倒；第二回，大约在一星期前。他不许米嘉把这事告诉你，绝对不许，也不许对任何人说，他是秘密去探监的。”

阿辽沙坐着陷入了深思。刚才听到的情况显然令他震惊，他在考虑一个问题。

“二哥伊万不跟我谈米嘉的案子，”他说得很慢，“而且这两个月内他都很少和我说话。每次我去找他，他好像总是不欢迎，所以我已经有三个星期没去找过他。嗽……如果他一星期前去过，那么……这一星期内米嘉身上确实起了某种变化……”

“变了，他变了！”格露莘卡立刻接茬说，“他俩有秘密，他俩有秘密！米嘉自己对我说过有秘密，而且这秘密使米嘉安生不下来。原先他挺开心的，现在也开心，只是每次他开始这样摇头，在屋子里走来走去，用右手揪这边太阳穴上自己的头发，我就知道他心中慌乱……我知道！……本来他挺开心的，今儿个也开心！”

“可是你说他很烦躁？”

“他是烦躁，但又开心。他一直烦躁，可是一会儿就过去了，别的时候挺开心，然后一下子又烦躁起来。知道吗，阿辽沙，我瞧着他，心中老在纳这个闷：前边有那么可怕的事情在等着他，可他有时候竟会哈哈大笑，笑的原因也很无聊，简直像个孩子。”

“他真的不许你告诉我伊万去看过他？他果真要你别告诉我？”

“果真说过：‘别告诉他。’他就是怕你，我是说米嘉。因为这里边有秘密，他自己也说有秘密……。阿辽沙，亲爱的，你去侦察一下：他俩究竟有什么秘密，然后来告诉我，”格露莘卡突然做出哀求的样子，“你就可怜可怜我，让我别再提心吊胆，让我对自己的苦命也好心中有数！我就为这才把你叫来。”

“你认为那是针对你的？如果这样的话，他就不会向你说有秘密。”

“不知道。也许他想告诉我，可又不敢。他是在给我提个醒儿。他说有个秘密，可到底是什么秘密——没说。”

“那你自己是怎么想的呢？”

“我怎么想？我的末日到了，这便是我所想的。他们仨一起安排好了我的末日，因为其中有卡嘉。这全是由卡嘉引起的。卡嘉怎么长怎么短，就是说我不怎么样。他是在预先给我暗示，预先给我提个醒儿。他想把我给甩了，这就是全部秘密！这是他们仨一起商量好的——米嘉、卡嘉和伊万·费奥多罗维奇。阿辽沙，有件事我早就想问你。一星期前他忽然向我透露，说伊万爱上了卡嘉，因为伊万常去找她。他向我说的是不是实情？你要凭良心说，别担心我受不了。”

“我不向你撒谎。伊万并没有爱上卡捷琳娜·伊万诺夫娜，我是这样想的。”

“当初我也是这样想的！那么米嘉在向我撒谎，这不害臊的！他现在又为我吃醋，为的是以后可以把责任推到我身上。可他太缺心眼，肚子里藏不住东西，准会露出马脚来……。我会给他好瞧的，会给他好瞧的！他对我说：‘你相信我杀了人’——他这话竟会对我说，对我！他竟拿这话来指责我！让上帝去宽恕他吧！你等着瞧，法庭上我会让那个卡嘉吃不了兜着走……。到时候我会把什么都说出来！”

说到这里，她又伤心地哭起来。

“有几点我可以明确告诉你，格露莘卡，”阿辽沙说着离座起身，“第一，他爱你，爱你胜过世上所有的人，而且只爱你一人，这一点你可以相信我。第二，我要告诉你的是：我不愿从他口中套出那个秘密；如果今天他自己告诉我，那我就对他直说，我已经答应告诉你。那样的话，我今天就来告诉你。只是……我觉得……这跟卡捷琳娜·伊万诺夫娜一点儿也不相干，这秘密想必是另一件什么事情。十之八九是这样。完全不像跟卡捷琳娜·伊万诺夫娜有关，这是我的感觉。暂时先向你告别！”

阿辽沙握了一下她的手。她还在哭。阿辽沙看得出，格露莘卡不大相信他这番旨在安慰的话，但至少格露莘卡已经把心中的苦水倒了出来，这对她也是件好事。阿辽沙实在不忍心让她一个人处在这样的状态下，但他又急于离去。他还有许多事情要办。

二　纤足有恙

办其中第一件事的地点在霍赫拉科娃太太家，他匆匆前往那里，争取尽快完事以后还来得及去探望米嘉。

霍赫拉科娃太太偶染微恙已有三个星期：她的一只脚不知什么原因肿了起来，虽然没有卧床，但她白天还是穿着既有魅力又不失体统的家居便服，半靠半卧在她自己的小客厅里一张睡椅上。阿辽沙有一次暗暗觉得挺可笑地注意到，虽说有病在身，霍赫拉科娃太太近来却爱起俏来：一些装饰性的发罩、缎带、没有扣子的宽松衣衫频频出现在她的头上和身上。这些细微变化的由来阿辽沙能猜到几分，但他认为这样的念头迹近无聊而不去想它。最近两个月，霍赫拉科娃太太家来访的客人中多了一位年轻人——别尔霍津。

阿辽沙已四天没来，他一进宅门便匆匆径直去见莉扎，因为莉扎昨天就差遣一名侍女去找他，“有要事”请阿辽沙务必到她这里来一次，此事由于某些原因跟阿辽沙不无关系。但在侍女去向莉扎通报时，霍赫拉科娃太太已听说阿辽沙来了，立即打发人来请他去一下，“只消一分钟”。阿辽沙考虑后认为，还是先满足做母亲的要求为宜，否则她每时每刻都会差人到女儿那边去请，阿辽沙在莉扎屋里也坐不安稳。

霍赫拉科娃太太斜躺在睡椅上，衣着特别漂亮，情绪异常亢奋。她一见阿辽沙，便欢呼雀跃。

“几百年，上千年，我不知多少世纪没见到您了！足足一个星期，天哪！——啊，上次您是星期三来的，总共才四天！我可以肯定，您是来看莉兹的，您想蹑手蹑脚直接到她屋里去，不让我听见。亲爱的，亲爱的阿列克塞·费奥多罗维奇，您不知道，她真是让我操碎了心！但这些以后再说。尽管这是最主要的，但暂时不谈这些。亲爱的阿列克塞·费奥多罗维奇，我的莉扎跟您在一起——我一百个放心！自从佐西马长老去世以后——愿主让他的灵魂得到安息！”她在自己胸前画了个十字。“——自从他去世以后，我就把您看作一位高僧，虽然您穿这身新西服也挺帅。在这样的小城市您是怎么物色到如此好的裁缝的？不，不，这不是主要的，以后再说。请原谅我有时称呼您阿辽沙，我是个老太婆，我就倚老卖老了，”她嫣然一笑，“但这也放到以后再说。主要的是……但愿我别把主要的给忘了。请您主动提醒我，只要我说话一离题，您就问：‘主要的是什么？’天哪，我怎么知道主要的是什么！莉兹曾经许诺要嫁给您，自从她收回了这项幼稚的承诺，阿列克塞·费奥多罗维奇，您当然理解这一切纯粹是一个因病久坐轮椅的女孩子儿戏般的幻想，——感谢上帝，她现在已能行走。卡嘉从莫斯科请来的这位新大夫是为不幸的令兄……他明天就要……。呀，我干吗扯到明天的事上头去？！一想到明天的事，我简直快憋死了！主要是由于好奇……。总而言之，这位大夫昨天来我们家看了莉兹的情况……。我付给了他五十卢布作为酬劳。但这完全不是主要的，我又离题了……。您瞧，我现在忘了想说什么。这会儿我正着忙。为什么着忙？我不知道。我现在像掉了魂儿似的。什么事情都在我脑瓜里搅成一团乱麻。我担心您会受不了这份无聊从我这儿逃跑，那时候我上哪儿找您去？啊，我的上帝！我们这样干坐着做什么？先喝咖啡，尤丽雅，格拉菲拉，咖啡！”

阿辽沙急忙谢绝，说自己刚喝过咖啡。

“在谁家？”

“阿格拉菲娜·亚历山德罗夫娜家。”

“在……这个女人那儿！啊，她把所有的人都毁了，不过，我不知道，听说她成了圣女，虽然为时已晚。早这样就好了，现在还有什么用？您别开口，别开口，阿列克塞·费奥多罗维奇，因为我有那么多话要说，恐怕什么也来不及说。这场可怕的官司……我一定要去，我在做准备，我会坐在椅子上让人抬上法庭；我坐着支持得住，有人陪我。您不会不知道，我也是证人。我想象不出自己将怎样出庭作证，想象不出！我不知道将说些什么。作证不是还得宣誓吗，是不是这样？”

“是的，但我不认为您可以出庭。”

“我坐着支持得住；啊，您打断了我的思路！这场官司，这桩野蛮的暴行……然后通通去西伯利亚，有些人将结婚，一切都那么快，那么快，什么都在变，到头来万事皆空，大家都成了老人，只有等着进棺材。算了吧，我累了。这个卡嘉——这样富有魅力的一个人，她使我的希望全部破灭：现在她要随您的一位兄长去西伯利亚，而您的另一位兄长又要跟在她后面远行，去住在邻近的一座城里，他们将互相折磨，一起遭罪。这一切闹得我都快发疯了，尤其是那么大的声势：彼得堡和莫斯科所有的报纸连篇累牍登载有关此案的消息。对了，您想想，连我也上了报，说我是令兄‘亲密的朋友’，我不想说出下流的原话，您能想象吗？您能想象吗？”

“这不可能！登载在哪里？上面怎么写的？”

“我马上拿给您看。是昨天收到的报纸——昨天我就读了。这是彼得堡的《流言报》，就在这里。这份《流言报》是今年开始出版的，我对流言特别感兴趣，就订了一份，结果流言散播到我自己头上来了。瞧，在这个地方，您读吧。”

她把放在自己枕头底下的一张报纸递给阿辽沙。

要说她心烦意乱还不够确切，她似乎整个儿被压垮了。的确，也许所有的事情都在她头脑里搅成了一团乱麻。这篇报道很有代表性，难怪她会作出啼笑皆非的反应，幸好此刻她的思想在任何一点上都集中不起来，故而一分钟后，也许就会跳到另一件事情上去，从而把报上的文章忘掉。

阿辽沙早已知道，这场可怕的官司传遍了全俄国所有的地方，这两个月内他读了不知多少关于米嘉、关于卡拉马佐夫家族甚至关于他自己的消息，其中不乏荒谬绝伦的奇文，也有实事求是的报道。一家报纸甚至说，阿辽沙在其长兄案发后吓得当了苦行修士；另一家报纸则推翻此说，称他与其师父佐西马长老一起撬开修道院的银箱，业已“逃之夭夭”。眼下《流言报》上这篇报道的题目是：《牛栏市讯，卡拉马佐夫案件花絮》。（唉，我们这个小县城的名称实在不雅，因而以前笔者一直秘而不宣。）报道很短，里边没有直接提到霍赫拉科娃太太，而且文中概不点名。内容只是说，引起如此轰动的大案即将开庭审理，案犯是个退役陆军大尉，生性厚颜无耻，游手好闲，留恋农奴制，惯于拈花惹草，尤得若干“寂寞无聊的女士”之青睐。其中有位“寂寞的寡妇”虽然女儿亦已成年，自己仍力图留住青春，竟对案犯倾心到这等地步：就在惨案发生前两个小时，她愿向案犯提供三千卢布，条件是案犯携她双双逃亡去开发金矿。但该犯宁愿选择杀父劫财（恰好也是三千），妄图逃脱制裁，亦不愿带着四旬芳龄一枝花的怨妇远走西伯利亚云云。这篇煽情的通讯在结尾处照例对杀父罪行及旧农奴制的不道德表示极大的义愤。阿辽沙怀着好奇心读完后，把报纸折好还给霍赫拉科娃太太。

“这不明明在影射我吗？”她又嘀咕道，“正是我在离出事几乎只有一小时前曾建议他去开发金矿，不料一下子成了‘四旬芳龄一枝花’！难道我有那样的动机？他这是故意诽谤！让永远明察秋毫的上帝宽恕他这种恶毒攻击吧，对于四旬芳龄一枝花我也不计较……您可知道这是什么人写的？就是您的朋友拉基津。”

“有可能，”阿辽沙说，“虽然我什么也没听说过。”

“准是他，准是他，而不是有可能！因为我把他撵走了……。这事的经过您不是全知道吗？”

“我知道您曾请他今后不要到府上来，但究竟为什么事情——这我……至少没听您说过。”

“这么说，您是从他那里听到的！怎么样，他骂我吧？骂得很厉害？”

“是的，他确实骂您，不过他反正什么人都骂。但您为什么不再接待他——我从他那里也没有听说过。如今我也很少和他见面。我们并不是朋友。”

“好吧，那我就把一切都告诉您。没办法，我应该忏悔，因为这件事情里头有一点可能是我自己不好。只是一小点，很小很小的一点，或许这一小点也根本不存在。是这么回事，亲爱的，”霍赫拉科娃太太忽然现出一种调皮的神情，嘴角漾起可爱的、尽管有些神秘兮兮的微笑，“是这么回事，我怀疑……您得原谅我，阿辽沙，我差不多是您的母亲……哦，不，不，相反，我现在把您当作我的神父看待……因为母亲的身份太不合适……。对，我现在就好比在向佐西马长老忏悔，这是最正确的方式，这非常合适，刚才我不是管您叫修士吗？那个可怜的年轻人、您的朋友拉基津(噢，主啊，我简直没法生他的气！我的确生气，还有怨气，但并不厉害)，总之，您是否可以想象，这个浮躁的年轻人竟忽发奇想，好像爱上我了。这是我后来才觉察到的，起初，也就是大约一个月以前，他开始到我家来得很勤，几乎天天来，尽管我们本来就认识。我一点也不知道……后来我一下子如梦初醒，于是我开始有所觉察，感到很惊讶。您也知道，两个月前我已开始接待另一位谦和可亲、品行不俗的年轻人彼得·伊里奇·别尔霍津，他在本城担任公职。您已经见过他好多次。我认为他品行不俗，作风正派，您说对不对？他每三天来一次，并不是天天来(其实天天来也欢迎)，而且总是那么衣冠楚楚。阿辽沙，总的说来，我很喜欢像您这样谦虚谨慎又有才华的年轻人，而他简直具有政治家的头脑，谈吐是那么隽永，我一定要为他去托托人情，一定要帮他一把。这是一位未来的外交官。在惨案发生的那一天，他深夜来到我家，几乎救了我的命。而您的朋友拉基津，每次来总是穿着长筒靴，坐在那里把两条腿在地毯上伸得老远……总之，他开始向我作某些暗示，有一次临走时忽然把我的手握得很紧很紧。他刚这样握过我的手，我的一只脚就一下子疼得厉害。以前他在我这里也遇见过彼得·伊里奇，说来您或许不信，拉基津对他老是说话带刺，老是嘲笑挖苦，不知为什么对他从来就没好气儿。每当他们碰头的时候，我只是瞧着他俩，暗暗发笑。一天，我独自坐着——不，那时我已经害了足疾，所以是躺着的，——我独自躺着，米哈依尔·伊万诺维奇走进来，竟带来他自己写的一首诗，一首很短的小诗《咏纤足有恙》，就是用诗句描写我疼痛的脚。让我想一想，我记得他是这样写的：

> 纤纤玉足，十分美妙，
> 不知怎的，有些肿了！

开头大概是这样，底下，——全诗我怎么也记不住，反正在我那儿放着，——以后我拿给您看，写得不错，真不错，不光描写一只脚，还有教育意义，有出色的思想，完全适合收藏在纪念册里。不用说，我表示感谢，他显得受宠若惊。我刚道了谢，彼得·伊里奇走了进来，米哈依尔·伊万诺维奇一下子脸色阴沉，如同乌云蔽日。我看出米哈依尔·伊万诺维奇认为彼得·伊里奇好像坏了他的事，因为读完了这首诗，紧接着他肯定还有什么话要说，我已经有所预感，恰恰在这时候彼得·伊里奇走了进来。我把这首诗给彼得·伊里奇看，不说是谁写的。但我相信，我敢肯定他马上就猜到了，虽然他至今仍不承认，说猜不出来；不过他是在装蒜。彼得·伊里奇立刻哈哈大笑，并且开始提出批评，说：‘这诗也太蹩脚了，大概是一名宗教学校学生写的。’他的批评相当激烈，相当尖锐！这下您的朋友非但笑不起来，简直是暴跳如雷……。上帝啊，我以为他们要打起来了。拉基津说：‘是我写的。我写这首诗只是开个玩笑，因为在我看来，写诗属于下流……。不过我的这首是好诗。你们的普希金因为描写女人的脚，有人要为他立碑，而我这首诗是有教育意义的。您是农奴制的卫道士；您根本不讲人道，根本没有当代文明人的感情，社会进步对您一点也没有触动，您是当官的，您收受贿赂！’这时我就拔高嗓门，求他们别吵了。可是您也知道，彼得·伊里奇并非胆小怕事之辈。他表现得很有绅士风度，只是面带嘲笑的表情瞧着拉基津，耐心听对方说完，然后表示道歉：‘我不知道是您的大作。如果我知道，就不会说三道四，我一定大加赞赏……。诗人大都火气很大……’总之，表面上很有风度，其实是冷嘲热讽。后来他自己向我解释，这完全是讽刺挖苦，我还以为是真的。当时我躺着，就像这会儿在您面前一样，心想：米哈依尔·伊万诺维奇在我家里冲我的客人大喊大叫有失体统，我若是就此对他下逐客令算不算不仁不义？信不信由您，我闭目躺着一直在考虑：‘算不算不仁不义？’总是拿不定主意，左思右想，伤透了脑筋，心跳得厉害：‘要不要拔高嗓门下逐客令？’一个声音对我说：‘撵他走’；另一个声音说：‘不，不要撵他走！’这第二个声音刚说完，我突然大叫一声，就晕倒了。于是免不了引起一阵慌乱。我霍地站起来对米哈依尔·伊万诺维奇说：‘我深感痛苦地向您宣布：

我再也不想在我家里接待您了。’就这样把他撵了出去。啊，阿列克塞·费奥多罗维奇！我自己也知道这样做很不好，我一直在撒谎，其实我一点也不生他的气；当时我心血来潮，主要是心血来潮，觉得这一场景一定很精彩……。不过，您可以相信，这一场景还是挺自然的，因为当时我甚至哭了，以后还哭了好几天，然后在某一天吃完饭一下子全都忘了。到现在他已经两个星期一次也没有来过，我寻思着：‘难道他真的从此不来了？’直到昨天我还这样想。可是傍晚忽然来了这份《流言报》。我读了以后大吃一惊，这是谁写的？一定是他，准是那天回到家里坐下来写的；写好后寄出去——就上了报。那是两星期以前的事。不过，阿辽沙，我说了半天，完全不是我所要说的话——您瞧，这有多糟糕？可不知怎么的，话到嘴边就是留不住！”

“今天我一定得赶到大哥那里去。”阿辽沙正要告退。

“对了，对了！您可提醒了我！听着，什么叫精神迷乱？”

“什么精神迷乱？”阿辽沙感到惊异。

“法律意义上的精神迷乱。对于患精神迷乱症的人，什么都可以不追究。不管干了什么，都可以免罪。”

“您指的是什么？”

“是这么回事：这个卡嘉……啊，这样富有魅力的一个人，只是我怎样也吃不准她究竟爱谁。前不久她坐在我这儿，我一点口风也探不出来。近来她老是跟我做表面文章，无非是谈我的健康情况，旁的一概不提，甚至让人觉得见外。我暗暗对自己说：‘那好吧，你见外就算了，我不勉强……’哦，对了，我要说的是精神迷乱这件事。这位大夫来到了本城。您知道来了位大夫吗？您当然知道，这位能鉴别疯子的大夫不是你们请来的吗？哦，我记错了，不是你们，是卡嘉。全是卡嘉的主意！比方说，一个人好端端坐着，一点也不疯，可是他会突然精神迷乱。他并非神志不清，也知道自己在干什么，然而他是处在精神迷乱状态。当时德米特里·费奥多罗维奇肯定出现了精神迷乱。自从实行司法改革以来，人们就听说有所谓精神迷乱。这是新式法庭的德政。这位大夫到这里来过，向我详细问了那天晚上的情况，问了金矿的事，问当时令兄的表现如何。那天令兄一来就大叫大嚷：‘钱，钱，拿三千卢布来，三千！’后来就去杀了人。这不是精神迷乱，还能是什么？他说：‘我不想杀人，不愿杀人。’可是不知怎么的一下子杀了人。这样他可以得到宽恕，因为他思想上有过斗争，可还是杀了人。”

“可实际上他并没有杀人。”阿辽沙的口气多少有些生硬。他越来越焦躁不安。

“我知道是格里果利那老头儿杀的……”

“怎么是格里果利？”阿辽沙失声惊呼。

“是他，是他，正是格里果利。德米特里·费奥多罗维奇打了他，他倒在地上，然后爬起来，见门开着，就进去杀了费奥多尔·巴甫洛维奇。”

“为什么？为什么？”

“因为他得了精神迷乱症。德米特里·费奥多罗维奇在他头上打了一下，他醒过来以后精神就迷乱了，便去杀了人。至于他自己说没有杀，那可能是记不得了。不过说来说去，还是德米特里·费奥多罗维奇杀人比较好，好得多！啊，并不是儿子杀父亲比较好，我并不赞扬这种行为；相反，子女应当孝顺父母。我只是说，如果是他杀了人，这样更好些，这样您也不必为他伤心落泪，因为他杀人的时候神志不清，或许这样说更确切：他神志是清醒的，但控制不住自己。让他们宽恕他吧；这样多么合乎人道，也让人们看到新式法庭的德政，我还不知道，据说早就如此了。我昨天听说了这事，非常惊奇，马上想把您叫来。另外，如果他得到宽恕，叫他直接从法庭到我家来吃饭，我将邀集友好相知，我们一起为新式法庭喝一杯。我不认为他是个危险人物，何况我将邀集许多客人，万一他有什么越轨举动，随时可以把他拉出去。往后他可以在别的城里什么地方当调解法官之类，因为亲自经历过不幸的人，断起案来比谁都强。再说，如今谁不精神迷乱？您，我，人人都精神迷乱。这样的例子不胜枚举：一个人好端端坐在那儿唱抒情歌曲，突然对什么事情瞧不顺眼，拿出手枪来见谁打谁，事后对他一概不予追究。这是我不久前读到的，所有的医生都加以确认。现在的医生什么都敢确认。依我看，我的莉兹就属于精神迷乱，昨天她还把我气哭了，前天也是，今天我恍然大悟，她这纯粹是精神迷乱，哦，莉兹实在太令我伤心！我认为她完全疯了。她叫您来有什么事？是她把您叫来的，还是您自己来找她？”

“是她叫我来的，我现在就去见她。”阿辽沙毅然起立。

“啊，亲爱的，亲爱的阿列克塞·费奥多罗维奇，也许这才是最主要的，”霍赫拉科娃太太骤然哭了起来，“上帝明察，我打心眼里信托您，所以并不计较她瞒着我做母亲的把您叫来。但是对您的二哥伊万·费奥多罗维奇，请原谅，我就不能那样放心地把我的女儿托付给他，虽然我仍然认为他是一位很有骑士风度的年轻人。可是您想得到吗？他竟然到莉兹那里去了，而这件事我居然一点也不知道！”

“什么？怎么会呢？什么时候？”阿辽沙大惑不解。他不再坐下，就这样站着听。

“我来告诉您，也许我叫您来就为这事，因为我已经记不清为什么把您叫来。是这么回事：伊万·费奥多罗维奇从莫斯科回来后总共只来过我家两次，第一次是礼节性的拜访，第二次就在不久前，卡嘉先来到我这儿，他是听说卡嘉在我家而来的。当然，我并不指望他经常来访，知道他现在需要操心的事已经够多了，您也明白，这场官司以及令尊的惨死，可我忽然听说他又来过，只是没来见我，而是到了莉兹那儿，那是在六天前，他在那儿坐了五分钟就走。这事过了整整三天，我才听格拉菲拉说起，所以我一下子惊呆了。我当即把莉兹叫来，她只是笑，说：‘他以为您在睡觉，就到我那儿问了您的身体怎样。’当然，事情确实如此。只是莉兹，莉兹，哦，上帝，她实在太令我心碎了！您想想，一天夜里——那是四天以前，就在您上次来我家后刚走不久——她突然在夜间犯病了，又哭又闹，尖声喊叫，大发歇斯底里！为什么我从来不发歇斯底里？接着第二天又犯，第三天也犯，昨天干脆精神迷乱了。她忽然冲我大叫：‘我恨伊万·费奥多罗维奇，我要您不再接待他，不许他登门！’我被这样突如其来的局面惊呆了，不以为然地对她说，我凭什么不许这样品行不俗的年轻人登门，何况人家那么有学问，又遭遇到这样的不幸，因为这一桩桩一件件毕竟是不幸，而不是幸福，您说对不对？她听了我的话纵声大笑，知道吗，她这样的狂笑是在侮辱我。不过我挺高兴，以为把她逗乐了，发作就会停止，何况由于伊万·费奥多罗维奇这样未经我同意擅自登堂入室，我自己也想把他拒诸门外并要他作出解释。不料今天早晨莉扎醒来，大生尤丽雅的气，居然打了她耳光。这简直骇人听闻，我向来尊重我的女仆。可是过了一小时，她又拥抱尤丽雅，吻尤丽雅的脚。她差人来告诉我，说再也不想到我这里来，再也不想见我；当我自己到她屋里去的时候，她立刻哭着吻我，一边亲吻一边却把我轰出来，一句话也不说，结果我什么也没有了解到。现在，亲爱的阿列克塞·费奥多罗维奇，我把希望全寄托在您身上了，当然，我把一生的命运同样也交到了您的手中。我只求您到莉兹那里去，从她口中探听到一切，这事只有您一个人做得到，然后来告诉我这个做母亲的，因为，您能理解，要是这种状况再继续下去，我会死的，非死不可，或者从家里逃出去。我再也受不了啦，我并非没有忍耐力，但我可能忍无可忍……那时将不堪设想。啊，我的上帝，彼得·伊里奇终于来了！”看到彼得·伊里奇·别尔霍津进来，霍赫拉科娃太太顿时春风满面。“您迟到了，迟到了！来，请坐，说吧，别让我的心悬着，那位律师怎么说？阿列克塞·费奥多罗维奇，您上哪儿去？”

“我去见莉兹。”

“啊，对！您可别忘了，别忘了我求您的事！我的命运就全交给您了！”

“当然不会忘记，只要有可能……可我已经耽搁太久了。”阿辽沙嗫嚅着赶快引退。

“不，您一定得来，而不是‘有可能’，否则我会死的！”霍赫拉科娃太太冲着他的背影说，但阿辽沙已经走出小客厅。

三 魔 崽

走进莉扎的房间，阿辽沙发现她斜靠在以前她还不能走动时由别人推着代步的有轮躺椅上。莉兹没有迎上前来，但她敏锐、犀利的目光牢牢盯着阿辽沙。从她的眼神看来好像在发烧，面色枯黄。阿辽沙惊愕地发现三天来她变了许多，人也瘦了。莉兹没有向他伸出手来。她的手搁在自己连衣裙上动也不动，阿辽沙主动轻轻触摸了一下她细长的手指，然后在她对面默默坐下。

“我知道您急于赶去探监，”莉扎口气生硬地说，“可是妈妈把您拖住了两个小时，刚才她把我和尤丽雅的事告诉了您。”

“您怎么知道的？”阿辽沙问。

“我偷听来着。您干吗冲我瞪眼？我愿意偷听，也确实在偷听，这没什么值得大惊小怪的。我不想道歉。”

“什么事让您心烦了？”

“相反，我挺开心。刚才我又在想，这已经是第三十次了：幸亏我拒绝了您，不做您的妻子。您不适合当丈夫：要是我嫁给您，也许我会要您把一封信交给在您之后我爱上的另一个人，您一定会送去，还会把回信带来。即使您到了四十岁，您还会这样传递我的这类情书。”

她突然笑了起来。

“您身上有一股愤激的恶气，同时又有一份单纯的稚气。”阿辽沙对她微微一笑。

“所谓单纯，就是我在您面前不害臊。非但不害臊，我也不愿害臊，正是在您面前，也只有对您如此。阿辽沙，为什么您引不起我的敬意？我非常喜欢您，但您引不起我的敬意。倘若我对您怀有敬意，我就不会说这样没羞没臊的话，您说是不是这样？”

“是这样。”

“您相信我在您面前不识羞耻吗？”

“不，不信。”

莉扎又发出神经质的笑声；她说得很快：

“我派人给令兄德米特里·费奥多罗维奇送了些糖果到监狱里去。阿辽沙，您不知道您有多好！您那么爽快地允许我不爱您，为这一点我将非常非常喜欢您。”

“今天您叫我来有什么事，莉兹？”

“我想把我的一个愿望告诉您。我希望有人虐待我；希望有人先是娶我，然后虐待我，欺骗我，抛弃我，最终一走了之。我不愿得到幸福！”

“喜欢上一团糟的局面了？”

“啊，我要一团糟。我老是想纵火烧房子。我想象自己蹑手蹑脚挨近房屋把火点着，一定得偷偷地干。人们竭力灭火，可是火势很旺。我明明知道，就是不作声。啊，无聊！实在闷得慌！”

她厌恶地把小手一甩。

“这是养尊处优的结果。”阿辽沙轻轻说了一句。

“还是受穷好？”

“不错。”

“这是您那位已故的高僧向您灌输的思想。这是错误的。就让我养尊处优，别人受苦受穷好了；我吃香的喝辣的，就是不给他们中的任何人。啊，您别说，什么也别说，”她连连摇手，其实阿辽沙根本没有开口，“这话您以前对我说过，我都背得出来了。无聊。如果我是个穷人，我就去杀死个把人。即使有钱我也会杀人，——干吗闲着？！知道吗，我想要收割庄稼，割黑麦。我嫁给您，您就当个庄稼汉，真正的庄稼汉，咱们会有一匹小马驹，好吗？您知道卡尔甘诺夫吗？”

“知道。”

“他老是东游西逛，满脑子幻想。他说何必较真儿过日子，还是想入非非好。你爱想什么最开心的事情都可以，而生活真没劲。其实他不久就要结婚了，他向我也求过爱呢。您会抽陀螺吗？”

“会。”

“他就像个陀螺：你得先把它转动起来放到地上，然后用鞭子抽，抽，抽。我嫁给他以后，让他转一辈子。您跟我坐在一起不感到羞愧吗？”

“不。”

“因为我不谈神圣的事情，您非常生气。我不愿做圣女。人如果有极大的罪过，到了另一个世界会拿他怎么样？这种事您一定最清楚。”

“上帝会定罪的。”阿辽沙凝神注视着她。

“我正是想要这样。我到了那里，被定了罪，我就冲着所有的天使神明突然放声狂笑。我真想放火烧房子，阿辽沙，烧掉我们这个家。您始终不相信我的话？”

“为什么不？甚至一些才十二岁的孩子也很想放火烧掉什么，他们真的干了。这是一种病态。”

“不对，不对，就算有这样的孩子，但我说的不是这个。”

“您把恶当作善：这是一时性的危机，这可能是您过去的病留下的后遗症。”

“您还是那样瞧不起我！我就是不愿行善，我要作恶，这跟任何疾病都不相干。”

“为什么要作恶？”

“让任何地方什么也不留下。啊，要是什么也不留下，那该有多好哇！知道吗，阿辽沙，有时候我想干好多好多坏事，做到无恶不作，而这一切都是在长时期内偷偷干的。一旦大家知道了真相，把我围起来戳我的脊梁骨，我将横眉冷对千夫指。这一定非常愉快。阿辽沙，为什么这会使我感到那么愉快？”

“很难说。可能是一种践踏美好事物的欲望，或者像您所说的纵火的欲望。这也是有的。”

“要知道我不光是说说而已，我还要干。”

“我信。”

“啊，我多么喜欢您，因为您说：‘我信。’您绝对不是说谎，绝对不是。或许，您以为我故意对您说这些是想把您激怒？”

“不，我不这样想……虽然可能您有一点儿这样的欲望。”

“有一点儿。在您面前我永远不撒谎。”她说这话时眼睛里腾起熠熠火苗。

阿辽沙最感惊讶的是她一本正经的样子：此时她脸上没有丝毫逗趣和玩笑的影子，而以前她即使在最“严肃”的时刻仍不脱其乐呵呵、打哈哈的本色。

“人在某些时刻喜欢犯罪。”阿辽沙若有所思地说。

“对，对！您说出了我的想法，喜欢，人人喜欢，任何时候都喜欢，而不是‘某些时刻’。我认为这像是大家在某个时候相约说谎，从此人人都说谎。人人都说自己疾恶如仇，可是私下里人人都钟爱恶。”

“您还跟过去一样在读坏书？”

“是的，我读。妈妈读这些书，并且把它们藏在枕头底下，我就去偷。”

“您这样糟蹋自己不感到羞愧吗？”

“我就是要糟蹋自己。本地有一个男孩，他曾趴在铁轨下让火车在他头上开过去。听着，您的哥哥正为杀死了父亲面临审判，大家都喜欢他杀了父亲。”

“喜欢他杀了父亲？”

“喜欢，大家都喜欢！人人都说这太可怕了，但私下里喜欢得要命。我就第一个喜欢。”

“您所说关于大家的话有些道理。”阿辽沙轻声说。

“啊，您的思想真了不起！”莉扎尖声欢呼，“对一位修士来说尤其难得！您无法相信，我是多么尊敬您，阿辽沙，因为您从不说假话。啊，我要给您讲我的一个可笑的梦：我在梦中有时见到魔鬼，好像是夜里，我在自己房间里点着一支蜡烛，忽然到处都是魔鬼，每个角落、桌子底下都有。他们打开房门，门外还有一大群魔鬼，他们要闯进来抓我。他们正在逼近，已经准备动手。我突然在胸前画了个十字，他们纷纷后退，都害怕了，却不逃跑，而是躲在门口和角落里伺机反扑。我忽然产生破口大骂上帝的强烈欲望，我就骂了起来，他们重新一哄而上向我扑来，而且欢欢喜喜，又快抓住我了，我就再画一个十字——他们一齐后退。够刺激，紧张得叫人喘不过气来。”

“我也做过同样的梦。”阿辽沙忽然说。

“真的吗？”莉扎大为惊讶，“听着，阿辽沙，别开玩笑，这极其重要：难道两个不同的人会做同一个梦？”

“看来，是可能的。”

“阿辽沙，我再说一遍，这极其重要，”莉扎继续说，她的惊讶已经异乎寻常。“重要的不是梦本身，而是您居然会做和我同样的梦。您从不对我说谎，现在也别说谎：这是不是真的？您不开玩笑？”

“是真的。”

莉扎这一惊非同小可，她有半分钟愕然不语。

“阿辽沙，您要来看我，多来看看我。”她突然以恳求的口吻说。

“我任何时候都会来，一辈子都会来看您。”阿辽沙坚定地回答。

“要知道，您是我唯一的说话对象，”莉扎接着说，“我只对自己说话，还有就是您。整个世界上唯有您。比起自言自语来，我更乐意对您说。在您面前我一点也不害臊。阿辽沙，为什么我在您面前不害臊，一点也不？阿辽沙，犹太人在复活节把小孩偷来杀掉，真有这样的事吗？”

“不知道。”

“我在一本书上读到某处法庭审一桩案子。有个犹太人把一个四岁的男孩先断去两只手上所有的指头，然后用钉子把他在墙上钉成一个十字。犹太人在法庭上说，孩子很快就死了，才四个小时。这还叫

‘很快’?！他说孩子直哼哼，不断地哼哼，他自己站着欣赏。这样真棒！”

“真棒？”

“真棒。有时我以为，是我自己把孩子钉上去的。他悬在墙上发出呻吟，我就坐在他对面吃糖水菠萝。我特别爱吃糖水菠萝。您喜欢不？”

阿辽沙默默地瞧着她。她枯黄的面容骤然扭曲变形，眼睛射出异样的光芒。

“知道吗，我读了这个犹太人的故事后，浑身哆嗦，哭了整整一夜。我想象那孩子呼叫和呻吟的惨状(四岁的孩子多少已经懂事了)，而我一直被有关糖水菠萝的想法缠住。第二天早晨我寄信给一个人，要他**务必**来见我。他来了，我把四岁孩子和糖水菠萝的事告诉他，**全部**告诉他，**全部**，还说‘这样真棒’。他一下子笑了起来，说这的确很棒。接着站起身来就走。总共坐了才五分钟。他瞧不起我，是吗？您说，您说，阿辽沙，他是不是瞧不起我？”她在躺椅上坐直了，双目闪出火花。

“告诉我，”阿辽沙激动地说，“这个人是不是您主动把他叫来的？”

“是的。”

“差人送信给他？”

“是的。”

“目的就是想问这事？关于孩子的事？”

“不，目的完全不为此事，完全不。可是他来了以后，我立刻就这件事问了他。他回答了，笑了，然后立起身来就走。”

“这个人的态度是诚实的。”阿辽沙轻声说。

“他是否瞧不起我？拿我取笑？”

“不，因为可能他自己也相信糖水菠萝的事。目前他也病得不轻，莉兹。”

“是的，他信！”莉扎的眼睛分外明亮。

“他并非瞧不起任何人，”阿辽沙继续说，“他只是不相信任何人。既然不相信，当然也就瞧不起。”

“如此说来，对我也一样？对我？”

“也一样。”

“这样挺棒，”莉扎似乎咬着牙说，“当他走出去笑起来的时候，我觉得让人瞧不起挺棒。被断去手指的男孩挺棒，让人瞧不起也挺棒……”

她好像憋着一股恶气直冲阿辽沙发出病态的笑声。

“知道吗，阿辽沙，我真想……。阿辽沙，救救我吧！”她蓦地从躺椅上一跃而起，向阿辽沙扑过去，双手把他紧紧搂住。“救救我，”她差不多在哀号，“难道世上还有什么人我会对他像对您这样说话？可我说的是真话，真话，真话！我会杀了自已的，因为一切都令我恶心！我不想活了，因为我觉得什么都恶心！一切都让我恶心，什么都恶心！阿辽沙，为什么您一点也不爱我？”末了那句话简直是一声绝叫。

“不，我爱的！”阿辽沙热情地回答。

“您会不会为我哭泣，会吗？”

“我会的。”

“不是哭我不愿做您的妻子，而只是哭我，会吗？”

“我会的。”

“谢谢！我只要您哭。而其余的人尽可以处治我、践踏我，所有的人，**无一例外**！因为我谁也不爱。听着，谁——也——不——爱！相反！我恨所有的人！您走吧，阿辽沙，您该去看大哥了！”莉扎一下子把他推开。

“留下您怎么办？”阿辽沙近乎惊恐地问。

“到您大哥那儿去吧，监狱要关门了，快去，这是您的帽子！代我吻米嘉，走吧，走吧！”

她差不多强行把阿辽沙推出门去。阿辽沙既困惑又无奈，忽然发现自己右手中有一封折得很小、缄了口的信。他一看信封，上面写着：烦交伊万·费奥多罗维奇·卡拉马佐夫。他迅速朝莉扎脸上望去。她脸上的神色几乎令人望而生畏。

“交给他，务必交给他！”莉扎浑身战栗，厉声下令，“今天，马上！否则，我就服毒！我就为这才把您叫来！”

说完，她很快把门关上。只听到插销咔嗒一声。阿辽沙把信揣在衣兜里，直接下楼，不再去见霍赫拉科娃太太，甚至把她忘了。

阿辽沙刚走，莉扎立刻拔去插销，把门打开一条缝，把自己的一个手指插入缝内，然后使劲关上房门夹住手指。大约过了十秒钟，她把手抽出来，慢慢地回到轮椅上坐下，上身挺直，开始仔细察看发青的手指和从指甲下渗出来的血。她的嘴唇在哆嗦，她很快地低声连连痛骂自己：

“混蛋，混蛋，混蛋，混蛋！”

四　一首颂诗和一个秘密

时间已经很晚了（十一月的白天又那么短），当阿辽沙走到监狱门口打铃时，甚至渐见暮霭沉沉。但阿辽沙知道，他进去见米嘉不会遇到障碍。这在我们的小城也和任何地方一样。整个预审阶段结束后，对于米嘉能否会见亲属以及另外一些人起初还是规定了若干必不可少的手续，后来这些手续虽然谈不上有所放松，但至少对于来探望米嘉的某几个人，好像自然而然地形成一些例外。甚至例外到这样的程度：有时探监人与囚犯在探视室会见几乎没有看守在场。

不过，享受这种例外待遇的人为数极少，只有格露莘卡、阿辽沙和拉基津。但是对于格露莘卡，警察局长米哈依尔·马卡雷奇本人可谓特别优待。因为在莫克罗耶曾对她大声叱喝，老头儿心里一直过意不去。后来了解到事情的底蕴，他完全改变了对格露莘卡的成见。说来也奇怪：尽管他坚信米嘉有罪，然而自米嘉被囚禁之日起，警察局长对他的看法似乎越来越温和：“这人心地也许不坏，可是酗酒胡闹把他给毁了！”他心中原先的震骇渐渐被怜悯取而代之。至于阿辽沙，警察局长早就与他相熟，并且很喜欢这青年；而最近探监来得很勤的拉基津则是局长小姐的密友之一，天天泡在他家。典狱长是个好说话的老头，尽管忠于职守，可拉基津毕竟在他家当家庭教师。阿辽沙又是典狱长不同寻常的老相知，他总是喜欢和阿辽沙“谈玄”。对伊万·费奥多罗维奇，典狱长不光是尊敬，甚至有些害怕，主要是害怕他的见解，虽则典狱长本人也是一位热诚的哲学家，当然是“自学成材”的。但对阿辽沙他怀着一种不可遏制的好感。近年来，老头恰巧在研究《新约外传》[①]，不时把自己的感想告诉他的忘年交。过去他还多次去过修道院，跟阿辽沙及别的修士一谈就是好几个小时。总之，即使阿辽沙探监来迟了，只要去找典狱长，任何时候都可以顺利解决。何况狱中的大小吏卒，包括每一名看守对阿辽沙都已习惯了。只要上司点头，门卫自然不会为难。

每当有人探监，米嘉从囚室中被叫出来后，总是下楼来到指定会见的地方。阿辽沙走进探视室，正好撞见已经要走的拉基津。他和米嘉两人正在大声道别。米嘉一边送他，一边不知在为什么事情笑得挺欢，而拉基津则好像嘀嘀咕咕不大乐意。拉基津不喜欢碰到阿辽沙，特别是最近一段时间跟他几乎不说话，甚至点头行礼也很勉强。现在看见阿辽沙走进来，他更是皱起眉头把视线转向一边，仿佛正全神贯注于扣上他的皮领厚呢大衣的纽扣。接着又马上开始找他的一柄小伞。

“但愿别把我自己的东西落在这里。”他嗫嚅道，纯粹是无话找话说。

“你还是别忘了人家的东西吧！”米嘉说了句俏皮话，并且立刻为自己的幽默哈哈大笑。拉基津顿时冒火。

“你这话还是去提醒你们卡拉马佐夫家的成员——一窝子农奴主吧，用不着对我拉基津说！”他扯开嗓门反唇相讥，竟然气得发抖。

“你怎么啦？我不过开个玩笑！”米嘉说，“呸，见鬼了！他们全

---

① 未列入《圣经·新约》的某些类似《圣经》的早期基督教著作。

都一个样，”他对阿辽沙说这话时，脑袋朝着离去的拉基津那边一扭，“好端端坐着，有说有笑的，一下子就发起火来！他连头也没向你点一下，怎么，你们彻底吵翻啦？你怎么这么晚才来？我不光是等你，简直是伸长脖子盼了整整一个上午。不过没什么！咱们补上就是。”

“他干吗上你这儿来得这样勤？你跟他成了好朋友？”阿辽沙问，同时脑袋也朝着拉基津刚走出去的门那边一扭。

“跟米哈依尔成了好朋友？不，不是这么回事。再说，这又算哪路货！他以为我是个……滥小人。连个玩笑都开不起——可以说是这号人主要的毛病。他们永远懂不了什么是开玩笑。他们的心里干巴巴，直愣愣和干巴巴，就像我给押到这里来，瞅着大狱的墙头时那德性。不过这人脑瓜子灵，很聪明。唉，阿列克塞，这下我算是完了！”

他在长椅上坐下，让阿辽沙坐在自己身旁。

“是啊，明天要开庭了。难道你不抱任何希望了吗，大哥？”阿辽沙心情紧张地问。

“你指什么？”米嘉用游移不定的目光瞧着他，“啊，你是指开庭！由它去！到现在为止，咱们说的尽是些无关紧要的小事，最主要的反而不提。是啊，明天要开庭了，不过我说‘这下我算是完了’的时候，并不是指开庭。不是说官司输定了，我是指头脑里的东西完了。你干吗这样横挑鼻子竖挑眼地瞅着我？”

“你究竟在说什么，米嘉？”

“思想，思想，我指的是思想！伦理。什么是伦理？”

“伦理？”阿辽沙感到惑然。

“这是不是一门学问？”

“对，是有伦理学这门学科……只是……我得承认，我不能向你解释这是一门什么样的学问。”

“拉基津知道。拉基津懂得很多，这鬼东西！他不想当修士了，打算去彼得堡。他说要上那里的评论界谋发展，不过是带警世倾向的。那也不坏，兴许能给社会带来好处，自己也能爬上去。嘍，他们可都是往上爬的高手！让伦理学见鬼去吧！我算是完了，阿列克塞，我的好兄弟！我喜欢你超过所有的人。瞅着你，我的心就哆嗦，真的。那个卡尔 · 贝尔纳是怎么回事？”

“卡尔 · 贝尔纳？”阿辽沙又莫名其妙。

“不，不是卡尔，等一下，我说错了，是克洛德 · 贝尔纳[1]。这是怎么回事？是不是搞化学的？”

“这想必是一位科学家，”阿辽沙答道，“只不过，我得向你承认，关于他我也知道得不多。只听说是位学者，具体的情况说不上来。”

“那就让他见鬼去吧，我也不知道，”米嘉骂了一句，“八成是个骗子。反正人人都是骗子。拉基津能钻出些门道来。只要有一道缝，拉基津便能钻过去，他也是个贝尔纳。嘍，这帮贝尔纳！如今哪儿都有这号人！”

“到底是怎么回事？”阿辽沙继续追问。

“他要写一篇关于我和我这案件的文章，想通过这途径打进评论界，所以常来找我，这是他自己说的。他想从这样的角度来写：‘他不可能不杀人，因为环境已把他腐蚀’，等等，他是这样向我解释的。他说文章将带有社会主义色彩。由他去，带色彩就带色彩吧，我无所谓。他不喜欢老二伊万，对他恨得要命；对你也没有好感。不过我不撵他走，因为这人挺聪明。只是骄傲得厉害。刚才我还对他说：‘卡拉马佐夫们不是王八蛋，是哲学家，因为凡是地道的俄国人都是哲学家；你虽然上过学，可不是哲学家，你是个下三滥。’他笑了，可是皮笑肉不笑。我冲他说了一句：思想无须争议[2]，够俏皮吧？至

---

① 克洛德 · 贝尔纳(1813—1878)，法国生理学家。此后贝尔纳在米嘉的语汇中已成了“无神论者”或“骗子”的同义语。

② 原文为拉丁文。陀思妥耶夫斯基笔下的米嘉援引的这句话，其中有一个词是以俄文和拉丁文“杂交”形态出现的，刻画人物十分传神，可惜为译者功力所不逮，此处只得恢复该词的本来面目。请读者见谅。

少我也掉起书袋子来了。”米嘉倏地纵声大笑。

“为什么你算是完了？刚才你不是这样说的吗？”阿辽沙还是要把话题拉回来。

“为什么完了？嗽！其实……总的说来是——舍不得上帝，这就是原因！”

“舍不得上帝是什么意思？”

“你得想象：人的脑袋里边不是有神经吗？也就是大脑里的这些神经（见鬼，真费劲儿！）……有一些像小尾巴那样的末梢，这些神经末梢只要有一点儿颤动……比方说，我用眼睛瞅着什么东西，就像这样，那些小尾巴便会颤动……而它们一颤动，意象便出现了，不是立刻出现，而是过一会儿，大约过那么一秒钟，瞬间便出现了，不，不是瞬间，——去他妈的瞬间，——而是意象，也就是物体或者事件，反正鬼知道是什么玩意儿——所以我就看见了，然后我就产生思想……因为那些小尾巴在起作用，绝非因为我有灵魂或者我是什么什么的形象，那全是胡扯。老弟，这是米哈依尔昨天给我讲解的，我听了像给什么烫着似的。了不起，阿辽沙，这门学问真了不起！全新的人即将崛起，这一点我明白……。可还是舍不得上帝！”

“至少这点还不坏，”阿辽沙说。

“你是说，我舍不得上帝还不坏？这是化学，老弟，是化学。没办法，神父阁下，劳驾挪一挪身子，靠边站，化学来了！拉基津不喜欢上帝，很不喜欢！这是他们这帮人的要害！但他们不承认。他们撒谎、做假。我问他：‘你在评论文章中打算宣扬这些东西？’他笑着说：‘太露骨了，他们是不让我发表的。’我问：‘不过这样一来，人怎么办？没有上帝，没有身后生命，人怎么办？照此说来，现在是无所不可的了？什么都可以干了？’他边说边笑：‘难道以前你不晓得？聪明人能上天揽月，下洋捉鳖，没有办不到的事；哪像你，杀了人，就脱不了身，只得蹲大狱！’他竟对我说这样的话。地道的畜生！要是在从前，我不把这号人扔出去才怪呢，可现在我照听不误。

他说的也有不少道理。文章也写得不错。大约一星期前，他开始给我读一篇文章，我特地从那里抄了三行，你等一下，在这儿。”

米嘉急忙从背心小兜里取出一张纸来，念道：

“‘解决这个问题必须首先把个人与现实放在对立的位置上。’你懂不懂？”

“不，不懂。”阿辽沙回答。

他好奇地频频注视着米嘉，听他说。

“我也不懂。深奥，模糊，可是高明。他说：‘如今大家都这样写，因为这是潮流……’他们害怕潮流。这混蛋还写诗，咏霍赫拉科娃的脚，哈哈！”

“我听说了，”阿辽沙说。

“听说了？那首诗听到过没有？”

“没有。”

“我身边有，在这里，我来念给你听。你不知道，我没有告诉过你，说来话长。这狗东西！三星期以前他忽然来逗我：‘你为了三千卢布，像个傻瓜掉在泥坑里，可是我要捞它十五万，还要跟一个寡妇结婚，并且在彼得堡买一栋楼。’他告诉我，他正在吊霍赫拉科娃的膀子，说那女人年轻时就不聪明，到四十岁干脆一点头脑也没有了。他说：‘她变得非常容易动感情，我要抓住这一点把她弄到手。结婚后我把她带到彼得堡去，在那里办一张报纸。’当时他那副垂涎三尺的馋相真让人恶心，——他盯着的不是霍赫拉科娃，而是那十五万卢布。他老是上这儿来，每天都来，说鱼正在上钩，那份得意劲儿还真让我相信了。不料，后来他竟被撵了出来：原来彼得·伊里奇·别尔霍津占了上风，好样的！我真想吻那个蠢女人的脚，感谢她把这小子撵出来！那首诗是他到我这儿来的时候作的。他说：‘我是头一回弄脏自己的手写诗，为的是勾她的魂，这也是为了公益事业。我从蠢婆娘那儿把资本弄到手以后，将来可以利国利民。’反正他们干什么缺德事都用国民做挡箭牌！他说：‘不管怎么说，我还是比你的普希金写得好，因为即使是一首打油诗，我也能把忧国忧民的社会意义塞进去。’他所说的关于普希金的话——我能理解。如果他真有才能，而只是描写女人的脚倒也罢了！可是他作了那首诗，神气得不得了！这些人就是自命不凡，死要面子！《我意中人纤足有恙，咏以祷伊康复》——他给诗加了这么一个标题——亏他想得出来！

纤纤玉足，十分美妙，
不知怎的，有些肿了！
请来大夫，赶紧上药，
包扎治疗，却不见好。

纤足有恙并不令我懊恼，
在普希金笔下越发妖娆；
我最不放心是她的头脑，
任何思想一概理解不了。

好不容易有些儿明了，
偏偏那只脚又添烦恼！
但愿足疾早日能治好，
想必头脑也就会开窍。

王八蛋，不折不扣的王八蛋！可是挺俏皮！也确实把社会意义塞了进去。他给撵出来的时候真是怒气冲天，咬牙切齿！”

“他已经报了仇，”阿辽沙说，“他写了一篇关于霍赫拉科娃的通讯。”

于是阿辽沙把《流言报》上的那篇通讯向他匆匆作了一个概述。

“这是他干的！”米嘉皱眉蹙额加以确认，“肯定是他！这些通讯……我知道……在这以前已经写过许多狗屁文章，比方说关于格露莎的！……另外也有关于卡嘉的……哼！”

他心事重重地在室内走来走去。

“大哥，我不能待得太久，”阿辽沙沉默片时后说，“对你来说，明天是十分可怕而又事关重大的日子：上帝将要对你进行审判……我纳闷的是：你就这样走来走去，不谈自己的正事，尽扯些莫名其妙的闲话……”

“不，你不用纳闷，”米嘉不耐烦地把他的话打断，“难道要我谈那个臭狗崽子、杀人凶手不成？这事我跟你谈得够多了。我再也不愿提起他那臭要饭的娘生下的臭狗崽子！上帝会处死他的，你等着瞧，别说了！”

米嘉激动地走到阿辽沙跟前，忽然吻了他一下。米嘉的眼睛顿时亮了起来。

“拉基津对此理解不了，”他开始处在一种亢奋的状态，“可是你完全能理解，所以我那么盼着你来。我有许多话早就想在这墙面剥落的四壁之间向你诉说，但最最主要的一点一直没提，因为时机总是好像还没有成熟。现在终于等到了最后的期限，必须向你一吐为快。

“小弟，最近两个月我觉得自己换了一个人，一个新人在我身上诞生了。他一直给禁闭在我的躯壳里边，要不是这次晴天霹雳，恐怕永无出头之日。真可怕！我不在乎到矿上去挥二十年铁锤砸矿石，——对此，我一点儿也不怕，现在我只怕那个新人离开我！在那边的地下矿层，也能从身边某个同样的苦役犯或杀人犯身上发现一颗还有人味的心并且跟他结交，因为即使在那边，也能活下去，也能爱，也能痛苦！可以设法使这名苦役犯身上冻僵的心复苏，可以连续多年悉心照料他，最终从罪恶的深渊中重铸一颗深知什么是苦难的崇高灵魂，再造一名天使，复活一位英雄！这样的人很多，数以百计，我们都对他们负有罪责！当时在那样的情况下，为什么我会梦见‘娃子’？‘为什么娃子这般穷苦？’这在那时候是上苍给我下达的晓谕！现在我要为‘娃子’去西伯利亚。因为所有的人都应对别人的不幸负责。应对所有的‘娃子’负责，因为有小孩子，也有大孩子。人人都是‘娃子’。我愿为所有的人前往，因为总得有人为所有的人前往。我没有杀父亲，但是我必须去。我接受！这一切都是我在这里，在墙面剥落的四壁之间想通的。而在那里地面底下抡锤子的人有许多，数以百计。当然，我们将套着锁链，没有自由，但那时我们将在大悲苦中重新获得欢乐，因为人没有欢乐是活不成的，而没有欢乐，上帝也就不存在，因为上帝是赐予欢乐的，这是他伟大的特权……主啊，让人在祈祷中受到感化吧！在那边的地下，我怎能没有上帝？拉基津完全是一派胡言，如果上帝从地面上被赶走，我们在地底下欢迎他！苦役犯没有上帝不行，他们甚至比非苦役犯更需要上帝！那时我们这些地下人将从地下深处为随带欢乐的上帝高唱悲壮的颂歌！上帝和他的欢乐万岁！我爱上帝！”

米嘉这篇狂热的演说几乎使他自己喘不过气来。他脸色刷白，嘴唇发颤，泪如雨下。

“不，生活是无所不在的，地底下也有生活！”他又说开了，“阿列克塞，你不知道现在我多么想活下去，正是在这墙面剥落的四壁之间我产生了多么强烈的渴望，渴望生存，渴望意识到自己还活着！拉基津对此无法理解，他只想盖大楼收租金。但是我盼着你来。再说，受苦又算得什么？我不怕苦，虽然苦难是无穷尽的。知道吗，我在法庭上也许不想回答问题……。现在我身上好像有使不完的力气，定能压倒一切，战胜一切苦难，为的只是对自己说一句并且不时加以重复：‘我活着。’即使有千灾百难——我活着，遭到酷刑拷打——我活着！哪怕幽闭在与世隔绝的塔中，我还是活着，看得见太阳；纵然看不见太阳，我仍然知道有太阳。而知道有太阳——不正是生命的全部意义所在吗？阿辽沙，我的天使，各种各样的哲学搅得我晕头转向，这些该死的哲学！老二伊万……”

“二哥伊万怎么啦？”阿辽沙插了一句，但米嘉没有听见。

“过去我从来没有这些犹豫和彷徨，但是一切都潜伏在我身上。也许正因为种种不知底细的思想在我躯壳里兴风作浪，我才酗酒、打架、闹事，为的是平息内心的风浪，抑止灵魂的躁动。老二伊万不同于拉基津，他把思想藏起来。老二伊万是个难解的谜，他不动声色，老是沉默。可我一直为有没有上帝这个问题而苦恼。只有这一件事在折磨我。会不会根本没有上帝？拉基津说，这是人类自己心造的幻影；万一他的话是对的怎么办？如果没有上帝，那么人就是大地和宇宙的主宰。好得很！但如果没有上帝，人怎么会讲道德呢？这是个问题！我一直在思考这个问题。因为那时人还能爱谁？还能感谁的恩？为谁唱颂歌？拉基津笑着说，没有上帝也可以爱人类。这样的话只有乳臭未干的小子才说得出来，我是无法理解的。拉基津的日子挺好过，今天他对我说：‘你还是多想想扩大公民权或者不使牛肉涨价的问题，这比通过哲学向人类示爱更简单，更直接。’我当场抢白他：‘如果没有上帝，你会把牛肉的价格提得更高，只要对你有利；你是指着一戈比赚一卢布的人。’他发火了。说到底，什么是道德？——阿列克塞，你来回答我。我有我的道德，中国人有中国人的道德——就是说，道德是相对的。难道不是吗？难道不是相对的？这问题够伤脑筋的！你听了别笑，我为这问题两宿没睡呢。现在我就纳这个闷儿：人们只知道过日子，竟然一点儿不考虑这事。庸碌的芸芸众生！伊万是没有上帝的。他有一套思想。我可不能跟他比。但他不声不响。我认为他是个共济会会员。我问过他——他不作声。我想在他的源泉里喝点儿水——他不作声。只有一次他说了一句话。”

“说什么？”阿辽沙急忙问。

“我对他说：既然如此，是不是无所不可了？他皱眉说：‘你我的父亲费奥多尔·巴甫洛维奇是一头猪，但他的思维方法是正确的。’这便是他撂下的一句话。别的什么也没说。这就比拉基津走得更远了。”

“是的，”阿辽沙痛心地表示同意，“他什么时候来过？”

“这以后再谈，现在先谈别的。有关伊万的事，到目前为止我几乎什么也没告诉过你。我把这事搁到最后。等我这场官司结束，他们作出判决以后，那时有些话我要对你说，我要把一切都告诉你。这是一件可怕的事情……。这件事你来当我的法官。暂时先不提它，一个字也不提。好，你谈到明天要开庭，可是信不信由你，我一无所知。”

“你跟那位律师谈过没有？”

“律师有什么用？！我全都向他谈了。那是个表面上客客气气的京都骗子，一个贝尔纳！他对我的话愣是半句也不信。你想，他认定是我杀了父亲——我看得出来。我问他：‘既然这样，您又干吗大老远的来为我辩护？’这帮家伙我算是看透了。另外还请来一位名医，想要证明我是疯子。我不干！卡捷琳娜·伊万诺夫娜是想把‘自己的义务’尽到底。完全是勉为其难！”米嘉现出一丝苦笑，“她是一只长有利爪的猫！心肠硬得很！她知道那时在莫克罗耶我说过，她是个‘发起火来不可收拾’的女人！有人告诉了她。是啊，对我不利的指证多如恒河沙数！格里果利还是一口咬定。格里果利是诚实的，但是个蠢货。很多人诚实，就是因为他们愚蠢。这是拉基津的思想。格里果利是我的敌人。某些人如果是你的敌人，可能比是你朋友更有利。我这话是指卡捷琳娜·伊万诺夫娜。哦，我真担心，担心她在法庭上会说出当初收下四千五百卢布之后向我一躬到地那件事！她要彻底还清这笔债，分文不少。我不要她的牺牲！在法庭上他们一定会羞辱我！我怎么也得忍住。阿辽沙，你去找她，求她不要在法庭上提这件事。难道不行？真该死，反正都一样，我忍得住！我并不可怜她。她这是自作自受。阿列克塞，到时候我有自己的话要说。”他又露出苦笑，“只是……只是格露莎，格露莎，主啊！她又何必自找苦吃呢？！”他一下子抽泣起来，“一想起格露莎，我便心如刀绞！她刚才来过……”

“她告诉我了。今天她为你伤心得厉害。”

“我知道。我这脾气该遭雷劈！我吃醋了！分手的时候我感到后悔，吻了她，可是没有求她原谅。”

“为什么不认错？”阿辽沙问。

米嘉忽然笑了，几乎笑得很开心。

“上帝保佑，亲爱的好兄弟，无论什么时候你可千万不能向所爱的女人认错。尤其不能向心爱的女人请求宽恕，这尤其要不得，不管你多么对不起她！因为女人——小弟，鬼知道女人究竟是怎么回事；

女人的脾性至少我是摸得准的！你要是向她认错，说：‘是我不对，原谅我，对不起，’——责备和埋怨立刻会像大雨倾盆！她决计不会爽快地原谅你，一定要把你贬得连一块抹布也不如，把陈芝麻、烂谷子甚至压根儿没有的事通通倒腾出来，什么也不会忘记，还要添油加醋，那时候才会原谅。这还算是她们当中最好的！死活也要把一肚皮恶气从五脏六腑中挤出来，一股脑儿撒到你头上，否则决不罢休。我告诉你，她们都有一种活扒男人皮的癖好，这些天使没有一个例外，尽管没有她们咱们活不下去！听着，亲爱的，我坦率而痛快地告诉你：任何体面的男人都应该拜倒在至少一个女人脚下。这是我的信条，不是信条，而是感觉。男人应当气量大些，这不会给男人脸上抹黑。即使英雄也一样。恺撒同样如此！可是请求原谅还是要不得，绝对要不得。记住这个理儿：这是你的大哥、因为女人而毁了自己的米嘉教你的。我还是用别的办法补偿格露莎，就是不能请她原谅。我真心爱她，阿列克塞，把她当女神崇拜！她只是看不到这一点，她总是嫌爱得不够。她在折磨我，用她的爱折磨我。过去跟现在不能相比！过去我只迷恋那销魂慑魄的曲线，如今我已把她的整个心灵吸纳到自己的心灵中来，通过她，我自己才成为一个人！你说，能让我们举行婚礼吗？要是不让，我会忌妒死的。我天天做梦都在想这事……。她对你说了我些什么？”

阿辽沙把刚才格露莘卡的话原原本本向他转述。米嘉听得很仔细，有好几处要求阿辽沙再说一遍，最后算是满意了。

“我吃醋她居然不生气，”他说，“这才是女人！她说：‘我自己的心肠也够硬的。’我就喜欢这样的硬心肠，不过我讨厌女人为我吃醋，我受不了！往后有我们干仗的日子，但我会爱她的，永远爱不到头。你说，能为我们举行婚礼吗？能让苦役犯结婚吗？这是个问题。可是没有她，我没法活……”

米嘉紧锁愁眉在屋里来回踱步。探视室内差不多快黑了。他忽然变得忧心忡忡。

“她说有一个秘密？说我们仨在搞阴谋对付她？还说卡嘉也插手

了？不，亲爱的格露莘卡，不是这么回事。这下你错了，错得活像个蠢婆娘！阿辽沙，亲爱的，那好吧！我把我们的秘密向你揭开！”

他四下张望，很快走到面朝他站着的阿辽沙紧跟前，神秘兮兮地向他说悄悄话，其实没有人真能听见他们的交谈：一名老看守在角落里的板凳上打瞌睡，而卫兵离他们远着呢，一个字儿也听不清。

“我把我们的秘密向你全部揭开！”米嘉急忙低声说道，“本想以后再揭开，因为不跟你商量，我难道能作出决定吗？你是我的一切。虽然我说伊万是咱们哥儿仨中的头儿，可你是我的天使。只有你说了算。也许真正的头儿是你，而不是伊万。

“听着，这是一个良心问题，涉及崇高的良心——这秘密太重要了，我自己对付不了，一直搁着等以后和你商量。现在还不到作决定的时候，因为必须等到判决下来。判决作出以后，就由你来决定命运。现在不用决定；我马上告诉你，你听了以后不要表态。你站着别开口。我并不把一切都向你揭开。我只告诉你一个设想，没有细节，你别说话。不要提问题，不要做动作，答应不？不过，天哪，我还是没法假装看不见你的眼睛！虽然你不开口，但我怕你的眼睛会表态。哦，我怕！阿辽沙，听着：老二伊万劝我**逃跑**。具体细节我不说，反正一切都考虑到了，一切都可以安排妥当。闭嘴，别表态。带着格露莎到美国去。没有格露莎我是活不成的！万一不让她跟我去西伯利亚怎么办？苦役犯能结婚吗？老二伊万说不能。可要是没有格露莎，我在那里的地下怎么抡锤子？我只会用锤子砸碎自己的脑壳！可是从另一方面说，良心上怎么过得去？这不是逃避吃苦吗？上苍给我下达了晓谕——我拒不遵行；给我指出了净化之路——我绕道溜走。伊万说，到了美国‘只要自强上进’，比在地下能做更多有益的事。可是这样一来，我们的地下颂歌还唱得成吗？美国是什么？还不是人欲横流？！再说，我料想坑蒙拐骗在美国也少不了。这样等于从十字架前逃跑！阿列克塞，我告诉你是因为这话只有你一个人能理解，别人都不可能理解；在别人听来，我对你说的颂歌等等全是痴人说梦话。他们会说我是疯子或傻瓜。然而我没有发疯，也不是傻瓜。关于颂歌的话伊万也懂，哦，他能懂，只是不表态，不作声。他对颂歌持怀疑态度。你别说话，别说话，我看得出你的眼神：你已经决定了！别表态，可怜可怜我吧，没有格露莎我活不下去，等判决了再说！”

米嘉说完这番话时神情狂乱。他双手抓住阿辽沙的两肩，用发烧一般热切的目光直盯着阿辽沙的眼睛。

“你说，能让苦役犯结婚吗？”他以近乎哀求的声调问，这已是第三次了。

阿辽沙听了以后，感到无比诧异而又极度震惊。

“告诉我一件事，”他说，“伊万是不是竭力想说服你？这主意是谁第一个想出来的？”

“是他，是他想出来的，他竭力劝我！他一直不来看我，一星期前突然来了，而且一开始就谈这事。他拼命劝我。不是要求，而是命令。他相信我会听从他，虽然我把自己的心都掏给他看了，就像掏给你看一样；我还说了颂歌的事。他告诉我准备如何安排，他把有关情况都摸清楚了，这些现在先不谈。他简直给这个主意迷得快疯了。主要是钱的问题，他说给我一万逃出去，两万到美国；他说花一万卢布一定能把逃跑的事安排得妥帖稳当。”

“还叮嘱你绝对不要告诉我？”阿辽沙又问了一遍。

“绝对不行，对谁也不能说，特别是你：对你无论如何不能说！他准是怕你站在我面前会像镜子照出我的良心。别对他说我告诉了你。哦，千万别说！”

“你说得对，”阿辽沙表示，“法院判决之前不能决定。判决后你自己决定：那时你会从自己身上发现一个新人，他会作出决定的。”

“你说一个新人，也可能是一个贝尔纳，那他就会按贝尔纳的路子作出决定！因为我自己恐怕也是一个可鄙的贝尔纳！”米嘉做了一个无奈的鬼脸。

“难道你……大哥，难道你对洗清罪名完全不抱希望了吗？”

米嘉神经质地把肩膀往上一耸，摇了摇头。

“阿辽沙，你该走了！”他一下子着起忙来，“典狱长已经在院子里叫唤，就要上这儿来了。咱俩这么晚还在一起，太不像话。快拥抱我，亲亲我，为我画个十字，亲爱的，为我画个十字，给我壮壮胆面对明天……”

他们抱在一起互相亲吻。

“伊万虽然劝我逃跑，”米嘉骤然说，“其实他相信人是我杀的！”

他嘴唇上勉强浮起忧郁的微笑。

“你问过他相信不？”阿辽沙问。

“不，没问。我想问，可是说不出口，我没勇气。何况问不问都一样，从他的眼神我看得出来。再见吧！”

兄弟俩再次匆匆相互亲吻，阿辽沙几乎已经走出去了，米嘉忽然又把他叫住。

“站到我面前来，就这样。”

他又用双手紧紧抓住阿辽沙的两个肩膀。他的脸顿时变得煞白煞白，昏暗中显得分外醒目，怪可怕的。嘴唇扭曲变形，目光盯着阿辽沙。

“阿辽沙，对我说实话，就像对上帝一样不掺半点儿假：你相信人是我杀的，还是不信？你，你本人，信还是不信？说实话，不掺半点儿假！”他冲着阿辽沙狂叫。

霎时间阿辽沙只觉得眼前的一切开始摇晃，而他的心仿佛给锐器刺穿了。

“别胡来，你想干吗？……”他费力地说着，茫然不知所措。

“说实话，不掺半点儿假！”米嘉又重复一遍。

“我不曾有过一分钟相信你是凶手，”这句话是通过颤抖的声音从阿辽沙胸中迸出来的，他同时举起右手，似乎在吁请上帝为他的话作证。

心满意足的感觉顷刻间把米嘉的脸整个儿照亮。

“谢谢你！”他慢悠悠地说，极像晕厥过后苏醒时的大喘气。“这下你又让我复活了……。知道吗，在这以前我一直不敢问你，连你也不敢问！好了，你走吧，走吧！你增强了我面对明天的勇气，愿上帝赐福于你！去吧，要爱伊万！”临了米嘉说出这么句话。

阿辽沙泪流满面走出监狱。米嘉如此多疑，甚至对他也信不过，——凡此种种一下子向阿辽沙揭示，他不幸的大哥心中竟有这样一个无处宣泄的痛苦和绝望的深渊，这是他始料所不及的。无限深切的同情倏忽间占据了他的全部意识，他那颗仿佛被刺穿的心感到阵阵剧痛。“要爱伊万！”他猛想起米嘉刚才那句话。他正要去见伊万。上午他就迫不及待地想去找伊万。伊万令他寝食不安的程度不下于米嘉，现在与大哥会面之后，阿辽沙的心情较之任何时候更为焦灼。

五　不是你，不是你!

去见伊万的路上，他得经过卡捷琳娜·伊万诺夫娜寓居的那座楼房。窗里有灯光。他突然止步，决定进去。他已有一个多星期没见到卡捷琳娜·伊万诺夫娜了。但阿辽沙考虑到，伊万此时有可能在她这里，尤其是在这样一个日子的前夜。

阿辽沙打铃进了大门，登上挂着一盏中国灯笼的昏暗楼梯，只见一个人正从楼上下来，及至相互交会时才认出正是二哥。伊万已经从卡捷琳娜·伊万诺夫娜那儿告辞出来。

“啊，原来是你，”伊万·费奥多罗维奇冷淡地说，“再见。你找她？”

“是的。”

“劝你另找个时间，她现在‘很激动’，你只会使她的心情变得更坏。”

“不，不！”从楼上迅即打开的一扇门里突然有人喊道，“阿列克塞·费奥多罗维奇，您从他那儿来吗？”

“是的，我刚去过他那儿。”

“他有什么话捎给我吗？进来，阿辽沙；您也回来，伊万·费奥多罗维奇，一定回来。听见没有？”

卡嘉的声调有一种命令的味道，伊万·费奥多罗维奇略一迟疑后，还是决定和阿辽沙一起回到楼上。

“她在偷听！”伊万不悦地轻轻嘀咕道，但阿辽沙听见了。

“对不起，我就不脱大衣了，”伊万·费奥多罗维奇跨进客厅便说，“我也不坐了，顶多待一分钟。”

“您坐下，阿列克塞·费奥多罗维奇，”卡捷琳娜·伊万诺夫娜说，自己仍站着。这一时期她没有多大变化，但她的一双黑眼睛闪着不祥之光。阿辽沙事后记得，彼时卡嘉在他眼里似乎显得分外妩媚。

“他让您捎什么话没有？”

“只有一桩，”阿辽沙直视着她的脸说，“希望您怜惜自己，在法庭上不要说出……”他有些难以措辞，“你们……在那个城里……初次相识时……你们之间的事情……”

“啊，就是为那笔钱一躬到地的事！”她马上接过话茬儿，发出一阵苦涩的笑声。“他到底是在为我，还是为他自己担心——啊？他说希望我怜惜——究竟怜惜谁？是怜惜他，还是怜惜我自己？您说，阿列克塞·费奥多罗维奇。”

阿辽沙凝视她的同时努力去理解她。

“怜惜您自己，也怜惜他，”他心平气和地说。

“很好，”她的口气简直有些凶狠，并且一下子涨红了脸。“您还不了解我，阿列克塞·费奥多罗维奇，”她以示威的口吻说，“连我对自己也还不够了解。在明天的审讯之后，您或许想要用脚狠狠地踩我。”

“您会诚实作证的，”阿辽沙说，“这就足够了。”

“女人往往并不诚实，”她咬牙切齿地说，“仅在一小时前，我还以为自己连碰都不敢碰一下这个恶煞……他就像爬虫那样令我犯怵……岂料不是这么回事，对我来说，他还是个人！他杀了人没有？人是他杀的吗？”她蓦地发出歇斯底里的号叫，并且很快转过去面向伊万·费奥多罗维奇。阿辽沙立刻明白，她这个问题已经向伊万·费奥多罗维奇提过，可能就在他来到之前一分钟，而且不是第一次，而是第一百次，结果他们吵架了。

“我去找过斯乜尔加科夫……。是你说服了我，我是听了你的话才相信他是杀父凶手。我只是相信了你啊！”她仍然面对伊万·费奥多罗维奇继续说。伊万似乎很勉强地笑了一下。阿辽沙听到她对伊万不用敬称“您”，而直呼为**你**，不禁愕然一愣。想不到他俩的关系已如此熟不拘礼。

“算了吧，”伊万断然说，“我走了。明天再来。”说完，立刻转身走出客厅，直接下楼。

卡捷琳娜·伊万诺夫娜忽然抓住阿辽沙的双手，向他发号施令。

“快跟在他后面！追上去！一分钟也别离开他，”她低声说得很快，“他疯了。您不知道他疯了吗？他得了热病，神经热！是大夫对我说的，快去，快追上他……”

阿辽沙急忙站起来跑去追赶二哥。伊万·费奥多罗维奇尚未去远，走了还不到五十步。

“你要干什么？”他发现阿辽沙在追来，陡然转过身去。“她命你来追我，因为我疯了。你不用说我也知道，老一套，”他恼怒地添上一句。

“你当然不是疯子，不过她认为你病了还是对的，”阿辽沙说，“刚才我在她家看了你的脸色：你面带病容，很明显，伊万！”

伊万继续往前走。阿辽沙跟着他。

“我说，阿列克塞·费奥多罗维奇，你可知道人是怎样发疯的吗？”伊万问话的声调一下子变得很平和，已经完全没有火气，流露出来的只是十分单纯的好奇心。

“不，我不知道；我猜想有多种不同的发疯方式。”

“是否有可能观察到自己正在变疯呢？”

“我想，在这种状态下不可能对自己观察得很清楚。”阿辽沙怀着诧异的心情答道。

伊万有半分钟不作声。

“要是你想跟我说些什么，那么请换个话题。”他忽然说。

“对了，这里有你的信，免得回头忘了。”阿辽沙说时心里有些害怕，他从兜里取出莉扎的信递给伊万。

这时他们正好走到一盏路灯下。伊万立即认出了信封上的笔迹。

“啊，是那个魔崽写的！”他发出一阵冷笑，没拆开信封，就把它撕成好几片往空中一扔。碎纸片随风飘散。

“还不到十六岁，就已经向人自荐！”他轻蔑地说了一句，又沿着街道迈步走去。

“自荐是什么意思？”阿辽沙惊问。

“放荡的女人自荐，谁都知道是什么意思。”

“你说什么，伊万？你怎么能这样？”阿辽沙愤愤不平地说，他感到十分痛心。“她是个孩子，你是在侮辱一个孩子！她有病，而且病得不轻，可能同样处在发疯的边缘……。我不能拒绝为她把一封信转交给你……。我还想听听你的意见……如何救她。”

“你不必听我的意见。既然她是个孩子，那我也不是她的保姆。够了，阿列克塞。别说了。这事我根本不考虑。”

两人又有大约一分钟沉默不语。

“今宵她将整夜祈求圣母指点她明天在法庭上该采取什么姿态，”伊万蓦然间又以生硬和恼怒的口气开始说。

“你……你是指卡捷琳娜·伊万诺夫娜？”

“她该以米嘉的救星姿态出现呢，还是落井下石？这便是她祈祷的内容，希望天上的灵光把她的心照亮。她自己心中无数，还没有作好准备。她也把我当作保姆，指望我像哄小孩一样哄她！”

“卡捷琳娜·伊万诺夫娜爱你，二哥。”阿辽沙怀着忧伤的感情说。

“也许是的。可我对她不感兴趣。”

“她很痛苦。那你为什么要对她说……那些有时……会使她产生希望的话？”阿辽沙谨慎地用薄责的口吻说，“我知道你作过这种表示，原谅我这样说。”他补上一句。

“我知道应该一刀两断，当面对她直说，可眼下我不能这样做！”伊万懊恼地说，“必须等到对凶手作出判决。如果我现在就与她决裂，她为了对我进行报复，明天在法庭上会把那个恶煞往死里整，因为她恨米嘉，而且知道自己恨他。正正反反都是假的，层层叠叠全是谎话！眼下我还没有与她决裂，她还抱有希望，就不至于对那个恶煞落井下石，因为她知道我要把他从井里拉上来。只要那该死的判决下来就行了！”

“凶手”、“恶煞”之类的字眼在阿辽沙心中激起痛苦的回声。

“她有什么手段能把大哥往死里整？”他一边琢磨伊万的话，一边问，“她有什么证据能把大哥置于死地？”

“这你还不了解。她手里有一份米嘉的亲笔字据，能证明是他杀了费奥多尔·巴甫洛维奇，铁证如山。”

“这不可能！”阿辽沙失声惊呼。

“怎么不可能？是我亲眼所见。”

“不可能有这样的笔据！”阿辽沙愤激地重申，“不可能，因为凶手不是他。不是他杀了父亲，不是他！”

伊万·费奥多罗维奇骤然止步。

“那么照阁下的意见凶手是谁？”他问话的语气显然很冷漠，甚至有点儿傲慢。

“你自己知道是谁。”阿辽沙恳切地轻声说。

“谁？那个患癫痫的白痴？斯乜尔加科夫？那是神话！”

阿辽沙顿时感觉到自己浑身都在发抖。

“你自己知道是谁。”这话听起来是那么软弱无力。他几乎喘不过气来。

“那么你说是谁，是谁？”伊万简直怒不可遏。表面的沉着倏地影踪全无。

“我只知道一点，”阿辽沙依然如耳语一般轻声说，“杀死父亲的**不是你**。”

“‘不是你’！什么叫作‘不是你’？”伊万莫名其妙。

“杀死父亲的不是你，不是你！”阿辽沙再次重申，说得很坚决。

静默持续约有半分钟。

“我也知道不是我，你是不是在说胡话？”伊万苍白的脸上现出畸形的笑容。他的一双眼睛直盯着阿辽沙。两人又在一盏路灯下站住。

“不，伊万，你曾不止一次对自己说你是凶手。”

“我什么时候说过？……当时我去莫斯科了……。我什么时候说过？”伊万茫然嗫嚅道。

“这可怕的两个月内，当你独自一人的时候，你曾多次对自己这样说，”阿辽沙继续以平和的语气，一字一句、清清楚楚地说。但他已身不由己，好像有一种不可抗拒的意志在命令他说。“你指控自己，向自己承认凶手不是别人，而是你。但人不是你杀的，你错了，你不是凶手，听见没有，不是你！是上帝派我来对你说这话的。”

接着两人都不吭声。这一阵缄默足足持续了一分钟之久。兄弟俩站在路灯下四目对视。两人脸色都很苍白。突然，伊万整个身子哆嗦起来，他牢牢抓住阿辽沙的一侧肩膀。

“你到我那儿去过！”他咬着牙低声说，“那天夜里他来的时候，你一定在我屋里……。你得承认……你见到他了，见到没有？”

“你说的是谁？……是米嘉？”阿辽沙完全摸不着头脑。

“我不是说那个恶煞，让他见鬼去吧！”伊万大声狂叫，“莫非你知道他常来找我？你是怎么知道的，说！”

“**他**是谁？我不知道你在说谁。”阿辽沙这下真的害怕了，说话都有些结巴。

“不，你知道……否则你怎么会……你不可能不知道……”

但他一下子似乎控制住了自己。他站在那儿，像在思考什么事情。一丝古怪的笑意使他的嘴唇轮廓走了样。

“二哥，”阿辽沙又开始说，声音有些发颤，“我对你这样说是因为你会相信我的话，这我知道。我对你说这话，而且永不改口：**不是**

你！永不改口，听见没有？是上帝把这句话装在我心中要我告诉你的，即便你从此永远恨我，我也要说……”

但伊万·费奥多罗维奇的自持力显然已完全恢复。

“阿列克塞·费奥多罗维奇，”他带着冰冷的笑容说，“我讨厌预言家和癫痫病人，尤其不能容忍上帝的使者，这一点阁下完全了解。从现在起，我跟阁下断绝交往，而且看来是不可挽回的。请阁下就在这个十字路口马上离开我。何况顺着这条小巷正是阁下回寓所该走的路。请留神今晚别来找我！听见没有？”

他一转身，迈着坚定的步子径直走去，头也不回。

“二哥，”阿辽沙冲他的背影喊道，“今晚你要是发生什么事情，你首先应该想到我！”

但是伊万没有回答。阿辽沙站在十字路口的灯下，直至伊万在黑暗中完全消失。于是他拐了个弯，顺着小巷朝自己的住处慢慢走去。他和伊万·费奥多罗维奇都在外面租房居住，各有各的寓所，谁也不愿住到费奥多尔·巴甫洛维奇人去楼空的宅院里去。阿辽沙向一个普通市民家庭租了一间带家具的住房；伊万·费奥多罗维奇则住得离他相当远，房东是一位日子过得挺不错的公务员遗孀，他租了一座很好的房子的侧屋，既宽敞又舒适。但在整个侧屋里侍候他的只有一个完全耳聋的老妪，她浑身关节酸痛，晚上六点上床，早晨六点起身。这两个月以来，伊万·费奥多罗维奇在生活上变得一点也不挑剔，什么都可以将就，简直到了令人称奇的程度，他特别喜欢一个人待着。他住的那间屋子也是自己收拾，而侧屋的另外几个房间他甚至难得走进去。

他走到寓居的那座房子大门口，正欲打铃叫门，又把手缩了回来。他感觉到自己气犹未消，还在哆嗦。他决定不打铃了，啐一口唾沫，转身朝着相反的方向，往二里地外的小城另一端走去，目标是费奥多尔·巴甫洛维奇的旧街坊玛丽亚·康德拉启耶夫娜赁居的一所已经倾斜的原木小屋。过去她经常到费奥多尔·巴甫洛维奇家的厨房里来要一点汤，那时斯乜尔加科夫往往弹着吉他给她唱歌。她把原先自已的房子卖了，如今和母亲一起赁居在农舍一般的陋屋中，而病得几乎奄奄一息的斯乜尔加科夫，自从费奥多尔·巴甫洛维奇死了以后，就搬到她们母女俩这儿来住。此时伊万·费奥多罗维奇在一个突如其来而又不可遏制的念头驱使下，正是到那里去找他。

六　第一次走访斯乜尔加科夫

伊万·费奥多罗维奇从莫斯科回来后，这已是第三次去找斯乜尔加科夫谈话。惨案发生后，他们第一次见面谈话是在伊万回到本城的当天，两星期后伊万又去看过他一次。但在这第二次会面后，伊万停止了与斯乜尔加科夫的晤谈，因而已有一个多月没见过他，而且几乎听不到他的任何消息。

伊万·费奥多罗维奇从莫斯科回来已是父亲死后第五天，所以连他的棺材也没有看到：尸体恰恰是在他归来的前一天殓埋的。伊万·费奥多罗维奇来迟的原因在于：阿辽沙不知道他在莫斯科的确切地址，为了发电报，只得去找卡捷琳娜·伊万诺夫娜，而后者也没有地址，便给她的姐姐和姨妈发了一份电报，估计伊万·费奥多罗维奇到了莫斯科就会上她们那儿去的。但他直到抵达莫斯科的第四天才去看她们。读了电文以后，他自然十万火急赶回我们城里来。到了这里，他第一个见到的是阿辽沙，但与弟弟反复谈过之后，他感到十分惊讶，因为阿辽沙对米嘉甚至不愿意存一点点疑心，却直指斯乜尔加科夫是凶手，这与本城所有其他的意见截然不同。以后伊万·费奥多罗维奇见到了警察局长、检察官，了解到指控和逮捕的细节，益发觉得阿辽沙的看法毫无道理，只能归因于走向极端的兄弟之爱以及他对米嘉的无限同情，因为阿辽沙热爱他的大哥，对此伊万是了解的。

这里笔者想就伊万对兄长德米特里的感情说上两句，以后决不赘言。伊万无疑不喜欢米嘉，充其量只是偶尔有些同情他，即便如此，也掺入深刻的蔑视，而且几乎到了厌恶的程度。他对米嘉其人乃至整个身影极度反感。对于卡捷琳娜·伊万诺夫娜爱米嘉这一点，伊万可谓怒目而视。然而，伊万也是在回来的当天就去见了米嘉，这次会面非但没有动摇，反而坚定了伊万认为米嘉有罪的信念。当时他发现兄长烦躁不安，处在病态的激动之中。米嘉话特别多，但思想不集中，东拉西扯，语言偏激得厉害，也混乱得可怕。他谈得最多的是死者从他那儿“偷去”的那三千卢布。米嘉反复表示：“钱是我的，本来就是我的，即使我盗走了这笔钱也没错。”他几乎不反驳于己不利的一切证据，每当需要阐述于己有利的事实，又总是语无伦次，荒唐透顶——总的说来，他似乎根本不想在伊万或任何人面前为自己辩解，相反，动辄发怒，对各项指控嗤之以鼻，破口大骂，火冒三丈。对于格里果利说门是开着的这条证词，他只是轻蔑地一笑置之，认为那是“鬼开的门”。但他又提不出任何言之成理的说法来解释这一事实。他甚至在这第一次会面时便抢白了伊万·费奥多罗维奇。米嘉毫不客气地对他说，那些自己声称“无所不可”的人没有资格来怀疑他、审问他。反正这一次他对伊万·费奥多罗维奇很不友好。这次与米嘉会面后，伊万·费奥多罗维奇立即去找斯乜尔加科夫。

还在从莫斯科回去奔丧的火车上，他就一直在思考斯乜尔加科夫其人，以及离家前夕他俩之间的最后一次谈话。许多地方令伊万困惑，许多事情他觉得可疑。但在接受法院预审员讯问时，伊万·费奥多罗维奇对那次谈话决定暂且不提。他把一切都搁到与当时正住在县城医院内的斯乜尔加科夫见面后再作道理。

在伊万·费奥多罗维奇的追问下，赫尔岑什图贝大夫和医院内的瓦尔文斯基大夫明确回答说，斯乜尔加科夫的癫痫症是不容置疑的；对于伊万提出的“出事那天他会不会装病”这一问题，大夫甚至表示惊讶。他们要他懂得，这次发病非同寻常，持续数日并多次反复，因而病人的生命一度十分危险，经采取措施后，现在方可肯定地说，病人已脱离险境，但赫尔岑什图贝大夫补充说：“很可能，他的智力即使不是永远无法恢复，也将在一个相当长的时期内无法完全恢复正常。”伊万·费奥多罗维奇急不可耐地问：“这么说，他现在是疯子？”回答是：“还不能百分之百肯定，但有若干异常的表现。”伊万·费奥多罗维奇下决心自己去弄清楚究竟异常在哪里。

在医院里他很快获准探视病人。斯乜尔加科夫躺在一间病房的小床上。他旁边还有一张病床，那是个患水肿病的小市民，已全身浮肿，极度衰竭，显然挨不过明后天；他不会妨碍谈话，此外没有别人。

斯乜尔加科夫乍一见到伊万·费奥多罗维奇，甚至不大相信地咧嘴笑了，最初一刹那好像还有些慌神。至少伊万·费奥多罗维奇有这样的印象。但这仅仅是瞬间的一闪，在其余所有的时间内，斯乜尔加科夫的镇定简直令他吃惊。自从对他看了第一眼以后，伊万·费奥多罗维奇便确信他完全病了，而且病得很重：他又瘦又黄，非常虚弱，说话很慢，舌头似乎不大听使唤。在从头到底大约二十分钟的会面时间内，他不断抱怨头疼和浑身酸痛。他那张瘦削的阉人面孔仿佛缩得很小很小，鬓角蓬松散乱，原先高耸的头发只剩下稀稀落落的一撮毛往上翘起。然而，微眯的左眼似乎在暗示着什么——从这一点依旧能认出原来的那个斯乜尔加科夫。伊万·费奥多罗维奇马上回忆起：“跟聪明人交谈就是有意思。”他在病人脚边床畔一只凳子上坐下。斯乜尔加科夫在床上整个身子挪动了一下，显得很痛苦的样子，但他并不先开口；看他的神情似乎对世事已没有多大兴趣。

“可以跟我谈谈吗？”伊万·费奥多罗维奇问道，“我不会太累着你的。”

“当然可以，”斯乜尔加科夫的声音微弱，“您回来多久了？”添加的一句话带有俯就的意味，好像在示意显得尴尬的来访者不必过于拘谨。

“今天刚到……。来收拾你们这里的烂摊子。”

斯乜尔加科夫发出一声叹息。

“你叹什么气，你不是早料到了吗？”伊万·费奥多罗维奇来一个开门见山。

斯乜尔加科夫沉稳地保持片时的缄默。

“那是谁都能料到的！预先就可以看得很清楚。可是又怎能料到事情会闹成这个样子？”

“料不到什么？你别要花招！你不是预言过一进地窖子就会发羊痫风吗？当时你就指出要在什么地方发病。”

“这件事您在接受讯问时说了没有？”斯乜尔加科夫不慌不忙问道。

伊万·费奥多罗维奇一下子生气了。

“不，还没说呢，可我一定要说。老兄，许多事情你现在就得向我解释清楚。记住，亲爱的，我可不允许别人耍我！”

“我为什么要耍您呢，现在我可全指望您了，就像只能指望上帝一样！”斯乜尔加科夫还是那样不慌不忙地说，只是有一会儿工夫闭上了他的小眼睛。

“第一，”伊万·费奥多罗维奇开始提问，“我知道羊痫风是不可能预测的。我打听过，你别耍花招。哪一天发作、什么时候发作都不可能预测。当时你怎么向我预报了发病的日子和时间，还预知在地窖子里？你怎能事先知道偏偏会在发病的时候摔到地窖子里去？这不是故意假装羊痫风发作又是什么？”

“地窖子本来要去，甚至每天得去好几回，”斯乜尔加科夫慢悠悠地说，“一年前同样我也从顶楼上摔下来过。羊痫风事先不能预测哪天发作、什么时候发作，这完全正确，但预感总是可能有的。”

“可是你预报了日期和时间。”

“二少爷，关于我的癫痫病您最好还是去问这里的大夫：究竟是真是假。这个问题我对您没有什么可说的。”

“那么地窖子呢？地窖子你又是怎么事先知道的？”

“干吗要揪住这地窖子不放呢？！当时我走进这地窖子，又是害怕又犯疑惑，我特别害怕是因为您走了以后，这世上再也没有人会保护我。当时我走进这地窖子，心里琢磨：‘这该死的病现在会不会发作？我会不会摔下去？’就因为犯了这份疑惑，我好像一下子让痉挛卡住了脖子……立刻摔了下去。这件事以及头天晚上我跟您在大门口的那次谈话（当时我告诉您，我害怕出事，害怕摔到地窖子里去等等……），我都原原本本、详详细细对赫尔岑什图贝大夫和预审员尼古拉·帕尔菲诺维奇说了，这些他们都一一记录在案。而这里的大夫瓦尔文斯基先生当着他们的面还特别强调，说问题恰恰出在意念上，正是因为心中犯疑惑——‘我会不会摔下去？会不会摔下去？’——这就成了诱发因素。于是他们照此作了记录，说情况肯定是这样发生的，也就是说，发病完全是由我的恐惧心理引起的。”

说完这一番话，斯乜尔加科夫似乎已精疲力竭，他深深地喘了口气。

“这事你在讯问时已经说了？”伊万·费奥多罗维奇的部署有些被打乱了。他正是想扬言要把他们以前那次谈话捅出去作为手段吓唬斯乜尔加科夫，不料后者已主动交代了一切。

“我怕什么？他们尽管把全部真情都记录在案。”斯乜尔加科夫的口气很硬。

“我和你在大门口的那次谈话也每字每句都说了？”

“不，并没有每字每句都说。”

“那时你向我夸口，说你会假装发羊痫风，这也说了？”

“不，这也没说。”

“现在你告诉我，那时你为什么要把我打发到切尔马什尼亚去？”

“我怕您去莫斯科，切尔马什尼亚好歹比较近。”

“撒谎，是你自己劝我走的，你说：走吧，还是离开是非之地为妙！”

“当时我说这话纯粹是向您表示友好和我的一片忠心，因为我预感到宅院里会出乱子，怕您受牵连。不过我更怕自己受牵连。所以我说：走吧，还是离开是非之地为妙，目的是让您明白家里要出事，可以留下来保护老爷。”

“那你应该说得更明白些呀，蠢货！”伊万·费奥多罗维奇勃然大怒。

“当时我怎么能说得更明白些呢？我只是觉得害怕，而且您可能会生气。我当然有理由担心德米特里·费奥多罗维奇会闹事，担心他会把那些钱取走，因为那些钱在他心目中跟他自己的一个样，可谁能料到结果会闹出人命案子来？我原以为他只是把放在老爷床垫下信封里的那三千卢布取走，可是他竟杀了人。您不是也想不到吗，二少爷？”

“既然你自己也说当时不可能料到，那我又怎么能猜到并且留下来呢？”

“您有可能猜到，因为我劝您去切尔马什尼亚，而不是去莫斯科。”

“凭这一点怎么能猜到？”

斯乜尔加科夫显得十分疲惫，所以又有一分钟左右缄默不语。

“您有可能通过这样的思路猜到：既然我劝您别去莫斯科，该去切尔马什尼亚，这表示我希望您在比较靠近这儿的地方，因为莫斯科远，而德米特里·费奥多罗维奇知道您离这儿不远，就不会胆子太大。万一有什么好歹，您也可以快一点赶来保护我，因为我已经向您提到格里果利·瓦西里耶维奇身体不舒服，我又担心自己发羊痫风。我把进老爷屋里去的敲门暗号告诉了您，而且德米特里·费奥多罗维奇已经从我这里知道这些暗号，我想您自己也能猜到大少爷一定会干出什么事来，这样，您大概连切尔马什尼亚也不会去，而是干脆留在家里。”

“他说话很有条理，”伊万·费奥多罗维奇忖道，“虽然慢慢腾腾，口齿不太清楚；赫尔岑什图贝怎么说他的智力受到损伤呢？”

“你在跟我耍滑头，该让魔鬼把你抓去！”他怒气冲冲骂了一句。

“老实说，当时我还以为您完全猜到了呢。”斯乜尔加科夫现出再天真不过的表情把对方顶回去。

“要是能猜到，我就不走了！”伊万·费奥多罗维奇厉声喝道，他的火又冒了起来。

“我以为您已经猜到了一切，匆匆离开是非之地，只是为了到什么地方去躲一躲，免得受到惊吓。”

“你以为人人都是跟你一样的胆小鬼？”

“请原谅，我以为您也和我一样。”

“当然，按说应该能猜到，”伊万情绪很激动，“我也确实曾经猜想，你在打什么坏主意……。不过你在撒谎，又在撒谎，”他猛然想了起来，“可记得，你走到马车旁对我说过：‘跟聪明人交谈就是有意思，’——还记得不？既然你夸我，说明你看到我离开感到高兴，难道不是吗？”

斯乜尔加科夫又连声叹息。他脸上仿佛泛起了些许血色。

“如果我感到高兴，”他说时呼吸有些费力，“那么仅仅由于您不是去莫斯科，而是同意去切尔马什尼亚。因为那里毕竟比较近，不过当时我对您说那句话，并不是夸您，而是埋怨。您没有理解我的意思。”

“埋怨什么？”

“埋怨您已经预感到要出乱子，却要离开自己的父亲，不愿保护我们，因为我随时可能受牵连，说我偷了那三千卢布。”

“见你的鬼去吧！”伊万又骂了一句，“等一下：你把敲门暗号的事向预审员和检察官交代了没有？”

“全交代了。”

伊万·费奥多罗维奇又一次暗暗吃惊。

“如果当时我考虑过什么的话，”他又开始说，“那就是只有你可能有什么坏主意。德米特里有可能杀人，但要说偷——当时我不信……。可你是什么坏事都干得出来的。你自己告诉过我，你能假装羊痫风发作，你为什么说这话？”

“那完全是由于我缺心眼。其实我从来没有故意假装发羊痫风，我说这话只是想在您面前吹嘘自己。傻事一桩。那时候我特别喜欢跟您无话不谈。”

“大哥一口咬定是你杀了人，是你偷了钱。”

“除此以外，大少爷还能怎么样？”斯乜尔加科夫作了一个近似苦笑的怪脸，“在那么多证据面前谁会相信他？格里果利看见门是开着的，他还有什么话说？算了，让上帝宽恕他吧！他无非想救自己……”

他平静地沉默片时，然后好像蓦地想起了什么，又接着补充说：

“您瞧，还是这么回事：他想嫁祸于我，说事情是我干的，——这我已经听说了，——就拿我是假装羊痫风的能手这事来说吧：假如当时我果真对您父亲有什么阴谋，那我事先能告诉您我会做假吗？假如我有这样的谋杀计划，难道我会愚蠢到这样的程度，事先就说出对自己那么不利的话，而且是告诉谋杀对象的亲儿子，这可能吗？！这等事是绝对不可能有的。现在我跟您的这次谈话，除了那边一个跟幽灵差不多的病人外，谁也听不见；可要是您把我们的谈话告诉检察官和尼古拉·帕尔菲诺维奇，您等于为我作彻底的辩护。试想：哪有这样傻的罪犯，事先把自己想干的一切都说出去？这道理谁都懂。”

“听着，”伊万·费奥多罗维奇离座起身，斯乜尔加科夫最后举出的那条理由给了他当头一棒，他只得中断这次谈话，“我完全不是怀疑你，甚至认为这种怀疑是可笑的……相反，感谢你使我放下心来。我走了，但我还会来的。暂时先说声再见，祝你康复。有什么需要吗？”

“谢谢您的一切。玛尔法·伊格纳启耶夫娜没有忘了我，我需要什么她都给张罗，还是跟过去一样善待我。另外，每天都有好心的人来探望我。”

“再见吧。顺便提一下，关于你会假装的事我不说出去……我劝你也别交代。”伊万不知为什么突然这样说。

“我完全理解。如果您不说，我也不会交代当时我和您在大门口那次谈话的全部内容……”

接着出现的情况是：伊万·费奥多罗维奇出病房顺着医院的甬道已经走了十来步，这才感觉到斯乜尔加科夫末了那句话包含着侮辱性的意味。他本想马上回去责问，但这仅仅是一闪念的反应，随即说了一声：“无聊！”——便加快脚步走出医院。

重要的一点是，他确实感到放心，理由恰恰在于有罪的不是斯乜尔加科夫，而是他的兄长米嘉，尽管表面上看来应该倒个过儿才对。为什么会如此？——当时他不愿深究，甚至讨厌去搅动自己的感情。他似乎只想尽快忘掉某件事。

在接下来的几天中，他进一步深入了解所有对米嘉不利的证据后，已完全确信米嘉有罪。有些证词是地位十分卑微的人提供的，如菲妮娅和她的奶奶，但简直触目惊心。至于别尔霍津、酒店顾客、普洛特尼科夫铺子里的伙计、莫克罗耶的乡民，更是不必说了。尤其要命的是一些细节。关于敲门暗号的秘密给预审推事和检察官的印象之深，不下于格里果利说门是开着的这一证词。格里果利的妻子玛尔法·伊格纳启耶夫娜在回答伊万·费奥多罗维奇的询问时明确告诉他，斯乜尔加科夫整夜都躺在隔壁斗室里，“离我们的床不过三步”，还说尽管她睡得挺沉，但有好几回听到他在哼哼而醒过来。“他老是在哼哼，不断哼哼。”

伊万跟赫尔岑什图贝也谈过，向他提出了自己的怀疑，认为斯乜尔加科夫在他看来完全不像精神失常，只是虚弱罢了。老医生听了以后，只是淡淡一笑。

“您可知道如今他特别热衷于干什么？”他问伊万·费奥多罗维奇。“他在背法语单词。他枕头底下放着一本练习簿，不知什么人为他用俄文字母写着一个个法语单词，嘿嘿！”

伊万·费奥多罗维奇最后不再怀疑了。一想起兄长德米特里，他就禁不住感到憎恶。有件事仍然令他纳罕，那就是阿辽沙坚持认为德米特里没有杀人，凶手“极有可能”是斯乜尔加科夫。伊万向来很重视阿辽沙的意见，因而现在对阿辽沙尤其感到困惑不解。奇怪的是，阿辽沙并不主动找他谈米嘉的事，从不主动开口，只是回答伊万的提问。这在伊万·费奥多罗维奇看来也极不寻常。

不过，那时他心有旁骛：从莫斯科回来后，最初几天便一头扎入对卡捷琳娜·伊万诺夫娜疯狂的热恋之中，大有至死不悔之势。伊万·费奥多罗维奇这份死灰复燃的激情，以后将影响他的一生，此处不是另起炉灶的地方，暂且按下不表。这一切可能构成另一个故事、另一部长篇的框架，笔者还不知道将来是否会着手撰写。然而笔者现在还是不能对一件事略而不提。前面写到，那天夜间伊万·费奥多罗维奇和阿辽沙从卡捷琳娜·伊万诺夫娜家里出来，在街上行走时他对阿辽沙说："我对她不感兴趣，"——这是一个弥天大谎。伊万疯狂地爱她，尽管某些时候恨得她要命，简直当真会要她的命。这里头有好多原因凑在一起：米嘉出事后受到剧烈震荡的卡嘉，像看见救星一般投向回到她身边来的伊万·费奥多罗维奇。她在感情上正遭到伤害、轻侮、羞辱。如今这个人又出现了，此人过去曾那么爱她，——哦，这一点她太清楚了，——而她一向认为此人的心智远在她自己之上。然而，她的心上人尽管充分表现出卡拉马佐夫家族那种不可遏止的欲望，他对卡嘉的吸引力又是如此巨大，这位守身如玉的小姐却并未把自己整个儿奉献给他。与此同时，她又不断痛责自己背叛了米嘉，在与伊万发生激烈争吵的时刻(这样的时刻为数不少)还毫不隐讳地向他道出自己的想法。伊万在与阿辽沙谈话时正是把这称为"层层叠叠的谎话"。这里头无疑有不少做假的成分，这是最令伊万·费奥多罗维奇恼火的……但这一切留到以后再说。

总之，他暂时几乎把斯乜尔加科夫忘了。可是在初次去医院走访之后过了两个星期，还是那些奇怪的想法又像以前一样开始令他苦恼。只消举一个例子，离家前的最后一夜，在费奥多尔·巴甫洛维奇宅内，他曾像个小偷似的悄悄走到楼梯口去侧耳细听楼下父亲有何动静。现在他反反复复问自己：当时他为什么要这样做？事后为什么想起此事总是厌恶难忍？为什么第二天上午在路上突然感到悲凉凄怆，而当火车驶近莫斯科时还对自己说："我是个伪君子？"这些痛苦不堪的思绪简直要迫使他把卡捷琳娜·伊万诺夫娜也给忘却，可见它们重又死死地缠住了他！

有一次，正当伊万陷入苦恼的时候，他在街上遇见了阿辽沙。伊万当即把他叫住，突然向他提出一个问题：

“你可记得，那天饭后德米特里闯进来打了父亲，事后我在院子里对你说过，我保留有自己愿望的权利？告诉我，当时你是否有这样的想法：我但愿父亲死去？”

“有这样的想法。”阿辽沙平静地回答。

“其实，这也是意料中事，用不着费心思去猜。但当时你是否还有这样的想法：我但愿‘一条爬虫吃掉另一条爬虫’，也就是说，但愿德米特里杀了父亲，而且越快越好……我自己甚至愿意促成其事？”

阿辽沙脸色有些变白，他默默地注视着二哥的眼睛。

“说呀！”伊万急不可待，“我无论如何要知道你当时是怎么想的。我要听真话，真话！”

他费力地喘了口气，没等听到回答，好像已经对阿辽沙怒目而视。

“原谅我，当时我连这样的想法也有。”阿辽沙低声言毕，就不再开口，没有附加任何“缓冲说明”。

“谢谢！”伊万遽然说了一声，便撂下阿辽沙，快步走自己的路。

从那时候起，阿辽沙注意到二哥伊万一下子开始与他疏远了，甚至对阿辽沙产生反感，所以后来阿辽沙自己也不再去找他。

然而，就在那次街头偶遇之后，伊万·费奥多罗维奇没有回自己的寓所，而是立刻又去找斯乜尔加科夫。

七　第二次走访斯乜尔加科夫

那时斯乜尔加科夫已经出院。伊万·费奥多罗维奇知道他的新住址：就是那座已经倾斜的原木小屋。过道把小屋隔成两边：玛丽亚·康德拉启耶夫娜和母亲住一边；斯乜尔加科夫住另一边。谁也不清楚他是以什么方式住进去的：算寄居还是房客？后来人们猜想，他是作为玛丽亚·康德拉启耶夫娜的未婚夫住到她们那里去的，暂时只算寄居。这母女俩都很尊敬他，把他视为地位高于自己的人。

伊万·费奥多罗维奇敲开了门，跨入过道，在玛丽亚·康德拉启耶夫娜引领下直接向左走进斯乜尔加科夫所住的“上房”。这里安着用瓷砖贴面的炉子，屋里烤得很热。墙上糊着浅蓝色的壁纸，不过都已破损剥落，壁纸后面的墙缝里有数量惊人的蟑螂在爬来爬去，因而窸窸窣窣的声音不断。家具陈设十分简陋：两堵墙边各有两条长凳，一张桌旁有两把椅子。桌子虽然是白木的，却铺着有粉红色花纹的台布。两个小窗台上各放着一盆天竺葵。屋角有个玻璃神龛。桌上摆着一座撞瘪多处的小小铜茶炊，盘子里有两只茶杯。此时斯乜尔加科夫茶已喝过，茶炊也熄火了……。他坐在桌旁看着一本练习簿，用笔不知在描画什么。一瓶墨水就在旁边，还有一个矮矮的生铁烛台，插着的倒是洋蜡，不是油烛。

一看斯乜尔加科夫的脸，伊万·费奥多罗维奇立刻断定，他已从这次病中完全恢复过来。他的面色好多了，不再又瘦又黄，脑门上的一绺头发又高高耸起，鬓角也油亮服帖。他身穿一件花布面料的棉晨衣，不过已经相当破旧；鼻子上架着一副眼镜，伊万·费奥多罗维奇以前从未见他戴过。这一微不足道的细节一下子令伊万·费奥多罗维奇加倍生气：“德性，居然也戴起了眼镜！”

斯乜尔加科夫慢慢抬起头来，透过镜片朝进来的人仔细看去，然后从容摘下眼镜，在凳子上稍稍欠身，但看不出一点恭敬的意思，甚至有些懒洋洋，只是聊尽最起码的礼数而已，否则就太不像话了。这一切都在瞬息间映入伊万的眼帘，他一下子全都注意到了，特别是斯乜尔加科夫的眼神，一望可知不欢迎、不友好，甚至挺傲慢，好像在说：“怎么又来了？上次不是全谈妥了吗？干吗又来？”伊万·费奥多罗维奇勉强克制住自己。

“你这儿可真热。”他还没坐下就说，一边解开大衣扣子。

“脱了吧。”斯乜尔加科夫表示许可。

伊万·费奥多罗维奇把大衣脱去，扔在凳上，然后搬过一把椅子，迅速推到桌旁坐下，气得双手发抖。斯乜尔加科夫却先于他在自己的凳子上落座。

“首先，这里除了你我，还有谁？”伊万·费奥多罗维奇以生硬而急促的口气问。“会不会有人听见？”

“谁也听不见。您自己也看到了，外面是过道。”

“听着，朋友，上一次你说的是什么混账话？我到医院去看你，临走的时候听你说，要是我不把你是装疯能手的事说出去，你也不向预审员交代我和你在大门口那次谈话的全部内容。所谓**全部内容**是什么意思？那时你指的是什么？你是不是对我进行威胁？是不是我和你结成了某种同盟？你是不是以为我怕你？”

伊万·费奥多罗维奇说这话的时候怒形于色，显然故意要让对方明白，他鄙视任何拐弯抹角、旁敲侧击的做法，要求立即摊牌。斯乜尔加科夫目露凶光，一只左眼开始眨巴，眼神立刻回以颜色：“想摊牌吗？那我就摊给你瞧！”

“那时我的意思是，”他按自己的习惯不急不躁、不紧不慢地说，“您事先知道自己的亲爹要遭谋杀，却撇下他作牺牲；一旦人们了解全部内容，会对您这个做儿子的怎么看？那时我说这话是为了避免人们产生不好的、甚至可能不止于此的其他想法——所以我答应不向当局交代。”

斯乜尔加科夫说得不慌不忙，显然沉得住气，但他的语调坚定，口气强硬，带有凶狠蛮横的挑战意味。他肆无忌惮地直盯着伊万·费奥多罗维奇，一时间竟使后者觉得眼前的一切都在晃动起来。

“怎么？你说什么？你的头脑是否正常？”

“我的头脑完全正常。”

“难道我当时**知道**要发生谋杀？”伊万·费奥多罗维奇终于吼叫起来，并且用拳头猛敲桌面。“什么叫作‘不止于此的其他想法’？——说呀，你这卑鄙小人！”

斯乜尔加科夫不作声，继续以放肆的目光打量着伊万·费奥多罗维奇。

“说呀，你这臭流氓，什么叫‘不止于此的其他想法’？”

“我所说的‘其他想法’是指您当时也许巴不得您的父亲死去。”

伊万·费奥多罗维奇直跳起来，使尽全力一拳打在他肩膀上，打得他身子一晃靠在墙上。他霎时间泪流满面，说：“二少爷，打一个弱者太可耻了！”然后用他的一方擤了许多鼻涕的蓝方格布手帕捂住眼睛，沉浸在有泪无声的嘤泣中。过了大约一分钟。

“够了！别哭了！”伊万·费奥多罗维奇终于命令道，同时重又坐在椅子上。“你不要惹我失去最后一点耐性！”

斯乜尔加科夫挪开捂住眼睛的脏手帕。他那皱巴巴的脸上每一根线条都展示着刚刚遭受的侮辱。

“卑鄙的小人，当时你以为，我和德米特里一样想要杀死父亲吗？”

“您当时的想法我不知道，”斯乜尔加科夫深感委屈地说，“那天您刚要走进大门的时候，我之所以把您叫住，是想在这一点上试试您的心。”

“试什么？你想摸什么底？”

“我想弄清楚这么一个情况：您是不是希望您的父亲快一些被人谋杀！”

最令伊万·费奥多罗维奇愤慨的是：斯乜尔加科夫顽固地不愿放弃那种强硬、放肆的口气。

“是你谋杀了他！”他忽然断言道。

斯乜尔加科夫轻蔑地一笑。

“我没有杀人，这一点您自己十分清楚。我原以为，对聪明人再也不必说这话。”

“可是为什么当时你对我产生这样的疑心，为什么？”

“就像我已经对您说过的那样，纯粹是出于害怕。因为当时我处于那样的状态，胆战心惊的时候对谁都怀疑。我也决定试试您的心，因为您的愿望要是也跟令兄一样，那么这件事的结局就定了，我自己也会像一只苍蝇那样给拍死。”

“听着，两星期前你可不是这样说的。”

“我在医院里跟您说的话也是这个意思，只不过那时我以为无须多余的话您就能明白，而且您自己也不愿意把话挑明，因为您是个极聪明的人。”

“亏你想得出！不过你得回答，我坚持要你回答：我究竟哪一点能使你可鄙的心中起疑，认为我能干出如此卑劣的勾当？”

“要说杀人——您自己绝对不可能，也不愿意。可是由别的什么人去干谋杀，这您是愿意的。”

“你红口白牙居然说得出来，居然说得出来！我为什么愿意？我图什么？”

“图什么还用问吗？不是有遗产吗？”斯乜尔加科夫恶毒地接过话茬，他甚至从中获得泄愤的快感。“令尊死后你们三兄弟不是每人足足可得四万卢布吗？也许还不止此数；可要是费奥多尔·巴甫洛维奇娶了那位阿格拉菲娜·亚历山德罗夫娜，她在婚后马上会把全部家产转到自己名下，因为她一点儿也不傻，那时你们哥儿仨在父亲死后连两卢布也得不到。而那时离开结婚难道还远吗？就差一根头发丝儿了！那位女士只消用小指头向老爷一招，老爷就会伸出舌头跟着她往教堂里跑。”

伊万·费奥多罗维奇忍受着痛苦竭力不让自己发作。

“好吧，”他总算沉住气说，“你瞧，我没有跳，也不打你，更没有杀你。你说下去。照你这样说来，我把这份差使派给了兄长德米特里？指望他来干喽？”

“您当然指望他来干；如果他杀了人，就会被剥夺所有的贵族权利、头衔和财产，发配西伯利亚。这样一来，父亲遗产中他的那一份将由您和弟弟阿列克塞·费奥多罗维奇平分，那时每人就不是四万，而是六万了。当时您肯定把这希望寄托在德米特里·费奥多罗维奇身上！”

“我竟被你糟蹋成这样！听着，流氓：如果我当时指望谁来干的话，那我当然把希望寄托在你身上，而不是指望德米特里，我敢发誓，我甚至预感到你会干出什么勾当来……当时我确有预感……我现在还记得有过这样的印象！”

“当时我一度也认为，您同样也指望我来干，”斯乜尔加科夫咧嘴扮了一个嘲弄的鬼脸，“所以您说这话比当时更清楚地在我面前暴露了自己，因为您既然对我有所预感，同时又离家出门，您这样做等于在告诉我：你可以去杀我父亲，我不阻拦。”

“卑鄙小人！你竟会这样理解！”

“关键全在于切尔马什尼亚这地方！您想想！您打算去莫斯科，老爷再三求您去一趟切尔马什尼亚，您就是不去！而听了我一句无足轻重的话，您竟同意了！当时您同意去切尔马什尼亚打的是什么算盘？既然不去莫斯科，而是无缘无故凭我一句话去了切尔马什尼亚，可见您指望我干些什么。”

“不，我起誓，不是这样！”伊万把牙咬得咯咯直响吼叫起来。

“怎么不是这样？！当时我说了那样的话，您作为您父亲的儿子，按说应该马上把我揪到局子里去抽一顿鞭子才对……至少应该当场扇我几个耳巴子，可是您相反，一点儿也不生气，听了我一句毫无意义的话，立刻照办不误，乖乖地走了，这简直荒唐透顶，因为您应当留下来保全父亲的性命……。叫我怎能不得出这样的结论？”

伊万紧锁双眉坐着，两个拳头直僵僵地抵住双膝。

“可惜没有打你耳光，”他苦笑道，“当时不可能把你揪到局子里去：谁会相信我？我能指控你什么？至于赏你几个耳光……真可惜，当时没有想到！尽管打人是禁止的，可我会把你这张嘴脸打个稀巴烂。”

斯乜尔加科夫瞅着伊万，神情简直像在品尝美味佳肴。

“在生活中的一般情况下，”他用学究讲课的口吻得意洋洋地说，当初站着侍候费奥多尔·巴甫洛维奇用餐时，他就用这样的口吻与格里果利·瓦西里耶维奇争论信仰问题，跟他抬杠，“在生活中的一般情况下，现如今打耳光确实已被法律禁止，大家都不打人了；然而在生活中的特殊情况下，别说在咱们国家，就是在全世界，哪怕最地道的法兰西共和国，照样还在打人，就像在亚当和夏娃的时代一样，而且永远不会绝迹。可您在当时的特殊情况下却不敢。”

“你学这些法语单词做什么？”伊万向桌上的一本练习簿略一扭头问道。

“为什么我就不该学这些东西？这样对于提高我的文化程度有帮助，我想没准儿有朝一日我也能到欧洲的那些好地方去走走逛逛。”

“听着，恶棍，”伊万气得哆嗦不已，眼睛里迸出火花，“我不怕你的诬陷，你向官方交代时怎么说我都可以。我现在没有把你打得一命呜呼，仅仅因为我怀疑是你干下了这桩罪行，并且要把你绳之以法。我非把你暴露在光天化日之下不可！”

“不过依我看，您最好还是保持沉默。别忘了我是绝对无辜的，您能指控我什么呢？谁会相信您？万一您真的干起来，那我就把什么都说出去。我怎么能不为自己辩护呢？”

“你以为我现在怕你？”

“即使法院不相信刚才我对您说的这些话，可是公众相信，那时您会出丑的。”

“这样说来，还是那句老话：‘跟聪明人交谈就是有意思’——是吗？”伊万咬牙切齿地说。

“您这话正好说在点子上。做个聪明人吧。”

伊万·费奥多罗维奇站起来，由于愤怒而浑身发抖。他穿上大衣，再也不理睬斯乜尔加科夫，甚至不看他一眼，快步走出屋去。晚间的冷风使他的头脑清醒了些。皓月当空。噩梦一般纷乱、恐怖的思绪和感觉在他心中翻腾。

“要不要现在就去告发斯乜尔加科夫？可是告发什么呢？反正他总是无辜的。反过来他倒要告发我。的确，当时我为什么去切尔马什尼亚？为什么，为什么？”伊万·费奥多罗维奇问自己。“是的，我当然指望着什么，他说得对……”

于是他又——恐怕是第一百次——想起自己在父亲家里的最后一夜从楼梯上偷听他那里有何动静这件事。但是这一次回想起来却感到一阵剧痛，以致竟像被一刀扎在心上似的站住不走了。

“是的，那时我正期待着出这事，确实如此！我要这样，我要的正是人命案子！我是不是希望出命案，这是不是我所需要的？……必须干掉斯乜尔加科夫！……如果我不敢立即干掉斯乜尔加科夫，那就不值得活下去！……”

那天晚上他没有先回家去，而是直接去见卡捷琳娜·伊万诺夫娜，他到来时的模样把卡嘉吓了一大跳：他像个疯子。他把自己与斯乜尔加科夫的谈话全部告诉了卡嘉，半点也没有遗漏。无论卡嘉如何劝慰，他怎么也没法平静下来，只是不停地在房间里走来走去，没头没脑地说话，好生奇怪。最后他坐下来，胳膊肘抵在桌上，两手支着头说出一段耐人寻味的怪话：

“如果凶手不是德米特里，而是斯乜尔加科夫，那么我当然是他的共谋犯，因为是我怂恿了他。我是否想怂恿他——我还说不准。但只要杀死父亲的是他，而不是德米特里，那么我当然也是凶手。”

听了这话，卡捷琳娜·伊万诺夫娜从座位上默默地站起来，走到她的书桌前，用钥匙打开放在桌上的一只匣子，取出一张纸摆在伊万面前。这张纸就是后来伊万·费奥多罗维奇向阿辽沙说杀死父亲的凶手是大哥德米特里“铁证如山”时提到的笔据。这是米嘉在酒醉状态中写给卡捷琳娜·伊万诺夫娜的一封信。事情还得从头说起。格露莘卡在卡捷琳娜·伊万诺夫娜家中侮辱了她，阿辽沙目睹她们大吵大闹的这一幕后回修道院去，途中在田野里与德米特里相见，此信正是米嘉在那个晚上写的。当时与阿辽沙分手以后，米嘉便赶往格露莘卡家，是否见到了她则不得而知，但后来米嘉曾出现在京都酒店，在那里喝下数量可观的酒。他带着醉意要了纸笔，胡乱写下诋毁自己的重要笔据。

这是一封狂乱、啰唆、语无伦次的信，可以说是十足的“醉书”。就像一个醉汉回到家里，劲头十足地开始向妻子或家里的什么人讲述，刚才他如何遭到侮辱，侮辱他的是个什么样的混蛋，而他自己则是大大的好人，他又怎样教训了那个混蛋——所有这些醉话说起来真是喋喋不休，颠三倒四，而且情绪激昂，拳头在桌子上频频乱敲，泪水从醉眼里往下直淌。

酒店提供给他写信的纸是一张脏兮兮的普通信笺，质量很次，反面还记着不知什么账目的数字。醉后饶舌，显然篇幅不够，于是米嘉不但把所有的天地边空通通填满，末了几行还干脆覆在已写下的字句上。信的内容如下：

卡嘉，我的冤家！

明天我弄到了钱把你的三千还给你，然后永别了——爱发雷霆之怒的女人，同时也永别了——我的爱情！咱们结束吧！明天我找遍所有的人去弄钱，要是弄不到，我以人格向你保证，我就去找父亲，我要砸碎他的脑壳，把他枕头底下的钱拿来，但愿伊万走了就好。我不惜充军服苦役也要把那三千还给你，咱们从此分手。我一躬到地向你谢罪，因为在你面前我是个卑鄙小人。宽恕我。不，还是不宽恕更好，对你对我都好受些！我宁可服苦役，不要你的爱情，因为我另有所爱，而你今天对她已有太深的了解，你怎么还可能宽恕？我定要杀了偷我钱的贼！我将离开你们大家远去东部，为的是从此与你们所有的人天各一方！其中也包括**她**，因为折磨我的冤家不光是你一个，她也是。永别了！

附言　　我写下的是诅咒，但我崇拜你！我听得见自己胸中还留下一根弦在发出声响。最好一颗心分成两半！我将杀了自己，可是先得杀了那条狗。我要从他那儿把三千夺过来扔给你。尽管在你面前我是混蛋，却不是贼！等着那三千。狗把它藏在床垫下[①]，粉红色的丝带。我不是贼，我定要杀了偷我钱的贼。卡嘉，

① 关于装钱的信封所藏之处，前文米嘉说“在枕头下”（第 596 页），斯乜尔加科夫说“在床垫下”（第 773 页）。其实两种说法都与事实不符。这里米嘉自己在信上两次提到也不一样（也许是酒后思维混乱所致吧）。当然，两种说法也不算“不可调和的矛盾”。今按原文照译存异。

别鄙视我，德米特里不是贼，是凶手！杀了父亲，毁了自己，为的是能堂堂正正地站直了，不必忍受你的傲慢。为的是不必爱你。

附言的附言　　吻你的脚，永别了！

附言的附言的附言　　卡嘉，为我向上帝祈祷，保佑我能从别人那里弄到钱。那我就不必蹭一身血。要是弄不到——只能蹭一身血！杀了我吧！

你的奴仆和敌人

德·卡拉马佐夫

伊万读了这份“笔据”，心里踏实了。如此说来，凶手是大哥，不是斯乜尔加科夫。既然不是斯乜尔加科夫，那也就不是他伊万。这封信在他心目中一下子成了铁证。对他来说，米嘉有罪已不容置疑。顺便提一下，伊万从未起过米嘉可能和斯乜尔加科夫合谋杀人这样的疑心，再说，这也与事实对不上号。伊万完全放心了。第二天早晨，他回想起斯乜尔加科夫以及他的冷嘲热讽，除了鄙夷而外，并无其他感受。几天以后，他甚至觉得奇怪，斯乜尔加科夫的胡乱猜疑怎么会令他感到如此痛苦，视之为莫大的侮辱。伊万决定对这个小人嗤之以鼻，把他忘记。

如此过了一个月。伊万再也没有向任何人打听斯乜尔加科夫的情况，只是有一两回偶尔听说他病得很重，而且神志不清。年轻的大夫瓦尔文斯基曾说过他“最终会疯狂”，伊万记住了这话。这一月内的最近一个星期，伊万自己开始感到很不舒服。他已去请教过开庭前卡捷琳娜·伊万诺夫娜从莫斯科请来的那位大夫。正是在这段时间内，他和卡捷琳娜·伊万诺夫娜的关系紧张到了极点。他们像是两个互相热恋的敌人。卡捷琳娜·伊万诺夫娜曾几次对米嘉回心转意，虽说为时极短，却相当热烈，如这般感情上的变幻无常简直令伊万濒于精神错乱。奇怪的是，直至阿辽沙探监后来到卡捷琳娜·伊万诺夫娜家，在那里发生上文所描写的最近那场大吵之前，整整一个月里伊万一次也不曾听到她对米嘉有罪这一点表示过怀疑，尽管她频频流露对米嘉回心转意的迹象，引起伊万的强烈憎恨。还有一点值得注意，那就是：伊万感觉到自己一天比一天越来越恨米嘉，同时又明白并非因为卡嘉对他回心转意而恨他，而是**因为他杀了父亲**！他自己充分感觉并意识到这一点。

然而在开庭前十天左右，伊万还是去见了米嘉，向他提出逃亡的计划——这显然是一个早就想好的计划。在这件事情上，除了促使伊万采取这一步骤的主要原因外，还有一层缘由也起了作用：斯乜尔加科夫说过，米嘉落入法网对伊万有利，因为他和阿辽沙可从父亲的遗产中得到的数额将从四万上升到六万——这句话在伊万心上留下的一道伤口尚未愈合。他决定自己一人拿出三万来安排米嘉出逃。那次探监回来的时候，他感到极度沮丧：他突然开始觉得，自己希望米嘉逃跑不仅仅是为了拿出这三万卢布促使伤口愈合，而是另有原因。“莫非因为我心中承认自己也是凶手？”他曾经自问。他隐约感到自己的心灵被什么热辣辣的东西烫得受不了。最主要的是，这一个月来他的自尊心受到严重的损伤，但这是后话……

与阿辽沙谈话后，回到自己的寓所正欲打铃，伊万·费奥多罗维奇忽然决定去找斯乜尔加科夫。驱使他前往的是另一团冷不防在他胸中蹿起的怒火。他猛想起卡捷琳娜·伊万诺夫娜刚才当着阿辽沙的面冲他嚷道：“是你说服了我，我是听了你的话才相信他（指米嘉）是凶手！”想到这里，伊万简直惊呆了：他从来没有力图使她相信米嘉是凶手，相反，上次走访斯乜尔加科夫回来，他还向米嘉坦白承认自己怀疑自己。当时恰恰是**她**自己把“笔据”摊在伊万面前，证实米嘉是有罪的！如今又是她声称：“我去找过斯乜尔加科夫！”在什么时候？伊万对此一无所知。这意味着，她远远没有确信米嘉是有罪的！斯乜尔加科夫可能对她说些什么？他究竟对卡嘉说了些什么？一团可怕的怒火在伊万心中燃烧起来。他不明白自己半小时前怎么会把卡嘉这句话忽略过去，没有当场大喊大叫。他把手缩回来不打铃了，而是出发去见斯乜尔加科夫。

“这一次我也许会杀了他。”路上他这样想。

八　第三次、也是最后一次走访斯乜尔加科夫

他才走了一半路，和这天清晨一样，如刀割面的朔风就刮了起来，接着纷纷扬扬地降下又细又密的干雪。雪落到地上却不粘住，而是被风卷起来漫天飞舞，不一会便酿成一场地道的暴风雪。在斯乜尔加科夫的住所那一带，几乎没有路灯。伊万·费奥多罗维奇不顾风雪弥漫，摸黑前进，靠本能辨认路径。他头疼，两边太阳穴里不停地跳得难受。他感觉到双手的腕部发生痉挛。在离玛丽亚·康德拉启耶夫娜的小屋不远的地方，伊万·费奥多罗维奇不提防遇上一个独行醉汉，那是一个小个儿乡下人，身穿打补丁的粗呢大褂，走路成之字形东歪西斜，时而嘟嘟囔囔、骂骂咧咧，时而用沙哑的醉嗓子开始唱歌：

万卡去了彼得堡，
我可不想等他了！

可是他唱到第二句歌词老是唱不下去，于是又骂开了，然后重新开始唱那支歌。伊万·费奥多罗维奇还没想过那人是怎么回事，就已经恨得他要命。及至弄清楚了，他立刻产生一个难以遏制的愿望：居高临下挥拳把乡下人打翻在地。恰巧在这个当口儿他们走到一起，乡下人打了个趔趄，整个身体把伊万撞了一下。狂怒的伊万猛地把他推开。乡下人给抛得老远，沉沉地摔倒在冻硬的地上，只发出一声痛苦的呻吟：噢——噢！接着就不作声了。伊万走到他身边。只见他仰面躺着一动也不动。“他会冻僵的！”伊万想了想，又朝着斯乜尔加科夫的住处走去。

玛丽亚·康德拉启耶夫娜拿着蜡烛出来开门，在过道里就低声对他说，帕维尔·费奥多罗维奇（即斯乜尔加科夫）病得很重，倒不是起不了床，而是神志有些不清，甚至让她把茶拿走，一点儿都不想喝。

“他怎么啦，是不是撒野？”伊万·费奥多罗维奇的问话极不委婉。

“哪里?! 恰恰相反，简直没有动静，不过您跟他谈话时间不要太长。”玛丽亚·康德拉启耶夫娜请他注意。

伊万·费奥多罗维奇推门进屋。

炉子跟上一回一样烧得很热，但屋里看得出有了一些变化：靠墙有一条长凳给搬走了，取而代之的是一张很大的仿红木皮面旧沙发。沙发上铺着被褥，白色的枕头相当干净。斯乜尔加科夫就坐在这张床铺上，仍穿着那件睡袍。桌子移到沙发前，因而屋里变得很挤。桌上放着一本黄面子的厚书，但斯乜尔加科夫并不在看书，他好像坐着什么也不干。他不开口，只是以长时间的凝视迎接伊万·费奥多罗维奇，对于他的到来显然一点也不感到意外。他的面容变了很多，又瘦又黄。眼睛眍了进去，下眼皮有些发青。

“你真的病了?”伊万·费奥多罗维奇站住问道，“我不会待很久的，大衣也不脱了。我坐什么地方?”

他从桌子的另一端绕过去，搬一把椅子到桌旁坐下。

“干吗瞅着我不说话? 我只有一个问题，我发誓，得不到回答我是不会走的。那位小姐、卡捷琳娜·伊万诺夫娜来找过你了?”

斯乜尔加科夫半晌不开口，依然平静地瞧着伊万，但忽然把手一甩，扭过脸去，不再瞧他。

“你怎么啦?”伊万莫名其妙。

“没什么。”

“什么叫‘没什么’?”

“是的，她来过，这跟您没关系。走开，别来烦我!”

“不，我不走! 你说，她是什么时候来的?”

“我已经把她给忘了。”斯乜尔加科夫轻蔑地一笑，突然又转过脸来注视着伊万·费奥多罗维奇，目光充满近乎疯狂的仇恨，跟一个月以前那次会面时完全一样。

“您自己倒像是有病，瞧您瘦成这样，脸色难看极了。”他对伊万说。

“我的健康你甭管，你说，她问了什么?”

“您的眼睛怎么变黄了？眼白完全是黄的。怎么样，是不是精神上非常痛苦？”

他先是作一冷笑，接着竟纵声大笑。

“听着，我已经说了，等不到回答我就不走！”伊万肝火很旺地大声说。

“您老缠着我干什么？为什么要折磨我？”斯乜尔加科夫显得很痛苦。

“去你的！你的事我管不着。你只要回答问题，我就走。”

“我没什么可以回答您！”斯乜尔加科夫又垂下双目。

“告诉你，我能迫使你回答！”

“您干吗老是心神不定？”斯乜尔加科夫又直盯着他，但这次已不仅仅是蔑视，而是已近乎憎恶。“是不是因为明天要开庭？您什么事也不会有的，您就放心好了！回家去，安心睡觉，什么也不用担忧。”

“我不明白你的意思……明天我有什么可怕的？”伊万用诧异的口气说完，顿时真的感到一阵寒气森森的恐惧直透心底。斯乜尔加科夫打量着他。

“您不——明——白？”他拖长了音调责备来访者。“聪明人怎么也装起蒜来了？”

伊万默默瞧着他。这名过去侍候他的仆人现在摆出傲慢得出奇的架势跟他说话，这一点本身就不同寻常。即使在上次见面时也没有这样的态度。

“我对您说，您不必害怕。我不会告发您什么，没有证据。瞧您的手哆嗦成这样。干吗您的手指抖个不停？回去吧，**人又不是您杀的。**”

伊万打了个寒战，他想起了阿辽沙。

“我知道不是我……”他嗫嚅道。

“您——知——道？”斯乜尔加科夫又接过话头。

伊万霍地站起来，抓住他的肩膀说：

“全都说出来，你这条毒蛇！全都说出来！”

斯乜尔加科夫毫无惧色。他只是充满疯狂的仇恨死死盯着对方。

“既然如此，那我就说：人正是您杀的。”他压低声音，恶狠狠地冲着伊万说。

伊万坐到椅子上，似乎经过了思考。他冷冷地一笑。

“你还是指我离家那件事？还是像上一回说的那样？”

“上一回您站在我面前什么都能明白，现在您也明白。”

“我只明白你是个疯子。”

“难道您就不腻烦？这里只有咱俩，有什么必要你蒙我、我蒙你？有什么必要装蒜？难道您还想把什么都推到我身上？而且在我本人面前？人是您杀的，您是主谋，我不过是您的一名走卒、您的忠实仆人，就像大力神赫拉克勒斯手下的利卡斯，我是遵照您的吩咐干了这事。”

“干了？难道是你杀的？”伊万只觉得浑身冰凉。

他头脑里起了一阵震荡，全身开始直打冷战。这回轮到斯乜尔加科夫用诧异的目光望着他了：显然，伊万绝非做作的恐怖之状终于令他感到意外。

“难道说您真的一无所知？”他仍然不大相信地嘀咕道，并且毫不掩饰地冲他冷笑。

伊万始终瞪着他，似乎丧失了说话的能力，脑海中倏忽间响起了歌声：

> 万卡去了彼得堡，
> 我可不想等他了！

“知道吗？我担心你是一个梦，你是坐在我面前的一个幽灵！”伊万嗫嚅道。

“这里没有什么幽灵，只有咱俩，还有一位第三者。毫无疑问，他——这位第三者——也在这里，在咱俩之间。”

“他是谁？谁在这儿？谁是第三者？”伊万·费奥多罗维奇惊恐地四顾张望，急忙用目光搜索每一个角落。

“这位第三者就是上帝，明察秋毫的主，他此刻就在咱们身边，不过您不用搜索，您找不到他。”

“你说是你杀了人——这是谎话！”伊万发狂似的吼道，“你要么是疯子，要么和上回一样在捉弄我！”

斯乜尔加科夫跟刚才一样毫无惧色，只是专注地继续观察。他依旧没法相信，他总觉得：伊万“全知道”，眼下无非在故作姿态，目的是当着他本人的面，把什么都推到他身上。

“等一下。”他终于以微弱的声音说，然后从桌下抽出左腿，把裤腿卷起来。他的脚上穿着白色长袜，趿着拖鞋。斯乜尔加科夫不慌不忙地摘下吊袜带，一只手深深地伸进袜筒。伊万·费奥多罗维奇瞧着他，忽然起了一阵伴随着痉挛的恐慌，身体剧烈震颤。

“疯子！”他大喊一声，迅速从座位上跳起来朝后一晃，背部撞在墙上，就此好像粘牢在那里了，身体站得笔直。他吓得魂飞魄散地望着斯乜尔加科夫。而后者丝毫不为他的惊恐之状所动，犹自在袜筒里摸索，好像竭力在用手指捞取什么，然后往外掏。他终于捞到了，开始往外掏。伊万·费奥多罗维奇看到，那是一个纸包。斯乜尔加科夫把它掏出来放在桌上。

“瞧！”他从容地说。

“什么？”伊万一边哆嗦一边问。

“自己瞧吧。”斯乜尔加科夫还是那样从容地说。

伊万走到桌子前面，伸手去取那个纸包，想把它打开，但猝然把手缩了回来，仿佛触到了什么可怕而又令人恶心的爬虫。

“您的手还在哆嗦，还在抽风。”斯乜尔加科夫说着，自己动手不慌不忙地打开纸包。纸包里面是三沓面值均为一百卢布的钞票。

“全在这里，整整三千，您不必数了。收下吧。”他朝着钞票略微晃一下脑袋，请伊万收下。伊万在椅子上坐下。他面无人色。

“你在袜子里边摸索……把我吓了一大跳……”他说时还现出一

个奇怪的笑容。

“难道在这以前您一直不知道？难道真是这样？”斯乜尔加科夫再一次问。

“不，不知道。我一直以为是德米特里。是大哥！大哥！啊！”忽然他用双手捧住自己的脑袋。“听着，凶手就你一个人？大哥有没有和你一起干？”

“和我一起干的只有您，是咱俩一起杀了人，德米特里·费奥多罗维奇是无辜的。”

“好吧，好吧……。我的事以后再说……。我怎么老是哆嗦个没完？……连话也说不顺畅……”

“当初您多么勇敢，还说过‘无所不可’呢；如今就吓成这模样！”斯乜尔加科夫惊异地嘀咕道。“要不要给您来点儿柠檬水？我马上关照拿来。挺能提神醒脑的。不过这玩意儿得先遮起来。”

他又朝钞票那边扬了扬脑袋。他想站起来，向门外叫玛丽亚·康德拉启耶夫娜做一点柠檬水拿来，但是为了找一件东西把钱遮起来，不让她看见，先是掏出一方手帕，因为上面鼻涕实在太多，便从桌上拿起仅有的一本黄面子厚书，也就是伊万进来时看到的那本，把钱压在书下。那本书的书名为：《叙利亚修士伊萨克神父箴言录》。伊万·费奥多罗维奇下意识地读了一下封面。

“我不要柠檬水，”他说，“我的事儿先不谈。你坐下来说：你是怎么干这事的？全说出来……”

“您还是把大衣脱了吧，要不然，您会热得浑身出汗。”

伊万·费奥多罗维奇好像刚刚想到，便坐着把大衣脱了往长凳上一扔。

“说吧，请说吧！”

他似乎平静了些。他等着，相信斯乜尔加科夫会道出**全部**经过。

“说这事是怎样干的？”斯乜尔加科夫发出一声叹息，“干得再自然不过了，正是听了您的话……”

“关于我的话以后再说，”伊万又插言道，但已经不像刚才那样大吼大叫，而是字字句句准确清晰，看来完全恢复了对自己的控制。“你只要详细叙述你是怎么干这件事的。按先后次序。什么也不要遗漏。要详细，特别要注意细节。求你了。”

“您走了以后，我就摔进了地窖子……”

“是羊痫风发作，还是假装的？”

“自然是假装的。全都是假装的。我一步一步从梯阶上走下去，一直到底，再安安稳稳躺下来，躺下来以后就大声呼叫。不断地抽风、挣扎，直到被抬出地窖子。”

“等一下！你一直在作假，后来到了医院里也在作假，是不是？”

“绝对不是。第二天早晨，那是在进医院之前，倒是真的发作了，而且来势很凶，已经有好多年没有发作得这么厉害。两天之内完全不省人事。”

“好吧，好吧。说下去。”

“当时我被抬到板壁后面的那张小床上，我知道会这样，因为每次我犯病玛尔法·伊格纳启耶夫娜总是把我安置在隔壁小房间里睡下。从我生下来开始，她一直疼我。夜里我经常哼哼，只是声音比较轻。我一直在等德米特里·费奥多罗维奇。”

“怎么等他？等他去找你？”

“干吗找我？当然是等他到老爷那儿去，那天夜里他一定会去，这一点我毫不怀疑；因为没有我为他通风报信，他就不得不亲自翻墙进宅——这种事他在行，——然后干他要干的。”

“要是他不去呢？”

“那就什么事也没有了。他不去我也不会干。”

“好吧，好吧……说得明白些，别着急，千万别漏掉任何细节！”

“我等着他把费奥多尔·巴甫洛维奇干掉……这是十拿九稳的。因为我已经把他调动到了这样的火候……主要是最后那几天……特别在他已经知道了敲门暗号之后。冲他那份疑神疑鬼的脾性，加上那些日子憋了一肚子的火，他势必利用暗号溜进正屋。这是肯定无疑的。我就等着他这一着。”

“等一下，”伊万打断他的话头，“要是他杀了人，也会把钱拿走的；这一点你应当能估计到，对不对？这样的话，你又能得到什么呢？我看不出来。”

“要知道，钱大少爷是怎么也找不到的。我告诉过他，钱在床垫下面，但这不是真话。起初钱放在匣子里。后来我劝费奥多尔·巴甫洛维奇，因为老爷在全人类中只信得过我一个人，我劝他把装钱的信封移到神像后面，因为绝对没有人会到那里去找，尤其是在来者匆忙慌张的情况下。就这样，那个装钱的信封放在屋角的神像后面。其实放在床垫下面简直可笑，原先放在匣子里至少还可以上锁。可如今满城的人都说是在床垫底下。真是糊涂人的见识！如果德米特里·费奥多罗维奇干了这桩谋杀案，他什么也找不到，要么匆忙逃跑，生怕发出半点儿声响——杀人犯照例个个如此，要么被抓起来。那么我随时都可以进屋去，在第二天，或者就在当天夜里把手摸到神像后面取走那笔钱，所有的罪名都会落到德米特里·费奥多罗维奇头上。这一点我始终有把握。”

“倘若他不杀死父亲，只是把他打一顿，那又怎样？”

“倘若他不杀死老爷，我当然不敢去拿钱，事情也就黄了。但我考虑过这样一种可能：老爷给打得失去知觉，那么我就来得及取钱，过后再禀报费奥多尔·巴甫洛维奇，说不是别人，正是德米特里·费奥多罗维奇把他打昏后盗走了钱。”

“等一下……我给闹糊涂了。这么说，人还是德米特里杀的，你只是拿走了钱？”

“不，不是他杀的。当然，如今我完全可以对您说，他是凶手……可我现在不愿对您撒谎，因为……即使您确实不明白（我看也是），即使您在这以前确实什么也不明白，而不是在我面前故作姿态，想当着我的面把明明是您的罪过推到我身上，那么一切仍然都得由您负责，理由是：您事先知道会发生谋杀，是您指使我去杀了人，而您在明知一切的情况下自己一走了之。所以今晚我要当面向您证明，这件事的罪魁祸首只有一个，就是您，我只不过跑跑龙套罢了，尽管人是我杀的。您才是货真价实的凶手！”

“为什么我是凶手，为什么？哦，上帝啊！”伊万忘了决定把有关自己的一切搁到最后再谈的设想，终于按捺不住。“你还是指切尔马什尼亚？等一下，既然你认定我去切尔马什尼亚就是默许，那么你为何非要我默许不可呢？我倒想听听：你如何自圆其说？”

“得到了您的默许，我就相信：万一官府不怀疑德米特里·费奥多罗维奇而怀疑我，或者怀疑我跟德米特里·费奥多罗维奇合谋，你回来后决不会为了那丢失的三千卢布大叫大嚷，相反会为我开脱……。而您得到了遗产，在可能的时候今后一辈子定会报答我，因为您毕竟是通过我得到这份遗产的，要不然，老爷娶了阿格拉菲娜·亚历山德罗夫娜，您连一个子儿也得不到。”

“啊！敢情你还打算以后折磨我一辈子！”伊万·费奥多罗维奇切齿道，“那么，倘若当时我不走，而是去揭发你呢？”

“当时您能揭发我什么？揭发我撺掇您去切尔马什尼亚？我这话明明是瞎掰。何况咱俩谈话以后您不是走，就是留。如果您留下，我立刻明白，这事您不愿意，我自然不会有任何举动，那就什么也不会发生。如果您走了，这等于示意我可以放心，您不敢向法院告我，而且不会向我追究那三千卢布。再说，以后您也根本不可能告我的状，因为那时我会在法庭上把什么都抖搂出来：不，不会交代是我偷了钱或杀了人，而是交代您曾经诱使我谋财害命，可我没有同意。所以当时我非要得到您的默许不可，使您不能用任何手段要挟我，因为您拿不出任何证据。而我自从发现了您巴不得父亲死去，却随时可以要挟您。奉劝您一句：要是把这事捅出去，公众都会相信我的话，看您这辈子怎么做人！”

“我就那么巴不得他死？难道我有这样的渴望？”伊万再次憋着一肚子恶气问。

“毫无疑问，您有，当时您听从我的劝说，就等于默许我干这事。”斯乜尔加科夫以坚定的目光瞧着伊万。他非常虚弱，说话很慢，有气无力，但有一股潜藏在内心的力量驱策着他，显然，他自有打算。伊万有此预感。

“继续往下谈，”伊万对他说，“接下去谈那天夜里发生的事情。”

“接下去谈什么？！ 我躺着听到老爷好像叫了一声。 而格里果利·瓦西里耶维奇在这以前忽然从床上起来走出去，不一会我猛听得他大声呼喊，随后便声息全无，一片漆黑。我躺在那里等候有什么动静，心跳得厉害。我实在忍不住了，终于爬起来走出去，——发现左边老爷屋里临花园的窗开着，我就往左边走过去，想听听老爷是不是还活着。我听到老爷在走来走去，唉声叹气。我琢磨着：‘哟，他不是还活着吗！’我走到窗前向老爷叫了一声，告诉他是我。老爷对我说：‘他刚来过，刚来过，跑了！’老爷指的是德米特里·费奥多罗维奇。‘他把格里果利给杀了！’我低声问他：‘在哪儿？’老爷也压低声音指着告诉我：‘在那边角落里。’我说：‘您等着。’我到角落里去寻找，发现格里果利·瓦西里耶维奇躺在墙脚下，身上全是血，已经失去知觉。可见德米特里·费奥多罗维奇果真来过，——我立即想到这一点，并当即拿定主意赶快把这事解决，因为格里果利·瓦西里耶维奇即便还活着，也躺在地上不省人事，暂时什么也不会看见。唯一的风险是玛尔法·伊格纳启耶夫娜万一惊醒过来。当时我感觉到这一点，可是强烈的欲望把我牢牢抓住，简直令我透不过气来。我又走到老爷窗前，说：‘她来了，阿格拉菲娜·亚历山德罗夫娜来了，她要见您。’老爷竟高兴得跳了起来，像个小孩子似的，他问：‘在哪儿？在哪儿？’他紧张得气喘吁吁，还不大相信。我说：‘就站在那边，您开门吧！’他朝窗外向我看了一下，将信将疑，可是不敢开门。我心想，他这是怕我。说来真是可笑：我猛然想起了那些暗号，便在窗框上敲给他听，敲的是‘格露莘卡来了’，就当着他的面：我的话他不信，可是我一敲暗号，他马上跑去开门。门开了。我正要进去，可是老爷站着用身体把我挡住。‘她在哪儿？她在哪儿？’老爷瞪着我问，一边直哆嗦。我寻思着：他这样怕我——要坏事！于是我自己吓得两条腿也发软了，担心他不让我进屋，或者大声喊叫，或者玛尔法·伊格纳启耶夫娜跑来，或者还担心别的什么，我自己也记不清了，当时我站在他面前必定面无人色。我悄悄对老爷说：‘她就在那边窗下，您怎么没瞧见？’老爷说：‘你把她带来，你把她带来！’我说：‘她害怕，刚才一声呼喊把她吓坏了，所以躲在矮树丛里，您自己从书房里去叫她一声。’他跑回书房走到窗前，把蜡烛放在窗台上。‘格露莘卡，格露莘卡，你在哪儿？’他这样叫着，却不愿探身窗外，不愿背对着我，他还是害怕，非常怕我，所以不敢背对着我。我走到窗前，自己探身窗外，说：‘她就在矮树中间，正冲您笑呢，您瞧见没有？’他一下子相信了，又哆嗦起来，老爷子实在太爱她了，便把头伸到窗外。我立刻抓起他桌上的铸铁镇纸——您记得吗，那东西足有三斤（约一千二百克）重呢！——抡起胳膊，用镇纸的角从后面照准他头颅顶上砸去。他甚至没来得及叫一声。只见他忽然往下一沉，我接着砸了第二下，第三下。砸到第三下时我感觉到脑壳碎了。他顿时往后一仰，脸朝上倒了下去，血流满面。我仔细察看，我身上没有溅到血，便把镇纸擦干净放回原处，然后走到屋角，从神像后面把钱从信封中取出来，而把信封扔在地上，那条粉红色的丝带也扔在旁边。我下台阶到花园里，浑身发抖，径直走到有窟窿的那株苹果树前，——您也知道那个树洞，我早就相中了它，里面放着旧布和纸，都是早已准备好的；我把钱悉数用纸包起来，再裹上旧布，往树洞里塞得很深。这笔钱在那里放了两个多星期，是我出院后才把它挖出来的。当时把钱在树洞里藏好以后，我回到自己床上躺下，心里害怕：‘要是格里果利·瓦西里耶维奇死了，事情可能非常糟糕；要是他没死，会醒过来，那就好极了，因为他将证明德米特里·费奥多罗维奇来过，这样一来，杀人的是大少爷，取走钱的也是他。’我疑虑重重，焦躁不安，于是开始大声哼哼，想快点把玛尔法·伊格纳启耶夫娜吵醒。她终于下了床，先跑到我这边来，后来发现格里果利·瓦西里耶维奇不见了，赶紧奔出去，我听见她在花园里放声号哭。从那时起事情就闹开了，整夜忙乱不停，而我的心也放了下来。”

叙述到此告一段落。伊万始终一语不发、一动不动、一眼不眨地望着他，听他说。斯乜尔加科夫在叙述过程中仅偶尔瞅他一眼，大部分时间却向一旁睨视。讲完后，他显然很激动，大口大口地喘气。他脸上沁出了汗珠。不过很难猜透，他这是感到悔恨，还是别的什么。

“等一下，”伊万似乎想到了什么，接着指出，“那道门是怎么回事？既然父亲只给你开过门，那格里果利怎么可能在你之前看见门是开着的？格里果利不是先于你看到的吗？”

值得一提的是，伊万提这问题的语调十分平和，完全不是先前的口吻，没有丝毫火气，如果此时有人打开房门，从门口朝他们一看，必定认为，他俩坐着心平气和地在聊什么寻常、却很有趣的事情。

“关于这道门以及格里果利·瓦西里耶维奇说看见它开着这一情况，只不过是他的幻觉，”斯乜尔加科夫现出扭曲的笑容，“这简直不是一个人，我可以告诉您，整个儿是一头顽固的骡子：他压根儿没看见，只是以为自己看见了，——那您就甭想使他改口。他死抱住这想法不放，也是您和我的造化，因为这样一来，德米特里·费奥多罗维奇即使浑身长嘴，也说不清了。”

“听着，”伊万·费奥多罗维奇说，他好像又开始糊涂起来，竭力想把某个问题理出头绪，“听着……我还有许多事情要问你，可是想不起了……。我老是忘记，理不出头绪来……。对了！你就只给我说说一件事：为什么你把信封撕开，又随即扔在地板上？为什么不连信封一起带走……。刚才你讲到怎么处理信封的时候，我觉得你的意思好像必须这样做……可是为什么必须这样，——我弄不懂……”

“我这样做是有道理的。假如一个知道底细的人，例如我，这人以前见过这笔钱，也许还是这人把钱装进信封的，而且亲眼见到老爷把它封口盖印并在信皮上题写，假如这人杀了老爷，他作案后干吗要撕开信封？何况当时那么匆忙慌张。他不撕信封也明明知道钱一定在里边。如果偷钱的是像我这样的经手人，一定不会撕开信封，而是连信封揣在兜里赶紧溜之大吉。

“相反，德米特里·费奥多罗维奇就不同了。关于信封的事，他只是耳闻而非目睹，倘若他如人们想象的那样从床垫底下找到了信封，就会急急忙忙当场撕开来验证：那笔钱是不是真的在里边？他把信封随手一扔，没有考虑到这会成为他的罪证，因为他是贵族子弟，做贼是个生手，以前自然从未偷过东西，现在出此下策，想必不认为这是盗窃，而是来取回他自己的钱财，而事前他曾在全城到处宣扬此事，甚至当众扬言要去向费奥多尔·巴甫洛维奇讨还这笔钱。在接受讯问时，我没有把这个想法向检察官正面明说，而是通过暗示引导，仿佛我个人不解其意，是检察官自己悟出了个中原因，而不是我向他作了提示，——检察官先生在我的暗示下得意极了，连口水也淌了下来……”

“这一切难道你都是当场想出来的？”惊讶不迭的伊万·费奥多罗维奇简直难以置信。他又深感恐惧地瞧着斯乜尔加科夫。

“哪里？！心慌意乱的时候能想出这些主意来吗？全都是预先考虑好的。”

“啧啧！……准是魔鬼帮你忙来着！”伊万·费奥多罗维奇再次叹道。“嗯，你不蠢，你远比我想象的聪明……”

他站起来，显然打算在屋子里走上几步。他的心情沮丧极了。但由于桌子挡道，要从桌子和墙壁旁边过去几乎非钻不可，于是他只得在原地稍事转动后重又坐下。他想走动一下没能如愿，这一点可能一下子惹恼了他，所以他差不多又像先前那样狂吼怒喝：

“听着，你这被人鄙视的可怜虫！难道你不明白？我直到现在还没有杀了你，仅仅是为了让你明天能出庭接受审问。上帝有眼，”伊万忽然举起一只手，“或许我也有过失，或许我确实暗暗希望……父亲死去，但是我可以向你发誓，我的过失并不像你所想的那样严重，或许我根本没有调唆过你。是的，是的，我没有调唆过！但不管怎样，明天我要在法庭上揭发我自己，我主意已定！我要把一切都说出来，一切！但是我要和你一起出庭！不管你在法庭上说我什么，不管你向他们证明什么——我都不回避，我不怕你；我自己也会加以证实！但是你必须向法庭坦白认罪！你必须坦白，必须认罪，咱俩一起去！就这么定了！”

伊万这番话说得庄重有力，单从他炯炯有神的目光即可看出，他的主意已定。

“您病了，我看得出来，您病得不轻。您的眼睛黄得厉害。”斯乜尔加科夫说，但完全不带嘲弄的意思，甚至有点儿同情的味道。

“咱俩一起去！”伊万又说了一遍，“你要是不去——我一个人也要坦白交代。”

斯乜尔加科夫静默片时，似乎在思考。

“这事根本不可能，您也不会去。”最后他断然说，口气毫无商量的余地。

“你不明白我的意思！”伊万埋怨道。

“如果您坦白交代一切，这耻辱对您来说太大了。更糟的是，这样做毫无用处，因为我会立刻声明，从来没有对您说过这样的话，您要么是有病（看来确实很像），要么觉得自己的兄长太可怜了，决定自我牺牲，可同时也诬陷了我，因为您反正一辈子都认为我跟一只苍蝇差不多，从来不把我当人看待。到那时，谁会相信您？再说，您拿得出证据来吗，哪怕只是一条？”

“听着，刚才你为了使我相信你的话，把那些钱拿出来给我看，这当然是证据。”

斯乜尔加科夫从几沓钞票上把《叙利亚修士伊萨克神父箴言录》挪开，放在一边。

“这些钱您可以带走。”斯乜尔加科夫喟然叹道。

“我当然要带走！可是你既然为了钱而杀人，为什么要把钱交给我？”

伊万大惑不解地瞧着他问。

“这钱我完全不需要了，”斯乜尔加科夫一甩手说，他的声音发颤。“原先有过这样的想法，以为有了这些钱可以去莫斯科，甚至去国外开始新的生活，这种梦想确实有过，主要是受了‘无所不可’的影响。您教我的这个道理完全正确，当时您对我说过许多这样的话：既然没有永恒的上帝，也就没有任何道德可言，那还要道德做什么？我就是这样想的。”

“你自己想通的？”伊万带着冷笑问。

“靠您的指导。”

“如此说来，既然你把钱交还，现在你成了上帝的信徒喽？”

“不，我没有。”斯乜尔加科夫低声说。

“那你干吗交还？”

“别多问了……没意思！”斯乜尔加科夫又把手一甩。“那时您自己老是说无所不可，如今为什么反倒紧张成这模样？甚至要去坦白自首……。然而，这事根本不可能！您也不会去自首！”斯乜尔加科夫再次毅然决然断言。

“你等着瞧！”伊万说。

“这不可能。您聪明得很。您爱钱，这我知道，您也爱受人尊敬，因为您很高傲。您太爱女人的魅力，而最爱的是日子过得安稳舒适，不必对任何人点头哈腰——这比什么都重要……。您不会愿意在法庭上当众出这样的丑，从而毁了自己的一生。您和费奥多尔·巴甫洛维奇一样，所有的孩子中敢情您最像他，有着和他一模一样的灵魂。”

“你不蠢，”伊万似乎受到剧烈的震动，血往他的脸部涌了上来，“过去我以为你蠢。现在看来你很不等闲！”他好像一下子开始对斯乜尔加科夫刮目相看。

“您是由于高傲，以为我蠢。钱您收下吧。”

伊万接过全部三千卢布的钞票，不用任何东西包起来就塞进衣兜里。

“明天我将在法庭上出示。”他说。

“谁也不会相信您，因为您如今有的是钱，随时都能从钱匣子里取出三千卢布带到法庭上去。”

伊万离座起身。

“我再说一遍，我没有杀了你，仅仅因为明天我用得着你，记住这话，别忘了！”

“您完全可以杀了我。现在就杀，”斯乜尔加科夫忽然以奇怪的口吻说，同时以奇怪的眼神瞧着伊万。“您连这也不敢，”他苦笑着补上一句，“什么也不敢，您这个曾经很勇敢的人！”

“明天见！”伊万说了一声，准备离去。

“等一下……让我再看一下那些钱。”

伊万从兜里把钞票取出来给他看。斯乜尔加科夫对着钞票注视有十秒钟左右。

“好了，您走吧，”他说着把手一甩，“伊万·费奥多罗维奇！”他冲着伊万的背影又喊道。

“你有什么事？”伊万边走边回过头来。

“再见！”

“明天见！”伊万又说了一声，然后走出屋子。

暴风雪尚未停息。最初几步他迈得挺精神，但突然间似乎开始步履不稳。“这是体力上的问题，”他思忖着莞尔一笑。现在有一种近乎喜悦的感受在他心头泛起。他觉得自己有了无比坚定的信心，最近一个时期把他折腾得好苦的彷徨终于结束！主意已定，“决不改变”，想到这里，他很高兴。就在这一瞬间，他给什么东西绊了一下，差点儿摔倒。站住后定睛一看，发现脚下正是刚才被他推倒的那个乡下人，那人还躺在老地方，既无知觉，也不动弹。风雪已把他的脸几乎完全盖没。伊万猛地把他拉起来拖着走。见右边一座小屋里有灯光，伊万走过去敲窗板，请应门的屋主人帮他把醉汉抬到派出所去，许诺立即给他三卢布。屋主人穿好衣服后走出来。有关伊万·费奥多罗维奇如何到达目的地，把乡下人安置在派出所里，立即设法请医生为他做检查，同时又慷慨地支付了“各项费用”——这些细节笔者就不一一缕述了。总之，这件事花了他近一个小时。但伊万·费奥多罗维奇感到很满意。他的思绪逐渐分散开来，头脑在正常运作。

“若不是我拿定了主意知道明天该做什么，”他心中颇有些沾沾自喜，“就不会停下来花整整一个小时安置那个乡下人，早就打他身边走过去，他冻死也跟我不相干……。想不到，此刻我居然能冷眼旁观自己的心态！”他立即更加扬扬自得地忖道，“可是他们还以为我快发疯了！”

快到自己住所的时候，他蓦地站住，向自己提出一个意想不到的问题：

“要不要马上去找检察官彻底交代？”

他重又转身向着住所走去，这个问题也就不存在了。

“明天一起解决吧！”他悄悄对自己说道。奇怪的是，刚才那份喜悦，那种洋洋自得的心情竟在瞬息间烟消云散。

当他跨进自己的房间时，顿时像有一块冰贴在他心上，这大概是回忆吧，更确切地说，是提示，提醒他有一件令人苦恼和厌恶的东西此时此刻就在这间屋子里，以前也曾在这里待过。他疲惫地坐到沙发上。老妈子给他端来了茶炊，他煮了些茶，却不曾沾唇；他让老妈子去睡觉，今夜没事了。他坐在沙发上，只觉得头疼乏力，像是病了。本来似乎蒙蒙眬眬快要入睡，但又焦躁地站起来，在屋子里走了几圈，想把睡意驱散。有几次他产生一种幻觉，仿佛自己在撒呓挣。但最令他不安的不是病；他又坐下来，偶尔四顾张望，像是在寻找什么。如此反复了好几次。最后他的视线专注地投向一点。伊万淡淡地一笑，但愤怒立刻使他涨红了脸。他在那里坐了好久，双手牢牢支住脑袋，眼睛却在睨视原先的那一点，瞟着对面墙边的一张沙发。他觉得，那里有一件东西在刺激他，折磨他，骚扰他。

九　魔鬼。伊万·费奥多罗维奇的梦魇

笔者不是医生，然而觉得现在已到了不得不向读者交代一下的时刻，至少该把伊万·费奥多罗维奇的病属于什么性质作一些解释。这

里只超前说明一点：那天晚上他正处在震颤性谵妄发病的前夜。其实他的身体机制早就出现紊乱，但一直在进行顽强的抵抗，疾病最后还是把他完全控制住了。对医学一窍不通的笔者斗胆猜测，可能正是由于意志力的高度集中使他得以推迟发病，不言而喻，他还奢想能把这场病压下去。他自知身体不舒服，但在这个时候，在他一生的紧急关头，他必须到场，必须勇敢果断地说出自己要说的话，必须亲自出马“向自己作出交代”，所以他不愿在这个节骨眼上病倒，简直不屑去想。

不过，他曾去看过卡捷琳娜·伊万诺夫娜忽发奇想(此事前文曾经提及)新近从莫斯科请来的那位大夫。大夫听了他的主诉，对他做了检查，甚至认为他的大脑似乎出现了紊乱，而对于伊万极其勉强向他陈述的症状一点也不觉得奇怪。“处在您这样的状态产生幻觉是很可能的，”大夫断言，“不过这些都有待验证……总之，必须认真开始治疗，刻不容缓，否则前景不妙。”但是，伊万·费奥多罗维奇从他那里出来后，没有听从忠告，根本不考虑卧床治疗。“我能走路，体力也还可以，万一撑不住倒下——自然另当别论，那时谁愿意，就让谁来治。”他一甩手不把这当回事。

此时他坐在那里，几乎意识到自己在撒呓挣，同时像上文已经提到的那样，凝神谛视着对面靠墙一张沙发上的什么东西。那里竟坐着一个人，天知道他是怎样进来的，因为伊万·费奥多罗维奇从斯乜尔加科夫那里回来跨进房间的时候，那里还没有人。这是一位先生，不妨说是某种类型的俄国绅士，年纪已经不轻，按法国人的说法为五十在望，留得相当长的黑发还不显得稀稀落落，剪短的胡子修成三角形，须发中杂有不多几根银丝。他穿一件咖啡色上装，做工显然非常讲究，但已经很旧，最迟也是前年缝制的，款式早就过时，在时髦的富裕阶层中已经两年没有人穿这种服装了。衬衫、系成围巾状的长领带，一切都跟所有爱打扮的绅士没什么两样。不过，要是从近处细看，衬衫是脏兮兮的，宽大的围巾也已磨得经纬毕露。客人的方格裤子很不错，可又太窄，颜色也太浅，如今已无人再穿。同样，客人戴着的一顶白色绒毛软帽也太不合时令了。一言以蔽之：外表体面，囊中羞涩。看样子，这位绅士属于以前那类无所事事的地主阶级，在农奴制时代着实优哉游哉；他显然见过世面，出入上流社会，当年颇有些值得夸耀的关系，这些关系或许至今仍维持着，然而在逍遥的青年时代结束以及前不久农奴制废除以后，随着家道中落，他已沦为一名高雅的食客，游荡在一些善良的亲朋之门，那些人家接待他是因为他好相处，性格随和，还因为这毕竟是个正派人，不论席间有谁，让他坐在餐桌上总是可以的，不过座位当然比较靠边。这等性格随和的绅士食客多半善讲趣闻轶事，能够凑成牌局；如果有人硬要他们办什么事情，他们绝不乐意接受；他们通常都是单身，或光棍，或鳏夫，也可能有孩子，但他们的子女照例寄养在很远的姑姑或姨妈家里，而绅士本人在体面人圈子里几乎从来不提起这样的亲戚，好像有失面子似的。日久天长，他们和自己的孩子愈来愈疏远，在自己的命名日或圣诞节偶尔也会收到他们寄来的贺信，有时甚至还写回信。

这位不速之客的相貌与其说敦厚，仍不如说随和，视不同情况能做出各种宜人的表情。他身上没有怀表，但黑色丝带总挂着镶玳瑁边的带柄眼镜。右手中指上一枚相当大的金戒指嵌的宝石却不值钱。

伊万·费奥多罗维奇保持愠怒的缄默，不愿先开口。客人在坐等，一副食客的嘴脸，刚从楼上他寄宿的一间屋子里下来陪主人一道用茶，但由于主人皱着眉头在想什么事情，他知趣地不声不响，不过只要主人开口，他随时愿意奉陪进行任何令人愉快的交谈。突然，他脸上现出一些忧虑的神色。

“听着，”他向伊万·费奥多罗维奇开言道，“你得原谅，我只是想提个醒儿：你去找斯乜尔加科夫不是为了打听卡捷琳娜·伊万诺夫娜的情况吗？可是你什么也没有打听到就回来，准是忘了……”

“啊，对呀！”伊万不禁失声惊呼，脸上顿时布满愁云。“我的确忘了……。不过，现在反正都一样，一切都等到明天吧，”他暗自嘀咕道，“至于你，”他火气很大地向客人说，“这事我自己马上也会想起来，因为这正是我的一块心病！要你蹦出来干吗？难道我会相信是你提醒了我，而不是我自己想到的？”

“你不信也罢，”绅士蔼然可亲地笑道，“信与不信哪能强加于人呢？何况在信仰问题上任何证据都于事无补，特别是物证。多马之所以会信，并非因为看到了死而复生的基督，而是因为他原先就愿意相信。[①]又比如那些招魂的术士……我很喜欢他们……你也许很难想象，他们自以为有助于宗教事业，因为魔鬼从另一世界向他们露出头上的角。他们说：‘这可以说是物证，证明确有另一个世界。’另一世界和具体物证扯在一起，亏他们想得出来！而且说到底，即使魔鬼的存在得到了证实，还不知上帝的存在是否得到证实？我愿意参加理想主义者协会，在他们中间充当反对派，说：‘我是现实主义者，不是唯物主义者，嘿嘿！’”

“听着，”伊万·费奥多罗维奇霍地从桌旁站起来，“我现在就像在撒呓挣……肯定在撒呓挣……随你怎么瞎说一气都可以，我无所谓！你别像上回那样把我激怒。只是有件事情使我感到羞耻……。我想在房间里走走……。我有时候看不见你，甚至不能像上回那样听到你的声音，但我总能猜到你在胡说八道，因为**那是我，是我自己在说话，而不是你！**只是我吃不准：上回我是梦见了你，还是真的看到了你？我去用毛巾浸点儿冷水放在头上，那时你也许会化作一溜烟飘散。”

伊万·费奥多罗维奇走到角落里拿了一块毛巾，照他所说的那样，头上敷着湿毛巾开始在房间里走来走去。

“我喜欢咱俩彼此熟不拘礼，直呼为**你**。”客人刚想说些什么。

“笨蛋，”伊万笑了起来，“难道我对你说话还得用**敬称**不成？！这会儿我挺快活，只是太阳穴里觉得疼……还有头顶上……不过，请不要像上回那样发什么哲学议论。如果你不能走人的话，可以扯一些轻松愉快的话题。聊聊东家长西家短，你不是吃闲饭的吗，那就聊

---

① 见第 28 页注①。

吧。偏偏让我摊上这样的梦魇！但我不怕你。我要把你压倒。不会把我弄进疯人院里去的！”

“太好了，你说我是吃闲饭的。这正是我的本来面目。我在世上，除了吃闲饭还能干什么？附带提一下，我一边听你说，一边纳闷：你好像开始果真把我逐步当作一个实体对待了，而不是像上回那样认定我仅仅是你心造的幻影……”

“我一分钟也不把你当真，”伊万勃然大怒地叱喝，“你是谎言，你是我的疾病，你是幽灵。我只是不知道如何消灭你罢了，看来只得遭一个时期的罪。你是我的幻觉。你是我自己的化身，不过你体现的只是我的一面……体现的是我的思想感情，但只是最见不得人和最愚蠢的那部分。从这个意义上说，在我眼里你也许还有点儿意思，只要我有时间跟你扯淡……”

“对不起，对不起，我可要揭穿你了：刚才你在路灯下冲着阿辽沙大喊大叫：‘你是**从他那儿**知道的！你怎么知道**他**常来找我？’当时你明明想到了我。至少有那么短短的一瞬间你毕竟相信了，相信我是确实存在的。”绅士食客和蔼地笑了起来。

“是的，这是本性使然的一个弱点……但我不可能相信你。我吃不准上回我是睡着了，还是醒着。可能当时我只是在梦中见到你，根本不是当真见到你……”

“当时你为什么对他这样凶？我是指你对阿辽沙。他挺招人疼的；在佐西马长老的事情上我对不起他。”

“不许提阿辽沙！你这奴才太放肆了！”伊万又笑了。

“你又骂又笑——这是好兆。不过，你今天对我比上回客气得多，我知道原因何在：这是伟大的决心……”

“不许你提到决心！”伊万咆哮如雷。

“我明白，我明白，这很高尚，值得称道，明天你要去为令兄辩冤，牺牲自己……颇有骑士风度。”

“闭嘴，小心我踢你几脚！”

“从某种意义上说，我应该感到高兴，因为我的目的达到了：既然你想踢我几脚，这表明你相信我的真实性，要知道没有人会用脚去踢幻影。好了，现在不开玩笑。其实我什么都不在乎，你爱骂就骂，不过还是稍微讲点儿礼貌为好，即使对我也该客气些。不要动不动就骂笨蛋、奴才，这像话吗？！”

“我骂你，实在是骂自己！”伊万又笑起来，“你就是我，是我本人，只不过挂另一张脸皮罢了。你说的正是我已经在想的……你不可能对我说出什么新东西来！”

“如果我和你的思想不谋而合，这只能为我增光添彩。”绅士不卑不亢地说。

“你总是单单选取我的那些要不得的想法，特别是一些愚蠢的想法。你愚蠢而且庸俗。你蠢得要命。不，我讨厌你！我该怎么办，我该怎么办？”伊万恨得咬牙切齿。

“我的朋友，我还是希望能做个绅士，也希望人家能把我当绅士看待，”客人在自尊心的冲动下开始大发宏论，这是一种地地道道的食客型自尊心，绝无剑拔弩张之势，而且先就预示着有的是商量余地。“我穷，但是……我不想说自己狷介耿直，但是……社交圈内通常公认我是一位谪仙——堕落的天使。说真的，我想象不出自己怎么可能一度当过天使。如果确实曾经是天使，那也已经很久很久了，即使忘记也算不得罪过。如今我珍惜的，只是作为一个正派人的名声，过着随遇而安的日子，尽量不讨人嫌。我打心眼里热爱人们——哦，我遭到的诽谤太多了！在这里，每逢我隔一阵子住到你们人间来的时候，我的日子过得还真有点儿像那么回事儿，这是我最喜欢的。因为我自己和你一样，为幻想中的事情而苦恼，所以我欣赏你们人间的现实主义。你们一切都有规有矩，这里凡事都有定式，像几何学一样精确，不像我们——永远是一些不定方程式。我在人间游荡，渐渐产生了梦想。我喜欢梦想。再说，到了人间，我变得迷信了——请不要笑：我恰恰欣赏自己变得迷信这一点。我在这里一步步把你们的习惯都学了过来：我也开始喜欢去商人经营的浴室洗澡，你能想象不？我也喜欢和一些买卖人和神父们在一起蒸得大汗淋漓。我做梦也想化成肉身，但要化，就得一化到底，有去无还，化成一个商人的胖老婆，体重七普特（超过一百一十公斤），凡是她信的，我也信。我的理想是——走进教堂，出于一片至诚之心，点上一支蜡烛，真的。那时我遭的罪就到头了。我还爱上了你们这儿治病的办法：今春天花流行，我就到孤儿院去接种了牛痘——你不知道那天我有多么称心：我还为斯拉夫兄弟捐了十卢布！……你不在听我说。我瞧你今儿个很不对劲，”绅士稍顿了一下。“我知道昨天你去瞧了那位大夫……你的身体究竟怎样？大夫对你说了什么？”

“笨蛋！”伊万没好气地骂了一句。

“可你是够聪明的。你又骂人了？我问你并不是出于什么怜悯，只是随便问问。你也不必回答。如今又闹起了关节炎……”

“笨蛋。”伊万又骂道。

“你老是骂人，去年我的关节炎闹得可厉害了，直到如今我还难以忘怀。”

“魔鬼也害关节炎？”

“怎么不？有时候我不是化成人形吗？既然化成人形，自然会招来后果。我是撒旦，人类的一切对我都不陌生。[①]”

“什么，什么？我是撒旦，人类的一切……魔鬼也有这一手，那可不算蠢了！”

“我很高兴，总算能得到你的夸奖。”

“这话你不是从我这儿捡去的，”伊万一下子愣住了，似乎非常吃惊，“我头脑里从来没有产生过这样的想法，这就奇了……”

“很新奇，可不是吗？这一回我凭良心如实向你解释。听着：在梦中，尤其在梦魇的时候，比方由于胃部不适或者其他原因，人往往会做一些精美绝伦的梦，看到极其复杂而又真实的生活，看到许多事件乃至整部历史，其中贯串着苦心设计的密谋，连带着意想不到的细节，大到可歌可泣的壮举，小到胸衬上的一颗扣子，我敢向你发誓，

---

① 原文为拉丁文。

即使列夫·托尔斯泰也写不出来，然而有时候做这些梦的根本不是作家，而是再寻常不过的凡夫俗子：公务员、小报记者、神父……。这个问题简直是解不开的谜：一位大臣甚至亲口向我承认，说他最妙的主意都是在做梦的时候想出来的。现在同样如此。我虽然是你的幻觉，但按照梦魇中的惯例，我说的话极富独创性，是迄今为止你从来没有想到过的，所以我绝不是重复你的思想，虽说我仅仅是你的梦魇，此外什么也不是。”

“胡说。你的目的恰恰是要我相信你独立存在，而不是我的梦魇，而你现在自己确认你是梦。”

“我的朋友，今天我带来一种特殊的方法，以后我再向你细说。等一下，刚才我说到哪儿？对了，那时候我着了凉，不过并不在你们人间，我还在那边……”

“那边是什么地方？你说，你还要在我这儿待多久？你不能离开此地吗？”伊万几乎在求饶。他不再走来走去，重又在沙发上坐下，用胳膊肘抵住桌子，两手紧紧捧住脑袋。他把湿毛巾从头上拉下来愤愤地一扔：这办法显然不管用。

“你的神经出了问题，”绅士漫不经心地指出，不过态度十分友好，“你甚至因为我也会着凉而生气，其实事情的经过极其自然。当时我急于前往彼得堡一位贵妇的府第去参加一个外交晚会，那位女主人正在谋求公使头衔。于是穿燕尾服，系白领结，戴上手套，可是我自己还在只有上帝知道的地方，要到你们人间来还得飞越大片空间，当然这仅需一眨眼的工夫，但是要知道阳光照到地上也得花上整整八分钟，而我，请想一想，身上只穿燕尾服和开胸背心。鬼魂是冻不死的，然而一旦化成人形，那……总之，我就这样出发的确过于轻率了些，可是在宇宙空间，在天穹以外的水中，真是高处不胜寒哪……其实，这次第，怎一个‘寒’字了得？你能不能想象，那可是零下一百五十度(零下一百八十七点五摄氏度)哇！据说，乡下姑娘有一种恶作剧的办法：她们在零下三十度(零下三十七点五摄氏度)的气温下，让一个新来乍到的外乡人舔一下斧子；舌头一下子就给粘住了，那个缺心眼的外乡人生生地从舌头上撕下了一层皮，撕得鲜血直流；要知道这仅仅是零下三十度，而在零下一百五十度，我想，只要把手指头放在斧子上，这个指头也就没了，如果……那里能有一把斧子的话……”

“那里能有斧子吗？”伊万·费奥多罗维奇心不在焉地插了一句，同时现出十分厌恶的样子。他在竭力顽抗，坚决不相信自己在撒呓挣，否则就会彻底陷入疯狂。

“斧子？”客人诧异地反问。

“是啊，斧子在那里会变得怎么样？”伊万·费奥多罗维奇恶狠狠地问，他忽然又刨根究底起来。

“斧子在太空中会变得怎么样？亏你想得出！要是一把斧子到了那么远的空间，大概会像一颗卫星绕地球飞行，它自己也不知为什么。天文学家会计算出斧子出没的时间，加祖克[①]会把这登录在历本上，就这些。”

“你真蠢，蠢得要命！”伊万悍然说，“撒谎也该撒得聪明些，否则我不听了。你想以自己的真实性压倒我，使我相信你的存在，可是我不愿相信你的存在！我不信！”

“我不撒谎，这是实话；可惜实话几乎总是笨口拙舌的。我看得出，你热切地指望我有什么惊人之举，或许还是伟大的善举。很遗憾，我只能提供力所能及的东西……”

“别玩哲学，蠢驴！”

“哪儿还玩得成哲学？我的右半边简直动弹不得，疼得我叫苦不迭，直哼哼。我去瞧过好多医生：他们只会详细了解症状，然后把病的来龙去脉对你说得头头是道，可就是治不了。有一名医科学生还扬扬得意地说：‘您如果死了，至少完全明白自己死于什么病！’他们的惯用手法是打发你去找专家，说：‘我们只管诊断，您可以去找某某专家，他会把您治好的。’我告诉你，从前那种什么

① 当时莫斯科的出版商。

病都治的老派医生已经绝迹，完全消失了，如今只有专家，报上尽登他们的广告。你要是鼻子出了毛病，会打发你去巴黎，说那里有全欧闻名的专家能治鼻疾。你来到巴黎，专家检查了鼻子，会对您说：‘我只能治右鼻孔，左鼻孔我治不了，那不是我的专业；您在我这里接受治疗后，可以接着去维也纳，那里有另一位专家会治好您的左鼻孔。’

“怎么办？我求助于民间土方，一位德国大夫建议我在洗蒸气浴的时候，用蜂蜜和盐擦身。我仅仅为了再上一次澡堂子就照办：结果抹上一身蜂蜜和盐，一点都不管用。实在走投无路，我给米兰的马泰依伯爵写了封信。他寄来了一本书和一些药水，全是白搭。想不到最后还是霍夫的麦芽膏管用！我无意间买了这玩意儿，一瓶半喝下去——竟然能跳起舞来，一下子全好了。我拿定主意要在报纸上为他登鸣谢启事，知恩图报嘛。不料，这下碰到了另一个问题：没有一家报馆愿登这则启事！都说：‘太不合潮流了，简直在开倒车，谁也不会相信，因为魔鬼再也不存在，’并建议我不要具名。受惠者不具名还鸣什么谢？我笑着向报馆的办事员说：‘在当代，信奉上帝的确不合潮流，可我是魔鬼，相信我没有问题。’他们说：‘我们明白，谁不信魔鬼？可还是不行，会造成误导。除非用笑话的形式登出去，您看怎样？’我琢磨着，这也不是什么好主意。这则启事始终没能刊登。信不信由你，此事我一直耿耿于怀。仅仅由于我的社会地位，我要表达最美好的感情，比如登报鸣谢，也遭到公开拒绝。”

“又发哲学议论了！”伊万十分憎恶地说。

“求上帝提醒我留神，不过，有时候实在憋不住要发几句牢骚。我一贯饱受诽谤。就说你吧，每时每刻都在骂我愚蠢。这不奇怪，年少气盛嘛。我的朋友，问题不仅仅在于是否聪明！我天生一颗善良爱逗的心，我也常常写些各种各样的闹剧小品。你大概完全把我看作一个赫列斯塔科夫[1]式的人物，只是头发有些花白；不过我的来头比他

① 果戈理所作著名喜剧《钦差大臣》中将错就错冒充钦差大臣的落魄旅客。

要大得多。一道比太古时代更早的指令派给我的差事就是专演反派角色，其实我天性善良，完全不能胜任反派角色，所以对这道指令百思不得其解。然而不行，非演反派不可，没有反派充当对立面就没法开展批评，而没有‘批评专栏’的杂志根本不成其为杂志。没有批评岂不是一片歌功颂德声？但生活中不能光唱赞美诗，必须让赞美经过怀疑的熔炉接受试炼，等等，等等，不外乎这类论调。反正这些事情我概不插手，我不是始作俑者，不该由我承担责任。可是他们选中我当替罪羊，硬要我在批评专栏上写文章，这样才算生活。这种滑稽的把戏我懂。比方说，我干脆要求把我消灭。可是他们会说：‘不行，你得活着，因为没有你，那就什么也没有了。倘若天下太平，一切顺利，那就什么事也不会发生。没有你，不可能出事，而需要的正是出事。’于是我只得违心地制造事端，可以说是奉命专干悖情逆理的勾当。人们却对这种滑稽戏较起真来，尽管他们的智慧是无可争议的。这正是他们的悲剧。当然，他们有苦难，但是……他们毕竟活着，活得实在，并不虚幻；因为苦难就是生活。没有苦难，生活还有什么乐趣？……岂不成了一场没完没了的教堂礼拜？尽管很神圣，可也太乏味了。

“可是我呢？我也在受苦遭罪，可我仍然不算活着。我是不定方程式里的一个未知数。我只是生命的一个幻影，失去了所有的开端和终极，最后连自己叫什么也忘了。你在笑……不，你不在笑，你又在生气。你老是生气，你关心的只是智慧，可是我再次向你表示：我愿献出在星辰更高处的全部生命、所有头衔和荣誉，唯求能化作一个七普特的商人老婆的灵魂，在教堂里向上帝敬献蜡烛。”

“连你也不信上帝吗？”伊万面露狞笑问。

“这该怎么对你说呢，如果你是认真……”

“有没有上帝？”伊万再次恶狠狠地追问。

“你认真要我回答？亲爱的，我真的不知道——这话我是凭着良心说的。”

“你不知道，可是你能看到上帝？不，你并不独立存在，你就是

我，你仅仅是**我**，而不是别的！你算什么东西，你不过是我心造的幻影！”

“如果你愿意的话，我和你有相同的哲学观，这样说比较公允。我思，故我在①，这一点我敢肯定。除此之外，我周围的一切，包括这个世界、那个世界，包括上帝甚至撒旦，——在我看来，一切都还未经证实，很难说这些都是自在之物，抑或仅仅是我的发散物，仅仅是我的古已有之而且单独存在的**自我**合乎逻辑的外延……总之，我很快就结束，因为你好像马上要跳起来打架似的。”

“你最好还是讲个笑话！”伊万痛苦地说。

“有个笑话正好对得上咱们的话题，应该说这不是笑话，而是传说。你指责我没有信仰，说我看得见上帝却不信上帝。但是，我的朋友，并非我一人如此，如今我们那里大家都糊涂了，这都是由于你们的科学。从前讲原子、五感、四行②的时候，好歹还能对付。原子在古代世界就有。可是自从听说你们这里发现了什么‘化学分子’和‘原生质’，以及其他鬼也闹不清的名堂之后，我们那里大家都夹紧了尾巴。于是一切都乱了套，主要是迷信、流言；我们那里流言蜚语跟你们这里差不多，也许还要多一点点；另外还有告密，我们那里也有一个部门接受所谓的‘举报’。下面就是那个荒诞不经的传说，那还是从我们的中世纪流传下来的——是我们的而不是你们的中世纪，——而且即使在我们那里，大家也都不信，除了那些七普特的商人老婆，她们同样不是你们这里而是我们那里的商人老婆。凡是你们这里有的，我们那里也有，这是我看在朋友交情上向你透露我们的一个秘密，虽然这是违禁的。这是一个关于天堂的传说。当年在你们人间有这样一位思想家和哲学家，他‘否定一切，包括法律、良心、信仰’，尤其否定身后生命。他死了，他认为从此进入黑暗和寂灭，不料出现在他面前的却是身后生命。他大为惊讶而又愤慨，说：‘这违

---

① 这是法国哲学家笛卡儿(1596—1650)的名言。

② 风、火、水、土。

背我的信念。'为此他被判罚……对不起，我只是转述我听来的内容，这仅仅是传说……他被判罚在黑暗中走一百万的四次方公里（我们那里现在采用米突制），什么时候走完这一百万的四次方公里，什么时候向他敞开天堂之门并宽恕一切……"

"除了一百万的四次方，你们那个世界里还有哪些刑罚？"伊万怀着奇怪的兴致插问。

"哪些刑罚？你不问也罢：以前有这种刑罚那种刑罚，可如今越来越时兴精神处罚，所谓'良心责备'以及诸如此类的鬼花样。这也是从你们这里引进的，受你们'淳化民风'的影响。什么人得到便宜呢？单单便宜了那些没良心的，因为他们压根儿没有良心，怎么会受良心责备？而倒霉的却是那些天良尚未泯灭、还有羞耻心的正派人……。所以说，在尚未作好准备的土壤上实行改革，何况还是照抄人家的做法——有百弊而无一利！还是亘古沿用的火刑比较好。

"那个被判罚走一百万的四次方公里的犯人站着瞧了一会，便横卧在路上，说：'我不愿走，我是坚持原则，所以不走！'把一个受过教育的俄国无神论者的灵魂和在鲸腹中憋了三天三夜的先知约拿的灵魂搅和在一起，——便是这位躺在路上的思想家的性格。"

"他躺下来是不是有东西作铺垫？"

"那边想必有东西垫。你不是在取笑吧？"

"好样的！"伊万赞叹道，他还是那样奇怪地兴致勃勃。现在他带着突如其来的好奇心听得津津有味。"怎么，他至今还躺在那儿？"

"关键恰恰在于，现在他不再躺着。他几乎躺了一千年，后来站起来开始走了。"

"真是头笨驴！"伊万发出神经质的大笑，同时还在努力盘算着什么。"永远躺着或步行一百万的四次方公里路还不是一样吗？这路程恐怕得走上十亿年吧？"

"远远不止，可惜没有铅笔和纸，否则可以计算出来。不过他早已经走到了，由此引出了这段笑话。”

“怎么可能呢？他哪来的十亿年时间？”

“你所想的始终是咱们现今的地球！要知道，现今的地球本身也许经历过十亿次反复的变迁；它渐渐老化、冰封、开裂、崩溃、分解为各种元素，又变成天穹以外的水，以后又有彗星，又有太阳，由太阳又诞生地球——如此周而复始或许已经过无数次循环，而且始终是同一种方式，丝毫不差。实在乏味得够呛……”

“那么他走到了又怎么样？”

“天堂之门刚为他打开，他跨了进去，还没待上两秒钟——这是按人间的钟表计的时（不过我估计他的怀表在路上早该解体为各种元素了）——还没待上两秒钟，他就赞叹这两秒钟内休说一百万的四次方公里地，就是一百万的四次方乘一百万的四次方，再自乘一百万的四次方那么多公里也走完了！总之，他唱了一通盛赞救世主的颂歌，简直唱得有点儿肉麻，以致那里有几位思想比较高尚的起初甚至不愿与他握手：此公摇身一变成为保守派，也变得太快了！堪称俄罗斯气质。我再说一遍：这是传说。我怎么批来的就怎么卖。在我们那里关于这类事情至今还流行着这样的观念。”

“我可把你逮住了！”伊万几乎像小孩子那样高兴地叫了起来，大概终于想起了什么事情。“这个一百万四次方年的笑话是我自己编造的！那时候我十七岁，在上中学……当时我编了这个笑话并且讲给我的一个同学听，他姓柯罗夫金，这是在莫斯科的事……。这笑话的特征非常鲜明，我不可能从任何人那里听来。我本来把它给忘了……可现在我无意间想起来了——是我自己想起来的，不是你讲给我听的！千万桩事情往往会在无意间想起来，甚至在押赴刑场的时候……这笑话也是这样，在梦中让我想起来了。你就是这个梦！你是梦，你并不存在！”

“根据你力图否定我的激烈程度，”绅士笑道，“我认定你还是相信我的。”

“一丁点儿也不！相信的成分连百分之一也没有！”

“但千分之一还是有的。顺势疗法[1]的剂量或许是效力最强的。你承认吧，哪怕只是万分之一……”

“一分钟也不信！”伊万大发雷霆，“不过我倒是愿意相信你的存在！”他忽然奇怪地补上一句。

“啊哈！总算承认了！不过我心肠很软，在这方面我也要帮你一把。听着，是我逮住了你，而不是你逮住了我！我故意把你编的、但你自己已经忘了的笑话讲给你听，为的是让你彻底相信我是不存在的。”

“撒谎！你来此的目的，就是要我相信你的存在。”

“不错。但是，动摇、惶惑、信与不信的思想斗争——这一切有时候对于像你这样识羞耻的人来说，实在太痛苦了，简直想上吊。正因为我知道你有那么一点儿相信我的存在，才给你讲这个笑话，这样总算把不信的剂量灌输到你头脑里。我轮番把你引向信与不信，这里头我自有目的在。这是一种新方法：当你完全不信我的存在时，你立即当着我的面表示，我不是梦，而是自在之物，我已经把你揣摩透了；那时我的目的就达到了。而我的目的正大光明。我只要往你身上撒下一颗小而又小的信仰种子，就会长成一棵参天大树，你坐在这棵大树上将甘愿成为荒原苦修的高僧和冰清玉洁的圣女，因为你内心深处非常非常向往此道，你将以蝗虫充饥，到荒原旷野去拯救自己的灵魂！”

“那么你这个恶棍是在努力拯救我的灵魂喽？”

“至少应该在某个时候做些好事吧。你生气了，只要我一瞅你，你就生气！”

“小丑！你是否在什么时候诱惑过那些以蝗虫充饥、在不毛的荒原中祈祷十七年、浑身长出霉苔的圣人？”

“亲爱的朋友，我干的正是这一行。有时候整个世界乃至世界以外的许多世界都可以忘却，我也要牢牢地粘住这样一位圣者，因为钻

---

① 如以毒攻毒即属此类。

石的身价太高了，这样一颗灵魂有时候价值整整一个星座——我们有自己的一套计数体系。这样的胜利弥足珍贵！说真的，他们中有几位的素养不在你之下，尽管你不会相信；他们能在同一瞬间内参透信与不信两套无限深奥的道理，有时让人觉得只差那么一哆嗦——一个人就会像演员戈尔布诺夫所说的那样‘一个倒栽葱’摔下去。”

“怎么样，是不是让人牵着鼻子耍了？”

“我的朋友，”客人寓意深长地指出，“让人牵着鼻子耍总比有时候连鼻子也丢了好些，这是前不久一位有侯爵头衔的年轻病家(想必是专家给他治的)向耶稣会神父忏悔时所说的妙语。当时我在场——真是妙不可言。

“‘还我鼻子！’那位侯爵说着，猛捶自己的胸膛。

“‘我的孩子！’他的忏悔神父大耍其嘴皮子，‘万事都按天主不可测知的安排一一实现，有时候一桩显而易见的不幸会带来虽然看不见、却非同寻常的好处。如果说严酷的命运使您失去了鼻子，那么您得到的好处在于，这辈子再也没有人敢对您说：您让人牵着鼻子耍了。’

“‘神父，这话不能给我解心宽！’可怜的侯爵苦苦哀求，‘相反，这辈子我即使天天让人牵着鼻子耍弄也一定把我乐坏，只要我的鼻子回到原来的地方！’

“‘我的孩子！’神父叹息道，‘不能又要马儿好，又要马儿不吃草，这岂不是在抱怨天主？其实天主在这件事情上仍然没有把您忘记；既然您刚才大声疾呼乐于一辈子让人牵着鼻子耍弄，您的愿望已经间接实现了，因为您失去了鼻子这件事本身，不是说明您已经让人牵着鼻子耍了吗？’”

“呸，真愚蠢！”伊万大声说。

“我的朋友，我只想逗你发笑，但我可以起誓，这是真正的耶稣会诡辩术，我还可以起誓，事情与我向你述说的一字不差。这件事为时不久，没少给我带来麻烦。那位不幸的年轻人回到家里，当天夜里便开枪自杀了；直到最后一刻我一直与他形影不离……。至于那些耶稣会士的小小告解室，真正称得上我消愁解闷的绝妙去处。我再给你讲一件就发生在前几天的事。一个二十岁上下的金发诺曼底姑娘来找老神父。姑娘长得水灵、丰满，可谓丽质天生——让人直淌口水。她弯下身来，往格栅里向神父悄悄诉说自己的罪过。

“‘我的孩子，难道您又堕落了？’神父大为惊讶，‘哦，圣母马利亚[1]，我简直不敢相信自己的耳朵：这回已经不是跟那个人了。可是这样下去何时是了，您怎么不觉得羞耻？！’

“‘啊，我的神父，’有罪的姑娘泪流满面地回答，一副真诚悔过的样子，‘这能使他得到那么多的快乐，而我又一点儿不费事！’

“谁能想象，她竟作出这样的回答！听到这里，连我也直往后退：这是自然本性的呼声，依我说，这比守身如玉更好！我当即免了她的罪，转身要走，但马上又不得不回来：我听见神父隔着格栅正在约她晚上幽会。这老东西看上去道貌岸然，才一眨眼的工夫便堕落至此！这是本性使然，本性总是要顽强地表现自己！怎么，又扭头不理我啦？又生气啦？要讨你喜欢我可真没辙了……”

“别烦我，你在我头脑里敲个没完，真是个讨厌的噩梦，”伊万面对自己的梦魇无奈发出痛苦的呻吟，“跟你在一起实在乏味，我受不了，简直活受罪！要是能把你赶走，我不惜付出很大的代价！”

“我再说一遍，你不能要求过高，别要求我‘尽善尽美’，那么你会发现，咱俩还是能友好相处的，”绅士用开导的口吻说，“你生我的气的真正原因是，我没有在红光映照下，伴随着雷鸣电闪，张开烧焦的翅膀出现在你面前，而是这么一副寒酸相。你在两方面受到了伤害，首先是美学感受，其次是自尊心：来见这样一位大人物的魔鬼怎么竟是如此其貌不扬的俗物？不管怎么说，你身上还是有那种早就被别林斯基狠狠地挖苦过的浪漫气质。有什么法子，年轻人嘛。刚才来见你之前，我曾考虑开个玩笑，把自己打扮成一名退职四等文官模

---

① 原文为拉丁文。

样，曾在高加索任职，燕尾服上挂一枚狮日星勋章；但是到底不敢造次，因为我在燕尾服前襟挂的只是狮日勋章（你认为至少该挂北极星或天狼星勋章），我担心，单为这一点你就会打我一顿。你老是骂我蠢。可是，我的老天爷，在智慧方面我岂敢望你的项背？靡非斯特来见浮士德的时候自我介绍说，他想作恶，可是尽行善。他爱怎么说是他的事，我恰恰相反。芸芸众生中热爱真理和诚心与人为善的，除了我恐怕没有第二人。当死在十字架上的圣子怀揣被钉死在他右边的一名强盗[①]的灵魂升天时，我在场，曾听到小天使们齐唱赞歌，尖声颂扬天恩，听到天使长如雷的欢呼震撼天国和整个宇宙。我愿凭着最神圣的一切发誓，当时我真想加入大合唱并和大家一起唱赞歌颂天恩。颂赞之声已经要从我胸中迸发出来……你也知道，我这人特别容易动感情，艺术细胞特别丰富。但理智——哦，这是我本性中最不幸的品质——理智在这里也不让我的举动出格，我放弃了瞬息之间的冲动！当时我心想：我的颂扬赞美声出了口，后果会怎样呢？世上顿时将日月无光，任何事件都发生不起来了。纯粹由于我的社会地位以及忠于职守的责任心，我不得不把这美好的冲动扼杀在自己心中，依旧干我的卑劣勾当。行善的荣誉全归别人，留给我的只有作恶的分儿。但我并不羡慕欺世盗名得来的荣誉，我不爱出风头。为什么世上一切生命体中只有我一人注定要遭到一切正派人的诅咒，甚至挨靴脚踹踢（化成人形有时候就得准备承担这样的后果）？我知道其中有个秘密，可是人家无论如何不肯向我透露，因为一旦我了解底细后，也许会扯开嗓门高唱赞歌，那时必不可少的负数就会消失，从此天下太平，那无疑也将是世界末日，甚至殃及报纸和杂志，因为到那时还有谁要订阅？我知道自己到头来只得认命，我也会走完我的一百万的四次方公里地，然后了解秘密。但在这一天到来以前，我就咽下这口气，硬着

① 据福音书载，与耶稣一起被钉在十字架上处死的还有两名强盗。临刑时在耶稣左边的强盗嘲笑他救世却救不了自己，在耶稣右边的一个则说自己罪有应得，而耶稣是无辜的。（见《圣经·新约·路加福音》第23章第32至43节。）

头皮履行我的职责：促使一将功成万骨枯。比方说，当年仅仅为了树立一个义人约伯，曾经送了多少人的性命，玷污了多少人清白的名声，为了考验他还恶毒地把我当猴耍！哼，在秘密揭开之前，对我来说，有两种真理：一种是他们那边的，暂时我还不谙底细；一种是我的。眼下还难说究竟哪一种更地道……。你睡着了吗？”

“不睡着才怪呢，”伊万没好气地说，“全都是我本性中愚蠢的东西，而且早已在我头脑里克服、淘汰了的，我自己把它们弃之如敝屣——可是你居然当作什么新鲜玩意儿来塞给我！”

“又是吃力不讨好！我本来还想以文学味很浓的铺叙方法取悦于你：说实话，我在天国里差点儿高唱颂歌那一段效果不赖吧？接着是刚才那种模仿海涅的讽刺口吻——不是惟妙惟肖吗？”

“唉，我从来不是这样一名奴才！为什么我的灵魂会产生像你这样的奴才？”

“我的朋友，我认识一位极其可爱和讨人喜欢的俄国少爷，是个青年思想家，酷爱文艺，他创作的一部诗剧前景看好，题为《宗教大法官》……我老是对他念念不忘！”

“我禁止你提起《宗教大法官》。”伊万厉声叱喝，自己却羞得面红耳赤。

“那么《地质大灾变》呢？还记得吗？那可是好诗！”

“闭嘴，否则我杀了你！”

“你想杀我？不，对不起，我得说个明白。我来就是要享受这份乐趣。哦，我喜欢我那些血气方刚、对生活充满渴望的年轻朋友的梦想！今年春天你在动身来这里之前，是这样考虑的：‘那都是些新人。他们打算砸烂一切，先从吃人做起。这些笨蛋，也不征求我的意见！我认为什么也不用砸烂，只要打破人类头脑里关于上帝的观念，应该从这一点入手！哦，那些瞎子，什么也不懂，必须从这一步做起！一旦人类个个背离上帝（我相信那个时代将以与地质年代平行的方式来临），那时不必吃人，整个旧的世界观，特别是旧道德都将自行崩溃，于是万象更新。人们将联合起来，从生活中获取生活所能提供的一切，但肯定仅仅为了现世的幸福和快乐。人在精神上将变得伟大，拥有尊神、巨人一般的自豪感，那时会有人神出现。人凭着自己的意志，依靠科学每时每刻不断征服已经没有疆界的自然，从而将每时每刻获得如此高度的享受，足可取代过去对天国欢乐的向往。将来每一个人都知道自己死后不会复活，每一个人都会像神一样自豪而平静地接受死亡。自尊将使人明白没有必要抱怨人生若白驹过隙，人将会爱自己的同类而不图任何酬报。爱将仅仅适用于生前即白驹过隙的那一瞬，但正因为意识到爱的短暂，将使爱的火焰燃得更旺，不亚于过去憧憬身后永恒的爱的热切程度'……以及诸如此类，其他等等。非常精彩！”

伊万双手捂住自己的两只耳朵，眼睛瞧着地上，但开始全身打战。客人的声音还在继续：

“我的思想家朋友当时考虑，现在的问题是这样的时代将来可能不可能来到？如果来到了，一切也就迎刃而解，人类将得以最后定位。但由于人类根深蒂固的愚蠢，这局面恐怕一千年也形成不了，那么现在已对真理有所认识的任何人，都可以完全按自己的意愿在新的基础上定位。从这一意义上说，他‘无所不可’。这还不算，即使那个时代永远不会到来，但由于上帝和永生反正都没有了，那么这个新人可以成为人神，哪怕整个世界只有他一人如此，当然，头衔会换上新的，他可以心安理得地跨越横在过去作为奴隶的人面前的一切道德障碍，如果有此必要。对于神来说，法律是不存在的！神站到哪里——哪里便是圣地！我所站之处立刻成为天下第一处……‘无所不可’，别的都不必说了！这一切非常可爱；只是……既然想要滑头，又何必还要真理认可？不过咱们俄国的现代人就是这德性：不得到认可，连耍滑头也不敢，他们爱真理已到了这个分儿上……”

客人显然陶醉于自己的口才，嗓门愈来愈大，不时以嘲笑的目光瞧着主人。但他没能说完：伊万突然从桌上拿起一只茶杯，一抡臂向演说家扔去。

“啊，可是这毕竟太蠢了！”演说家发出惊呼，从沙发上跳起来，用手掸去洒在身上的茶水，“你想起了路德的墨水缸！[①]你自己认为我只是一个梦，却向梦魇扔茶杯！这哪里像个堂堂男子汉？！刚才我就疑心你捂住耳朵只是做做样子，其实你在听……”

忽然有人从院子里急促地敲着窗框，声音很响。伊万·费奥多罗维奇从沙发上一跃而起。

“听见没有？最好赶快去开，”客人喊道，“这是令弟阿辽沙带来了完全意想不到的惊人消息，我敢向你担保。”

“住口，你这骗子，你不说，我也知道是阿辽沙，我预感到他会来，他无缘无故当然不会来找我，肯定有消息！……”伊万怒骂道。

“快去开呀，快去开呀。外面在刮暴风雪，他是你弟弟。先生，可知道这是什么天气？逢到这样的天气，即使一条狗也不会被关在门外……”

敲窗声还在继续。伊万心想跑到窗前去；但不知什么东西一下子把他的手脚束缚住了。他拼命挣扎，意欲摆脱羁绊，但是徒然。敲窗声愈来愈急，愈来愈响。绳索终于挣脱，伊万·费奥多罗维奇从沙发上跳了起来。他狂乱地四顾张望。两支蜡烛几乎都快燃尽，刚才他扔向客人的茶杯还在他面前的桌上，而对面沙发上没有任何人。敲窗框的声音虽然仍很急，但完全不像刚才他在梦中听到的那样响得厉害，相反还是很克制的。

“这不是梦！不，我敢发誓，这不是梦，刚才的一切确实发生过！”伊万独自嚷着跑到窗前去打开一扇活动小窗。

“阿辽沙，我不是教你别来找我吗！”他冲着弟弟大声叱喝，“快用一两句话说完就走：你有什么事？越简短越好，听见没有？”

“一小时前斯乜尔加科夫上吊自尽了。”阿辽沙从院子里答道。

“你走到台阶上来，我马上给你开门。”伊万说完，便走出去给

---

① 据 1885 年在莫斯科出版、齐日所著的《作为精神病理学家的陀思妥耶夫斯基》所载，德国宗教改革家马丁·路德(1483—1546)虽然学识渊博，曾为大学神学教授，却未能摆脱中世纪的迷信观念，曾把企图诱惑他的“魔鬼”溺死在墨水缸内。伊万·卡拉马佐夫的幻觉近似路德的幻觉，通过想象中的人物说出病人自己的思想，表现病人的精神恐慌，陀氏对此深有体会。

阿辽沙开门。

十　“这是他说的”

阿辽沙进来通知伊万·费奥多罗维奇，一个多小时以前，玛丽亚·康德拉启耶夫娜跑到他的住所来说，斯乜尔加科夫自杀了。“我到他屋里去准备收拾茶炊，只见他靠墙吊在钉子上。”阿辽沙问她报警没有，她回答道，还没有向任何人说过，“第一个就跑来找您，一路上直奔到此地”。她在告诉阿辽沙的时候就像神经错乱似的，浑身直哆嗦。阿辽沙和她一起跑到她家的小屋里，见斯乜尔加科夫还吊在那儿。桌上留着一张字条：“本人按自己的意愿结束自己的生命，望勿责怪任何人。”阿辽沙仍让字条留在桌上，自己直接去找警察局长，向他报了案，“然后直接来找你，”阿辽沙临了说，一边定神审视伊万的面容。在他叙述经过的时候，眼睛始终盯着伊万，似乎伊万脸上的神色令他大吃一惊。

“二哥，”他忽然说，“你显然病得厉害！瞧你的样子好像不明白我在说些什么。”

“你来了也好，”伊万若有所思地说，他仿佛根本没听见阿辽沙表示的忧虑。“我知道他上吊了。”

“你听谁说的？”

“没听谁说过。但我知道。我知道吗？是的，他告诉了我。他刚才还对我说话来着……”

伊万站在房间中央，眼睛瞧着地上，说话还是那样若有所思。

“**他**是谁？”阿辽沙问，同时不由自主地环顾室内四周。

“他溜走了。”

伊万抬头怡然一笑：

“你来了他害怕，亲爱的，他怕你。你是‘纯洁的小天使’。德米特里称你为小天使。小天使……。天使长雷鸣般的欢呼！天使长是什么？也许是整整一个星座。不过，整个星座也许只是一个什么化学分子……。有一个狮日星座，你知道不知道？”

“二哥，你坐下！”阿辽沙惊恐地说。“看在上帝分上，在沙发上坐下。你在说胡话，快靠在枕头上躺一会，对，就这样。要不要头上敷一条湿毛巾？兴许会好些？”

“把毛巾拿来，就在这椅子上，刚才我把它扔在那里。”

“这里没有哇。别着急，我知道在哪儿；瞧，有了。”阿辽沙在屋子的另一个角落，伊万的盥洗台上找到一条折好未用的干净毛巾。伊万奇怪地看了一下毛巾；他似乎顷刻间恢复了记忆。

“等一下，”他从沙发上略微抬起身子，“刚才，一小时前，我从那边正是拿这条毛巾浸了水。我把它敷在头上，后来就扔在这里……它怎么会是干的？这里并没有第二条毛巾。”

“你用这条毛巾在头上敷过？”阿辽沙问。

“敷过，还在屋子里走来走去，一小时前……。为什么蜡烛烧成这样？现在几点了？”

“快十二点了。”

“不，不，不！”伊万忽然嚷道，“这不是做梦！他来过，他在这儿坐过，就在这张沙发上。你敲窗的时候，我把茶杯向他扔过去……就是这一只……。等等，我本来是在睡觉，但这一回不是梦。以前也有过这种情形。阿辽沙，最近我常常做梦……但这几回不是梦，是真的：我走来走去，我说话，我看得见……同时明明在睡觉。而他坐在那里，就坐在那张沙发上……他蠢得要命，阿辽沙，蠢得不得了。”伊万一下子笑了起来，开始在室内走来走去。

“谁蠢？你说的是谁？”阿辽沙又忧伤地问。

“魔鬼呗！近来他常找我。已来过两次，甚至三次。他逗我说，我生气无非因为他没有像撒旦那样张开烧焦的翅膀在雷鸣电闪中出现，看上去只是一个普通的魔鬼。但他不是撒旦，他在撒谎。他是个冒牌货。他就是个魔鬼，一个微不足道的蹩脚魔鬼。他也上澡堂子洗澡。要是把他身上的衣服都扒下来，准能发现一条尾巴，长长的，滑溜溜的，像丹麦狗那样的尾巴，有一尺长（七十多厘米），暗褐色……。阿辽沙，你冻坏了，你从雪地里来，要喝茶吗？什么？茶是冷的？要不要我让老妈子生茶炉？这样的天气即使一条狗也不会被关在门外……”

阿辽沙很快跑到洗手台前，往毛巾上泼了些水，劝伊万重新靠在沙发上，用湿毛巾敷在他头上。他自己在伊万身旁坐下。

“刚才你对我说莉扎什么来着？”伊万又开始说（他变得话很多）。“我喜欢莉扎。我向你说了她很难听的话。我撒了谎，我挺喜欢她……。我担心明天卡嘉不知会怎样，这是我最担心的。为未来担心。明天她会把我抛弃，再踩上几脚。她以为我是出于忌妒而陷害米嘉！是的，她是这样想的！其实不是这么回事！出现在明天舞台上的将是十字架，而不是绞架。不，我不会上吊。你知道不，我绝对不可能自杀，阿辽沙！是因为卑劣成性吗？我不是胆小鬼。是因为渴望生活！为什么我知道斯乜尔加科夫上吊了？对，这是**他**告诉我的……”

“你肯定有人在这里坐过？”阿辽沙问。

“就在角落里那张沙发上。你会把他赶走的。他也确实让你给赶跑了：你一来，他就不见了。我喜欢你的脸，阿辽沙。你可知道我喜欢你的脸？不过**他**就是我，阿辽沙，就是我自己。他集我下流、卑鄙、可憎之大成！是的，我是‘浪漫主义者’，这一点他看出来了……尽管这是诽谤。他蠢得要命，但他利用这一点。他很狡猾，那是一种动物的狡猾，他知道怎样惹我发火。他老是逗我，说我相信他的存在，利用这一点迫使我听他说。他把我当小孩子糊弄。不过，他对我说了许多关于我的实话。这些话我绝对不可能对自己说。知道吗，阿辽沙，我告诉你，”伊万郑重其事而且像透露什么秘密似的添上几句，“我倒是很希望他真的是**他**，而不是我！”

“他把你折磨苦了。”阿辽沙瞧着二哥，深表同情地说。

“他戏弄我！应该承认，他很有一套。‘良心！良心算什么？我自己就会做良心。我为什么苦恼？那是习惯。那是七千年形成的全世界人类的习惯。将来戒掉了这种习惯，咱们就成了神。’这是他说的，这是他说的！”

“难道不是你说的？不是你？”阿辽沙忍不住叫起来，同时以率直的目光望着兄长。“那就由他去吧，把他忘掉算了！让他把你现在痛恨的一切通通带走，永不再来！”

“是的，但他不怀好意。他取笑我。他太放肆，阿辽沙，”伊万说时气得发抖，“他诽谤我，他在好多方面诽谤我。当着我的面造我的谣。‘哦，你要去完成一项道德的壮举，宣布是你杀了父亲，仆人在你的唆使下杀死了父亲……’”

“二哥，”阿辽沙把他的话打断，“别说了。不是你杀的，这不是真的！”

“是他说的，他知道这事。‘你要去完成一项道德的壮举，可是你并不相信道德——所以你恼火，所以你痛苦，所以你这样睚眦必报。’他是在说我，是冲我说的，他知道自己在说什么……”

“这是你在说，不是他！”阿辽沙痛心地指出，“你现在有病，你在病中说胡话折磨自己！”

“不，他知道自己在说什么。他直言我是出于傲慢要去站到法庭上说：‘我是凶手，你们干吗都吓成了这副怪相？你们一派胡言！我蔑视你们的意见，我蔑视你们的惊慌。’他说的是我，接着他又忽然说：‘其实你是要他们夸奖你：一个罪犯、凶手，可是他的胸襟多么磊落，他想救兄长，所以来自首！’他这是胡说，阿辽沙！”伊万喊道，眼中冒出火花。“我不要那些俗物夸我！他在撒谎，阿辽沙，他撒谎，我向你发誓！为了这事，我用茶杯砸他，把茶杯也在他的脸上砸碎了。”

“二哥，你安静下来，别说了！”阿辽沙苦苦相劝。

“不，他很会折磨人，他很残忍，”伊万不听规劝继续说，“我总是能预感到他的来意。他说：‘虽然你出于傲慢而去，但你仍然抱有希望，希望把斯乜尔加科夫定罪，流放去服苦役，宣告米嘉无罪，对你仅在**道义上**加以谴责（听，说到这里他笑了），而另一些人还赞扬你。现在斯乜尔加科夫上吊死了，——法庭上谁会相信你的一面之词？你是准备去的，你还是要去的，你已决定要去。可是现在再去还有什么意义？’真可怕，阿辽沙，我讨厌这样的提问。谁敢向我提出这样的问题？”

“二哥，”阿辽沙插言道，他的心因恐惧而直往下沉，但犹自希望能使伊万恢复理智，“在我到来之前，他怎么可能向你谈起斯乜尔加科夫已死？那时还没有人知道这事，而且任何人都来不及知道这事。”

“他谈了，”伊万说得很坚决，不容任何怀疑。“他差不多尽谈这事。他说：‘你还是应该相信道德：虽然人家不会相信你的话，你反正为了原则而去。但你和费奥多尔·巴甫洛维奇一样脑满肠肥，道德在你眼里算得什么？既然你的自我牺牲不起任何作用，你又何必前往？因为你自己也不知道为什么要去！哦，你愿付出很高的代价使自己明白为什么要去！你说你主意已定？你还没有下定决心。你将坐在这里考虑整整一夜：去还是不去？但你还是会去，也知道自己会去。你自己知道：不管你如何决定，这事已不以你的意志为转移。你会去的，因为你不敢不去。为什么不敢，——你自己猜吧，这是给你出的谜题！’他站起身来，走了。你一来，他就走了。他骂我是懦夫，阿辽沙！我是懦夫——这便是谜底！‘在大地上空翱翔的雄鹰可不是你这路货！’这是他补充的一句话，这是他添上的！斯乜尔加科夫也说过这样的话。应该把他宰了！卡嘉瞧不起我，我看出这一点已经有一个月了；连莉扎也会开始瞧不起我！‘你去，是要人家夸奖你’——这是弥天大谎！你也瞧不起我，阿辽沙。现在我又要憎恨你了。我也恨那个恶煞，也恨那个恶煞！我不想拯救那个恶煞，让他到西伯利亚腐烂发臭去吧！他竟然唱起赞美诗来了！哦，明天我去，我要去站在他们面前，冲他们所有的人吐唾沫！”

他发狂似的跳起来，扔掉头上的毛巾，又开始在屋里走来走去。阿辽沙记起了他刚才的话：“我好像在醒着睡觉……。我走来走去，我说话，我看得见，可是明明在睡觉。”现在的情形似乎恰恰就是如此。阿辽沙寸步不离伊万。一度他想跑去请一位大夫来，但他不敢撇下伊万一人，因为没人能替他照看伊万。伊万渐渐地完全神志不清了。他还在继续说着，不停地说，但已经语无伦次。他甚至吐字也越来越困难，走着走着猛然间身子剧烈一晃，但阿辽沙及时把他扶住。伊万让他把自己带到床前。阿辽沙勉强给他脱去衣服，让他躺下，自己守着兄长又坐了两个小时左右。病人睡得很沉，动也不动，呼吸舒缓而均匀。阿辽沙拿了个枕头在沙发上和衣而卧。将入梦乡时他为米嘉和伊万做了祷告。他渐渐明白伊万的病是怎么回事："作出一项傲慢的决定前前后后的思想斗争，深刻的自我反省！"他所不信的上帝以及真理一步一步对他的心占了上风，尽管他的心仍然不服输。"的确，"阿辽沙已靠在枕头上，头脑里却思绪万千，"的确，斯乜尔加科夫一死，谁也不会相信伊万的供述；但他会去供述的！"阿辽沙现出安详的笑容。"上帝将取得胜利！"他在想伊万即将面对的前景："要么在真理之光照耀下重新站起来，要么……因为服从于他所不信的道德准则而向自己和所有的人进行报复，最终在仇恨中毁了自己。"阿辽沙痛苦地想到这里，再一次为伊万祈祷。

第十二卷

错　　案

一 生死攸关的一天

在发生了如上所述一连串事件的次日上午十点钟，专区法院开庭对德米特里·卡拉马佐夫进行审讯。

笔者预先声明，而且要强调指出：我认为自己远远不能胜任转述法庭上所发生的一切这项使命，非但难免挂一漏万，甚至可能条理不清。我总觉得，如果力求面面俱到而且把什么都解释清楚，那就需要写上整整一本书，恐怕还是厚厚的一大本。因此我只转述我个人印象最深、记得特别清楚的事情，望读者海涵。我可能把次要的当作最主要的，甚至可能忽略一些极其显著和十分关键的细节……。不过，我看还是别再道歉为好。我一定尽力而为，读者自己会理解我确实尽力而为了。

首先，在进入法庭之前，我要提一下这天特别令我惊异的一点。其实，不光是我一个人，后来发现人人都感到意外。具体说，就是这么回事：大家知道，此案引起了太多的人关注，人人都急不可耐地等待着开庭那一天；知道当地社会上已经整整两个月不断在议论、猜测、惊叹乃至臆想。大家也知道，此案已是全俄有名的大案，但仍然没有想到，它对所有的人造成的震动竟达到如此白热、如此猛烈的程度，而且不单本城如此，全国到处都一样——这是在开庭当天才发现的。

那天光临本地的客人不但有我们省城来的，也有来自俄国其他城市，包括来自莫斯科和彼得堡的。来宾中有法学界人士，甚至有几位显要，还有女士。入场券早已被一抢而空。为特别尊贵的男宾甚至在法官席后面划出极不寻常的席位：那里出现了整整一排被各种大人物占座的扶手椅——这在我们那里过去是绝对不允许的。到场的女士尤其众多，有当地的，也有远道而来的——我估计不少于公众人数的一半。单是各地的司法界人士就来了许多，简直没有办法安置他们，因为所有的入场券都已被分发、索取、死乞白赖地要走了。我亲眼看到，在法庭一端的台后临时匆匆隔出一块地方，把那些外来的司法界人士都放进去，而他们都为至少能站在那里额手称庆，因为所有的椅子都已从那里搬出去，好多腾出些面积来。集中在那里的人便摩肩接踵挤成密匝匝的一堆，在庭审过程中从开始一直站到结束。

某些女士，尤其是外地来的，打扮得花枝招展来到大厅敞廊上，但大多数女士简直忘了穿戴打扮。从她们脸上可以看到歇斯底里的急切表情，近乎病态的好奇心。聚集在法庭大厅的各色人等有一个极能说明问题的特点必须指出，那便是：几乎所有的女士，至少其中的绝大多数站在米嘉一边，认为他无罪。这一特点后经多方观察、证实，的确如此。原因也许主要在于，对米嘉已形成他是一个征服女人心的情场老手这样一种观念。她们知道今天将有互为情敌的两位女性到庭。其中之一即卡捷琳娜·伊万诺夫娜格外引起大家的注意；关于她有非常之多的奇谈怪论，关于她对米嘉犯案后仍痴情不改流传着令人惊讶的逸闻故事。议论得最多的是她的傲慢（她几乎不上本城任何人家做客）和“贵人靠山”。据说，她打算请求政府准许她随罪犯共赴流放地，到某处地下矿井去和他举行婚礼。期待卡捷琳娜·伊万诺夫娜的情敌格露莘卡到庭的心情也同样激动。人们怀着近乎受罪的好奇心等着瞧这一对情敌——一位高傲的贵族小姐与一名“由别人养着的女子”——在开庭前狭路相逢的好戏。不过，本城女士对格露莘卡比对卡捷琳娜·伊万诺夫娜更了解。本地的女士以前也看到过格露莘卡，这个女人“既送了费奥多尔·巴甫洛维奇的命，又把他不幸的儿子给毁了”，她们几乎无一例外地大惑不解，父子俩竟会如此没命地爱上这样一个“极其平常、简直说不上漂亮的俄罗斯小市民”。

总之一句话，议论纷纷。笔者确实知道，在我们城里为了米嘉甚至发生过数起严重的家庭纠纷。好多位女士因为与她们的先生对这一惨案的看法有分歧而大吵大闹，由此不难想见，这些女士的先生们来到法庭旁听，对被告不仅没有好感，简直是怀恨在心。而且总的说来，我也敢肯定，与女士们恰恰相反，全体男同胞对被告都抱有敌对情绪。可以看到，一些面孔表情严肃，眉头皱紧，另一些简直是恶狠狠的，而且要占大多数。米嘉在我们城里居住的那段时间内曾得罪过其中许多人，这也是事实。当然，前来旁听的人中间有一些甚至挺开心的样子，他们对米嘉的命运漠不关心，却并非对此案本身不感兴趣。大家都关心此案的结果，大部分男士肯定希望严惩罪犯，只有那些吃法律饭的不在此例，他们看重的不是案件的道德方面，而仅仅是它对现代法学的意义。

大名鼎鼎的菲久科维奇的来临，使所有的人都很激动。他的才华名扬四方，他这已经不是第一次到本省来为广为人知的刑事案件的被告辩护。经他辩护之后，这些案件照例会在全俄国家喻户晓，并且长久地留在人们记忆中。关于我们的检察官和法院院长也流传着若干趣闻。据传，我们的检察官对于将跟菲久科维奇在法庭上较量怯阵得厉害，说他们二人在彼得堡刚踏进司法界时起就是冤家对头，说爱面子的伊波里特·基里洛维奇还在彼得堡时便郁郁不得志，这次在卡拉马佐夫一案上大有扬眉吐气之势，指望借此案之力重振已见式微的声望，但他怕的就是菲久科维奇。不过，有关他在菲久科维奇面前怯阵的说法是不太公正的。我们的检察官可不是那种面对强敌就泄气的主儿，相反，他的好胜心恰恰会随着危险的增长而增长，并且受到鼓舞。倒是有必要指出，我们的检察官火气太大，而且病态地敏感。他会全身心地投入某一桩案子，仿佛他的身家性命全部系于此案的成败。司法界对此觉得有些可笑，因为我们的检察官正是凭着这种品质赢得相当的知名度，虽说远非遐迩闻名，却大大超过他在我城担任的并不显要的职位。他对心理学的癖好尤其遭人嘲笑。在我看来，大家的看法并不正确：我认为检察官的人品和性格比很多人所想象的深沉得多。但这个疾病缠身的人实在没有迈好踏上仕途的最初几步，其后一辈子也始终未能出人头地。

至于我们那位法院院长，只能说他颇有教养，不乏人情味，懂行而且思想非常新潮。此人相当爱面子，但对自己的官运却不十分关心。他一生的主要目标是做一个先进分子。与此同时，他既有靠山，又有财产。根据后来了解到的情况，他对卡拉马佐夫一案的看法相当激烈，但仅仅停留在一般意义上。他注重的是这一社会现象，此案作为我国社会基础的产物，作为俄罗斯民族性的典型事例属何种类别，应如何看待，等等，等等。至于对案件涉及个人的方面，对它的悲剧性质，以及对案中人（从被告开始）的个性，院长的态度相当淡漠，投入程度有限，不过也许应该如此。

在审判官到场之前很久，大厅里已经挤得水泄不通。法庭的大厅是我城最好的厅堂，宽广、轩敞、回音洪亮。设在一定高度的法官席右侧，摆着一张桌子和供陪审员坐的两排扶手椅，左边是被告及其辩护人的席位。大厅中央靠近法官席的地方有一张物证桌。桌上放着费奥多尔·巴甫洛维奇的白色丝绸睡袍，上面沾满血迹；被认为用作杀人凶器的那根致命的铜杵；米嘉的衬衫，袖子上蹭有血污；他的常礼服的口袋上血迹斑斑，因为当时他曾把一块被鲜血湿透的手帕塞进兜里；那块手帕本身也在，上面的血已凝结，如今成了黄色；米嘉在别尔霍津家装上弹药准备自杀，后来在莫克罗耶被特里方·博里塞奇悄悄取走的一支手枪；为格露莘卡准备着三千卢布的那个上有题词的信封，以及扎信封的一条粉红色丝带；其他还有许多东西就不一一列举了。相隔一定距离，在稍远的大厅深处便是公众的旁听席，但在栏杆前面有几把椅子是为作证后仍被要求留在庭上的证人准备的。

十点钟，由院长、一位名誉调解法官和另一位法官组成的合议庭到场。不言而喻，检察官也随即到庭。院长的个儿低于中等水平，矮而结实，五十岁上下，从脸色看可能患有痔疮，剪短的黑发略有些斑白，他佩戴的红绶带我不记得是什么勋章的。检察官在我看来——不只我一人，而是大家都觉得——毫无血色，简直是面有菜色，不知什么缘故一夜之间骤然瘦成这样，因为前天我见到他时明明还是老样子。

法院院长即审判长先问法警：陪审员是否都已到庭？……

不过，我认为不能继续这样铺叙下去，因为许多话我没有听清；另一些虽然听到，却无暇仔细品味；还有一些则忘记提及。前面已经谈到，若要把法庭上所有说过的话和发生的事情照录下来，我的时间和篇幅都不够。我只知道控方或辩方，即检察官或辩护人认为不适宜当陪审员的人并不多。组成陪审团的十二个人我记住了：四名是本地公务员，商人两名，农民和本市平民共六名。记得还在开庭以前很久，就有人——尤其是女士们——多少有点莫名其妙地问："如此细致、复杂的心理案件难道去交给一些公务员乃至乡巴佬作出性命攸关的决定？像某某这样的公务员在这方面懂得什么？更何况乡巴佬！"的确，进入陪审团的四名公务员都无足轻重，官阶又低，而且白发萧萧——其中只有一人略微年轻些——在社会上鲜为人知，靠菲薄的薪俸勉强度日，想必家有不登大雅之堂的老妻，以及一大群或许没有鞋穿的孩子，他们自己空闲时顶多只能在什么地方玩玩纸牌，可想而知，从来没读过一本书。两名商人虽然外表挺神气，却沉默少动得出奇：其中一人胡子刮光，衣着是西式的；另一人蓄着花白胡须，套在脖子上的红绶带挂着一枚不知什么奖章。关于市民和农民更不必说了。我们牛栏市的市民阶层其实跟农民差不多，甚至还种地。其中两人也是西式装束，也许因此看上去比其余四人更邋遢、更不起眼。所以难怪会产生这样的想法："这些人如何能理解这样的案件？"我刚看清这是些何等样人，同样也产生这样的想法。尽管如此，他们的面容仍然给人一种怪神气的、近乎威风凛凛的印象，一个个都表情严肃，眉头皱紧。

审判长终于宣布开庭审理退职九等文官费奥多尔·巴甫洛维奇·卡拉马佐夫被杀一案——我记不得当时审判长如何称呼他的身份。法警奉命把被告带上法庭，于是米嘉出场。大厅里鸦雀无声，连一只苍蝇飞过都能听见。我不知别人作何感想，但米嘉给我的印象极其糟糕。主要的问题在于，他打扮得太花里胡哨，穿着簇新的常礼服。事后我听说他特意为这个日子向莫斯科他过去的裁缝定制了一件常礼服，他那里保留着米嘉的尺寸。米嘉戴着全新的羔羊皮黑手套，身穿过分时髦的衬衫。他迈着大步走过去，眼睛凝滞地注视着正前方，在被告席上坐下时面不改色心不跳。

紧接着，辩护人即大名鼎鼎的菲久科维奇也告到庭，只听得大厅里似乎掠过一阵压低嗓门的啰唣。这是一位身材瘦长的中年人，两腿又细又长，苍白的手指也特别细长，脸刮得光光的，相当短的头发梳得很朴素，薄薄的嘴唇间或略略为一丝笑意所扭曲，不知是嘲笑还是微笑。看上去，他的年龄在四十岁左右。他的相貌按说并不差，可惜两只本来就缺乏表情的小眼睛眶距之近堪称罕见，它们之间只隔着一条细长的鼻梁。总之，这张脸一看就会联想起禽类，委实令人吃惊。他穿燕尾服，系白领结。

我记得审判长向米嘉所作的最初提问，即姓名、称号等等。米嘉的回答很生硬，嗓门之大出乎意料，致使院长甚至晃了一下脑袋，诧异地看了他一眼。接着宣读了被传到庭的证人和鉴定人名单。名单很长，证人中有四名没有到庭：米乌索夫目前在巴黎，不过预审阶段已有他的证词；霍赫拉科娃太太与地主马克西莫夫因病缺席；斯乜尔加科夫则已突然死亡，同时读了警方出具的证明。斯乜尔加科夫的死讯引起了大厅里一阵骚动和窃窃私议。当然，许多公众对于这一突如其来的自杀插曲还浑然不知。但特别令人惊讶的是，米嘉作出了强烈反应。关于斯乜尔加科夫不能到庭的消息刚一宣布，他立即从自己的席位上冲着整个大厅高喊：

“他是一条狗，活该死得像条狗！”

我记得他的辩护人赶紧上前阻止他，审判长则向他发出警告，如果类似的举动再出现一次，就要采取严厉措施。米嘉频频点头，但丝毫不像行礼致歉，同时没好气地向他的辩护人低声重复了几遍：

“以后不了，以后不了！那是冲口说的！以后再也不了！”

当然，这一短小的插曲在陪审员和公众心目中产生的影响于他不利。这是一次性格的展现，也可以说是自我介绍。在这种印象造成的气氛中，由法庭书记员宣读了公诉状。

公诉状相当简短，却很翔实。其中只列举几条最主要的理由说明为何要逮捕某人，为何要把他交付法庭审讯，等等。尽管如此，它给我的印象仍然很深。书记员吐字清晰，声音洪亮，顿挫有致。这出悲剧仿佛又在大家眼前从头至尾重演一遍，在森严无情的光照下显得越发凸出、集中。我记得公诉状刚一读完，审判长便郑重其事地大声问米嘉：

“被告，你承认自己有罪吗？”

米嘉霍地从座位上站起来答道：

“我承认自己有酗酒和放荡的罪过，”他的语气又出人意料，几乎像在撒野，“有好逸恶劳、惹是生非的罪过。我本想弃邪归正，偏偏就在这个节骨眼上命运把我砍翻了！但是在老头儿的死，在我的仇敌和父亲的死这件事情上——我是无罪的！在他被盗这件事情上——我也是无罪的，而且不可能有罪，不可能，不可能！德米特里·卡拉马佐夫是个混蛋，但不是窃贼！”

他大声说完后，在被告席上坐下，显然在浑身发抖。审判长再次向他提出简短的告诫：要正面回答问题，不得扯到旁的事情上去，不得大喊大叫。然后审判长命令开始法庭调查。所有的证人都被带去宣誓。这时我一下子看到了他们所有的人。不过，被告的两个弟弟未经宣誓，就被准许作证。在听了神父和审判长的告诫后，证人被带到一旁，尽可能分散就座。然后开始对他们逐一传讯。

二　危险的证人

我不知道控方证人与辩方证人是否由审判长分成两组，也不知道事先是否拟定按什么顺序传讯他们。但实际上显然如此。我只知道先被传讯的是控方证人。我再说一遍，我不打算把所有的讯问依样画葫芦加以描述。何况这样的做法在一定程度上将会是多余的，因为到进行法庭辩论时，所有证词的全部内容和含义在公诉人和辩护人的发言中将分别集中到一点，从最清晰、最能说明问题的角度加以阐释。而这两篇精彩的发言至少有部分段落我都作了详尽的记录，届时我再转述，同样也要转述还在最后辩论之前突然发生的一段完全意想不到的插曲，它对此案的可怕结局无疑是有影响的。

我只想指出，从开庭的最初几分钟起，此案的一大特点便显得十分突出，人人都看得出来，那就是：起诉一方提出的指控较之辩护一方所持的论点占有强大的优势。当各种事实在这森严的法庭大厅里开始凝聚集结，其恐怖和血淋淋的实质逐渐显露出来的时候，人们一下子就明白了双方力量对比的悬殊程度。也许，人们从一开始就明白这是一宗没有争议的案子，不存在什么疑问，实际上用不着任何辩论，将要进行的辩论无非是例行公事，反正被告有罪，明摆着有罪，铁案如山。我甚至认为，所有的女士尽管个个焦急地期盼着宣告赢得她们好感的被告无罪，但同时完全确信，他彻头彻尾有罪。非但如此，我觉得，被告有罪这一点倘若不是这样证据确凿，她们甚至会感到扫兴，因为这样到最后宣告案犯无罪时就没有强烈的戏剧性效果了。至于他将被宣告无罪——说来也奇怪，在这一点上所有的女士几乎直到最后一分钟都深信不疑。“他是有罪的，但从人道精神出发将宣告他无罪，如今时兴这种新思想、新感情。”等等，等等。男士们最感兴趣的，则是检察官与名律师菲久科维奇的较量。他们人人都在纳闷，都在问自己：面对这场输定了的官司，面对这样一个烂摊子，即便像菲久科维奇这样的奇才，又能有什么高招？因此他们都紧张地注视着他如何创造奇迹，一举一动都不忽略。

但是菲久科维奇直到最后发言之前，对于所有的人始终是个谜。有经验的人预感到他有一套设想，他已经胸有成竹，他前面有一个目标，但究竟是什么样的目标——想猜透几乎不可能。不过，他的自信之强是一望可知的。此外，大家满意地立刻注意到，他来到我市时间这样短，恐怕总共才三天工夫，却已对案情如此熟悉，“把它研究得如此透彻”，着实令人称奇。例如，后来人们津津乐道他如何把所有的控方证人及时“引入圈套”，并尽可能使之晕头转向，更重要的是，让他们的道德名声蒙上阴影，从而自然而然地使他们的证词贬值。不过人们认为，他这样做无非是显显身手，也算是展示一下名律师的风采吧，表明作为辩护人的种种招数都没有被忽略。因为大家都确信，他不可能通过这类往证人脸上抹黑的手段取得什么实质性的大好处，对此想必他自己比谁都清楚，不过他自有主意，保留着暂时还掖掖藏藏的辩护武器，到时候会一下子亮出来的。而眼下，他既然意识到自己的实力，不妨先露一手聊以自娱。

例如，费奥多尔·巴甫洛维奇原来的贴身仆人格里果利·瓦西里耶维奇，曾提供“通向花园的门是开着的”这一条强有力的证词；在传讯格里果利的过程中轮到辩护人提问时，菲久科维奇就抓住他不放。应当指出，格里果利·瓦西里耶维奇出庭时，丝毫不因法庭的威严或旁听席上有那么多人而胆怯，而是神态从容，近乎庄重。他提供证词的语气充满信心，就像在没有旁人时和玛尔法·伊格纳启耶夫娜说话一样，只是比较恭敬一些。想把他搞晕是不可能的。检察官先问了他很久有关卡拉马佐夫一家的种种细节。一幅家庭图景鲜明地呈现了出来。听得出，也看得出，这名证人至诚老实，也不偏心。尽管他极其尊重已故的老爷，他仍然认为，比方说，老爷对米嘉是不公平的，“没有尽到抚育孩子的责任。要不是我，他小时候会给虱子吃掉的，”他在追述米嘉的童年时说，“做父亲的也不应该亏待儿子，算计他母亲祖上传下的田产。”当检察官问他有什么根据认定费奥多尔·巴甫洛维奇在钱财问题上亏待了儿子时，格里果利·瓦西里耶维奇竟拿不出任何有力的证据，使大家都感到惊讶；但他依旧坚持说，父亲在与儿子结算时“做了手脚”，做父亲的肯定“应该补给儿子好几千”。这里顺便提一下，费奥多尔·巴甫洛维奇是否确实揩了儿子的油？——凡是检察官认为有可能了解此事的证人，包括阿辽沙和伊万·费奥多罗维奇在内，他后来都曾锲而不舍地向他们提过这个问题，但从任何一名证人那里都没有得到任何确凿的材料；人人都说有这么回事，但谁也拿不出比较明确的证据。当格里果利描述餐桌旁的那一幕时，讲到德米特里·费奥多罗维奇闯进来殴打父亲，并扬言还要来杀死他——这段情节产生的阴暗印象便在法庭上弥漫开来，尤其因为老仆的叙述沉稳从容，没有多余的话，语言也有特色，效果直追雄辩。当时米嘉曾猛击格里果利的面部，把他打倒，老仆说他并不记恨，早已不放在心上。谈到死去的斯乜尔加科夫时，老仆在胸前画了个十字，称他颇有些才干，然而脑袋瓜糊涂，又让病折腾得好苦，但最糟的是，他不信上帝，这是老爷费奥多尔·巴甫洛维奇和二少爷把他教坏的。不过关于斯乜尔加科夫诚实可信这一点，老仆分外激动地加以证实，并当即讲了很久以前斯乜尔加科夫拾金不昧把钱还给老爷的故事，为此老爷“赏给他一个金币”，从此什么事情都信得过他。关于通花园的门开着一事，老仆还是一口咬定。不过，对他的讯问内容实在太多，我也记不全。

最后，轮到辩护人提问了。菲久科维奇首先从信封问起，“据说”里边藏着费奥多尔·巴甫洛维奇准备送给“某人”的三千卢布。

“您是老爷多年的贴身仆人——您是否亲眼见到过这个信封？”

格里果利回答说没有见到过，也没有听谁说起过这笔钱，“直到如今人人都说有这么回事为止”。凡是菲久科维奇认为有可能了解此事的证人，他也同样锲而不舍地向他们提这个有关信封的问题，恰如检察官反复提有关父亲侵吞儿子钱财的问题一样。同样，菲久科维奇从所有的证人那里只得到如出一辙的回答：谁也没有见到过信封，虽然许多人都听说过。辩护人在这一问题上紧追不舍的做法，大家从一开始便注意到了。

“从预审中可以知道，”菲久科维奇突然提出一个意想不到的问题，“那天晚上临睡前，您用一种药汁擦您的腰，指望用这个土方治好您的腰痛病；现在，如果允许的话，我能不能向您提一个问题：那种药汁，或者说那种煎膏，里边都有哪些成分？”

格里果利木然望着提问的人，有一阵子默不作声，然后嘀咕了一句：

“里边放了鼠尾草。”

“光是鼠尾草？能不能记起来还放了什么？”

“车前子也放了。”

“或许有胡椒吧？”菲久科维奇问。

“也有胡椒。”

“还有其他等等。这些草药都浸在伏特加里？”

“浸在酒精里。”

大厅里掠过一阵吃吃的笑声。

“您瞧，还是浸在酒精里的。您擦了腰背以后，是不是把瓶里剩下的在只有您老伴一人知道内容的、虔诚的祈祷声中喝了下去，是不是这样？”

“是喝了下去。”

“喝了大概有多少？大概？一小杯？两小杯？”

“有一大杯光景。”

“甚至喝了一大杯。或许有一杯半吧？”

格里果利缄口不语。他似乎有点儿明白了。

“一杯半纯酒精——不是太棒了吗，您说呢？休说通花园的门，就连‘天堂之门洞开’也会看见的，难道不是吗？”

格里果利仍不开口。大厅里又掠过一阵笑声。审判长在座位上扭动了一下身躯。

“您能不能肯定，”菲久科维奇牢牢抓住不放，“在您看到通花园的门开着的那个时候，您没有睡着？”

“我站着。”

“这还不能证明您没有睡着，”大厅里一再响起笑声，“比方说，那时候假如有人问您什么事情——就算问您如今是什么年份吧，您是不是答得上来？”

“这我说不准。”

“那么，如今是什么年份？按我们的纪元，从基督诞生算起，如今是什么年份，您知道不？”

格里果利站在那里，眼睛盯着让他遭这份洋罪的人，完全不知所措。这好像很奇怪，然而他显然确实不知道今年是何年。

“或许，您一只手上有几个指头总该知道吧？”

“我是个下人，”格里果利忽然一字一句、清清楚楚地大声说，“要是大人乐意拿我开心，我只有忍气吞声的分儿。”

菲久科维奇一时好像有些语塞，但这时审判长干预了，他以规劝的口气提醒辩护人，这样提问不太恰当。菲久科维奇听了以后，不失尊严地鞠了一躬，说他的提问已经结束。

一个人喝下含大量酒精的草药治病，甚至有可能“看见天堂之门洞开”；此外，他连如今是耶诞纪元多少年也不知道。此人所提供的证词是否可靠？——这样一条小小的怀疑之虫当然可能留在陪审员和公众的心中；于是辩护人也就达到了自己的目的。但在格里果利退下前还发生过一段插曲。审判长问被告：对于以上的证词可有什么话要说？

“除了门以外，他说的全是实话，”米嘉大声道，“他曾经为我梳去虱子——我表示感谢；他原谅我打了他这件事——我表示感谢。这老头儿一辈子至诚老实，对父亲忠心耿耿，顶得上七百条哈巴狗。”

“被告，注意用词。”审判长严厉地指出。

“我不是哈巴狗。”格里果利嘀咕道。

“那么我是哈巴狗，我是！”米嘉喊叫起来，“既然这话伤害了他，那我自己认了，我向他道歉：我是野兽，一向对他很野蛮！我对伊索也很野蛮！”

“对哪个伊索？”审判长又厉声问。

“我指的是小丑……我父亲费奥多尔·巴甫洛维奇。”

审判长一而再、再而三地严厉告诫米嘉，一定要他小心注意自己的用词。

在讯问证人拉基津时，辩护人同样干得十分巧妙。应当指出，拉基津是最重要的证人之一，无疑是检察官非常看重的。事实表明，他可谓无所不知，无所不晓，跟什么人都有接触，什么事都看在眼里，与所有的人都交谈过，对于费奥多尔·巴甫洛维奇以及卡拉马佐夫三兄弟的底细了如指掌，知之甚详。诚然，关于装三千卢布的那个信封，他也只是听米嘉说的。然而，他详细讲述了米嘉在“京都酒店”纵酒滋事的“光荣史”，凡是能给这位英雄增光添彩的一言一行无不如数家珍，他还谈到“澡擦子”斯涅吉辽夫那件事。关于费奥多尔·巴甫洛维奇在田产结算方面是否对米嘉有所亏欠这一点——连拉基津也道不出个所以然来，他只是用轻蔑的口吻不着边际地泛泛说几句：

“这本卡拉马佐夫混账能把任何人搅得晕头转向，试问：哪个算得清他们究竟谁亏欠了谁？哪个辨得明到底谁是谁非？”

他把正在审理的这桩惨案描绘成根深蒂固的农奴制余毒以及俄国缺乏适当体制而陷入混乱无序状态的产物。总之，他得到了发表一些见解的机会。这次讼事使拉基津先生得以第一次崭露头角，开始受人注意；检察官知道这名证人正在为杂志写一篇评论此案的文章，以后检察官还要在自己的发言中(读者将从下文中知道)引用该文的某些观点，可见他已经读过这篇文章。

证人描绘的图景阴森可怖，有力地增强了控方的地位。总的来说，拉基津的发言以其独树一帜的思想和天马行空的气势令公众倾倒。甚至可以听到两三下突然冒出来的掌声，那正好是在他谈到农奴制和俄国陷于混乱状态的几处。

但是，拉基津毕竟还年轻，他犯了一个小小的错误，却立刻被辩护人出色地加以利用了。在回答有关格露莘卡的若干问题时，他由于意识到自己的成功，以及刚才翱翔在九霄云外而飘飘然起来，竟以鄙夷的口吻使用“商人萨姆索诺夫宠养的姘妇”这样的语言来指阿格拉菲娜·亚历山德罗夫娜。事后回想起来，若是能把这句话收回，要他付多大的代价都可以，因为恰恰在这一点上，菲久科维奇立即把他揪住。拉基津失算之处全在于，万万想不到菲久科维奇在这么短的时间里，居然把如此鲜为人知的细节都掌握了。

“前不久，”辩护人在轮到他提问时，面带蔼然可亲，甚至相当恭敬的微笑开始说，“我饶有兴味地读过一本由主教管区当局出版的小册子《已故长老佐西马神父生平》，里边充满了深刻的宗教思想，卷首还有虔诚地献给主教大人的精彩题词；请问，您就是写这本小册子的那位拉基津先生吧？”

“我不是为发表而写的……是后来给印了出来。”拉基津一下子慌了神，几乎感到羞耻地嗫嚅道。

“哦，这太好了！像您这样的思想家有可能、甚至应该选取极其广阔的视角来对待各种社会现象。在主教大人的关怀下，您这本极其有益的小册子流传很广，发挥了一定的作用……。我希望向您了解的主要是这样的问题：您刚才称自己和斯维特洛娃女士熟得很，是不是？”

（笔者请读者注意：格露莘卡原来姓斯维特洛娃。我在那天庭审过程中才第一次听说。）

“我不能对我所有的熟人负责……。我是个年轻人……谁又能对自己认识的每一个人负责？”拉基津顿时满脸通红。

“我理解，我太理解了！”菲久科维奇仿佛自己感到不好意思似的急急忙忙为对方找台阶。“和别人一样，您也有兴趣结交一位年轻貌美的女子，何况她乐于在自己家里接待本地青年中的精英，但是……我只想了解一件事情：我们知道斯维特洛娃大约两个月前，非常希望结识最年幼的一位卡拉马佐夫即阿列克塞·费奥多罗维奇；她许诺，只要您把小卡拉马佐夫带到她家，而且穿着他当时在修道院穿的修士服，那么，她就给您二十五卢布，只要您把他带到斯维特洛娃家中。据我们所知，恰恰在构成本案中心的那出惨剧发生的当天晚上，事情果然办到了。您把阿列克塞·卡拉马佐夫带到斯维特洛娃女士家中，并且——当场从斯维特洛娃那里得到那二十五卢布的酬金，我就想听听您有什么要说的？”

“这是开一个玩笑……。我不明白，您为什么会对此感兴趣。我收下来也是开个玩笑……准备以后归还……”

“这就是说，钱您收下了。事实上您至今没有归还……还是已经还了？”

“这无关紧要……”拉基津支支吾吾地说，“我不能回答这样的问题……。我当然要还的。”

审判长干预了，但辩护人宣布他向拉基津先生的提问已经结束。拉基津下场时不免蹭了些污渍。刚才他那气势如虹的发言留下的印象被破坏了，菲久科维奇目送他的表情似乎在向公众示意：

“瞧，提出指控的竟有这等品行高尚的人！”

我记得米嘉这方面也不是毫无反应。拉基津提到格露莘卡时使用的语言腔调大大激怒了米嘉，致使他突然从被告席上大声喊道：

“贝尔纳！”

对拉基津的整个讯问过程结束后，审判长问被告可有什么要说的，米嘉扯开嗓门吼道：

“我关在牢里，他还三天两头来向我借钱！这是个可鄙的贝尔纳和野心家，他不信上帝，他把主教给骗了！”

当然，米嘉因措辞过激再次受到申斥，但拉基津先生算是完了。斯涅吉辽夫上尉出庭作证也失败了。他浑身上下的衣服又破又脏，靴子上全是泥巴，尽管法庭事先采取了种种防范措施，还专门作了检查，他还是醉得稀里糊涂。当被问到米嘉如何侮辱他的时候，他突然拒绝回答。

“让上帝宽恕他吧。伊柳沙不让说。将来上帝会补偿我的。”

“谁不让您说？您指的是什么人？”

“伊柳沙，我的儿子。当时他在大石头附近说：‘爸爸，爸爸，他太欺负你了！’如今孩子快死了……”

上尉骤然间呜呜咽咽哭了起来，竟扑通一声跪倒在审判长面前。在公众的笑声中法警赶紧把他带了出去。检察官寄予希望的效果落了空。

辩护人则继续利用一切手段显示出他对案情洞悉幽微，从而越来越令人惊异。例如，客栈主人特里方·博里塞奇的证词本来给人十分强烈的印象，这对米嘉当然极为不利。他几乎是扳着手指头计算，在惨案发生前将近一个月，米嘉第一次到莫克罗耶时花的钱不可能少于三千，或者“只差那么一点点，光是在那些吉卜赛姑娘身上就扔了不知多少！对我们那些身上长满虱子的乡下人，他可不是像通常所说‘把半卢布的银币满街撒去’，他一出手至少每人二十五卢布的钞票一张，再少他可拿不出手。再说，人家偷他的钱不知多多少少！偷的人又不打收条，上哪儿去抓贼？谁让他把钱到处乱扔？我们那儿的老百姓跟强盗一个样，自己的灵魂能不能得救他们才不管呢。至于我们的乡下姑娘，你们猜捞了多少？打那时起她们一个个都发了，以前可穷得叮当响”。总之，他把所有的花销都记起来了，简直像打算盘似的把它们加在一起。这样算下来，所谓那一回只花掉一千五，余下的放在护身符袋里的说法，就显得匪夷所思了。

“我亲眼看见，三千卢布在他手里拿着是我亲眼得见，就像看见一戈比那样真切，难道我们还不识数？！”特里方·博里塞奇说得十分肯定，竭力想讨好“大人”。

但是轮到辩护人提问时，他几乎不尝试推翻店家的证词，而是出人意料地问起这么一件事来：米嘉被捕前一个月第一次在莫克罗耶狂欢时，车把式季莫菲和另一个乡民曾在过道里地上捡到米嘉喝醉后掉在那里的一百卢布，便把钱交给特里方·博里塞奇，店家为此给了他们每人一卢布。

“当时这一百卢布您还给卡拉马佐夫先生没有？”

特里方·博里塞奇尽管再三狡赖，但在传讯两名拾金者之前不得不承认，确实捡到过一张一百卢布的钞票，只是他饶上一句：天地良心，当时他就把钱交还给德米特里·费奥多罗维奇，“绝无欺瞒，不过当时他喝得酩酊大醉，不一定记得起来有这么回事”。但由于在传讯两名拾金证人之前，他毕竟否认过捡到一百卢布这件事，那么他说把钱还给了酒醉的米嘉的证词自然被认为极其值得怀疑。所以，控方推出的最危险证人之一，又在被认为可疑和本人名誉严重受损的情况下退了下去。

两个波兰人的遭遇也差不多。他们出庭时神态傲慢，有恃无恐。

他们首先大声宣称，两人都曾“为皇上效命”，然后说“米嘉先生”曾企图用三千卢布收买他们的人格，当时他们目睹他手里拿着大把大把的钞票。穆夏洛维奇往他的证词里塞进了许多波兰词语，发现这一招颇能拔高自己在审判长和检察官心目中的形象，胆子愈来愈大，干脆讲起波兰语来了。但菲久科维奇还是把他逮进了自己的网罟：无论再次被传讯的特里方·博里塞奇要什么花招，还是得承认他的一副纸牌被符鲁布列夫斯基用自己的牌偷换了，而穆夏洛维奇坐庄亮牌时做了手脚。这一点在卡尔甘诺夫作证时得到了证实，因而两个波兰人可以说是出了丑，在公众的笑声中退场的。

其后几乎所有最危险的证人都落得这般下场。菲久科维奇把他们每一个人都在一定程度上搞臭并且加以奚落后放走。看热闹的和吃法律饭的在欣赏的同时仍然纳闷：这一切到底能起多大作用？因为，我再说一遍：大家都觉得指控是无法驳倒的，其悲剧性也在不断增长。但是从这位“魔术大师”成竹在胸的样子人们也看得出，他并不着急，因此都在静观其变：“这样一位人物”不会平白无故从彼得堡赶来，他也不是那种甘心空手而归的主儿。

三　医学鉴定和一斤榛子

医学鉴定也帮不了被告多少忙。再说，事后表明菲久科维奇自己对之并不寄予厚望。这件事纯粹是在卡捷琳娜·伊万诺夫娜再三坚持下做的，她特地从莫斯科请来了一位名医。当然，辩方什么也损失不了，若此举得法，也许还能弄到一些好处。不过，事情的结果多少有些滑稽，原因在于医生们意见不一。鉴定人共有三位：远道而来的名医、本地的赫尔岑什图贝大夫以及年轻的瓦尔文斯基大夫。后两位还作为检察官传讯的证人到庭。

第一位以鉴定人身份接受讯问的是赫尔岑什图贝大夫。这是一位七旬老人，头发非白即秃，中等个儿，身体结实。在我们城里大家都很看重并尊敬他。他是一名尽心尽力的医生，也是一位虔信上帝的老好人，属赫伦胡特派或“摩拉维亚兄弟会”[①]——确切的名称，我也说不准。他在我市已居住很久，可谓德高望重。他心地善良，仁爱为本，经常免费为穷人和农民治病，亲自到他们的陋居或农舍中去，还留下买药的钱，然而他的犟劲也不下于一头骡子。一旦他头脑里形成某种主见，就甭想使他动摇。附带提一下，城里几乎谁都知道，那位远方的名医才来了两三天，便已经好几次对赫尔岑什图贝大夫的医道作出非常不敬的评价。

事情是这样的：尽管莫斯科名医的诊例每次至少二十五卢布，我们城里有些人还是对他远道而来这次机会十分欢迎，不惜重金请教高明。不用说，这些病人在这以前都由赫尔岑什图贝大夫治过，这位外地来的名医每到一处，就对原来的治疗方法提出极其尖刻的批评。到后来，名医一见病人干脆就问：“原先是谁把您瞎折腾来着？赫尔岑什图贝？嘿嘿！”这一切当然都传到赫尔岑什图贝耳朵里。

现在三位大夫都到庭逐一接受讯问。赫尔岑什图贝大夫直截了当地认为“被告的头脑不正常是显而易见的”。他提出自己的一些见解，我在这里就略而不提了。然后他补充说，这种不正常不仅从被告以前的所作所为可以看出，而且此时此刻也看得出来。当法庭请他解释此时此刻如何看得出来时，老医生本着忠厚老实的直性子指出，被告走进大厅时“神色异常，与周围环境不相契合，他像一个士兵迈步向前，两眼直视正前方；按说他应该朝左边女士们的座位方向看去才对，因为他特别喜爱女性，对于女士们会怎样说他肯定想得很多”，老医生用他颇有特色的语言结束自己的话。

应当补充说明一下，他在很多场合都说俄语，也乐意说俄语，但不知怎的，他的每一句话总像是从德语翻译过来的，不过这丝毫没有令他气馁，因为他始终认为自己使用的俄语堪称典范，“甚至比俄国

---

① “摩拉维亚兄弟会”是基督教在捷克的一个教派，1722 年成立于德国东部萨克森的赫伦胡特，故又称“赫伦胡特派”。赫尔岑什图贝的姓氏表明，他有日耳曼血统，而捷克在独立前长期处在神圣罗马帝国和奥匈帝国的统治之下，赫尔岑什图贝祖上可能来自该教派势力较大的地区。

人说得更棒”，这习惯已积重难返；他还非常喜欢引用俄罗斯谚语，每次都称俄罗斯谚语是世界上最精彩、表现力最丰富的谚语。我还要指出，不知是不是心不在焉，他在交谈中常常忘记一些极普通的词语，这些他明明知道的词语会莫名其妙地突然从他的记忆中跳出去。他说德语的时候也有同样的情形，那时他总是把一只手在自己面前摆动，仿佛想捕捉那个丢失的词语，而在重新找回来之前，任何人都休想迫使他继续已经开始的谈话。他说被告进来时本应把目光投向女士们这句话，在旁听席上引起了一阵觉得挺有趣的窃窃私议。我市的女士十分喜欢我们这位老医生，她们也知道，这个终身未娶的虔诚单身汉向来把女人看作崇高和理想的生命体。因此大家都觉得他这句话实在太离奇，简直不可思议。

莫斯科名医在轮到自己接受讯问时，以激烈的语气坚决重申，他认为被告的精神状态不正常，而且“极不正常”。他以详尽的材料和渊博的知识阐释“迷乱”和“躁狂”，从收集到的种种材料得出结论，被告在被捕前数日即已处在不容置疑的精神迷乱状态，如果说他犯下罪行，那么他虽然意识到这是犯罪，却几乎身不由己，因为一旦为病态的冲动所控制，他完全没有力量进行抵抗。

但除了精神迷乱，这位名医还认为被告有躁狂症，用他的话说，这预示着被告将直接走向彻底的疯狂。（笔者按：名医阐释他的见解时，使用的是学术性很强的专业语言，笔者是用自己的语言加以转述的。）“他的一切行动都违反常识和逻辑，”他继续指出，“且不说我所没有看到的即罪行本身以及整个这桩惨案，但就在前天与我谈话时，他的眼神也是莫名其妙地呆滞。在根本不该笑的时候，他会突然笑起来。经常发无名之火，说驴唇不对马嘴的怪话，如贝尔纳、伦理，等等。”但莫斯科名医认为，这种躁狂突出地表现为：被告认为别人用欺骗手段侵吞了他三千卢布，所以只要一提起这笔钱，总是恼怒异常，而谈及和回忆起他遭到的其他一切挫折和亏待时，却相当想得开。后来了解到，他过去也是这样，每次提及那三千卢布，就会暴跳如雷，而人们都说他不是一个私心很重或贪财吝啬的人。

“至于我的那位饱学的同行认为，”莫斯科名医在结束自己的发言时用讽刺的口吻作了些补充，“被告走进大厅时应当朝女士们那边瞧，而不是直视自己的正前方，我只想说，这样的结论除了引人发笑外，还是极端错误的；因为我虽然完全同意被告走进将决定他命运的法庭大厅时不该这样用呆滞的眼神直视自己的前方，这在目前这一时刻，的确可能被看作他精神失常的迹象，但我同时认为，他也不应该向左朝女士们那边瞧，恰恰相反，应该向右用目光去寻找他的辩护人，这正是他的全部希望所在，他的命运现在完全系于辩护能否成功。”莫斯科名医把自己的意见表达得明确而且坚决。

但是，最后接受讯问的瓦尔文斯基医生得出了意想不到的结论，从而使前面两位博学的鉴定人的分歧显得格外滑稽。在他看来，被告无论现在还是过去都完全正常，虽然被捕前他想必处在神经紧张和精神亢奋的状态，但这可能是由多种显而易见的原因所引起：忌妒、愤怒、不断酗酒，等等。但这种神经质的状态绝不可能包含刚才谈到的“迷乱”。至于被告走进大厅时应该向左看还是向右看，照他“仅供参考的意见”，被告走进法庭时恰恰应当直视自己的正前方，他也正是这样做的，因为他正前方坐着审判长等三位法官，他们现在将左右他的整个命运，“所以，他看着自己正前方这一点，恰恰证明此刻他的头脑完全正常”，年轻的医生多少有些激昂地结束了自己“仅供参考的”证词。

“太棒了，医生！”米嘉从被告席上喊道，“正是这样！”

米嘉大声喧哗当然又被制止，但年轻医生的意见对法官和公众却产生了最有决定意义的影响，因为事后表明，大家都同意他的见解。不过，赫尔岑什图贝大夫在作为证人接受讯问时，完全出人意料地为米嘉说了话。作为很久以前便认识卡拉马佐夫一家的本城“老土地”，他提供了一些控方认为颇有价值的证词；接着他似乎想到了什么，忽然把话锋一转：

“不过，这个不幸的年轻人的命运本来可以好得多，跟现在无法相比，因为他在童年时代以及后来心地都很好，这一点我知道。但俄国有句谚语：‘如果某人有一个聪明的头脑，这很好；但如果又有一个聪明人来做客，那就更好，因为那时就有两个聪明的头脑，而不是只有一个……’”

“一人聪明，两人更好，”检察官不耐烦地提示道，他素知老医生说话惯于慢慢腾腾，拖拖沓沓，不在乎别人着急，相反，还十分看重他那份并不高明却总是自得其乐的日耳曼式幽默感，老医生挺喜欢说俏皮话。

“哦，是的，我说的也是这个，”他固执地附和道，“一人聪明，两人好得多。但是没有另一个聪明人去帮他，于是他把自己的聪明也放出去……。该怎么说来着，他把自己的聪明放出去干什么了？……这个词儿——他把自己的聪明放出去干什么，我忘了，”他说着把一只手放在自己眼前转个不停，“啊，对了，放出去溜达[①]了。”

“玩儿？”

“对，玩儿，我说的也是这个。于是他的聪明智慧便在外面游荡、闲逛，结果走到那么深的深渊里，把自己走丢了。事实上，他曾是一个知恩图报和感情丰富的少年，哦，我记得很清楚，当时他才这么点儿大，给父亲撂在后院里跑来跑去，脚上没有靴子，小裤子光靠一个扣子吊着……”

这位忠厚长者的语声中忽然出现一种动情的音调。菲久科维奇竟打了个颤，仿佛预感到什么似的马上抓住不放。

“是啊，那时我自己也还年轻……。我……唔，那时我四十五岁，我刚来到此地。那时我觉得这孩子怪可怜的，我问自己：我何不给他买一斤……。一斤什么来着？我忘了这东西叫什么……一斤孩子很爱吃的那种……叫什么来着……叫什么来着……”老医生又开始摆动双手，“那种长在树上的，采收后送给大家的……”

“苹果？”

“哦，不——不——不！一斤，一斤，苹果十个一卖，不论

---

① 原文为德文。

斤…… 不，那东西多得很，很小很小的，放到嘴里一嗑，喀吧！……”

“榛子？”

“对，榛子，我说的也是这个，”老医生满不在乎地接过话茬，好像压根儿没有半天找不到词儿这回事，“我就给他带去一斤榛子，因为还从来没有人给这孩子带去一斤榛子，我竖起一个手指头，对他说：‘小孩儿！圣父[①]，’他笑了起来，跟着我说：‘圣父。’我说：‘圣子[②]，’他又笑了，学着说：‘圣子。’我说：‘圣灵[③]，’他又笑起来，尽可能照着样儿说：‘圣灵。’我就走了。第三天我打他那儿经过，他主动叫我：‘伯伯，圣父，圣子，’只是忘了圣灵，我帮他想了起来，我再次觉得他怪可怜的。后来他给送到别处去了，我就不再看到他。过了二十三年，一天早上我坐在自己书房里，已是满头白发，忽然走进来一位容光焕发的年轻人，我怎么也认不出是谁，但他举起一个手指头笑着说：‘圣父圣子圣灵！我刚到此地，特地来为一斤榛子向您道谢，因为那时候从来没有人给我买过一斤榛子，只有您为我买过一斤榛子。’于是我想起自己年轻时多么幸福，也想起了脚上没有靴子、满院跑的可怜小男孩，我的心整个儿翻了过来，我说：‘你是个知恩图报的年轻人，因为你始终记着你小时候我带给你的那一斤榛子。’我和他拥抱，为他祝福。当时我哭了。他笑了，但他也哭……因为俄国人常常在该哭的时候笑。当时他哭了，我看见的。可现在，唉！……”

“现在我也在哭，德国人，现在我也在哭，你是个好人！”米嘉忽然从被告席上大声叫喊。

不管怎样，这个小故事在公众心目中留下了比较有利的印象。但造成对米嘉有利的效果，主要应归功于卡捷琳娜·伊万诺夫娜的证词，下面我就要谈及。总的说来，当开始传讯辩方证人时，命运似乎一下子向米嘉咧嘴笑了，而且连辩方自己也没想到——这一点是最引

①②③ 原文为德文。

人注意的。但在卡捷琳娜·伊万诺夫娜之前，阿辽沙先接受讯问，他猛想起一件事实，表面上看来这件事像是有力的证据，足以驳倒控方提出的一条极其重要的罪状。

四　幸运向米嘉微笑

这事甚至对阿辽沙自己也是一大意外。他未经宣誓即被传到证人席上，我记得从讯问一开始任何一方对他都非常温和，颇有好感。显然，他的善良早已名声在外。阿辽沙作证的态度谦和、克制，但从他的证词中，呼之欲出的是他对不幸的大哥抱有深切的同情。在逐个回答问题的过程中，他把大哥的性格勾勒成这样一个人：他也许是狂暴的，克制不住欲望的冲动，但他也是珍惜名誉、有自尊心和慷慨大度的，甚至愿意作出牺牲，如果要求他这样做的话。阿辽沙承认，由于对格露莘卡的狂恋，由于跟父亲争风吃醋，最近一些日子大哥确实处于无法忍受的状态。但阿辽沙愤然否定大哥可能谋财害命的假设，尽管也承认那三千卢布在米嘉头脑里几乎变成了某种癫狂，因为大哥认为那笔钱是父亲用欺骗手段从他应得的遗产中揩的油，甚至一谈起那三千卢布便暴跳如雷。当检察官问到两位“女士”即格露莘卡与卡嘉的角逐时，阿辽沙躲躲闪闪，对一两个问题甚至不愿回答。

“令兄是否说过，至少对您是否说过，他打算杀死父亲？”检察官问，“您可以不回答，如果您认为这样做是必要的话，”他又补了一句。

“他没有直接明说。”阿辽沙答道。

“怎么？那么间接呢？”

“有一次他对我谈到对父亲个人的仇恨，担心……万一……憎恶达到极点……他或许会杀了父亲。”

“您听了以后是否相信他的话？”

“我不得不说当时是相信的。但我始终确信，某种更高尚的感情能挽救他，使他悬崖勒马，事实上确实如此，因为**不是他**杀了我父亲。”阿辽沙末了那句话说得很坚决，声音很大，整个大厅都听得见。

检察官蓦地一震，像一匹战马听到了冲锋的号声。

“请您放心，我充分相信，您的看法是完全真诚的，我不把它归因于，更不把它等同于您对不幸的令兄的手足之情。从预审中我们已经了解到，您对发生在你们家族中的整个悲剧性事件持有自己的观点。我并不向您隐瞒，我认为您的观点是极其特别的，与检察机关取得的所有其他证词大相径庭。因此我认为必须坚持要您回答：您认定令兄无罪，相反却指出另一个人有罪，而且在预审中已直接说出那人是谁——您的观点究竟有什么根据？”

“预审中我只是回答提问，”阿辽沙从容不迫地说，“而不是我本人向斯乜尔加科夫提出指控。”

“可还是说了他有罪？”

“我是听了大哥德米特里的话说的。在接受讯问之前，我已经听说，他在被捕时自己就曾指出斯乜尔加科夫是凶手。我充分相信大哥是无罪的。既然杀人的不是他，那……”

“那就是斯乜尔加科夫？为什么偏偏是斯乜尔加科夫？究竟为什么您绝对肯定令兄无罪？”

“我不能不相信大哥的话。我知道他决不对我撒谎。我从他的面孔看得出，他没有对我撒谎。”

“仅仅根据面孔？这便是您的全部证据？”

“我没有更多的证据。”

“除了相信令兄的话和他的面部表情，您认为斯乜尔加科夫有罪同样连一点点证据也没有？”

“是的，我没有其他证据。”

检察官的提问到此为止。阿辽沙的回答给公众留下的印象可以说是大失所望。斯乜尔加科夫的事开庭前我们城里已在谈论，有人听到了什么，有人说阿辽沙收集了一些对他大哥有利、证明斯乜尔加科夫有罪的重大证据，不料现在——除了完全可以理解他作为同父兄弟从感情上认定被告无罪以外，什么证据也没有，毫无进展。

但是菲久科维奇开始提问了。被告什么时候对他说自己痛恨父亲，还说也许会杀死父亲？这话他是不是例如在惨案发生前最后一次见面时听被告说的？阿辽沙在回答这个问题时身体猛地抖动了一下，仿佛刚刚记起某件事情并且悟出了其中的道理。

“有一个情况我自己几乎完全忘了，现在想起来了。当时我还不清楚，可现在……”

阿辽沙显然自己也是此刻才恍然大悟，于是兴冲冲地回想，那天晚上在去修道院的路上一棵树旁与米嘉被捕前最后一次会面时，米嘉捶着自己的胸膛，捶在前胸的上部，同时对阿辽沙说了好几遍，表示他有办法恢复自己的名誉，而这办法就在这里，在他的胸前……

“当时我以为他捶自己的胸膛是指他的心，”阿辽沙继续说，“意思是他能在自己心中找到力量，摆脱他所面临的那桩甚至对我都不敢承认的奇耻大辱。我承认，当时我满以为他指父亲而言，以为他认识到自己想去向父亲施暴实属可耻，因此不寒而栗，然而当时他好像指着自己胸前的什么东西，以致我记得正是在那个时候，我头脑里曾闪过一个想法：心根本不在胸膛的那一边，而在较低的部位，可是他捶的部位高得多，就捶在这里脖子底下，还连连指着这个地方。当时我觉得自己的想法很愚蠢，其实当时他指的可能正是那个护身小香袋，那一千五百卢布就缝在里边！……”

“正是这样！”米嘉突然从被告席上喊道，“说得对，阿辽沙，说得对，当时我的拳头就是捶在小香袋上。”

菲久科维奇赶紧跑过去求他安静下来，随即牢牢地抓住阿辽沙这条线索。阿辽沙被自己的回忆所吸引，激动地说出他现在的推测：米嘉所谓的耻辱十之八九恰恰在于——他身上有本来可归还卡捷琳娜·伊万诺夫娜半数欠款的一千五百卢布，却仍然决定不还，而是准备派别的用场，即带着格露莘卡远走他乡，如果她同意的话……

“事情正是这样，一定是这样，”阿辽沙一下子兴奋地大声说，

“大哥当时向我表示，他能够立刻把自己身上的耻辱卸去一半，一半（他好几次说了**一半**二字！），然而不幸的是，他的性格实在太软弱，做不到这一点……他事先就知道，自己不可能做到这一点！”

“您肯定记得很清楚：他确实捶在自己胸前的这个部位？”菲久科维奇钉住这一点问。

“肯定记得很清楚，因为当时我曾这样想：为什么他捶在那么高的地方，心的部位比这要低？但我马上就觉得自己的想法很愚蠢……我记得，确实这样想过……曾有过这么一闪念。所以我现在记得起来。在这以前我居然会把这事给忘了！当时他指着那小香袋，意思是他有钱，但他不想归还这一千五百卢布！在莫克罗耶被捕时曾经叫喊——这我知道，有人告诉我——他认为一辈子最大的耻辱莫过于明明可以把欠卡捷琳娜·伊万诺夫娜的钱还去一半（正是一半），那样在她面前就不是一个小偷了，可他终究下不了决心这样做，宁可沦为她心目中的小偷，也不让钱脱手。然而这笔债给他带来多少痛苦，多少痛苦哇！”阿辽沙临了不胜感慨地说。

检察官自然也要提问。他要求阿辽沙把当时的情形再描述一番，并数次追问：“被告捶自己胸膛的时候是否确实指着什么东西？或许他仅仅是用拳头捶胸罢了？”

“他不是用拳头！”阿辽沙大声说，“他是用手指头指的，就指在这里胸前很高的地方……。可是直到刚才为止，我竟把这事忘得一干二净！”

审判长问米嘉对这段证词有什么要说的没有。米嘉确认事实正是这样，当时他指的正是藏在他胸前脖子底下的那一千五百卢布。他承认这当然是耻辱，“是我无法否认的耻辱，我一辈子最最可耻的行为”！米嘉嚷道，“我能还而不还，尤其可耻的是，我事先知道自己不会归还！阿辽沙说得对！谢谢你，阿辽沙！”

对阿辽沙的讯问到此结束。具有重要意义和能够说明问题的恰恰是这样一点：至少找到了一个事实，哪怕仅仅是极其可怜的一点点证据，甚至只能算近似证据的影子，但它毕竟跨出了一小步走向证明那

个小香袋的确存在过，里边有一千五百卢布，那么被告在莫克罗耶称这一千五百卢布“是我的”时并没有撒谎。阿辽沙很高兴；他涨红了脸，走向指定给他的座位。他还久久反复暗自纳罕：“我怎么把这事给忘了?！我怎么把这事给忘了?！为什么直到现在才猛想起来?！”

对卡捷琳娜·伊万诺夫娜的讯问开始了。她刚一出庭，大厅里就起了一阵小小的骚动。女士们忙着举起长柄眼镜和望远镜，男士们纷纷扭动身躯，有的为了看得更清楚，索性从座位上站起来。事后大家都说，她一进来，米嘉的脸顿时变得刷白，“简直像个死人”。她一身黑色装束，娴静地、几乎有些胆怯地走向指定给她的座位。从脸上看不出她有多么激动，但她一双黑眼睛沉郁的目光闪示着坚强的决心。必须指出，事后认为她当时美得出奇的大有人在。

她开口声音不大，但口齿清楚，全场都听得明白。她说话遣词非常镇定，至少是努力保持镇定。审判长开始提问时小心谨慎，异常恭敬，好像生怕触及“某几根弦”，充分尊重证人遭遇的巨大不幸。但卡捷琳娜·伊万诺夫娜自己才说了几句话，便在回答某一问题时明确宣称，自己是被告的正式未婚妻，“直到他自己甩掉我为止……”她轻轻补上一句。

当被问到她托米嘉邮汇给亲戚的三千卢布时，她毫不含糊地说：

“我把钱交给他不是要他立刻到邮局去汇款；我当时感觉到他手头非常拮据……。我把那三千卢布交给他时只要他在一个月内汇出就行。其实他后来大可不必为这笔欠款如此折磨自己……”

我并不转述所有的提问，也不全部照录她所有的回答，我只交代她的证词的实质性内容。

“我坚信，他只要从父亲那里拿到了钱，就会把这三千卢布汇出去，反正来得及，”她继续答道，“我始终相信，他在钱财问题上是无私和诚实的……相信他有高尚的人格……。他坚信能从父亲那里得到三千卢布，曾几次向我提及此事。我知道他与父亲长期不和，我一向认为，而且至今还认为，父亲亏待了他。我不记得他曾扬言要对父亲如何如何。至少在我面前他什么也没有说过，从未如此扬言。如果那时他能来找我，我马上会宽慰他不必为欠下我那不幸的三千卢布忧心忡忡，但他再也没有来找过我……而我自己……我自己的处境……又不能把他叫到我家……。何况我没有任何权利向他要这笔欠款，”她忽然补充道，从她的语调中可以听到一种拿定主意的味道，“当初他曾向我提供一笔大于三千的借款，我接受了，尽管那时我还无法预见什么时候有可能把我欠的债还给他……”

她的话让人感到一种挑战的口吻。正好在这个时候轮到菲久科维奇提问了。

“那不是发生在本地的事，是在你们相识之初吧？”菲久科维奇小心翼翼地接过话茬，他迅即嗅到了有利的气味。（笔者按：虽然在某种程度上他是卡捷琳娜·伊万诺夫娜本人从彼得堡请来的，但是对于米嘉在外地某城给她一张五千卢布票据以及她“一躬到地”的那段情节却一无所知。这事她没有告诉辩护人，她隐瞒了！这很奇怪。八成她本人直到最后一分钟还拿不定主意：要不要在法庭上讲这段情节？她是准备到时候由灵感来决定。）

“我永远也忘不了那几分钟！”她开始竹筒倒豆子般述说，包括米嘉向阿辽沙讲过的整个故事，包括“一躬到地”，包括事情的起因和她父亲的情况，包括她到米嘉住所去的经过，却只字不提是米嘉自己通过她姐姐提出让卡捷琳娜·伊万诺夫娜上他那儿取钱这一节。她以高姿态隐瞒了这一点，不耻于公开表示，当时是她鼓一时之勇主动跑去找青年军官的，指望……向他乞讨所需款项。这是石破天惊的一笔！我听得浑身冰凉发抖，全场屏息凝神，唯恐漏过片言只语。这是完全没有先例的，尽管像她这样一位独断独行、睥睨一切的小姐历来不乏惊人之举，但是几乎绝不可能料到她会提供如此袒露隐私的证词，作出这般奋不顾身的牺牲。

这样做究竟为什么？为了谁？为了营救那个伤害了她的负心汉，为使他获救作一点贡献，尽一份绵薄，所以努力让人对他有个好印象！果然，一名军官拿出自己所剩的全部财产——仅有的一张五千卢布票据，——然后恭恭敬敬向纯洁的姑娘行一个礼，他的形象深得人心而且颇有魅力，但是……我的心被一阵痛楚紧紧地揪住了！我感觉到以后可能出现（后来真的出现了）诽谤！事后全城到处都有人不怀好意地笑着说，这故事有的地方也许不太准确，如军官“照她的说法恭恭敬敬行了个礼”就放姑娘离开他家，他们暗示这里恐怕“略去”了点儿什么。

“就算什么也没有略去，就算这是全部真情实况，”甚至我市几位极受尊敬的女士也认为，“一个姑娘家做出这种举动，哪怕是为了救自己的父亲，究竟是否很高尚，也还难说。”

以卡捷琳娜·伊万诺夫娜的睿智和近乎过敏的洞察力，她难道事先不能预料人们会怎么说？她肯定早有所料，可还是决定把一切都说出来！不言而喻，所有那些对此故事的真实性表示怀疑的恶意中伤，只是事后才开始出现，而当时在法庭上毕竟人人都为之震惊。三位法官保持虔敬的，甚至可以说是汗颜的静默听完了卡捷琳娜·伊万诺夫娜的陈述。检察官不敢就这一题目作任何进一步的提问。

菲久科维奇向她深深鞠了一躬。哦，他几乎已经胜券在握！辩方赢得了许多分数：一个人在高尚情操的激励下，把自己仅有的五千卢布拿出来排忧解难，后来这同一个人黄夜杀死父亲只为了抢劫他三千卢布，——这在一定程度上有悖情理。菲久科维奇觉得，现在至少可以把谋财这一条推翻。此案一下子出现了转机。法庭大厅内拂过一阵同情米嘉的和煦之风。而他……据说在卡捷琳娜·伊万诺夫娜作证时，他曾一再霍地站起来，然后又颓然坐到被告席上，用两只手掌捂住自己的脸。但当卡嘉说完时，米嘉忽然抽噎着向她伸出双手，高喊：

“卡嘉，你干吗把我给毁了？！”

接着，他便冲着整个大厅号啕大哭。不过他很快控制住自己，又大叫一声：

“这下我死定了！”

其后他在座位上似乎木僵了，牙床咬紧，双手交叉叠在胸前。卡捷琳娜·伊万诺夫娜留在法庭内指定给她的座位上。她坐在那儿，紧紧绷着苍白的脸。据离她较近的人说，她长时间哆嗦不已，像发寒热病似的。接下来被传讯的是格露莘卡。

我快要述及那场突然爆发的灾难，它或许确实把米嘉给毁了。因为我相信，而且大家都相信，连所有的司法界人士事后也说，倘若没有这段插曲，被告至少可以得到宽大处理。但这事回头再说。先简单交代一下格露莘卡的情况。

她出庭时也是一身黑服。肩上裹着她那漂亮的黑色披巾。她以自己特有的步态从容不迫、悄无声息地向栏杆那儿走去，身躯有一点小幅的摆动，就像有时候一些体态丰满的女人走路那样；她的眼睛注视着审判长，一次也未曾左顾右盼。依我看，她当时非常美，完全不像女士们事后声称的那样形容憔悴。那些女士还说她神情专注，一脸凶相。我只是认为，她心中有气，因为她沉重地感受到，渴望看好戏的我市公众都用鄙夷而又好奇的目光瞧着她。她有一股傲气，不能忍受鄙视，属于那种只要稍有点儿疑心被人瞧不起马上就会怒火中烧、非还以颜色不可的类型。与此同时，她当然有情怯的一面，并且暗暗为此感到羞愧，因而也就难怪她的谈吐反差很大，——时而愤慨、轻蔑并且特别粗暴，时而又一下子冒出诚恳的内心之声——自我谴责、自我鞭挞的声音。有时候她说话像在纵身跳崖，大有“不管三七二十一反正我要说……”的味道。关于她与费奥多尔·巴甫洛维奇相交这一点她断然指出：“我压根儿不把这当回事儿，他要缠着我，这难道也赖我？”可是过了一会儿，补充道：“都怪我不好，我不该把他们爷儿俩捉弄到这个分儿上。这一切通通是我引起的。”

当问题涉及萨姆索诺夫时，她立刻以一种蛮横的挑战口吻发起反击：

“这跟他有什么相干？他是我的恩人，当我被亲人赶出家门的时候，是他收留了我这个光脚苦妹子。”

审判长极有礼貌地提醒她，必须正面回答提问，不要扯到题外的细节上去。格露莘卡脸红了，而她的眼睛闪着火花。

那个装钱的信封她没有见过，只是听那个“恶鬼”说费奥多尔·

巴甫洛维奇准备着一个内装三千卢布的信封。“不过这是一厢情愿，我听了只觉得可笑，说什么也不会上他那儿去……”

“刚才您提到的‘恶鬼’是指什么人？”检察官问。

“指那个奴才斯乜尔加科夫，他杀了自己的老爷，昨天上吊自尽了。”

当然，她立即被诘问：她如此断言有什么根据？结果她也提不出任何根据。

“德米特里·费奥多罗维奇亲口对我说的，你们该相信他。他让那个硬要拆散我们的女人给毁了——根子全在她身上。”格露莘卡补上一句，她似乎被仇恨震得全身发抖，话中响起了横下心来的音调。

庭上问她这回指的又是什么人。

“指这位小姐卡捷琳娜·伊万诺夫娜。那会儿她把我召去，用巧克力招待我，想迷惑我。她真不识羞，就这么回事儿……”

审判长不得不厉声把她喝住，要她斟酌自己的措辞。但是这个醋劲勃发的女人的心已经燃烧起来，她准备纵身跳崖，哪怕下面是万丈深渊……

“在莫克罗耶逮捕被告的时候，”检察官通过回想当时的情景提问，“人人都看见和听到，您从另一间屋子里跑出来大声叫喊：‘都是我不好；咱俩一起去充军！’可见当时您已经肯定他是杀死父亲的凶手，对不对？”

“当时我有什么感想我不记得了，”格露莘卡答道，“那时候人人都说他杀了父亲，我觉得这是我的罪过，他是为我杀了人。可是一听他说自己是无辜的，我马上就相信他的话，现在也信，而且永远相信：他不是那种撒谎的人。”

轮到菲久科维奇提问了。我记得，他在讯问中也提到了拉基津和“只要他把阿列克塞·费奥多罗维奇·卡拉马佐夫带到您家”，便给他二十五卢布一事。

“他把钱收下了，这没有什么可奇怪的，”格露莘卡做了一个轻蔑的冷笑含嗔说，“他经常上我那儿去缠着要钱，每个月总要拿去大约三十卢布，多半花在那些时髦玩意儿上：他自有生活来源，用不着我资助。”

“您为什么对拉基津先生如此大方？”菲久科维奇紧接着问，尽管审判长已经不耐烦了。

“他是我的表弟嘛。我母亲和他的母亲是同胞姐妹。不过他老是央求我在这里不要告诉任何人，觉得有我这么个表姐太丢他的颜面。”

这一新的事实对大家都是一大意外，在这以前全城谁也不知道此事，甚至修道院里，甚至米嘉也不知道。拉基津坐在椅子上羞得满面通红。格露莘卡出庭之前，不知从哪儿已经听说拉基津提供了于米嘉不利的证词，因而怀恨在心。刚才拉基津先生那篇冠冕堂皇的发言，他抨击农奴制以及俄国混乱无序的政治局面时那股慷慨激昂的气势——这一下在公众的心目中彻底被打上了叉叉，变得一文不值。菲久科维奇感到满意：又顺手捡了几分。

总的说来，格露莘卡接受讯问的时间不算太长，当然，她也不可能提供什么特别的新东西。她给公众留下的印象十分不妙。当她作证结束，在大厅里远离卡捷琳娜·伊万诺夫娜的地方就座时，有几百道鄙视的目光都盯着她。在她接受讯问时，米嘉始终不吭声，眼睛瞧着地上，像一座石雕。

轮到伊万·费奥多罗维奇出庭作证了。

五　突然降临的灾祸

我要说明一下，他在阿辽沙之前即已被传讯。当时法警向审判长报告，说证人由于突然感到不舒服或某种旧病复发，不能立即出庭，但一俟恢复随时愿意出庭作证。不过这话谁也没有听见，是事后才知道的。

他的来到最初几乎无人注意：主要的证人，尤其是两位情敌已被传讯；人们的好奇心暂时得到了满足。甚至可以感到公众有些疲劳。

下面还有好几名证人有待讯问，从已经问明的情况来看，他们十之八九不可能提供什么特别的内容。时间在流逝。伊万 · 费奥多罗维奇走上前去的步子慢得出奇，眼睛不看任何人，甚至耷拉着脑袋，仿佛在苦苦思索什么问题。他的衣着是无可挑剔的，但他的面容至少在我看来病得不轻：简直可以说，面如土色，有点儿像个垂死的人。眼睛是浑浊的；他抬头举目慢慢地扫视全场。阿辽沙忽然从自己的座椅上作跃起状，旋即发出一声呻吟："啊！"这情景我记得。但注意到的人寥寥无几。

审判长一开始先指出，他是不宣誓的证人，他可以提供证词或保持沉默，当然，所提供的证词不得有任何虚假，等等。伊万 · 费奥多罗维奇听着，目光浑浊地望着审判长；但他的脸上慢慢地漾开了笑容，及至诧异地注视着他的审判长刚一说完，他忽然笑出声来。

"还有什么没有？"他大声问。

法庭上顿时鸦雀无声，可以感到将有不寻常的事情发生。审判长现出不安的神色。

"您……或许觉得身体还不太舒服吧？"他一边问，一边用眼神寻找法警。

"您不必担心，法官大人，我的健康状况没有问题，我可以给你们讲一些相当有意思的事情。"伊万 · 费奥多罗维奇一下子又心平气和、恭恭敬敬地答道。

"您有什么特殊的情况打算提供吗？"审判长还是将信将疑地问。

伊万 · 费奥多罗维奇低首垂目，迟疑了几秒钟，然后重又抬起头来，有些结结巴巴地回答说：

"不……没有。我没有什么特殊的情况。"

法庭开始向他提问。他回答时显得不大情愿，总是尽可能简短，甚至有一种越来越感到厌烦的样子，不过回答还是言之成理的。对许多事情他都一问三不知。有关父亲与德米特里 · 费奥多罗维奇的账目

问题他一无所知。“我从不过问此事，”他说。关于威胁要杀父亲的话他是听被告说的。装钱的信封这件事则是听斯乜尔加科夫说的……

“翻来覆去就是这一些，”他骤然现出疲惫的神态说，“我不可能向法庭提供什么特殊的情况。”

“我看得出，您身体不舒服，我可以理解您的感受……”审判长才开了个头。

审判长转而面向控辩双方，正欲请检察官和辩护人提问，如果他们认为有必要的话，这时伊万·费奥多罗维奇突然以精疲力竭的声音提出请求：

“放我走吧，法官大人，我觉得很不舒服。”

说完，他不等准许，便径自转身准备走出大厅。但是才迈了四五步就站住，似乎经过考虑后露出一丝安详的笑意，于是重又回到证人席上。

“法官大人，我就像那个农家姑娘……知道吗，她是这样唱的：‘我愿意——就站起来；我不愿意——就不起来。’有人拿着无袖衫或三幅裙来求亲，希望她站起来穿上后，把她带去举行婚礼，可是她说：‘我愿意——就站起来；我不愿意——就不起来’……这是一本关于民间习俗的书里讲的……”

“您说这话是什么意思？”审判长正色问道。

“瞧，”伊万·费奥多罗维奇突然取出一沓钞票，“这……就是原先装在那个信封里的钱，”他用头代手向物证桌上的空信封一指，“为了这笔钱，父亲被人杀了。放在哪儿？法警先生，请转交。”

法警接过整整一沓钞票，交给审判长。

“如果这确实就是那笔钱的话……怎么会到您手里？”审判长惊讶地问。

“我是昨天从凶手斯乜尔加科夫那里得到的。在他上吊之前我去过他那儿。父亲是他杀的，不是家兄。人是他杀的，可教唆他杀人的是我……。谁都巴不得父亲死去……”

“您是不是疯了？”审判长不由自主地脱口问道。

“问题恰恰在于我没有疯……我有着正常人卑鄙的头脑，和你们一样，和所有这些……丑恶的嘴脸一样！”他蓦地转过来面向公众，“父亲被杀后，他们假装大吃一惊，”他咬牙切齿地说，怨愤和鄙夷之情溢于言表。“彼此装蒜，互相作假。都在撒谎！人人都希望父亲死。一条爬虫吃掉另一条爬虫……。如果没有杀父好戏看——他们一个个都会气呼呼、怒冲冲作鸟兽散……。他们要看戏！‘要面包，要看戏！’[①]不过，我也不是东西！你们这儿有没有水，给我喝一点，看在基督分上！”他骤然捧住自己的脑袋。

法警立刻向他走过去。阿辽沙霍地站起来喊道：

“他病了，请不要相信他的话，他得了谵妄症！”

卡捷琳娜·伊万诺夫娜急忙从座椅上站起来，吓得一动不动地望着伊万·费奥多罗维奇。米嘉站起来，面带怪异的冷笑，聚精会神地看着和听着二弟作证。

“不必惊慌，我没有疯，我只是个凶手！”伊万又开始说，“对凶手的口才不能太苛求……”他不知为什么附加了这么一句，并且怪诞地笑起来。

检察官显然乱了方寸，他凑到审判长面前与他交换意见。三位法官紧张地低声商议。菲久科维奇竖起耳朵在谛听。整个大厅屏息静气等待着结果。审判长好像一下子有了辙儿。

“证人，您的话很费解，本庭不能接受。如果可能的话，请镇定下来……如果您确实有什么要说的……您就说。您作了这样的自供……如果您不是在说胡话，又能提出什么来作为佐证呢？”

“问题恰恰在于我没有证人。斯乜尔加科夫这条狗不可能从另一个世界把证词……装在信封中给你们寄来。你们需要的只是信封，一个已经够了。我没有证人……除了一个以外，”他若有所思地一笑。

---

① 语出古罗马诗人玉外纳（约60—约140）传下的16首讽刺诗中的第7首。按拉丁文直译为“给我们面包和杂耍！”这是诗中所写奥古斯都皇帝（前63—后14）在位时（前27—后14）罗马下层民众（游民无产者）的口号。

“谁是您的证人？”

“有尾巴的，法官大人，不合规范！魔鬼并不存在！不值得注意，那是个微不足道、渺乎其小的魔鬼，”他一下子不笑了，神秘兮兮地接着说，“它一定就在这里的什么地方，对，准是在那张陈列物证的桌子底下，它不蹲在那里，还能在什么地方？听我说，我告诉它，我不愿保持沉默，可是它跟我谈什么地质大灾变……荒唐！你们把那个恶煞释放了吧……他唱起了颂歌，因为这样他心里轻松！这跟醉汉扯开嗓子大唱‘万卡去了彼得堡’没什么两样，我为两秒钟的欢乐愿意拿出一百万的四次方乘一百万的四次方。你们不认识我！哦，你们这儿一切都是那么愚蠢！快，把我抓起来，把他放了！我到这里来，总得有个交代……。为什么，为什么你们这里不管什么事情都那么愚蠢……”

他又开始慢慢地、像在冥想一般环顾全场。但全场已经哗然。阿辽沙正欲从自己坐的地方向他冲过去，然而法警已把伊万·费奥多罗维奇的一只胳膊按住。

“这又是怎么回事？”伊万盯着法警的脸嚷了起来，随即抓住法警的两个肩膀，狂怒地把他摔倒在地上。但警卫已经赶到，伊万被扭住，他立刻咆哮如雷。在被强行拉走时，他一直在语无伦次地吼叫着什么。

法庭上秩序大乱。我没法按次序记住所发生的一切，我自己也激动异常，顾不得一一留神观察。我只知道等到一切都平静下来，大家弄明白是怎么回事之后，那名法警挨了申斥，尽管他向上峰解释得头头是道：证人原先一直是正常的，一小时前他有些头晕时大夫还给他瞧过，进入法庭大厅前他说话也有条有理，因此事先什么也看不出来，何况他本人坚持要出庭作证。但人们的惊魂甫定，紧接在这一幕之后又上演了另一幕：卡捷琳娜·伊万诺夫娜歇斯底里发作了。她大声尖叫，呜咽抽泣，可就是不肯离去，挣扎着恳求不要把她带出去，忽然她向审判长喊道：

“我还有一件事要交代，马上交代……马上！……就是这张纸……那是一封信……快拿去念，快！这是那个恶煞写的信，就是他，他！”她指着米嘉，“是他杀了父亲，您一看便知道，他写信告诉我，他打算怎样杀死父亲！而另一个有病，他得了谵妄症！我已经连续三天发现他神志不清！”

她不顾一切地大叫大喊。法警接过她伸出手向审判长那边递去的一张纸，而她倒在椅子上，捂住面孔，开始抽抽搭搭无声的啜泣，全身哆嗦着竭力吞声，生怕被赶出法庭。她交出去的纸正是米嘉在“京都酒店”写的那封信，被伊万·费奥多罗维奇称为“铁证”的重要笔据。呜呼！它果然被认为铁证如山的依据，若不是这封信，米嘉也许不致被毁，至少不会被毁得这样惨！我再次声明，当时很难把所有的细节一一看在眼里。直到现在这一切在我记忆中依然乱作一团。想必，审判长当即把新发现的证据告诉了另两位法官、检察官、辩护人和陪审员。我只记得，后来重新开始讯问女证人。审判长和蔼地问她：是否已经平静下来？卡捷琳娜·伊万诺夫娜急忙应道：

“我准备好了，准备好了！我完全可以回答您的提问，”她还加上一句，显然还十分担心法庭出于某种考虑不愿听取她的证词。她被要求作更详细的解释：这是一封什么样的信？她是在什么情况下收到的？

“我是在案发前夕收到的，而他在酒店里写这信还要早一天，也就是在作案前两天——请看，信是写在一页不知什么账单上的！”她气急败坏地嚷道，“当时他恨我，因为他自己干了见不得人的事，跟在这坏女人后面跑……还因为他欠了我三千卢布……。明明是他自己品行卑下欠下的债，他却为这三千卢布总觉得受了伤害！这三千卢布是这么回事——我请您，恳求您听我说：在他杀父之前三个星期，一天上午他来找我。我知道他需要钱，也知道他想派什么用场——就为了把这个坏女人弄到手，带她远走高飞。当时我知道他已对我变心，想甩了我，我当时却亲手把这笔钱递给他，是我主动找了个借口，请他把钱汇到莫斯科给我的姐姐，——我把钱交给他的时候，曾看着他的眼睛，说他什么时候寄去都可以，‘哪怕过一个月也行’。他当然明白，他怎么可能不明白我等于在当面对他说：‘你需要钱带着你的坏女人去实现对我的背叛，现在给你钱，我亲手把钱给你，你可以拿去，只要你不顾人格，有这样的厚脸皮收下！……’我是想证实自己的推测是否正确，结果怎样呢？他收下了，他把钱收下带走，而且和这个坏女人在那里一夜之间便花光了……。他明知我已把他看透，请你们相信，他当时明明理解，我把钱交给他只是试试他的心，看他是否如此不顾人格，竟会收下我的钱？当时我看着他的眼睛，他也看着我的眼睛，他完全理解，完全明白，可还是把钱收下，收下而且带走了我的钱！”

“说得对，卡嘉！”米嘉蓦地吼叫起来，“当时我看着你的眼睛，我明白你在侮辱我的人格，可还是拿了你的钱！你们可以鄙视我，人人都可以鄙视我这个卑劣的小人，是我活该！”

“被告，”审判长大喝一声，“再嚷嚷我就吩咐把你押下去。”

“这钱使他寝食不安，”卡嘉神经质地急匆匆继续说，“他想还我钱，他想还——这是事实，但他还需要钱花在这个坏女人身上。于是他把父亲杀了，可是仍旧没有还我钱，而是带着她到乡下去了，结果在那里被抓住。他在那里又把杀了父亲偷来的钱胡乱花光。就在他杀死父亲的前一天，我收到了他的信，信是他喝醉后写的，当时我马上看出，他写这信是向我泄私愤，他知道，他十拿九稳我不会把这信给任何人看，即便他杀了人也一样。否则，他是不会写的。他知道我不会向他报复，知道我不愿毁了他！可是您读一读，请仔细读一读，您就会明白他在信中预先把一切都作了描述：怎么杀死父亲，他的钱放在哪儿——信中都有！注意，请不要漏掉，那里有一句话：‘我要砸碎他的脑壳……但愿伊万走了就好。’这说明他连杀死父亲的方法都已经预先想好了，”卡捷琳娜·伊万诺夫娜幸灾乐祸、落井下石地向法庭提示，哦，显然，她读透了这封致命的信，把其中的每一个字都仔细研究过了。“不是喝醉了酒，他不会写这封信给我，请看，信上预先把后来杀人的过程描写得很具体，丝毫不差，整个是一份谋杀计划！”

她这样发狂似的一吐为快，当然置一切后果于不顾，尽管早在一个月以前肯定就预见到了后果会是怎样，因为那时她在气得发抖的同时也许已经在盘算：“要不要把它捅到法庭上去？”现在她已经豁出去了。我记得那封信当即由书记员宣读并且产生了骇人听闻的效应。审判长问米嘉：这信是不是他写的？

“是我写的！”米嘉承认，“要不是喝醉了，我不会写这信！……我们有许多理由互相怨恨，卡嘉，但我发誓，我即使在恨你的时候也是爱你的，而你对我并不如此！”

他废然坐下，绝望地扭绞着双手。检察官和辩护人开始向证人分别提问，主要围绕着这样一个问题：“是什么原因促使您刚才隐瞒了这一封信，并且提供了完全属于另一种调子的证词？”

“是的，是的，我刚才撒了谎，违背了人格和良心，但我刚才是想救他，因为他那么恨我，那么蔑视我，”卡嘉激动得像个疯子，“哦，他恨得我要命，而且一贯瞧不起我，要知道，要知道从当初我为那笔钱向他一躬到地的那个时候起，就瞧不起我。我看出了这一点……。当时我就感觉到了，但我很长时间不相信自己的感觉。我不知多少次从他的眼睛里读到这样的意思：‘那时你到底还是主动到我那里去了。’哦，他不理解，完全不理解当时我为什么跑去找他，居然怀疑我那么下贱！他以己之心度人，以为人人都和他一样，”卡嘉切齿痛恨已到了完全失去理性的程度，“他想娶我，仅仅因为我得到了遗产，不为别的，不为别的！我始终疑心，这就是他的目的！哦，这是一只野兽！他一直认定我会因当初去找他这件事在他面前一辈子抬不起头来，认定他有资格为这件事永远瞧不起我，于是可以永远骑在我头上，——这便是他想娶我的原因！事情就是这样，一切就是这样！我曾尝试用我的爱，用我的无限的爱去赢得他的心，甚至想原谅他的不忠。但是他无动于衷，什么也不懂。其实，难道他是那种能有所悔悟的人？！他是个恶煞！这封信我第二天晚上才收到，是酒店的人送来的，而当天上午我还想宽恕他的一切，甚至宽恕他的不忠！”

当然，审判长和检察官尽量使她平静下来。我相信，他们也许自己也耻于利用她的狂乱情绪听她这样的自白。我记得，当时曾听到他们对她说：“我们理解您的心情沉重，请相信我们不是泥塑木雕”以及诸如此类的话。然而，他们还是从一个在歇斯底里状态下失去理性的女人口中套出了供词。最后，她描述了这两个月以来，伊万·费奥多罗维奇为了营救“那个恶煞和凶手”——他的兄长，几乎要发疯了；即使在精神极度紧张的时候，人也往往会出现思路清晰的瞬间，例如此刻她就说得很有条理，虽然为时很短。

“他不断地折磨自己，”卡嘉说，“总是想缩小他兄长的罪过，还向我承认，他自己也讨厌父亲，或许自己也希望父亲死去。哦，这是良心深刻的自责，太深刻了！这样的良心责备可把他害苦了！他什么也不瞒我，什么都向我坦白，他每天来找我，把我当作唯一的知己跟我谈心。我有幸成为他唯一的知己！”她突然眼睛闪闪发亮，仿佛在向谁挑战似的宣称。“他曾两度去走访斯乜尔加科夫。有一天他来对我说：如果凶手不是他兄长，而是斯乜尔加科夫（这里的确有人散播斯乜尔加科夫是凶手的无稽之谈），那么他自己也有罪，因为斯乜尔加科夫知道他讨厌父亲，或许以为他也希望父亲死。于是我拿出这封信给他看，他这才确信凶手是他兄长，这件事对他的打击太大了。他无法接受他自己的兄长竟是杀父凶手这一事实！还在一星期前，我便发现他为此事郁悒成病。最近一些日子，他坐在我家常常说胡话。我看得出，他的精神失常。他甚至走路也自言自语，有人曾在街上看到他这样。莫斯科来的大夫应我的请求，前天为他作了检查，大夫对我说，他已濒于谵妄，——一切都由那个恶煞而起！昨天他获悉斯乜尔加科夫死了——这使他受到极大的刺激，以致发了疯……这还是为了那个恶煞，还是因为他一心想营救那个恶煞！”

哦，不言而喻，像这样说话，作这样的自供，一生中只能有一次——例如临刑前登上断头台的时候。但卡嘉恰恰处在这样的时刻，而此刻恰恰是她的性格特征表现得淋漓尽致的时候。这正是当初为了搭救父亲，不顾一切去找那个放荡的青年军官的卡嘉；这也正是刚才站在大庭广众之前那个傲慢、贞洁的卡嘉，不惜让自己千金小姐的名声蒙羞，讲了“米嘉的高风亮节”，目的只想让等待着他的厄运多少得到一些缓解。现在她也是这样牺牲自己，但已经是为另一个人，或许直到现在，直到此刻，她才第一次充分感觉到和领悟到，那另一个人对她有多么宝贵！她是怀着为那个人担忧的恐怖作出自我牺牲的，因为她突然意识到，那人供称凶手是他，而不是他的兄长，此举无异于自戕；于是她为了救那个人，救那个人的名声而作出牺牲！

然而，她头脑里曾掠过一个可怕的想法：在描述自己过去对米嘉的感情时有没有不实之词，是否亏欠了米嘉？——这倒是个问题。没有，没有，当她叫嚷米嘉为了那一躬到地的往事而瞧不起她时，她并非故意诬蔑！她自己相信这一点，或许正是从那次一躬到地时起，她就深信不疑：当时把她视为女神的米嘉在嘲笑她，蔑视她。仅仅是出于傲慢，由于自尊心受到了伤害，她才向米嘉倾注爱情——歇斯底里、怪诞反常的爱情，——这甚至不像爱情，而像报复。哦，这种怪诞的爱本来或许会演变成真正的爱，或许卡嘉从未有过如此强烈的愿望，但是米嘉的负心伤害了她，一直伤到灵魂深处，灵魂不能宽恕这种侮辱。

想不到，报复的机会自天而降，一个受伤害的女人郁积于胸如此之久、如此之深的全部恶气，一下子同样意想不到地喷发出来。她出卖了米嘉，但也出卖了自己！可想而知，她的自供话音甫落，绷紧的弦刚一松弛，羞愧立刻把她压垮。歇斯底里再次发作，她仆倒在地，呜咽着，号叫着。她被带了下去。就在她被带出法庭的当口儿，格露莘卡从自己的座位那儿扑到米嘉跟前，号啕不已，以致来不及把她拦住。

“米嘉！”她恸哭着说，“你的那条毒蛇把你给咬死了！瞧，这下你们看到了她是什么东西！”她一边气得发抖，一边冲着法官们大叫。

审判长一挥手，格露莘卡被架住后带出法庭。米嘉号叫着也要向她扑过去，但被制止了。

是的，我料想我们的女观众满意了：今天确实好戏连台。随后我记得，莫斯科的名医出现了。在这以前审判长大概曾派法警去安排给伊万·费奥多罗维奇提供救护。名医向法庭汇报，说病人的谵妄症发作来势极为凶险，必须立即把他送走。在回答检察官和辩护人的提问时，名医说病人自己前天曾去过他那里咨询，当时他便警告病人谵妄症不久即将发作，但病人不愿接受治疗。

“他的神智极不健全，他自己向我承认，醒着也会见到幽灵幻影，走在街上往往遇见早已下世的各色人等，撒旦每天晚上都去拜访他，”最后名医这样说。

作证结束后，名医退下。卡捷琳娜·伊万诺夫娜提供的信被列为物证。经磋商后决定，庭审继续进行，卡捷琳娜·伊万诺夫娜和伊万·费奥多罗维奇的两份证词都被记录在案。

底下的庭审我就不一一照述了。再者，其他证人的证词无非重复和确认以前的证词，尽管各有特色。我再说一遍，在检察官的发言中一切都将集中到一点，下面我就要转到这篇发言上去。人们的情绪受到了剧烈的震荡，刚才急转直下的形势好像在大家身上通了电，人人都急不可耐地只想尽快看到结局，等着听控辩双方的发言和法庭判决。菲久科维奇显然被卡捷琳娜·伊万诺夫娜的证词震懵了。然而，检察官却得意扬扬。法庭调查结束后宣布休庭。几乎过了一个小时，审判长终于宣布法庭辩论开始。大约直到晚上八点钟，我们的检察官伊波里特·基里洛维奇才开始作公诉演说。

六　公诉人的演说。性格概述

伊波里特·基里洛维奇开始他的公诉演说时，全身出现神经质的战栗，前额和两侧太阳穴上直冒冷汗，只觉得一阵恶寒一阵燥热。这是事后他自己说的。他把这篇发言视为自己的杰作，视为平生得意之作，视为他的天鹅之歌。果然，九个月以后他由于肺痨迅速恶化而去世，因此他确实有资格以天鹅自喻，因为天鹅预感到自己即将死去，会唱出它最后的一支歌。他在这篇发言中倾注了他的整个心灵和全部智慧，结果意外地发现，自己身上还蕴藏着社会责任感和对若干“老大难”问题的关注——至少在伊波里特·基里洛维奇瘦弱的体内所能容纳的程度上是这样。他这篇发言的取胜之道主要在于真诚：他真诚地相信被告是有罪的——他并非根据先入之见，并非因这是自己的职责所归而指控被告；他吁请制裁确实出于“拯救社会”的崇高激情。我城的女士们说到底对伊波里特·基里洛维奇一向很反感，然而连她们也承认，这一回得到的印象不同凡响。

刚开始时检察官是用一条荒腔走调的破嗓子说话，但后来他的声音很快就趋于坚实，开始在整个大厅内回荡，如此直到发言完毕。但他刚一结束发言，就差点儿昏倒。

“诸位陪审员先生，”公诉人开始说，“本案轰动了全俄国。然而不禁要问：究竟有什么值得如此惊讶，究竟有什么特别骇人听闻的地方？尤其对我们而言！我们这些人对于这一切不是已经见惯不怪了吗？可怕就可怕在，这类阴森可怖的事情对于我们已不再是恐怖的了！这才是可怕的事情，骇人听闻的是我们的见惯不怪，而不是这一名或那一名个人的个别罪行！这类案件，这些时代特征向我们预示着未来不容乐观，而我们的态度却如此冷漠，不痛不痒，原因到底在哪里？是不是我们玩世不恭？是不是在我们这个还如此年轻却未老先衰的社会里，智慧和想象力过早地枯竭了？是不是我们的道德准则已在根本上发生了动摇？说到底，或许我们的社会里甚至已经不存在这些道德准则？我解答不了这些问题，然而这些问题令人苦恼，每一个公民不仅应该而且有责任为之感到痛苦。我们的新闻界刚刚起步，还不够大胆，却已经为社会作出一定的贡献。报纸不断在自己的版面上向所有的人，而不是单单向本朝代实行的新式公开法庭的旁听者报道那些无法无天和道德沦丧的案例，——没有新闻界的报道，我们对那些令人发指的罪行永远不可能有比较全面的了解。我们差不多每天都能读到的是些什么新闻呢？哦，与那些每时每刻都在发生的罪行相比，甚至本案也会黯然失色，显得稀松平常。但最重要的是，许多具有我们俄罗斯民族特征的刑事案件，恰恰说明一个普遍现象，说明我们和某种公害共处远非一日，已经很难与之斗争。

“有一篇报道说，一名上流社会出身的青年军官，自己的生活还刚刚开始，正在锦绣前程的起点上，竟用卑鄙的暗害手段丧心病狂地谋杀一名曾经有恩于他的小官吏及其女仆，然后窃取自己立下的一份借据，同时盗走死者的其余钱财。他认为：‘这些钱对于我出入社交界享受人生，对于谋取我的前程会用得着的。’他杀了主仆二人，离去前还在两具尸体脑后垫了枕头。

“另一名胸前挂满勇敢十字奖章的青年英雄，像拦路抢劫的强盗杀害自己的上司兼恩人的母亲，他在煽动同伙时曾说：‘她爱我像亲生儿子一样，所以一定会对我言听计从，毫无戒备。’

“就算这是个恶魔，但如今，在我们的时代，我不敢说这只是绝无仅有的恶魔。另一种人可能不开杀戒，但也会有和他一样的想法和感觉，骨子里和他一样丧天良、没心肝。独处僻静中，这种人也许会扪心自问：‘良心算什么？怕流血难道不是一种偏见？’

“可能有人喝我的倒彩，说我有病，歇斯底里，认为我这是血口喷人，白日梦呓，危言耸听。他们尽可以如此说，——天哪！倘若事实果真如他们所说，我第一个高兴万分！哦，你们可以不相信我，可以认为我有病，但还是请你们记住我的话：如果我的话有百分之十，哪怕只有百分之五是真实的，就够可怕的了！请看，诸位，请看我们的年轻人是怎样开枪自杀的！他们绝不会向自己提哈姆雷特的问题：‘**身后**又将如何？’这些问题连一点影子也没有，仿佛有关我们的灵魂、有关死后等待我们的是什么这一节，在他们头脑里那本书中早已被删去，被埋葬并且用沙子覆盖起来。

“再请看看我们淫邪的世风，请看看我们那些好色之徒。比起他们中某些人来，本案的被害人费奥多尔·巴甫洛维奇简直像个天真无邪的小孩。我们大家都了解他，他曾生活在我们中间……

“是的，将来也许会有领导潮流的智者哲人，包括本国的和欧洲的，来研究俄国人的犯罪心理学，因为这是一个值得研究的课题。但这项研究将在以后的余暇中进行，那时当前我们这种可悲的一团糟状态将退到不那么突出的地位，那时可以比我这样的人所能做的更聪明、更客观地来看待这种状态。而眼下，我们要么大惊失色，要么故作大惊失色状，其实却像那些追求刺激的猎奇者在津津有味地观赏好戏，只想借此打发因玩世不恭而闲得无聊的时光；或者像小孩子那样双手乱摆赶开眼前可怕的鬼怪，把脑袋埋在枕头里等恐怖的幻象隐去，然后马上在嬉闹玩耍中把它忘掉。但是什么时候我们也该清醒和深思熟虑地开始我们的生活了，我们也该把自己看成社会了，我们也该对我们的社会事务有所认识或者至少开始有所认识了。

“过去一个时代的一位大作家，在他最伟大的一部作品的结尾处，把整个俄国比作一辆膘肥马壮的俄罗斯三套车向着未知的目标飞奔，他慨叹道：‘啊，三套车，飞鸟一般的三套车，是谁发明了你？！’——他还满怀豪情地说，在这辆飞驰狂奔的三套车前面，各国人民都将恭敬地闪开让道。[①]诸位，就让他们闪过一旁，恭敬也罢，不恭敬也罢，但依我愚见，这位天才的语言大师以此作为结束语，要么是天真幼稚的遐想联翩，要么只是害怕当时的书报检查制度。若是把他这本书中的人物梭巴开维奇、诺兹德辽夫、乞乞科夫之流套上那辆车的话，那么无论请哪一位车把式来执鞭，也甭指望这样的马能把车拉到什么好地方！而我说的那些人物还是以前的马，跟今天的比起来真是小巫见大巫，如今的马种更纯……”

在这里伊波里特·基里洛维奇的发言被掌声所打断。有人欣赏俄罗斯三套车这一比喻的自由主义色彩。诚然，掌声非常寥落，才两三下，因而审判长甚至无需向旁听席上发出“清庭”的威吓，只是朝鼓掌者那边瞪了严厉的一眼。但是伊波里特·基里洛维奇却受到了鼓舞：迄今为止还从未有人向他鼓掌！这么多年一直没有人愿意听他的宏论，不料今天终于有机会向全俄国畅所欲言！

“是啊，”他继续说，“这个一下子在整个俄国可悲地出了名的卡拉马佐夫家族究竟是怎么一回事？可能我言过其实，但我觉得从这个

---

① 见果戈理所著长篇小说《死魂灵》第 1 卷的最后两段。

家庭可以看到，当代我国受过教育的阶层共有的某些基本特征——哦，当然不是全貌，只是显微镜下的图像，所谓‘从一滴水看太阳’罢了，但毕竟有所反映，毕竟有所折射。

“就拿这位胡作非为、放荡不羁的‘一家之长’来说吧。这个不幸的、如此悲惨地结束了一生的老头儿是个世袭贵族，最初却只是作为一个穷亲戚奔走于豪门充当食客，通过一门意想不到的亲事得到一笔不大的资本——妻子的陪嫁；起先他只是小打小闹耍一些骗术，在富豪面前扮个小丑拍拍马屁，应该说，他的智力还是相当不错的，只是发育不全；他的行当主要是放高利贷。几年后，随着财产的增长，他的胆儿也越来越大。当年那名低声下气、谄媚奉承的食客不见了，余下的只是一个嘲弄人生、心术不正、玩世不恭的酒色之徒。精神生活荡然无存，可是吃喝玩乐的欲望却异常强烈。结果除了追求享乐以外，他看不到生活还有什么意义，他便是这样教自己的孩子的。在精神教育方面，他没有尽到一点点做父亲的责任。他对这种责任嗤之以鼻，他抚育孩子的方式便是长期把这些幼童撂在后院不管，巴不得有人把他们带走。他甚至完全把他们忘了。老头儿的全部道德准则可以归结为一句话——我死之后，哪怕洪水泛滥[1]。他的所作所为无不与公民应尽的责任背道而驰，他对社会持彻头彻尾不搭界乃至敌对的态度。‘管他整个世界化成一片火海，只要我一个人活得自在。’他确实活得潇洒，十分自在，一心还想这样活它二三十年。他算计自己的儿子，不肯把母亲的遗产交给他，还想用从儿子那里揩油来的钱夺走儿子的情人。不，我不想把为被告辩护的权利拱手让给来自彼得堡的那位才华出众的辩护人。我自己也要说实话，我自己也能理解他在儿子心中积下的怨愤有多深。

“够了，关于这个不幸的老头儿就说到这里，他已得到报应。但

---

① 通常认为，这句话最早是法国国王路易十五(1710—1774)说的。有些回忆录提到，此话出自路易十五的情妇庞巴杜侯爵夫人(1721—1764)之口。1757 年，路易十五因法军在七年战争中失利而闷闷不乐，庞巴杜夫人曾对他说：“我们死后，哪怕洪水泛滥。”

我们不可忘记这是个做父亲的，而且是一个现代父亲。我要说，他只是当今社会许许多多做父亲的中间的一个，不知这话会不会得罪社会？可叹的是，许许多多现代父亲只是没有表现得像这一个那样肆无忌惮罢了，因为他们受过较好的教育，文化程度更高，而实质上——有着几乎跟他一样的人生哲学。就算我是个悲观主义者，就算如此。我们曾有言在先，你们会原谅我的。让我们先说定：我姑妄言之，你们姑妄听之，不必相信我的话。但是让我把要说的都说出来，我的话有一些你们还是不会忘记的。

“好，现在来看看身为这一家之长的老头儿的孩子吧。其中的老大就在我们面前的被告席上，他放到后面再说；我先约略谈一下另外两个。在这另外两个中间，老二是一位现代青年，有着十分耀眼的学历和相当出众的智慧，然而已经没有任何信仰，对生活中很多甚至太多的东西一概排斥，彻底否定，与他的父亲如出一辙。我们经常听到他的议论，他在本地社交界是个受欢迎的人物。他不隐瞒自己的观点，甚至相反，恰恰相反，所以我也斗胆在此比较坦率地谈谈对他的看法，当然不是对他个人，而是把他作为卡拉马佐夫家族的成员之一来谈。昨天在本市边缘有个患病的白痴斯乜尔加科夫自杀了，他与本案有重大牵连，他原是费奥多尔·巴甫洛维奇的仆人，或许还是他的非婚生儿子。在预审中，这个斯乜尔加科夫曾流着歇斯底里的眼泪向我诉说，年轻的卡拉马佐夫即伊万·费奥多罗维奇肆无忌惮的思想把他吓坏了。‘在他看来，世上任何事情无所不可，今后什么都不应该禁止，——他一直就是这样教我的。’看来，这个白痴正是被向他灌输的这种论点搅得彻底发了疯，当然，羊痫风和他们家爆发的这出恐怖惨剧对他的精神崩溃也有影响。但这个白痴却吐出一句极有意思的话，即使出自比他聪明许多的观察家之口，也称得上精辟中肯，正因为如此，我才提到此事。他告诉我：‘要说三个儿子中哪一个性格比较像费奥多尔·巴甫洛维奇，那就得数他——伊万·费奥多罗维奇！’我就用这句话作为这段性格概述的结束语，再说下去，便不知趣了。

“哦，我不想得出进一步的结论，不愿像只乌鸦尽报不祥之兆，预言这年轻人的命运凶多吉少。今天我们在这个大厅里看到，真理的力量依然活在他年轻的心中，血缘亲情在他身上还没有因丧失信仰和道德颓废而泯灭，后两者主要是家族遗传，并非真正历经思想磨难的结果。

“下面谈谈老三，——哦，这还是个少年，他虔诚、温顺，与老二阴暗、腐朽的世界观截然相反，他在谋求靠拢‘民粹精神’或者靠拢我国思想理论界用这一玄奥的名称所概括的一切。你们也知道，他曾经靠拢修道院，自己差点儿削发为修士。我认为，他身上不自觉而又那么早就表现出一种柔弱的绝望，如今在我们可怜的社会上处于这种心态的大有人在，他们对玩世不恭和腐化堕落感到害怕，错误地把一切恶疾归咎于欧风东渐，于是纷纷扑向如他们所说的‘老娘土’，像被鬼魅魔影吓坏了的孩子投入祖国大地母亲的怀抱，依偎在衰竭的母亲干瘪的怀里，渴望睡个安稳觉，哪怕从此一睡不醒也行，但求不要看到令他们发怵的恐怖景象。

“就我这方面而言，我祝愿这位心地善良、天资聪颖的少年一切顺利，希望他的少年理想以及对民粹精神的追求，将来不致像屡见不鲜的那样误入歧途，希望他在道德上不致走向蒙昧的神秘主义，在政治上不致陷入冥顽的沙文主义——这两种倾向对国家的危害甚至可能超过由于曲解和白捡了欧洲文明引起的过早颓败，后者正是老二犯的毛病。”

提到沙文主义和神秘主义的那几句又赢得两三下掌声。伊波里特·基里洛维奇无疑离题了。这些话跟本案并没有多大关系，何况听起来相当晦涩，然而这位满腔怨毒的结核病人实在太想倾吐胸中块垒，哪怕此生就这一回。过后我城有人认为，检察官对伊万·费奥多罗维奇作这样的性格概述动机不纯，因为伊万曾有一两次在争论中使检察官难堪，伊波里特·基里洛维奇现在想公报私仇。但我对于能否下这样的断语没有把握。不管怎样，以上所述只是一段引论，接下去他的发言与案情的关系比较直接和密切了。

“下面要谈这位一家之长三个儿子中的老大，”伊波里特·基里洛维奇继续说，“他在被告席上，他就在我们眼前。我们也看到了他的生活和他的所作所为：时机一到，一切都暴露了。与他两个弟弟的‘全盘欧化’和‘民粹精神’不同，他似乎体现着不加藻饰的俄罗斯——哦，不是整个俄罗斯，不是，否则那还得了！然而，我们的俄罗斯妈妈从他身上还是呼之欲出，我们如嗅其味，如闻其声。哦，他是不加藻饰的，把善与恶不可思议地糅合在一起，既爱文明和席勒，同时又在酒店里寻衅滋事，把酒友的胡子给揪下来。哦，他也有让人感到舒心怡悦的时候，那仅仅在他自己觉得舒心怡悦的时候。他甚至会被无比崇高的理想在心中激起惊涛骇浪——确实堪称惊涛骇浪——只是有一个条件，这样的理想唾手可得，会从天空中掉到他桌上，尤其重要的是不付任何代价，必须是白送的。他十分不喜欢付出，他又十分喜欢获取，在哪方面都是这样。哦，他需要稀奇古怪的享受(必须是稀奇古怪的，稍次的他可不能将就)，任何事情上都容不得别人阻碍他恣意胡为，那时他将证明，他也能让人感到舒心怡悦。他不贪婪，一点也不，可是必须给他钱，很多很多的钱，多多益善，那时你们便会看到他有多么大方，看到他怎样挥金如土，能在一夜之间胡天胡帝纵情狂欢花掉多少钱！要是不给他钱，他就让你们瞧瞧：当他迫切需要钱的时候，会用什么样的手段去把钱弄到手。这事回头再说，我们不要把次序打乱。

“最初出现在我们眼前的是一个无人照看的可怜的男孩，‘被撂在后院，脚上没有靴子’——这是刚才本城一位受人尊敬的老市民说的，惜乎他来自外国！我再次重申——我决不把为被告辩护的权利让给任何人！我是公诉人，我也是辩护人。是的，我们都是人，人心都是肉长的，我们能掂量童年故居留下的最初印象会给人造成什么样的影响。后来小男孩变成小伙子，已经是一名青年军官，由于一些粗野的行为，由于向人提出决斗的挑战而被调往我们地大物博的俄国一座边远城市。他在那里服役时，照旧胡天胡帝，当然喽——手面大，花销也大。他需要钱，首先要的是钱，于是，经过长时间的争执，他和父亲决定以最后的六千卢布了事，钱给他寄了去。请注意，他出具了笔据，他的这封信还在，信中他几乎放弃了其余的一切，收下这六千卢布，也就结束了与父亲的遗产纠纷。

“就在那时，他遇见了一位性情高傲、颇有教养的小姐。哦，我不敢重复细节，你们刚才都听到了：其中涉及名节，涉及自我牺牲，我就不说了。一个轻率、放荡的年轻人面对真正高尚的行为，面对崇高的思想倒也肃然起敬，这一形象闪现在我们眼前时曾赢得极大的好感。可是后来，也是在这个法庭上，他的形象完全出人意料地转过身来，让我们看到了他的反面。在这里我再次表示不敢妄加揣测，也不想分析为什么会这样。然而，为什么会这样——总是有原因的。这同一位小姐流着长期隐忍的眼泪愤怒地向我们诉说，不是别人，正是被告因为她这一不够慎重、也可能是无法克制的冲动而瞧不起她，但这毕竟是崇高的冲动，毕竟是慷慨的冲动。被告作为这位小姐的未婚夫，最先现出含有嘲弄意味的冷笑，而她唯独不能忍受的也恰恰是此人的嘲笑。她知道被告已经变心(被告确信，往后被告的所作所为她都得忍受，甚至包括对她的背叛)；在明知这一点的情况下，她故意向被告提供三千卢布，同时再清楚不过地让被告明白，她向被告提供的正是实现对她的背叛所需的钱。她用审视和探究的目光向被告发出无声的诘问：‘怎么样，你收下还是不收？你究竟是不是已无耻到这种程度？’被告瞧着她，完全明白她的意思(被告本人不是在这里当着你们的面承认他完全明白吗？)，脸不红心不跳地把这三千卢布占为己有，并在两天之内和自己的新欢一起把这笔钱挥霍一空！

“我们该相信什么？相信第一个故事——出于高尚情操的冲动，拿出自己赖以为生的最后一点钱，向一位小姐的美德表示敬意？还是相信它的反面，如此令人作呕的反面？生活中通常是这样的：遇到两种截然相反的现象，折中便是不偏不倚；然而在这个问题上行不通。实际上很可能是这样：他第一次表现的是货真价实的高尚；第二次表现的则是同样货真价实的卑鄙。为什么？因为他具有大起大落的卡拉马佐夫性格——这正是我所要讲的核心问题——这种性格能兼容千奇百怪的相反极端，能同时看到最高处和最深处，既看到直上云端的崇高理想，也看到极端堕落的万丈深渊。请回忆一下对卡拉马佐夫全家从近处作过深刻观察的一位年轻评论家拉基津先生刚才说出的精辟见解：‘这些放荡不羁、肆无忌惮的主儿需要下流堕落的感觉，同样也需要高尚脱俗的感觉，’——这话很有道理，他们经常不断地需要的正是这种反常的混合物。两种极端同时需要，诸位，否则他就不满足、不乐意，否则他的存在就是不完整的。这等人的性格博大宽广，犹如我们的俄罗斯母亲，他们什么都能包容，跟什么都能共处！

“顺便说一下，诸位陪审员先生，刚才提到了那三千卢布的事，请允许我把后话稍稍挪前一点。请诸位想象一下，当时此人得到了那笔钱，而且是以这种方式，如此含垢忍辱、蒙受最最难堪的羞辱得到的——请诸位想象一下，据他自己说，他当天就把其中的一半缝在小香袋里，在其后的整整一个月内，他不顾种种诱惑和极其迫切的需要，居然坚持让那一千五百卢布一直挂在自己脖子上！无论在酒店里狂饮买醉，还是驱车到城外天知道从什么人那里去弄他亟须凑齐的钱，以便带着他的情人远走他乡，摆脱他的情敌即自己的父亲的利诱，——任何时候他都没有敢碰那个小香袋。按说，单是为了不让他的情人受他如此忌妒的老子的利诱，他也该拆开小香袋，寸步不离地守在情人家中，专等她开金口说一句：‘我是你的！’然后和她一起远走高飞，摆脱当时那种危机四伏的处境。

“然而，不，他居然不去碰他的护身符！那么他是用什么理由来解释的呢？第一个理由，我们已经说过，是这样的。一旦被告的情人对他说：‘我是你的，随你把我带到哪儿去都行，’——那时他有这笔钱，就走得成。但这第一个理由，据被告本人说，较之第二个理由次要多了。他说：‘只要我身上带着这笔钱，我可以是混蛋，但不是贼，因为我随时可以去见被我伤害的未婚妻，把我骗为已有的那笔钱的一半放在她面前，我随时可以对她说：瞧，我把你的钱花掉了一半，这说明我是个意志薄弱和不道德的人，说我是混蛋也可以（我用的是被告本人的语言），但尽管我是混蛋，我不是贼，因为如果我是

贼，就不会把剩下的一半钱带来还给你，而会像另外一半那样据为己有。’

“如此解释实在令人惊讶！这个极端疯狂、但是意志薄弱的人挡不住诱惑，宁可忍受这般耻辱收下三千卢布，——而这同一个人竟然一下子变得如此坚忍不拔，脖子上带着一千五百卢布连碰也不敢碰！这与我们分析的此人的性格怎么合得起来？

“不，怎么也合不起来。如果他确实把一千五百卢布缝在小香袋里，那么请允许我告诉你们，真正的德米特里·卡拉马佐夫在这种情况下会怎样干。

“只要面对第一次诱惑——比方说，为了取悦于已经和他一起花掉那笔钱另外一半的新欢，他就会拆开那只小香袋，从中取出——就算第一次只取出一百卢布吧，因为又何必非还一半不可呢？还一千四不是照样可以说吗：‘我是混蛋，可不是贼，因为我毕竟把一千四百卢布送了回来，要是贼就全拿走，一个子儿也不还。’以后又过些时候，再把小香袋拆开，再取出第二张一百卢布的钞票；然后是第三张；然后是第四张；这样一个月还没到头就取出了最后第二张一百卢布的钞票，那时他可以认为：‘我是混蛋，可不是贼。我花了两千九百，可终究还了一百，要是贼连这一百也不还。’等到最后第二张也花掉后，他会瞅瞅最后的一张，对自己说：‘其实为了还一百卢布去走一趟还真划不来——把这一百也喝光花光拉倒！’

“我们所了解的真正的德米特里·卡拉马佐夫就会这样干！小香袋的神话与实际情况根本对不上号，简直无法想象还有什么矛盾比这更难调和。无论作什么样的推测都可以，就是不能作这样的推测。以后我还要回到这个题目上来。”

通过法庭调查，有关卡拉马佐夫父子在财产问题上的争执以及有关家庭关系所了解到的情况，经一一排列整理，检察官一次又一次得出结论：根据现有材料，在这个遗产分割问题上，没有任何可能确定谁揩了谁的油，谁吞了谁的钱；然后，伊波里特·基里洛维奇就这三千卢布像一个固定观念钻进米嘉的头脑出不来一事谈到了医学鉴定。

七 历史的回顾

“医学专家的鉴定力图向我们证明，被告脑子不正常并且患有躁狂症。我坚持认为，他头脑正常，但这却是最糟的：如果他不正常，他的行为也许会聪明得多。至于说他患有躁狂症，我也可以同意，但仅仅在一点上——那就是鉴定所指出的，被告始终认为三千卢布是父亲少付给他的这一点上。不过，也许可以找到比说他有疯狂倾向简单得多的观点来解释：为什么一提到这笔钱，被告总是暴跳如雷。

“就我这方面而言，我完全同意瓦尔文斯基医生的意见，这位年轻的医生认为，被告的智能过去和现在都完全正常，他只是被激怒、被惹恼了。这正是问题的症结所在：被告经常性的狂怒并非由三千卢布这笔钱所引起，而是另有原因把他激怒。这个原因乃是——忌妒！”

于是伊波里特·基里洛维奇不厌其详地展开一幅被告疯狂追求格露莘卡的全景。他从被告第一次去找“那个年轻女子”时说起：

“用被告自己的话说，是要去‘揍她一顿’，”伊波里特·基里洛维奇解释道，“但结果非但没揍成，反而拜倒在她脚下——这段恋情便由此开始。也就在那个时候，被告的父亲老卡拉马佐夫也看上了那个女子——这是惊人而又致命的巧合。两颗心在同时一下子燃烧起来，尽管父子俩以前都知道、也见过那个女子，——而且两颗心中燃起的都是完全不可遏制的、典型的卡拉马佐夫式情欲。这里我们有她本人的自供，她说：‘我把这父子俩都当猴耍。’是的，她突然想要把这父子俩当猴耍；过去她并无此意，可后来竟忽发奇想，——结果父子俩都被征服，趴倒在她脚下。素来把金钱当上帝膜拜的老子居然立刻准备好三千卢布，只要那女的上他家去一次。但很快他被迷得晕头转向，竟然情愿把自己的姓氏和全部财产放到那女的脚下，还认为这是一种幸福，只要女的同意成为她的合法妻子。有关此事我们掌握着可靠的证据。

“至于对被告来说，他的悲剧是显而易见的，现正摆在我们面前。但年轻女子是在‘耍’他。这位迷人的女魔术师甚至没有给过不幸的年轻人一点希望，被告直至最后一刻才真正得到希望，那时被告跪在害得他落到这般地步的偶像面前，向她伸出已经杀了他那情敌父亲的一双手——他正是在那种状态下被捕的。直到他被捕之时，那个女人才真诚忏悔，自己大声叫道：‘你们把我和他一起发配到西伯利亚去吧，是我把他逼到了这个分儿上，都是我的罪过，我是罪魁祸首！’

“一位颇有才华的年轻人，也就是我已经提到过的那个拉基津先生，在描述本案时用概括力很强的寥寥数语勾勒了这名女主人公的性格：‘早年遇人不淑，她最初的情人对她始乱之终弃之，其后该女穷愁潦倒，复遭清白家庭诅咒，总算有一富翁予以眷顾，至今她仍不忘旧恩。她那年轻的心中也许颇有些善根，却过早地积藏了怨愤，形成她工于心计、热衷敛财的性格，对社会持冷嘲热讽、睚眦必报的态度。’通过这段性格概述可以理解，她把卡拉马佐夫父子当猴耍，纯粹是为了出出这口恶气。

“在这一个月内，被告的痴恋成功无望，自己一再道德败坏，对未婚妻背信弃义，把别人托他邮汇的钱据为己有，——除此以外，他还被不断发作的醋劲折磨到了近乎精神错乱的癫狂状态。吃谁的醋？吃自己老子的醋！偏偏那个做父亲的色迷心窍，他向自己馋涎欲滴的目标投放的诱饵，正是他儿子认为被父亲骗去的三千卢布，原属他母亲遗产的一部分，本应归他所有，为此一直指责老子心黑。

“是的，我同意这种痛苦是难以忍受的！这种局面确实有可能导致躁狂。问题不在于钱，而在于恰恰是这样一笔钱如此恬不知耻地正被用于使他心碎的目的，太让人恶心了！”

接下去伊波里特·基里洛维奇开始分析被告脑海中如何逐步萌生杀父的念头。公诉人通过一系列事实，画出这一构想形成的轨迹。

“最初他只是在酒店里嚷嚷——足足嚷了一个月，哦，他喜欢在人多的地方打发日子，有什么想法马上就说给这些人听，哪怕是最可怕、最危险的想法也不藏在心里。他喜欢和人们倾心交谈，而且不知为什么总是当场、立刻就要求他们完全附和他，体谅他，同情他，而不能逆他的心思。否则他发起脾气来会把整个酒店砸个稀巴烂。（这里插入了有关斯涅吉辽夫上尉的一段故事。）这一个月内见到和听到过被告撒酒疯的人终于感到事情不妙，认为这可能已经不光是向老子虚声恫吓，指不定真的会付诸行动。”

在这里检察官描述了修道院内的那次家庭成员见面会、被告与阿辽沙的几次谈话以及饭后被告闯到父亲家里去施暴的丑行。

“我不想坚持这样的观点：在这幕丑剧之前被告已经有杀死父亲的周密预谋，”伊波里特·基里洛维奇继续说，“但是这个设想已不止一次在他头脑里出现，他曾认真加以考虑——在这一点上我们有事实，有证人，还有他本人的自供。诸位陪审员先生，”伊波里特·基里洛维奇又说，“说心里话，直到今天为止我还犹豫不决，是否应该认为被告犯罪完全是自觉的、有预谋的。我坚信他已多次在想象中审视未来的致命一刻，但仅仅作为一种可能加以想象，至于什么时候作案，怎样作案，都还没有定下来。

“但是今天维尔霍夫策娃小姐向法庭出示的那封信，终于使我不再犹豫。诸位，你们已经听到她发出惊呼：‘这是一份谋杀计划！’——这便是她对不幸的被告那封不幸的醉后书简所下的断语。的确，这封信具有计划和预谋的一切特征。信写于作案之前两昼夜，——由此我们现在确知，在实现自己可怕的构想之前两昼夜，被告曾发誓宣布，如果明天不能弄到钱的话，就杀死父亲，从他枕头底下取走装在信封里、外扎粉红色丝带的那笔钱，‘但愿伊万走了就好。’请注意：‘但愿伊万走了就好，’——可见，一切都经过思考，对情况也作了估计——结果怎样呢？后来一切都按信上所写的那样付诸实施！本案事先有预谋并经过周密策划已无疑义，作案的目的是谋财，这一点信上写得明白，落款有被告签名，被告对于那是他自己的签名这一点供认不讳。

“可能有人会说：这是在酒醉后写的。但这丝毫不会降低它的价值，恰恰相反：他是在酒醉后写下了清醒时想好的。清醒时没想好的事情，酒醉时写不出来。也许有人会说：他为什么要在酒店里大叫大嚷道出自己的意图？如果什么人**蓄意**干这种事，则会保持沉默，把预谋藏在心里。说得对，但他大叫大嚷的时候还没有计划和预谋，而只有愿望，只是在酝酿一种意向。后来他关于此事的叫嚷减少了。他在‘京都酒店’喝醉后写下这封信的那个晚上，却一反常态，很少说话，没有打台球，坐在一旁，不跟任何人交谈，只是把本地一名店员从座位上赶走，但这已经是无意识的举动，是爱吵架的习惯使然，因为他每次踏进酒店没有不跟人吵架的。

“诚然，在拿定主意的同时，被告头脑里应该产生顾虑：事先听到他满城叫嚣的人太多了，一旦他把想干的事付诸实施，他可能马上被揭露并遭到指控。但说出去的话已如泼水难收，这是没有办法的事；说到底，过去闯的祸没把他怎么样，兴许这回也能顶过去。诸位，反正豁出去了，听天由命吧！他把希望寄托在自己的幸运之星上。

“我也得承认，他确实费了好大的劲尽量不走那致命的一步，他作过非常多的努力想避免流血的结果。他在信中用他别具一格的语言写道：‘明天我找遍所有的人去弄钱，要是弄不到——只能蹭一身血。’这又是喝醉后写下的，同样又在清醒状态下按所写的干了！”

于是伊波里特·基里洛维奇着手缕述，米嘉为了避免犯罪如何千方百计去弄钱。他说了米嘉如何向萨姆索诺夫求助，如何出城远行去找里亚加维——向他们兜售产权证书。

“他东奔西走，饱受讥讽，又饿又累，为筹路费把表也卖了（可是脖子上却挂着一千五百卢布——照他自己的说法），心中还忍受着醋劲的煎熬，生怕被他撂在城里的心上人趁他离开时投向费奥多尔·巴甫洛维奇。后来他总算回到城里。谢天谢地！心上人没有去过费奥多尔·巴甫洛维奇家。他亲自把心上人送到恩人萨姆索诺夫家去。（真是怪事，他对萨姆索诺夫并不忌妒，这是本案中一个极有代表性的心理特征！）接着他赶到后院的观察哨去，在那里了解到，斯乜尔加科夫羊痫风正发作，另一名仆人也病了——道路畅通无阻，暗号又在他掌握之中——诱惑不可谓不大！尽管如此，他还是竭力抵抗；他去找暂居本城、备受我们大家尊敬的霍赫拉科娃太太。这位女士一贯同情他的遭际，向他提了一个再明智不过的忠告：停止纵酒胡闹，斩断这极不像话的情丝，别再整天泡在酒店里无谓地浪掷青春，上西伯利亚去开发金矿：'您有过剩的精力，那里正是用武之地；您渴求刺激的浪漫性格，到那里必定得其所哉！'"

检察官叙述了这次谈话的结果，然后说到，被告突然获悉格露莘卡根本不在萨姆索诺夫家，这个神经濒于崩溃的不幸的醋坛子，一想到格露莘卡欺骗了他而且此刻正在费奥多尔·巴甫洛维奇那儿，顿时怒不可遏。伊波里特·基里洛维奇最后着重指出，一个偶然因素造成了致命的后果：如果那个叫菲妮娅的侍女能及时告诉他，他的心上人到莫克罗耶去和往日的情人叙旧去了，——那就不会出事。但那个侍女吓昏了头，只是一个劲儿地赌神发咒，若非被告火烧火燎急于去找背叛了他的情人，不当场杀了菲妮娅才怪。

"但请注意：尽管他当时已气疯了，可临行还是带走了一根铜杵。为什么偏偏是铜杵而不是别的武器？要知道，他在想象中审视那幅景象并为之进行准备已有整整一个月，所以只要有什么可以用作武器的东西映入他的眼帘，他就会抓在手中当武器。至于这类物件中哪一件可派这个用场——他已设想了整整一个月。因此他在瞬息之间便毫不犹豫地认为它是武器！所以，他抓起这根致命的杵子并非不自觉，并非无意识。现在他来到了父亲家的花园里——道路畅通，更深夜静，没有目击者，只有一片漆黑和一团妒火。背叛他的女人在这里，和他的情敌在一起，在老头儿的怀里，也许此刻正在嘲弄他还蒙在鼓里——愈来愈重的疑心使他感到窒息。再说，这不仅仅是疑心——现在哪里还有怀疑可言，一场骗局已昭然若揭，事情明摆着：她在那里，在那个有灯光的房间里，在屏风后面老头儿身边。这个不幸的醋坛子要我们相信，他蹑手蹑脚走到窗前，规规矩矩朝窗内张望，心平气和地悬崖勒马，明哲保身地打退堂鼓，迅速离开这是非之地，唯恐发生什么危险和不道德的事情——被告要我们相信当时的情形便是如此！而我们明明了解被告的性格，明白他处在何种精神状态，这种状态我们从不少事实中已经知道，最主要的是，他掌握着暗号，马上就可以登堂入室！”

说到暗号，伊波里特·基里洛维奇把起诉主题暂时放一放，觉得有必要详细讨论一下斯乜尔加科夫的问题，以便把怀疑斯乜尔加科夫杀人的这一由头谈透，从而一劳永逸地推翻这种假设。他在这上头花了很大的力气，谁都明白，尽管检察官表面上对这种假设不屑一顾，其实还是十分重视的。

八 斯乜尔加科夫论

“首先，这种怀疑缘何而起？”伊波里特·基里洛维奇从这个问题说起，“第一个叫嚷凶手是斯乜尔加科夫的，便是被告本人，在他被捕的时候；然而从他发出第一声叫嚷一直到开庭审理的此时此刻，被告提不出一件事实可为他的指控佐证——别说事实，哪怕是多多少少说得过去的一点点近乎事实的影子也提不出来。此后附和这一指控的只有三人：被告的两个弟弟以及斯维特洛娃女士。其中被告的二弟仅在今天声称自己持这种看法，但他今天有病，显然处在精神狂乱和谵妄症发作的状态之中，而在过去两个月内，他完全相信兄长有罪，甚至不想提出任何异议，这一点我们了解得很确切。这个问题我们以后再谈。

“其次，被告的三弟刚才自己也说，他没有任何事实可为自己所持斯乜尔加科夫有罪的观点佐证，连最起码的事实也没有，他只是听被告自己这样说，并且‘根据他脸上的表情’得出这一结论——是的，这句令人难以置信的证词刚才由他的三弟说了两遍。

“斯维特洛娃女士的说法也许更加难以置信。‘被告对你们说什么，你们就相信什么，他不是那种撒谎的人。’

“以上便是这三个人指控斯乜尔加科夫的全部事实依据，他们都与被告的命运有太深的牵连。然而对斯乜尔加科夫的指控曾有过市场，至今仍未绝迹。那么，这种说法是否可信？是否可以想象呢？”

说到这里，伊波里特·基里洛维奇认为有必要勾勒一下已故的斯乜尔加科夫的性格。他把这个“因精神病发作而结束自己生命的疯子”想象成一个弱智人，一知半解地读过一些书，被非他所能理解的哲学思想搅乱了头脑，又被某些有关义务和责任的现代学说吓得惶惶不可终日。他接受这些思想影响有两条渠道：实际渠道乃是他的老爷、可能还是他父亲的费奥多尔·巴甫洛维奇花天酒地的生活；理论渠道则是他与老爷的次子伊万·费奥多罗维奇经常就各种题目作奇怪的哲学交谈，这位二少爷也乐意借此消遣解闷——想必是闲得无聊或找不到更好的嘲弄对象。“斯乜尔加科夫自己曾向我讲述他在老爷宅内最后一些日子的心态，”伊波里特·基里洛维奇解释道，“上述情况别人也可证明：被告本人、被告的二弟乃至老仆格里果利，也就是应该对他最了解的那些人。

“此外，在羊痫风的精神重压下，斯乜尔加科夫胆小如鼠。‘他会趴倒在我跟前吻我的脚，’被告本人有一次告诉我，那时他还没有意识到，这样的供述在某种意义上是对他不利的，‘这是一只患癫痫病的耗子，’被告用自己独特的语言对他作出这样的评价。被告偏偏挑选他作自己的心腹(被告自己也可证实)，用威胁手段吓得他只好答应充当刺探动静和通风报信的细作。他扮演家中探子的角色，背叛自己的老爷，既向被告泄露了信封里装钱这回事，又把可以进入老爷居室的暗号告诉被告，——他是多么希望可以不做这种背主泄密的昧心事！‘他会杀了我的，我看得很清楚，他非杀了我不可，’预审中他在我们面前说话也哆嗦不已，尽管那时把他吓成这样的被告自己已锒铛入狱，不可能再加害于他。‘他每时每刻都怀疑我，我老是心惊胆战，为了让他息怒，我一发现什么秘密赶紧向他报告，好让他看到我决没有什么地方蒙骗他，然后让我松一口气。’这都是他的原话，我做了记录，现在还想得起来：‘他只要冲我大喝一声，我立刻向他跪下。’

“这个年轻人天性非常诚实，因而赢得老爷的信任，当初他把捡到的钱还给老爷时，老爷即已赏识他这份诚实，可想而知，不幸的斯乜尔加科夫由于自己的背主行为陷入极端痛苦的悔恨之中，因为他把老爷当自己的恩人一样敬爱。据深有研究的心理医生介绍，严重的羊痫风病人总是倾向于不断的、当然也是病态的自我谴责。他们为自己在什么事情上对不起什么人而深感苦恼和内疚，常常毫无根据地夸大乃至凭空臆想自己的种种过失和罪责。这样的人由于恐惧和胆怯真的会造成过失，成为罪犯。

“除此以外，他强烈地预感到，根据他看在眼里的种种迹象推测，可能会出大乱子。当费奥多尔·巴甫洛维奇的次子伊万·费奥多罗维奇在惨剧即将发生之前要去莫斯科时，斯乜尔加科夫曾恳求他留下来，不过由于胆怯成性不敢断然明说自己的担忧。他仅仅作一些旁敲侧击的暗示，而这些暗示并没有被理解。

“必须指出，他把伊万·费奥多罗维奇看成自己的保护神，认为只要二少爷在家，就不会出乱子。请回忆德米特里·卡拉马佐夫醉后所写书信中的一句话，他要杀死父亲，‘但愿伊万走了就好’；可见大家都觉得，只要伊万·费奥多罗维奇在，就能保证家里太平无事。

“可是他偏偏走了，而斯乜尔加科夫几乎在二少爷走后仅一个小时马上就发癫痫病摔倒在地窖里。这是完全可以理解的。这里有必要提一下，在恐惧和某种程度的绝望夹击下，斯乜尔加科夫最近几天觉得癫痫病在近期可能发作，因为以前他在精神紧张和受到强烈刺激的时候，也发生过这种情况。这种病发作的日期和时间当然不可能预测，但每一个癫痫患者事先都可能感觉到自己有发作的趋势。这是医学告诉我们的。于是，伊万·费奥多罗维奇坐的马车刚从院子里出发，斯乜尔加科夫在失去怙恃和无人保护的情绪支配下到地窖里去干家里的活。他一边踏着梯阶往下走，一边在想：‘不知会不会发病？万一马上发作起来怎么办？’正是由于这种情绪的影响，正是由于疑虑重重，他的喉头起了一阵痉挛——这肯定是癫痫病发作的前驱征兆，——接着他便飞快地一直摔到窖底，失去知觉。对于这一十分自然的偶发事件，却有人挖空心思认为可疑，认为他是**故意**装病！如果是故意的，接下来马上要问：为什么要装病？出于什么考虑？有什么目的？我不想援引医生的见解，因为有人认为：科学也会撒谎，也会出纰漏，医生分不清真病和装病。就算如此，就算如此，但是请回答我一个问题：他为什么要作假？难道说他构想了谋杀的计划，企图通过发病尽早和尽快地把宅内人的注意力吸引到他身上来？

“事情是这样的，诸位陪审员先生，案发那天夜里，住在或到过费奥多尔·巴甫洛维奇家宅院内的共有五人：第一个是费奥多尔·巴甫洛维奇本人，他不是自杀的，这一点很清楚；第二个是他家的老仆格里果利，他也差点儿被砸死；第三个是格里果利的妻子、女仆玛尔法·伊格纳启耶夫娜，如果设想她会谋杀老爷——那简直不知羞耻。这样剩下的只有两个人：被告和斯乜尔加科夫。被告声称凶手不是他，那么就一定是斯乜尔加科夫，没有别的办法，因为再也找不到其他人，此外没有任何人可以拉来充当凶手。由此可见，对昨天自杀的那个不幸的白痴之所以会提出如此‘别出心裁’、耸人听闻的指控，原因只有一个：找不到别的替罪羊！如果有一点点疑云罩在另一个人、也就是第六个某某人头上，那么，我确信连被告自己也会耻于把矛头指向斯乜尔加科夫，而会把矛头指向那第六个人，因为指控斯乜尔加科夫干了这桩谋杀案，实在荒诞不经。

“诸位，让我们搁下心理学，搁下医学，甚至把逻辑学也暂且搁下，仅仅面对事实，看看事实会告诉我们些什么。就算人是斯乜尔加科夫杀的，但他怎么杀人？是一个人干的，还是与被告合谋的？我们先分析第一种情况，即假定杀人的事为斯乜尔加科夫一人所干。当然，杀人必有目的，必有所图。由于斯乜尔加科夫不具备被告所具有的那种杀人动机，如仇恨、忌妒等等，他当然只能为了钱财而杀人，为的是把他亲眼看到老爷装在信封里的那三千卢布据为己有。在定下谋杀的主意后，他居然预先告知另一个人——而且是有最直接利害关系的人即被告——有关钱和暗号的全部情况：信封藏在何处，信封上写些什么，用什么扎起来，最最重要的是说出可以进入老爷居室的暗号。他这样做岂不是在暴露自己！或者说，岂不是在为自己找一个竞争对手，那人或许自己也想进屋去，把那个信封弄到手呢！

“不错，会有人向我指出，他是因为害怕才泄密的。但这又怎么说得通呢？一个不费吹灰之力设计出如此心狠手辣的作案手段、尔后付诸行动的人，竟会把整个世界上只有他一人知道的事说出去？这些秘密如果他不说，世上任何人任何时候都休想猜到。

“我认为，一个人无论多么胆怯，既然他想要作案，至少信封和暗号的事他决计不会告诉任何人，因为这意味着预先就把自己彻底暴露。如果被告定要逼他报告消息，他可以胡诌些什么，可以瞎说些旁的事情，而断乎不会吐露这样的秘密！

“我还要重申，反过来说，只要他瞒过钱的事，然后杀了人，把钱据为己有，那么至少世上永远没人能指控他谋财害命，因为除了他，谁也没见过那笔钱，谁也不知道屋里有这样一笔钱。即使对他提出指控，那一定认为他杀人是出于别的什么动机。但由于事前谁也没有觉察到，他能有别的什么动机，相反，人人都看到，老爷喜欢他，什么都信得过他，那么，他成为怀疑对象的可能当然比谁都小，而嫌疑最大的首先是有这种动机的人，何况此人自己叫嚷有这样的动机，非但不隐瞒，还在大庭广众前公开扬言，总而言之，嫌疑最大的肯定是死者的长子德米特里·费奥多罗维奇。斯乜尔加科夫杀人劫财，而受指控的却是死者的儿子——这样当然对凶手斯乜尔加科夫有利，难道不是吗？可是，蓄谋杀人的斯乜尔加科夫偏偏把钱的事、信封的事、暗号的事通通预先告知那个嫌疑最大的儿子德米特里，——这合乎逻辑吗？！这能叫人明白吗？！

“到了斯乜尔加科夫预谋杀人的那天，他**假装**羊痫风发作摔倒了，这能起什么作用？当然，首先是本想用土方治腰痛病的老仆格里果利见宅院无人看守，也许会推迟治疗，自己替他值夜。其次，当然是老爷见无人为他守夜，生怕儿子闯进来(这一点他并不掩饰)，必然会加强防范，格外小心。末了，如下一点乃是最主要的：发病倒下的斯乜尔加科夫，当然会从他夜间独住、进出正屋都有通道的厨房立刻被搬到侧屋另一端、格里果利老两口隔壁的斗室中去，与他们的床铺相距只有三步，——这是老爷和慈悲心肠的玛尔法·伊格纳启耶夫娜定下不知多少年的老规矩了，每次他的癫痫症发作，都是这样安排的。他躺在板壁后面，极可能为了装得更像一点，当然会开始呻吟，也就是把老两口闹得整夜睡不好觉（据格里果利和他妻子所说，实际上正是这样），——难道要我们相信，这一切都是为了便于突然从床上爬起来，然后去把老爷杀死？！

“但有人会对我说：他作假也许正是为了不让人怀疑到他这么个病人身上；而他向被告泄露钱和暗号的秘密，也许正是为了诱使被告来杀人，等到被告杀了人，把钱带走，与此同时可能会发出很大的响声，惊动许多证人，那时斯乜尔加科夫便从床上爬起来，去——去做什么？难道要我们相信他要去再一次杀死老爷，再一次取走已经被取走的钱吗？

“诸位，你们觉得可笑，是不是？把这样的假设说出口我自己都觉得不好意思。然而，不管在你们听来有多么荒唐，被告坚持的正是这样的说法：他离开宅院前击倒了格里果利，惊动了宅内的人，这时斯乜尔加科夫从床上起来，到上房去杀了人，盗走了钱。且不说斯乜尔加科夫怎么可能料事如神，也就是说，他怎么可能预先知道，狂怒的儿子来到宅内只是规规矩矩向窗内张望一下，然后在掌握暗号的情况下打退堂鼓，拱手把战利品全部让给斯乜尔加科夫！诸位，我要严肃地提出一个问题：斯乜尔加科夫在什么时间作案？必须把时间指出来，否则指控无法成立。

“那么能不能这样假设：癫痫发作可能是真的。病人听到叫喊声突然醒来，于是走出屋子，——走出屋子又怎样呢？他看看四周，对自己说：我去把老爷杀了——是不是这样？他怎么知道当时出了什么事，他不是一直躺着不省人事吗？不过，诸位，再丰富的想象力也得有个限度。

“精细的人可能会说：‘那么会不会是两个人合谋？也许他们俩一起杀人分赃，那又该如何说法？’

“这的确是一种有分量的猜测。然而，首先遇到的问题是——要使这种猜测得以成立的证据不免令人瞠目：其中一个共谋犯负责杀人并且把所有的麻烦都揽到自己身上，另一个共谋犯则假装发羊痫风躺在床上，——所起的作用恰恰是引起老爷的警觉，导致格里果利睡不安稳。试问：这两个共谋犯出于什么动机会想出这样一个疯狂的计划来？

“也许，从斯乜尔加科夫这方面来说，完全不是积极参与，而是所谓被动胁从；也许受到恫吓的斯乜尔加科夫只答应不反抗凶手而已，而他预感到自己将因听任别人杀死老爷、没有叫喊、没有反抗而受指控，于是预先求得德米特里·费奥多罗维奇的同意，在这段时间内躺在床上装病，‘你爱杀人你就去杀，反正与我不相干。’倘若如此，那么，还是由于羊痫风发作必然会引起宅内乱作一团，德米特里·费奥多罗维奇预见到这种局面，决不会同意这样的请求。但我可以让步，就算他会同意，那么仍将出现这样的结果：德米特里·卡拉马佐夫是凶手、直接杀人者和主犯，而斯乜尔加科夫只是被动从犯，甚至算不上从犯，只不过由于害怕才违心地听任主犯作案罢了，反正法庭定能加以区分。

“可是我们看到的实际情形又是怎样的呢？被告刚遭逮捕，他马上把一切都推到斯乜尔加科夫一人身上，单单指控他**一人**。被告并非指控他与自己合谋，而是指控他一人，说全是他一人所为，是他杀了人，劫了财，肯定是他干的！这算什么共谋犯？案发后马上就互相嫁祸于对方，——决计没有这等事。

“还请注意，卡拉马佐夫的风险有多大：他是主凶，而另一个不是主犯，只不过是纵容者，一直躺在板壁后面，于是他把责任往躺着的人身上推。可是躺着的那个可能发起火来，单是为了保全自己，也会急急忙忙把真相和盘托出，说：‘两人都有分，不过我没有杀人，只有听任和纵容他杀人，因为害怕。’斯乜尔加科夫可能懂得法院马上就会断定他的罪责有多重，因而他也可能指望，自己即使受到惩处，也比想把一切全推到他身上的主凶轻得多。在这种情况下，他会不由自主地招供的。然而我们并没有看到这样的情形。斯乜尔加科夫只字未提共谋的事，尽管凶犯把他一口咬定，始终指控他是唯一的凶手。

“更有甚者：斯乜尔加科夫还向预审官员坦白，装钱的信封和暗号的事是**他主动**告知被告的，否则被告什么也不会知道。倘若他确实参与共谋而且有罪，他岂会这样轻易向预审官员交代这些秘密都是他主动告知被告的？相反，他一定会遮遮掩掩、歪曲事实、缩小自己。但他既不歪曲，也不缩小。只有无辜的人才会这样做，不怕被指控共谋。而他，由于自己的癫痫症以及整个这出突然爆发的惨剧而陷于病态的忧郁，昨天上吊自杀了。上吊前他留下一张用独特的语言写就的字条：‘本人按自己的意愿结束自己的生命，望勿责怪任何人。’他在字条上还能补充什么呢：‘凶手是我，不是卡拉马佐夫’？但他没有这样补充。是不是他的良心只给了他上吊的勇气，却不够他承认自己有罪？

“随后又怎样呢？刚才有人把三千卢布交到法庭上来，说‘这就是原先装在陈列于物证桌上那个信封里的钱，是昨天从斯乜尔加科夫那里拿来的’。但是，陪审员先生们，你们还记得刚才那可悲的一幕。我不想重提细节，不过我要谈两三点看法，表面上都是无足轻重的，我挑选这几点恰恰因为它们无足轻重，容易忽略过去。首先，有人认为：昨天斯乜尔加科夫因受良心谴责，先把钱交了出来，然后上吊自尽。（因为若不是受到良心谴责，他不会把钱交出来。）他昨晚才第一次向伊万 · 卡拉马佐夫承认自己的罪行，这是后者告诉我们的。当然，如果不是这样，伊万 · 卡拉马佐夫不可能隐瞒至今。那么，我要再次指出，既然他承认了，而又明知第二天对无辜的被告将进行严厉的审判，那他为何不在遗书中向我们道出全部真相？

“单是钱岂能作证据？比方说，还在一星期前，我和本庭大厅里的另两个人就十分偶然地了解到一个事实，伊万 · 费奥多罗维奇 · 卡拉马佐夫曾派人到省城去把两张五厘利的国库券兑现，每张票面五千卢布，合计就有一万。我的意思只是说，谁都能在一定期限内筹集一笔款项，把三千卢布带来不能证明，这一定就是哪只抽屉或哪个信封里的钱。

“还有一层：伊万·卡拉马佐夫昨天从真凶那里获得如此重要的消息后，竟然稳坐钓鱼台。他为什么不立即报告此事？为什么他把一切都搁到第二天早晨？我认为我有权猜测这是为什么。他的健康状况不佳已有一星期，他自己也向医生和亲友承认经常看到幻影，遇见已经死去的人，就在谵妄症发作的前夕意外获悉斯乜尔加科夫死了，立刻产生如下的想法：‘人已经死了，反正死无对证，可以说是他干的，这样就能救出大哥。钱我这里有。我就拿一沓去，说是斯乜尔加科夫临死前交给我的。’你们会说：这是不道德的，即使诬赖的是死人，但撒谎总是不道德的，即使为了救兄长也一样。但如果他是不自觉地撒了谎，如果他在那个仆人猝死的消息刺激下精神彻底失常，把自己的臆想当作了现实呢？刚才的那一幕你们都看到了，这个人目前处于什么状态你们也看到了。他虽然站着说话，可是他的头脑可清醒呢？

“在谵妄症患者作证之后，法庭收到一份书面证据，那是被告在作案前两天写给维尔霍夫策娃小姐的一封信，信中预先制订了详细的犯罪计划。我们还有必要去找别的计划和制订计划的人吗？一切都按照这份计划丝毫不差地实施了，而实施它的不是别人，正是制订计划的人自己。是的，陪审员先生们，正像俗话所说‘依样画葫芦’照着本儿干的！他根本不是规规矩矩、战战兢兢张望了一下，就从父亲窗前落荒而逃，何况还确信他的心上人正在父亲屋里。不，这种说法太荒唐，根本经不起推敲。他进去了，而且——作了案。显然，他是在怒从心上起、恶向胆边生的状态下杀了人，只向他不共戴天的情敌瞥了一眼。他抡起铜杵可能只击一下，便结果了父亲的性命，然后经仔细搜索，确定他的情人不在那里，不过他没有忘记把手伸到枕头底下去拿到了装钱的信封，那信封撕破的正面此时就放在物证桌上。

“我说这些的用意是要请你们注意一个在我看来极能说明问题的情况。如果那是一个经验老到的杀人者，一个仅仅为了谋财而害命的凶手，——他会把信封的正面像后来在尸体旁边被发现的那样扔在地板上吗？如果那是斯乜尔加科夫为了谋财而害命，——他会把整个信封带走，无须在被他杀害的老爷尸体旁把它拆开；因为他知道信封里是钱——钱是老爷当着他的面装在信封里，然后封口盖印的，——要是他把整个信封带走，那就无人知晓是否发生了盗窃案。请问诸位陪审员先生：斯乜尔加科夫会这样干吗？他会把信封扔在地板上吗？

“不，这样干的肯定是一名处于狂乱状态、已经昏头昏脑的凶手，这名凶手不是惯窃，在这以前从未偷过任何东西，现在他从枕头底下取钱也不是在行窃，而是把被偷走的自己的财物拿回去——因为在德米特里·卡拉马佐夫头脑里，那三千卢布正是他自己的钱，这种观念已变成了躁狂症。他攫取了那个以前他从未见过的信封，马上把封皮撕破，看看里面有没有钱，然后把钱塞进兜里逃跑，甚至忘了考虑，把撕破的封皮扔在地板上却留下对自己极为不利的罪证。一切都因为卡拉马佐夫——而不是斯乜尔加科夫——没有想到，没有虑及，当然喽，他哪里顾得上这些！他赶紧逃跑，不料听到一声呼叫，原来老仆发现了他，正在追来，而且追上了他，把他拉住；于是他用铜杵把老仆击倒在地。被告出于怜悯从墙上跳下来走到老仆跟前。

“被告忽然要我们相信，当时他跳下围墙是出于怜悯，出于同情，想看看能不能向他提供急救。请大家想一想：那是表示这种同情的时候吗？

“不，他跳下来只是为了确定一下：他所犯罪行的唯一见证是不是还活着？其他任何感情，其他任何动机都不合情理！请注意，被告在格里果利身上还花了些工夫，用手帕抹他的头，等到确信他已死了，这才失魂落魄地带着一身血迹再次跑到他的情人家里去——他怎么不想想：他这样蹭了一身血，人家不是一下子就认出他杀了人吗？但被告自己向我们解释，他根本没有注意到自己身上全是血；这倒是可信的，这非常可能，罪犯在这样的时刻往往如此。在一件事情上可以像魔鬼一般老谋深算，在另一件事情上却愚不可及。但当时被告头脑里想的只有一个问题：**她**在哪里？被告需要尽快了解她在什么地方，于是跑到她寓所去，不料竟听到一个无异当头一棒的消息：她到莫克罗耶去和‘拥有当然权利的旧情人’重圆去了！”

九　洋洋洒洒的心理学高论。飞驰的三驾马车。公诉人演说的结尾

伊波里特·基里洛维奇显然选择了严格的史学叙事手法，这是一切有些神经质的演说家都非常喜欢采用的，他们要找一个毫无通融余地的框框来克制自己一吐为快的激情。检察官在自己的发言中进入这一段时，对那位“拥有当然权利的旧情人”作了特别详尽的论述，并就这一题目发表了若干颇有意思的见解。

“卡拉马佐夫忌妒所有的人到了疯狂的地步，可是在那位‘拥有当然权利的旧情人’面前却似乎一下子蔫了，成了狗熊。尤其令人感到奇怪的是，此前他几乎从未注意过，突然冒出来的又一名情敌对他来说孕育着什么危险。他一直认为，这不是当务之急，还早着呢，而卡拉马佐夫从来只顾眼前。十之八九他以为，此人纯属子虚乌有。但现在被告那颗伤痛的心顿然憬悟，那个女人之所以不让这位角逐者显山露水，之所以刚才用谎言欺骗被告，原因正在于这位重新飞来的对手在她心目中绝非空中楼阁，亦非子虚乌有，而是她的一切、她此生的全部希望，——顷刻间明白这一点后，被告认命了。

“诸位陪审员先生，表面上看来，被告的这种心态与他的一贯作风格格不入，似乎无论如何不可理解。对此我不能避而不谈。被告一下子产生一种不可遏止的愿望，那就是公正地对待那个女人，尊重她，承认她有选择把心交给谁的权利，而且是在这样的时刻，被告正是为了她而刚刚杀了自己的父亲！还有一点也是事实，即被告一手制造的血案此刻已经发出讨还血债的呐喊，因为他在毁了自己的灵魂和整个一生之后，那时应该有所感触，应该问问自己：‘与那个拥有当然权利的旧情人相比，对她来说，**如今**我算什么？对于我爱之甚于自己的灵魂的这个女人来说，如今我能意味着什么？当初害苦了她的那

个人忏悔了，回来诚心诚意向她奉献新的爱情，许诺重建幸福的生活。而恓恓惶惶的我，**如今**能给她什么，能向她许诺什么？’

“这一切卡拉马佐夫全都明白，明白自己的罪行已对他堵死了所有的路，他只是一名死囚，而不是来日方长的人！这个念头把他压垮了，摧毁了。于是他瞬息间拿定一个疯狂的主意，以卡拉马佐夫的性格而言，他必然会认为，命中注定这是摆脱他当时这种可怕处境的唯一出路。这条出路便是自杀。

“他跑去取抵押给公务员别尔霍津的手枪，途中掏出兜里所有的钱——为了这笔钱，他的双手刚刚沾满了父亲的血。哦，钱现在对他来说正是最用得着的时候：卡拉马佐夫即将死去，卡拉马佐夫就要自杀，人们会记住这一天的！必须对得起他这颗诗人的灵魂，也不枉他把自己的生命蜡烛是从两头一起点燃烧光的。

“‘到她那儿去，到她那儿去，——哦，我要在那儿大宴天下宾客，我要举办以前从未有过的狂欢盛会，让人们久久难忘，传为佳话。在震耳欲聋的喧闹声中，在吉卜赛姑娘的劲歌狂舞背景前，我要举杯祝贺我崇拜的女人得到新的幸福，然后——就在她脚下，就在她面前，一枪打得我的脑袋开花，结果自己的性命！将来总有一天她会想起有个米嘉·卡拉马佐夫曾经多么爱她，并为之扼腕叹息！’

“他的决定追求强烈的戏剧效果，其中不乏浪漫主义的冲动、卡拉马佐夫式的野性和痴情——另外还有点儿什么，陪审员先生们，另外还有点儿什么在他灵魂中呼唤，在他头脑里不停地敲击，把他的心搅得支离破碎；那便是良知，陪审员先生们，是良知的审判，是可怕的内疚！不过，只要枪声一响，也就一了百了；手枪是唯一的出路，别无他途。至于身后——我不知道卡拉马佐夫当时是否想过‘**身后又将如何**’，不知道卡拉马佐夫会不会像哈姆雷特那样思考身后之事。不，陪审员先生们，外国人有他们的哈姆雷特，而我们目前还只有卡拉马佐夫！”

接下来伊波里特·基里洛维奇不惮其烦地介绍米嘉动身前所作的种种准备，包括在别尔霍津家、在食品铺里以及与车把式打交道的诸多细节。他列举了大量话语和动作，都是向证人核实过的，——这幅景象对听众具有惊人的说服力。主要的影响来自种种事实综合在一起产生的效果。在这幅景象中，那个狂乱地奔忙，把自己的一切置之度外的人有罪，已是无可辩驳的事实。

“他已经没有任何必要瞻前顾后，”伊波里特·基里洛维奇说，“有两三次他几乎完全承认了，如此明白的暗示只差直接说出口来，”检察官援引了一些证人提供的证词。“他甚至在路上冲着车把式叫喊：‘知道吗，你在给一个凶手赶车！’但是毕竟还不能直接明说：先得赶到莫克罗耶，到了那里才能把这台戏唱完。然而，这个不幸的人面对的是怎样的局面呢？

“事情是这样的：他几乎一到莫克罗耶便看出，然后是彻底弄明白，他那位‘拥有当然权利的’对手恐怕并非那么无可争议，他想举杯祝贺他们重新获得幸福恐怕不会被接受。陪审员先生们，你们从法庭调查中已经了解有关的事实。卡拉马佐夫在与他的对手的角逐中大获全胜，于是——哦，于是他的灵魂开始进入一个全新的阶段，甚至可以说，在此人的灵魂经历过并且还将经历的各个阶段中，这是最可怕的一个阶段！

“可以肯定，诸位陪审员先生，”伊波里特·基里洛维奇声情激越地指出，“受伤害的本性和心中的负罪感能为自己实施比世间任何法律制裁更彻底的报复！不但如此，法律制裁和世间惩罚甚至会减轻本性的惩罚，在这样的时刻罪犯的灵魂甚至需要法律制裁作为摆脱绝望的手段，因为当卡拉马佐夫知道心上人爱他，为了他拒绝拥有当然权利的旧情人，并且米嘉、米嘉地呼唤他共同奔向全新的幸福生活时，他的心灵恐怖和精神痛苦我简直无法想象！要知道现在对他来说一切都完了，什么都已经不可能了！

“这里我要捎带着指出一点，这对于弄清楚被告当时处境的真正实质极其重要：直到最后一刻，直到他被捕的一刹那，被告所爱的那个女人对于他始终是梦寐以求、可望而不可即的。然而为什么他不当场开枪自杀？为什么他把拿定了的主意搁置起来，甚至忘了他的手枪放在哪儿？正是这种对爱的强烈渴念，以及希冀在彼时彼地得到满足的欲望留住了他。在纵情作乐的乌烟瘴气中，他像着了魔似的盯着跟他一起恣意寻欢，在他眼里比任何时候更可爱、更迷人的宝贝，一步也舍不得离开，他为之心醉，为之销魂。

“这种强烈的渴念不仅能暂时压倒担心被捕的恐惧，甚至良心的责备也听不见了！但为时极短，哦，只是短短的一瞬！我想象罪犯当时的心态无疑受到以下一些因素的奴役和控制：首先是醉意、喧嚣、狂热的歌舞、混沌的氛围，而她在酒酣耳热之余还载歌载舞，酡颜犹自向着他笑！其次，自我安慰的幻想也在给他壮胆：命中注定的悲惨结局也许还远着呢，至少尚未逼近，——最早也要到次日早晨才会有人来把他抓走。也就是说，还有好几个小时，这已经够多了，太够了！几个小时可以想出好多办法来。

“我可以想象，他当时的心情有点儿像被押赴刑场绞决的罪犯：先得乘囚车通过十里长街，接着是徒步行经成千上万的人群，然后拐上另一条街，在这条街的末端才是可怕的刑场！据我估计，这段历程刚开始时，罪犯坐在示众的囚车上，一定觉得在他前面生命之路正未有穷尽。然而，屋宇不断后退，囚车仍在前进——哦，不打紧，离另一条街的拐弯处还远着呢，他还若无其事地向成千上万盯着他瞧热闹的人群左顾右盼，照旧臆想自己是跟他们一样的人。但已经到了折上另一条街的拐弯处，哦，没事儿，没事儿，还有整整一条街呢。不管已走过了多少房屋，他老是在想：‘还有好多房屋呢。’如此终于走完最后一座房屋，一直来到刑场。

“我想象当时卡拉马佐夫的心态正是这样。他认为：‘他们还来不及采取行动，我还可以想出办法来，哦，还有时间设计如何为自己辩解，如何反击，而眼前，眼前——眼前她是那么可爱！’

“他心中又乱又怕，不过他还是有时间把钱分出一半来藏在什么地方——否则，我无法向自己解释，他刚从父亲枕头底下拿来的三千卢布怎么少了足足一半。他已经不是第一次到莫克罗耶，他曾在那里纵情狂欢两天两夜。他熟悉那座又老又大的木结构房屋，屋外还有板棚，有回廊。我推测一部分钱肯定就是那个时候在这座房子里被藏了起来，就在他被捕前不久，藏在某一道缝隙中，某一块地板下，或者角落里、屋顶下的什么地方——为什么？还能为什么？东窗事发就在眼前，他当然还不知道如何面对这场灾难，再说也没有时间，他的太阳穴里又突突地跳得厉害，**她**又那么迷人，而钱——钱在任何情况下都缺少不得！身边有钱，到哪里都承认你是个人。也许，在这样的时刻还能有这样的远见你们会觉得不近情理，是不是？要知道，他自己声称，离当时一个月以前，就是在对他来说也是心慌意乱、事关重大的那一天，他曾从三千卢布中分出一半来缝在小香袋里。尽管这不是事实，而且下面我们马上要加以证明，但这个念头对于卡拉马佐夫并不陌生，他有过这样的设想。这还不算。后来他要预审员相信，他曾把一千五缝在小香袋里（这是根本没有的事），他之所以能在片刻间当场编出香袋的神话来，或许正因为两小时前刚刚把一半钱藏在莫克罗耶的什么地方以防万一，到天明再说，总比留在身边妥当，那是他灵机一动想出的主意。

“诸位陪审员先生，你们不妨回忆一下，卡拉马佐夫能仰望九霄云外，也能俯视万丈深渊，而且是在同一时间！我们曾在客栈里找过，但没有找到。这笔钱可能至今还在那里；也可能第二天不见了，后来又回到被告手上。反正被告是在那个女人身旁被捕的，当时被告跪在她面前，她正躺在床上，被告向她伸出双手，那时完全忘了世上的一切，甚至没有听见逮捕他的人走近。他思想上还完全没有做好应答的准备。当时他和他的头脑都处在不设防的状态，所以措手不及。

“现在他就在你们面前，你们将对他进行裁判，将决定他的命运。陪审员先生们，我们在履行自己的职责时，我们自己面对一个人有时候也会觉得可怕，是为那个人害怕！那就是当罪犯已经看到一切都完了，然而困兽犹斗，还想跟我们较量的时候，那种与动物没有两样的恐怖感可以看得很清楚。所有保全自己的本能在他身上一下子都被动员起来严阵以待，他为了救自己，会用交织着疑问和痛苦的目光敏锐地注视着你们，捕捉你们的每一句话和每一个动作，研究你们的表情、你们的思想，观察你们可能从哪一侧发起攻击，他那已经够乱的头脑会在瞬息之间设计出千百套对策，然而他还是怕开口，怕说漏了兜！如这般人类心灵蒙受耻辱的时刻，灵魂的苦难历程，渴望自救的动物心态——凡此种种，无不惊心动魄，有时预审员会受到强烈的震撼，甚至会对罪犯萌动恻隐之心！当时我们就是这一切的见证人。

“起先他如遭晴天霹雳，惊恐中脱口而出的几句话对他十分不利：‘血！我罪有应得！’但他很快就控制住了自己。说什么，如何回答——这一切他都没有现成的谱，但一句不认账的话却是现成的：‘对父亲的死我没有罪！’不管三七二十一，先把这堵围墙筑起来再说，围墙后面也许还可以设置一些路障之类。他抢在我们提问之前急忙解释最初脱口而出的那两句对他不利的话：他认为自己仅仅对老仆格里果利之死负有罪责。‘这条人命我认账，可是谁杀了父亲呢？诸位，凶手是谁？**既然不是我**，那么究竟是谁杀了他呢？’请听，我们到那里去正是要向他提这个问题，可是他反倒问我们！这句话是抢先冒出来的：‘既然不是我’——听见没有？既有动物的狡猾，又显得天真，特别表现出卡拉马佐夫式的不耐烦。意思是：人不是我杀的，不许你们怀疑我。接着他赶紧承认（他性急得很，哦，性急得可厉害呢）：‘我想杀死他，诸位，我想过，但我毕竟没有罪，他不是我杀的！’他向我们作了让步，承认自己想杀父亲，等于向我们示意：‘你们应该看到，我是多么诚恳，那就快相信我不是凶手！’哦，在类似的情况下，罪犯往往会变得非常轻率和幼稚，头脑简单得令人难以置信。

“当时，预审人员仿佛无意间突然向他提了一个极其单纯的问题：‘会不会是斯乜尔加科夫杀的？’果然不出我们所料：他大大地生气了，因为他还来不及作好准备，他需要选择并抓住一个时机，那时把斯乜尔加科夫抛出来最为可信，不想被我们抢先一着，使他猝不及防。他按自己的本性马上走向另一个极端，开始竭力使我们相信，斯乜尔加科夫不可能杀人，要杀也杀不了。但是，可不要相信他的话，他这仅仅是虚晃一枪：他完全不打算放弃斯乜尔加科夫这张牌，相反，他还要把这张牌打出来，但要另外找一个时机，因为这一计谋暂时被打乱了。他或许明天就打这张牌，或许还要过几天，准备觑准一个时机冲我们大喝一声：‘瞧，我曾经比你们更不信凶手是斯乜尔加科夫，这你们应当记得，但现在我确信：人是他杀的，不是他，还能是谁！’而暂时他绷着脸，气呼呼地否定这样的推测，然而急躁和愤怒却使他在解释向父亲窗内张望一下后便规规矩矩从窗前走开这个问题上表现得极其笨拙，谁也不会相信。关键在于他还不摸底，不知道格里果利苏醒过来后提供的证词究竟把他揭露到什么程度。

“我们对他搜了身。搜身使他十分恼火，但也令他宽慰，因为我们没有找到所有的三千卢布，只找到一千五。当然，正是在他怒冲冲地要么避而不答、要么矢口否认的这一时刻，有关小香袋的主意才生平第一次从他脑瓜里蹦出来。毫无疑问，连他自己也觉得这主意太不可思议，所以挖空心思，绞尽脑汁想办法让别人听起来多少像那么一回事，要编成一个真实可信的长篇故事。

“遇到这种情况，负责调查的司法人员要注意的第一件事，或者说首要任务就是——不让对方赢得时间作好准备，必须突然出击，使罪犯把藏在心底的思想以其本来面目说出来，才能充分暴露这种胡编的故事有多么幼稚可笑、荒诞不经和矛盾百出。

“要使罪犯开口，只有出其不意而又仿佛在无意间向他透露一个新的事实或案中某一重大情况，而罪犯在这以前是决计想不到和怎么也无法预见的。这样的事实我们有现成的，早已准备好，那就是：老仆格里果利苏醒后提供的证词，他说，被告是从开着的门里逃出来的。这扇门的事他全忘了，至于格里果利可能看见，更是他始料所不及。

“这一着取得了惊人的效果。他直跳起来，突然冲我们嚷道：‘是斯乜尔加科夫杀了人，凶手是斯乜尔加科夫！’——于是他暴露了藏在心底的嫁祸之计，而且是以绝对不可信的形态端出来的，因为如果斯乜尔加科夫是凶手，只可能在被告把格里果利击倒并且逃跑以后进去杀人。我们告诉被告，格里果利在自己倒下之前已看见门开着，而且他从自己卧室里出来的时候曾听到斯乜尔加科夫在板壁后面呻吟，——这下卡拉马佐夫真的垮了下来。我的一位同事、我们尊敬而又诙谐的尼古拉 · 帕尔菲诺维奇事后对我说，就在那一瞬间，他自己差点儿要掉眼泪，觉得被告委实太可怜了。就在这种情况下，被告为了挽回局面，赶紧向我们交代小香袋的神话。他说：'那好吧，我就把这故事告诉你们！'

"诸位陪审员先生，我已经表达了我的想法，为什么我认为离当时一个月前被告把钱缝在小香袋里这回事，非但纯属子虚乌有，而且可以说，是在这种状况下所能编造出来的最荒诞的天方夜谭。即便有人愿意打赌，认为还能胡诌更加不可信的瞎话，恐怕也构思不出比这更蹩脚的了。

"真实的事情总是包含着丰富的细节，表面上看来微不足道，完全是鸡毛蒜皮，所以常常被那些不幸而又无奈的造谎者所忽略，只要在这些他们连做梦也不会想到的细节上提几个问题，自鸣得意的编故事先生就会狼狈不堪，原形毕露。因为他们无暇顾及这些细节，他们的头脑只知构筑宏伟的框架，以为无人敢在这样琐屑的小事上与他们纠缠！可人家偏偏在这上头把他们逮住！

"'请问您是从什么地方拿来材料做您的香袋？'我们向被告提问。'是谁给您缝制的？'

"'我自己缝的。'

"'布料您是从什么地方拿的？'

"被告已经动了气，他认为这样纠缠细节简直是对他的侮辱。信不信由你们，当时他是真的动气了，并非故作姿态！不过他们全是这样。

"'我从自己的衬衫上撕的。'

"'很好。这么说，在您的内衣中间我们明天就能找到那件撕去了一块布的衬衫。'

"请想象一下，诸位陪审员先生，如果我们真的找到了那件衬衫（假定这样一件衬衫确实存在的话，当然会在他的手提箱或柜子里找到），——那就是事实，一个看得见、摸得着的事实，有利于说明他的供词属实！但是他不可能这样考虑。

"'我记不得了，或许不是从衬衫上撕的，我把钱缝在房东太太的帽兜里了。'

"'什么样的帽兜？'

"'我从房东太太那儿拿的，因为是扔在那里的无用的东西，一块旧的细棉布。'

"'您记得很清楚吗？'

"'不，我说不准……'

"他生气了，气得要命，其实只要想一想：这怎么会记不得呢？人即使处在最可怕的时刻，哪怕在押赴刑场的途中，这些琐事都能记住。他什么都会忘记，可是路上瞥见的绿色屋顶或蹲在十字架上的一只寒鸦却能记住。要知道被告是背着别人缝香袋的，他必定记得，当时手持针线提心吊胆所体验的那份屈辱，所遭的那份罪，一听见敲门声，马上跳起来躲到板壁后面去（他的寓所里有一道板壁）……

"但是，陪审员先生们，为什么我向你们讲述这一切，这些细节，这些鸡毛蒜皮的琐事？"伊波里特·基里洛维奇一下子提高了嗓门，"正是因为被告直到此时此刻仍顽固地坚持这种荒诞不经的说法！从他铤而走险的那一夜到现在，整整两个月内，他什么也没有解释清楚，对以前胡编乱造的供词没有补充一点能说明问题的真实情况；他认为：'这一切都不值得一提，你们必须相信我的人格！'哦，我们乐于相信，我们渴望能相信，哪怕是相信他的人格！难道我们是嗜血的豺狼不成？只要能向我们指出一件于被告有利的事实来，我们也欢迎之至——但必须是看得见、摸得着的真凭实据，哪怕只有一件，而不是被告的弟弟根据他的面部表情得出的结论，或者硬说被告捶自己的胸膛肯定是指小香袋，何况那还是在黑暗中。我们欢迎新的事实，我们将率先撤回我们的指控，我们会立即这样做。然而，现在正义在呼唤，所以我们仍然坚持指控，我们什么也不撤回。"

接下去伊波里特·基里洛维奇的发言进入尾声。他仿佛沉浸在狂热之中，大声疾呼不能让血白流，不能让被儿子“抱着卑鄙的抢劫目的”谋杀的父亲枉死。他指着种种明摆着的悲惨事实坚持自己的立场。

“不管你们从以才华著称的被告辩护人那里听到了什么，”伊波里特·基里洛维奇沉不住气了，“不管有人在这里说了多么精彩绝伦、扣人心弦的话企图使你们动容，还是要请记住：你们此时身在维护我们法制的庄严殿堂。请记住你们是我们神圣的俄罗斯的卫士，你们在捍卫我国的根基、我们的家庭和一切神圣的事物！

“是的，此刻你们在这里代表着俄国，你们的判决将不单单向这个大厅里的人宣读，而是将传遍整个俄罗斯，全俄国的人都将听到你们作为俄罗斯的保卫者和执法者的声音，他们或将为你们作出的判决所鼓舞，或将为之感到沮丧。不要让俄罗斯痛苦哀伤，不要辜负了俄罗斯的期望。我们那辆横冲直闯的三驾马车在没命地飞奔，可能在奔向灭亡。全俄各地早已有人高举双手呼吁制止这种不顾死活的狂奔。如果其他国家的人民暂时还给发疯一般猛冲的三驾马车让路，也许根本不像诗人①所希望的那样出于敬意，只不过出于恐惧——这一点请注意。他们闪开是因为害怕，也可能因为厌恶，这还不算糟糕，指不定哪天他们不愿让开了，面对飞驰的幽灵排成一道坚固的城墙，为了拯救自己，拯救进步，拯救文明而主动挡住我们这种无法无天的狂奔！我们已经听到这种来自欧洲的忧患之声。这样的声音已开始时有所闻。不要去刺激他们日益增长的憎恨，不要作出容忍亲子弑父逍遥法外的判决，这无异于厝火积薪！……”

总之，伊波里特·基里洛维奇虽然陶醉得厉害，但总算慷慨激昂地结束了这篇演说——他留给听众的印象确实不同凡响。他本人发言完毕以后，匆匆走了出去，接着——我再说一遍——几乎晕倒在另一

① 仍指果戈理。果戈理把他的代表作《死魂灵》称为“长诗”，标在书名下面。再者，陀氏认为《死魂灵》第一卷的结尾诗意盎然，微言大义，也完全有理由把作者称作诗人。

个房间里。大厅里无人鼓掌，但严肃持重的人们感到满意。不那么满意的只是女士们，然而她们也欣赏检察官的口才，更何况她们对于结果毫不担忧，相信菲久科维奇能扭转乾坤；“他决不会甘拜下风的，肯定能把所有的人打得落花流水！”

人们都把目光投向米嘉；在检察官发言时他自始至终默默地坐着，两手握在一起，咬紧牙关，低首垂目，只是偶尔抬头倾听，特别是当提到格露莘卡的时候。当检察官转述拉基津对她的看法时，米嘉脸上现出轻蔑的冷笑，他嘀咕了一句：“都是贝尔纳！”——声音清晰可闻。当伊波里特·基里洛维奇谈到自己在莫克罗耶审问他、折磨他的情形时，米嘉抬起头来极感兴趣地凝神谛听。在某一个地方他甚至想跳起来大喝一声，不过还是按捺住自己，只是鄙夷地耸耸肩膀。

关于这篇演说的结尾，即关于检察官在莫克罗耶审问被告时如何奇袭智取那一段，后来我们有人暗暗嘲笑伊波里特·基里洛维奇，说：“那一位到底还是忍不住要夸耀一下自己的能耐。”

接下来宣布休庭，不过为时极短，仅一刻钟，顶多二十分钟。公众开始交谈，纷纷发出感叹。我记住了其中的一部分。

“这篇演说很有分量！”一群人中有位先生绷着脸指出。

“心理分析太多。”另外一个声音说。

“可终究都是事实，驳不倒的真理！”

“没错，这方面他是一把好手。”

“归纳得很见功夫。”

“也包括咱们，他把咱们也都归纳进去了，”第三位插进来发表自己的看法，“演说一开头就把咱们跟费奥多尔·巴甫洛维奇等同起来，还记得吗？”

“最后也是。他说这话毫无道理。”

“某些地方意思不太清楚。”

“有那么一点儿自我陶醉的味道。”

“有失公允，有失公允。”

“不，应当说，他还是有两下子的。人家等得很久了，这回总算说了个够，嘿嘿！”

“不知辩护人会怎么说？”

另一群人则在议论：

“刚才他不该攻讦彼得堡来的那位，说人家‘企图使你们动容’，还记得吗？”

“记得，他这一着不高明。”

“太性急了。”

“此公有点儿神经质。”

“咱们在这儿有说有笑，可是被告心中不知作何感想？”

“是啊，不知米嘉心中作何感想？”

“不知辩护人会怎么说？”

第三群人在说：

“坐在最边上的那位女士是什么人，手持长柄眼镜、胖胖的那位？”

“那是一位将军夫人，现在离婚了，我知道她。”

“怪不得手持长柄眼镜。”

“够丑的。”

“不，挺开胃的。”

“在她旁边相隔两个座位坐着一位金发女子，那个要好得多。”

“那一回他们在莫克罗耶打了米嘉一个措手不及，干得很漂亮，不是吗？”

“漂亮是漂亮。可是何必一说再说呢。这事儿他在此地对好多人家讲过不知多少遍了。”

“刚才还是忍不住。也算脸上有光吧。”

“大概觉得自己太亏了，嘿嘿！”

“可是气量也太小了些。再说，他的发言过于玩弄辞藻，句子又长。”

“还危言耸听，请注意，他老是吓唬人。关于三驾马车那段话还记得吗？‘外国人有他们的哈姆雷特，而我们目前还只有卡拉马佐夫！’他这句话相当巧妙。”

“他是在向自由主义暗送秋波。他怕！”

“他也怕辩护律师。”

“是的，不知菲久科维奇先生将说些什么？”

“不管他说什么，反正打动不了那些乡巴佬陪审员。”

“您这样认为？”

第四群人的意见是：

“关于三驾马车那一段他说得好，就是谈到外国人的态度那几句。”

“记得吗，他说外国人不会听之任之的，这倒是事实。”

“此话怎讲？”

“上星期英国下院已经有一名议员站起来就虚无主义者的问题质问内阁：现在是不是该干预那个野蛮的国家，教训一下俄国人的时候了？伊波里特指的就是那人，我知道，就是那名议员。上星期他说起过这事。”

“谈何容易。”

“谈何容易？为什么？”

“我们把喀琅施塔得一关闭，不给他们粮食。他们上哪儿去弄粮食？”

“不是还有美国吗？现在他们可以从美国弄到粮食。”

“扯淡！”

但是铃声已经响了，人们纷纷回到座位上去。菲久科维奇登上了讲台。

十　辩护人的演说。一把双刃刀

那位大名鼎鼎的演说家刚开始发言，其余的响声都静了下来。整个法庭大厅的目光都集中到他身上。他开门见山，明快而自信，但没有丝毫目空一切的架势。他完全不打算卖弄口才，既没有激昂慷慨的语调，也没有扣人心弦的言辞。他像在志同道合的至交圈子里与人谈心。他的声音极好，洪亮而又亲切，甚至这声音本身就给人一种诚恳和敦厚的感觉。然而所有的人马上就明白，发言者可以一下子把音调拔高到真正声情激越的程度，“以无从得知的力量撼人心魄”。他的语言也许不如伊波里特·基里洛维奇那么规范，但是没有冗长的句子，意思反倒更加确切。有一点是女士们所不喜欢的：他看上去老是弯着腰，尤其在演说开始时，那并不是鞠躬的姿势，而像是要向听众冲过去的样子，加之恰恰弯在他那细长的背脊半道上，仿佛在这细长的背脊中间装有铰链似的，因此几乎可以弯曲成直角。

开头他说得比较凌乱，好像缺乏条理，列举的事实也是东拉西扯，可是到后来就形成一个整体。他的发言可以分为两部分：前半部分是对指控的批评和反驳，有时相当尖刻和辛辣。但在后半部分他似乎突然改变了调子，甚至改变了他的风格，一下子冲到震撼人心的高度。而听众似乎就等着这一着，所以都欣喜得战栗不已。

他直接进入正题，一开始就说虽然他的事务所设在彼得堡，但他已不止一次到俄国其他城市去为被告辩护，不过他必须确信或预感到被告是无辜的。

“在这个案子上我也是如此行事，”他解释道，“仅从最初报上发表的一些通讯我就注意到，其中存在着某种令我非常震惊的情况，这使我大大倾向于被告。总而言之，我首先感兴趣的是某一法律事实，这在司法实践中虽然屡见不鲜，但在本案中这些特点表现得特别充分，特别能说明问题。按说，这一事实我该在结束自己的发言时最后才完整地端出来，可是我想一开始就把我的想法说出来，因为我有开门见山的癖好，不喜欢卖关子。从我这方面来说，这可能并不精明，但是真诚。我的想法可用如下的话来表达：大量事实都对被告不利，与此同时，就事论事逐一分析起来，却没有一件经得起推敲！在继续注意传闻和报纸的过程中，我愈来愈确信，我的想法是对的，这时忽然接到被告亲属发来的邀请，他们聘我当被告的辩护人。我马上赶到这里来，到了这里我终于确信无疑。为了推翻这可怕的一大堆事实，指出控方的每一条证据本身都没有得到证实，因而也是虚妄的，我决定接下此案为被告辩护。”

这便是辩护人的开场白，接着他突然宣称：

“陪审员先生们，我在这里是初来乍到。我得到的一切印象都不是先入之见。被告是个容易冲动、野性难驯的人，但我对他没有成见，而不是像本市成百的人那样以前受到过他的伤害，因而好多人事先就对他有反感。当然，我承认，本地人士的道德感情被激怒并非没有理由，被告确实性格暴躁、狂放不羁。然而本地人士还是接待他的，甚至在富有才华的公诉人家中，被告也是受欢迎的。”

笔者附注：这几句话一说，旁听席上发出两三声窃笑，虽然很快就被忍住，大家却都注意到了。在我们城里人人知道，检察官允许米嘉上他家去是违背自己意愿的，原因仅仅在于检察官太太不知什么缘故认为米嘉很有意思。这位女士十分贤德，颇受尊敬，但有点儿怪脾气，挺任性，有时候——多半在一些琐事上——喜欢跟丈夫唱对台戏。不过，米嘉难得上他们家去。

“尽管如此，我还是要斗胆指出，即便拥有像我的对手那样独立思考的头脑和公正求实的性格，对我不幸的当事人仍然可能形成某种错误的偏见。哦，这是很自然的：不幸的被告有太多的理由使人对他产生成见。道德感情一旦受到伤害，尤其是审美观一旦被触怒，往往无法得到宽恕。当然，从公诉人才气横溢的演说中，我们听到了对被告性格和行为所作的严谨剖析，公诉人对案情显然采取了严格的批判态度，特别是为向我们阐述案情的实质，从心理上进行了深入的探讨，如果抱着跟被告本人存心过不去的态度，要达到这样的深度是根本不可能的。

“但是，有些东西在类似的情况下甚至比采取存心过不去的态度更坏，更有害。具体说，如果有人醉心于某种很有艺术性的游戏，沉湎于艺术创作的欲望，比方说创作一部长篇小说的欲望，尤其是如果此人在心理刻画方面具有得天独厚的禀赋，——那么，事情就可能更糟。

“还在彼得堡的时候，我正准备动身上这儿来，就有人告诫过我——其实无须任何告诫，我也知道，——我将在这儿遇到的对手是一位造诣很深、精细入微的心理学家，这种品质早已使他在我国还年轻的司法界赢得某种特殊的声誉。然而，诸位，心理学虽是一门深奥的学问，毕竟像一把两面都能切割的双刃刀。”听众中有人轻轻发笑，“哦，你们当然会原谅我这个俗气的比喻，我没有妙舌莲花的口才。不过我可以从公诉人的演说中随便举个例子。

“夜间，被告在花园里翻围墙逃跑时，用铜杵击倒了抓住他一只脚的老仆。他随即跳回到花园里，在倒地的老仆身边折腾了足有五分钟，想弄清楚：他是否把老仆打死了？据被告供称，他跳下来看看老仆格里果利是出于怜悯，可是公诉人怎么也不愿相信他说的是真话。公诉人认为：‘不，在这样的时刻能有这样的软心肠？这不合情理，他从墙上跳下来，就是为了核实一下：唯一能证明他犯罪的人是活着，还是死了？被告这一行为恰恰证实是他犯下了罪行，因为他不可能出于其他原因、冲动或感情跳回到花园里。’

“这就是心理学；但我们也可以把同样的心理学用于本案，但用的是这把刀的另一面刀刃，听起来照样言之成理。公诉人认为，凶手跳下来是由于谨慎，想核实一下证人是否还活着；然而按照公诉人自己的说法，凶手刚刚在被他杀死的父亲书房里留下一件对自己大大不利的证据，即撕破的信封，上面写明里边有三千卢布。‘假如他把这个信封带走，那么整个世界上谁也不会知道存在过这个信封而且里边有钱，也就没有人知道钱是被告盗走的’——这是公诉人自己阐述的观点。请看：被告在一件事情上一点也不谨慎，昏头昏脑地把罪证留在地板上，自己仓皇逃走。可是仅隔两分钟，他击倒并杀死了另一个人，这时却马上表现出极端残忍而又无比精明的谨慎感——这是我们听到的说法。就算如此，就算如此。在某种情况下他被描绘成心狠手辣、高瞻远瞩，犹如高加索的山鹰；而一分钟后他又变得眼瞎胆小，活像最窝囊的鼹鼠——这正是心理学的奥妙所在。但既然他那么嗜血、狠毒而又精细，以致打死人后还从墙上跳下去，仅仅为了看一下他的见证是否活着，那又何必在他的这个额外受害者身旁耗费足足五分钟，还可能树立新的见证？何必用湿手帕抹去被击倒的老仆头上的血，还让这方手帕日后成为他的罪证？不，既然他那么精细而又冷血，不如跳下去干脆用那根杵子在倒地的老仆头上再猛击几下，把他彻底干掉，不留活口，岂不是什么后患也没有了吗？

“可是他跳下围墙查看他的见证是否还活着的同时，又在园径上留下另一个见证，也就是他从两个女仆那里取走的那根杵子，而她俩日后随时都能认出是她们的东西，并证明是他取走的。他并不是把杵子遗忘在园径上，不是粗心或慌忙中掉在那里，不，他是把凶器扔掉的，因为杵子是在离格里果利倒下的地方十五步左右被发现的。那就不禁要问：他为什么这样做？他这样做正是因为：他由于自己杀了人，打死了老仆而感到懊丧，所以一怒之下，带着诅咒扔掉了作为凶器的杵子，否则不可能也没有理由把它抛得那么远！既然他能为杀了人感到痛苦和惋惜，那恰恰说明他没有杀死父亲：如果杀了父亲，就不会出于怜悯而跳下去看另一个被击倒的受害者，那时就会是另一种感觉，那时根本顾不上怜悯，而只顾保全自己，这是毫无疑问的。相反，我再说一遍，那时他会把老仆的脑壳彻底砸碎，而不会在老仆身上耗费五分钟。怜悯和善意之所以有可能萌生，正因为在此之前他问心无愧。

“请看，这就是另一种心理学。诸位陪审员先生，刚才我自己也故意运用心理分析的方法，目的是通过实例展示从中可以各取所需。就看这把双刃刀掌握在谁手里。心理学甚至会把极其严肃的人引入编故事的歧途，而且完全不由自主。我说的是走火入魔的心理分析，陪审员先生们，是指心理分析这种方法在某种程度上的滥用而言。”

这时旁听席上又可以听到有人发出表示赞许的窃笑，这笑声还是针对检察官的。我不想详尽地照录辩护人的演说全文，我只摘取其中的某些段落，只是把这篇演说中最关键的一些要点列出来。

十一　钱本来就没有。盗案也没有发生

辩护人的演说中有一点简直把所有的人都惊呆了，那就是他彻底否定作为祸根的那三千卢布的存在，由此也就否定了盗窃这笔钱的可能性。

“诸位陪审员先生，”辩护人着手指出，“对于一个没有成见的初来乍到者来说，本案中最令他感到震惊的是一个极有代表性的特点，即：一方面指控被告犯有盗窃罪，同时却根本不能具体指出究竟盗走了什么？据说是盗走了钱即三千卢布。然而原先这笔钱是否确实存在——谁也不知道。请大家仔细想一想：首先，我们怎么知道曾有过三千卢布？谁见过？见过这笔钱并说这笔钱装在信封里、上面写了给谁的，只有仆人斯乜尔加科夫。也是他还在惨案发生之前就把这一消息通知了被告和被告的弟弟伊万·费奥多罗维奇。斯维特洛娃女士也知道了。但是这三个人自己都未曾见过这笔钱，见过的仍然只有斯乜尔加科夫，于是就产生了一个问题：假如果真有这笔钱而且斯乜尔加科夫见过，那他最后一次见到这笔钱是在什么时候？会不会老爷将钱从床上取走又放回到匣子里去而没有告诉斯乜尔加科夫呢？请注意，据斯乜尔加科夫说，钱放在床上垫褥底下；被告应当从床垫下面把钱取出来，然而床上的被褥毫无被翻乱的迹象，这一点在记录中写得很仔细。被告怎么可能一点也不翻乱被褥，而且他那双沾血的手竟没有弄脏那天特地刚铺上去的干净床单？

“有人会说：信封不是在地板上吗？关于这个信封确实值得一议。我刚才甚至感到有点儿困惑：才华出众的公诉人在他的演说中指出，认为凶手是斯乜尔加科夫这样的推测荒唐可笑，正是在那一段发言中他提到那个信封时，忽然自己——请注意，诸位，是他自己——发表这样的见解：‘假如没有这个信封，假如它没有留在地板上成为罪证，假如盗窃者把它带走，那么整个世界上谁也不会知道存在过这个信封而且里边有钱，也就没有人知道钱是被告盗走的。’可见，即

使按照公诉人自己的说法，指控被告犯有盗窃罪的唯一证据，仅仅是从信封上撕下的一张写了字的纸片，‘否则谁也不会知道发生了盗案，或许谁也不会知道曾有过那么一笔钱’。难道这一片纸扔在地板上便可证明信封里曾装过钱，便可证明这笔钱被盗了？有人可能这样回答：‘斯乜尔加科夫曾见过钱装在信封里。’但是，他最后一次见到这笔钱在什么时候？——这便是我要问的。

“我曾经找斯乜尔加科夫谈过，他对我说他在惨案发生前两天见过！可是我难道不能假设这样一种情况，比方说：老头儿费奥多尔·巴甫洛维奇把自己关在屋子里，像热锅上的蚂蚁一般焦急地等待着他心爱的人，由于无事可做，忽然想到把信封取出来并把它拆开，他或许这样想：‘何必套上信封？说不准她还不相信呢。我干脆把一沓子三十张闪色钞票给她瞧，兴许作用更大，她会淌口水的。’——于是他撕破信封，取出钞票，摆出主人翁架子把纸片往地板上一扔，当然不必担心什么罪证不罪证。

“请听我说，陪审员先生们，还有什么比这样的假设和这样的事实可能性更大的？为什么不可以这样假设？只要类似的情况有可能发生，那时关于盗窃的指控便不攻自破：钱本来就没有，盗案也没有发生。如果说，信封扔在地板上证明里边本来有钱，那么为什么我不能提出相反的假设——信封扔在地板上正是因为里边没有钱，钱已被主人自己拿走了？

“你们会问：‘如果费奥多尔·巴甫洛维奇自己把钱从信封中拿走了，那么这笔钱到哪里去了呢？在他宅内搜查时不是没有发现吗？’首先，他的匣子里发现有一部分钱；其次，可能他在上午甚至前一天就取出来了，可能派了别的用场，付了什么账，寄给什么人，乃至改变主意，从根本上改变原来的行动计划，与此同时却认为，没有必要预先向斯乜尔加科夫报告此事。这样的假设只要有存在的可能性，怎么能如此武断地指控被告谋财害命，怎么能咬定发生了盗案呢？这样我们岂不是要走到写小说、编故事的领域中去了？如果声称什么东西被盗，那就必须让人看到那件东西，至少必须无可辩驳地证明被盗的东西确实存在过。可是现在被盗的钱却没有一个人见到过。

“前不久在彼得堡，有一个年轻人，几乎还是个少年，才十八岁，是摆摊的小贩，在大白天里手持斧头走进一家兑换铺，杀死铺子掌柜的，带走一千五百多卢布。作案手段并没有什么特别，就是胆大包天。五个小时以后他被捕了，除了已经被他花掉十五卢布以外，所有这一千五百卢布都从他身上找到了。另外，在凶杀案发生之后回到铺子里的一名伙计向警方不但说出被盗的金额，还说出这些钱的组成情况，即有多少闪色钞票，多少蓝色钞票，多少红色钞票，多少金币，它们是怎么样的；而在被捕的凶手身上搜出的正是这样一些纸币和硬币。再加上接下来凶手对于自己杀人和带走这些钱的事实完全供认不讳。陪审员先生们，我认为这才叫作罪证！我知道那个案子，我能看到，能摸到那些钱，不能说没有这笔钱或不曾有过这笔钱。而本案的情况是不是这样呢？然而这却是一个生死攸关的问题，是涉及一个人命运的大事！

“有人会说：‘那天夜里他纵酒作乐，挥金如土，从他身上发现一千五百卢布——这钱他是从什么地方弄来的？’但是，正因为只发现一千五，而另外的一半钱怎么也找不到，至今没能发现，这一点恰恰说明，这些钱可能根本不是那笔钱，不是那些从来未曾装在任何信封里的钱。按照极其严格的方式从时间上来推算，预审部门已经确知并且证实，被告离开两名女仆跑到公务员别尔霍津家去的途中没有回过自己的住所，哪儿也没有去过，此后便一直与别人在一起，足见他不可能从三千卢布中分出一半来藏在城里什么地方。正是考虑到这一情况，公诉人才推测钱被藏在莫克罗耶的什么缝隙中去了。诸位，莫非藏到尤多尔福城堡的地牢里去了？[①]这不是凭空虚构的浪漫主义臆想吗？请注意，只要所谓钱藏在莫克罗耶的假设不能成立，那么有关

---

① 西洋文学史上有一类以中世纪城堡（多半为哥特式建筑）为背景的恐怖通俗小说，称为“哥特传奇”。这一流派的代表人物英国女作家安·拉德克利夫（1764—1823）有一部长篇小说名为《尤多尔福城堡的秘密》。

盗窃的指控便彻底垮台，因为那另外的一千五百卢布哪里去了呢？既然已经证实被告没有去过别的地方，这笔钱怎么会不翼而飞呢？我们居然准备用这种写小说的方式毁掉一个人的一生！

“有人会说：‘被告毕竟没能解释清楚从他身上发现的一千五是哪里来的，而在当天夜里以前他并没有钱。’请问：谁知道他没有钱？被告对于钱是哪里来的作了明确的供述；如果你们愿意听的话，陪审员先生们，依我看——过去和现在都绝不可能有比这番供述更可信的了，此外，这番供述也最符合被告的性格和心态。控方欣赏自己创作的小说，认为：一个意志薄弱的人在如此屈辱的情况下接受了未婚妻向他提供的三千卢布，不可能留出一半钱缝在香袋里；即使缝了进去，想必每两天就会拆开缝线从中抽出一百来，结果在一个月内也就花完了。不妨回忆一下，这些设想都是用一种容不得任何异议的语调提出来的。会不会实际情形完全不是那么一回事？会不会您创作了一部小说，而被告根本不是里边的人物？问题恰恰在于，您创造出来的是另一个人物！

“可能有人会不同意：‘有人证明，被告在惨案发生前一个月曾到莫克罗耶镇去过，一下子就把从维尔霍夫策娃小姐那里拿来的三千卢布像花一个铜子儿那样挥霍一空，由此可见，被告不可能从中分出一半另置。’但是，这些见证是什么人？这些证人的可信程度在法庭上已经暴露无遗。另外，别人手里的一块面包看上去总好像大些。说到底，这些证人中谁也没有亲自数过那笔钱，只是凭自己的眼神约莫估计一下罢了。证人马克西莫夫不是说被告握在手里的钱足有两万吗？陪审员先生们，你们看到了，心理学是两面都可切割的双刃刀，那么请允许我也来用一下它的另一面刀刃，看看结果会怎样。

“惨案发生前一个月，维尔霍夫策娃小姐曾把三千卢布交给被告，托他邮汇，这里有个问题：授受这笔钱的时候，是否果真如刚才所宣称的那样含有如此奚落和屈辱的意味？有关这一情况，维尔霍夫策娃小姐第一次提供的证词并非如此，完全不是这样；她第二次作证时我们听到的只是泄愤、报复的呐喊，久藏心中的仇恨一旦迸发的怒吼。如果证人第一次提供的证词与事实不符，单凭这一点我们就有权认为，她第二次提供的证词同样可能与事实不符。公诉人‘不愿也不敢’——这是他的原话——触及他们之间的感情纠葛。就算如此，我也不打算触及这个问题，但我只想指出，既然一个心地纯洁、道德高尚的人——备受尊敬的维尔霍夫策娃小姐无疑是这样的人——我是说，既然这样一个人竟会突然间在法庭上一下子推翻自己第一次提供的证词，目的显然是要毁了被告；那么同样可以看清楚，她后来的证词并不是在没有偏见和头脑冷静的情况下提供的。一个想要进行报复的女人有可能夸大很多事实——难道我们连得出这种结论的权利也要被剥夺吗？我认为，她确实可能夸大了授受这笔钱时的那份屈辱。相反，她提供这笔钱时的实际情形，我认为还是可以接受的，尤其是像我们的被告这样一个轻率的人。主要是当时他指望很快可以从父亲那里得到他认为父亲欠他的三千卢布。这种想法是轻率的，但正是由于轻率，他才坚信父亲会拿出这笔钱来，那就是说，他拿到后随时可以把维尔霍夫策娃小姐托他邮汇的款项寄出去，还清这笔债。

“但公诉人无论如何不愿设想，被告可能当天就从这笔钱中分出一半来缝在香袋里，说‘他不是那种人，不可能有那样的想法’。然而明明是您自己大声宣称，卡拉马佐夫有大起大落的性格。您自己大声宣称，卡拉马佐夫能同时看到两个极端。卡拉马佐夫正是这种有两面性格、集两个极端于一身的人，在纵情作乐的欲望如火如荼的时候也能适可而止，如果有来自另一面的强大压力的话。这另一面就是爱情，正是当时在他心中刚刚燃起的爱情之火——而这爱情是需要花钱的，需要的程度甚至超过——哦，远远超过——和他的这个心上人一起寻欢作乐。一旦心上人向他表示：‘我是你的人，我不要费奥多尔·巴甫洛维奇，’被告准备立刻带她远走他乡——那时就用得着这笔钱了。这可比吃喝玩乐更重要。卡拉马佐夫岂能不明白这个道理？他一直为此而深感苦恼、心事重重，在这种情况下，从那笔钱中分出一半藏起来备而不用——这有什么不可思议的？

“但是，时间一天天过去，而费奥多尔·巴甫洛维奇却不向被告支付三千卢布，相反，被告听说父亲恰恰准备用这笔钱作诱饵把他的心上人弄到手。被告心想：‘要是费奥多尔·巴甫洛维奇不拿出钱来，我在卡捷琳娜·伊万诺夫娜眼里岂不成了小偷？’于是他产生了一个念头：他打算把依然挂在自己胸前小香袋里的一千五百卢布拿去放在卡捷琳娜·伊万诺夫娜面前，对她说：‘我是个混蛋，但不是小偷。’可见，被告已有双重理由像爱护自己的眼珠一样保住这一千五百卢布，绝对不拆开香袋从中一百一百地往外抽。为什么您不容许被告有一点荣誉感呢？我认为他身上还是有荣誉感的，就算不大正确，就算在很多情况下是错误的，然而毕竟有并且成为一种强烈的欲望，而他已证明了这一点。

“可是事情变得复杂起来了，忌妒的痛苦已达到极点，还是那两个老问题愈演愈烈地折磨着被告发烧的头脑：‘要是还给了卡捷琳娜·伊万诺夫娜，我拿什么钱把格露莘卡带走？’如果说，在这整整一个月内他举止狂暴，不断酗酒，经常在酒店里撒野，那或许正是因为不堪忍受自己心中的苦楚。这两个问题尖锐对立的结果，终于把他逼到了绝境。他派遣最小的弟弟最后一次去向父亲要这三千卢布，但是未等到回音便自己闯了进去，最终当着好些人的面把老头儿痛打一顿。这样一来，已经不可能从老头儿那里要到那笔钱，挨了打的父亲是不会给的。

“当天晚上，他捶着自己的胸膛，正是捶在挂小香袋的前胸上部，向弟弟发誓说，他有办法不做卑鄙小人，却终究将落得个卑鄙小人的下场，因为他预见到自己不会运用这个办法，知道自己的性格不够坚强，缺乏足够的精神力量。为什么控方不相信阿列克塞·卡拉马佐夫如此真心诚意提供的发自肺腑、实事求是的证词，为什么？相反，为什么偏偏要我相信钱藏在某处缝隙中，藏在尤多尔福城堡的地牢里？

“在和弟弟谈话之后的当天晚上，被告写了那封致命的信。这封信成了指控被告谋财害命最主要、最重大的罪证。‘明天我找遍所有的人去弄钱，要是弄不到……我就去找父亲……砸碎他的脑壳，把他床垫底下外扎粉红色丝带的一包钱拿来，但愿伊万走了就好’——完整的谋杀计划，凶手不是他还能是谁？控方惊呼：‘这是依样画葫芦照计而行！’

“但是，首先这是一封在醉后怒不可遏状态下写的信；其次，关于信封的事他也是照搬了斯乜尔加科夫的话，因为他自己没见过那个信封；第三，写是写了，但是否照写的做了，有什么可以证明？被告是否从床垫底下拿了信封，是否找到了钱，钱究竟是否存在过？再说，被告跑到那里去的目的是不是为了钱，大家不妨想一想，不妨想一想！被告飞也似的直奔父亲家不是去偷钱，只是为了弄清那个把他坑苦了的女人在哪里，——就是说，不是跑去照计划依样画葫芦，不是按预谋行窃，而是在疯狂的妒意驱使下突然间拔腿就跑的！

“有人会说：‘不错，可是他跑到那里毕竟杀死了人，拿走了钱。’那么，说到底，他究竟有没有杀人呢？

“对于盗窃的指控我愤怒地加以否定：如果不能准确地说出什么东西被盗，盗窃的指控便不能成立，这是一条金科玉律！但被告是否杀了人，是否未作盗案而杀了人呢？这是否已得到证实？会不会这又是一篇虚构的小说？”

十二　谋杀也是没有的事

“请允许我提醒诸位，陪审员先生们，这是人命关天的大事，必须慎之又慎。我听公诉人自己承认，直到最后一天，直到今天开庭之日，他一直拿不定主意是否应该指控被告杀人完全是有预谋的，一直动摇到读了今天有人向法庭交出的那封‘醉后书简’为止。‘干的和写的一模一样！’

“但我还是要重申：被告是跑去找那个女人的，唯一的目的是弄清楚她在哪里。这是驳不倒的事实。当时她如果在家，被告就哪儿也不会去了，就会待在她身边，就不会去干信上扬言要干的事。他是突然间拔腿就跑到那里去的，当时对于自己醉后所写的信或许完全记不得了。‘他抓起一根杵子就跑，’——诸位应该还记得控方如何在这根杵子上大做文章，向我们开课讲心理学：为什么他必然会把这根杵子看成武器，当作武器带走，等等，等等。在这个问题上我倒有一个极其寻常的想法：要是那根杵子当时不在显眼的地方，没有摆在被告从那里取走的搁板上，而是收拾起来放回到柜子里去，——它就不会进入被告的视野，被告就会不带武器空手跑去，那么也许就不会杀死任何人。要是这样的话，我怎么能认定那根杵子是预谋杀人的凶器？

“是的，但被告多次在酒店里叫嚷要杀父亲，而在这以前两天他写那封醉后书简的晚上，他比较安生，只跟一名店员吵了一架，据说‘因为卡拉马佐夫不吵架就没法过’。可我对此的回答是：既然他有了谋杀的念头，而且还是按照写下的计划进行，那么即使跟那名店员也肯定不会吵架，或许根本不会踏进酒店，因为存心干这等勾当的人总要寻找僻静冷落的去处，寻找销声匿迹的办法：‘如果可能的话，最好把我忘了，’——这并非精明所致，而是出于本能。

“陪审员先生们，心理学是一把双刃刀，我也会用。要说在这整整一个月内被告不断从酒店里发出叫嚷这件事，不妨想一想，孩子们或从酒店里出来的醉汉们互相吵架时叫嚷‘我要杀了你’根本不足为奇，谁都知道他们并不会杀人。其实，这封致命的信又何尝不是醉后的气话？这跟从酒店里出来的人叫嚷‘我要杀人，我要把你们通通杀光！’有什么两样？

“可是为什么确实不一样？为什么不可能一样看待呢？为什么说那封信是致命的，为什么觉得它不可笑呢？正因为发现了他的父亲被人杀害的尸体，因为有证人看见被告到花园去过，当时正手持武器仓皇逃走，证人自己还被他击倒，所以说干的和写的一模一样，所以说那封信并不可笑，而是致命的。

“感谢上帝，我们总算说到了点子上：‘既然他到花园里去过，人就是他杀的。’这两个分别由两个字构成的词儿——既然**去过**，一定**就是**——把什么都包括进去了。控方的全部论据可概括为：‘去过，就是’。会不会虽然去过，却并不**就是**？

“哦，我承认许多事实凑在一起给人的印象确实相当深刻，不过，也不妨把所有这些事实分开来看，不受其综合影响，比方说：控方为何拒不认可被告说他从窗前逃跑的供词是真话？请回想一下，控方刚才在这里谈到凶手心中骤然涌动恭恭敬敬、诚惶诚恐的感情时，可谓极尽冷嘲热讽之能事。可是，为什么在这种情况下就不能有类似的感情？即便不算恭敬孝顺，难道就不能诚惶诚恐？‘想必这一时刻母亲在为我祈祷，’——被告在预审中曾如此供称，所以当他刚一确定斯维特洛娃不在父亲屋里时，马上就跑开了。‘但他隔着窗子不可能确定，’——控方会提出异议。可是为什么不能？要知道在被告发出暗号后窗户已经打开。当时费奥多尔·巴甫洛维奇可能说了一句什么话，可能发出一声叫唤——被告一下子便可断定斯维特洛娃不在里边。为什么非得按我们的想象来推测？为什么非得在我们定下的想象框框内进行推测？现实生活中有无数事物可能为观察最精细的小说家所忽略。

“‘不错，可是格里果利看到门是开着的，可见被告肯定进过正屋，可见人是他杀的。’

“那就来谈谈这扇门吧，陪审员先生们……。事情是这样的：证明这扇门是开着的只有一个人，这个人自己当时所处的状态……。好，就算如此，就算门是开着的，就算被告死不认账，出于自卫的本能撒了谎，这在他那种处境是可以理解的；就算他进了正屋，到正屋里去过——那又怎么样？为什么一定要说‘既然去过，人就是他杀的’？他可能闯进去，从一个房间跑到另一个房间，可能把父亲推开，甚至可能打了父亲，但在确信斯维特洛娃不在父亲屋里之后就跑了，为她没来而高兴，也为自己没杀父亲而高兴。一分钟后，他之所以会跳下围墙去看被他一时性起击倒的格里果利，或许正是因为逃脱了杀父的诱惑，因为问心无愧，并为没有杀死父亲而高兴，他才可能产生纯真的感情，才可能萌动恻隐之心。

“公诉人以惊人的浓墨重彩为我们描绘了被告在莫克罗耶镇的可怕心态，那时爱情重又向他张开怀抱，召唤他走向新的生活，可是他已无福消受，因为他在城里留下一具他父亲血淋淋的尸体，而尸体将带来的后果是惩罚。不过，公诉人还是容忍了被告的爱情，并用他的心理学理论如此解释这种爱情：被告处于酒醉状态，好比死囚被押赴刑场途中觉得路还长着呢，等等，等等。但是，我要再次请问公诉人先生：您创作出来的会不会是另外一个人？如果被告果真身负他父亲的命案，难道他就如此麻木，如此没心肝，居然在这样的时候还情意绵绵，甚至考虑如何向执法人员耍花招？

“不，不，不！当时被告刚刚弄明白，他的心上人是爱他的，并把他叫到自己身边，向他许诺幸福的新生活，——哦，我敢发誓，如果被告身负他父亲的一条命案，当时他一定加倍、三倍地想要自杀！不，倘若果真如此，他也不会忘了手枪放在什么地方！我了解被告：控方派给他的麻木不仁、丧心病狂的特点与他的性格是不相容的。他本来会自杀，这一点毫无疑问。他没有自杀，正是因为母亲为他做了祈祷，他的心在父亲被杀这件事上没有负罪感。那天夜里在莫克罗耶，他只为倒地的老仆格里果利而苦恼，而伤心，暗暗祈求上帝保佑老头儿能苏醒后站起来，但愿他刚才那一下不是致命的一击，他就不至于为此而受到惩罚。

“为什么不能接受对一连串事件的这种说法？我们有什么确凿的证据证明被告在撒谎？

“对了，他父亲的尸体！马上又会有人向我们指出：‘你说他没杀父亲就跑了出去，那么是谁杀了老卡拉马佐夫呢？’

“我再说一遍，控方的全部逻辑可归结为：如果不是他，又是谁杀了人？没有人替代他。

“陪审员先生们，真的是这样吗？难道确实没有任何人可怀疑吗？我们曾听到控方扳着手指数过，那天夜里在这座宅院或到过这座宅院里的人共有五个。我同意，其中三人完全可以排除，那就是死者本人、老仆格里果利和他的妻子。剩下的便是被告和斯乜尔加科夫，公诉人充满激情地声称，被告之所以嫁祸于斯乜尔加科夫，实在没有别人可诬赖了，要是有第六个人，即使是第六个人的幻影，被告马上会满面羞惭地放弃指控斯乜尔加科夫，而把矛头指向那第六个人。但是，陪审员先生们，难道我就不能得出相反的结论吗？对象只有两人：被告和斯乜尔加科夫。为什么我不可以说：您指控我的当事人仅仅因为没有别人可指控了？而没有人可指控只是因为您完全先入为主地已经把斯乜尔加科夫排除在怀疑范围以外。

“诚然，指控斯乜尔加科夫的只有被告本人、他的两个弟弟、斯维特洛娃，就这几个人。但是另外还有一些人持这种看法：社会上隐隐约约地在酝酿一个疑问、一团疑云；可以听到一些模模糊糊的流言；可以感到存在着某种等着瞧的气氛。最后，某些事实的相互印证也很能说明问题，虽然我承认这不是定论：首先，羊痫风正好在惨案发生那天发作，而不知什么缘故公诉人认为自己有义务如此卖力地为这次发作的真实性辩解。然后斯乜尔加科夫又在开庭前夕突然自杀。接着，被告的二弟今天在法庭上提供了同样突然的证词，在这以前他一直认为兄长有罪，可是今天却带来了被盗的钱，并且再次宣称斯乜尔加科夫是凶手！哦，我和法官、检察官一样完全相信伊万·卡拉马佐夫患有谵妄症，他的作证确实可能是在神志不清的状态中构想的奋力一搏，为救兄长而把事情推到死人身上。然而，斯乜尔加科夫的名字毕竟被说了出来，与此同时又让人感到几分神秘。陪审员先生们，好像有什么话没有说透，没有说完。也许还会有说透的时候。但这事我们先搁一搁，以后再说。

“刚才法官们决定继续开庭。现在我可以就公诉人所作有关已故的斯乜尔加科夫的性格概述发表一点看法。尽管我叹服公诉人刻画入微的功力，对这段性格概述的实质却不敢苟同。我去找过斯乜尔加科夫，看到了他，跟他交谈过，他给我的却是完全不同的印象。他身体虚弱，这是事实，但就其性格、心智而言——哦，不，他完全不像控方得出的结论中所说的那样脆弱。我尤其不认为他胆小怕事，而公诉人向我们描述的却是个典型的胆小鬼。他丝毫没有头脑简单的迹象，相反，我认为他貌似天真，实际上极其多疑，而且他的头脑想得很多，也懂得很多。哦！控方认为他弱智低能倒是太天真了。他给我的印象一点也不含糊：我离开他的时候确信，此人积有很深的怨毒，而且睚眦必报，虚荣心、忌妒心重得要命。我收集了关于他的一些材料：他痛恨自己的出身，视之为奇耻大辱，一想到自己是'臭黎萨维塔所生'，便咬牙切齿。老仆格里果利夫妇是他小时候的恩人，但他对他们并无敬意。他诅咒俄国，嘲笑俄国。他梦想去法国，目的是想成为法国人。过去他常说，实现这个梦想缺乏资金。我觉得，他除了自己以外谁也不爱，并且出奇地妄自尊大。在他眼里讲究衣着、戴洁白的胸衬、穿锃亮的靴子便是有教养。他认为自己是费奥多尔·巴甫洛维奇的私生子(这也有事实可以佐证)，可能痛恨自己的地位与主人的合法儿子不能相比：他们拥有一切，而他一无所有；他们有种种权利，可以继承遗产，而他只是一名厨子。他告诉我，是他和费奥多尔·巴甫洛维奇一起把钱装在信封里的。如果他有了这笔钱，也就有了自己的前程，但现在他当然痛恨这笔钱的用途。何况他亲眼见到了这三千卢布簇新的闪色钞票(我特意向他问过此事)。哦，任何时候都不要让一个忌妒心和虚荣心重的人一下子看到许多钱，而他却第一次看到一个人拿着这么一大笔钱。这一沓闪色的钞票可能在他想象中激起病态的反应，尽管乍看起来并没有造成任何后果。

"才华出众的公诉人异常细致地从正反两方面向我们阐述了指控斯乜尔加科夫杀人的可能性，特别提出他为什么要假装癫痫发作这个问题。其实他根本无须假装。此病说发作就可能发作，十分自然；但是说过去或许也就过去了，同样十分自然，那时病人就会醒过来。

"控方问：斯乜尔加科夫有没有作案时间？要指出作案时间易如反掌。当老仆格里果利抓住爬上围墙正欲逃跑的被告一只脚，大叫'杀父的逆子'时，斯乜尔加科夫可能恰恰在这一刹那从昏睡中苏醒并且从床上起来(因为他只是睡着了：癫痫发作后总是昏睡沉沉)。这一声叫喊不同寻常，在寂静的黑夜中周围都能听到，可能把斯乜尔加科夫惊醒，因为到彼时他可能睡得不那么熟了，甚至一小时前已开始悠悠苏醒也不奇怪。

"从床上起来后，他几乎在无意识状态中没有任何意图地循声走去，看看是怎么回事。他的头脑里残留着发病时的一片混沌，思考的能力还似醒非醒，他来到花园里，走到有灯光的窗前，听老爷告诉他一个可怕的消息，因为老爷见到了他当然很高兴。思考的能力在他头脑里一下子活跃起来了。他从惊恐的老爷那里了解到所有的细节后，他那紊乱的头脑中逐渐构筑起一个主意—— 一个可怕的、但是很有诱惑力而又完全合乎逻辑的主意：杀死老爷，取走三千卢布，然后把一切都推到大少爷身上。谁都会想到是大少爷干的，不指控大少爷，还能指控谁？因为对大少爷不利的证据太多了，何况他还来过。渴望得到金钱的强烈欲望加上可以逍遥法外的想法，使他的心都快跳出来了。哦，像这类一分钟前还没有杀人念头的凶手，一旦遇到机会往往会突然产生不可遏制的冲动！斯乜尔加科夫可能走进老爷屋里去实现他的计划，至于用什么作凶器，——可以从花园里随便捡一块石头。那么为什么？有什么目的呢？三千卢布意味着他的前程。哦！我并没有自相矛盾，钱还是有可能存在的。甚至可能只有斯乜尔加科夫一个人知道老爷把钱藏在哪儿。'可是撕破的信封怎么会扔在地板上呢？'

"刚才公诉人谈到这个信封时阐述了他的一种极其精辟的见解，认为只有像卡拉马佐夫这样一个并非惯窃的人，才会把信封遗留在地上，要是斯乜尔加科夫，就决不会留下这样的罪证，——诸位陪审员先生，刚才我听到这里，突然有一种何其相似乃尔的感觉。你们也许很难想象，关于卡拉马佐夫会怎样处理信封的问题，两天前我从斯乜尔加科夫那里听到的竟是完全相同的见解，完全相同的推理。这且不说，他还有一点令我吃惊：我觉得他在装蒜，好像急于把这个想法塞给我，好像是我自己得出这样的结论，实际上是他在给我提示。那么，是不是他也把这个想法向预审官员作了提示呢？是不是他也把这种推理的方法塞给了明察秋毫的检察官呢？

"有人会说：'格里果利的老伴不是整夜都听到病人在附近呻吟吗？'不错，她是听到过，但这条理由是非常靠不住的。我认识一位女士，她抱怨院子里的一条狗整夜叫个不停，吵得她没法入睡。可是经了解，那条可怜的狗整整一个夜晚总共只叫过两三次。这很自然：一个人睡着时倘若突然听到呻吟，会因自己被吵醒而不快，但不久又睡着了。过两个小时又被呻吟吵醒，然后又睡着；最后，再过两个小时呻吟再起，一夜之间总共三次。到早晨他起床后，就抱怨有人哼哼了一宿，不断把他吵醒。他肯定会有这样的感觉；每次两小时入睡的时间他不记得，记得的仅仅是被吵醒的几分钟，于是他以为整整一宿老是被吵醒。

“公诉人振振有词地问：为什么斯乜尔加科夫在绝命书中没有承认？‘难道说良心只给了他上吊的勇气，别的就不够了？’可是，请原谅，说到良心——那已经有忏悔的意思了；但自杀者也可能并没有忏悔的意思，有的只是绝望罢了。绝望和忏悔是完全不同的两回事。绝望可能充满怨毒、誓不两立，自杀者在绝命的一刻可能加倍仇恨他忌妒了一辈子的那些人。

“陪审员先生们，请千万小心，不要造成错案！刚才我向诸位假设和描述的一切有什么不情不实之处？如果我的推理有什么错误，有什么不可能或荒唐的地方，请指出来。但只要我的假设有一丝可能的影子，有一丝可信之处——就请你们不要轻易定谳。而刚才那些意见难道仅仅只有一丝影子吗？我可以凭着一切神圣的事物起誓，我完全相信刚才向你们提供的有关这一命案的解释。最使我不能理解、也最使我无法容忍的还是这一情况：控方胪列了一大堆事实指控被告有罪，其中却没有一件说得上千真万确、无可辩驳，而一个不幸的人纯粹由于这些事实凑在一起却要一生被毁。不错，这些事实凑在一起是够可怕的：从被告手上淌下来的血，沾满血迹的衬衫，黑夜里响起的‘杀父的逆子’这一声惊呼，发出惊呼后被砸破了脑袋倒下去的老仆，以后又是大量的言语、证词、动作、叫喊——哦，这一切的影响力确实不小，确实能误导人们的判断。但是，陪审员先生们，你们的判断难道能加以误导吗？请记住，交给你们的权力大得了不得，生杀予夺均由你们决定。不过，权力越大，责任也越吓人！

“我坚持自己刚才申述的观点，半步也不后退，但就算我暂且同意控方的主张，即我不幸的当事人双手沾满了自己父亲的血，我再说一遍，这仅仅是一种假设，我也相信他是无辜的，一分一秒也不怀疑，但不妨假设我的当事人犯了杀父罪。即便如此，也请你们听我一句话。我心中还有话要对你们说，因为我预感到在你们心中和你们的头脑里将会有激烈的斗争……。请原谅我提到了你们的心和你们的头脑，陪审员先生们。但我要做到彻底真诚，不掺半点儿假。让我们大家以诚相见……”

说到这里，辩护人的发言被相当热烈的掌声所打断。的确，临了那几句话他说得诚心可鉴，大家都感觉到他确实有话要说，而且他马上要说的话正是最重要的。但审判长听到掌声后，大声警告如果再发生“类似情形”就要“清庭”。于是一切都沉寂下来，菲久科维奇以后的发言换上了一种动情的语调，和在这以前的语调完全不同。

十三　蛊　惑　者

“陪审员先生们，有可能毁掉我的当事人的不单单是这些事实凑在一起产生的效应，”他开始说，“不，真正可能毁了我的当事人的只是一个事实，那就是他父亲的尸体！如果这是一桩普通的命案，那么，只要把每一件事实逐一加以分析，而不是合在一起考虑，由于这些事实的不足道、未证实和虚幻性，你们会驳回指控，至少不会仅凭对一个人的成见毁了他的一生——尽管人们对他有成见，确实是他咎由自取！

“然而，这不是一桩普通的命案，而是一桩杀父案！这是惊心动魄的，其撼人心魄的程度致使控方列举的事实明明是不足道和未证实的，却也变得有了分量，多多少少像是定论，甚至在最少成见的头脑里尚且如此。对这样的被告怎么能判无罪？如果他杀了人怎么能让他逍遥法外？——每一个人在心中几乎不自觉地、本能地都会这样想。

“是的，杀死自己的父亲是件可怕的事情——因为被杀的是生他、爱他的人，从他小时候起便为他有点儿头疼脑热操碎了心的人，为了他的幸福含辛茹苦一辈子的人，活着仅仅为了他能舒心快乐、有所成就的人！陪审员先生们，什么是父亲，真正的父亲？这是多么伟大的两个字！这一名称有着何等伟大的内涵！刚才我们约略指出了真正的父亲是什么，应该是怎样的。在本案中，在我们大家正在研究、我们为之如此劳神烦心的这个案件中，这位父亲即已故的费奥多尔·巴甫洛维奇·卡拉马佐夫，却与我们刚才所说的父亲这一概念格格不入。这不像话。是的，某些做父亲的委实不像话。让我们从近处来端详一下这位不像话的父亲——鉴于我们面临的抉择至关重要，就不应当有任何顾虑。现在我们尤其不应该顾虑重重，用独具慧眼的公诉人的话来说，像小孩子或怕事的女人那样对某些思想避之唯恐不及。

“但在他那篇火气很大的演说中，我这位尊敬的对手(我还没有开口，他已站在我的对立面了)曾数次声称：‘我不会把为他辩护的权利拱手让给来自彼得堡的辩护人。我是公诉人，我也是辩护人！’这话他一再重申，然而他忘了提醒大家：既然可怕的被告小时候在故居，仅仅因为从唯一疼他的人那里得到过一斤榛子，在整整二十三年间始终铭心感恩，那么，反过来说，这样一个人在这二十三年间也不可能不记得，自己光着脚，用仁爱为本的赫尔岑什图贝的话说，‘给父亲撂在后院里，脚上没有靴子，裤子仅靠一颗扣子吊住才不掉下来’的情形。

“噢，诸位陪审员先生，为什么我们要从近处看看那位不像话的父亲，重提大家都已经了解的往事？请想一想，二十三年之后我的当事人回到本城见他父亲的时候，看到的是一幅什么样的景象？为什么要把我的当事人描绘成一个冥顽不灵、自私自利的怪物？他桀骜不驯、粗野狂暴，为此他还在接受我们的审讯，但谁应该对他的命运负责？他明明有不错的禀赋，有一颗知恩图报、感觉锐敏的心，而受到的竟是如此荒唐的教育，这该由谁负责？有谁教过他理智地做人？他有没有接受过知识的启蒙？童年时有谁多多少少爱过他？我的当事人是在上帝保佑下长大的，也就是说像一只野兽那样听天由命。阔别多年之后，我的当事人也许渴望见到父亲。在这以前他也许千百次回忆起自己的童年，竭力驱散小时候常梦见的那些魑魅魍魉，一心只想原谅和拥抱自己的父亲！结果怎样呢？迎接他的只有恬不知耻的嘲弄、猜疑以及在钱财问题上无休止的争吵。他天天听到一杯白兰地在手的父亲发表那些令人恶心的奇谈谬论和人生哲学，最后竟看到父亲想用儿子的钱夺走儿子的情人。哦，陪审员先生们，这太可恶、太狠毒了！而这个老头儿还逢人便抱怨儿子不孝、狠心，往儿子脸上抹黑，诽谤他，收购他立下的借据，企图把他送去坐牢！

“陪审员先生们，像我的当事人这样的人看起来像凶神恶煞，无法无天，却往往心肠很软，只不过他们不显露出来罢了。请不要笑，不要以为我的想法可笑！天才的公诉人刚才无情地挖苦我的当事人，把他喜欢席勒，热爱‘美好和高尚的情操’视为笑柄。如果我处在他的位置，如果我是公诉人，我决不会加以嘲笑！是的，我要为这些人的心灵辩解，因为它们很少能得到理解，却经常被曲解；这些人的心灵往往渴望温柔、美好和公正，似乎恰恰与他们自己的粗野和凶横形成对照——这是一种不自觉的渴望。他们表面上情欲强烈、举止横暴，其实却有一颗爱心，比方说他们能爱一个女人爱得近乎折磨自己，而且一定是一种能使灵魂升华的高尚的爱。还得请你们不要笑我：在这类人身上这种情况屡见不鲜。他们只是不善于掩饰自己的情欲——这种情欲有时表现得非常粗暴，——正是这一点令人震惊，人们注意的也正是这一点，却看不见一个人的内心。他们的热情很快就会冷却，但在品行高尚、心灵美好的女人身边，这个看来粗野狂暴的汉子会弃旧图新，争取革面洗心，做一个诚实的好人——变得‘美好而高尚’，不管这几个字遭到了怎样的讥讽！

“刚才我说过，我不许自己触及我的当事人与维尔霍夫策娃小姐的罗曼史。不过，说一两句还是可以的。刚才我们听到的不能算证词，而只是一个情绪狂乱、只图报复的女人的号叫；说实在的，轮不到她——哦，根本轮不到她——来指责被告背叛了她，因为是她自己背叛了被告！只要她有一点点时间冷静地想一想，就不会提供这样的证词！哦，请不要相信她的话，我的当事人并不是像她所说的‘恶煞’！

“博爱人类的主在被钉死在十字架上的前夕说过：‘我是好牧人，好牧人为羊舍命[①]，也不让一只羊丢失……’我们也不能毁了一个人！刚才我曾发问：父亲这两个字意味着什么？我说这是两个伟大的字，是个宝贵的名称。但是，陪审员先生们，使用名称可马虎不得，我要实话实说：像被杀的老卡拉马佐夫这样做父亲的，就不能、也不配称为父亲。爱一个不配做父亲的父亲是荒谬的，不可能的。爱不能凭空创造出来，只有上帝才凭空创造世界。

“‘你们做父亲的，不要惹儿女的气，’[②]这是一位使徒本着一颗火热的爱心写下的话。我现在引用的这些圣人之言并不是为了我的当事人，我是为了天下做父亲的重温这些圣人的教诲。是谁赋予我这种权力来向他们说教？没有人。但我以一个人和一个公民的身份*向活着的人们呼吁！*[③]我们在世间逗留为时不多，我们会做许多不好的事，说许多不好的话。因此我们人人都要把握住共同交流的机会，彼此说些有益的话。我现在就是这样做的：只要我在这个地方，我就要利用这个机会。当局不是无缘无故为我们提供这个讲坛——全俄国都能听到我们的声音！我的话不光是说给今天在场的父亲们听的，我要向一切做父亲的大声疾呼：‘你们做父亲的，不要惹儿女的气。’首先我们自己要实现基督的训示，然后才能要求我们的孩子。否则我们就不是父亲，而是我们孩子的敌人；他们也就不是我们的孩子，而是我们的敌人，是我们自己把他们变成了我们的敌人！你们用什么量器量给人，也必用什么量器量给你们[④]——这可不是我的话，这是福音书上的教训：你自己怎样对待别人，别人也会怎样对待你。如果孩子用你的办法对待你，怎么能责怪孩子呢？

“前不久在芬兰，有一个当侍女的姑娘被怀疑偷偷产下一个小

① 见《圣经 · 新约 · 约翰福音》第 10 章第 11 节。

② 见《圣经 · 新约 · 以弗所书》第 6 章第 4 节。

③ 这句原文为拉丁文。出自德国诗人席勒的《大钟颂》。

④ 见《圣经 · 新约 · 马太福音》第 7 章第 2 节。

孩。于是有人暗中监视她，结果在房屋顶楼角落里的砖头后面发现她的一只箱柜，以前谁也不知道，打开后从中取出被她杀死的一个新生婴儿的尸体。在同一只箱柜里还发现两具小骷髅，都是她以前产下后当即杀死的，对此她供认不讳。

“诸位陪审员先生，她算不算这些婴儿的母亲？不错，是她生下了他们，但她能算是他们的母亲吗？谁会用神圣的‘母亲’二字来称呼她？陪审员先生们，让我们壮起胆来，不仅胆大，而且妄为，此刻我们甚至有责任胆大妄为，不要怕某些说法和想法，不要像莫斯科的商人妇那样听不得‘金属’和‘烟气’这样的字眼[①]。相反，我们要证明最近几年的进步也影响到我们的思想观念，我们应当直言不讳：生了儿女的还算不得父亲，生了儿女而又尽到责任的才算是父亲。

“哦，当然，对父亲这两个字也有另一种理解，另一种诠释，根据这种解释，即使我的父亲是个恶魔，即使他是自己儿女的罪人，他仍然是我的父亲，理由仅仅是他生了我。但这可以说是神秘主义的解释，凭头脑我是无法理解的，我只能凭信仰，或者更确切地说，是**不加思考地**接受下来，像其他许多事情一样，尽管我也不理解，可是宗教要求我相信。但在那种情况下，就让它保留在现实生活领域之外也可以。而现实生活却不仅有自己的权利，它本身还要我们承担伟大的义务；在现实生活的领域内，我们如果想讲仁爱，说到底，也就是如果想做真正的基督徒的话，我们应当并有义务严格按经过理性和经验证实、经过分析的洪炉熔炼的信念行事，——归结为一句话，我们必须理智地而不是像在睡着时、梦魇中那样糊里糊涂行事，才不致害人，不致坑苦和毁掉一个人。那时我们干的才是真正基督徒干的事，

① 这“烟气”多见于《圣经》，如《圣经·旧约·创世记》第19章第28节述及耶和华毁灭淫乱之城所多玛和蛾摩拉时有“那地方烟气上腾，如同烧窑一般”等语，专指硫黄、树脂燃烧的烟气，总是与地狱或惩恶连在一起。俄国剧作家亚历山大·奥斯特罗夫斯基所著的剧本《日子难过》（1862）中一个商人妇听到“金属”就联想起铁索锒铛，另一个说：“我的胆儿小得要命。只要听到‘烟气’这两个字，马上就手脚发抖。”

不仅仅是神秘主义的，而是真正仁爱的事业……”

这时从大厅的许多方向爆发出热烈的掌声，但菲久科维奇甚至双手乱摇，似乎在恳求掌声停下来，让他把话讲完。全场顿时鸦雀无声。演说继续下去：

“陪审员先生们，假定我们的孩子已经是青少年，假定已经开始用理性思考，你们以为他们不会产生这些问题吗？不，会产生的，我们不应要求他们作不可能的克制！看到自己的不称职的父亲，特别是跟同年龄其他孩子的称职的父亲进行比较，会使一些恼人的问题在青少年心中油然而生。他们这些问题通常只能得到例行公事式的答案：‘他生了你，你是他的骨肉，因此你必须爱他。’青少年会不由自主地陷入深思：‘他生我的时候难道爱我吗？他生我难道是为了要我吗？在那个时刻，在或许是被酒激起了情欲的时刻，他连我是男是女也不知道，他传给我的只是纵酒的嗜好，——这就是他干的好事……。为什么我必须爱他？难道仅仅因为他生了我，而以后从来没有爱过我？’

“哦，你们也许会觉得这些问题粗俗、残酷，但你们不应要求青少年的头脑作不可能的克制。‘你即使把天性赶出门去，它也会从窗外飞进来。’重要的是我们不应怕听‘金属’和‘烟气’，应该按理性和仁爱的指示，而不是按神秘主义观念的要求来处理问题。怎样处理？应该这样：让儿子站到父亲面前，正经八百地问他本人：‘父亲，告诉我，为什么我应当爱你？父亲，你得向我证明我应当爱你。’——如果这位做父亲的答得上来并能向他证明，那么这就是一种真正的、正常的父子关系，不是仅靠神秘主义的偏见维系，而是建立在理智、清醒和严格合乎人道的基础之上。相反，如果做父亲的无法证明，——这个家庭也就完了；他不再是儿子的父亲，而做儿子的从此获得自由，今后有权把自己的父亲视同陌路甚至视为自己的敌人。陪审员先生们，我们的讲坛应当成为宣扬真理和明智观念的学校！”

演说在这里被不可遏止的、近乎狂热的掌声所打断。当然，并非全场鼓掌，但毕竟有一半听众鼓掌。鼓掌的也是做父母的。从女士们坐的敞廊上响起了尖叫声和欢呼声。许多人在挥舞手帕。审判长拼命摇铃要求保持肃静。他显然被听众的表现所激怒。但把刚才“清庭”的威胁付诸实施可断乎不敢，因为向演说者鼓掌和挥舞手帕的甚至有坐在后面特设椅子上的贵宾，燕尾服前襟上挂着星形勋章的老者，所以等喧闹声停下来以后，审判长才跟先前一样仅限于厉声扬言“清庭”做做样子，得意而又激奋的菲久科维奇又继续他的演说。

“诸位陪审员先生，你们不会忘记今天在这里反复谈到的那个夜晚，做儿子的翻墙潜入父亲的宅院，最后与生了他却伤害了他的敌人面对面相遇。我要全力坚持——当时他跑去不是为了谋财，指控他盗窃是荒谬的，前面我已经说过。他闯到父亲那里去也不是为了害命，绝对不是；如果他蓄意杀人，那么至少事先会准备好凶器，而那根铜杵他是本能地拿走的，自己也不知派什么用场。就算他用暗号骗过了父亲，就算他进去了——我已经说过，我一分钟也不信这个神话！陪审员先生们，我凭着神圣的一切向你们发誓，如果那不是被告的父亲，而是伤害了他的其他人，被告在各间屋子里匆匆查看一遍之后，确信那个女人不在宅内，他会在对情敌不造成任何危害的情况下匆匆逃跑，也许会把他的情敌打一下，推一跤，仅此而已，因为他无心于此，他没有闲工夫，他需要知道那个女人在什么地方。但那是他的父亲——一看到他从小痛恨的父亲、伤害他的仇人、而如今又是难以置信的情敌，事情就完全不同了！仇恨不由他自主而又无法遏制地向他袭来，理智地思考根本不可能，千种思绪霎时间一齐涌上心头！这是疯狂和错乱的冲动，但也是天性的冲动，就像自然界的一切不可阻挡和不自觉地要为自己的法则遭破坏进行报复一样。

“但被告即使到了那个时候也没有谋杀父亲——我坚持这一点，我公开宣称这一点——不，他只是在憎恶和愤怒的驱使下挥了一下那根杵子，并没有杀人的愿望，也不知道会打死人。当时他手中如果没有那根致命的杵子，他也许只会把父亲打一顿，但不会杀了他。他逃跑的时候并不知道被他击倒的老卡拉马佐夫是否死了。这样杀人其实并不是谋杀。这样杀人并不是杀父。杀死这样的父亲不能称之为杀父。这样的命案仅仅由于偏见才被归入杀父案!

“但是，我从我的心灵深处一次又一次提请你们考虑：这桩命案事实上发生了没有？陪审员先生们，如果我们判定他有罪，他会对自己说：‘这些人没有为抚养我、教育我、使我变得好一些，使我成为一个人——总之，没有为改善我的命运做过任何事情。这些人没有管过我的吃喝，我蹲大狱也没有来探过监，如今这些人却把我发配充军。我已经清了账，现在我什么也不欠他们，永生永世不欠任何人了。他们心狠，我也会狠心。他们手辣，我也会辣手！’结果会是这样，陪审员先生们！我敢发誓：你们对他定罪只能使他感到轻松，只能减轻他良心的负担，他将诅咒他造成的流血惨案，而不是感到悔恨。与此同时你们也毁了一个本来还可以挽救的人，因为他将一辈子被怨毒蒙住自己的眼睛。

“你们要不要对他施加所能想象的最严厉、最可怕、最令人毛骨悚然的惩罚，但又能拯救他的灵魂，使他从此获得新生？你们将看到，将听到他的灵魂会怎样战栗，何等惊骇。他会发出这样的感叹：‘我如何受得起这样的恩典、这样的厚爱？我配吗？’

“哦，我了解这颗心，这是一颗狂野的，但是感恩的心，陪审员先生们。这颗心将永远铭记你们伟大的宽容，它将渴望作出无愧于这份厚爱的壮举，在炽热的光华中永生。有人由于自身的狭隘总是觉得全世界对不起他。但如能用仁慈去感化这样的人，向他展现一片爱心，他也会幡然悔悟，痛改前非，因为他身上有那么多的善根。他的心胸会大大拓宽，他会看到上帝有多么仁慈，人们有多么善良和公正。他将大为震骇，忏悔不迭，今后将履行无穷尽的义务以赎前愆。那时他就不会说：‘我已经清了账，’而会说：‘我愧对所有的人，我和别的任何人相比实在一无是处。’他会流着悔罪的热泪，揣着一颗羞愧和感动得火辣辣的心慨叹：‘人们都比我好，他们不想毁了我，而是要拯救我！’

“哦，这对你们来说只是举手之劳，你们很容易做出这一仁慈的举动，因为在查无实据、连一点点像是真实的罪证都没有的情况下说出‘是的，被告有罪’这样的话，对于你们将是太沉重的负担。

“宁可放过十名罪人，也不惩罚一名无辜——你们是否听到了上一个世纪我们光荣的历史上这个伟大的声音？用不着区区来提醒诸位：俄国的法庭不光是惩处罪犯，也要挽救罪犯！让别国的法律去考虑条文和惩治吧，我们应该着眼于精神和内涵，挽救罪犯并使他们重新做人！如果能做到这一点，如果俄罗斯及其法庭真是这样的话，那么——前进吧，俄罗斯，如果别的国家对你狂奔的三套车侧目而视，避之唯恐不及，我们却不会害怕。那不是疯狂的三套车，而是堂皇的俄罗斯彩车雄赳赳、气昂昂地向着目标挺进。我的当事人的命运掌握在你们手中，我们的俄罗斯真理也掌握在你们手中。你们将拯救真理，捍卫真理，向世人证明有人维护真理，真理掌握在好人手中！”

十四　乡下人不买账

菲久科维奇如此结束了他的发言，这一回听众的热烈反应竟像暴风雨一般势不可当。要加以遏制已无法想象：女士们纷纷哭泣，许多男士同样唏嘘不已，甚至有两位要人也掉下了眼泪。审判长顺应形势，甚至没有马上摇铃。我们有些女士事后激动地说：“压制这样的热情简直是亵渎神圣。”演说者本人由衷地感动了。

就在这样的时刻，我们的伊波里特·基里洛维奇再一次站起来表示“不敢苟同”。人们用憎恶的目光望着他，“怎么？这是什么意思？他居然还敢不同意？”女士们议论纷纷。但即使全世界的女士在检察官太太的率领下一齐表示不满，此刻也拦不住伊波里特·基里洛维奇。他面色煞白，激动得发抖；他说出的最初几个字、最初几句话甚至听不懂；他呼吸急促，吐字不清，语无伦次。不过他很快就缓过神来。从他这第二次发言中我只引几句话。

“……有人指责我们在这里编小说。那么辩护人岂不是在小说之上编小说吗？只差没有诗歌了。费奥多尔·巴甫洛维奇在等情人的时候，居然把信封撕开后扔在地上。甚至能举出他在如此令人惊讶的情况下说的话。这难道不是想象力太丰富的结果吗？有什么能证明他把钱取了出来？谁听到了他说的话？智能低下的白痴斯乜尔加科夫竟被描绘成拜伦笔下的什么人物，因为自己是私生子而向社会进行报复——这不是拜伦风格的长诗又是什么？至于儿子闯进父亲屋里杀了他，同时又没有杀他，这甚至既不是小说，也不是长诗，而是斯芬克司了，这个斯芬克司出的谜题当然连他自己也解不开。杀了就是杀了，怎么可能既杀了又没有杀——这种话谁听得懂？

“后来辩护人又向我们宣告，我们的讲坛是弘扬真理和健全观念的讲坛，可是从这个‘弘扬健全观念’的讲坛上竟信誓旦旦地说出这样的‘至理名言’：把谋杀父亲称为杀父纯粹是一种偏见！如果杀父是偏见，如果每一个小孩都诘问自己的父亲：‘父亲，为什么我应当爱你？’——那我们的社会基础将成何体统？我们的家庭将成何体统？你们都听到了，杀父只不过是莫斯科商人妇怕听的‘烟气’罢了。为了达到给不该开脱的人开脱罪名的目的，不惜肆意歪曲先人就俄罗斯法庭的使命和前途留下的最珍贵、最神圣的遗训。辩护人号召用仁慈去感化被告，这对罪犯来说可谓正中下怀，大家第二天就可以看到他将怎样被感化！其实，辩护人仅仅要求宣告被告无罪，是不是过于谦虚了？为什么不要求设立以杀父凶手命名的奖学金，让他的丰功伟绩在后来人心目中流芳百世？福音书和宗教也被修正了，据说这些都是神秘主义，而辩护人拥有的才是经过理性和健全观念分析验证的正宗基督教义。这是公然在我们面前兜售冒牌的基督！辩护人声称**你们用什么量器量给人，人也必用什么量器量给你们**，而紧接着又得出结论道，基督教导要用别人量给你们的量器量给别人——这话乃是从弘扬真理和健全观念的讲坛上说出来的！其实，有些人只是在发表演说的前夕才匆匆翻阅一下福音书，以便炫示他们对这部颇有特色的经典并非一无所知，必要时可以用来制造一定的效果，一切取决于是否有利于达到目的！而基督的教诲正好相反，他告诫我们不要这样做，因为世上存心不良的人是这样做的，我们应当加以宽恕，把另一侧面颊凑过去，而不是用欺弄我们的人同样的手段对付别人。这才是我们的上帝对我们的教诲，他没有说禁止儿女杀父亲是一种偏见。我们不应在弘扬真理和健全观念的讲坛上篡改我们上帝的福音书；应当指出，辩护人仅仅把基督称作‘被钉死在十字架上的仁爱者’，而不是像全俄正教徒那样向他呼唤：‘你是我们的上帝！……’”

这时审判长插话了，他给过于激动的发言人泼了点儿冷水，请他不要言过其实，也不要离题太远，等等，等等，都是审判长通常在这种情况下所说的话。大厅里的气氛也不太平静。公众有些坐不住了，还发出愤愤不平之声。菲久科维奇甚至没有反驳，他只是登上讲坛，一只手按在心口上，以受伤害者的语调说了几句维护自身尊严的话。他仅仅用讥讽的口吻再次约略提到了“编小说”和“心理学”，在一个地方还捎带着插了一句：“朱庇特，你发怒了，可见你错了。”[①]这句话引起了许多听众赞许的笑声，因为伊波里特·基里洛维奇实在太不像朱庇特了。然后针对检察官指责他纵容年轻一代杀父这一点，菲久科维奇以不屑一顾的姿态表示他甚至不想回答。谈到“冒牌基督”以及他没有把基督称为上帝，而只是称为“被钉死在十字架上的仁爱者”，谈到“从弘扬真理和健全观念的讲坛上不许发表反正教言论”时，菲久科维奇暗示这些指责有含沙射影的味道，并说自己在来本城之前至少曾抱有希望，认为在这里的讲坛上说话无须担心遭到“对我个人作为公民和臣民有危险的”指责……。听到这样的话，审判长对他也作了告诫，于是菲久科维奇鞠了一躬结束答辩，在听众的一片赞许声中走下讲台。按照本城女士们的看法，伊波里特·基里洛维奇已“一败涂地，万劫不复”。

接下来法庭让被告本人发言。米嘉站了起来，但他没说多少话。他已心力交瘁。上午他到庭时那种满不在乎和挺精神的模样现在几乎

---

① 通常认为这句话是古希腊散文作家琉善（约 125—约 192）作品中普罗米修斯对宙斯（朱庇特）说的。原话是：“你抓起闪电来代替回答，可见你是错了。”后世经常用这句话指某人恼羞成怒恰恰表明他理屈词穷。

影踪全无。这一天内他似乎得到了够他终身受用的体会，使他领悟到过去不明白的、非常重要的道理。他的声音变得微弱，已不像早先那样吼叫，从他的话中可以听到某种陌生的语调，给人以顺从、服输、认命的感觉。

“让我说什么呢，陪审员先生们？对我审判的时日到了，我感到上帝的手正指着我。一个没出息的人算是完了！但我像对上帝表白一样再次向你们重申：对于父亲的死我是无罪的！我要说最后一遍：人不是我杀的！我没有出息，但我是爱善、向善的。我无时无刻不想改过自新，然而我却活得像一头野兽。谢谢检察官，他对我讲了很多有关我的事情，这些事情过去我并不了解；但说我杀了父亲——这不是事实，检察官错了。也谢谢辩护人，我听他发言时哭了，但说我杀了父亲不是事实，即使假设也不应该！至于大夫们的话请不要相信，我头脑完全正常，只是心里难受。如果你们饶了我，放了我——我要为你们祈祷。我保证做个比原先好的人，我向上帝保证。如果你们定我的罪——我也要把我的剑高举过头折断后吻它的残片！但是，请饶了我，不要剥夺我心中的上帝，我了解自己，我会造反的！我心里难受，诸位……饶了我吧！”

他几乎倒在自己的座位上，声音戛然而止，末了一句话是勉强说出来的。随后法官提出几个问题，要求控辩双方作最后陈述。细节我就不缕述了。最后，陪审员们离座起身，准备退场进行磋商。审判长疲惫已极，因而只向他们有气无力地告诫几句：“要不偏不倚，不要受论辩者口才的影响，但必须仔细斟酌各种论点，记住你们肩负着伟大的责任”等等，等等。

陪审员们退场，法官宣布休庭。人们可以站起来走走，互相交谈积聚下来的感想，在小卖部吃点东西。时间已经很晚，大概过了午夜将近一点钟了，但是没有人离去。大家的情绪都那么紧张，根本顾不上休息。人人都悬着一颗心在等待，不过这样说也许太过分。女士们只是处于歇斯底里的不耐烦状态，但她们的心是平静的：“肯定宣告无罪。”她们都在准备迎接富于戏剧性的欢欣鼓舞的时刻。我承认，在男士们那一边也有非常多的人相信必定会宣告无罪。一部分人喜形于色，另一部分人紧皱眉头，还有一部分人干脆垂头丧气：他们不愿听到宣告无罪！菲久科维奇自己对于成功坚信不疑。他被围在人堆里接受祝贺，许多人都想讨好他。

“在辩护人与陪审员之间，”事后有人转述他曾在一群人中间说，“可谓心有灵犀一点通。还在发言的时候就开始形成这种无形的纽带。我感觉到了它的存在。这一回我们赢定了，尽管放心。”

“可是我们的乡下人陪审员会怎么说呢？”一位胖胖的麻脸先生走到一群正在交谈的男士跟前绷着脸说，他是城郊的一位地主。

“陪审员并不全是乡下人。里边有四名公务员。”

“是的，有公务员。”一名地方自治局的成员加入进来说。

“您知道普罗霍尔·纳扎烈夫吗？就是那个挂奖章的商人，他是陪审员。”

“怎么？”

“这人脑瓜灵得很。”

“可他老是不吭声。”

“话是很少，不过这样更高明。且不说彼得堡名律师教不了他，没准儿他还能给整个彼得堡上一课呢。他共有子女十二人，这可不是闹着玩儿的！”

“天哪，难道不会宣告无罪？”另一群人中有位年轻的公务员大声说。

“一定会宣告无罪。”有人很有把握地指出。

“如果不宣告无罪，那简直是丢人！”一位公务员的火气不小，“就算是他杀的，可是那个做父亲的像个父亲吗？再说，当时他正火冒三丈……。他的确可能只是挥了一下杵子，老头儿就倒下了。只是不该把那个仆人牵扯进来。这简直是一段滑稽的插曲。要是我当辩护人，我干脆就说：是他杀了人，但他没有罪，见你们的鬼去！”

“他就是这样做的，只是没说‘见你们的鬼去！’”

“不，米哈依尔·谢苗内奇，跟说了也差不多。”第三位插言道。

“听着，诸位，四旬斋那阵子我们那里有个女演员也被宣告无罪，她把情夫的合法妻子喉管给割破了。”

“可是没有割断。”

“反正都一样，反正她开始割了！”

“刚才关于儿女的那番话他说得怎么样？精彩极了！”

“精彩。”

“还有关于神秘主义的那段也不坏！”

“您就别提神秘主义了，”还有一位不知是谁叫了起来，“你们也为伊波里特想想吧！打这一天起他的日子怎么过？为了米剑卡，检察官太太明天不把他的眼珠子抠出来才怪呢。”

“她今天来了吗？”

“亏你想得出来！要是她今天来了，在这儿就会抠出来。她在家里，牙疼。嘿嘿！”

“嘿嘿！”

下面是第三群人中间的反映：

“看来米剑卡会宣告无罪了。”

“说不定明天京都酒店会给闹得底儿朝天，他至少要醉上十天。”

“真见鬼！”

“说对了，这种事情少不了魔鬼插手。魔鬼不掺和到这里头去，还能掺和到哪儿去？”

“诸位，辩护人的口才确实令人佩服。不过也不应该用杵槌乱砸老子的脑袋呀。要不然，岂不全乱了套？”

“还有那彩车，你们还记得他说的彩车吗？”

“对，他把大车变成了彩车。”

“可是明天又会把彩车变成大车，‘一切取决于是否有需要’。”

“如今的人可真够精明的。诸位，咱们俄国究竟有没有真理？是不是压根儿没有了？”

但铃声响了。陪审员们商量了整整一个小时，不多也不少。公众重新坐定后，法庭大厅里立刻出现一片深沉的寂静。我记得陪审员们一一回到庭上。终于到了这一时刻！我不想逐条照录一个个问题，我也记不得那么多。我只记得审判长提出的第一个、也是最主要的问题，即被告“是否蓄意谋财害命？”（原话我不记得。）这时全场屏息静听。陪审团团长——正是那位最年轻的公务员——在死一般的寂静中用洪亮的声音清清楚楚地宣布：

“是的，有罪！”

接下去对所有的问题逐条的回答都一样：是的，有罪；是的，有罪，没有丝毫从轻发落的余地！这是任何人都意想不到的，因为几乎所有的人都相信至少会从轻发落。大厅里死一般的寂静没有被打破，可以说真的一切都凝滞了——包括渴望定罪的，也包括渴望宣告无罪的。但这仅仅是最初几分钟的情形。随后出现了可怕的混乱。男士们中间许多人非常满意。有几位甚至掩饰不住心中的高兴搓起手来。不满意的人仿佛被压倒了，他们无可奈何地耸耸肩膀，窃窃私议，看上去像是一下子给震懵了。但是，我的上帝啊，我们的女士们到底怎么啦？我以为她们要暴动了。起初她们似乎不相信自己的耳朵。忽然，整个大厅里啰唣四起：“这到底是怎么回事？这到底是怎么回事？”她们纷纷从座位上跳起来。她们大概以为，这一切马上都可以重新纠正过来。就在这个当口儿，米嘉蓦地站起来，伸出一双手，用撕心裂肺的声音喊道：

“我以上帝和末日审判的名义起誓，对于父亲的死我是无罪的！卡嘉，我原谅你！兄弟们，朋友们，请你们饶了另一个女人吧！”

他没有说完就号啕大哭，全场都能听到一个陌生的、不像是他的声音，天知道他的声音怎么一下子变成这样。楼上敞廊最远的角落里传来女人刺耳的尖叫：这是格露莘卡。还在法庭辩论开始之前，她就恳求管事的放她重新进来。米嘉被押了下去。宣判被推迟到明天。全场听众在一片混乱中开始离去，我不再等着听什么反应了。我只记得有几个人到了出口处的台阶上还在议论。

“恐怕要到矿上去服二十年苦役。”

“至少二十年。”

“是啊，我们的乡下人陪审员愣是不买账。”

“我们的米剑卡算是完了！”

尾　声

一　营救米嘉的计划

在对米嘉进行庭审后的第五天一大早，还不到九点钟，阿辽沙就来找卡捷琳娜·伊万诺夫娜，以便最后谈妥一件对他俩都很重要的事，另外阿辽沙还受托要交给她一封信。她坐在曾接待格露莘卡的那个房间里与阿辽沙谈话；隔壁房间里躺着正在发烧昏睡的伊万·费奥多罗维奇。卡捷琳娜·伊万诺夫娜自从那天在法庭上大哭大叫之后，便吩咐把罹病和失去知觉的伊万·费奥多罗维奇接到自己家里，置社会上必然会出现的一切闲话和非议于不顾。和她住在一起的两位亲戚之一，在发生了法庭上那一幕之后立即去了莫斯科，另一位留在此地。但即使两人都走了，卡捷琳娜·伊万诺夫娜也不会改变自己的决定，也要留下来照料病人，日夜守在他身边。对他进行治疗的是瓦尔文斯基和赫尔岑什图贝，而那位莫斯科名医回莫斯科去了，他拒绝对此病可能出现的结果发表预测意见。虽然本地的两位大夫鼓励卡捷琳娜·伊万诺夫娜和阿辽沙不要泄气，但是看来还无法让他们抱有切实的希望。

阿辽沙每天两次去探望病中的二哥。但这一回他有一桩特殊的、很棘手的事要办，他预感到此事多么难以启齿，可他又急得很，因为这天上午他还有另一件刻不容缓的事要去另一个地方，必须赶紧前往。

他们已经谈了一刻钟左右。卡捷琳娜·伊万诺夫娜面色苍白，十分疲惫，但同时又处在近乎歇斯底里的激动状态：她已经预感到阿辽沙现在为什么来找她。

“对于他的决定您不必担心，”她口气很坚决地对阿辽沙说，“这样也罢，那样也罢，反正他必然会得出这个结论：他必须出逃！这个不幸的人，这个荣誉和良心的英雄——我不是指德米特里·费奥多罗维奇，而是指躺在隔壁、为兄长作自我牺牲的那位，”卡嘉目光炯炯地解释道，“他早已把这个出逃计划全部告诉了我。知道吗，他已经开始与有关的人进行接触……。有些情况我曾经跟您谈起过……。是这样的：这事十之八九将发生在从此地算起第三个押送站，一批犯人将从那里被押往西伯利亚。哦，到那里还远着呢。伊万·费奥多罗维奇已经去找过第三押送站的站长。只是不知道这批犯人将由谁负责押解，这也不可能提前很久打听到。也许明天我把整个计划详细向您介绍，这件事伊万·费奥多罗维奇在开庭前夕就托付给我以防万一……。您可记得，有一天晚上您来正好赶上我们在吵架，就是那一回：他已经下楼要走，我见到了您，又要他回来——还记得不？您可知道那时我们为什么吵架？”

“不，我不知道。”阿辽沙说。

“当然，那时他瞒着您。吵架就是为了这个出逃计划。在这以前三天他便向我透露了所有的要点——从那时起我们就开始吵架，整整吵了三天。吵架的原因是：他告诉我，德米特里·费奥多罗维奇如果被定罪，就和那个贱货一起逃往国外，我听了以后，一下子就火了——我没法对您说为什么，我自己也不知道究竟为什么……。哦，当然，那时我是为那个贱货发火，我就是不愿她跟德米特里一起逃往国外！”卡捷琳娜·伊万诺夫娜一下子气得嘴唇发抖。“当时伊万·费奥多罗维奇看到我为那个贱货发火，马上以为我是因德米特里而吃她的醋，换句话说，以为我还爱着德米特里。就这样发生了第一次吵架。我不想解释，我不能请求原谅；我很难过，因为这样一个人竟然怀疑我依旧爱那个……。而在这以前很久我已坦率地告诉过他，我不爱德米特里，只爱他一人！我只不过是由于对那个贱货怀恨在心而生他的气！三天后，就在您来找我的那个晚上，他把一个封口的信封交给我，要我在他万一出什么事的情况下立刻把信封拆开。哦，他已经预见到自己会发病！他向我透露，信封里有详细的出逃计划，万一他死了或病危，营救米嘉全靠我了。他当即把钱交给我，将近有一万卢布，——就是检察官在发言中提到的那一万卢布，他不知听谁说你二哥派人去兑了现。我一下子感到非常震惊：伊万·费奥多罗维奇虽然为了我心怀妒意，并且确信我依旧爱着米嘉，却仍不放弃营救兄长的念头，还把这项营救计划托付给我！哦，这是一种牺牲！不，阿列克塞·费奥多罗维奇，您理解不了这种自我牺牲！我真想诚惶诚恐地跪倒在他脚下。可是一想到我这样做会被他看成只是为米嘉有救感到高兴喜悦（他一定会这样看的！），我又因他有可能产生如此不公平的想法而恼怒，结果非但没有吻他的脚，反而跟他大吵一场！哦，我真不幸！我就天生这种要命的、不幸的性格！哦，您总有一天将看到，我会逼得他像德米特里一样把我甩掉，投向另一个比较容易在一起过日子的女人，但那时……那时我再也无法忍受，我会杀了自己！

“那天您到我家来，我叫喊您，并要他回来，当他和您一起上来的时候，他突然用憎恨和轻蔑的目光望着我，激起了我极大的愤怒，——您可记得？——我顿时冲他大喊大叫，说是**他，他一个人**说服了我相信，他的兄长德米特里是凶手！我故意诬蔑他，为的是再刺他一下；其实他从来没有对我说过他的兄长是凶手，倒是我一再要他相信这一点！哦，一切都是我的火爆性子造成的！是我炮制了法庭上那该死的一幕！他要向我证明自己光明磊落，即使我还爱着他的兄长，他也不会出于报复和忌妒而毁了德米特里·费奥多罗维奇。所以他去出庭……。一切都是我造成的，全是我一个人的错！”

卡嘉还从来没有向阿辽沙作过这样的自白，阿辽沙感觉到此时她那难以忍受的苦楚正处于这样一个阶段，原先极端高傲的一颗心不惜忍痛摧毁自己的傲气，倒在不幸的重压之下。哦，阿辽沙知道，她此时的痛苦还有一个可怕的原因，尽管米嘉被定罪后这些日子她一直努力掩饰这一点。但是，倘若卡嘉决定屈尊趴下，立刻主动跟他谈这个原因的话，阿辽沙却不知什么缘故会感到过于痛心。卡嘉为自己在法庭上“出卖”了米嘉而深感愧疚，阿辽沙预感到良心会迫使卡嘉单单向他忏悔，忏悔的同时则免不了流泪、尖叫、歇斯底里地在地上打滚。所以他害怕这一时刻的来临，宁可饶了愧疚的卡嘉。这样他来此的使命就更难完成。他又谈起了米嘉。

“没关系，没关系，不必为他担心！”卡嘉又固执而果断地开始说，“这一切在他只是暂时的，我了解他，我太了解他的心了。您放心，他会同意出逃的。何况又不是马上就逃，他还有的是下决心的时间。到那时伊万·费奥多罗维奇也康复了，会亲自安排一切，什么也不用我做。其实他已经同意了：难道他舍得撇下那个贱货？而她想跟到西伯利亚去又不可能，那么他除了逃跑还能怎样？他主要是怕您，怕您从道德角度不赞成出逃，但您应该慷慨大度地**允许**他这样做，既然在这个问题上非得到您的批准不可。”卡嘉末了添上这带刺的一句。她顿了一下，现出淡淡的一笑。

“他老是在那里念叨什么颂歌，”卡嘉又往下说，“念叨他应该背十字架，念叨什么义务，我记得那时候伊万·费奥多罗维奇曾告诉我很多有关他的这些怪话。您不知道您二哥告诉我的时候，怀着何等的深情！”卡嘉突然抑制不住自己的感情激动起来。“您不知道当时他有多么爱您那个不幸的大哥，而同时可能又是多么恨他！哦，那时候我是带着傲慢的冷笑听他含泪讲述的！哦，浑女人！我才是浑女人，我！是我让他害上了谵妄症！而那个被定了罪的主儿——他哪里会感到愧疚？！”最后卡嘉愤然说。“他这种人会愧疚吗？像他这样的人永远不懂什么是愧疚！”

从她那几句话里可以听到憎恨和厌恶的口气。而事实上是她出卖了米嘉。“也许因为她觉得自己对不起米嘉，所以有时憎恨米嘉，”阿辽沙忖道。他希望只是“有时”有这种情况。从卡嘉末了的几句话里他听到挑战的意味，但是他不予理会。

“今天我把您叫来，正是希望您能亲自向我保证说服他。莫非您也认为逃跑是不名誉的、怯懦的或者是……非基督徒的行为？”卡嘉话里挑战的意味越发露骨了。

“不，没什么。我会把一切都告诉他……”阿辽沙嗫嚅道，“他要您今天去见他。”他坚定地望着卡嘉，一下子把这句难以启齿的话说出了口。

卡嘉打了个寒战，在沙发上向后一缩。

“要我去？……这难道可能吗？”她嘟哝了一句，脸色变得更加难看。

“这不但可能，而且应该！”全身来劲的阿辽沙坚持说，“他非常需要您，正是现在。本来我不想提这事，不想过早使您难受，实在是不得已。他病了，他像个疯子，老是要求见您。他要您去不是为了和解，他只要您去，只要您在门口出现。打那天起，他在好多方面发生了变化。他明白自己无限地对不起您。他不想求您宽恕。‘我这人是不可宽恕的，’——这是他自己说的。他只求您能出现在门口……”

“您还是令我感到意外……”卡嘉嘀咕道，“尽管这些日子我一直预感到您会为这件事来……。我知道他会叫我去的！……但这太难了！”

“纵然很难，您也要勉为其难。要明白，他这是第一次憬悟到自己对您造成了多大的伤害，他有生以来这还是第一次，过去他从未这样充分地认识这一点！他说，要是您不去，他从今以后将终生陷入不幸。听着：一个被判二十年苦役的人还想得到幸福——这难道还不可怜吗？请想一想，您应该去见见那个无辜被毁的人，”阿辽沙以挑战的口吻回敬道，“他是清白的，他没有杀人！念他将要遭数不清的罪，您也该马上去见他！去吧，在他走向一片漆黑之前去送送他……只要在门口站一站，仅此而已……。这是您**应该**做的！”临了阿辽沙在强调“应该”二字时达到了难以置信的力度。

“我应该去，但是……我不能，”卡嘉像是在呻吟，“他会用什么样的目光看我……我不能。”

“你们的目光应该相遇。如果您现在不下决心，您这辈子怎么过？”

“宁可痛苦一辈子。”

“您应该去，您**应该**去。”阿辽沙再一次不依不饶地加重语气。

“可是为什么非得今天去，非得现在去？……我不能撇下这里的病人……”

“走开一会儿没有问题，只要一会儿工夫。您要是不去，今天夜里他会发烧说胡话的。我决不骗您，您就可怜可怜他吧！”

“您该可怜可怜我才是。”卡嘉痛心地埋怨道，然后哭了起来。

阿辽沙见她流下眼泪，很有把握地说：

“行了，您一定会去的！我去告诉他，您马上就去。”

“不，千万不要告诉他！”卡嘉失声惊呼，“我会去的，可是您不要预先告诉他，因为我到了那里可能不进去……。我自己还拿不准……”

她语不成声，呼吸相当费力。阿辽沙站起身来要走。

“万一我碰见什么人，那如何是好？”她忽然轻声说了一句，脸色又变得煞白。

“之所以必须现在去，就是为了免得您在那里碰上什么人。您不会遇见任何人的，我决不瞎说。我们等您。”他果断地说完以后，便走出房间。

二　谎言一时间成了真话

阿辽沙急匆匆赶往目前米嘉所在的医院。法院作出判决后的次日，他便害了神经热被送往县城医院的囚犯病房。但是，根据阿辽沙以及其他许多人（霍赫拉科娃、丽扎等）的请求，瓦尔文斯基医生没有让米嘉与其他囚犯同住，而是把他单独安置在以前斯乜尔加科夫住过的那间小室。诚然，走廊尽头有人放哨，窗上装有铁栅，所以瓦尔文斯基不必为自己所提供的这一不太合法的方便担心；但这是一位富有同情心的善良年轻人。他明白，像米嘉这样的人一下子跨进杀人犯和诈骗犯的圈子有多么艰难，这需要一个适应的过程。亲友探视是得到医生、看守甚至警察局长同意的，没有任何障碍。不过这些日子只有阿辽沙和格露莘卡去探视米嘉。拉基津已有两次想要和他见面，可是米嘉恳求瓦尔文斯基千万别放他进来。

阿辽沙进来时见他身穿住院病人的长袍坐在床上，有点儿发烧，头上缠着浸了醋的湿毛巾。他毫无表情地看了一眼走进病房的阿辽沙，但目光中还是流露出几分惊恐。

总的说来，自从庭审以后他变得心事重重。有时候半个小时一声不吭，好像在苦苦思索，忘了旁边有人。逢到他从沉思中摆脱出来开始说话时，总是出人意外，而且说的一定不是他真正该说的话。他往往痛苦地瞧着弟弟。跟格露莘卡在一起对他来说似乎比跟阿辽沙在一起要好受些。虽然米嘉绝少与她交谈，但只要她一进来，米嘉脸上便会焕发出喜悦的光彩。

阿辽沙在病床边上他身旁坐下。这一次他在焦急地等候阿辽沙，但是什么也不敢问。他认为卡嘉同意来是不可想象的，可同时又觉得，如果她不来，那将是难以容忍的。阿辽沙能理解他的感情。

“听说特里方·博里塞奇把他的客店全毁了，”米嘉神经质地开始说，“他把地板撬起来，把墙板卸去，把整个回廊都拆成了碎木片——一直在找藏金，就是检察官说我藏在那里的一千五百卢布。据说他回到那里，马上就乒乒乓乓折腾开了。这骗子活该！这里的一名门卫昨天告诉了我；他是莫克罗耶人。”

“听着，”阿辽沙说，“她会来的，但我不知什么时候来，也许今天，也许明后天，这我说不准，但她会来的，一定来。”

米嘉震动之余似乎想说些什么，但是没有吭声。这消息对他的影响极大。看得出，他极想了解谈话的细节，但他还是不敢马上就问：万一卡嘉有什么狠心和鄙夷的表现，此刻就等于捅他一刀。

“对了，她要我一定让你在出逃这件事情上不要受良心的责备。即使到时候伊万的病还没有好，她自己也会负责安排。”

“这你已经对我说过了。”米嘉若有所思地指出。

“而你已经告诉了格露莘卡。”阿辽沙也向他指出。

“是的，”米嘉承认，“她今天上午不来，”他胆怯地向弟弟瞅了一眼，“她要到晚上才来。昨天我把卡嘉正在张罗的事告诉了她，她没有则声，只是把嘴一撇，轻轻嘀咕了一句：‘随她去吧！’她明白这事儿关系重大。她现在好像明白了卡嘉爱的不是我，而是伊万，你是不是看得出来？”

“是这样吗？”阿辽沙反问。

“也许并不是这样。不过她今天上午不会来。”米嘉急忙重申，“我让她去为我办件事……。听着，二弟伊万一定比谁都更有出息。他应该活下去，比不得我们这些人。他会好起来的。”

“说来也怪，卡嘉虽然为二哥担心得要命，但她几乎毫不怀疑二哥能康复。”阿辽沙说。

“这表明她认定伊万会死去。她是由于害怕才说伊万会好起来的。”

“二哥的体质很好。我也非常希望他能康复。”阿辽沙忧心忡忡地说。

“是的，他会康复的。可是卡嘉确信他会死去。她也真够不幸的……”

随后出现了一段时间的静默。米嘉在为一件非常重要的事情而苦恼。

“阿辽沙，我太爱格露莘卡了。”他饱含热泪用发颤的声音突然说。

“她要**到那边去**和你在一起是不可能的。”阿辽沙立刻接茬。

“我还有一点想告诉你，”米嘉继续说，他的声音一下子变得清脆起来，“要是在路上或到了**那边**他们打我，我可不会听任他们欺负，我会杀人，那我就要被枪毙。这样的日子得挨二十年！这里的人已经开始对我不用敬称了。门卫对我也这样说话。昨夜我一宿躺着冷静地评判自己。我得承认，自己没有作好心理准备！我接受不了这个事实！我想唱颂歌，可是听到门卫跟我说话那种平起平坐的口气我就受不了！为了格露莘卡我什么都可以忍受……只要不挨揍，挨揍我受不了……。可又不让她**到那边去**。”

阿辽沙微微一笑。

“听着，大哥，然后永远记牢，”他说，“我对这个问题是这样想的。你知道我不会对你撒谎。听着：你没有作好心理准备，这样的十字架并不是给你背的。再说，你这样一个没有作好心理准备的人也没必要硬着头皮去苦撑苦熬。如果是你杀了父亲，我会因为你拒背十字架感到遗憾。但你是无辜的，这样的十字架对你来说太沉重了。你想通过磨难使自己变成另一个人；依我看，你只要一辈子记住，不管你逃到什么地方，永远记住那另一个人——对你来说，这就足够了。你不接受背十字架的巨大苦难，只应促使你谨记自己有更大的义务要尽，而今后纵贯你一生的这种意识或许比**到那边去**更加有助于你获得新生。因为在那边你受不了，会开始发牢骚，最后也许真的会说：‘我已经清了账。’在这一点上那位大律师说得有道理。沉重的负担并不是所有的人都经受得住，对某些人来说，根本吃不消……。如果你一定想知道，这便是我的看法。如果你的出逃会连累别人——军官、士兵，我就‘不允许’你逃跑，”阿辽沙淡然一笑，“但据说他们很有把握(是那个押送站站长自己对伊万说的)，只要干得利索，可能不会追究太大的责任，兴许受一点小罚便能了事。当然，即使在这种情况下行贿也是不道德的，不过我绝不想说三道四，因为，说实在的，如果伊万和卡嘉委托我在这件事情上为你出力，我也会去行贿；我应该向你实话实说。所以我没有资格评判你自己决定采取的行动。我可以告诉你的是：我决不会谴责你。我怎么可能在这件事情上评判你的是非呢，这不是怪事吗？好了，我大概把一切都讲清楚了。”

“可是我要谴责我自己！”米嘉激动地说，“我得逃跑，即使你不说，这也是已经决定了的事情：米嘉·卡拉马佐夫怎么能不逃？但是我要谴责自己，然后终生为我的罪过祈恕！耶稣会教士不是这样说的吗？你我现在就是这样，对不？”

“对。”阿辽沙莞尔一笑。

“我喜欢你，因为你总是无保留地对我讲真话，什么也不隐瞒！”米嘉高兴地笑道。“如此说来，我逮住了我的阿辽沙原来是个耶稣会教士！为此应该把你吻个够！好吧，现在听我把我的心另外一半也掏给你。我是这样考虑和决定的：要是我逃跑了，即使是带着钱和护照，即使逃到美国，我还受到这样一个念头的鼓舞：我不是为图快活、为找幸福而逃跑，我是真正去另一个流放地，也许跟西伯利亚不相上下！我说的是心里话，阿列克塞，真的不相上下！对那个美国我现在就恨，现在就想让它去见鬼！就算格露莘卡和我在一起，可你瞧瞧她：她像个美国女人吗？她是俄罗斯女性，彻里彻外的俄罗斯女性，她肯定会想念这片故土，我将每时每刻看到她为了我害上思乡病，为了我背起这十字架，可她有什么过错？再说，我难道受得了那里的下三滥？尽管他们也许人人都比我强。我恨那个美国，现在就恨！即使他们个个都是摆弄机器的好手，有天大的本领，——我才不稀罕呢，他们跟我不是一股道上的人，不是一个心眼！我爱俄国，阿列克塞，爱俄国的上帝，尽管我是个混蛋！我到那里去会憋死的！”他的眼睛里骤然闪起了泪花，由于哽咽的缘故，他的声音开始发颤。

“我是这样决定的，阿列克塞，你听着！”他强抑住激动的心情又往下说，“我和格露莘卡到了那里，立刻找个人烟稀少、野熊出没的偏僻去处耕地干活。我想，那里也能找到比较偏僻的地方！据说在那里的蛮荒地域还有红色人种，我们就到那里去，到最后的莫希干人①那里去！我和格露莘卡马上开始学语法。干活，学语法，先花上三年时间。在这三年内，我们要把英语学得跟真正的英国人一模一样。一旦学好了——马上跟美国再会！我们作为美国公民跑回到这儿俄国来。你甭担心，我们不到这小城来。我们躲到北方或南方比较偏僻的地方去。到那时我已经变了样，她在美国也会变的。我让大夫在我脸上做一颗假瘊子，他们那里的机器总有办法的。要不然，我就戳

---

① 美国作家詹姆士·菲尼莫尔·库柏（1789—1851）的代表作《皮裹腿传奇》（共有 5 部长篇小说）中的第 2 部《最后一个莫希干人》，描述了殖民主义者对北美印第安人实行种族灭绝政策的暴行。此书在俄国拥有大量读者。

瞎自己一只眼睛，蓄上尺把长的花白胡须（那是想念俄国想白的）——我敢说，那时谁也认不出来。万一认出来，顶多再把我们流放到西伯利亚去，那也是我们命中注定的事！我们也可以在俄国偏僻的地方种地，我就一辈子扮假洋鬼子。这样我们可以死在故土。这便是我的计划，而且决不更改。你赞成不？”

“赞成。”阿辽沙不想拂他的意。

米嘉沉默片时，接着蓦地说：

“法庭上那些人不是把我往死里整吗？他们整人的本领也够厉害的！”

“即使不这样，还是会定你的罪。”阿辽沙叹道。

“是的，这儿的人对我已经厌烦了！让上帝宽恕他们吧，可心里总是难受！”米嘉发出沉痛的呻吟。

哥儿俩又静默了一阵子。

“阿辽沙，你就痛痛快快宰了我吧！”他再也沉不住气，“告诉我，她是不是马上就来？她说了什么？怎么说的？”

“她说会来的，可我不知道是不是今天来。这也够难为她了！”阿辽沙担心地瞧着兄长。

“当然如此，怎么不难为她？！阿辽沙，这事儿非把我逼疯不可。格露莎老是用奇特的眼神瞅我。她明白。上帝，主啊，让我的心平静下来吧，我在要什么？我在要卡嘉！我是不是明白自己在要什么？疯狂的卡拉马佐夫冲动，邪恶的冲动！不，我不是承受苦难的料！我是个混蛋，没说的！”

“她来了！”阿辽沙发出一声喊。

就在这一刹那，卡嘉倏地出现在门口。她在那里站住一眨眼的工夫，用茫然若失的目光打量着米嘉。米嘉赶紧站起来，脸上现出惊恐的表情，面色煞白，但一丝胆怯、央求的笑意随即在他的嘴唇上漾起，他突然在一阵不可遏制的冲动下向卡嘉伸出双手。卡嘉见状，立刻向他跑过去。她抓住米嘉的两只手，几乎强制他在床上坐下，自己坐在他身旁，始终没有放开他的手，抽风似的把它们握得很紧很紧。

两人几次都想开口说些什么，但欲言又止，像中了定身法一般面带奇异的微笑凝视着对方，如此过了有两分钟。

“你宽恕我了没有？”米嘉终于嗫嚅道。就在同一瞬间，他朝着阿辽沙转过身去，一张脸由于喜出望外而扭曲得厉害，他冲着阿辽沙大声叫喊：

“你听见没有？我在问什么你听见没有？”

“过去我就是爱你有宽宏大量的胸怀！”卡嘉情不自禁地说，“你不需要我宽恕，我也不需要你宽恕；宽恕也罢，不宽恕也罢，反正这辈子你永远是我的一块心病，我也是你的一块心病——只能这样……”她顿了一下顺一顺气。

“我为什么来这里？”她又气急败坏地说下去，“就为了搂住你的脚，握紧你的手，像这样握得生疼——记得吗？当初在莫斯科，我也曾这样握过你的手，——就为了再次对你说，你是我的上帝，我的欢乐，对你说，我疯狂地爱你。”她似乎在痛苦中呻吟，忽然如饥似渴地吻米嘉的双手。她泪如泉涌。

阿辽沙默默地站着，陷入极度的困惑；此情此景完全为他始料所不及。

“爱已成了往事，米嘉！”卡嘉接着说，“但是那段往事对我太珍贵了，简直一碰就心疼。这点你要知道，并且永志不忘。现在，让不可能的事情成为一分钟的现实吧，”她面带苦笑，喃喃地说，同时重又高兴地看着米嘉的眼睛。“如今你另有所爱，我也另有所爱，可我仍然永远爱你，你也永远爱我，这你过去知道吗？听着，你得爱我，一辈子爱我！”她的声音在颤抖，那是一种几乎带有威胁性的颤音。

“我会的……知道吗，卡嘉，”米嘉每说一两个字就要喘一口气，“知道吗，五天前那个晚上，我也爱你……。那时你倒在地上，被抬了出去……。我会爱你一辈子！一定如此，永远如此……”

两人就这样彼此喃喃说着几乎没有意义的疯话，也许还是不真实的话，但此时此刻一切都是真实的，他们自己也无保留地相信，自己说的是真话。

“卡嘉，”米嘉骤然道，“你相信我杀了父亲吗？我知道你现在不信，可那时候……你作证的时候……难道你相信？”

“那时候也不信！我从来没有信过！那时我恨你，忽然使自己相信了，就那一会儿……我作证的时候……我使自己相信了那回事……等作证完毕以后，马上又不再相信。全部真相就是这样。我忘了我是来惩罚自己的！”她一下子换上一种全新的语调，与刚才爱的絮语毫无相似之处。

“女人哪，你心中的负担太沉重了！”这话是在完全不由米嘉自主的情形下突然脱口而出的。

“放我走，”她低声说，“我还会来的，现在我受不了！……”

她刚起身要走，但猛然间大叫一声倒退几步。谁也没有料到，格露莘卡悄没声儿地走进了病房。卡嘉一个箭步向门口走去，但当她跟格露莘卡交会时，突然停了下来，面色惨白，以轻得近乎耳语的声音向她说了一句——或者不如称之为发出一声呻吟：

“宽恕我！”

格露莘卡目不转睛地直盯着她，过了片刻，用饱含怨毒的口吻尖刻地答道：

“你我都不是省油的灯，小姐！都有一肚子恶气！咱俩谁宽恕谁呀？是你宽恕我，还是我宽恕你？要是你能救他，我就一辈子为你祈祷。”

“你就是不肯宽恕！”米嘉大声埋怨格露莘卡，他几乎要气疯了。

“放心吧，我会为你救他的！”卡嘉很快地低声说完，便从病房里跑出去。

“她自己向你说了请求宽恕的话，你还不能宽恕她？”米嘉再次痛责格露莘卡。

“米嘉，不许你指责她，你没有权利这样做！”阿辽沙愤激地喝住兄长。

“那是她傲慢的口在说，而不是心在说，”格露莘卡带着嫌弃的口吻说，“她要是能救你——我什么都能宽恕……”

她不说了，好像把心中的什么话压了下去。她还没有定下神来。事后才知道，她完全是无意间走进来的，根本没有起过疑心，也没料到她俩会在这里不期而遇。

“阿辽沙，你去追她！”米嘉迅即向弟弟求助，“对她说……我不知道该对她说什么……反正别让她这样离去！”

“傍晚我再来！”阿辽沙说了一声便去追卡嘉，及至出了医院大门才追上。她走得很快，很急，但当阿辽沙追上她时，立即向阿辽沙说：

“不，在那个女人面前我不能惩罚自己！我向她说了‘宽恕我’，因为我本想彻底惩罚自己。她不宽恕……。我就欣赏她这一点！”卡嘉以走调的声音补上一句，同时目露凶光。

“大哥完全没有料到，”阿辽沙结结巴巴地说，“大哥满以为这时候她不会来的……”

“这毫无疑问。别提了，”她断然改变话题，“听着：现在我不能和您一起到那里去参加葬礼。我让人给他们送了花去。钱他们大概还有。您告诉他们，将来需要的时候，我决不会撇下他们不管。您上那儿去已经要迟到了，这会儿在打午祷钟……。您走吧，请别管我了！”

三　伊柳沙的葬礼。巨石旁的演说

他的确迟到了。人家等了他很久，甚至已经决定不等他到，就把一口用鲜花装饰得漂漂亮亮的小棺材抬到教堂里去。那是可怜的男孩伊柳沙的棺材。他是在法院对米嘉宣判后两天死的。

阿辽沙刚走到他家大门口，一群男孩——都是伊柳沙的同学——便大声叫他。他们一直在焦急地等他，见他终于来到都很高兴。一共来了十二位小朋友。肩上都挎着书包。伊柳沙临死前曾叮嘱他们：“爸爸会哭的，你们要陪着爸爸，”——这话同学们记住了。他们中为首的是郭立亚·克拉索特金。

“卡拉马佐夫，您来了我真高兴！”他说着向阿辽沙伸出一只手，“这儿的情形太惨了。说真的，简直惨不忍睹。斯涅吉辽夫没喝醉，我们肯定，今天他滴酒未沾，可他就像喝醉了一样……。我一向很坚强，但这情形太惨了。卡拉马佐夫，我不会耽搁您很多时间，在您进去以前我想提一个问题，可以吗？”

“什么事，郭立亚？”阿辽沙站住了问。

“您的大哥有没有罪？是他还是仆人杀了您的父亲？您说怎样就是怎样。我已经有四个夜晚没睡好觉，老在想这件事。”

“凶手是仆人，我大哥是无辜的。”阿辽沙答道。

“我也这么说！”那个姓斯穆罗夫的男孩喊叫起来。

“那么，他是把自己奉献给真理的无辜牺牲品！”郭立亚说，“虽然他被毁了，但他是幸福的！他值得我羡慕！”

“您这是什么话？怎么能这样说？为什么？”阿辽沙感到非常惊讶。

“哦，我真希望将来能为真理而献身。”郭立亚满怀激情地表示。

“但不是为这样的原因，不应蒙受这样的耻辱，更不该陷入这样的绝境！”阿辽沙说。

“当然……我希望为全人类而死，至于耻辱，那倒无所谓——我们的名字反正会湮没。我敬重令兄！”

“我也一样！”谁也意想不到人群中竟有一个男孩喊道，他就是有一次宣布自己知道是谁创建了特洛伊城的那个学生，这一回他喊出声以后跟那次一样：脸一直红到耳根，像一朵红牡丹。

阿辽沙走进屋子。伊柳沙两手交叉，闭上眼睛，躺在用白色波纹条装饰起来的浅蓝色棺材里。他那瘦削的脸几乎完全没有走样，说也奇怪，尸体也几乎没有异味。他的脸部表情严肃，像在沉思。一双交叉叠在胸前的手尤其好看，宛如大理石雕就。在他的手中放了鲜花，整个棺材从里到外布置了好多鲜花，都是丽扎·霍赫拉科娃一清早就派人送来的。但卡捷琳娜·伊万诺夫娜也有花送来，所以当阿辽沙打开房门的时候，上尉正颤颤巍巍地拿着一束花又在往他钟爱的儿子身上撒。他仅向进来的阿辽沙瞥了一眼，简直不愿看任何人，甚至包括他那哭哭啼啼的疯太太——他的“孩子他妈”，她竭力想依靠自己一双瘫痪的腿撑起来，从近处瞧瞧死去的男孩。小朋友们把尼娜连椅子一起抬到紧靠棺材的地方。她坐在那里，头贴在棺材上，想必也在无声地抽泣。斯涅吉辽夫的神情并不呆滞，只是有些茫然，同时样子还挺凶。他的手势动作和突然冒出来的几句话流露出一些疯疯癫癫的迹象。他瞧着伊柳沙，不时呼唤：“小少爷，亲爱的小少爷！”伊柳沙活着的时候，上尉就有这样称呼他的习惯，算是一种亲昵的表示：“小少爷，亲爱的小少爷！”

“孩子他爸，你把花也给我一些，你把他手里那朵白花给我！”疯妈妈抽噎着向他要。或许她非常喜欢伊柳沙手中的白玫瑰，或许她想从死者手中拿一朵花留作纪念，所以她显得焦躁不安，伸出两只手要花。

“谁也不给，什么也不给！”斯涅吉辽夫狠心地嚷道，“花是他的，不是你的。全是他的，你什么也没有。”

“爸爸，给妈妈一朵花吧！”尼娜忽然抬起头来，她的脸被眼泪湿透了。

“谁也不给，特别不给她！她不喜欢伊柳沙。那一回她把伊柳沙的小铜炮抢了去，伊柳沙只好送给她。”上尉想起伊柳沙把小炮让给妈妈的事，忽然号啕大哭起来。可怜的疯妈妈双手掩面泣不成声。

小朋友们见上尉老是把着棺材不放，而时间已经到了，便突然团团围住棺材，然后动手抬起来。

“我不愿把他葬在教堂墓地里！”斯涅吉辽夫呼天抢地又哭又喊，“我要把他葬在大石头旁边，那是我们俩的石头！伊柳沙嘱咐过我。我不让你们抬走！”

三天来他一直说要把伊柳沙葬在大石头旁边；但是阿辽沙、克拉索特金、房东老姐妹俩以及小朋友们都加以劝阻。

“亏你想得出来，怎么能像吊死鬼那样胡乱葬在一块不干不净的石头旁边？”房东老太太厉声说，“教堂公墓是一块圣地。那里有人会为他祈祷。那里听得见教堂唱诗班的歌声，而教堂助祭念经又是那样口齿清楚，每一回都能让经文的声音送到墓地，就像在伊柳沙的坟前祈祷一样。”

上尉最后只得甩甩手，意思是：你们爱往哪儿抬，就往哪儿抬吧。孩子们抬起棺材，但在疯妈妈身旁经过时放下来停了一会儿，让她跟伊柳沙告别。这三天内她与棺材一直隔着一段距离，现在一下子从近处看到这张亲爱的面孔，她骤然间全身哆嗦不已，开始冲着棺材歇斯底里地前后晃动她那白发萧萧的脑袋。

“妈妈，给他画十字祝福吧，吻他一下。”尼娜向她叫道。

可是疯妈妈像一台机器不停地晃动脑袋，揪心的不幸使她的脸变了形，接着她突然开始用拳头捶胸。棺材被抬了过去，经过尼娜面前的时候，她在死去的弟弟嘴上最后吻了一下。出门前，阿辽沙请房东照看一下留下的人，那位老太太不等他说完便一口应承。

“放心吧，我会待在她们身边的，我们也是基督徒。”老太太说这话时哭了。

抬到教堂的路不远，不过三百来步。天气晴朗无风，有点儿冰冻，但不算太冷。教堂的钟还在响。慌乱而又茫然的斯涅吉辽夫跟在棺材后面跑，他穿的一件旧大衣显得太短，几乎还是夏装；头上什么也没戴，一顶旧的宽边软帽拿在手里。他处于一种没完没了的紧张状态，一会儿伸出手去扶住柩首，这样只会妨碍抬棺材的人；一会儿又从旁边跑过去找一个插足的地方。一朵花掉在雪地里，他忙不迭跑去捡起来，好像掉了这朵花不知要坏什么大事似的。

“面包皮，面包皮给忘了。”他突然惊恐万状地大叫。

但孩子们立刻提醒他，面包皮他刚才已经拿了，在他自己兜里。他赶紧从兜里取出，确信没忘在家里，这才放心。

“是伊柳沙嘱咐的，”他马上向阿辽沙解释，“一天夜里他躺在床上，我坐在他旁边，他忽然叮嘱我：‘爸爸，等我的墓坑填好以后，你把面包皮撒在坟上，让家雀儿飞来，我听到它们飞来心里高兴，因为这样我就不孤单了。’”

“这很好，”阿辽沙说，“要经常去撒。”

“天天去，天天去！”上尉好像一下子来劲了。

他们终于到了教堂，棺材停在中央。全体小朋友把它围起来，恭恭敬敬地从仪式开始一直站到终了。这座教堂非常古老，也穷得可以，好多神像身上都没有金银衣饰，但在这样的教堂里祈祷却更好。在仪式进行中斯涅吉辽夫似乎略微消停了些，虽然不时仍会不自觉地表现出那种不知所措的紧张心态：一会儿走到棺材那边去把盖布扯扯平，把花环摆摆正；一会儿见烛台上有一支蜡烛掉了下来，便急急忙忙跑去插好，为这点小事可以折腾上好半天，然后安下心来温顺地站在柩首旁，脸上的表情木然，焦虑中透着困惑。当《使徒行传》诵毕时，他向站在旁边的阿辽沙悄悄耳语，说《使徒行传》念得**不地道**，但他没有说明不地道在哪里。在唱天使颂歌时，他也跟着唱，但没有唱完就跪下来，额头贴着教堂的砖地，这样趴着持续相当长时间。

最后，葬前祈祷式开始了，给大家分发了蜡烛。神不守舍的上尉又忙乱起来，但是，催人泪下、动人心魄的安魂祈祷声震醒了他的灵魂。他顿时缩作一团，开始抽抽搭搭地啜泣，起初压低嗓门，到后来大声呜咽。及至向遗体告别并准备盖棺时，他双手抱住棺材，好像不让人家把伊柳沙盖起来，并开始贪婪地频频吻他死去的爱子的嘴唇。大家好不容易把他从台阶上劝开，突然他又迅速伸手从棺材里抓了几朵花。他瞅着那些花，仿佛触发了什么新的主意，却把最主要的一件事暂时忘却了。渐渐地他陷入了深思，当棺材被抬起来送往墓地时，他没有阻拦。伊柳沙的坟茔就在紧靠教堂的墓地里，修得很讲究，卡捷琳娜·伊万诺夫娜为它花了不少钱。在例行的仪式之后，瘗工把棺材放了下去。斯涅吉辽夫手持鲜花向穴中探出大半个身子，吓得孩子们急忙揪住他的大衣把他往回拽。但上尉仿佛不太明白究竟是怎么回事。当瘗工动手填土时，他神色不安地指着纷纷落下的泥土哩哩啰啰说了些什么，反正谁也听不懂，后来他自己不作声了。这时有人提醒他该撒面包皮了，于是他又紧张起来，掏出面包来扯碎后撒在坟上。

“小鸟，小鸟，飞来吧；家雀，家雀，飞来吧！”他心事重重地喃喃自语。

有个男孩向他指出，拿着鲜花扯面包皮不方便，劝他暂时把花交给别人拿一下。但是上尉不让，甚至为他的鲜花担心起来，好像有人要抢走似的；他朝坟墓看了看，似乎确信一切都办妥了，面包皮也撒了，于是像吃了定心丸一般，出人意料地一下子转过身去往家里走。他的脚步越来越快，越来越匆促，几乎在奔跑。孩子们和阿辽沙紧随不舍。

“把花儿给孩子他妈，把花儿给孩子他妈！孩子他妈受委屈了，”他开始大声自言自语。

有人冲他呼喊，让他把帽子戴上，因为毕竟时值寒冬，可他听见后反倒像是恼了，干脆把帽子往雪地里一扔，说：“我不要帽子，我不要帽子！”斯穆罗夫把帽子捡起来，跟在他后面。孩子们个个都哭了，其中最悲痛的要数郭立亚和那个发现特洛伊城创建者的男孩；斯穆罗夫拿着上尉的帽子，虽然也哭得伤心，却还是边跑边从积雪的路面上捡起一块碎红砖投向一群疾飞而过的家雀。当然，他没有命中，就继续一边哭一边奔跑。半道上斯涅吉辽夫骤然止步，仿佛大吃一惊似的站住有半分钟左右，接着朝教堂那边掉转头去，直奔刚刚离开的墓地。但孩子们很快就赶上他，从四面把他拉住。于是他像被击倒似的在雪地里颓然趴下，又是打滚又是号哭地开始呼喊：“小少爷，伊柳沙，亲爱的小少爷！”阿辽沙和郭立亚劝说着把他扶起来。

“够了，上尉，大丈夫不应该被不幸压垮。”郭立亚说。

“您会把花弄坏的，”阿辽沙也说，“伊柳沙妈妈正等着这些花，她坐在家里哭，因为刚才您没有给她。家里还铺着伊柳沙的小床……”

“对，对，到孩子他妈那儿去！”斯涅吉辽夫又猛然想了起来，“不能让人把小床拆了！”他好像唯恐有人真的会把小床拆了，所以一跃而起，又往家里奔。这儿离家已经不远，大伙同时跑到。斯涅吉辽夫迅即把门打开，冲着刚才要一朵鲜花还被他狠心地加以拒绝的妻子喊道：

“孩子他妈，亲爱的，伊柳沙让我给可怜的疯妈妈送花来了！”他把刚才在雪地里打滚时给冻坏、压坏的一小束花递给妻子。但就在这一瞬间，他在角落里伊柳沙床前瞥见了伊柳沙的一双小靴子刚由房东太太收拾起来并排儿放好。一看到这双变硬退色、打了补丁的旧靴子，斯涅吉辽夫举起双手直扑过去，跪倒在地，抓起一只靴子来贪婪地吻着，同时大声呼唤：“小少爷，伊柳沙，亲爱的小少爷，你的脚在哪儿？”

“你把他带到什么地方去了？你把他带到什么地方去了？”疯妈妈凄厉的哀号令人不忍卒听。接着尼娜也哭了起来。郭立亚从屋子里跑出去，继他之后是小朋友们，最后连阿辽沙也走出去了。

“让他们好好哭一场，”他对郭立亚说，“当然，现在想劝慰根本不可能。我们待会儿再进去。”

“对，根本不可能，”郭立亚也说，“知道吗，卡拉马佐夫，”他突然压低声音，不让别人听见，“我感到非常哀伤，如果能使他复活，我什么都愿意献出来！”

“是啊，我也一样。”阿辽沙说。

“卡拉马佐夫，今晚我们再上这儿来，您认为怎样？他肯定会喝得酩酊大醉。”

“也许会的。就我跟您两个人来够了，我们陪他们，陪伊柳沙妈妈和尼娜坐上个把钟头。要是大家都来，又会使他们想起所有的事来，”阿辽沙建议。

“房东老太太正在他们家布置餐桌，——大概是葬后宴吧，神父要来参加；待会儿我们要不要回来，卡拉马佐夫？”

“当然要。”阿辽沙说。

“您说怪不怪，卡拉马佐夫，明明遭到了这样的不幸，可偏偏还要吃什么薄煎饼！按照我们的宗教立下的这些规矩也太不近人情了！”

“他们还有熏鲑鱼呢。”那个发现特洛伊城创建者的男孩冷不丁大声指出。

“我郑重请求您，卡尔塔硕夫，再也不要乱插嘴说您的蠢话，尤其是别人不跟您说话，甚至根本不想知道世上有没有您这号人的时候。”郭立亚怒气冲冲给了他一顿抢白。

卡尔塔硕夫脸涨得通红，但是不敢顶一句嘴。

其时他们沿着小径慢慢地走着，忽然斯穆罗夫惊呼道：

“瞧，那不是伊柳沙的大石头吗？他父亲就是想把他葬在这块石头附近！”

他们都默默地在巨石旁站住。阿辽沙看了一下，他的记忆中立刻浮现出斯涅吉辽夫曾经讲述的那幅景象——当时伊柳沙搂住父亲哭着说：“爸爸，爸爸，他怎么能这样侮辱你！”阿辽沙心中掀起一阵狂澜。他神色凝重地环顾这些学生——伊柳沙的小朋友们——一张张纯洁可爱的脸，忽然开口道：

“诸位，在这里，就在这个地方，我有句话想对你们说。”

孩子们立刻把他围起来，用期待的目光注视着他。

“诸位，我们很快就要分手了。目前一段时间我得和我的两个兄长待在一起，其中一个将被流放到西伯利亚，另一个病重垂危。但不久我将离开这个城市，这一走时间也许很长，所以让我们来告别一下。我们在这里，在伊柳沙的大石头旁边相约，我们决不忘记：首先永不忘记伊柳沙，其次我们彼此间也永记不忘。以后我们生活中不管发生什么情况，哪怕今后我们二十年不见面，——我们仍将记住曾在一起为一个可怜的小朋友送葬，以前我们向他扔过石块(还记得小桥旁的事吗)，后来大家都爱上了他。他是个出色的小朋友，善良而勇敢，有荣誉感，为父亲遭到的侮辱感到痛心、不平，并且奋起反抗。所以，诸位，我们一辈子都要记住他。今后即便我们忙于种种十分重要的事情，不管是功成名就，还是遭到什么大不幸，——都永远不要忘记，当年我们被一种善良而美好的感情联结在一起，曾在这里度过多么有意义的一段时光，在我们向一个可怜的小朋友献爱心的同时，这种感情使我们自己也变得可能比实际上的我们更好。我的小鸽子们——请允许我把你们称作小鸽子，因为此时此刻我瞅着你们善良、可爱的脸庞，觉得你们个个都非常像那些灰蓝色的美丽的鸟，——我亲爱的小朋友们，也许你们理解不了我要对你们说的话，因为我说的话往往很费解，但你们还是会记住并在将来某个时候同意我说的话。要知道，最崇高的精神力量，在今后的生活中对身心最有益的感受，莫过于某种美好的回忆，尤其是童年时代从故乡故居保留下来的回忆。关于你们的教育问题人们经常向你们谈起，而某一段从童年时代保留下来的美好而神圣的回忆或许正是最好的教育。如果能带着很多这样的回忆走向生活，这个人便可终生得救。即便只有一段美好的回忆留在我们心中，有朝一日它也会有助于我们得救。或许将来我们甚至会变得凶恶，甚至不能悬崖勒马而干出丑行坏事，或许会拿别人的眼泪开心。刚才郭立亚说他愿为全人类献身，或许将来我们会嘲笑那些像他这样说话的人，或许我们会恶毒地挖苦他们。不管我们会变得多么狠毒——但愿上帝保佑，别让我们走到这一步！——但只要我们回忆起我们曾为伊柳沙送葬，在他最后的一些日子里我们是多么爱他，此刻在这块大石头旁边，我们曾这样聚在一起友好交谈，——那么，即便是我们中间最狠毒、最好挖苦的人(如果我们变成那样的话)，他在自己心里毕竟不敢嘲笑自己此时此刻曾经那么善良、那么仁爱！不但如此，也许恰恰只有这段回忆能制止他作大恶、闯大祸，那时他可能回心转意，可能会说：‘是的，当初我曾经那么善良、勇敢和正直。’即使他会暗自发笑，这没关系，人常常会对善良和美好的事物发笑；这仅仅是由于轻率；但你们可以相信，诸位，他刚一发笑，心里马上会说：‘不，我不该发笑，这太不应该了，因为这是不能拿来取笑的！’”

“一定会这样，卡拉马佐夫，我理解您的意思，卡拉马佐夫！”郭立亚大声说，同时他的眼睛熠熠生辉。

孩子们都很激动，也都想说些什么，但还是克制住了自己，他们动情地注视着演讲者。

“我这样说只是唯恐我们变成坏人，”阿辽沙继续演讲，“可我们为什么一定会变成坏人，诸位，你们说对不？我们首先将是善良的，这一点最要紧，然后是正直的，然后——我们将彼此永不相忘。这话我刚才已经说过。我个人向你们保证，诸位，你们中任何一个我都不会忘记；此刻正望着我的每一张脸我都不会忘却，哪怕过三十年我也记得起来。刚才郭立亚对卡尔塔硕夫说什么我们根本不想知道世上有没有他这号人。难道我能忘却世上确有卡尔塔硕夫这个人，他现在已不像发现特洛伊城创建者时那样脸红了，而是用他那双纯净、善良、开朗的眼睛瞧着我。诸位，我亲爱的小朋友们，我们大家都应该宽容和勇敢，像伊柳沙那样；我们大家都应该勇敢、慷慨和聪明，像郭立亚那样（他长大后还会聪明得多）；我们大家也应该谦逊、聪明和可爱，像卡尔塔硕夫那样。其实，我为什么只说他们俩？！诸位，从今以后你们对我来说都是可亲可爱的，我要把你们人人都包容在我的心中，我请求你们也把我包容在你们心中！那么，把我们在这种美好、善良的感情中联结起来的那个人，我们从此将永远记住、准备终生回忆的那个人是谁？当然是伊柳沙，那个善良的男孩，可爱的男孩，我们心目中永远珍贵的男孩！我们决不会忘记他，我们将在心中对他保留美好的怀念和永恒的记忆，从现在一直到永远！”

“对，对，一直到永远，永远。”孩子们带着动情的面容以响亮的声音喊道。

“我们还将记住他的面容、他的衣服、他那双可怜的靴子、他的棺材、他那不幸的酒鬼父亲，记住他为保护父亲曾怎样勇敢地一个人奋起反抗全班同学！”

“我们一定记住，一定！”孩子们再次喊道，“他是勇敢的，他是善良的！”

“啊，我是多么爱他！”郭立亚十分感慨。

“啊，孩子们，亲爱的朋友们，不要害怕生活！当你做了正义的好事的时候，会觉得生活是多么美好！”

“是的，是的。”孩子们欣喜地应道。

“卡拉马佐夫，我们喜欢您！”有一个声音情不自禁地说，好像是卡尔塔硕夫。

“我们喜欢您，我们喜欢您。”大家表示赞同。不少孩子眼睛里闪起了泪花。

“乌拉，卡拉马佐夫！”郭立亚兴奋地宣告。

“永远怀念死去的小朋友！”阿辽沙满怀深情地再次补上一句。

“永远怀念！”孩子们又齐声应和。

“卡拉马佐夫！”郭立亚激动地说，“按照宗教教义，难道我们死后真的都能复活，彼此重新相见，看到所有的人，也看到伊柳沙？”

“我们一定能复活，一定能彼此相见，高高兴兴、快快活活地互相讲述经过的事情。”阿辽沙半是玩笑、半是欣喜地回答。

“啊，那该有多好哇！”郭立亚不自觉地脱口说道。

“好了，现在我们结束谈话，一起去参加他的葬后宴。用不着因为在这样的时候我们还去吃人家的煎饼而感到尴尬。要知道这是古老的传统，它源远流长，其中也有美好的含义，”阿辽沙笑了起来，“我们走吧！现在让我们手拉着手一起走。”

“永远这样，一辈子都手拉着手！乌拉，卡拉马佐夫！”郭立亚再次欢呼，孩子们也跟着他再次欢呼。

译后记

“《卡拉马佐夫兄弟》、《地下室手记》、《恶魔》——这是陀思妥耶夫斯基的几部最具有倾向性的作品。在这些作品中，艺术家显得最不自由，同时跟反动倾向结合得也最密切。”“《卡拉马佐夫兄弟》在极大的程度上是按照统治集团的直接命令写成的。”①

上述毫不含糊的毁灭性评语，见诸苏联文学界一位理论权威一九五六年出版的专著。需要指出的是，当年苏联一贯大量出版普希金、果戈理、莱蒙托夫、屠格涅夫、萨尔蒂科夫-谢德林、列夫·托尔斯泰、契诃夫等大师的作品，尊之为国宝，而对待陀思妥耶夫斯基这样一位世界级的巨匠总是怕扎手、烫手。苏共二十大以后，在特定的政治气候条件下，苏联文坛出现了像索尔仁尼琴的《伊万·杰尼索维奇的一天》、杜金采夫的《不是单靠面包》等一批爆炸性文学现象，苏联国家文学出版社在中断数十年之后开始出版十卷本的陀氏文集（1958年出齐）。似乎是生怕读者进入“误区”，理论家出来重申对陀思妥耶夫斯基其人其书（尤其是几部“卡脖子”之作）形成已久的定评。那时离陀思妥耶夫斯基撒手人寰已整整七十五年。

在陀氏出生之前九年，拿破仑率他的“王者之师”入侵俄国遭到致命的重创，铩羽而归。在一八一四至一八一五年的维也纳会议上，反拿破仑战争联盟国家与法国议和的条件，基本上是由年轻的沙皇亚历山大一世提出的。当时的俄国自以为凌驾于整个欧洲之上。然而，农奴制在俄国一直延续到一八六一年，冥顽残忍的贵族阶层统治着国家，权力很大的教会死抱住黑暗的过去不放，人民无法挣脱愚昧、贫困的状态。在西欧早已确立的人身自由观念刚刚开始东渐。

那是一个酝酿社会政治变革的大动荡时代。在最终引发与过去彻底决裂的一九一七年十月革命之前，俄罗斯还得在躁动与困惑中度过一个世纪。陀思妥耶夫斯基就生活在变革中的俄国，这个风雷激荡的时代对他的影响至深至巨。他提炼了此阶段形形色色的思想，没有哪位作家曾像他那样在自己的作品中把本国人民从里到外展现得如此全面充分，淋漓尽致。尽管从陀氏初登文坛算起，历史已翻过了一百五十多年，俄国在政治和经济上发生了惊天动地的变化，但陀思妥耶夫斯基所揭示的俄罗斯人的灵魂究竟有多大程度的改观呢？要了解俄国和俄国人民，陀氏的书被认为是这方面最好的材料。极而言之，陀思妥耶夫斯基就是俄罗斯。

费奥多尔·米哈依洛维奇·陀思妥耶夫斯基一八二一年十一月十一日生于莫斯科马利亚医院。父亲是这所贫民医院的医生。费奥多尔有六个兄弟姐妹，他是次子，全家人挤在仅有两居室的医院左耳房内（后改建为陀思妥耶夫斯基纪念馆）。一八三七年，商人家庭出身的陀氏之母去世。次年，费奥多尔进入彼得堡军事工程学校。他的父亲于丧妻后不久便从医院退职，接着迁往图拉省置有一份薄产（两个小村落）的乡下居住，恣意纵情酒色，残暴虐待农奴，以致一八三九年六月被十余名忍无可忍的农奴群起而杀之。在酗酒、淫乱、集人类恶劣品质之大成的老卡拉马佐夫身上，就有陀氏父亲的影子。一八四一年，费奥多尔成为工程兵准尉。他在部队里待了四年，染上了轻狂、挥霍的习气，老是盼着家乡把十分有限的田产收入寄来帮他缓解债务麻烦。我们从德米特里·卡拉马佐夫的所作所为中不难发现作者还是一名青年军官时的性格痕迹。他以中尉军衔从部队退役后，于一八四

① 引自叶尔米洛夫：《陀思妥耶夫斯基论》，满涛译，上海译文出版社 1985 年版，第 250 页。

五年写出了他的第一部小说《穷人》，立刻赢得以别林斯基为首的评论界一片赞扬声。此后他又发表了几部颇有争议的心理小说。一八四八年末，《祖国纪事》杂志刊出了诗意盎然的《白夜》。这个抒情小中篇在充塞陀氏几乎全部创作的阴暗氛围中构成了一抹罕见的亮色。

一八四九年发生了一连串影响陀氏一生命运的事件。此前他已开始结识以彼得拉舍夫斯基为首的激进革命青年小组某些成员。四月份，陀思妥耶夫斯基在该小组一次集会上朗读了著名的别林斯基《致果戈理的一封信》（一八四七年七月），一周后即遭逮捕并被解往第三厅（即暗探局）。十一月，军事法庭宣布判处陀氏死刑。旧历十二月二十二日清晨，陀氏与其他被判死刑的彼得拉舍夫斯基小组成员一起，被押赴刑场执行枪决。第一批三名囚犯已被蒙目绑在柱子上（陀是第二批），这时当局宣读了沙皇的圣旨（其实尼古拉一世早就在军事法庭大法官报批的判决书上作了批改），陀的死刑判决改为四年苦役并在四年后贬为士兵。事态的这一剧变造成两名囚犯从此精神错乱。

陀思妥耶夫斯基作为一名囚犯在西伯利亚的鄂木斯克要塞服四年苦役，经常与杀人越货的囚徒及其他罪犯为伍，但他从这种频繁接触中也获益匪浅。西伯利亚对于一位小说家是一座无与伦比的学校。服刑期满后仍得留在西伯利亚的陀思妥耶夫斯基，被转解到塞米帕拉金斯克编入第七营当兵。在那里他结识了十二等文官伊萨耶夫夫妇，为他们十来岁的独子授课。伊萨耶夫是个肺痨病人，又嗜酒如命。伊奉调迁往库兹涅茨克后不久便去世。一八五七年，准尉陀思妥耶夫斯基与伊萨耶夫的遗孀玛丽亚结婚，还恢复了被剥夺的贵族身份。一八五九年，陀氏以少尉衔获准退役后，携妻子玛丽亚、继子巴沙离开西伯利亚西返，在距莫斯科不太远的特维尔住了四个月，经沙皇“恩准”，于年底迁往彼得堡。次年初，陀氏的两卷本作品集在莫斯科出版。

但是，伴随着失而复得的自由（尽管内务部仍对他实行秘密监视），陀思妥耶夫斯基却被套上了癫痫、赌瘾和债务的新枷锁，直至生命的终结。自幼潜伏在他身上的癫痫症如今频频发作，而且来势趋凶。赌博成了他无法戒绝的恶癖。由于债台高筑，他老是处在巨大的压力下，不得不拼命写作，把手稿交给期刊连载。一部小说往往已发表三章，第四章才发排，第五章正在邮寄途中，而第六章以后压根儿还没写好，顶多只有一个梗概在作者的头脑里。就是在这样的条件下，他于短短数年内写出了《死屋手记》、《被伤害与侮辱的人们》，以及好些中短篇。

陀氏第一个妻子玛丽亚患肺结核久病不愈，于一八六四年去世，这也标志着陀氏一生第二个阶段的结束。他已人到中年，处境窘迫，前景暗淡。除了自己的健康状况日益恶化和命运多蹇外，他还面临第二次当囚犯的危险——这一回是债务官司。一八六五年夏，黑心的出版商斯捷尔洛夫斯基乘人之危，与陀思妥耶夫斯基订了一份条件十分苛刻的合同，仅以**三千卢布**购得陀氏三卷本全集的版权，还规定走投无路的作家必须在一八六六年十一月一日前交出一部长篇新作，否则将被追缴高额违约金；如到十二月一日仍不能交稿，则陀氏的全部著作将永久转归出版商所有。可是，一八六六年拖着有病之身埋头于写作《罪与罚》的陀思妥耶夫斯基，哪有时间另写一部规定必须达到若干印张的新作。在只剩下个把月的危急关头，一位年仅十八岁的姑娘安娜·斯尼特金娜出现了。她经人推荐于十月四日开始为陀氏当速记员。十月二十九日，陀氏以口述方式完成了小说《赌徒》。十一月一日，他把书稿送至出版商家中，因未遇斯捷尔洛夫斯基，便交给当地警察署长签收。十一月三日，陀氏第一次登门造访安娜和她的母亲。十一月八日，他向安娜求婚。婚礼于次年二月举行。

在续弦后即陀氏生命的最后十四年间，他创作了自己最重要的四部长篇：《罪与罚》、《白痴》、《鬼》（即《恶魔》）和《卡拉马佐夫兄弟》。安娜貌不出众，没有超群的才华或可观的财富，但对丈夫无限忠诚，虔信他的天才，理解他的创作热忱，以深情和关怀帮他克服种种困难——经济拮据、癫痫的经常性发作、内心的痛苦以及沉重的负罪感和自卑感。安娜为他生儿育女，给了他一个真正的家。可以说，没有安娜，也就没有我们今天所知道的那个陀思妥耶夫斯基。

陀氏并不是一个好丈夫。他嗜赌如命，对妻子一贯不忠诚，很难与人相处。屠格涅夫说他是“我生平遇到的基督徒中最邪恶的一个”。陀氏逝世后，列夫·托尔斯泰的一个朋友曾写道：“我认为陀思妥耶夫斯基其人既不善良，也不快乐。他心术不正，善妒而又堕落，一辈子都在使性子，发脾气……在瑞士，我曾目睹他对仆人的态度可恶至极，以致受辱的仆人愤而发出‘我也是个人’的怒吼。”然而安娜对这一切断然加以否认。她在回忆录中说，他们共同生活的十四年使她深信，陀思妥耶夫斯基是世上最纯粹的人。一百多年过去了，今天，除了陀思妥耶夫斯基的旷世奇才和他留给全人类的丰富遗产，别的都已经没有任何意义。

一八八〇年六月六日，莫斯科举行普希金纪念碑揭幕仪式，纪念普希金的盛大节庆活动也随之开始。六月八日，陀思妥耶夫斯基在俄罗斯语文爱好者协会的集会上发表了惊世骇俗的演说，公开号召“桀骜不驯的”、属于阿乐哥（普希金长诗《茨冈》的主人公）和拉斯柯尔尼科夫（《罪与罚》主人公）类型的俄国知识分子“顺从吧”。一八八一年初，陀氏喉部开始出血。公历二月九日晚上八时三十八分，陀思妥耶夫斯基与世长辞，终年不足六十周岁。

《卡拉马佐夫兄弟》最初在《俄罗斯信使》杂志上连载了将近两年（自一八七九年第一期至一八八〇年第十一期），并于一八八一年出版了第一个单行本。它的主题和哲学在米嘉向阿辽沙自白的一章里已经点明：“美这个东西不但可怕，而且神秘。围绕着这事儿，上帝与魔鬼在那里搏斗，战场便在人们心中。”陀氏认为每个人心中都藏有一个魔鬼。他在给友人的一封信中写道：“贯串全书的主要问题，正是我自觉和不自觉地为之苦恼了一生的问题：上帝是否存在？”万一上帝不存在怎么办？那么，对于陀思妥耶夫斯基来说，世界就只能是魔鬼的闹剧，别的什么也不是。倘若如此，那就“无所不可”，干什么都是合法的了，甚至包括犯罪。

为了形象地诠释这一主题和哲学，作者向我们展现了卡拉马佐夫一家，包括道德败坏的老子和他的四个儿子。老大德米特里、老二伊万和老三阿辽沙分别象征人的肉体、理性和精神这几个不同的方面，而私生子斯乜尔加科夫则代表被侮辱、被伤害和被剥夺继承权者。这些人物通通给粘在一张道德哲学的网上，谁也休想挣脱。上帝与魔鬼为争取控制他们的灵魂而厮杀。小说从头至尾弥漫着这场拼死搏斗的硝烟。所有的人物都卷入了一起凶杀案，他们在舞台上走过的时候，无不以触目惊心的清晰度表露各自的感情，无论是有意识的还是无意识的。

第五卷第五章《宗教大法官》无疑是文学史上绝无仅有的个案。基督亲临可悲的尘世，却遭到教会的质疑和挑战。这里提出的问题是：人能不能靠基督的教诲存活？魔鬼，那个旷野里聪明而可怕的精灵，能不能以一种更好的方式支持人类？为什么人非得在自由和面包之间作出抉择？ 这一章在某种意义上是一部以文学形式写就的历史哲学。上帝和魔鬼在此短兵相接。结果看来是上帝落荒而走，魔鬼趾高气扬，基督精神败得很惨。这一主题到了第十一卷第九章《魔鬼。伊万·费奥多罗维奇的梦魇》中重又出现。这两章文字胪列了否定上帝的种种论点。肯定上帝的论点则包含在写阿辽沙和佐西马长老的那些章节中。在那里，作者试图表现圣贤的形成过程和基督式博爱的力量。陀氏相信基督精神最终将高奏凯歌。但他能加以证明吗？在剖析罪恶和人的畸形心态方面，陀思妥耶夫斯基当得起最高级的赞美。然而他在表现以阿辽沙和佐西马神父为象征的善的那些笔墨中是否取得成功，读者自己会作出判断。在错案面前，胜利者究竟是谁——上帝还是魔鬼？

陀思妥耶夫斯基在《作者的话》中开宗明义表示要“为主人公阿列克塞·费奥多罗维奇·卡拉马佐夫立传”，而且“虽然只给一个人立传，可要写的小说却有两部”。现在我们读到的只是其中的第一部。就这一宏大的创作计划没能实现而言，似乎应该为作者赍志而殁扼腕跌足。然而正像奥地利作曲家弗朗茨·舒伯特的《b小调第八交响曲》只写了两个乐章(第三乐章小步舞曲只有几小节残稿)一样，

“未完成”不一定是遗憾，人类也许反倒因祸得福。《卡拉马佐夫兄弟》的“未完成”以及书中一系列重大问题的悬而未决，显然进一步增强了故事的张力，读者也被深深卷入错综复杂的情感和哲学迷宫，早就不再“隔岸观火”，而是变成了卡拉马佐夫世界的一部分。读者以置身事外的“看官”始，却以热切地关注上帝与魔鬼之间这场恶斗的胜负终。我们读这本书的体验是什么滋味姑且不论，但有一点是肯定的：我们掩卷时的感受与开卷时相比，恐怕已判若两人。读者不得不对许多问题进行思考，争取解决，因为这也是读者自己的问题。卡拉马佐夫们的所言所行之所以撼人心魄，因为他们毫无顾忌地展示了深藏在非个别的人心中、而这些非个别的人又拼命想否认的许多特征。

作为一个艺术地体现哲学思想的小说家，陀思妥耶夫斯基无论在俄国还是全世界都是数一数二的。有人把他在自己的全部创作中孜孜矻矻地苦心探索的专题概括为四个 R，即揭示人的心灵隐秘（Revelation of Man's secret heart）、革命（Revolution）、俄罗斯（Russia）和宗教（Religion）。①

陀思妥耶夫斯基在刻画人物心理方面的卓越成就，走在后来得到专业心理学家们确认的许多原理前头。比弗洛伊德早生三十五年的陀氏，在小说中记录了他观察人类感情活动的惊人发现。他曾详细地写到过人的表现狂、俄狄浦斯情结和青春期变态心理，他认为梦是由潜意识心理活动引起的，并非源于理智，而是发自欲望。陀氏指出，笑可以显示一个人个性中隐秘的一面，笑的时候往往不自觉地把面具卸了下来。在他所描写的“偶合家庭”中，每一个成员都过着独立、封闭的生活，与其他成员处于隔离状态。《卡拉马佐夫兄弟》呈现在我

---

① 20 世纪 50 年代为《卡拉马佐夫兄弟》的一个英译普及本写序的曼纽埃尔·科姆罗夫阐述了这一观点。这四个 R 如用俄文来表达，则为四个 P。译者在此还有意识地介绍了科姆罗夫的其他一些见解，供读者参考。

们面前的便是这样一户人家。陀氏观察到人身上有专横跋扈的倾向，一种与生俱来的权力欲。他发现爱的因素中包含着对所爱者行使权力的欲望。如果这种欲望得不到满足，所爱者就可能同时被既爱又恨。这一原理在《卡拉马佐夫兄弟》中得到了精妙入微的演绎。陀思妥耶夫斯基刻画自虐癖好以及把惩罚作为摆脱负罪感的手段，比现代的“死亡本能”理论和弗洛伊德的“超越快乐”准则都早得多。陀氏甚至作过“分裂人格”心态细节的记录。在他的作品中，简直很难说哪一个比较重要的人物不属于分裂人格。《卡拉马佐夫兄弟》中的德米特里也罢，爱与恨同样火辣辣的卡捷琳娜也罢，“魔崽”莉兹也罢，尤其是在与魔鬼对话一章里两个自我猛烈碰撞的伊万……人格分裂的例子简直不胜枚举。

陀氏关心的第二个 R 是革命，也正是在这个问题上，他生前死后遭到的抨击最多。他笔下的“革命者”、“社会主义者”，大概无例外地都是目无神明、唯恐天下不乱、蔑视一切道德准则的虚无主义者，《白痴》中的病态少年伊波利特，《卡拉马佐夫兄弟》中与阿辽沙一起当过见习修士的拉基津，也应归入此类。但集中浓墨重彩表现这种思想的无疑要数《鬼》一书。西方的评论家认为，这部发表于一八七一至一八七二年的小说几乎提前半个世纪“预报”了后来爆发的俄国革命。此前一般都相信革命将席卷全世界，但陀氏却预料革命仅在俄国发生，它最早的一批领袖并不从工人中产生，认为俄国革命始发于无限制的自由，将发展到无限制的专制云云。

陀思妥耶夫斯基坚信，俄国的一切都是美妙的，俄国农民的灵魂是美丽的，伴随着受苦人的眼泪将从俄国的土地上涌出新世界的甘泉。这便是陀氏魂牵梦萦的第三个 R——俄罗斯。他认为西方文明已经蜕化变质，欧洲似乎只是一具死尸，而莫斯科乃是他心目中的圣城，他的“新耶路撒冷”。陀氏骨子里是个君主主义者，他爱沙皇。他讨厌欧美，憎恨波兰人、犹太人，觉得俄国无须向西方学习什么，而俄国的一切都值得西方学习。

宗教，陀思妥耶夫斯基的第四个 R，渗透到另外三个 R 的方方面面。他笃信宗教，其虔诚的程度在所有大作家中很难找出可与之颉颃者。从狭义上说，除了深深植根于拜占庭帝国的俄国正教，他认为此外一切宗教都是旁门左道。从广义上说，占据他脑海的是：善与恶、上帝与魔鬼、不分种族不分国界的人与救世主之间的关系等问题。他热烈地信奉基督式的博爱。针对“什么是地狱”这个问题，佐西马长老回答道：“苦于不能施爱，那就是地狱。”

《卡拉马佐夫兄弟》是一部读起来很不轻松的书，但译者必须千方百计让人读得下去，而且尽可能读懂。在此我不敢侈谈什么形似神似、原汁原味之类的高境界。许多读者知道这是世界文学的一座高峰、一颗明珠，但尝试阅读又半途而废的大有人在。如果这个译本的读者中坚持读完的人数比重较之过去有所增长，那就意味着我实现了自己追求的目标。

荣如德

一九九八年七月于酷暑中的上海